KATE MOSSE

DIE ACHTE KARTE

Roman

Aus dem Englischen von Ulrike Wasel
und Klaus Timmermann

Weltbild

Die englische Originalausgabe erschien 2007 unter dem Titel
Sepulchre bei Orion Books, London.

Besuchen Sie uns im Internet:
www.weltbild.de

Genehmigte Lizenzausgabe für Verlagsgruppe Weltbild GmbH,
Steinerne Furt, 86167 Augsburg

Ein Unternehmen der Droemerschen Verlagsanstalt Th. Knaur
Nachf. GmbH & Co. KG, München.
Übersetzung: Ulrike Wasel und Klaus Timmermann
Umschlaggestaltung: Johannes Frick, Augsburg
Umschlagmotiv: "Justice, tarot card from the 'Charles VI'
or 'Gringonneur' deck,
Italian School, Bibliotheque Nationale, Paris / Archives Charmet / bridgemanart.de"
Gesamtherstellung: GGP Media GmbH, Pößneck
Printed in the EU
ISBN 978-3-8289-9388-4

2012 2011 2010 2009
Die letzte Jahreszahl gibt die aktuelle Lizenzausgabe an.

Für meine Mutter Barbara Mosse,
zum Dank für das erste Klavier.

Und, wie immer, meinem geliebten Greg –
für alles, was ist, war und noch sein wird.

Inhalt

Sépulture

∞

Si par une nuit lourde et sombre
Un bon chrétien, par charité,
Derrière quelque vieux décombre
Enterre votre corps vanté,

A l'heure où les chastes étoiles
Ferment leurs yeux appesantis,
L'araignée y fera ses toiles,
Et la vipère ses petits;

Vous entendrez toute l'année
Sur votre tête condamnée
Les cris lamentables des loups

Et des sorcières faméliques,
Les ébats des vieillards lubriques
Et les complots des noirs filous.

Charles Baudelaire, 1857

Grabstätte

Wenn einst in einer dumpf und düstren Nacht ein guter Christ, aus Barmherzigkeit, hinter altem Gemäuer deinen hochgepriesenen Leib bestattet,

Zur Stunde, da die keuschen Sterne schläfrig die Augen schließen, wird dort die Spinne ihre Netze weben und die Natter ihre Jungen hecken;

Jahraus jahrein wirst du über deinem verdammten Haupte die kläglichen Schreie der Wölfe

Und hungerdürrer Hexen hören, das Schäkern geiler Greise und die Komplotte schwarzer Gauner.

Aus dem Französischen von
Friedhelm Kemp

L'âme d'autrui est une forêt obscure
où il faut marcher avec précaution.

Die Seele des anderen ist ein dunkler Wald,
in dem man sich mit Vorsicht bewegen muss.

Brief, 1891
Claude Debussy

The true Tarot is symbolism;
it speaks no other language and offers no other signs.

Wahres Tarot ist Symbolismus.
Es spricht keine andere Sprache und birgt keine anderen Zeichen.

The Pictorial Key to the Tarot, 1910
Arthur Edward Waite

Präludium
März 1891

∞

Mittwoch, 25. März 1891

Diese Geschichte beginnt in einer Knochenstadt. In den Gassen der Toten. Auf den stillen Boulevards, Promenaden und Sackgassen des Cimetière de Montmartre in Paris, einem Ort, bevölkert von Grabmälern und steinernen Engeln und den zaudernden Geistern derjenigen, die schon vergessen wurden, noch ehe sie in ihren Gräbern erkalteten.

Diese Geschichte beginnt mit den Wächtern an den Toren, mit den Armen und Verzweifelten von Paris, die gekommen sind, um von der Trauer anderer zu profitieren. Mit den gaffenden Bettlern und scharfäugigen *chiffonniers*, mit den Kranzflechtern und Straßenhändlern, die billige Votivgaben feilbieten, mit den Mädchen, die Papierblumen binden, und den wartenden Kutschen mit schwarzem Verdeck und verschmierten Scheiben.

Die Geschichte beginnt mit der Inszenierung einer Beerdigung. Eine kleine Annonce im *Figaro* hatte Ort und Zeitpunkt bekanntgegeben, doch wenige sind gekommen. Ein zerstreutes Grüppchen, dunkle Schleier und Cutaways, blanke Stiefel und extravagante Schirme zum Schutz gegen den garstigen Märzregen.

Léonie steht mit ihrem Bruder und ihrer Mutter am offenen Grab, das aparte Gesicht hinter schwarzer Spitze verborgen. Von den Lippen des Priesters fallen Platitüden, Worte der Vergebung, die alle Herzen kaltlassen und alle Emotionen unberührt. Der hässliche Mann mit seiner ungestärkten weißen Halsbinde, den groben Schnallenschuhen und dem fettigen Teint weiß nichts von den Lügen und Täuschungsmanövern, die zu diesem Fleckchen Erde

im 18. Arrondissement am nördlichen Rand von Paris geführt haben.
Léonies Augen sind trocken. Ebenso wie der Priester weiß sie nicht, was an diesem Nachmittag wirklich gespielt wird. Sie glaubt, sie nimmt an einer Beerdigung teil, dem Schlusspunkt eines zu früh geendeten Lebens. Sie ist gekommen, um der Geliebten ihres Bruders die letzte Ehre zu erweisen, einer Frau, der sie nie im Leben begegnet ist. Um ihrem Bruder in seiner Trauer zur Seite zu stehen.
Léonies Augen ruhen auf dem Sarg, der in die feuchte Erde gesenkt wird, wo Würmer und Spinnen hausen. Wenn sie Anatole jetzt unvermittelt einen raschen Seitenblick zuwerfen würde, dann würde sie den Gesichtsausdruck ihres geliebten Bruders bemerken und sich wundern. Denn nicht Schmerz schwimmt in seinen Augen, sondern eher Erleichterung.
Und da sie sich nicht umwendet, bemerkt sie auch nicht den Mann im grauen Zylinder und Gehrock, der sich zum Schutz vor dem Regen unter die Zypressen in der hintersten Ecke des Friedhofs gestellt hat. Er gibt eine beeindruckende Figur ab, die Sorte Mann, bei dessen Anblick *une belle parisienne* ihr Haar berühren und die Augen unter dem Schleier ein wenig heben würde. Seine breiten und starken Hände stecken in maßgeschneiderten Kalbslederhandschuhen und ruhen vollendet auf dem Silberknauf seines Gehstocks aus Mahagoni. Es sind Hände, die eine Taille umfassen, eine Geliebte näher ziehen, eine blasse Wange liebkosen könnten.
Er beobachtet die Szene mit einem Ausdruck großer Intensität im Gesicht. Seine Pupillen sind schwarze Nadelspitzen in hellen blauen Augen.
Ein dumpfer Aufprall von Erde auf dem Sargdeckel. Die letzten Worte des Priesters hallen durch die schwere Luft.
»*In nomine Patri et Filii et Spiritus Sancti. Amen.* Im Namen des Vaters, des Sohnes und des Heiligen Geistes.«
Er macht das Kreuzzeichen und geht davon.
Amen. So sei es.
Léonie lässt ihre Blume fallen, die sie heute Morgen im Parc Mon-

ceau frisch gepflückt hat, eine Rose zum Gedenken. Die Blüte kreiselt nach unten durch die kühle Luft, leuchtendes Weiß, das langsam aus ihren schwarz behandschuhten Fingern gleitet.
Lasst die Toten ruhen. Lasst die Toten schlafen.
Der Regen wird stärker. Jenseits der hohen schmiedeeisernen Tore des Friedhofs sind die Dächer, Kirchtürme und Kuppeln von Paris in silbrigen Nebel gehüllt. Er dämpft das Geräusch der klappernden Kutschen auf dem Boulevard de Clichy und das ferne Kreischen der Züge, die aus dem Gare Saint-Lazare rollen.
Die Trauergesellschaft wendet sich vom Grab ab. Léonie berührt den Arm ihres Bruders. Er tätschelt ihre Hand, senkt den Kopf. Während sie den Friedhof verlassen, hofft Léonie mehr als alles andere, dass es nun endgültig vorbei ist. Dass sie nach den letzten schlimmen Monaten voller Drangsal und Unglück nun einen Schlussstrich ziehen können.
Dass sie aus dem Schatten treten und wieder anfangen können zu leben.

Doch da, viele hundert Meilen südlich von Paris, regt sich etwas.
Eine Reaktion, eine Verbindung, eine Konsequenz. In den alten Buchenwäldern oberhalb des beliebten Kurorts Rennes-les-Bains hebt ein Windhauch die Blätter. Musik, gehört und doch nicht gehört.
Enfin.
Das Wort ist ein Hauch im Wind. Endlich.
Ausgelöst durch die Tat eines arglosen Mädchens auf einem Friedhof in Paris, bewegt sich etwas in der steinernen Grabstätte. Etwas erwacht, das auf den verschlungenen und überwucherten Wegen der Domaine de la Cade längst vergessen war. Ein zufälliger Beobachter würde es wohl nur für eine Sinnestäuschung im schwindenden Nachmittagslicht halten, doch für einen flüchtigen Moment scheinen die Gipsstatuen zu atmen, zu schwanken, zu seufzen.
Und die Porträts auf den Karten, die unter Erde und Stein begraben liegen, wo der Fluss versiegt, scheinen für einen Moment zu

leben. Schemenhafte Gestalten, Eindrücke, Ahnungen, mehr noch nicht. Eine Andeutung, eine Illusion, ein Versprechen. Die Brechung des Lichts, die Bewegung der Luft unter der Biegung der Steintreppe. Die unentrinnbare Verbundenheit von Ort und Augenblick.

Denn in Wahrheit beginnt diese Geschichte nicht mit den Knochen auf einem Pariser Friedhof, sondern mit einem Kartenspiel.

Dem Bilderbuch des Teufels.

Erster Teil
Paris

September 1891

Kapitel 1

∞

Paris, Mittwoch, 16. September 1891

Léonie Vernier stand auf den Stufen zum Palais Garnier, hielt ihr Ridikül umklammert und wippte ungeduldig mit dem Fuß.

Wo bleibt er denn?

Die Dämmerung kleidete den Place de l'Opéra in ein seidiges blaues Licht.

Léonie runzelte die Stirn. Es war zum Verrücktwerden. Seit fast einer Stunde wartete sie nun schon auf ihren Bruder am vereinbarten Treffpunkt, unter dem gleichmütigen Blick der Statuen, die das Dach des Opernhauses zierten. Sie hatte zudringliche Blicke erduldet. Sie hatte das Kommen und Gehen der *fiacres* beobachtet, Privatkutschen mit geschlossenem Verdeck, öffentliche Droschken ohne Schutz vor den Elementen, vierrädrige Gespanne, Gigs, und alle hatten sie ihre Passagiere abgesetzt. Ein Meer von schwarzen Seidenzylindern und erlesenen Abendkleidern aus den Schauräumen von Maison Léoty und Charles Worth. Es war ein elegantes Premierenpublikum, eine Menge Kulturbeflissener, die sehen und gesehen werden wollten.

Aber kein Anatole.

Einmal meinte Léonie, ihn zu erblicken. Ein Mann mit der Haltung und Statur ihres Bruders, groß und breitschultrig, und mit dem gleichen bedächtigen Gang. Aus der Ferne bildete sie sich sogar ein, seine glänzenden braunen Augen und den dünnen schwarzen Schnurrbart zu sehen, und sie hob die Hand, um zu winken. Doch dann drehte sich der Mann vollständig um, und sie erkannte, dass er es nicht war.

Léonie richtete den Blick wieder auf die Avenue de l'Opéra. Sie verlief quer bis hinunter zum Palais du Louvre, ein Überbleibsel zerbröckelnder Monarchie, als ein ängstlicher französischer König einen sicheren und direkten Zugang zu seiner abendlichen Unterhaltung verlangte. Die Laternen strahlten in der Dämmerung, und durch die erleuchteten Fenster der Cafés und Bars wurden Rechtecke warmen Lichtes geworfen. Die Gaslampen spuckten und zischten.

Um sie herum war die Luft erfüllt von den Geräuschen einer Stadt in der Dämmerung, wenn der Tag der Nacht weicht. *Entre chien et loup*. Das Klirren von Geschirren und Rädern auf den belebten Straßen. Der Gesang ferner Vögel in den Bäumen des Boulevard des Capucines. Das heisere Schreien von Straßenhändlern und Pferdeknechten, die sanfteren Töne der Mädchen, die auf den Stufen zur Oper künstliche Blumen verkauften, die hellen Rufe der Jungen, die einem Herrn für einen Sou die Schuhe wichsten und wienerten.

Ein weiterer Omnibus rollte zwischen Léonie und der prächtigen Fassade des Palais Garnier auf seinem Weg zum Boulevard Haussmann vorbei, und der Schaffner pfiff auf dem Oberdeck vor sich hin, während er die Fahrkarten lochte. Ein alter Veteran mit einem Tonquin-Orden an der Brust torkelte nach rechts und links und sang ein trunkenes Soldatenlied. Léonie sah sogar einen Clown mit weißgeschminktem Gesicht unter dem schwarzen Dominofilzhut, das Kostüm mit Goldpailletten besetzt.

Wie kann er mich nur so warten lassen?

Die Glocken begannen für die Abendandacht zu läuten, und die getragenen Töne hallten über das Pflaster. Von Saint-Gervais oder einer anderen Kirche in der Nähe?

Sie zuckte halbherzig die Achseln. Ihre Augen blitzten vor Zorn und dann vor Belustigung.

Léonie konnte nicht länger warten. Wenn sie Monsieur Wagners *Lohengrin* hören wollte, dann musste sie ihr Herz in beide Hände nehmen und allein hineingehen.

Konnte sie das?

Sie hatte zwar keinen Begleiter, aber zum Glück eine eigene Eintrittskarte.
Aber traute sie sich das?
Sie überlegte. Es war die Pariser Premiere. Wieso sollte sie dieses Erlebnis versäumen, nur weil Anatole unpünktlich war?
Im Innern des Opernhauses glitzerten die prächtigen Kristallleuchter. Alles war Licht und Eleganz, eine Gelegenheit, die man nicht verpassen durfte.
Léonie traf ihre Entscheidung. Sie lief die Stufen hinauf, durch die Glastür und hinein in die Menge.

Das Klingelzeichen ertönte. Nur noch zwei Minuten, bis sich der Vorhang hob.
Mit fliegenden Röcken und blitzenden Seidenstrümpfen eilte Léonie über den Marmor im Grand Foyer, wobei sie gleichermaßen Beifall und Bewunderung erntete. Mit ihren siebzehn Jahren stand Léonie kurz davor, sich in eine große Schönheit zu verwandeln, nicht länger Kind, aber noch immer mit Anklängen an das Mädchen, das sie einmal gewesen war. Sie hatte das Glück, die derzeit beliebten Gesichtszüge und die nostalgischen Farben zu besitzen, die von Monsieur Moreau und seinen befreundeten Präraffaeliten so geschätzt wurden.
Aber ihr Aussehen täuschte. Léonie war eher willensstark als gefügig, eher kühn als bescheiden, eine junge Frau mit dem Feuer ihrer Zeit, keine sittsame mittelalterliche Maid. Ja, Anatole neckte sie sogar damit, dass sie zwar wie das Porträt von Rossettis *La Damoiselle Élue* aussehe, aber in Wahrheit deren Gegenbild war. Ihre Doppelgängerin, aber nicht sie. Von den vier Elementen war Léonie Feuer, nicht Wasser, Erde nicht Luft.
Jetzt waren ihre Alabasterwangen gerötet. Dicke kupferfarbene Haarlocken hatten sich aus den Kämmen gelöst und fielen über die nackten Schultern. Ihre betörenden grünen Augen, umrahmt von langen braunen Wimpern, blitzten vor Zorn und Verwegenheit.
Er hat mir versprochen, nicht zu spät zu kommen.
Während Léonie über den Marmorboden eilte, hielt sie mit der

einen Hand ihre Abendtasche, wie einen Schild, die Röcke ihres grünen Seidensatinkleides mit der anderen, ohne die missbilligenden Blicke von älteren Damen und Witwen zu beachten. Die unechten Perlen und Silberpailletten am Saum ihres Kleides klickerten gegen die Marmorstufen der Treppe, als sie zwischen rosafarbenen Marmorsäulen, vergoldeten Statuen und Wandfriesen hindurch auf die geschwungene Grand Escalier zulief. Eingezwängt in ihr Korsett, atmete sie keuchend, und ihr Herz pochte wie ein zu schnell eingestelltes Metronom.

Dennoch verlangsamte Léonie ihren Schritt nicht. Weiter vorne sah sie, dass die Lakaien Anstalten machten, die Türen zum Grande Salle zu schließen. Mit einer letzten Kraftanstrengung erreichte sie den Eingang.

»*Voilà*«, sagte sie und hielt dem Saaldiener ihre Eintrittskarte hin. »*Mon frère va arriver …*«

Er trat beiseite und ließ sie hinein.

Nach den geräuschvollen und schallenden Marmorhallen des Grand Foyer war der Saal ungewöhnlich still. Leises Gemurmel, Begrüßungen, Erkundigungen nach Gesundheit und Familie, alles halb verschluckt von den dicken Teppichen und den Reihen roter Samtsessel.

Die üblichen Notenläufe der Holz- und Blechbläser, Tonleitern und Arpeggien und Auszüge aus der Oper, immer lauter, drangen aus dem Orchestergraben wie herbstliche Rauchfahnen.

Ich hab's geschafft.

Léonie nahm Haltung an und strich ihr Kleid glatt. Es war eine Neuanschaffung, erst heute Nachmittag von La Samaritaine geliefert und noch ganz steif. Sie zog die langen grünen Handschuhe bis über die Ellbogen, so dass nur ein dünner Streifen nackter Haut sichtbar war, und ging dann durchs Parkett Richtung Bühne.

Ihre Plätze waren in der ersten Reihe, zwei der besten im ganzen Haus, was sie Anatoles Freund und ihrem Nachbarn zu verdanken hatten, dem Komponisten Achille Debussy. Auf dem Weg nach vorne passierte sie links und rechts Reihen von schwarzen Zylindern, gefiederten Damenhüten und wedelnden schmuckbesetzten

Fächern. Rot und lila verfärbte cholerische Gesichter, dick gepuderte Witwen mit akkuratem Weißhaar. Sie erwiderte jeden einzelnen Blick mit einem herzlichen Lächeln und einer leichten Neigung des Kopfes.

Es liegt eine seltsame Anspannung in der Luft.

Léonies Blick wurde wachsamer. Je weiter sie in den Grande Salle hineinging, desto deutlicher wurde, dass irgendetwas nicht stimmte. Misstrauen spiegelte sich auf den Gesichtern, etwas brodelte dicht unter der Oberfläche, Unruhe lag in der Luft.

Sie spürte ein Prickeln im Nacken. Das Publikum war auf der Hut. Sie sah es in den verstohlenen Blicken und argwöhnischen Mienen.

Mach dich nicht lächerlich.

Léonie erinnerte sich schwach an einen Zeitungsartikel, den Anatole beim Abendessen vorgelesen hatte, über Proteste gegen die Aufführung von Werken eines preußischen Künstlers in Paris. Aber das hier war das Palais Garnier, keine düstere Gasse in Clichy oder Montmartre.

Was soll denn in der Oper schon passieren?

Léonie schob sich durch den Wald aus Knien und Abendkleidern in ihrer Reihe und setzte sich mit einem Gefühl der Erleichterung auf ihren Platz. Sie brauchte einen Moment, um sich zu sammeln, und schielte dann zu ihren Nachbarn hinüber. Links von ihr saß eine mit Schmuck behängte Dame neben ihrem deutlich älteren Mann, dessen wässrige Augen von buschigen weißen Brauen fast verdeckt wurden. Fleckige Hände lagen, eine über der anderen, auf dem Knauf eines Gehstocks mit Silberspitze und einem Band mit Inschrift um den Hals. Rechts von ihr bildete Anatoles leerer Platz wie ein Graben eine Barriere zu vier finsteren bärtigen Männern in mittlerem Alter, die missmutig dreinblickten, allesamt die Hände auf langweilige Gehstöcke aus Buchsbaum gestützt. Die Art, wie sie stumm dasaßen und mit einem Ausdruck großer Konzentration geradeaus blickten, hatte etwas Beunruhigendes.

Es schoss Léonie durch den Kopf, wie seltsam es doch war, dass sie alle Lederhandschuhe trugen, und dass ihnen unangenehm heiß sein musste. Dann wandte einer den Kopf und starrte sie an. Léonie errötete, richtete den Blick nach vorn und bewunderte lieber den herrlichen Trompe-l'œil-Vorhang, der in karmesinroten und goldenen Falten vom Proszeniumsbogen bis hinunter zum Holzboden der Bühne fiel.

Vielleicht hat er sich nicht verspätet. Und wenn ihm etwas zugestoßen ist?

Léonie schüttelte den Kopf über diesen neuen und unliebsamen Gedanken.

Sie zog ihren Fächer aus der Tasche und klappte ihn mit leichtem Schwung auf. So gern sie auch Entschuldigungen für ihren Bruder finden wollte, es lag wahrscheinlich eher an seiner mangelnden Zeiteinteilung.

Wie so oft in letzter Zeit.

Tatsächlich war Anatole seit der tristen Beerdigung auf dem Cimetière de Montmartre sogar noch unzuverlässiger geworden. Léonie runzelte die Stirn, als sich die Erinnerung wieder einmal in ihre Gedanken drängte. Der Tag verfolgte sie. Sie durchlebte ihn wieder und wieder.

Im März hatte sie gehofft, dass nun alles vorbei und vorüber wäre, aber sein Verhalten war nach wie vor unberechenbar. Oft verschwand er tagelang, kehrte mitten in der Nacht zurück, mied viele seiner Freunde und Bekannten und vergrub sich stattdessen in Arbeit.

Aber heute Abend hatte er versprochen, pünktlich zu sein.

Der *chef d'orchestre* trat ans Pult und vertrieb Léonies Gedanken. Applaus brandete durch den erwartungsvollen Saal wie eine Gewehrsalve, heftig und jäh und intensiv. Léonie klatschte mit Verve und Begeisterung, aufgrund ihrer Angespanntheit sogar noch stärker. Das Herrenquartett neben ihr rührte sich nicht, die Hände weiter reglos auf den billigen, hässlichen Gehstöcken. Sie warf ihnen einen Blick zu, fand sie unhöflich und ungehobelt und fragte sich, warum sie sich überhaupt herbemüht hatten, wo sie doch anscheinend entschlossen waren, sich nicht an der Musik zu erfreuen. Und sie wünschte, obwohl es sie ärgerte, sich eine solche Verunsicherung eingestehen zu müssen, sie würde nicht direkt neben ihnen sitzen.

Der *chef d'orchestre* verneigte sich tief und wandte sich dann der Bühne zu.

Der Applaus verklang. Stille senkte sich über den Grande Salle. Der Dirigent klopfte mit dem Taktstock auf das Holzpult. Die blauen Gasflämmchen in den Saallampen zischten und flackerten, erloschen dann. Die Atmosphäre lud sich verheißungsvoll auf. Aller Augen ruhten auf dem Dirigenten. Die Männer im Orchester setzten sich aufrechter und hoben ihre Bögen oder führten Instrumente an die Lippen.

Der Dirigent hob seinen Stock. Léonie hielt den Atem an, als die Eröffnungsakkorde von Monsieur Wagners *Lohengrin* die palastartigen Räume des Palais Garnier erfüllten.

Der Platz neben ihr blieb leer.

Kapitel 2

∞

Fast augenblicklich setzten Pfiffe und Zwischenrufe auf den oberen Rängen ein. Zuerst überhörte die Mehrheit des Publikums die Störung geflissentlich. Doch dann wurde sie aufdringlicher, denn auch auf dem unteren Rang und im Parkett wurden Stimmen laut.

Léonie konnte nicht genau verstehen, was die Protestler riefen.

Sie hielt den Blick entschlossen auf den Orchestergraben gerichtet, bemüht, jedes neuerliche Zischen oder Tuscheln zu ignorieren. Aber je länger die Ouvertüre dauerte, desto mehr breitete sich die Unruhe von oben nach unten aus, entlang der Sitzreihen, verstohlen und bösartig. Unfähig, noch länger den Mund zu halten, lehnte sich Léonie zu ihrer Nachbarin hinüber.

»Wer sind die Leute?«, flüsterte sie.

Die Dame war über die Unterbrechung ungehalten, antwortete aber dennoch.

»Sie nennen sich die *abonnés*«, erwiderte sie hinter ihrem Fächer. »Sie sind gegen die Aufführung von Werken nichtfranzösischer Komponisten. Sehen sich als musikalische Patrioten. Im Prinzip bringe ich ihnen eine gewisse Sympathie entgegen, aber das hier ist ungehörig.«

Léonie nickte dankend und setzte sich wieder gerade hin. Die sachliche Art der Frau beruhigte sie etwas, obwohl die Störmanöver an Heftigkeit deutlich zunahmen.

Die Schlusstakte der Ouvertüre hingen noch in der Luft, da ging der Protest erst richtig los. Als der Vorhang sich hob und ein Chor in Sicht kam, der deutsche Ritter des zehnten Jahrhunderts am Ufer eines alten Flusses in Antwerpen darstellte, brach im ersten Rang lautstarker Tumult aus. Eine Gruppe von mindestens acht oder neun Männern sprang auf und begann zu pfeifen, zu buhen und langsam zu klatschen. Eine Welle der Missbilligung lief durch die Reihen im Parkett und in den oberen Rängen und wurde von weiteren Protestausbrüchen beantwortet. Dann verfielen die Aufrührer in einen Sprechchor, doch Léonie verstand zunächst nicht, was sie riefen. Ein lärmendes Crescendo, und auf einmal unmissverständlich:

»Boche! Boche!«

Der Protest hatte die Ohren der Sänger erreicht. Léonie sah Blicke zwischen Chor und Hauptdarstellern hin und her huschen, Sorge und Ratlosigkeit überdeutlich in jedem Gesicht.

»Boche! Boche! Boche!«

Léonie wollte zwar nicht, dass die Vorstellung unterbrochen wurde, gestand sich aber gleichzeitig ein, wie aufregend das alles für sie war. Von solchen Ereignissen, wie sie es jetzt hautnah erlebte, erfuhr sie sonst nur aus Anatoles *Figaro*.

Da habe ich Anatole richtig was zu erzählen.

Aber der Charakter des Protestes veränderte sich.

Das Ensemble, blass und ängstlich unter der dicken Theaterschminke, sang unbeirrt weiter, so lange, bis das erste Wurfgeschoss auf die Bühne flog. Eine Flasche, die nur knapp den Basssänger in der Rolle des König Heinrich verfehlte.

Einen Moment lang schien es, als habe das Orchester aufgehört zu spielen, so tief und unheilschwanger war die Stille. Das Publikum hielt gleichsam kollektiv die Luft an, während die Flasche wie von Geisterhand verlangsamt kreiselte, das grellweiße Rampenlicht einfing und zu flirrenden grünen Strahlen brach. Dann schlug sie mit einem dumpfen Laut gegen die Kulissenleinwand, fiel herab und rollte zurück in den Graben.

Der reale Welt war blitzartig wieder da. Chaos brach aus, auf der Bühne und davor. Der Lärm wurde infernalisch. Dann flog ein zweites Wurfgeschoss über die Köpfe des fassungslosen Publikums hinweg und zerbarst auf der Bühne. Eine Frau in der ersten Reihe schrie auf und hielt sich Mund und Nase zu, als ein widerwärtiger Gestank nach Blut und verfaultem Gemüse und Gosse bis ins Parkett drang.

»Boche! Boche! Boche!«

Das Lächeln auf Léonies Gesicht erstarb, wich einem Ausdruck von Besorgnis. Sie hatte Schmetterlinge im Bauch. Das hier war kein Abenteuer mehr, sondern bedrohlich und furchterregend. Ihr wurde schlecht.

Plötzlich sprang das Quartett zu ihrer Rechten in einem Satz auf und begann, vollkommen gleichzeitig und zunächst ganz langsam zu klatschen, wobei sie Tierlaute von sich gaben, Schweine und Kühe und Ziegen nachahmten. Ihre Gesichter waren brutal und bösartig, als sie ihr antipreußisches Leitmotiv skandierten, das nun in jeder Ecke des Saales aufgegriffen wurde.

»In Gottes Namen, Mann, setzen Sie sich hin!«

Ein vollbärtiger und bebrillter Herr mit dem blässlichen Teint eines Menschen, der seine Zeit mit Tintenfass, Wachs und Dokumenten verbrachte, klopfte einem der Protestler mit seinem Programmheft auf den Rücken.

»Das ist hier weder der rechte Zeitpunkt noch der rechte Ort. Nehmen Sie Platz!«

»Ja wirklich«, pflichtete sein Begleiter bei. »Setzen Sie sich.«

Der Protestler wandte sich um und schlug dem Mann fest mit seinem Stock auf die Finger. Léonie schnappte nach Luft. Der Geschlagene, überrumpelt von der Schnelligkeit und Brutalität des Angriffs, heulte auf und ließ das Programmheft fallen. Als Blut aus der Wunde sickerte, sprang sein Begleiter vor. Er hatte gesehen, dass im Knauf des Stocks ein Metallstift steckte, und wollte dem Protestler die Waffe entreißen, doch grobe Hände stießen ihn zurück, und er stürzte.

Der Dirigent versuchte, das Orchester im Takt zu halten, aber die Musiker warfen verstörte Blicke um sich, und das Tempo wurde abgehackt und ungleichmäßig, sowohl zu schnell als auch zu langsam. Hinter der Bühne war eine Entscheidung getroffen worden.

Schwarzgekleidete Bühnenarbeiter, die Ärmel bis zu den Ellbogen hochgekrempelt, kamen plötzlich aus den Seitenkulissen geschwärmt und drängten die Sänger aus der unmittelbaren Schusslinie.
Die Opernleitung gab Anweisung, den Vorhang fallen zu lassen. Die Gewichte schepperten und dröhnten gefährlich, als sie zu schnell nach oben schossen. Der schwere Stoff sackte abwärts, verfing sich dann an einem Kulissenteil und blieb hängen.
Das Gebrüll wurde heftiger.
Der Exodus begann zuerst in den Privatlogen. Die Bourgeoisie zog sich hastig in einem Wirbel von Federn und Gold und Seide zurück. Bei ihrem Anblick breitete sich der Wunsch nach Rückzug in die oberen Ränge aus, wo sich viele der nationalistischen Protestler befanden, dann in die unteren Ränge und ins Parkett. Auch die Reihen hinter Léonie leerten sich eine nach der anderen in die Gänge. Von überall im Grande Salle hörte sie, wie Sitze hochklappten. An den Ausgängen ertönte das Rasseln von Messingringen auf ihren Stangen, als die schweren Samtvorhänge jäh aufgerissen wurden.
Aber die Protestler hatten ihr Ziel, die Aufführung zu stoppen, noch immer nicht ganz erreicht. Weitere Wurfgeschosse landeten auf der Bühne. Flaschen, Steine und Ziegel, faules Obst. Das Orchester verließ den Graben, floh mit den kostbaren Noten, Bögen und Instrumentenkästen, drängte sich zwischen den hinderlichen Stühlen und Pulten hindurch, um unter der Bühne zu verschwinden.
Endlich erschien der Opernleiter durch einen Spalt im Vorhang auf der Bühne und bat um Ruhe. Er schwitzte und betupfte sich das Gesicht mit einem grauen Taschentuch.
»*Mesdames, messieurs, s'il vous plaît. S'il vou plaît!*«
Er war ein massiger Mann, doch weder seine Stimme noch sein Auftreten zeugten von Autorität. Léonie sah, wie hilflos seine Augen blickten, während er mit den Armen wedelte und versuchte, dem wachsenden Chaos irgendeine Art von Ordnung aufzuzwingen.

Es war zu wenig, zu spät.
Wieder flog ein Geschoss durch die Luft, aber diesmal war es keine Flasche oder irgendein käuflich erworbener Gegenstand, sondern ein Stück Holz, in dem Nägel steckten. Es traf den Opernleiter über dem Auge. Er taumelte zurück, presste die Hand aufs Gesicht. Blut quoll zwischen seinen Fingern hervor, und er kippte zur Seite, sackte wie eine Stoffpuppe auf den Bühnenboden.
Das brachte das Fass zum Überlaufen, und Léonie verlor endlich den Mut.
Ich muss hier raus.
Entsetzt, schon fast panisch, sah sie sich verzweifelt im Saal um, aber sie saß in der Falle, eingezwängt zwischen dem Mob hinter und neben ihr und der Gewalt vor ihr. Léonie umklammerte die Rückenlehne des Sitzes, weil sie meinte, entkommen zu können, wenn sie über die Reihen hinwegkletterte, doch als sie ein Bein hinüberschwingen wollte, merkte sie, dass sich der perlenbesetzte Saum ihres Kleides an den Metallbolzen unter ihrem Sitz verfangen hatte. Sie bückte sich und versuchte mit immer hektischeren Fingern, zu ziehen, sich loszureißen.
Jetzt gellte ein neuer Protestschrei durch den Saal.
»A bas! A bas!«
Sie sah hoch.
Was denn jetzt? Der Schrei wurde von allen Seiten aufgegriffen.
»A bas. A l'attaque!«
Wie Kreuzritter bei der Belagerung einer Burg stürmten die Aufrührer Stöcke und Knüppel schwenkend nach vorne. Hier und da blitzte eine Klinge auf. Ein Schauder des Entsetzens durchlief Léonie. Sie begriff, dass der Mob die Bühne stürmen wollte und sie ihm genau im Weg war.
Das bisschen, was von der Maske der Pariser Gesellschaft noch übrig geblieben war, bekam überall im Saal Risse, splitterte und zersprang. Hysterie erfasste alle, die noch festsaßen. Anwälte und Journalisten, Maler und Gelehrte, Bankiers und Beamte, Kurtisanen und Ehefrauen, alle stürzten jetzt verzweifelt zu den Türen, um der Gewalt zu entkommen.

Sauve qui peut. Rette sich wer kann.
Die Nationalisten erreichten die Bühne. Mit militärischer Präzision rückten sie aus jedem Bereich des Saales vor, schwangen sich über Sitze und Geländer, schwärmten durch den Orchestergraben und hinauf auf die Bühne. Léonie zerrte fester und fester an ihrem Kleid, bis der Stoff riss und sie befreit war.
»Boche! Alsace française! Lorraine française!«
Die Protestler waren jetzt dabei, die Kulissen einzureißen. Gemalte Bäume, Wasser, Felsen und Steine, die imaginären Soldaten des zehnten Jahrhunderts zerstört von einem sehr realen Mob des neunzehnten Jahrhunderts. Die Bühne war übersät mit zersplittertem Holz, Leinwandfetzen und Staub, als *Lohengrins* Welt in der Schlacht unterging.
Schließlich formierte sich Widerstand. Eine Schar junger Männer und Veteranen vergangener Feldzüge fand sich irgendwie im Parkett zusammen und verfolgte die Nationalisten auf die Bühne. Die Durchgangstür, die den Saal vom rückwärtigen Teil des Hauses trennte, wurde aufgebrochen. Sie stürmten in die Seitenkulissen und verbündeten sich dort mit den Bühnenarbeitern, die zwischen den Kulissen und dem Bühnenbilddepot zum Angriff auf die antipreußischen Nationalisten übergingen.
Léonie beobachtete das Ganze entsetzt, war aber auch gebannt von dem Schauspiel. Ein gutaussehender Mann, fast noch ein Junge, im geliehenen, zu weiten Abendanzug und mit einem langen gewichsten Schnurrbart, stürzte sich auf den Rädelsführer der Protestler. Er schlang seine Arme um die Kehle des Mannes und wollte ihn von den Beinen reißen, landete aber selbst auf dem Boden. Er schrie auf, als ein Stiefel mit Stahlkappe seinen Magen traf.
»Vive la France! A bas!«
Blutdurst griff um sich. Léonie sah Erregung, Raserei in den weit aufgerissenen Augen der Aufrührer, als die Gewalt eskalierte. Wangen waren gerötet, fiebrig.
»S'il vous plaît«, rief sie verzweifelt, blieb aber ungehört, und sie sah noch immer keinen rettenden Ausweg für sich.
Léonie wich zurück, als ein Bühnenarbeiter von der Bühne gewor-

fen wurde. Sein Körper machte einen Salto über den leeren Orchestergraben und blieb an dem Messinggeländer hängen. Sein Arm und seine Schulter baumelten lose, verdreht und verkrüppelt. Seine Augen blieben offen.

Du musst weiter nach hinten. Los, schnell.

Aber jetzt schien die Welt in Blut zu ertrinken, in gesplitterten Knochen und klaffenden Wunden. Sie konnte nichts anderes mehr sehen als den fanatischen Hass in den Gesichtern der Männer um sie herum. Keine anderthalb Meter von der Stelle entfernt, wo sie wie erstarrt stand, kroch ein Mann auf Händen und Knien, seine Weste und Anzugjacke hingen offen. Er hinterließ eine Spur von blutigen Handabdrücken auf den Holzbrettern der Bühne.

Hinter ihm wurde eine Waffe gehoben.

Nein!

Léonie wollte ihm eine Warnung zurufen, doch der Schock raubte ihr die Stimme. Die Waffe stieß herab. Fand ihr Ziel. Der Mann rutschte weg, fiel schwer auf die Seite. Er schaute zu seinem Angreifer hoch, sah das Messer und riss die Hände hoch, zum Schutz vor der niederfahrenden Klinge. Metall traf auf Fleisch. Er schrie auf, als das Messer herausgezogen wurde und erneut zustieß, tief in seine Brust.

Der Körper des Mannes zuckte und wand sich wie eine der Puppen in dem Pavillon auf den Champs-Élysées, seine Arme und Beine schlugen, dann rührte er sich nicht mehr.

Léonie merkte erstaunt, dass sie weinte. Dann packte die Angst sie wilder denn je.

»*S'il vous plaît*«, rief sie, »lassen Sie mich durch.«

Sie versuchte, sich mit den Schultern durchzuzwängen, aber sie war zu klein, zu leicht. Eine Menschenmasse trennte sie vom Ausgang, und der Mittelgang war jetzt mit dunkelroten Kissen übersät. Unterhalb der Bühne war ein Funkenschauer von den Gaslampen auf die Notenblätter niedergegangen, die verlassen auf dem Boden lagen. Ein orangenes Fauchen, ein gelbes Zischen und dann ein jähes Aufflackern, als die hölzerne Unterseite der Bühne zu brennen begann.

»Au feu! Au feu!«

Schlagartig fegte ein anderes Panikgefühl durch den Saal. Die Erinnerung an das Inferno, das vor fünf Jahren die Opéra-Comique verwüstet und über achtzig Tote gefordert hatte, griff um sich.

»Lasst mich durch!«, schrie Léonie. »Ich flehe euch an.«

Niemand achtete auf sie. Auf dem Boden unter ihren Füßen lag jetzt ein Teppich aus vergessenen Programmheften und gefiederten Damenhüten, Lorgnetten und Operngläser zersplitterten unter Schuhsohlen wie vertrocknete Knochen in einem alten Grabmal.

Léonie konnte nichts sehen außer Ellbogen und unbedeckte Hinterköpfe, aber sie bewegte sich vorwärts, quälend langsam, Zentimeter um Zentimeter, so dass sie allmählich ein wenig Distanz zwischen sich und die schlimmsten Kämpfe brachte.

Dann stolperte neben ihr eine ältere Dame und fiel.

Sie werden sie tottrampeln.

Léonie streckte rasch die Hand aus und bekam den Ellbogen der Frau zu fassen. Unter dem gestärkten Stoff fühlte sie einen spindeldürren Arm.

»Ich wollte doch nur die Musik hören«, weinte die Frau. »Deutsch, französisch, mir ist das gleichgültig. Dass wir so etwas noch erleben müssen. Dass es wieder so weit kommt.«

Léonie stolperte vorwärts, trug das volle Gewicht der betagten Dame, während sie Richtung Ausgang taumelte. Die Last schien mit jedem Schritt schwerer zu werden. Die Frau verlor allmählich das Bewusstsein.

»Wir haben's gleich geschafft«, rief Léonie. »Bitte, halten Sie durch, bitte«, damit die alte Frau bloß nicht zusammenbrach. »Wir sind fast an der Tür. Fast in Sicherheit.«

Endlich entdeckte sie die vertraute Livree eines Operndieners.

»*Mais aidez-moi, bon Dieu*«, rief sie. »*Par ici. Vite!*«

Der Saaldiener gehorchte sofort. Wortlos erleichterte er Léonie von ihrer Bürde, hob die alte Dame mit Schwung hoch und trug sie ins Grand Foyer.

Léonie knickten die Knie vor Erschöpfung ein, aber sie zwang sich weiter. Nur noch ein paar Schritte.

Plötzlich packte jemand sie am Handgelenk.
»Nein!«, schrie sie. »Nein!«
Sie würde sich nicht hier festhalten lassen, mit dem Feuer und dem Mob und den Barrikaden. Léonie schlug blind um sich, traf aber nur Luft.
»Fassen Sie mich nicht an!«, kreischte sie. »Loslassen!«

Kapitel 3

∞

Léonie, c'est moi. Léonie!«

Eine Männerstimme, vertraut und beruhigend. Und ein Duft nach Sandelholzpomade und türkischem Tabak.

Anatole? Hier?

Und jetzt umfassten starke Hände ihre Taille und hoben sie hoch über das Gedränge.

Léonie öffnete die Augen. »Anatole!«, schrie sie und schlang die Arme um seinen Hals. »Wo warst du denn? Wie konntest du?« Ihre Umarmung wurde zum Angriff, als sie mit wütenden Fäusten auf seine Brust eintrommelte. »Ich habe gewartet und gewartet, aber du bist nicht gekommen. Wie konntest du mich hier alleine …«

»Ich weiß«, erwiderte er rasch. »Und du hast alles Recht der Welt, mir Vorwürfe zu machen, aber nicht jetzt!« Ihr Zorn legte sich so schnell, wie er aufgebrandet war. Plötzlich erschöpft, ließ sie den Kopf auf die Brust ihres großen Bruders sinken.

»Ich habe gesehen …«

»Ich weiß, *petite*«, sagte er sanft und strich mit der Hand über ihr zerzaustes Haar, »aber die Soldaten sind schon draußen. Wir müssen hier weg, sonst geraten wir noch zwischen die Fronten.«

»So ein Hass in ihren Gesichtern, Anatole. Sie haben alles zerstört. Hast du das gesehen? Hast du das gesehen?«

Léonie spürte, wie Hysterie in ihr aufstieg, vom Magen in die Kehle, in den Mund sprudelte. »Mit bloßen Händen haben sie …«

»Das kannst du mir alles später erzählen«, sagte er schneidend, »aber jetzt müssen wir hier raus. *Vas-y.*«

Sofort kam Léonie wieder zur Besinnung. Sie holte tief Luft.
»Braves Mädchen«, sagte er, als er sah, wie die Klarheit in ihre Augen zurückkehrte. »Jetzt schnell!«

Anatole gelang es dank seiner Größe und Kraft, eine Schneise durch die Masse der Leiber zu bahnen, die aus dem Saal drängten. Sie traten durch die Samtvorhänge ins Chaos. Hand in Hand liefen sie am zweiten Rang entlang zur Grand Escalier. Der mit Champagnerflaschen, umgekippten Eiskübeln und Programmheften übersäte Marmorboden war wie eine Eisbahn unter ihren Füßen. Sie schlitterten weiter, erreichten die Glastüren, ohne auch nur einmal richtig auszugleiten, und waren schließlich auf dem Place de l'Opéra.
Sogleich ertönte hinter ihnen das Geräusch von splitterndem Glas.
»Léonie, hier lang!«
Wenn sie die Szenen im Grande Salle schon für unerträglich gehalten hatte, so war es draußen auf den Straßen noch schlimmer. Die aufrührerischen Nationalisten, die *abonnés,* hatten auch die Treppe zum Palais Garnier besetzt. Mit Stöcken und Flaschen und Messern bewaffnet, standen sie in drei Reihen, warteten und warteten, sangen. Unten auf dem Place de l'Opéra knieten Soldaten in kurzen roten Jacken und Goldhelmen, ihre Gewehre auf die Protestler gerichtet, und hofften auf den Schießbefehl.
»Es sind so viele«, rief Léonie.
Anatole antwortete nicht und zog sie durch die Menge vor der barocken Fassade des Palais Garnier. Er kam an eine Ecke und bog scharf nach rechts auf die Rue Scribe, um aus der direkten Schusslinie rauszukommen. Sie hielten einander an der Hand, die Finger fest verschränkt, um nicht voneinander getrennt zu werden, als sie fast einen Häuserblock weit von Menschenmassen mitgerissen wurden, hin und her geworfen und gestoßen wie Treibgut auf einem schnell fließenden Fluss.
Aber eine Weile fühlte Léonie sich sicher. Anatole war bei ihr.
Dann das Geräusch eines einzelnen Gewehrschusses vom Fluss

her. Einen Moment lang geriet die Menschenflut ins Stocken und setzte sich dann wieder geschlossen in Bewegung. Léonie spürte, wie sich ihre Schuhe von den Füßen lösten, und nahm plötzlich wahr, dass Männerschuhe an ihren Knöcheln entlangschrammten, auf den zerfetzten und über die Straße schleifenden Saum ihres Kleides traten. Eine Feuersalve krachte hinter ihr. Der einzige fixe Punkt war Anatoles Hand.
»Nicht loslassen«, schrie sie.
Hinter ihnen zerriss eine Explosion die Luft. Das Pflaster erbebte. Léonie drehte sich halb um, sah, wie vom Place de l'Opéra staubige, dreckige Rauchpilze grau in den Stadthimmel stiegen. Dann spürte sie eine zweite Detonation durchs Pflaster vibrieren. Die Luft um sie herum schien sich zunächst zu verdichten und dann in sich zusammenzufallen.
»*Des canons! Ils tirent!*«
»*Non, non, c'est des pétards!*«
Léonie schrie auf und packte Anatoles Hand noch fester. Sie stürzten weiter, immer weiter, ohne ein Gefühl für die Richtung, ohne Zeitgefühl, nur von einem animalischen Instinkt getrieben, der ihr sagte, erst dann stehen zu bleiben, wenn der Lärm und das Blut und der Staub weit hinter ihnen lagen.
Léonie wurden die Beine schwer, weil ihre Kräfte nachließen, aber sie rannte und rannte, bis sie nicht mehr konnte. Ganz allmählich verlief sich die Menschenmenge, und schließlich gelangten sie in eine ruhige Straße, weit weg von den Kämpfen, den Explosionen und Gewehrläufen. Léonie zitterten die Beine vor Erschöpfung, ihr Gesicht war gerötet und feucht von der Nachtluft.
Als sie stehen blieben, hob Léonie die Hand und stützte sich an einer Mauer ab. Ihr Herz pochte fieberhaft. Das Blut hämmerte ihr in den Ohren, wuchtig und laut.
Anatole lehnte sich mit dem Rücken gegen die Mauer. Léonie ließ sich gegen ihn sinken, ihre kupferroten Locken fielen ihr wie ein Strang Seide über den Rücken, und sie spürte, wie er beschützend den Arm um sie legte.
Sie sog die Nachtluft ein, versuchte, wieder zu Atem zu kommen,

während sie die schmutzigen Handschuhe auszog, verdreckt von Ruß und den Pariser Straßen, und sie aufs Pflaster fallen ließ.
Anatole fuhr sich mit den Fingern durch das volle schwarze Haar, das ihm über die hohe Stirn und die markanten Wangenknochen gefallen war. Auch er war außer Atem, trotz der Stunden, die er in den Fechthallen verbrachte.
Merkwürdigerweise schien er zu lächeln.
Eine Weile sagte keiner von beiden ein Wort. Das einzige Geräusch war ihr keuchender Atem, der als weiße Wölkchen in den kühlen Septemberabend stieg. Endlich richtete Léonie sich auf.
»Wieso bist du zu spät gekommen?«, wollte sie von ihm wissen, als wären die Ereignisse der letzten Stunde nie geschehen.
Anatole starrte sie fassungslos an; dann begann er zu lachen, zuerst leise, dann lauter, und sein Gelächter füllte die Luft, während er zu sprechen versuchte.
»Du schimpfst mit mir, *petite*, selbst in so einem Moment?«
Léonie fixierte ihn mit einem strengen Blick, merkte aber bald, wie ihr selbst die Mundwinkel zuckten. Ein Kichern brach aus ihr heraus, dann noch einmal, bis ihre schlanke Gestalt vor Lachen bebte und ihr Tränen über die verschmierten, hübschen Wangen strömten.
Anatole zog sein Abendjackett aus und legte es ihr um die nackten Schultern. »Du bist wirklich ein ungewöhnliches Geschöpf«, sagte er. »Überaus ungewöhnlich!«
Léonie lächelte kläglich, als sie ihren mitgenommenen Zustand mit seiner Eleganz verglich. Sie sah an ihrem zerfetzten grünen Kleid hinab. Der Saum hing lose wie eine Schleppe hinter ihr, und die übriggebliebenen Glasperlen waren angeschlagen und baumelten nur noch an einem Faden.
Trotz ihrer kopflosen Flucht durch die Straßen von Paris sah Anatole aus wie aus dem Ei gepellt. Seine Hemdsärmel waren weiß und frisch, die Spitzen seines Kragens gestärkt und aufrecht. Kein einziger Fleck war auf seiner blauen Anzugweste zu sehen.
Er machte einen Schritt rückwärts und blickte hoch, um das Schild an der Mauer zu lesen.

»Rue Caumartin«, sagte er. »Ausgezeichnet. Abendessen? Du hast doch bestimmt Hunger, oder?«

»Hunger ist gar kein Ausdruck.«

»Ich kenne ein Café ganz in der Nähe. Die untere Etage ist bei den Künstlern vom Cabaret La Grande-Pinte und bei ihren Anhängern beliebt, aber im ersten Stock gibt es ganz anständige Séparées. Klingt das verlockend?«

»Ungemein.«

Er lächelte. »Also abgemacht. Und ausnahmsweise darfst du einmal lange aufbleiben, obwohl du längst ins Bett gehörst.« Er grinste. »Ich trau mich nicht, dich in diesem Zustand bei M'man abzuliefern. Das würde sie mir nie verzeihen.«

Kapitel 4

∞

Marguerite Vernier stieg in Begleitung von General Georges Du Pont an der Rue Cambon Ecke Rue Sainte-Honoré aus dem *fiacre*.

Während ihr Begleiter den Fahrpreis bezahlte, zog sie ihre Abendstola gegen die abendliche Kühle enger um sich und lächelte zufrieden. Es war das beste Restaurant der Stadt, und die berühmten Fenster waren wie immer mit feinster bretonischer Spitze verhängt. Dass Du Pont sie hierher ausführte, zeugte von seiner wachsenden Wertschätzung für sie.

Arm in Arm betraten sie das Voisin. Sie wurden von diskretem und sanftem Stimmengemurmel begrüßt. Marguerite spürte, wie Georges die Brust reckte und den Kopf ein wenig hob. Ihm war durchaus bewusst, so erkannte sie, dass jeder Mann im Raum ihn beneidete. Sie drückte seinen Arm, und die Geste wurde erwidert, eine Erinnerung daran, wie sie die letzten zwei Stunden verbracht hatten. Er richtete einen besitzergreifenden Blick auf sie. Marguerite bedachte ihn mit einem sanften Lächeln, öffnete dann leicht die Lippen und genoss es, wie er vom Kragen bis zu den Ohrspitzen rot anlief. Es war ihr Mund mit dem großzügigen Lächeln und den vollen Lippen, der ihre Schönheit außergewöhnlich machte. Er war verheißungsvoll und einladend zugleich.

Du Pont hob eine Hand an den Hals und zog an seinem steifen weißen Kragen, um die schwarze Krawatte zu lockern. Sein Abendjackett war würdevoll und dem Anlass angemessen und kaschierte darüber hinaus durch einen geschickten Schnitt, dass er mit seinen sechzig Jahren körperlich nicht mehr ganz so auf der Höhe war wie zu seinen Glanzzeiten in der Armee. Farbige Bänder in seinem Knopfloch symbolisierten die Orden, die er bei Sedan und Metz erhalten hatte. Statt einer Weste, die seinen vorstehenden Bauch betont hätte, trug er einen purpurroten Kummerbund. Mit seinen grauen Haaren und dem vollen und buschig gestutzten Schnurrbart war Georges jetzt Diplomat, förmlich und nüchtern, und er wollte, dass die Welt das zur Kenntnis nahm.

Extra für ihn hatte Marguerite ein sittsames lila Abendkleid aus Seidenmoiré mit Silber- und Perlenbesatz angezogen. Die Ärmel waren weit geschnitten und betonten so die schlanke Taille und die weiten Röcke. Es war am Hals hochgeschlossen, so dass nur ein kleines bisschen Haut zu sehen war, obwohl das Kleid an Marguerite dadurch nur umso aufreizender wirkte. Ihr dunkles Haar war kunstvoll zu einem Chignon gebunden, in dem nur ein paar lila Federn steckten, die Marguerites schlanken weißen Hals vorteilhaft hervorhoben. Braune, klare Augen ruhten in einem Gesicht mit makellosem Teint.

Jede gelangweilte ältere Dame und füllige Ehefrau im Restaurant starrte sie ablehnend und neidisch an, vor allem weil Marguerite Mitte vierzig war und nicht etwa in der Blüte der Jugend. Die Kombination von Schönheit und einer solchen Figur, gepaart mit dem Fehlen eines Ringes an ihrem Finger, kränkte den Gerechtigkeitssinn der Damen und ihr Gefühl für Anstand. War es denn richtig, dass eine derartige Liaison in einem Restaurant wie dem Voisin zur Schau gestellt wurde?

Der Besitzer, grauhaarig und so distinguiert wirkend wie seine Gäste, kam herbeigeeilt, um Georges zu begrüßen, trat aus dem Schatten der beiden Damen am Empfang, Skylla und Charybdis, ohne deren Segen keine Seele diesen kulinarischen Tempel betrat. General Du Pont war ein alter Stammgast, der den besten Champagner bestellte und großzügig Trinkgeld gab. Doch in letzter Zeit hatte er sich weniger häufig blicken lassen. Kein Wunder also, dass der Besitzer die Befürchtung hegte, er könnte seinen Kunden an das Café Paillard oder das Café Anglais verloren haben.

»Monsieur, es ist mir ein großes Vergnügen, Sie wieder bei uns begrüßen zu können. Wir hatten schon vermutet, Sie wären vielleicht auf einen Posten ins Ausland entsandt worden.«
Georges blickte betreten. So ein Puritaner, dachte Marguerite, obwohl sie das nicht unsympathisch fand. Er hatte bessere Manieren und war großzügiger und einfacher in seinen Bedürfnissen als viele der Männer, mit denen sie liiert gewesen war.
»Die Schuld liegt ganz allein bei mir«, sagte sie unter dunklen Wimpern. »Ich habe ihn für mich behalten.«
Der Besitzer lachte. Er schnippte mit den Fingern. Während die Garderobiere Marguerites Stola und Georges' Gehstock nahm, tauschten die Männer Höflichkeiten aus, plauderten über das Wetter und die aktuelle Lage in Algerien. Es gab Gerüchte über eine antipreußische Demonstration.
Marguerite erlaubte ihren Gedanken abzuschweifen. Sie warf einen Blick auf den berühmten Obsttisch, auf dem die feinsten Früchte arrangiert waren. Die Saison für Erdbeeren war natürlich längst vorbei, und außerdem begab Georges sich gern frühzeitig zur Ruhe, daher war unwahrscheinlich, dass er bis zum Dessert würde bleiben wollen.
Marguerite unterdrückte gekonnt ein Seufzen, während die Männer ihr Gespräch beendeten. Obwohl um sie herum alle Tische besetzt waren, herrschte eine friedliche Atmosphäre stiller Behaglichkeit. Ihr Sohn würde das Restaurant abschätzig als langweilig und altmodisch bezeichnen, sie dagegen, die zu oft von außen in derlei Etablissements geblickt hatte, fand es entzückend und sah es als Beweis für die Sicherheit, die sie durch Du Ponts Gönnerschaft gefunden hatte.
Sobald die Unterhaltung vorüber war, hob der Besitzer die Hand. Der Oberkellner trat vor und führte sie durch den von Kerzenlicht erhellten Raum zu einem leicht erhöhten Tisch in einer Nische, der von anderen Gästen nicht eingesehen werden konnte und weit von den Schwingtüren zur Küche entfernt war. Marguerite bemerkte, dass der Mann schwitzte, seine Oberlippe glänzte unter dem gestutzten Schnurrbart, und sie fragte sich, was Georges ei-

gentlich genau in der Botschaft machte, dass seine gute Meinung so überaus wichtig war.

»Monsieur, Madame, wünschen Sie einen Aperitif vorab?«, fragte der Weinkellner.

Georges sah zu Marguerite hinüber. »Champagner?«

»Das wäre wunderbar, ja.«

»Eine Flasche Cristal«, sagte er, wobei er sich auf seinem Stuhl zurücklehnte, als wollte er Marguerite das vulgäre Wissen ersparen, dass er die beste Marke des Hauses bestellt hatte.

Kaum war der Oberkellner gegangen, schob Marguerite ihre Füße unter dem Tisch vor, bis sie die Du Ponts berührten, und sah amüsiert, wie er zusammenfuhr und dann verlegen auf seinem Stuhl hin und her rutschte.

»Marguerite, bitte«, sagte er, obwohl sein Protest nicht überzeugend klang.

Sie zog einen Fuß aus dem Schuh und drückte ihn leicht gegen ihn. Durch den hauchdünnen Strumpf konnte sie den Saum seiner Hose spüren.

»Die haben hier den besten Rotweinkeller von ganz Paris«, sagte er mit rauher Stimme, als müsse er sich räuspern. »Burgunder, Bordeauxweine, alle entsprechend gelagert, zuerst die Spitzenweine der großen Weingüter und dann der Rest in der richtigen Reihenfolge bis hinunter zum bloßen Allerweltsgesöff.«

Marguerite vertrug keinen Rotwein und bekam furchtbare Kopfschmerzen davon, daher zog sie Champagner vor, doch sie hatte sich damit abgefunden, alles zu trinken, was Georges ihr vorsetzte.

»Sie wissen so viel, Georges.« Sie stockte, schaute sich dann um. »Und dass wir überhaupt einen Tisch bekommen haben. Es ist gut besucht für einen Mittwochabend.«

»Man muss nur wissen, an wen man sich wendet«, sagte er, obwohl sie ihm ansah, dass ihm ihre Schmeichelei guttat. »Haben Sie noch nie hier diniert?«

Marguerite schüttelte den Kopf. Der sorgfältige, detailbesessene, pedantische Georges sammelte Fakten und protzte gern mit seinem Wissen. Natürlich war ihr wie allen Parisern die Geschichte des Voisin bekannt, aber sie war bereit, Unkenntnis zu heucheln. Während der schmerzlichen Monate der Kommune hatte das Restaurant einige der gewalttätigsten Zusammenstöße zwischen den Kommunarden und den Regierungstruppen erlebt. Wo jetzt *fiacres* und Gigs auf Fahrgäste warteten, waren vor zwanzig Jahren die Barrikaden gewesen: eiserne Bettgestelle, umgekippte Holzkarren, Paletten und Munitionskisten. Sie und ihr Mann – ihr wunderbarer, heldenmütiger Leo – hatten auf diesen Barrikaden gestanden, für einen kurzen und herrlichen Moment als gleichwertige Partner gegen die herrschende Klasse vereint.

»Nach Louis-Napoleons schändlicher Niederlage in der Schlacht von Sedan«, schnaubte Georges, »rückten die Preußen gegen Paris vor.«

»Ja«, murmelte sie und fragte sich nicht zum ersten Mal, für wie jung er sie hielt, dass er meinte, ihr Geschichtsvorträge über Ereignisse halten zu müssen, die sie selbst miterlebt hatte.

»Je länger die Belagerung und der Beschuss andauerten, desto knapper wurden die Lebensmittel. Es war die einzige Möglichkeit, den Kommunarden eine Lehre zu erteilen. Die Folge war natürlich auch, dass viele der besseren Restaurants schließen mussten. Nicht genug zu essen, verstehst du? Spatzen, Katzen, Hunde, alles, was auf den Straßen von Paris kreuchte und fleuchte, galt als Freiwild. Um an Fleisch ranzukommen, wurden selbst die Tiere im Zoo geschlachtet.«

Marguerite lächelte ermutigend. »Ja, Georges.«

»Was glauben Sie, was an jenem Abend im Voisin auf der Speisekarte stand?«

»Ich möchte es mir gar nicht vorstellen«, sagte sie, genau das richtige Maß an Arglosigkeit in den großen Augen. »Ehrlich gesagt, ich traue mich kaum, es auszusprechen. Schlange, vielleicht?«

»Nein«, sagte er und lachte zufrieden auf. »Raten Sie noch einmal.«

»Ach, Georges, ich weiß es wirklich nicht. Krokodil?«

»Elefant«, sagte er triumphierend. »Ein Gericht aus Elefantenrüs-

seln. Was sagen Sie nun? Eigentlich prächtig. Fürwahr prächtig. Zeugt von einer bravourösen Haltung, finden Sie nicht?«
»O ja«, pflichtete Marguerite ihm bei und lachte ebenfalls, wenngleich ihre Erinnerung an das Frühjahr 1871 etwas anders aussah. Hunger, Wochen, in denen sie versuchte, zu kämpfen, ihren wilden, idealistischen, leidenschaftlichen Mann zu unterstützen und zugleich genug Nahrung für ihren geliebten Anatole zu finden. Grobes dunkles Brot, Kastanien und Beeren, nachts von den Sträuchern im Jardin des Tuileries gestohlen.
Als die Kommune fiel, floh Leo und wurde fast zwei Jahre lang von Freunden versteckt. Schließlich wurde auch er gefasst und entging nur knapp dem Erschießungskommando. Über eine Woche lang fragte Marguerite auf jeder Polizeiwache und in jedem Gerichtsgebäude in Paris nach, ehe sie herausfand, dass er bereits im Schnellverfahren abgeurteilt worden war. Sein Name stand auf einer Liste, die an der Wand eines städtischen Gebäudes hing: Deportation in die französische Pazifikkolonie Neukaledonien.
Die Amnestie der Kommunarden kam für ihn zu spät. Er starb auf der Galeere während der Überfahrt, ohne noch zu erfahren, dass er eine Tochter hatte.
»Marguerite?«, sagte Du Pont gereizt.
Marguerite merkte, dass sie zu lange geschwiegen hatte, und setzte eine andere Miene auf.
»Ich habe nur gerade gedacht, wie extraordinär das gewesen sein muss«, erwiderte sie rasch, »aber es sagt doch allerhand über die Fähigkeiten und den Einfallsreichtum des Kochs im Voisin aus, dass er ein solches Gericht zustande brachte. Wie wundervoll, hier zu sitzen, wo Geschichte gemacht wurde.« Sie hielt inne und fügte dann hinzu: »Mit Ihnen.«
Georges lächelte herablassend. »Am Ende setzt sich Charakterstärke nun mal durch«, sagte er. »Eine schlimme Situation lässt sich irgendwie immer zum eigenen Vorteil nutzen, aber *die* Erfahrung hat die heutige Generation ja noch nie gemacht.«
»Entschuldigen Sie, dass ich Sie beim Essen störe.«
Du Pont stand auf, wahrte trotz des Ärgers, der seine Augen ver-

dunkelte, die Form. Marguerite wandte den Kopf und erblickte einen großen, aristokratisch wirkenden Herrn mit vollem dunklem Haar und hoher Stirn. Seine auffällig blauen Augen sahen mit scharfen, nadelspitzen Pupillen zu ihr herab.
»Monsieur?«, sagte Georges scharf.
Beim Anblick des Mannes huschte Marguerite eine Erinnerung durch den Kopf, obwohl sie sicher war, ihn nicht zu kennen. Er war ungefähr im selben Alter wie sie und trug die übliche Abendgarderobe, einen schwarzen Anzug, aber überaus gepflegt, der dem starken und beeindruckenden Körper darin schmeichelte. Breite Schultern, ein Mann, der es gewohnt war, sich durchzusetzen. Marguerite schaute kurz auf den Siegelring an seiner linken Hand, suchte nach Hinweisen auf seine Identität. Er hielt einen seidenen Zylinder in der Hand sowie weiße Abendhandschuhe und einen weißen Kaschmirschal, was darauf schließen ließ, dass er entweder gerade erst gekommen war oder im Begriff war, zu gehen.
Marguerite spürte, wie sie errötete, weil er sie förmlich mit den Augen auszog, spürte ihre Haut warm werden. Schweißperlen bildeten sich zwischen ihren Brüsten und unter der engen Schnürung des Korsetts.
»Verzeihen Sie«, sagte sie und warf Du Pont einen ängstlichen Blick zu, »aber kennen wir …«
»Mein Herr«, sagte er und nickte Du Pont entschuldigend zu. »Wenn Sie gestatten?«
Beschwichtigt nickte Du Pont knapp.
»Ich bin ein Bekannter Ihres Sohnes, Madame Vernier«, sagte er und zog eine Visitenkarte aus seiner Westentasche. »Victor Constant, Comte de Tourmaline.«
Marguerite nahm die Karte nach kurzem Zögern.
»Es ist überaus unhöflich, Sie zu stören, ich weiß, aber ich müsste Vernier dringend in einer wichtigen Angelegenheit sprechen. Ich war auf dem Lande, bin erst heute Abend in die Stadt gekommen und hatte gehofft, Ihren Sohn zu Hause anzutreffen. Aber leider …« Er zuckte die Achseln.
Marguerite hatte schon viele Männer gekannt. Sie wusste stets,

wie sie mit einer Zufallsbekanntschaft am besten umging, wie sie reden, schmeicheln, ihren Charme spielen lassen konnte. Aber dieser Mann? Sie konnte ihn nicht einordnen.

Sie schaute auf die Visitenkarte in ihrer Hand. Anatole erzählte ihr nicht viel von seinen Geschäften, aber Marguerite war sicher, dass er einen so vornehmen Namen noch nie erwähnt hatte, weder als Freund noch als Kunden.

»Wissen Sie vielleicht, wo ich ihn finden kann, Madame Vernier?«

Marguerite verspürte einen Schauder des Begehrens, dann Furcht. Beides war lustvoll. Beides beunruhigte sie. Seine Augen verengten sich, als könnte er ihre Gedanken lesen, und er nickte leicht.

»Leider nein, Monsieur«, erwiderte sie mit bemüht fester Stimme. »Vielleicht können Sie Ihre Karte in seinem Büro abgeben ...«

Constant neigte den Kopf. »In der Tat, das werde ich. Und das Büro befindet sich ...«

»In der Rue Montorgueil. Die Hausnummer habe ich leider nicht im Kopf.«

Constant sah sie weiter unverwandt an. »Sehr gut«, sagte er schließlich. »Ich bitte nochmals um Entschuldigung für die Störung. Wenn Sie so freundlich wären, Madame Vernier, Ihrem Sohn auszurichten, dass ich nach ihm suche, wäre ich Ihnen sehr dankbar.«

Ohne Vorwarnung griff er nach unten, nahm ihre Hand, die auf ihrem Schoß ruhte, und hob sie an den Mund. Marguerite spürte seinen Atem und das Kitzeln seines Schnurrbarts durch den Handschuh hindurch und fühlte sich von ihrem Körper verraten, dessen Reaktion auf seine Berührung im krassen Gegensatz zu ihren Wünschen stand.

»*A bientôt*, Madame Vernier. *Mon Général.*«

Dann deutete er eine knappe Verbeugung an und ging. Der Kellner kam und füllte ihre Gläser auf. Du Pont fuhr aus der Haut.

»Was für ein unverschämter, impertinenter Halunke«, knurrte er und lehnte sich auf seinem Stuhl zurück. »Völlig taktlos. Für wen hält sich dieser Lump eigentlich, Sie so zu beleidigen?«

»Mich beleidigen? Inwiefern, Georges?«

»Der Bursche konnte doch seine Augen nicht von Ihnen lassen.«

»Wirklich, Georges, das habe ich gar nicht bemerkt. Er hat mich nicht interessiert«, sagte sie in dem Versuch, eine Szene zu vermeiden. »Bitte machen Sie sich wegen mir keine Gedanken.«

»Kennen Sie den Burschen?«, fragte Du Pont plötzlich argwöhnisch.

»Ich sagte doch, nein«, erwiderte sie ruhig.

»Der Bursche kannte meinen Namen«, wandte er ein.

»Vielleicht hat er Sie aus der Zeitung wiedererkannt, Georges«, sagte sie. »Sie wissen gar nicht, wie viele Menschen Sie kennen. Sie vergessen, was für eine bekannte Persönlichkeit Sie sind.«

Marguerite sah ihm an, dass die behutsame Schmeichelei sein Misstrauen beruhigte. Um die Sache zu beenden, fasste sie Constants edle Visitenkarte an einer Ecke und hielt sie an die Flamme der Kerze, die mitten auf dem Tisch stand. Das Papier brauchte einen Moment, bis es Feuer fing, und brannte dann hell und lichterloh.

»Was in Gottes Namen machen Sie denn?«

Marguerite hob ihre langen Wimpern, blickte dann wieder nach unten auf die Flamme, bis sie ein letztes Mal aufflackerte und erlosch. »So«, sagte sie und fegte die graue Asche von der Spitze ihres Handschuhs in den Aschenbecher. »Vorbei und vergessen. Und falls der Graf jemand ist, mit dem mein Sohn Geschäfte machen möchte, dann wäre der richtige Ort dafür zwischen zehn und fünf in seinem Büro.«

Georges nickte zustimmend. Erleichtert sah sie den Argwohn in seinen Augen dahinschmelzen.

»Wissen Sie wirklich nicht, wo Ihr Sohn heute Abend ist?«

»Natürlich weiß ich es«, sagte sie und lächelte, als würde sie ihn in einen Scherz einweihen, »aber Vorsicht hat noch niemandem geschadet. Ich kann geschwätzige Frauen nicht leiden.«

Er nickte erneut. Marguerite wollte, dass Georges sie für diskret und zuverlässig hielt.

»Völlig richtig, völlig richtig.«

»Genauer gesagt, Anatole ist mit Léonie in die Oper gegangen. Zur Premiere des neuesten Werks von Wagner.«

»Verdammte preußische Propaganda«, grollte Georges. »So was gehört verboten.«
»Und ich glaube, anschließend wollte er sie noch zum Abendessen ausführen.«
»Bestimmt in eines dieser fürchterlichen Lokale wie Le Café de la Place Blanche. Ein Tummelplatz für Künstler und was weiß ich noch alles.« Er trommelte mit den Fingern auf dem Tisch. »Wie heißt dieser andere Laden auf dem Boulevard Rochechouart noch gleich? Den sollten sie dichtmachen.«
»Le Chat Noir«, sagte Marguerite.
»Faulenzer, alle miteinander«, erklärte Georges, der sich für dieses neue Thema erwärmte. »Die klatschen Farbtupfer auf ein Stück Leinwand und nennen das Kunst: Was ist denn das für ein Beruf für einen Mann? Und dieser unverschämte Bursche, der in Ihrem Haus lebt, dieser Debussy? Kerle wie der gehören ausgepeitscht, alle miteinander.«
»Achille ist Komponist, mein Lieber«, schalt sie ihn sanft.
»Parasiten, alle miteinander. Immer griesgrämig. Hämmert Tag und Nacht auf dem Klavier herum, mich wundert, dass sein Vater ihm nicht mal eine ordentliche Tracht Prügel verpasst. Das würde ihn vielleicht zur Vernunft bringen.«
Marguerite unterdrückte ein Schmunzeln. Da Achille ein Altersgenosse von Anatole war, fand sie es ein wenig spät für derartige Erziehungsmaßnahmen. Und außerdem war Madame Debussy viel zu rasch mit Schlägen bei der Hand gewesen, als ihre Kinder noch klein waren, und es hatte offensichtlich nicht das Geringste bewirkt.
»Dieser Champagner ist wirklich ganz köstlich, Georges«, sagte sie, um das Thema zu wechseln. Sie beugte sich über den Tisch und nahm seine Finger, drehte dann seine Hand um und presste ihm ihre Fingernägel in die Handfläche. »Sie sind so fürsorglich«, sagte sie, beobachtete, wie sich der überraschte Schmerz in seinen Augen in Lust verwandelte. »Nun, Georges. Würden Sie bitte für mich bestellen? Wir sitzen schon so lange hier, und ich habe inzwischen richtig Appetit.«

Kapitel 5

∞

Léonie und Anatole wurden im ersten Stock der Bar Romain in ein Séparée mit Blick auf die Straße geführt.

Léonie gab Anatole sein Jackett zurück, dann ging sie in den angrenzenden Waschraum, wo sie sich Gesicht und Hände wusch und das Haar in Ordnung brachte. Ihr Kleid würde zwar von ihrem Dienstmädchen geflickt werden müssen, aber nachdem sie den Saum festgesteckt hatte, sah es fast wieder respektabel aus.

Sie musterte sich im Spiegel. Von der abendlichen Hast durch die Pariser Straßen glühte ihre Haut, und ihre smaragdgrünen Augen strahlten hell im Licht der Kerzen. Jetzt, wo die Gefahr vorüber war, malte Léonie sich das Geschehen im Geist bereits in leuchtenden, kühnen Farben aus, wie eine Geschichte. Schon hatte sie den Hass auf den Gesichtern der Männer vergessen, ihr eigenes Entsetzen.

Anatole bestellte zwei Gläser Madeira, gefolgt von Rotwein, der zu einem schlichten Mahl, bestehend aus Lammkoteletts und Sahnekartoffeln, serviert wurde.

»Danach gibt es Birnensoufflé, falls du noch Hunger hast«, sagte er und entließ den *garçon*.

Während sie aßen, schilderte Léonie ihm die Ereignisse bis zu dem Augenblick, als Anatole sie gefunden hatte.

»Diese *abonnés* sind ein seltsamer Haufen«, sagte Anatole. »Auf französischem Boden sollte nur französische Musik aufgeführt werden, das ist ihr Ziel. 1861 haben sie schon mit ihren Störaktionen die Absetzung von *Tannhäuser* erzwungen.« Er zuckte die

Achseln. »Alle Welt glaubt, es geht ihnen überhaupt nicht um die Musik.«
»Worum denn dann?«
»Chauvinismus, schlicht und ergreifend.«
Anatole schob seinen Stuhl vom Tisch zurück, streckte seine langen, schlanken Beine aus und zog sein Zigarettenetui aus der Westentasche. »Paris wird Wagner wohl nicht mehr willkommen heißen. Jetzt nicht mehr.«
Léonie überlegte kurz. »Warum hat Achille dir die Opernkarten geschenkt? Er ist doch ein glühender Verehrer von Monsieur Wagner, oder?«
»War«, sagte Anatole und klopfte die Zigarette auf den Silberdeckel, um den Tabak zu festigen, »aber nicht mehr.« Er griff in seine Jackentasche, holte ein Päckchen Wachsstreichhölzer hervor und zündete eins an. »›Ein schöner Sonnenuntergang, der irrtümlich für eine wunderbare Morgendämmerung gehalten wurde‹, das ist Achilles jüngste Äußerung zu Wagner.« Er tippte sich mit einem leicht spöttischen Lächeln an den Kopf. »Verzeihung, *Claude*-Achille, wie er jetzt genannt werden möchte.«
Debussy, ein genialer, wenn auch unsteter Pianist und Komponist, wohnte mit seinen Geschwistern und Eltern im selben Mietshaus wie die Verniers auf der Rue de Berlin. Er war das Enfant terrible des Konservatoriums und zugleich, wie man sich widerwillig eingestand, seine größte Hoffnung. In ihrem kleinen Freundeskreis wurde jedoch mehr über Debussys bewegtes Liebesleben gesprochen als über seinen wachsenden künstlerischen Ruhm. Die derzeitige Dame seines Herzens war die vierundzwanzigjährige Gabrielle Dupont.
»Diesmal ist es was Ernstes«, vertraute Anatole ihr an. »Gaby hat Verständnis dafür, dass seine Musik an erster Stelle steht, was sie für ihn natürlich überaus attraktiv macht. Sie hat auch nichts dagegen, wenn er jeden Dienstag in die Salons von Maître Mallarmé verschwindet. Das tut ihm gut, denn er muss sich schließlich schon genug Klagen seitens der Académie anhören, wo man sein Genie einfach nicht versteht. Die sind da alle zu alt, zu dumm.«

Léonie hob die Augenbrauen. »Meiner Ansicht nach hat sich Achille sein Unglück größtenteils selbst zuzuschreiben. Er legt sich rasch mit Leuten an, die ihn vielleicht unterstützen würden. Er ist zu scharfzüngig, zu schroff. Im Grunde gibt er sich allergrößte Mühe, mürrisch, ungehobelt und schwierig zu wirken.«

Anatole rauchte und widersprach ihr nicht.

»Und wenn ich unsere Freundschaft einmal außer acht lasse«, sprach sie weiter, während sie einen dritten Löffel Zucker in ihren Kaffee rührte, »muss ich zugeben, dass ich ein gewisses Verständnis für seine Kritiker habe. Für mich sind seine Kompositionen ein wenig diffus und unstrukturiert und, na ja ... beunruhigend. Ziellos. Zu oft habe ich das Gefühl, nur darauf zu warten, dass sich die Melodie zu erkennen gibt. Als würde man unter Wasser zuhören.«

Anatole lächelte. »Ha, darum geht es ja gerade. Debussy sagt, man muss die Idee der Tonarten ertränken. Er will mit seiner Musik die Verbindungen zwischen der materiellen und der spirituellen Welt ausloten, zwischen dem Sichtbaren und Unsichtbaren, und so etwas lässt sich nicht auf herkömmliche Weise darstellen.«

Léonie verzog das Gesicht. »Das klingt wie einer dieser klugen Sätze, die absolut nichts bedeuten!«

Anatole überging die Unterbrechung. »Er glaubt, Anregung, Andeutung und Nuancierung sind stärker, wahrhaftiger und erhellender als Aussage und Beschreibung. Dass der Wert und die Macht ferner Erinnerungen die des bewussten, expliziten Gedankens weit übersteigen.«

Léonie grinste. Sie bewunderte die Loyalität, die ihr Bruder seinem Freund entgegenbrachte, aber ihr war klar, dass er lediglich die Sätze wortwörtlich wiederholte, die er zuvor aus Achilles Mund gehört hatte. Trotz Anatoles leidenschaftlichen Plädoyers für die Arbeit seines Freundes wusste sie sehr wohl, dass Offenbach und das Orchester der Folies Bergère eher seinem musikalischen Geschmack entsprachen als irgendein Werk von Debussy oder Dukas oder einem ihrer Konservatoriumsfreunde.

»Wo wir gerade Geheimnisse austauschen«, fügte er hinzu, »ich war letzte Woche doch wieder in der Rue de la Chaussée d'Antin und habe eine Ausgabe von Achilles *Cinq Poèmes* erstanden.«

Léonies Augen blitzten erzürnt. »Anatole, du hast M'man dein Wort gegeben.«

Er zuckte die Achseln. »Ich weiß, aber ich konnte nicht widerstehen. Der Preis war so günstig, und es ist bestimmt eine gute Investition, da Bailly nur hundertfünfzig Exemplare gedruckt hat.«

»Wir müssen sparsamer mit unserem Geld umgehen. M'man vertraut darauf, dass du klug wirtschaftest. Wir können es uns nicht leisten, noch mehr Schulden zu machen.« Sie zögerte, dann fragte sie: »Wie hoch sind eigentlich unsere Schulden?«

Sie sahen sich in die Augen.

»Wirklich, Léonie. Unsere Haushaltsfinanzen sind nichts, womit du dich befassen solltest.«

»Aber …«

»Aber nichts«, sagte er mit Nachdruck.

Sie war eingeschnappt und drehte ihm den Rücken zu. »Du behandelst mich wie ein Kind!«

Er lachte. »Wenn du verheiratet bist, kannst du deinen Mann mit Fragen nach eurem eigenen Haushaltsbudget zur Verzweiflung treiben, doch bis dahin … Aber weißt du was, ich gebe dir mein Wort, dass ich von nun an keinen Sou mehr ohne deine Erlaubnis ausgeben werde.«

»Jetzt machst du dich über mich lustig.«

»Genauer gesagt, nicht mal einen Centime«, neckte er.

Sie starrte ihn einen Moment finster an, dann gab sie nach. »Ich werde dich dran erinnern, darauf kannst du dich verlassen«, seufzte sie.

Anatole malte mit dem Finger ein Kreuz auf seine Brust. »Bei meiner Ehre.«

Einen Moment lang lächelten sie einander an, dann verschwand die Heiterkeit aus seinem Gesicht. Er griff über den Tisch und bedeckte ihre kleine weiße Hand mit der seinen.

»Jetzt mal im Ernst, *petite*«, sagte er. »Ich weiß nicht, wie ich es mir selbst verzeihen soll, dass du den Tumult heute Abend wegen meiner Unpünktlichkeit allein durchstehen musstest. Kannst du mir vergeben?«

Léonie lächelte. »Schon vergessen.«

»Deine Großzügigkeit ist mehr, als ich verdiene. Und du hast dich sehr tapfer geschlagen. Die meisten Mädchen hätten den Kopf verloren. Ich bin stolz auf dich.« Er lehnte sich auf seinem Stuhl zurück und zündete eine weitere Zigarette an. »Aber es könnte sein, dass der Abend dich noch länger verfolgt. Schockierende Erlebnisse schüttelt man nicht so leicht ab.«

»Ich bin kein Angsthase«, sagte sie im Brustton der Überzeugung. Sie fühlte sich rundum lebendig; größer, kühner, mehr sie selbst. Überhaupt nicht verstört.

Die Uhr auf dem Kaminsims schlug die volle Stunde.

»Aber andererseits, Anatole, ich habe noch nie erlebt, dass du zu spät zu einer Aufführung gekommen bist.«

Anatole trank einen Schluck Cognac. »Irgendwann ist immer das erste Mal.«

Léonie kniff die Augen zusammen. »Was hat dich aufgehalten? Warum warst du zu spät?«

Er stellte das bauchige Glas bedächtig wieder auf den Tisch und zupfte dann an den gewichsten Spitzen seines Schnurrbarts.

Ein sicheres Zeichen dafür, dass er nicht ganz ehrlich ist.

Léonie musterte ihn forschend. »Anatole?«

»Ich war mit einem Kunden von auswärts verabredet. Er sollte um sechs kommen, traf aber um einiges später ein und blieb länger, als ich erwartet hatte.«

»Und trotzdem hattest du deinen Abendanzug dabei? Oder warst du noch zu Hause, bevor du ins Palais Garnier gekommen bist?«

»Ich war so umsichtig, meine Abendgarderobe mit ins Büro zu nehmen.«

Dann stand Anatole in einer raschen Bewegung auf, durchquerte den Raum und läutete die Glocke, womit die Unterhaltung schlagartig beendet war. Ehe Léonie noch mehr Fragen stellen konnte, erschien die Bedienung, um den Tisch abzuräumen, was jedes weitere Gespräch unmöglich machte.

»Zeit, dass du nach Hause kommst«, sagte er, fasste sie am Ellbogen und half ihr aufstehen. »Ich setz dich in eine Kutsche und begleiche dann die Rechnung.«

Augenblicke später standen sie draußen auf dem Trottoir.

»Warum kommst du nicht mit nach Hause?«

Anatole half ihr in eine Droschke und schloss den Verschlag. »Ich denke, ich schau noch bei Chez Frascati vorbei. Spiel vielleicht noch eine Runde Karten.«

Léonie spürte einen Anflug von Panik.

»Was soll ich M'man sagen?«

»Sie wird sich bereits zurückgezogen haben.«

»Und wenn nicht?«, wandte sie ein, um den Moment des Abschieds noch hinauszuzögern.

Er küsste ihre Hand. »Dann sag ihr, sie soll nicht auf mich warten.«

Anatole streckte den Arm aus und drückte dem Fahrer einen Geldschein in die Hand. »Rue de Berlin«, sagte er, trat dann zurück und schlug gegen die Kutsche. »Schlaf gut, *petite*. Wir sehen uns beim Frühstück.«

Die Peitsche knallte. Die Lampen schlugen gegen die Seiten des Gigs, das Zuggeschirr klirrte, und Hufeisen klapperten auf dem Pflaster, als die Pferde ruckartig anzogen. Léonie schob die Scheibe hinunter und beugte sich aus dem Fenster. Anatole stand in einem diesigen gelben Lichtkreis unter der zischenden Gaslampe, von seiner Zigarette kringelte sich ein weißer Rauchfaden nach oben.

Wieso will er mir nicht erzählen, warum er sich verspätet hat?

Sie sah ihn weiter an, wollte ihn nicht aus den Augen lassen, während die Droschke die Rue Caumartin hinabrumpelte, vorbei am Hotel Saint-Petersbourg, vorbei an Anatoles Alma Mater, dem Lycée Fontanes, und sich der Kreuzung mit der Rue Saint-Lazare näherte.

Das Letzte, was Léonie sah, ehe die Kutsche um die Ecke bog, war Anatole, wie er den glimmenden Stummel seiner Zigarette in die Gosse schnippte. Dann machte er auf dem Absatz kehrt und ging zurück in die Bar Romain.

Kapitel 6

∞

Das Haus in der Rue de Berlin war still.

Léonie schloss die Wohnungstür auf. Eine Öllampe war angelassen worden, damit sie ein wenig Licht hatte. Léonie legte den Schlüssel in die Porzellanschale neben dem silbernen Tablett für die Post, auf dem keinerlei Briefe oder Visitenkarten lagen. Während sie die Stola ihrer Mutter vom Kissen schob, ließ sie sich in den Dielensessel hineinsinken. Sie zog ihre schmutzigen Schuhe und Seidenstrümpfe aus, massierte sich die schmerzenden Zehen und dachte über Anatoles ausweichendes Verhalten nach. Falls er nichts getan hatte, wofür er sich schämen müsste, wieso nannte er ihr dann nicht den Grund für sein verspätetes Auftauchen in der Oper?

Léonie blickte den Flur entlang und sah, dass die Tür ihrer Mutter geschlossen war. Dieses eine Mal war sie enttäuscht. Sie fand Marguerites Gesellschaft oft frustrierend, ihre Gesprächsthemen beschränkt und vorhersehbar. Aber heute Abend hätte ihr ein wenig Gesellschaft vor dem Schlafengehen gutgetan.

Sie nahm die Lampe und ging in den Salon. Der geräumige, großzügige Raum nahm die gesamte Front des Hauses ein und bot Blick auf die Rue de Berlin. Die drei Fensterpaare waren geschlossen, doch die gelben Chintzvorhänge von der Decke bis zum Boden waren noch offen.

Léonie stellte die Lampe auf den Tisch und schaute hinunter auf die verlassene Straße. Plötzlich merkte sie, dass sie völlig durchgefroren war.

Sie dachte an Anatole, irgendwo in der Stadt, und hoffte, dass er in Sicherheit war.
Nun endlich stiegen Gedanken in ihr hoch, was alles hätte passieren können. Die Hochstimmung, die sie den langen Abend hindurch getragen hatte, verflog, und sie fühlte sich verstört und ängstlich. Es war, als würde ihr ganzer Körper, jeder Muskel, alle Sinne von der Erinnerung an das Geschehen erfasst, dessen Zeugin sie geworden war.
Blut und gebrochene Knochen und Hass.
Léonie schloss die Augen, aber dennoch stürmte jedes einzelne Bild auf sie ein, so deutlich, als wäre es mit dem Klicken der Linse einer Boxkamera erfasst worden. Der Gestank, als die selbstgebastelten, mit Exkrementen und fauligem Obst gefüllten Bomben zerplatzten. Die starren Augen des Mannes, als das Messer in seine Brust fuhr, jener einzigartige lähmende Augenblick zwischen Leben und Tod.
Über der Rückenlehne der Chaiselongue hing ein grünes Wolltuch. Sie legte es sich um die Schultern, drehte die Gaslampe herunter und kuschelte sich in ihren Lieblingssessel, die Beine unter den Körper gezogen.
Plötzlich drang vom Stockwerk unter ihr Musik durch die Dielenbretter. Léonie lächelte. Achille saß wieder am Klavier. Sie blickte zur Uhr auf dem Kaminsims.
Nach Mitternacht.
Léonie freute sich, dass sie nicht als Einzige in der Rue de Berlin noch wach war. Achilles Anwesenheit hatte etwas Beruhigendes an sich. Sie schmiegte sich tiefer in die Sesselpolster, als sie das Stück erkannte. *La Damoiselle Élue*, eine Komposition, von der Anatole gern behauptete, Debussy habe beim Schreiben an Léonie gedacht. Sie wusste, dass das nicht stimmte. Wie Achille ihr selbst verraten hatte, war das Libretto die Prosafassung eines Gedichts von Rossetti, der wiederum von Monsieur Poes Gedicht *The Raven* inspiriert worden war. Aber so oder so, das Stück hatte einen Platz in ihrem Herzen, und seine ätherischen Akkorde passten vollkommen zu ihrer mitternächtlichen Stimmung.

Ohne Vorwarnung senkte sich eine andere Erinnerung auf sie herab. Der Morgen der Beerdigung. Damals hatte Achille, so wie jetzt, endlos sein Klavier bearbeitet, und die Klänge der schwarzen und weißen Tasten waren durch die Dielenritzen gedrungen, bis Léonie glaubte, sein Geklimper würde sie noch in den Wahnsinn treiben. Das einzelne Palmenblatt, das in der Glasschüssel trieb. Das widerwärtige Aroma von Ritual und Tod, das sich in jede Ecke der Wohnung schlich, brennender Weihrauch und Kerzen, um die klebrige Süße der Leiche in dem geschlossenen Sarg zu überdecken.

Du verwechselst das, was war, mit dem, was ist.

Damals war Anatole an den meisten Tagen frühmorgens aus der Wohnung verschwunden, noch ehe das Licht der Welt wieder Gestalt gab. Abends kehrte er meist erst wieder heim, wenn sich alle im Haus schon längst zur Ruhe begeben hatten. Einmal blieb er eine Woche lang ohne Erklärung fort. Als Léonie schließlich den Mut aufbrachte, ihn zu fragen, wo er gewesen sei, erwiderte er nur, sie solle sich keine Sorgen machen. Sie vermutete, dass er die Nächte an den *Rouge-et-noir*-Tischen verbrachte. Durch das Geschwätz der Diener hatte sie zudem erfahren, dass in den Kolumnen der Zeitungen schlimme und anonyme Anschuldigungen gegen ihn erhoben wurden.

Man sah ihm an, dass das alles nicht spurlos an ihm vorüberging. Seine Wangen wurden hohl und die Haut fahl. Seine braunen Augen waren matt, ständig rot gerändert, und seine Lippen dünn und trocken. Léonie hätte alles getan, um einen erneuten Verfall dieser Art zu verhindern.

Erst als die Bäume auf dem Boulevard Malesherbes erneut ausschlugen und die Wege im Parc Monceau sich wieder mit rosa, weißen und lila Blüten füllten, hörten die Angriffe auf seinen guten Namen schlagartig auf.

Seine Stimmung besserte sich, und er erholte sich auch gesundheitlich. Sie hatte wieder den älteren Bruder, den sie kannte und liebte. Seitdem hatte es kein unerklärtes Verschwinden mehr gegeben, keine Ausflüchte, keine Halbwahrheiten.

Bis heute Abend.

Léonie merkte, dass ihre Wangen nass waren. Sie wischte sich mit kalten Fingern die Tränen ab, zog dann das Tuch noch enger um sich.

Es ist September, nicht März.

Aber Léonie blieb todtraurig. Er hatte sie angelogen, das wusste sie. Also hielt sie weiter Wache am Fenster, ließ sich von Achilles Musik in eine Art Halbschlaf lullen und lauschte die ganze Zeit auf das Geräusch von Anatoles Schlüssel in der Tür.

Kapitel 7

∞

Donnerstag, 17. September

Anatole ließ die Dame schlafen und schlich sich aus dem kleinen gemieteten Zimmer. Um die anderen Pensionsgäste nicht zu wecken, stieg er vorsichtig auf Socken die enge und staubige Holztreppe hinunter. Auf jeder Etage leuchtete ihm eine Gaslampe den Weg, bis er den Hausflur erreichte, der auf die Straße führte.

Die Morgendämmerung hatte noch nicht richtig begonnen, doch Paris erwachte bereits. In der Ferne konnte Anatole das Geräusch von Lieferkarren hören. Hölzerne Einspänner auf Kopfsteinpflaster, die Milch und frisch gebackenes Brot an die Cafés und Bars im Faubourg Montmartre lieferten.

Er blieb stehen, um sich die Schuhe anzuziehen, dann ging er los. Die Rue Feydeau war menschenleer, und außer dem Geräusch seiner Absätze auf dem Pflaster war nichts zu hören. Tief in Gedanken versunken, eilte Anatole zur Ecke Rue Saint-Marc, wo er eine Abkürzung durch die Passage des Panoramas nehmen wollte. Er sah niemanden, hörte niemanden.

In seinem Kopf überschlugen sich die Gedanken. Würde ihr Plan gelingen? Konnte er Paris unbemerkt verlassen, ohne Verdacht zu erregen? Trotz seiner zuversichtlichen Beteuerungen in den letzten Stunden hatte Anatole Zweifel. Er wusste, dass sein Verhalten in den kommenden Stunden, Tagen über Gelingen oder Scheitern entscheiden würde. Schon jetzt war Léonie argwöhnisch, und da ihre Unterstützung für den Erfolg des Unternehmens unabdingbar war, verfluchte er zuerst den Ablauf der Ereignisse, die seine Ankunft im Opernhaus verzögert hatten, und dann die böse Laune des Schicksals, dass die *abonnés* ausgerechnet an diesem Abend ihren bislang blutigsten und gewalttätigsten Aufstand anzetteln mussten.

Er holte tief Luft, spürte, wie ihm der frische Septembermorgen, durchsetzt mit dem Dampf und Rauch und Ruß der Stadt, in die Lunge drang. Die Vorwürfe, die er sich machte, weil er Léonie allein gelassen hatte, waren in den seligen Augenblicken vergessen gewesen, als er seine Geliebte in den Armen hielt. Jetzt kehrten sie wie ein stechender Schmerz in der Brust zurück.

Er würde es wiedergutmachen, das nahm er sich fest vor.

Die Zeit saß ihm im Nacken, drängte ihn nach Hause. Er ging schneller, gedankenverloren, dachte an die Wonnen der vergangenen Nacht, die Erinnerung an seine Geliebte in Geist und Körper eingeprägt, der Duft ihrer Haut an seinen Fingern, die Weichheit ihres Haars. Er hatte die ewige Heimlichtuerei und Verstellung satt. Sobald sie raus aus Paris waren, würde er sich keine Ausreden mehr einfallen lassen müssen, keine imaginären Besuche an den *Rouge-et-noir*-Tischen, in Opiumhöhlen oder Häusern mit zweifelhaftem Ruf erfinden müssen, um seinen wahren Aufenthaltsort zu vertuschen.

Die Angriffe gegen ihn in der Presse und sein Unvermögen, seinen guten Ruf zu verteidigen, das alles machte ihm arg zu schaffen. Er vermutete, dass Constant dahintersteckte. Sein Name wurde in den Schmutz gezogen, und das wirkte sich auch auf seine Mutter und seine Schwester aus. Er konnte nur hoffen, dass ihm noch genug Zeit blieb, sein Ansehen wiederherzustellen, wenn die ganze Sache erst einmal öffentlich war.

Als er um die Ecke bog, fegte ihm eine launische Herbstböe um die Beine. Er zog das Jackett enger um sich und bedauerte, dass er keinen Schal trug. Er überquerte die Rue Saint-Marc, noch immer ganz in Gedanken – dachte an die kommenden Tage und Wochen und nicht an die Gegenwart, durch die er ging.

Erst nach einer Weile nahm er Schritte hinter sich wahr. Zwei Fußpaare, die schnell näher kamen. Er merkte auf. Er blickte an seinem

Abendanzug hinab und begriff, dass er wie leichte Beute aussehen musste. Unbewaffnet, unbegleitet und vielleicht sogar noch mit den Spielgewinnen der letzten Nacht in den Taschen.
Anatole ging schneller. Die Schritte beschleunigten sich ebenfalls. Jetzt war er sicher, dass er verfolgt wurde, und er eilte schnurstracks in die Passage des Panoramas. Er hoffte, den Boulevard Montmartre auf der anderen Seite zu erreichen, wo die Cafés gerade aufmachten und bestimmt schon frühmorgendlicher Verkehr herrschte, Milchlieferungen, Karren.
Die letzten verbliebenen Gaslampen brannten mit einem kalten blauen Licht, als er durch die enge Schaufensterpassage ging und an Geschäften vorbeikam, die Stempel und Votivgaben verkauften, an einem Schreiner, der einen alten Schrank mit abblätternder Goldfarbe anbot, an den verschiedenen Antiquitätenhändlern und Verkäufern von *objets d'art*.
Die Männer folgten.
Anatole packte die Angst. Seine Hände glitten in die Taschen und suchten nach irgendwas, womit er sich verteidigen könnte, fanden jedoch nichts, was sich als Waffe eignen würde.
Er ging noch schneller, widerstand dem Impuls, in Laufschritt zu fallen. Es war besser, sich nichts anmerken zu lassen. So zu tun, als wäre alles in Ordnung. Darauf hoffen, dass er es auf die andere Seite schaffte, wo Zeugen wären, ehe die beiden Gelegenheit hatten, zuzuschlagen.
Doch auf einmal wurden die Schritte hinter ihm deutlich schneller. Eine blitzartige Bewegung, als Spiegelung im Schaufenster des Graveurs Stern, ein Brechen des Lichts, und Anatole wirbelte gerade noch rechtzeitig herum, um eine Faust abzuwehren, die auf seinen Kopf zielte. Er bekam einen Schlag über dem linken Auge ab, konnte aber das Schlimmste verhindern und sogar selbst einen Hieb landen. Sein Angreifer trug eine flache Wollmütze und hatte sich ein schwarzes Taschentuch vors Gesicht gebunden. Er grunzte auf, doch im selben Moment wurden Anatole die Arme nach hinten gerissen, so dass er schutzlos war. Der erste Schlag in die Magengrube raubte ihm den Atem, dann traf eine Faust sein Gesicht,

links, rechts, wie ein Boxer im Ring, eine Salve von Schlägen, sein Kopf schleuderte hin und her, und Schmerz jagte ihm durch den ganzen Körper.

Anatole spürte Blut von seinem Augenlid tropfen, doch es gelang ihm, sich etwas wegzudrehen und den brutalsten Schlägen auszuweichen. Auch der Mann, der ihn festhielt, hatte das Gesicht verhüllt, mit einem Schal, doch sein Kopf war unbedeckt und der Schädel mit schlimmen roten Blasen bedeckt. Anatole hob das Knie an und rammte dem Mann mit voller Wucht den Fuß gegen das Schienbein. Der Klammergriff lockerte sich einen Moment, gerade lange genug für Anatole, um den Mann am offenen Hemdkragen zu packen und ihn mit einem Ruck gegen die scharfkantigen Säulen am Eingang des Ladens zu schleudern.

Anatole warf sich mit dem ganzen Körpergewicht nach vorn und schaffte es auch fast an dem anderen vorbei, doch dann traf ihn ein Aufwärtshaken seitlich am Kopf. Er sank stolpernd auf die Knie, schlug im Fallen um sich und landete einen Hieb in den Rippen des Mannes, richtete aber wenig Schaden an.

Anatole spürte, wie die geballten Fäuste des Mannes auf seinen Nacken krachten. Von der Wucht des Schlages taumelte er nach vorne und sackte auf alle viere. Ein brutaler Tritt von Stiefeln mit Stahlkappen hinten gegen seine Beine schickte ihn endgültig zu Boden. Er warf die Hände über den Kopf und zog die Knie hoch bis ans Kinn, versuchte vergeblich, sich halbwegs gegen die Attacke zu schützen. Als ihn ein Schlag nach dem anderen in die Rippen, die Nieren und auf die Arme traf, wurde ihm zum ersten Mal klar, dass die beiden vielleicht nicht aufhören würden.

»He!«

Anatole meinte, im Dunkel am Ende der Passage ein Licht zu sehen.

»He! Was ist da los?«

Einen Moment lang stand die Zeit still. Anatole spürte den heißen Atem eines der beiden Angreifer, der ihm ins Ohr flüsterte.

»*Une leçon.*«

Dann das Gefühl von Händen, die über seinen malträtierten Kör-

per krochen, Finger, die in die Tasche seiner Weste tauchten, ein scharfer Ruck, und die Taschenuhr seines Vaters wurde aus der Halterung gerissen.
Endlich fand Anatole seine Stimme wieder.
»Hierher! Schnell!«
Mit einem letzten Tritt in die Rippen von Anatole, der daraufhin vor Schmerz zusammenklappte, wandten die beiden Angreifer sich ab und rannten in die entgegengesetzte Richtung des wackeligen Lichts, das die Lampe des Nachtwächters warf.
»Hierher!«, rief Anatole erneut.
Er hörte schlurfende Schritte näher kommen, dann das Klirren von Glas und Metall auf dem Boden, und der alte Nachtwächter nahm ihn in Augenschein.
»*Monsieur, qu'est-ce qui s'est passé?*«
Anatole stemmte sich mit Hilfe des alten Mannes in eine sitzende Position.
»Mir geht's gut«, sagte er, nach Luft ringend. Er hob eine Hand ans Auge, und als er sie wieder sinken ließ, waren seine Finger rot.
»Sie sind ganz schön ramponiert.«
»Ist nicht so schlimm«, beteuerte er. »Eine kleine Blessur.«
»Monsieur, wurden Sie ausgeraubt?«
Anatole antwortete nicht sofort. Er atmete einmal tief durch und streckte dann dem Nachtwächter die Hand hin, um sich von ihm auf die Beine helfen zu lassen. Schmerz schoss ihm durch den Rücken bis hinunter in die Beine. Er brauchte einen Moment, um das Gleichgewicht zu finden, dann richtete er sich auf. Er betrachtete seine Hände, drehte sie um. Seine Knöchel waren aufgeschürft und bluteten, und seine Handflächen waren von der Wunde über dem Auge blutverschmiert. Er spürte eine Abschürfung am Fußknöchel, wo der Stoff seiner Hose auf rohem Fleisch scheuerte.
Anatole brauchte eine Weile, um sich zu fassen, dann ordnete er seine Kleidung.
»Haben die Ihnen viel abgenommen, Monsieur?«
Er klopfte seine Jacke ab und stellte verblüfft fest, dass seine Brieftasche und sein Zigarettenetui noch immer da waren.

»Offenbar nur meine Uhr«, sagte er. Seine Worte schienen von weit weg zu kommen, als die Wirklichkeit in seinen Kopf drang und sich dort festsetzte. Es war kein zufälliger Raubüberfall gewesen. Genauer gesagt, überhaupt kein Straßenraub, sondern eine Lektion, wie der Mann gesagt hatte.

Anatole schob den Gedanken beiseite, holte einen Geldschein hervor und drückte ihn dem alten Mann in die tabakfleckigen Finger. »Als Dankeschön für Ihre Hilfe, mein Freund.«

Der Nachtwächter blickte nach unten. Ein Lächeln erstrahlte. »Sehr großzügig, Monsieur.«

»Aber es wäre unnötig, irgendwem von der Sache zu erzählen, mein Guter. Würden Sie mir jetzt vielleicht noch eine Droschke besorgen?«

Der alte Mann lupfte leicht seine Mütze. »Wie Sie wünschen, Monsieur.«

Kapitel 8

∞

Als Léonie mit einem Ruck erwachte, war sie ganz verwirrt. Zuerst konnte sie sich nicht erklären, warum sie im Sessel zusammengerollt im Salon saß. Dann schaute sie an ihrem zerrissenen Abendkleid hinunter und erinnerte sich. Der Aufruhr im Palais Garnier. Das späte Abendessen mit Anatole. Achille, die ganze Nacht Schlaflieder spielend. Sie sah auf die Sèvres-Uhr auf dem Kaminsims. Viertel nach fünf.

Ihr war eiskalt und ein bisschen übel, aber als sie leise den Raum verließ und den Flur hinunterging, sah sie, dass auch Anatoles Tür jetzt geschlossen war, was sie beruhigte.

Ihr Zimmer lag ganz am Ende. Es war das kleinste, aber freundlich, luftig und hübsch in Rosa und Blau möbliert. Ein Bett, ein Schrank, eine Kommode, ein Waschtisch mit blauem Porzellankrug und Schüssel, ein Frisiertisch und ein kleiner Hocker mit Klauenfüßen und Gobelinbezug.

Léonie stieg aus dem ramponierten Abendkleid, ließ es zu Boden gleiten und löste ihre Unterkleider. Der Spitzensaum des Kleides war grau verdreckt und hing an mehreren Stellen lose herab. Das Dienstmädchen würde einige Arbeit damit haben. Mit unbeholfenen Fingern öffnete Léonie das Korsett und löste die Haken, bis sie sich herauswinden konnte und es auf den Hocker warf. Sie spritzte sich ein wenig von dem Wasser, das noch vom Vorabend stammte und eiskalt geworden war, ins Gesicht, streifte dann das Nachthemd über und kroch ins Bett.

Einige Stunden später wurde sie von den Geräuschen der Bediensteten geweckt.

Als sie merkte, wie hungrig sie war, stand sie rasch auf, zog die Vorhänge zurück und stieß die Fensterläden auf. Das Tageslicht hatte die normale Welt zurückgebracht. Sie wunderte sich, dass das Paris vor ihrem Fenster trotz der Aufregungen des vergangenen Abends gänzlich unverändert aussah. Während sie sich das Haar bürstete, musterte sie sich im Spiegel und suchte ihr Gesicht nach Spuren der Ereignisse ab. Leider entdeckte sie keine.

Als sie zum Frühstück fertig war, zog Léonie ihren schweren blauen Brokatmorgenmantel über das weiße Baumwollnachthemd, band den Gürtel mit einer dicken Doppelschleife fest und trat dann hinaus in die Diele.

Das Aroma von frisch aufgebrühtem Kaffee stieg ihr in die Nase, als sie den Salon betrat und abrupt stehen blieb. Zu ihrer Verwunderung saßen sowohl M'man als auch Anatole bereits am Tisch. Meist pflegte Léonie ihr Frühstück allein einzunehmen.

Selbst zu dieser frühen Stunde war ihre Mutter tadellos zurechtgemacht. Marguerites dunkles Haar war kunstvoll zu ihrem üblichen Chignon gebunden, und sie trug ein wenig Puder auf Wangen und Hals. Sie saß mit dem Rücken zum Fenster, doch in dem harten Morgenlicht waren schwache Altersfältchen um Augen und Mund erkennbar. Léonie fiel auf, dass sie ein neues Negligé anhatte – rosa Seide mit gelber Schleife –, und seufzte. Vermutlich schon wieder ein Geschenk von diesem aufgeblasenen Du Pont.

Je großzügiger er ist, desto länger müssen wir ihn ertragen.

Bei diesem herzlosen Gedanken packte sie das schlechte Gewissen, und sie ging zum Tisch und küsste ihre Mutter mit recht unüblicher Begeisterung auf die Wange.

»*Bon matin,* M'man«, sagte sie, wandte sich ihrem Bruder zu, um ihn zu begrüßen.

Bei seinem Anblick riss sie die Augen weit auf. Sein linkes Auge war zugeschwollen, eine Hand bandagiert, und am Unterkiefer hatte er einen grünbläulichen Bluterguss.

»Anatole, um Gottes willen, was ist denn ...«

Er fiel ihr ins Wort. »Ich habe M'man gerade erzählt, wie wir gestern Abend in den Aufruhr im Palais Garnier geraten sind«, sagte er eindringlich und fixierte sie dabei. »Und dass ich das Pech hatte, ein bisschen Prügel zu beziehen.«

Léonie blickte ihn verblüfft an.

»Der *Figaro* bringt es sogar auf der Titelseite«, sagte Marguerite und klopfte mit ihren gepflegten Fingernägeln auf die Zeitung. »Ich darf gar nicht dran denken, was alles hätte passieren können! Du hättest getötet werden können, Anatole. Gott sei Dank war er da, um auf dich aufzupassen, Léonie. Hier steht, es hat Tote gegeben.«

»Regen Sie sich nicht auf, M'man, ich bin schon vom Arzt untersucht worden«, sagte er. »Es sieht schlimmer aus, als es ist.«

Léonie öffnete den Mund, um etwas zu sagen, und schloss ihn dann wieder, als sie Anatoles warnenden Blick sah.

»Über hundert Festnahmen«, fuhr Marguerite fort. »Etliche Tote! Und Explosionen! Im Palais Garnier, ich bitte euch. Paris wird allmählich unerträglich. Die Stadt kennt keine Gesetze mehr. Wirklich, ich halte das nicht aus.«

»Es gibt absolut nichts, was Sie aushalten müssten, M'man«, sagte Léonie ungehalten. »Sie waren ja nicht dabei. Mir ist nichts passiert. Und Anatole …« Sie brach ab und bedachte ihn mit einem langen Blick. »Anatole hat schon gesagt, dass es ihm gutgeht. Sie machen sich unnötig Sorgen.«

Marguerite lächelte schwach. »Du kannst dir nicht vorstellen, wie eine Mutter leidet.«

»Möchte ich auch gar nicht«, murmelte Léonie halblaut, nahm eine Scheibe Graubrot und bestrich sie großzügig mit Butter und Aprikosenkonfitüre.

Eine Weile frühstückten sie schweigend. Léonie warf Anatole wiederholt fragende Blicke zu, die er geflissentlich ignorierte.

Das Dienstmädchen brachte auf einem Tablett die Post herein.

»Was für mich dabei?«, fragte Anatole, mit seinem Buttermesser gestikulierend.

»Nichts, *chéri*. Nein«, antwortete Marguerite.

Mit einem verwunderten Gesichtsausdruck nahm sie einen dicken cremefarbenen Umschlag in die Hand und betrachtete den Poststempel.
Léonie sah, wie ihrer Mutter die Farbe aus den Wangen wich.
»Wenn ihr mich bitte entschuldigen würdet«, sagte sie, stand vom Tisch auf und verließ das Zimmer, ehe eines ihrer Kinder reagieren konnte.
Sobald sie fort war, drehte Léonie sich zu ihrem Bruder um.
»Was um alles in der Welt ist mit dir passiert?«, tuschelte sie. »Sag schnell. Bevor M'man zurückkommt.«
Anatole stellte seine Kaffeetasse hin. »Zu meinem großen Bedauern hatte ich im Chez Frascati eine Meinungsverschiedenheit mit dem Croupier. Er wollte mich betrügen, das wusste ich, und ich beging den Fehler, mich beim Geschäftsführer zu beschweren.«
»Und?«
»Und«, seufzte er, »um es kurz zu machen, ich wurde vor die Tür gesetzt. Ich war noch keine fünfhundert Meter gegangen, als mich zwei Schläger überfielen.«
»Dir vom Klub hinterhergeschickt?«
»Ich vermute, ja.«
Sie starrte ihn an und hatte auf einmal den Verdacht, dass hinter dem Ganzen mehr steckte, als Anatole zugab. »Hast du dort Schulden?«
»Ein paar, aber ...« Er zuckte die Achseln, und wieder huschte so etwas wie Unbehagen über sein Gesicht. »Es gibt mir zu denken, nach allem, was in diesem Jahr so geschehen ist, jetzt das noch. Ich überlege, ob es nicht ratsam wäre, wenn ich mich eine Woche oder so rarmache«, fügte er hinzu. »Paris verlasse, bis sich alles wieder beruhigt hat.«
Léonie schaute bekümmert. »Aber ich fände es schrecklich, wenn du fort wärst. Außerdem, wo willst du hin?«
Anatole stützte die Ellbogen auf und senkte die Stimme. »Ich habe da so eine Idee, *petite*, aber dafür brauche ich deine Hilfe.«
Der Gedanke, dass Anatole fortgehen könnte, und wenn auch nur für ein paar Tage, war nicht zu ertragen. Allein mit ihrer Mutter

und dem langweiligen Du Pont in der Wohnung zu sein. Sie goss sich eine zweite Tasse Kaffee ein und fügte drei Teelöffel Zucker hinzu.

Anatole berührte ihren Arm. »Hilfst du mir?«

»Natürlich, alles, was du willst, aber ich …«

In dem Augenblick erschien ihre Mutter wieder in der Tür. Anatole wich zurück und legte einen Finger an die Lippen. Marguerite hielt sowohl den Umschlag als auch den Brief in der Hand. Ihre rosalackierten Nägel leuchteten hell vor dem Beige des Briefpapiers.

Léonie wurde rot.

»*Chérie*, lauf bitte nicht so rot an«, sagte Marguerite auf dem Weg zum Tisch. »Das ist ja schon fast peinlich. Du siehst aus wie eine Verkäuferin.«

»Verzeihung, M'man«, entgegnete Léonie, »aber Anatole und ich waren besorgt, dass Sie vielleicht … schlechte Nachrichten erhalten haben.«

Marguerite sagte nichts, schaute bloß weiter gebannt auf das Schreiben.

»Von wem ist der Brief?«, fragte Léonie schließlich, als ihre Mutter noch immer keine Anstalten machte, zu antworten. Im Gegenteil, sie schien vergessen zu haben, dass sie nicht allein war.

»M'man?«, sagte Anatole. »Kann ich Ihnen etwas holen? Ist Ihnen nicht gut?«

Ihre großen braunen Augen blickten auf. »Nein danke, *chéri*. Ich bin nur überrascht, mehr nicht.«

Léonie seufzte. »Von – wem – ist – der – Brief?«, wiederholte sie gereizt, betonte jedes Wort, als würde sie mit einem besonders begriffsstutzigen Kind sprechen.

Endlich fand Marguerite die Fassung wieder. »Der Brief kommt von der Domaine de la Cade«, sagte sie leise. »Von eurer Tante Isolde. Der Witwe meines Halbbruders Jules.«

»Was?«, rief Léonie. »Der Onkel, der im Januar gestorben ist?«

»Verschieden, *disparu*. ›Gestorben‹ ist so vulgär«, verbesserte ihre Mutter sie, obwohl Léonie hörte, dass der Tadel halbherzig war. »Aber ja, in der Tat, genau der.«

»Wieso schreibt sie Ihnen nach so langer Zeit?«
»Oh, sie hat schon bei früheren Anlässen geschrieben«, erwiderte Marguerite. »Einmal aus Anlass ihrer Hochzeit, das nächste Mal dann, um mich von Jules' Tod zu unterrichten und mir Ort und Zeit der Beerdigung mitzuteilen.« Sie stockte. »Zu meinem Bedauern konnte ich wegen meines schlechten Gesundheitszustands die Reise nicht antreten, schon gar nicht zu der Jahreszeit.«
Léonie wusste genau, dass ihre Mutter niemals wieder einen Fuß in das Haus außerhalb von Rennes-les-Bains, wo sie aufgewachsen war, gesetzt hätte, ungeachtet der Jahreszeiten und Umstände. Marguerite und ihr Halbbruder hatten sich nicht nahegestanden. Von Anatole hatte Léonie die wesentlichen Punkte der Geschichte erfahren. Marguerites Vater Guy Lascombe hatte jung und übereilt geheiratet. Als seine erste Frau rund sechs Monate später bei Jules' Geburt starb, gab Lascombe seinen Sohn kurzerhand in die Obhut einer Gouvernante und später einer Reihe von Hauslehrern und kehrte selbst nach Paris zurück. Er zahlte für die Erziehung seines Sohnes und die Instandhaltung des Familiensitzes, und als Jules volljährig wurde, setzte er eine jährliche Zuwendung für ihn fest, kümmerte sich ansonsten aber ebenso wenig um ihn wie zuvor.
Erst im fortgeschrittenen Alter heiratete Grandpère Lascombe erneut, obwohl er weiter sein altes zügelloses Leben führte. Er schickte seine sanfte Frau und seine kleine Tochter auf die Domaine de la Cade und besuchte sie nur, wenn ihm mal danach war. Der gequälte Ausdruck, den Marguerites Gesicht die seltenen Male annahm, die ihre Kindheit zur Sprache kam, verriet Léonie, dass ihre Mutter alles andere als glücklich gewesen war.
Grandpère Lascombe und seine Frau waren eines Abends ums Leben gekommen, als ihre Kutsche sich überschlagen hatte. Bei der Verlesung des Testaments stellte sich heraus, dass Guy sein gesamtes Vermögen Jules hinterlassen hatte, seiner Tochter dagegen keinen einzigen Sou. Marguerite flüchtete sich auf der Stelle in den Norden, nach Paris, wo sie im Februar 1865 Leo Vernier kennenlernte und heiratete, einen radikalen Idealisten. Da Jules ein

Anhänger des Ancien Régime war, hatten die Halbgeschwister von da an keinerlei Kontakt mehr miteinander.
Leonie seufzte. »Ja, aber warum schreibt sie Ihnen dann wieder?«, erkundigte sie sich.
Marguerite betrachtete den Brief, als könne sie dessen Inhalt noch immer nicht fassen.
»Es ist eine Einladung an dich, Léonie, sie zu besuchen. Sogar für vier Wochen.«
»Was?«, schrie Léonie und hätte ihrer Mutter den Brief beinahe aus den Fingern gerissen. »Wann?«
»*Chérie*, bitte.«
Léonie hörte sie gar nicht. »Erklärt Tante Isolde, warum sie ausgerechnet jetzt so eine Einladung ausspricht?«
Anatole zündete sich eine Zigarette an. »Vielleicht als Wiedergutmachung für den mangelnden Familiensinn ihres verstorbenen Gatten.«
»Möglich«, sagte Marguerite, »allerdings deutet nichts in dem Brief auf eine solche Absicht hin.«
Anatole lachte. »So etwas würde man ja wohl kaum zu Papier bringen.«
Léonie verschränkte die Arme. »Na, der Gedanke ist jedenfalls ziemlich abwegig, dass ich eine Einladung zu einem Besuch bei einer Tante annehmen würde, der ich noch nie begegnet bin, und schon gar nicht für so lange Zeit. Ehrlich gesagt«, fügte sie hitzig hinzu, »kann ich mir nichts Schlimmeres vorstellen, als irgendwo auf dem Lande bei einer verknöcherten Witwe zu hocken, die von der guten alten Zeit schwärmt.«
»O nein, Isolde ist noch jung«, sagte Marguerite. »Jules war deutlich älter, sie wird jetzt so um die dreißig sein, glaube ich.«
Für einen Moment senkte sich Stille über den Frühstückstisch.
»Wie auch immer, ich werde die Einladung auf jeden Fall ablehnen«, sagte Léonie schließlich.
Marguerite sah ihren Sohn über den Tisch hinweg an. »Anatole, was würdest du raten?«
»Ich will nicht dahin«, sagte Léonie mit noch mehr Nachdruck.

Anatole lächelte. »Überleg doch, Léonie, eine Reise in die Berge? Das klingt doch schön. Erst letzte Woche hast du mir erzählt, wie sehr dich das Stadtleben anödet und dass du dringend Erholung brauchst.«

Léonie betrachtete ihn erstaunt. »Ja, das habe ich, aber …«

»Die Abwechslung würde dir guttun. Außerdem ist das Wetter in Paris unerträglich. Mal stürmisch und nass und dann wieder so heiß wie in der algerischen Wüste.«

»Das stimmt, aber …«

»Und du hast mir erzählt, wie gern du ein Abenteuer erleben würdest, aber wenn sich die Gelegenheit dazu bietet, bist du zu ängstlich, sie zu ergreifen.«

»Aber vielleicht ist Tante Isolde schrecklich unangenehm. Und wie soll ich mir auf dem Land die Zeit vertreiben? Da gibt es nichts für mich zu tun.« Léonie warf ihrer Mutter einen herausfordernden Blick zu. »M'man, Sie sprechen immer nur mit Widerwillen von der Domaine de la Cade.«

»Das ist lange her«, sagte Marguerite leise. »Es kann sich einiges geändert haben.«

Léonie schlug eine andere Taktik ein.

»Aber die Reise dauert mehrere Tage. Ich kann unmöglich so weit reisen. Nicht ohne Begleitung.«

Marguerite sah ihre Tochter ruhig an. »Nein, nein … natürlich nicht. Aber wie es der Zufall will, hat General Du Pont gerade gestern Abend vorgeschlagen, mit mir für ein paar Wochen ins Marne-Tal zu reisen. Wenn ich seine Einladung annehmen könnte …« Sie brach ab und wandte sich an ihren Sohn. »Anatole, könnte ich dich dazu bewegen, Léonie in den Midi zu begleiten?«

»Ich bin sicher, dass ich ein paar Tage erübrigen könnte.«

»Aber M'man«, wandte Léonie ein.

Ihr Bruder sprach über sie hinweg. »Tatsächlich habe ich erst vorhin gesagt, ich würde überlegen, für ein paar Tage aufs Land zu fahren. Auf diese Weise könnten wir zur allseitigen Zufriedenheit zwei Fliegen mit einer Klappe schlagen. Und«, so fügte er mit einem verschwörerischen Lächeln in Richtung seiner Schwester hinzu, »falls dir der Gedanke Angst macht, so weit weg von zu Hause zu sein, *petite*, allein und in einer fremden Umgebung, lässt sich Tante Isolde bestimmt dazu bewegen, ihre Einladung auch auf mich auszudehnen.«

Endlich verstand Léonie, worauf Anatole hinauswollte. »Oh«, sagte sie.

»Könntest du dich wirklich für ein, zwei Wochen freimachen, Anatole?«, fragte Marguerite nach.

»*Pour ma petite sœur* kann ich alles«, sagte er. Er lächelte Léonie an. »Falls du die Einladung annehmen möchtest, stehe ich dir zu Diensten.«

Sie verspürte ein erstes Prickeln der Vorfreude. Nach Lust und Laune in der freien Natur herumspazieren zu können und saubere Luft zu atmen. Lesen zu dürfen, was sie wollte und wann sie wollte, ohne Kritik oder Tadel fürchten zu müssen.

Anatole ganz für mich zu haben.

Sie überlegte noch ein Weilchen, weil es nicht zu offensichtlich sein sollte, dass sie und Anatole unter einer Decke steckten. Wenn ihre Mutter sich in der Domaine de la Cade nicht wohl gefühlt hatte, bedeutete das noch lange nicht, dass es ihr ebenso ergehen würde. Sie blickte verstohlen auf Anatoles lädiertes, schönes Gesicht. Sie hatte gedacht, sie hätten die ganze Sache hinter sich. Der gestrige Abend hatte ihr gezeigt, dass dem nicht so war.

»Also schön«, sagte sie und spürte, wie ihr das Blut in den Kopf schoss. »Falls Anatole mich begleitet und vielleicht so lange bleibt, bis ich mich einigermaßen eingelebt habe, dann von mir aus ja.« Sie wandte sich an Marguerite. »M'man, würden Sie Tante Isolde bitte schreiben und ihr mitteilen, dass ich – wir – ihre freundliche Einladung mit großer Freude annehmen?«

»Ich werde telegrafieren und die Daten bestätigen, die sie vorgeschlagen hat.«

Anatole grinste. Er hob seine Kaffeetasse. »*A l'avenir*«, sagte er.

Léonie erwiderte den Trinkspruch. »Auf die Zukunft«, lachte sie. »Und auf die Domaine de la Cade.«

Zweiter Teil
Paris

Oktober 2007

Kapitel 9

Paris, Freitag, 26. Oktober 2007

Meredith Martin saß im Eurostar nach Paris und starrte ihr Spiegelbild im Zugfenster an. Schwarze Haare, weißes Gesicht. Ohne einen Hauch von Farbe sah sie nicht besonders gut aus. Sie schaute auf die Uhr.

Viertel vor neun. Fast da, Gott sei Dank.

Immer häufiger zischten jetzt die grauen Rückseiten von Häusern und Kleinstädte in der Dunkelheit vorbei. Der Waggon war ziemlich leer.

Zwei französische Geschäftsfrauen in akkurat gebügelten weißen Blusen und grauen Hosenanzügen. Zwei auf ihren Rucksäcken schlafende Studenten. Das sanfte Klickern von Computertastaturen, leise Handytelefonate, das Rascheln von Zeitungen – französisch, britisch und amerikanisch. Auf der anderen Seite des Ganges war eine Vierergruppe von Anwälten in gestreiften Hemden und Jeans mit rasiermesserscharfen Bügelfalten auf dem Weg ins Wochenende. Sie unterhielten sich laut über einen Betrugsfall, und ihr Tisch war übersät mit Glasflaschen und Plastikbechern. Bier, Wein, Bourbon.

Merediths Augen wanderten zu der glänzenden Hotelbroschüre auf dem Plastiktisch, obwohl sie sie schon fast auswendig kannte.

L'Hôtel Domaine de la Cade
Rennes-les-Bains 11190

Das Hôtel Domaine de la Cade liegt in einer zauberhaften bewaldeten Parklandschaft über dem malerischen Örtchen

Rennes-les-Bains im wunderschönen Languedoc. Es verbindet die vornehme Eleganz des neunzehnten Jahrhunderts mit dem Komfort und den Freizeitangeboten, die der anspruchsvolle Gast des einundzwanzigsten Jahrhunderts erwartet. Das Hotel befindet sich an der Stelle des ursprünglichen maison de maître, *das im Jahr 1897 teilweise durch einen Brand zerstört wurde. Bereits in den fünfziger Jahren des vergangenen Jahrhunderts wurde in seinen Mauern der Hotelbetrieb aufgenommen, und im Jahre 2004 erfolgte nach umfassenden Renovierungs- und Modernisierungsmaßnahmen die Neueröffnung unter neuer Leitung. Heute gilt es als eines der besten Hotels im Südwesten Frankreichs.*
Preise und ausführliche Beschreibung siehe Rückseite.

Dann folgte der gleiche Text auf Französisch.
Es klang toll. Ab Montag würde sie dort sein. Das war ihr Geschenk an sich selbst, ein paar Tage Fünfsterneluxus nach all den Billigflügen und Billighotels. Sie schob die Broschüre zurück in die durchsichtige Plastikreisemappe mit der Reservierungsbestätigung und verstaute das Ganze wieder in ihrer Tasche.
Sie reckte die langen schlanken Arme über den Kopf und rollte den Hals in den Nacken. Sie konnte sich nicht erinnern, wann sie zuletzt so müde gewesen war.
Meredith hatte um zwölf Uhr aus ihrem Hotel in London ausgecheckt und in einem Café in der Nähe der Wigmore Hall zu Mittag gegessen, bevor sie sich ein – ausgesprochen ödes – Nachmittagskonzert angehört hatte. In der Waterloo Station hatte sie sich noch rasch ein Sandwich gekauft und war schließlich verschwitzt und erschöpft in den Zug gestiegen.
Um dann doch noch verspätet abzufahren. Als es dann endlich losging, hatte sie den ersten Teil der Fahrt nur träge aus dem Fenster gestarrt und zugesehen, wie die grüne englische Landschaft vorbeisauste, anstatt ihre Notizen in den Computer zu tippen. Dann tauchte der Zug unter den Kanal und wurde von den Betonwänden des Tunnels verschluckt. Die Atmosphäre wurde bedrückend, aber

immerhin hatte das Handygeplapper ein Ende. Dreißig Minuten später tauchten sie auf der anderen Seite in der flachen braunen Landschaft Nordfrankreichs wieder auf.
Bauernhäuser, vorbeifliegende Örtchen und lange gerade Landstraßen, die aussahen, als führten sie ins Nirgendwo. Hier und da ein paar Ortschaften, die Schlackehalden mit der Zeit grün überwuchert. Dann der Flughafen Charles de Gaulle und die Vorstädte, *la banlieue*, die düsteren trostlosen Hochhäuser des sozialen Wohnungsbaus, die stumm an der Peripherie der französischen Hauptstadt aufragten.
Meredith lehnte sich zurück und ließ die Gedanken schweifen. Sie befand sich auf einer vierwöchigen Reise durch England und Frankreich, um für ihre Biographie über den französischen Komponisten aus dem neunzehnten Jahrhundert, Achille-Claude Debussy, und seine Frauen zu recherchieren.
Nach zwei recht fruchtlosen Jahren der Forschung und Planung hatte sie endlich Glück gehabt. Vor sechs Monaten hatte ihr ein junger wissenschaftlicher Verlag ein bescheidenes Angebot für das Buch gemacht. Der Vorschuss war zwar nicht berauschend, aber doch recht passabel dafür, dass sie im Bereich der Musikkritik ein unbeschriebenes Blatt war. Jedenfalls reichte er aus, um ihren Traum von einer Europareise wahr werden zu lassen. Sie war fest entschlossen, nicht bloß ein weiteres Buch über Debussy zu schreiben, sondern *das* Buch, *die* Biographie.
Der zweite Glücksfall war das Angebot einer halben Stelle als Dozentin an einem Privatcollege bei Raleigh Durham, die sie im kommenden Sommersemester antreten würde. Der Vorteil daran war, dass sie es von dort nicht weit bis zu ihren Adoptiveltern hatte, die inzwischen ganz in der Nähe wohnten – womit sie Geld für Waschsalon, Telefon und Lebensmittel sparen konnte –, und auch ihre Alma Mater, die University of North Carolina, nur einen Katzensprung entfernt lag.
Nach zehn Jahren Collegeausbildung, die Meredith selbst finanziert hatte, war ihr Schuldenberg groß und das Geld knapp. Aber mit dem, was sie als Klavierlehrerin verdient hatte, dem Vorschuss

vom Verlag und nun der Aussicht auf ein regelmäßiges Gehalt hatte sie den Mut gefunden, sich aufzuraffen, und den Flug nach Europa gebucht.

Das Manuskript sollte Ende April im Verlag sein. Im Augenblick war sie gut in der Zeit. Sogar mehr als gut. Sie hatte zehn Tage in London verbracht. Jetzt lagen noch fast zwei Wochen Frankreich vor ihr, hauptsächlich Paris, aber sie hatte auch eine Kurzreise in eine kleine Stadt im Südwesten eingeplant, Rennes-les-Bains. Daher die zwei Tage im Domaine de la Cade.

Der offizielle Grund für den Abstecher war, dass sie einem Hinweis zu Debussys erster Frau Lilly nachgehen wollte, bevor sie nach Paris zurückkehrte. Aber wenn es nur um eine Spur der ersten Madame Debussy gegangen wäre, hätte sie sich nicht so viel Mühe gemacht. Es war ein interessantes Puzzleteilchen in ihrer Recherche, zugegeben, aber ihre Anhaltspunkte waren recht dürftig und für das Buch als solches kaum von Belang. Nein, ihr wahres Motiv für den Besuch in Rennes-les-Bains war persönlicher Natur.

Meredith griff in das Innenfach ihrer Handtasche und holte einen Umschlag mit der Aufschrift NICHT KNICKEN hervor, dem sie ein paar alte abgegriffene Sepiafotos mit Eselsohren und ein Notenblatt für Klavier entnahm. Sie betrachtete, wie schon so oft, die inzwischen vertrauten Gesichter, ehe sie ihre Aufmerksamkeit auf das Musikstück richtete. Die Melodie in a-Moll, mit der Hand auf gelbes Notenpapier geschrieben, war einfach und in einem gängigen Takt gehalten. Darüber standen Titel und Datum in altmodischer Kursivschrift: *Grabkapelle 1891*.

Sie kannte es auswendig – jeden Takt, jede Sechzehntelnote, jede Harmonie. Die Musik und die drei Fotos, die Meredith zusammen aufbewahrte, waren alles, was ihre leibliche Mutter ihr hinterlassen hatte. Ein Familienerbe, ein Talisman.

Ihr war durchaus bewusst, dass diese Reise möglicherweise nichts Interessantes erbringen würde. Es war lange her; die Geschichten verblasst. Andererseits, so dachte sich Meredith, konnte ihre derzeitige Situation sich kaum verschlechtern. Sie wusste so gut wie nichts über die Vergangenheit ihrer Familie, hatte das dringende

Bedürfnis, mehr zu erfahren. Das war ihr den Preis eines Flugtickets wert.
Meredith merkte, dass der Zug langsamer wurde. Die Bahngleise hatten sich vervielfacht. Die Lichter des Gare du Nord kamen in Sicht. Wieder änderte sich die Atmosphäre im Abteil. Eine Rückkehr in die reale Welt, ein gemeinsames Ziel am Ende einer fast abgeschlossenen Reise. Krawatten wurden gerade gerückt, Mäntel übergezogen.
Sie packte die Fotos, das Notenblatt und die anderen Unterlagen zusammen und schob alles zurück in ihre Tasche. Dann zog sie einen Haargummi vom Handgelenk, band ihr schwarzes Haar zu einem Pferdeschwanz zusammen, fuhr sich mit den Fingern durch die Stirnfransen und trat auf den Gang.
Mit ihren hohen Wangenknochen, den klaren braunen Augen und der zierlichen Gestalt sah Meredith eher aus wie frisch von der Highschool, nicht wie eine achtundzwanzigjährige Wissenschaftlerin. Zu Hause hatte sie immer ihren Ausweis dabei, damit es keine Probleme gab, wenn sie sich in einer Bar etwas Alkoholisches bestellte.
Als sie nach oben ins Gepäckfach griff, um ihre Jacke und Reisetasche herunterzuholen, kam zwischen ihrem grünen Top und der Jeans von Banana Republic ein sonnengebräunter, flacher Bauch zum Vorschein, und sie merkte, dass die vier Männer von gegenüber sie anstarrten.
Meredith zog sich die Jacke an.
»Gute Reise noch, Jungs«, sagte sie grinsend und ging zur Tür.

Als sie auf den Bahnsteig trat, schlug ihr eine Lärmwand entgegen. Laute Stimmen, ein Gewimmel von Menschen. Alle hatten es eilig. Die Lautsprecher plärrten irgendwelche Durchsagen. Informationen über die nächste Abfahrt wurden mit einer Art Fanfare oder Glockenspiel eingeleitet. Nach der gedämpften Ruhe im Zug war das hier der helle Wahnsinn.
Meredith lächelte, sog die Bilder, die Gerüche, das Wesen von Paris ein. Und sofort fühlte sie sich wie ein anderer Mensch.

Sie hängte ihre Taschen über die Schulter, folgte den Hinweisschildern zum Ausgang und stellte sich am Taxistand in die Warteschlange. Der Mann vor ihr bellte irgendwas in sein Handy, während er mit einer Gitane wedelte, die ihm zwischen den Fingern klemmte. Bläulichweißer Qualm, der nach Vanille roch, schlängelte sich in der Nachtluft nach oben, hob sich als Silhouette gegen die Balustraden und Fensterläden der gegenüberliegenden Häuser ab.

Sie nannte dem Fahrer die Adresse, ein Hotel im 4. Arrondissement auf der Rue du Temple im Marais, für das sie sich wegen der zentralen Lage entschieden hatte. Von dort war es nicht weit zu Touristenattraktionen wie dem Centre Pompidou und Musée Picasso, falls sie die Zeit dafür fand, aber was noch wichtiger war, das Konservatorium und die verschiedenen Konzertsäle, Archive und Privatadressen, die sie wegen Debussy aufsuchen musste, lagen ganz in der Nähe.

Der Fahrer verstaute ihre Reisetasche im Kofferraum, schlug dann die Tür zu und stieg ein. Meredith wurde nach hinten ins Polster gedrückt, als das Taxi schwungvoll in den hektischen Pariser Verkehr einfädelte. Sie schlang schützend den Arm um ihre Tasche und hielt sie fest an sich gedrückt, während sie Cafés, Boulevards, Motorroller und Straßenlampen vorbeizischen sah.

Meredith hatte das Gefühl, Debussys Musen, Mätressen, Geliebte, Ehefrauen genau zu kennen – Marie Vasnier, Gaby Dupont, Thérèse Roger, seine erste Frau Lilly Texier, seine zweite, Emma Bardac, seine heißgeliebte Tochter Chouchou. Ihre Gesichter, ihre Geschichten, ihre Charaktere standen ihr förmlich vor Augen – die Daten, die Verbindungen, die Musik. Sie hatte einen ersten Entwurf der Biographie fertig und war ganz zufrieden damit, wie der Text Gestalt annahm. Jetzt musste sie alles auf dem Papier zum Leben erwecken, sie brauchte etwas mehr Farbe, ein wenig Atmosphäre des 19. Jahrhunderts.

Hin und wieder kam es ihr so vor, als ob Debussys Leben für sie realer wäre als ihre eigene Alltagsexistenz, was sie beunruhigend fand. Doch dann verwarf sie den Gedanken. Es war gut, ein klares

Ziel vor Augen zu haben. Sie wollte den Abgabetermin einhalten, und dafür musste sie nur noch ein Weilchen länger dabeibleiben.
Das Taxi hielt mit quietschenden Reifen.
»Hôtel Axial-Beaubourg. *Voilà.*«
Meredith bezahlte den Fahrer und ging hinein.

Das Hotel war ziemlich modern. Es wirkte eher wie ein schickes Hotel in New York und entsprach nicht ihren Erwartungen für Paris.
Kein französisches Flair.
Überall gerade Linien und Glas; edel, minimalistisch. In der Lobby standen wuchtige kantige Sessel, hellgrün oder braun-weiß gestreift oder schwarz-weiß gemustert, um Rauchglastische gruppiert. Kunstzeitschriften, Ausgaben von *Vogue* und *Paris-Match* waren in Wandgestellen aus gebürstetem Chrom ausgelegt. Kolossale, übergroße Lampenschirme hingen von der Decke.
Zu gewollt.
Am hinteren Ende der langgestreckten Lobby befand sich die Bar, an der eine Reihe von Männern und Frauen etwas tranken. Jede Menge gestylte Körper und Maßgeschneidertes. Glänzende Cocktailshaker auf der schiefergrauen Theke; Glasflaschen, die in dem Spiegel unter blauem Neonlicht reflektiert wurden. Das Klimpern von Eis und das Klingen von Gläsern.
Meredith zog eine andere Kreditkarte aus dem Portemonnaie als die, die sie in England benutzt hatte, nur für den Fall, dass sie mit Letzterer am Limit war, und ging zur Rezeption. Die Empfangsdame im eleganten grauen Hosenanzug war freundlich und effizient. Meredith freute sich, dass ihr angestaubtes Französisch verstanden wurde. Sie hatte es schon so lange nicht mehr gesprochen.
Das kann nur ein gutes Zeichen sein.
Sie lehnte das Angebot, sich ihr Gepäck aufs Zimmer bringen zu lassen, dankend ab und notierte sich das Passwort für den kabellosen Internetzugang, dann fuhr sie mit dem kleinen Lift in den zweiten Stock und folgte einem langen dunklen Korridor, bis sie die Nummer fand, die sie suchte.

Das Zimmer war recht klein, aber sauber und geschmackvoll, komplett in Braun, Creme und Weiß gehalten. Der Zimmerservice hatte die Nachttischlampe eingeschaltet. Meredith strich mit der Hand über die Decke. Hochwertige Bettwäsche, die sich behaglich anfühlte. Viel Platz im Schrank, mehr als sie brauchte. Sie warf die Reisetasche aufs Bett, holte ihren Laptop aus der Handtasche, stellte ihn auf die Glasplatte des Schreibtischs und stöpselte ihn ein, um die Akkus aufzuladen.

Dann ging sie ans Fenster, zog die Vorhänge beiseite und öffnete die Fensterläden. Verkehrslärm brandete ins Zimmer. Unten auf der Straße waren schick gekleidete Menschen unterwegs, um einen erstaunlich milden Oktoberabend zu genießen. Meredith beugte sich hinaus, schaute in alle Richtungen. An der Ecke gegenüber befand sich ein Kaufhaus, dessen Fensterläden geschlossen waren. Cafés und Bars, eine Pâtisserie und ein kleiner Lebensmittelladen waren geöffnet, und Musik drang nach draußen auf die Bürgersteige. Orangegelbe Straßenlaternen, Neonlampen, alles angestrahlt oder als Silhouette sichtbar. Die Farben der Nacht.

Meredith stützte die Ellbogen auf die schwarze, schmiedeeiserne Balustrade, betrachtete die Szene eine Weile und wünschte, sie hätte noch genug Energie, nach unten zu gehen und sich unter das Treiben zu mischen. Dann rieb sie sich die Arme und merkte, dass sie Gänsehaut bekommen hatte.

Sie trat ins Zimmer zurück, packte aus und verstaute ihre wenigen Sachen im Schrank, dann ging sie ins Bad. Es war hinter einer eigenartigen Falttür in einer Ecke des Zimmers versteckt und ebenfalls aggressiv minimalistisch in weißer Keramik gehalten. Sie duschte rasch, zog dann einen Bademantel und ein paar dicke Wollsocken an, goss sich ein Glas Rotwein aus der Minibar ein und setzte sich an den Schreibtisch, um ihre E-Mails durchzusehen.

Die Verbindung klappte gut, aber es war nichts von Belang dabei – ein paar E-Mails von Freunden, die sich erkundigten, wie sie vorankam, eine von ihrer Mutter Mary, die wissen wollte, ob es ihr gutging, Werbung für ein Konzert. Meredith seufzte. Nichts von ihrem Verlag. Der erste Teil des Vorschusses hätte Ende September auf ihrem Konto sein müssen, aber bis zu ihrer Abreise war noch nichts eingegangen. Jetzt war Ende Oktober, und sie wurde allmählich nervös. Sie hatte die Zahlung angemahnt, und man hatte ihr versichert, dass alles nach Plan lief. Ihre finanzielle Lage war nicht prekär, zumindest noch nicht. Sie hatte ihre Kreditkarten, und notfalls könnte sie sich immer etwas von Mary leihen, um über den Engpass hinwegzukommen. Aber sie wäre erleichtert, wenn sie wüsste, dass das Geld unterwegs war.

Meredith schaltete den Computer aus. Sie trank den letzten Schluck Wein, putzte sich die Zähne und stieg mit einem Buch ins Bett.

Sie hielt ungefähr fünf Minuten durch.

Die Geräusche von Paris wurden schwächer. Meredith schlummerte ein, das Licht noch eingeschaltet und den abgegriffenen Band mit Erzählungen von Edgar Allan Poe unberührt auf dem Kissen neben ihr.

Kapitel 10

Samstag, 27. Oktober

Als Meredith am nächsten Morgen erwachte, strömte Licht durchs Fenster.

Sie sprang aus dem Bett, bürstete rasch ihr schwarzes Haar, band es zu einem Pferdeschwanz zusammen und zog Jeans, einen grünen Pullover und ihre Jacke an. Sie vergewissert sich, dass sie auch alles Nötige in die Tasche gesteckt hatte – Portemonnaie, Stadtplan, Notizbuch, Sonnenbrille, Kamera –, dann trat sie voller Vorfreude auf den Tag zur Tür hinaus und eilte, immer zwei Stufen auf einmal nehmend, hinunter in die Lobby.

Es war ein perfekter Herbsttag, hell, sonnig und frisch. Meredith ging zum Frühstücken in die Brasserie schräg gegenüber. Runde Tische aus Marmorimitat, aber trotzdem hübsch, waren in der Morgensonne auf dem Bürgersteig aufgereiht. Drinnen war alles aus braunlackiertem Holz. Eine verzinkte Theke nahm die gesamte Länge des Raumes ein, und zwei schwarz-weiß gekleidete Kellner in mittlerem Alter bewegten sich mit erstaunlicher Gewandtheit durch das gutbesuchte Lokal.

Meredith ergatterte den letzten freien Tisch draußen, gleich neben einer Gruppe von vier Männern in Unterhemden und engen Lederhosen. Alle rauchten und tranken Espresso und Wasser. Rechts von ihr nippten zwei dünne, adrett gekleidete Frauen ihren *café noisette* aus weißen Tässchen. Sie bestellte sich das *petit-déjeuner complet* – Saft, Baguette, Butter und Gelee, Croissant und *café au lait* –, dann zückte sie ihr Notizbuch, eine originalgetreue Kopie der klassischen Moleskinebücher à la Hemingway. Sie war schon bei Nummer drei des Sechserpacks, das sie für diese Reise im Sonderangebot bei Barnes & Noble gekauft hatte. Sie schrieb alles auf, ganz gleich, wie banal oder unbedeutend es schien. Später übertrug sie dann die Notizen, die sie für wichtig hielt, in ihren Laptop.

Sie hatte vor, an diesem Tag die privaten Orte aufzusuchen, die für Debussy von Bedeutung gewesen waren, nicht die großen öffentlichen Hallen und Konzertsäle. Sie wollte ein paar Fotos machen und einfach mal sehen, was dabei herauskam. Falls sich das Ganze als Zeitverschwendung entpuppte, würde sie sich etwas anderes überlegen, aber sie hielt die Idee für ganz vernünftig.

Debussy war am 22. August 1862 in Saint-Germain-en-Laye, das heute im Einzugsgebiet von Paris lag, zur Welt gekommen. Aber er war Pariser mit Leib und Seele und verbrachte fast seine ganzen fünfundfünfzig Lebensjahre in der Hauptstadt, von seiner Kindheit in der Rue de Berlin bis zu dem Haus Nummer 80 an der Avenue du Bois de Boulogne, in dem er am 25. März 1918 starb, vier Tage nachdem die Deutschen begonnen hatten, Paris mit Ferngeschützen zu beschießen. Die letzte Station auf ihrer Tagesroute würde der Cimetière de Passy im 16. Arrondissement sein, wo Debussy beerdigt war.

Meredith atmete tief durch. Sie fühlte sich in Paris, in Debussys Stadt, fast wie zu Hause. Vor ihrer Abfahrt hatten sich die Ereignisse ja förmlich überschlagen, und jetzt konnte sie kaum glauben, dass sie tatsächlich hier war. Sie saß eine Weile ganz ruhig da und genoss einfach nur die Atmosphäre und das Gefühl, mittendrin zu sein. Dann holte sie ihren Stadtplan hervor und breitete ihn auf dem Tisch aus. Die Ecken hingen über die Kante wie der Saum eines bunten Tischtuchs.

Sie strich ein paar Haarsträhnen, die sich gelockert hatten, hinter die Ohren und studierte den Plan. Die erste Adresse auf ihrer Liste war die Rue de Berlin, wo Debussy ab den frühen Sechzigern des 19. Jahrhunderts mit seinen Eltern und Geschwistern gewohnt hatte, bis er neunundzwanzig war. Die Straße lag gleich um die Ecke der Wohnung des symbolistischen Dichters Stéphane Mallarmé, wo die legendären Dienstagstreffen stattgefunden hatten, an denen auch Debussy teilgenommen hatte. Nach dem Ersten Weltkrieg war sie wie so viele französische Straßen mit deutschen Namen umbenannt worden und hieß jetzt Rue de Liège.

Meredith folgte mit dem Finger einer Linie bis zur Rue de Londres, wo Debussy sich im Januar 1892 mit seiner Geliebten Gaby Dupont eine möblierte Wohnung genommen hatte. Als Nächstes kam ein Appartement in der winzigen Rue Gustave-Doré im 17., dann gleich um die Ecke die Rue Cardinet, wo sie gewohnt hatten, bis Gaby ihn am Neujahrstag 1899 verließ. Debussy blieb die nächsten fünf Jahre mit seiner ersten Frau Lilly in derselben Wohnung, bis auch diese Verbindung zerbrach.

Was Entfernungen und Planung anging, war Paris einigermaßen gut zu bewältigen. Hilfreich war auch, dass Debussy sein Leben in einem relativ überschaubaren Bereich verbracht hatte, einem sternförmig angeordneten Quartett von Straßen um den Place d'Europe herum, auf der Grenze zwischen dem 8. und 9. Arrondissement, in der Nähe des Gare Saint-Lazare, denn dadurch war alles bequem zu Fuß zu erreichen.

Meredith umkringelte ihre verschiedenen Anlaufpunkte auf dem Stadtplan mit schwarzem Filzstift, betrachtete das Muster einen Moment und beschloss dann, am äußeren Punkt anzufangen und sich dann zurück Richtung Hotel zu arbeiten.

Sie packte alles zusammen, sobald sie den widerspenstigen Stadtplan endlich gebändigt hatte, und trank ihren Kaffee aus. Nachdem sie die buttrigen Croissantkrümel von ihrem Pullover gefegt und jeden Finger einzeln abgeleckt hatte, kostete es sie einige Überwindung, sich nicht doch noch eins zum Mitnehmen zu bestellen. Trotz ihrer schlanken und sportlichen Figur aß Meredith für ihr Leben gern. Gebäck, Brot, Kekse, all die Sachen, die bekanntlich schlecht für die Linie waren. Für die Rechnung ließ sie einen Zehneuroschein auf dem Tisch liegen, plus ein paar Münzen Trinkgeld, dann brach sie auf.

Sie brauchte knapp fünfzehn Minuten bis zum Place de la Concorde. Von dort ging sie am Palais de la Madeleine vorbei, einer ungewöhnlichen Kirche im Stil eines römischen Tempels, und den

Boulevard Malesherbes hinab. Nach ungefähr fünf Minuten bog sie links in die Avenue Velasquez und näherte sich dem Parc Monceau. Nach dem tosenden Autolärm auf dem Boulevard wirkte die schöne Sackgasse fast unheimlich still. Platanen mit gescheckter Rinde, fleckig wie der Handrücken eines alten Menschen, säumten die Bürgersteige. Viele Stämme waren mit Graffiti besprüht. Meredith schaute nach oben und betrachtete die weißen Botschaftsgebäude, die teilnahmslos und leicht verächtlich über die Vorgärten blickten. Sie blieb stehen und machte ein paar Fotos, nur für den Fall, dass sie sich später nicht mehr an die genaue Lage erinnerte.

Auf einem Schild am Eingang zum Parc Monceau standen die Öffnungszeiten für Winter und Sommer. Meredith trat durch das schwarze schmiedeeiserne Tor auf die weite grüne Fläche und konnte sich sogleich vorstellen, wie Lilly oder Gaby oder sogar Debussy selbst mit seiner Tochter an der Hand über die breiten Wege spaziert waren. Lange weiße Sommerkleider, raschelnd im Staub, oder Damen unter breitkrempigen Hüten auf einer der grünen Metallbänke rund um die Rasenflächen. Generäle a. D. in Militäruniform und dunkeläugige Diplomatenkinder, die unter den wachsamen Blicken ihrer Gouvernanten mit Holzreifen spielten. Zwischen den Bäumen hindurch sah sie die Säulen einer architektonischen Verrücktheit im Stil eines griechischen Tempels. Etwas weiter entfernt standen ein für die Öffentlichkeit gesperrtes Eishaus in Form einer Steinpyramide und Marmorstatuen der Musen. Auf der anderen Seite des Parks trugen gelbbraune Ponys, die in einer Reihe hintereinandertrotteten, begeisterte Kinder über den Kiesweg.

Meredith machte zahlreiche Fotos. Abgesehen von der Kleidung der Leute und den Handys, schien sich der Parc Monceau gegenüber den Aufnahmen von vor hundert Jahren, die sie gesehen hatte, kaum verändert zu haben. Alles war so lebendig, so klar.

Nachdem sie eine halbe Stunde entspannt durch den Park geschlendert war, verließ sie ihn schließlich und gelangte zur Metrostation auf der Nordseite. Das Schild MONCEAU, LIGNE 2 über dem Eingang sah mit seinem kunstvollen Jugendstildesign aus, als stammte es noch aus den Tagen Debussys. Sie machte noch zwei weitere Fotos, überquerte dann die verkehrsreiche Kreuzung und spazierte ins 17. Arrondissement. Nach der Fin-de-Siècle-Eleganz des Parks wirkte die Gegend trist. Die Geschäfte sahen billig aus, die Gebäude langweilig.

Sie fand die Rue Cardinet ohne Probleme und erkannte auch das Haus, in dem Lilly und Debussy vor über hundert Jahren gelebt hatten. Sie verspürte einen Stich der Enttäuschung. Von außen sah es ebenfalls schlicht aus, nichtssagend, belanglos. Ohne jeden Charakter. In seinen Briefen sprach Debussy liebevoll von der bescheidenen Wohnung, beschrieb die Aquarelle an den Wänden, die Ölgemälde.

Einen Moment lang erwog sie, irgendwo zu klingeln, vielleicht würde sie ja jemand hereinlassen und ihr erlauben, sich ein wenig umzuschauen. Schließlich hatte Debussy genau hier das Werk geschrieben, das sein Leben veränderte, seine einzige Oper, *Pelléas et Mélisande*. Hier hatte Lilly Debussy einen Tag vor ihrem fünften Hochzeitstag versucht, sich zu erschießen, als sie begriffen hatte, dass Debussy sie tatsächlich verlassen würde, um mit Emma Bardac zusammenzuziehen, der Mutter eines seiner Klavierschüler. Lilly überlebte, aber die Kugel konnte nie entfernt werden. Die Tatsache, dass sie bis ans Ende ihrer Tage mit einem bleiernen Andenken an Debussy im Körper hatte leben müssen, war für Meredith irgendwie das wenn auch furchtbare, aber doch ergreifendste Element der ganzen Geschichte.

Sie hob die Hand an die silberne Klingelleiste, bremste sich dann aber. Meredith glaubte an den Spiritus Loci. Sie hing der Vorstellung an, dass unter gewissen Umständen ein Echo der Vergangenheit erhalten bleiben konnte. Aber hier in der Stadt war zu viel Zeit vergangen. Selbst wenn die Mauersteine dieselben waren, nach hundert Jahren geschäftigen menschlichen Lebens gäbe es hier zu viele Geister. Zu viele verklungene Schritte, zu viele Schatten.

Sie wandte der Rue Cardinet den Rücken zu. Nachdem sie den Stadtplan herausgeholt und zu einem praktischen Quadrat zusammengefaltet hatte, machte sie sich auf die Suche nach dem Square

Claude Debussy. Als sie ihn fand, war er eine noch größere Enttäuschung. Hässliche sechsstöckige Gebäudeklötze mit einem Secondhandladen an der Ecke. Und er war praktisch menschenleer. Der ganze Platz wirkte verlassen. Bei dem Gedanken an die eleganten Statuen im Parc Monceau, die an Schriftsteller, Maler und Architekten erinnerten, fand Meredith es geradezu empörend, dass Paris einem seiner berühmtesten Söhne eine so schäbige Ehre zuteilwerden ließ.

Sie ging zurück zu dem belebten Boulevard des Batignolles. In der gesamten Literatur, die sie über das Paris des ausgehenden 19. Jahrhunderts gelesen hatte, Debussys Paris, wurde die Stadt abseits der großen Boulevards und Avenuen als ziemlich gefährlich geschildert. Es gab ganze Viertel – die *quartiers perdus* –, die man besser mied.

Sie ging weiter in die Rue de Londres, wo Gaby und Debussy im Januar 1892 ihre erste Wohnung angemietet hatten, hoffte, irgendetwas zu spüren, Nostalgie, eine gewisse Atmosphäre des Ortes, doch vergeblich. Sie folgte den Hausnummern, blieb an der Stelle stehen, wo Debussys Haus hätte sein müssen. Meredith trat zurück, vergewisserte sich in ihrem Notizbuch, dass die Nummer stimmte, und runzelte die Stirn.

Nicht mein Tag heute.

Wie es aussah, war das Gebäude in den letzten hundert Jahren vom Gare Saint-Lazare förmlich verschluckt worden. Der Bahnhof war immer weiter gewachsen und hatte sich auf die umliegenden Straßen ausgedehnt. Hier war nichts mehr, was die Vergangenheit mit der Gegenwart verband. Es gab nicht einmal mehr etwas, was ein Foto gelohnt hätte. Nur Leere.

Meredith schaute sich um und sah ein kleines Restaurant auf der anderen Straßenseite, Le Petit Chablisien. Sie brauchte etwas zu essen. Und vor allem brauchte sie ein Glas Wein.

Sie überquerte die Straße. Die Speisekarte war mit Kreide auf eine Tafel geschrieben, die auf einem Gestell auf dem Bürgersteig stand. Die großen Glasfenster waren anständig mit halbhohen Gardinen verhängt, so dass sie nicht hineinsehen konnte. Sie drückte die altmodische Türklinke herunter, und eine schrille Glocke bimmelte und schepperte. Sie trat ein und wurde augenblicklich von einem älteren Kellner begrüßt, der eine gestärkte weiße Leinenschürze umgebunden hatte.

»*Pour manger?*«

Meredith nickte und wurde zu einem Ecktisch für eine Person geführt, auf dem Papiertischtuch klobiges Silberbesteck und eine Flasche Wasser. Sie bestellte das *plat du jour* und ein Glas Fitou.

Das Fleisch – ein *bavette* – war so, wie Steak sein sollte, in der Mitte noch rosa und mit einer kräftigen dunklen Pfeffersauce. Der Camembert war reif. Während sie aß, betrachtete Meredith die Schwarzweißfotos an den Wänden. Bilder aus vergangenen Tagen, die das *quartier* zeigten, das Restaurantpersonal, das stolz auf dem Bürgersteig posierte, der *patron* und seine voluminöse Frau in steifem Sonntagsstaat, umringt von Kellnern mit schwarzen Schnurrbärten und steifen weißen Krägen. Eine Aufnahme der alten Straßenbahn auf der Rue d'Amsterdam, eine andere, moderne von der berühmten Skulptur mit den aufgetürmten Uhren vor der Bahnhofshalle des Gare Saint-Lazare.

Am besten jedoch war eine Fotografie, die sie wiedererkannte. Meredith lächelte. Über der Tür zur Küche hing neben einer Studioaufnahme von einer Frau mit einem jüngeren Mann und einem Mädchen mit vollem, ungebärdigem Haar eines der bekanntesten Fotos von Debussy. Es wurde 1885, als er gerade einmal 23 Jahre alt war, vor der Villa Medici in Rom aufgenommen, und er blickte mit seiner gewohnten mürrisch-düsteren Miene in die Kamera. Sein schwarzes lockiges Haar war über der Stirn kurz geschnitten, und mit den ersten Anzeichen eines Schnurrbarts war er unverkennbar. Meredith hatte vor, es als Illustration für die Umschlagrückseite ihres Buches zu verwenden.

»Er hat hier in dieser Straße gelebt«, sagte sie zu dem Kellner, während sie ihre PIN-Nummer eintippte. Sie zeigte auf das Foto. »Claude Debussy. Da vorne.«

Der Kellner zuckte die Achseln und schaute desinteressiert, bis er die Höhe des Trinkgeldes sah. Dann lächelte er.

Kapitel 11

Der Rest des Nachmittags verlief nach Plan.

Meredith arbeitete die übrigen Adressen auf ihrer Liste ab, und als sie gegen sechs wieder ins Hotel kam, hatte sie alle Orte in Paris abgeklappert, an denen Debussy je gelebt hatte. Sie duschte und zog eine weiße Jeans und einen blassblauen Pullover an. Sie lud die Fotos von ihrer Digitalkamera auf den Laptop, überprüfte ihre E-Mails – noch immer kein Geld –, dann aß sie eine Kleinigkeit in der Brasserie gegenüber und rundete den Abend mit einem grünen Cocktail an der Hotelbar ab, der ekelig aussah, aber erstaunlich gut schmeckte.

Zurück in ihrem Zimmer, hatte sie auf einmal das Bedürfnis, eine vertraute Stimme zu hören. Sie rief zu Hause an.

»Hi, Mary. Ich bin's.«

»Meredith!«

Das Beben in der Stimme ihrer Mutter trieb Meredith Tränen in die Augen. Auf einmal fühlte sie sich sehr weit weg von zu Hause und sehr allein.

»Wie geht's dir?«, fragte sie.

Sie unterhielten sich eine Weile. Meredith erzählte Mary haarklein, was sie alles seit ihrem letzten Telefonat unternommen hatte und wo sie seit ihrer Ankunft in Paris schon überall gewesen war, obwohl ihr die Dollars, die sie jede verplauderte Minute kosteten, schmerzlich bewusst waren.

Sie hörte das Zögern durch die Leitung. »Und, läuft das andere Projekt?«, fragte Mary.

»Daran denke ich im Moment gar nicht. Hab hier in Paris einfach zu viel zu tun. Nach dem Wochenende, wenn ich in Rennes-les-Bains bin, werde ich mich darauf konzentrieren.«

»Aber mach dir bitte keine Sorgen«, sagte Mary hastig, was verriet, wie sehr ihr die Sache auf der Seele lag. Sie hatte stets großes Verständnis gehabt für Merediths Bedürfnis, mehr über ihre Herkunft herauszufinden. Gleichzeitig wusste Meredith aber auch von Marys Bedenken, was dabei ans Licht kommen könnte. Ihr selbst erging es nicht anders. Was, wenn sich herausstellte, dass die Krankheit, das Unglück, von dem das gesamte Leben ihrer leiblichen Mutter überschattet gewesen war, schon immer in der Familie gelegen hatte? Was, wenn sie anfing, dieselben Symptome zu zeigen?

»Ich mach mir keine Sorgen«, sagte sie ein wenig barsch, bereute es aber gleich wieder. »Mir geht's gut. Eigentlich bin ich bloß gespannt. Ich halte dich auf dem Laufenden. Versprochen.«

Sie unterhielten sich noch ein paar Minuten und verabschiedeten sich dann.

»Du fehlst mir.«

»Du fehlst mir auch«, kam die Antwort über Tausende von Meilen.

Am Sonntagmorgen machte Meredith sich auf den Weg zur Opéra de Paris im Palais Garnier.

Seit 1989 hatte Paris ein neues Opernhaus aus Beton am Place de la Bastille, daher wurde das Palais Garnier nun hauptsächlich für Ballettaufführungen genutzt. Aber zu Debussys Zeit war das prächtige, üppig verzierte Barockgebäude der Ort, wo man sah und gesehen wurde. Es war nicht nur der Schauplatz der berühmt-berüchtigten Anti-Wagner-Tumulte im September 1891, sondern bildete auch den Hintergrund für Gaston Leroux' Roman *Das Phantom der Oper*.

Meredith brauchte fünfzehn Minuten bis zu ihrem Ziel. Sie schlängelte sich durch die Touristenströme auf dem Weg zum Louvre und ging dann die gesamte Avenue de l'Opéra hinunter. Der Bau selbst war 19. Jahrhundert, keine Frage, aber der Verkehr eindeutig 21. – völlig chaotisch –, Autos, Motorroller, Lastwagen, Busse und Motorräder, die aus allen Richtungen auf sie zugestürzt kamen. Sie riskierte Leib und Leben, als sie im Zickzack über die Fahrbahn rannte, um die Insel zu erreichen, auf der das Palais Garnier stand.

Es haute sie um – die imposante Fassade, die prächtigen Balustraden, die Säulen aus rosafarbenem Marmor, die vergoldeten Statuen, das golden und weiß verzierte Dach mit der grünen Kupferkuppel, die in der Oktobersonne leuchtete. Meredith versuchte, sich das morastige Brachland auszumalen, auf dem das Gebäude errichtet worden war. Versuchte, sich anstatt Lastwagen und hupender Autos Kutschen vorzustellen, Frauen in langen wallenden Kleidern und Männer mit Zylindern. Vergeblich. Alles war zu laut, zu aufdringlich, um einen Widerhall der Vergangenheit durchzulassen.

Erleichtert stellte sie fest, dass die Oper aufgrund eines später stattfindenden Benefizkonzerts geöffnet hatte, obwohl Sonntag war. Sobald sie eingetreten war, umfing sie die Stille der historischen Treppen und Balkone. Das Grand Foyer war genauso, wie sie es sich anhand der Bilder vorgestellt hatte, eine weite Marmorfläche, die sich vor ihr ausbreitete wie das Mittelschiff einer gewaltigen Kathedrale. Vor ihr schwang sich die Grand Escalier unter der glänzenden Kupferkuppel in die Höhe.

Meredith ging weiter ins Gebäude hinein, wobei sie den Blick schweifen ließ. Durfte sie überhaupt hier sein? Ihre Turnschuhe quietschten auf dem Marmor. Die Türen zum großen Saal waren nur angelehnt, und sie schlüpfte hindurch. Sie wollte den berühmten sechs Tonnen schweren Kronleuchter und das Deckengemälde von Chagall mit eigenen Augen sehen.

Vorne im Orchestergraben probte ein Quartett. Meredith setzte sich leise in die letzte Reihe. Einen Moment lang fühlte sie, wie der Geist ihres früheren Selbst – der Musikerin, die sie hätte sein können – sie lautlos begleitete und neben ihr Platz nahm. Das Gefühl war so stark, dass sie beinahe den Kopf gewandt und hingesehen hätte.

Während Notenklänge aus dem Orchestergraben in die leeren Gänge drangen, musste Meredith daran denken, wie gut sie das aus eigener Erfahrung kannte. Das Warten im Seitenflügel, mit Geige und Bogen in der Hand. Das brennende Gefühl des Lampenfiebers im Magen, halb Adrenalin, halb Angst, und dann das Hinaustreten vors Publikum. Das Stimmen des Instruments, die feinen Justierungen an Saiten und Bogen, das Rieseln von Geigenharz, wie Puder auf dem schwarzen Polyester ihres langen Konzertrocks.

Mary hatte Meredith die erste Geige geschenkt, als sie acht Jahre alt war, kurz nachdem sie endgültig zu ihnen gezogen war. Schluss mit den Wochenendtrips zu ihrer »richtigen« Mutter. Der Geigenkasten hatte auf dem Bett in dem Zimmer gelegen, das ihres werden sollte, ein Willkommensgeschenk für ein kleines Mädchen, das ganz durcheinander war von dem Schicksal, das das Leben ihm zugedacht hatte. Ein Kind, das bereits zu viel gesehen hatte.

Sie hatte die dargebotene Chance mit beiden Händen ergriffen. Musik war ihre Fluchtmöglichkeit. Sie war begabt, lernte schnell und war fleißig. Mit neun Jahren spielte sie bei einem Schulfest im Milwaukee Ballet Company Studio in Walker's Point. Bald darauf bekam sie auch Klavierunterricht. Es dauerte nicht lange, und die Musik beherrschte ihr Leben.

Den Traum, Profimusikerin zu werden, hatte sie von der Grundschule bis zum letzten Jahr der Highschool gehegt. Ihre Lehrer redeten ihr zu, sich an Konservatorien zu bewerben, und versicherten ihr, sie habe gute Chancen, angenommen zu werden. Mary stieß in dasselbe Horn.

Aber im letzten Moment kniff Meredith. Redete sich ein, sie wäre nicht gut genug. Dass ihr Talent doch nicht reichte, um es wirklich zu schaffen. Stattdessen bewarb sie sich an der University of North Carolina für einen Studienplatz in Englisch und wurde angenommen. Sie wickelte die Geige in das rote Seidentuch und legte sie in den mit blauem Veloursamt ausgeschlagenen Kasten. Sie entspannte die kostbaren Bögen und klemmte sie in die Halterungen im Deckel. Packte den goldbraunen Block Geigenharz in das dafür vorgesehene Fach. Lehnte den Kasten hinten an die Wand ihres Kleiderschranks und ließ ihn zurück, als sie Milwaukee verließ, um ihr Studium aufzunehmen.

An der UNC studierte Meredith mit großem Ehrgeiz und machte ihren Abschluss magna cum laude. In den Ferien spielte sie nach wie vor Klavier, und sie unterrichtete die Kinder von Bills und Marys Bekannten, aber mehr auch nicht. Die Geige blieb, wo sie war, ganz hinten im Schrank.

In der ganzen Zeit hatte sie niemals gedacht, das Falsche getan zu haben.

Doch als sie in den letzten Jahren die ersten winzig kleinen Verbindungen zu ihrer leiblichen Familie entdeckte, hatte sie sich zum ersten Mal gefragt, ob ihre Entscheidung damals richtig gewesen war. Und nun, wo sie mit achtundzwanzig Jahren im großen Saal des Palais Garnier saß, spürte sie, wie die Trauer um das, was hätte sein können, ihr Herz wie mit eiserner Faust umklammerte.

Die Musik hörte auf. Unten im Orchestergraben lachte jemand.

Die Gegenwart holte sie schlagartig wieder ein. Meredith stand auf. Sie seufzte und strich sich das Haar aus dem Gesicht, drehte sich dann leise um und ging hinaus. Sie war auf der Suche nach Debussy in die Oper gekommen. Doch gefunden hatte sie nur ihre eigenen Geister.

Draußen war die Sonne inzwischen warm.

Meredith, die versuchte, ihre melancholische Stimmung abzuschütteln, ging um die Oper herum und dann die Rue Scribe hinab. Sie wollte zum Boulevard Haussmann und von dort zum Conservatoire im 8. Arrondissement.

Auf dem Bürgersteig herrschte geschäftiges Treiben. Ganz Paris schien auf den Beinen zu sein, um den herrlichen Tag zu genießen, und Meredith musste immer wieder dichten Menschentrauben ausweichen, um weiterzukommen. Es herrschte Volksfeststimmung. An einer Ecke trällerte ein Straßensänger; Studenten verteilten Reklamezettel für Rabattmenüs oder Lagerverkäufe von Designerklamotten. Ein Jongleur vollführte Kunststücke mit einem Diabolo, das er auf einem zwischen zwei Stöcken gespannten Seil balancierte, unwahrscheinlich hoch in die Luft schleuderte und dann mit einer fließenden Bewegung wieder auffing; ein junger Bursche verkaufte Armbanduhren und Schmuck aus einem Koffer.

Ihr Handy klingelte. Meredith blieb stehen und wühlte in ihrer Handtasche. Eine Frau direkt hinter ihr schob ihr einen Kinderwagen gegen die Waden.

»*Excusez-moi, Madame.*«

Meredith hob entschuldigend die Hand. »*Non, non. C'est moi. Désolée.*«

Als sie ihr Handy endlich fand, hatte das Klingeln aufgehört. Sie trat zur Seite und sah in der Liste mit Anrufen in Abwesenheit nach. Es war eine französische Nummer, die ihr vage bekannt vorkam. Sie wollte gerade RÜCKRUF drücken, als ihr jemand eine Broschüre in die Hand drückte.

»*C'est vous, n'est-ce pas?*«

Verblüfft blickte Meredith auf. »Wie bitte?«

Eine hübsche Jugendliche musterte sie mit wachem Blick. Sie trug ein ärmelloses Shirt und eine Cargohose, hatte ihre rotblonden Rastazöpfe mit einem bunten Tuch zurückgebunden und sah aus wie eine der vielen New-Age-Touristen und Hippies auf den Straßen von Paris.

Das Mädchen lächelte. »Ich hab gesagt, sie sieht aus wie Sie.« Dabei tippte sie auf das Faltblatt in Merediths Hand. »Das Bild vorne drauf.«

Meredith schaute nach unten. Sie hielt eine Werbung für Tarotkartenlegen, Handlesen und parapsychologische Beratung in der Hand, und auf dem Titelblatt war das Bild einer Frau mit einer Krone auf dem Kopf. In der rechten Hand hielt sie ein Schwert, in der linken eine Waage. Den Saum ihres langen Kleides zierte eine Reihe von Noten.

»Ehrlich«, sagte das Mädchen, »das könnten Sie sein.«

Am oberen Rand des unscharfen Bildes konnte Meredith so eben die römische Ziffer XI erkennen. Am unteren Rand die Worte »La

Justice«. Sie sah genauer hin. Es stimmte. Die Frau sah ihr irgendwie ähnlich.
»Finde ich eigentlich nicht«, sagte sie, errötete aber bei der Lüge. »Außerdem reise ich morgen ab, daher …«
»Behalten Sie's trotzdem«, sagte das Mädchen. »Wir haben sieben Tage die Woche geöffnet, und wir sind gleich um die Ecke. Zu Fuß fünf Minuten von hier.«
»Danke, aber ich halte nichts von so was«, sagte Meredith.
»Meine Mutter ist sehr gut.«
»Mutter?«
»Sie legt die Tarotkarten.« Die Jugendliche lächelte. »Interpretiert die Karten. Sie sollten hingehen.«
Meredith öffnete den Mund und schloss ihn dann wieder. Es war sinnlos, sich auf eine Diskussion einzulassen. Sie würde das Faltblatt einfach mitnehmen und später wegwerfen. Mit einem gezwungenen Lächeln schob sie es in die Innentasche ihrer Jeansjacke.
»So was wie Zufall gibt es nicht, wissen Sie«, fügte das Mädchen hinzu. »Nichts geschieht ohne Grund.«
Meredith nickte, unwillig, das einseitige Gespräch fortzusetzen, und ging weiter, das Handy noch immer fest in der Hand. An der nächsten Ecke blieb sie stehen. Das Mädchen stand noch immer an derselben Stelle und sah ihr nach.
»Sie sehen wirklich aus wie sie«, rief sie ihr hinterher. »Nur fünf Minuten von hier. Im Ernst, Sie sollten hingehen.«

Kapitel 12

Meredith vergaß die Broschüre in ihrer Jackentasche. Sie rief die Nummer an, deren Anruf sie verpasst hatte – bloß ihr französisches Reisebüro, das die Hotelreservierung bestätigte –, und ließ sich dann sicherheitshalber noch einmal telefonisch von der Fluggesellschaft ihre Abflugzeit am kommenden Tag bestätigen.

Als sie um sechs wieder ins Hotel kam, war sie müde, und ihr taten die Füße weh von der ganzen Latscherei durch die Stadt. Sie lud ihre Fotos auf die Festplatte des Laptops und machte sich daran, die Notizen der letzten drei Tage einzutippen. Um halb zehn holte sie sich in der Brasserie ein Sandwich und aß es auf ihrem Zimmer, während sie weiterarbeitete. Um elf war sie fertig. Alles wieder auf dem neuesten Stand.

Sie stieg ins Bett und schaltete den Fernseher ein. Nachdem sie eine Weile auf der Suche nach den vertrauten Stimmen von CNN die Sender durchgezappt, aber nur einen französischen Krimi auf FR3 mit einem verschwommenen Bild, *Columbo* auf TF1 und einen als Kunst getarnten Porno auf Antenne 2 gefunden hatte, gab sie auf und las lieber noch ein bisschen, bevor sie das Licht ausschaltete.

Meredith lag im behaglichen Halbdunkel des Zimmers, die Hände über dem Kopf und die Zehen tief unter der frischen weißen Bettwäsche vergraben. Sie schaute an die Decke und dachte zurück an das Wochenende, als Mary ihr das wenige erzählt hatte, was sie über ihre leibliche Familie wusste.

Das Pfister Hotel, Milwaukee, Dezember 2000. Ins Pfister gingen sie, wenn es in der Familie etwas zum Feiern gab – Geburtstage, Hochzeiten, sonstige Anlässe –, und normalerweise nur zum Abendessen, aber diesmal hatte Mary Zimmer für das ganze Wochenende gebucht, ein verspätetes Geschenk für Merediths Geburtstag und zu Thanksgiving und auch, um schon mal ein paar Weihnachtseinkäufe zu machen.

Die dezent elegante Atmosphäre des 19. Jahrhunderts, die Farben, der Fin-de-Siècle-Stil, die vergoldeten Zierleisten, die Säulen, die gusseisernen Balustraden und die edlen weißen Netzgardinen an den Glastüren. Meredith war allein nach unten in das Café in der Lobby gegangen, um auf Bill und Mary zu warten. Sie machte es sich auf einem tiefen Sofa bequem und bestellte ihr erstes legales Glas Wein, einen Sonoma Cutter Chardonnay – 7,50 Dollar, aber jeden Cent wert. Weich, sattgelb mit einem Hauch Eichenfassaroma.

Schon verrückt, dass sie sich ausgerechnet daran erinnerte.

Draußen hatte es angefangen zu schneien. Dicht und stetig fielen die Flocken aus einem weißen Himmel und bedeckten die Welt mit Stille. An der Bar eine alte Lady mit einem roten Mantel und einer Wollmütze, die sie tief ins Gesicht gezogen hatte. Sie schrie den Barkeeper an. »Sprich mit mir! Wieso sprichst du nicht mit mir?«, und Meredith musste an die Frau in Eliots *The Waste Land* denken. Die anderen Gäste an der Bar tranken Miller Genuine vom Fass, zwei junge Männer hatten je eine Flasche Sprecher Amber und Riverwest Stein vor sich stehen. Genau wie Meredith ignorierten sie die Verrückte geflissentlich.

Meredith hatte sich frisch von ihrem Freund getrennt und war daher froh, mal eine Woche von der Uni wegzukommen. Er war Gastdozent für Mathematik an der UNC, und sie waren gleichsam in eine Affäre hineingerutscht. Eine Haarsträhne, die er ihr in einer Bar aus dem Gesicht streicht. Er auf dem Rand des Klavierhockers, während sie spielt. Eine Hand, die sich spätabends im Dunkeln zwischen den Regalen der Bibliothek wie nebenbei auf ihre Schulter legt. Sie hatten nie irgendwelche Zukunftspläne geschmiedet

– sie wollten unterschiedliche Dinge vom Leben –, und Meredith war nicht unbedingt tieftraurig. Aber der Sex war toll gewesen, und die Beziehung hatte ihr gutgetan.

Dennoch, es war schön, wieder zu Hause zu sein.

Sie unterhielten sich viel während des kalten, verschneiten Wochenendes. Meredith stellte Mary zahllose Fragen über das Leben und den frühen Tod ihrer leiblichen Mutter, fragte alles, was sie schon immer hatte wissen wollen, aber sich nicht getraut hatte zu fragen. Die Umstände ihrer Adoption, der Selbstmord ihrer Mutter, die Erinnerungen, schmerzhaft wie Glassplitter unter der Haut.

Die wesentlichen Fakten waren Meredith bekannt. Ihre leibliche Mutter Jeanette war von einer Partybekanntschaft schwanger geworden und hatte es erst gemerkt, als es für einen Abbruch bereits zu spät war. In den ersten Jahren hatte Jeanette Unterstützung durch ihre Mutter Louisa erhalten, die jedoch an Krebs erkrankte und überraschend schnell starb, wodurch Meredith einer verlässlichen und stabilen Größe in ihrem Leben beraubt wurde. Danach verschlechterte sich die Lage rapide. Als sie schließlich katastrophal wurde, schaltete sich Mary ein – eine entfernte Cousine von Jeanette –, und irgendwann war klar, dass Meredith schon aus Sicherheitsgründen nicht zu ihrer Mutter zurückkonnte. Zwei Jahre später brachte Jeanette sich um, und Meredith wurde von Mary und ihrem Mann Bill adoptiert. Sie behielt zwar ihren Nachnamen und sprach Mary weiterhin mit dem Vornamen an, wie sie das immer getan hatte, aber sie konnte Mary nun endlich als ihre Mutter betrachten.

Im Pfister Hotel hatte Mary ihr dann die Fotos und das Klavierstück gegeben. Auf dem ersten Foto war ein junger Mann in Soldatenuniform auf einem Dorfplatz zu sehen. Schwarzes, lockiges Haar, graue Augen und offener Blick. Es stand kein Name dabei, nur das Datum, 1914, der Fotograf und der Ort, Rennes-les-Bains, waren auf der Rückseite abgedruckt. Das zweite zeigte ein kleines Mädchen in altmodischer Kleidung. Kein Name, kein Datum, kein Ort. Auf dem dritten war eine Frau abgebildet, von der Meredith wusste, dass es ihre Großmutter Louisa Martin war. Sie saß an einem Konzertflügel, und der Kleidung nach war die Aufnahme Ende der dreißiger, Anfang der vierziger Jahre entstanden. Laut Mary war Louisa eine recht erfolgreiche Konzertpianistin gewesen. Das Musikstück in dem Umschlag hatte zum Repertoire ihrer Konzerte gehört. Sie hatte es immer als Zugabe gespielt.

Als sie sich das Foto zum ersten Mal angesehen hatte, hatte Meredith sich gefragt, ob sie mit der Musik vielleicht nicht aufgehört hätte, wenn sie früher von Louisa gewusst hätte. Sie wusste es nicht. Sie konnte sich nicht erinnern, ihre leibliche Mutter Jeanette je Klavier spielen oder singen gehört zu haben. Sie erinnerte sich nur an die Wutanfälle, das Weinen und das, was danach kam.

Musik war in Merediths Leben gekommen, als sie acht Jahre alt war, das hatte sie zumindest geglaubt. Die Erkenntnis, dass sie schon immer da gewesen war, versteckt unter der Oberfläche, änderte die Geschichte. An jenem verschneiten Wochenende im Dezember 2000 hatte sich Merediths Welt verschoben. Die Fotos und die Musik wurden zu einem Anker, der sie mit der Vergangenheit verband, und sie wusste, dass sie sich eines Tages auf die Suche nach dieser Vergangenheit machen würde.

Sieben Jahre später war es endlich so weit. Morgen würde sie in Rennes-les-Bains sein, an einem Ort, den sie sich so viele Male vorgestellt hatte. Sie hoffte nur, dass sie dort etwas finden würde.

Sie sah auf ihr Handy. Zwölf Uhr zweiunddreißig. Sie lächelte.

Nicht morgen, heute.

Als Meredith am Morgen erwachte, war ihre nächtliche Anspannung verflogen. Sie freute sich darauf, aus der Stadt hinauszukommen. Was auch immer sie erreichen würde, ein paar erholsame Tage in den Bergen waren jetzt auf jeden Fall genau das Richtige für sie.

Ihr Flug nach Toulouse ging erst am späten Nachmittag. Sie hatte alles abgearbeitet, was sie sich für Paris vorgenommen hatte, und wollte vor ihrer Abreise nicht unbedingt noch etwas Neues anfangen, daher las sie noch ein Weilchen im Bett, stand dann auf und

gönnte sich in ihrer Stammbrasserie draußen in der Sonne ein spätes Frühstück, ehe sie losging, um sich ein paar der üblichen Touristenattraktionen anzuschauen.
Sie bummelte unter den Arkaden der Rue de Rivoli durch Sonne und Schatten, wich Scharen von Rucksacktouristen und Reisegruppen auf den Spuren von Dan Browns *Sakrileg* aus. Sie schaute sich die Pyramide am Louvre an, doch die lange Schlange vor dem Eingang schreckte sie ab.
In den Tuilerien setzte sie sich auf einen grünen Metallstuhl und ärgerte sich, dass sie sich nichts Leichteres angezogen hatte. Es war schwülwarm, eigentlich verrückt für Ende Oktober. Sie liebte die Stadt, aber heute war die Luft unangenehm stickig, voller Staub, Autoabgasen und Zigarettenqualm von den Straßencafés. Sie überlegte, zur Seine zu gehen und eine Fahrt mit einem Bateau-Mouche zu machen. Oder sollte sie Shakespeare & Co. einen Besuch abstatten, dem legendären Buchladen an der Rive Gauche, nahezu ein Muss für alle Amerikaner, die Paris besuchten? Aber sie konnte sich nicht dazu aufraffen. Im Grunde wollte sie den Touristenkram abklappern, ohne sich dabei unter die Touristen mischen zu müssen.
Das meiste von dem, was sie gern gesehen hätte, hatte ohnehin geschlossen, also besann sie sich wieder auf Debussy und beschloss, noch einmal zum Haus seiner Kindheit in der Rue de Berlin anno 1890 zu gehen. Sie band sich die Jacke um die Taille und marschierte mit forschen Schritten los. Inzwischen fand sie sich auch ganz gut ohne Stadtplan zurecht und entschied sich diesmal für eine andere Route. Nach fünf Minuten blieb sie stehen, schirmte die Augen mit der Hand ab und blickte hoch, um das Emailleschild mit dem Straßennamen zu lesen.
Sie hob die Brauen. Unabsichtlich war sie auf der Rue de la Chaussée d'Antin gelandet. Sie schaute die Straße hinunter. Zu Debussys Zeit hatte sich das berüchtigte Cabaret La Grande-Pinte am Ende der Straße befunden, nicht weit vom Place de la Trinité. Ein Stück weiter war das berühmte Hôtel-Dieu aus dem 17. Jahrhundert. Und am Anfang der Straße, ganz in der Nähe der Stelle, wo sie

jetzt stand, lag Edmond Baillys bekannter esoterischer Buchladen. Hier hatten sich in der guten alten Zeit der Jahrhundertwende Dichter, Okkultisten und Komponisten getroffen, um über neue Ideen zu diskutieren, über Mystizismus und alternative Welten. In Baillys Buchladen hatte sich der reizbare junge Debussy bestimmt nie erklären müssen.

Meredith überprüfte die Hausnummer.

Sogleich verpuffte ihre Begeisterung. Sie stand genau da, wo sie stehen musste – nur dass es nichts mehr zu sehen gab. Es war dasselbe Problem, das ihr schon am Wochenende zu schaffen gemacht hatte. Neue Gebäude hatten alte ersetzt, neue Straßen waren gebaut, alte Adressen vom gnadenlosen Fortschreiten der Zeit verschlungen worden.

Rue de la Chaussée d'Antin Nummer 2 war jetzt ein gesichtsloses Betongebäude. Es gab keinen Buchladen. Es gab nicht einmal eine Gedenktafel an der Mauer.

Dann bemerkte Meredith eine schmale, tief in die Mauer eingelassene Tür, die von der Straße kaum zu sehen war. An ihr befestigt war ein buntes handgemaltes Schild.

SORTILÈGE. Tarot readings.

Darunter in kleineren Buchstaben: »Französisch und Englisch.«

Ihre Hand fuhr zur Innentasche ihrer Jeansjacke. Sie ertastete das Faltblatt, die Broschüre, die sie gestern von dem Mädchen bekommen und völlig vergessen hatte. Sie zog sie heraus und blickte auf das Bild. Es war eine unscharfe, schlechte Fotokopie, aber die Ähnlichkeit war unbestreitbar.

Sie sieht aus wie ich.

Meredith schielte wieder zu dem Schild. Jetzt stand die Tür auf. Wie von jemandem offen gelassen, der herausgeschlüpft war, als sie nicht hingesehen hatte. Sie trat einen Schritt näher und spähte hinein. Sie sah einen kleinen Empfangsbereich mit lila Wänden, die mit Sternen, Monden und astrologischen Symbolen bemalt waren. An der Decke kreisten Mobiles aus Kristallen oder Glas, das konnte sie nicht genau erkennen, und brachen das Licht.

Meredith riss sich zusammen. Astrologie, Kristalle, Wahrsagerei, davon hielt sie nichts. Sie las nicht mal ihr Horoskop in der Zeitung, im Gegensatz zu Mary, die das treu und brav jeden Morgen bei ihrer ersten Tasse Kaffee tat. Es war ein richtiges Ritual.

Meredith konnte das nicht nachvollziehen. Die Vorstellung, die Zukunft sei irgendwie vorgegeben, festgelegt, kam ihr verrückt vor. Es war zu fatalistisch, als würde man die Verantwortung für das eigene Leben abgeben.

Ungehalten mit sich selbst, trat sie von der Tür zurück. Wieso stand sie überhaupt noch hier? Sie sollte weitergehen. Die Broschüre vergessen.

Es ist albern. Purer Aberglaube.

Doch gleichzeitig hielt sie irgendetwas zurück. Sie war interessiert, zugegeben, aber ihr Interesse war eigentlich nicht emotional, sondern eher akademischer Natur. Die Ähnlichkeit mit dem Bild? Der Zufall mit der Adresse? Sie wollte hineingehen.

Sie trat wieder näher. Von der kleinen Lobby führte eine schmale Treppe nach oben, die Stufen abwechselnd rot und grün gestrichen. Oben konnte sie hinter einem Vorhang aus gelben Holzperlen eine zweite Tür erkennen. Himmelblau.

So viele Farben.

Irgendwo hatte sie mal gelesen, dass manche Menschen Musik im Kopf auch als Farben wahrnahmen. Synästhesie? Hieß das so?

Drinnen war es kühl. Ein ratternder alter Ventilator über der Tür mühte sich redlich. Staubpartikel tanzten in der trägen Oktoberluft. Wenn sie wirklich ein wenig Jahrhundertwendeatmosphäre schnuppern wollte, was konnte ihr dann Besseres passieren, als eine Erfahrung zu machen, wie sie genau hier auch vor hundert Jahren hätte angeboten werden können?

Im Grunde ist es wissenschaftliche Recherche.

Einen Moment lang hing alles in der Schwebe. Es schien, als würde sogar das Gebäude den Atem anhalten. Warten, beobachten. Mit der Broschüre fest in der Hand wie einen Talisman trat Meredith ein. Dann setzte sie den Fuß auf die unterste Stufe und ging nach oben.

Viele hundert Meilen südlich von Paris, in den Buchenwäldern oberhalb von Rennes-les-Bains, hebt ein jäher Windhauch die kupferroten Blätter der uralten Bäume. Das Geräusch eines längst verklungenen Seufzers, als bewegten sich Finger federleicht über eine Klaviatur.

Enfin.

Die Veränderung des Lichts auf der Biegung einer anderen Treppe.

Kapitel 13

Domaine de la Cade

»*Oui, Abbé, et merci à vous pour votre gentillesse. A tout à l'heure.*«

Julian Lawrence hielt den Telefonhörer noch einen Moment in der Hand, bevor er auflegte. Er war braungebrannt und durchtrainiert und sah jünger aus als seine fünfzig Jahre. Er zog eine Zigarettenpackung aus der Tasche, klappte sein Zippo-Feuerzeug auf und zündete sich eine Gauloises an. Der vanillige Rauch kringelte sich in die reglose Luft.

Sämtliche Vorkehrungen für den abendlichen Trauergottesdienst waren getroffen. Wenn sich nun auch noch sein Neffe Hal ordentlich benahm, müsste eigentlich alles glattgehen. Er hatte ja Verständnis für den Jungen, aber es war peinlich, dass Hal überall im Ort Fragen nach dem Unfall seines Vaters stellte. Dinge aufwühlte. Er hatte sich sogar an die Gerichtsmedizin gewandt, um sich die auf dem Totenschein eingetragene Todesursache näher erläutern zu lassen. Da der zuständige Beamte im Polizeikommissariat von Couiza ein Freund von Julian war – und die einzige Zeugin des Vorfalls eine ortsbekannte Trinkerin –, wurde die Sache diskret behandelt. Hals Fragen betrachtete man als die verständliche Reaktion eines trauernden Sohnes, nicht als ernstzunehmende Kommentare.

Dennoch, Julian würde drei Kreuze machen, wenn der Junge wieder weg war. Es gab nichts aufzudecken, doch Hal bohrte hartnäckig weiter, was in einem Städtchen wie Rennes-les-Bains früher oder später zu Gerede führen musste. Kein Rauch ohne Feuer. Julian hoffte inständig, dass Hal unmittelbar nach der Beerdigung die Domaine de la Cade verlassen und nach England zurückkehren würde.

Julian und sein Bruder Seymour, Hals Vater, hatten das Hotel vor vier Jahren gemeinsam gekauft. Der um zehn Jahre ältere Seymour, dem in London langweilig geworden war, seit er sich als Investmentbanker zur Ruhe gesetzt hatte, hatte sich mit großem Elan auf Gewinnprognose, Tabellenkalkulationen und Expansionspläne konzentriert. Julians Hauptinteresse war anders gelagert gewesen.

Schon als er die Gegend 1997 zum ersten Mal bereist hatte, hatten ihn die Gerüchte fasziniert, die Rennes-les-Bains im Allgemeinen und der Domaine de la Cade im Besonderen anhafteten. Die gesamte Region war umweht von Geheimnissen und Legenden: angebliche vergrabene Schätze, Verschwörungen, Ammenmärchen von Geheimbünden, was das Herz begehrte, von den Templern und Katharern bis hin zu den Westgoten, Römern und Kelten. Aber die eine Geschichte, die Julian aufmerken ließ, war jünger. Schriftliche Aufzeichnungen vom Ende des vorigen Jahrhunderts, in denen es um eine entweihte Grabkapelle auf dem Gelände der Domaine de la Cade ging, um einen Satz Tarotkarten, die angeblich als eine Art Schatzkarte gemalt worden waren, und um das Feuer, das Teile des Originalhauses zerstört hatte.

Die Gegend um Couiza und Rennes-le-Château lag im fünften Jahrhundert im Herzen des Westgotenreiches. Das war allgemein bekannt. Immer wieder hatten Historiker und Archäologen gemutmaßt, der sagenhafte Schatz, den sich die Westgoten bei der Plünderung Roms unter den Nagel gerissen hatten, sei in den Südwesten Frankreichs gebracht worden. Dort verlor sich die Spur. Aber je mehr Julian herausfand, desto fester wurde seine Überzeugung, dass der größte Teil des Westgotenschatzes noch immer hier irgendwo seiner Entdeckung harrte. Und dass die Karten – die Originale, nicht irgendwelche Nachdrucke – der Schlüssel dazu waren.

Julian war regelrecht besessen. Er beantragte Genehmigungen für

Ausgrabungen, steckte sein ganzes Geld und alle seine Mittel in die Suche. Mit spärlichem Erfolg. Er fand lediglich ein paar westgotische Grabbeigaben – Schwerter, Schnallen, Trinkbecher, nichts Besonderes. Als seine Grabungsgenehmigung auslief, machte er illegal weiter. Er war süchtig geworden, wie ein Spieler, und überzeugt, dass es nur noch eine Frage der Zeit war.

Als das Hotel vor vier Jahren zum Verkauf stand, überredete er Seymour, ein Kaufangebot zu machen. Und absurderweise hatte sich dieser Schachzug trotz der gewaltigen Differenzen zwischen ihnen als sinnvoll erwiesen. Ihre Partnerschaft hatte gut funktioniert, bis Seymour vor einigen Monaten angefangen hatte, sich mehr um die Leitung des Hotels zu kümmern. Und die Bücher einsehen wollte.

Die Sonne auf dem Rasen war heiß und strömte durch die hohen Fenster des alten Arbeitszimmers der Domaine de la Cade. Julian blickte nach oben zu dem Gemälde an der Wand über seinem Schreibtisch. Es war ein altes Tarotsymbol und sah so ähnlich aus wie eine auf die Seite gelegte Acht. Das Symbol der Unendlichkeit.

»Bist du so weit?«

Julian drehte sich um und sah seinen Neffen mit schwarzem Anzug und Krawatte in der Tür stehen, das volle schwarze Haar aus der Stirn nach hinten gekämmt. Hal war Ende zwanzig und sah mit seinen breiten Schultern und der reinen Haut noch immer aus wie der Sportler, der er an der Uni gewesen war. Ein Rugby-As und ein ausgezeichneter Tennisspieler.

Julian beugte sich vor, drückte seine Zigarettenkippe in dem Glasaschenbecher auf der Fensterbank aus und leerte sein Whiskyglas. Er wollte die Beerdigung möglichst schnell hinter sich bringen, damit die Dinge wieder ihren gewohnten Gang nehmen konnten. Er hielt es einfach nicht mehr aus, dass Hal sich hier herumtrieb.

»Ich komme gleich«, sagte er. »Zwei Minuten.«

Kapitel 14

Paris

Meredith erreichte den oberen Treppenabsatz, zog den Perlenvorhang beiseite und öffnete die hellblaue Tür.

Sie gelangte in einen kleinen Flur, so eng, dass sie die Wände berühren konnte, ohne die Arme ausstrecken zu müssen. Links von ihr hing eine Karte mit den Tierkreiszeichen, ein Wirbel von Farben und Mustern und Symbolen, von denen Meredith die meisten nicht kannte, an der rechten Wand ein altmodischer Spiegel mit verspieltem Goldrahmen. Sie betrachtete sich kurz prüfend darin, wandte sich dann ab und klopfte an eine zweite Tür direkt vor ihr.

»Hallo? Ist da jemand?«

Keine Antwort.

Meredith wartete einen Moment und klopfte erneut, diesmal etwas lauter.

Noch immer nichts. Sie drückte die Klinke, und die Tür öffnete sich.

»Hallo?«, sagte sie und trat ein. »Ist jemand da? Hallo?«

Das Zimmer war klein, wirkte aber überaus lebendig. Die Wände waren in leuchtenden Farben gestrichen, wie in einem Kindergarten – gelb, rot, grün, mit Linien, Streifen, Dreiecken und Zickzackmustern in Lila, Blau und Silber. Das einzige Fenster direkt gegenüber der Tür war mit einem durchsichtigen lila Gazevorhang bedeckt. Meredith konnte durch ihn hindurch die helle Steinmauer des aus dem 19. Jahrhundert stammenden Gebäudes sehen, das sich dahinter erhob, die schwarzen schmiedeeisernen Balustraden und hohen Türen mit geschlossenen Läden, aufgelockert durch

Blumenkästen mit Geranien und herrlichen dunkelroten und orangegelben Stiefmütterchen.
Die einzigen Möbelstücke im Raum waren ein kleiner quadratischer Holztisch genau in der Mitte, dessen Beine unter einem schwarz-weißen Leinentischtuch hervorragten, das mit Kreisen und noch mehr astrologischen Symbolen bedruckt war, und auf beiden Seiten ein Holzstuhl mit geflochtener Sitzfläche, wie in dem Bild von van Gogh, dachte sie.
Meredith hörte eine andere Tür irgendwo im Haus schlagen, dann Schritte. Sie merkte, wie sie rot wurde. Es war ihr peinlich, dass sie hier so uneingeladen stand, und sie wollte gerade gehen, als eine Frau hinter einem Bambusparavent am anderen Ende des Zimmers hervortrat.
Sie war Mitte vierzig, attraktiv, trug eine taillierte Bluse und eine Khakihose, und ihr gutgeschnittenes, schulterlanges braunes Haar war mit Grau durchsetzt. Sie lächelte freundlich, und Meredith dachte, dass sie sich eine Tarotkartenlegerin anders vorgestellt hatte. Wo waren die Kreolenohrringe, das Zigeunerkopftuch?
»Ich hab angeklopft«, sagte Meredith verlegen. »Es hat niemand aufgemacht, da bin ich einfach rein. Ich hoffe, das ist in Ordnung.«
Die Frau lächelte. »Kein Problem.«
»Sind Sie Engländerin?«
Wieder lächelte die Frau. »Erwischt. Ich hoffe, Sie haben nicht lange gewartet?«
Meredith schüttelte den Kopf. »Nur ein paar Minuten.«
Die Frau streckte ihr die Hand entgegen. »Ich heiße Laura.«
Ein kurzer Händedruck. »Meredith.«
Laura zog einen Stuhl hervor und deutete darauf. »Nehmen Sie Platz.«
Meredith zögerte.
»Es ist ganz normal, nervös zu sein«, sagte Laura. »Das geht den meisten so beim ersten Mal.«
Meredith zog die Broschüre aus der Tasche und legte sie auf den Tisch.

»Das ist es nicht, aber – gestern hat mir ein Mädchen auf der Straße dieses Faltblatt mitgegeben, und da ich gerade hier vorbeigekommen bin …« Sie beendete den Satz nicht. »Es geht eigentlich eher um eine wissenschaftliche Recherche. Ich möchte Ihre Zeit nicht überstrapazieren.«

Laura nahm die Broschüre, und ein Ausdruck des Wiedererkennens glitt über ihr Gesicht. »Meine Tochter hat von Ihnen gesprochen.«

Merediths Augen verengten sich. »Ach ja?«

»Von der Ähnlichkeit«, sagte Laura, den Blick nach unten auf die Figur von La Justice gerichtet. »Sie meinte, sie wären ihr wie aus dem Gesicht geschnitten.«

Sie stockte, als erwartete sie eine Erwiderung. Als Meredith jedoch schwieg, setzte Laura sich an den Tisch. »Leben Sie in Paris?«, fragte sie und deutete auf den Stuhl gegenüber.

»Bin nur auf Besuch.«

Ohne es richtig zu wollen, nahm Meredith doch Platz.

Laura lächelte. »Hatte ich recht damit, dass Sie sich noch nie die Karten haben legen lassen?«

»Ja«, erwiderte Meredith, die noch ganz vorne auf der Stuhlkante saß.

Eindeutige Botschaft – ich habe nicht vor, länger zu bleiben.

»Gut«, sagte Laura. »Wenn Sie das Faltblatt gelesen haben, wissen Sie, dass eine halbstündige Sitzung dreißig Euro kostet, eine ganze Stunde fünfzig.«

»Eine halbe Stunde wird reichen«, sagte Meredith.

Auf einmal war ihr Mund trocken. Laura sah sie an, sah sie *richtig* an, als versuchte sie, jede Linie, jede Nuance, jeden Schatten ihres Gesichts zu lesen.

»Ganz wie Sie möchten, aber da ich nach Ihnen niemanden habe, können wir auch gern länger machen, falls Sie Ihre Meinung ändern. Gibt es ein bestimmtes Thema, das Sie erkunden möchten, oder sind Sie ganz allgemein interessiert?«

»Wie gesagt, es handelt sich um eine Recherche. Ich arbeite an einer Biographie. Auf dieser Straße, und zwar genau hier, war früher ein berühmter Buchladen, der häufig erwähnt wird. Dieser Zufall

hat mich fasziniert, könnte man sagen.« Sie lächelte, versuchte, sich zu entspannen. »Obwohl Ihre – Ihre Tochter, nicht wahr?« – Laura nickte – »ja gesagt hat, so etwas wie Zufall gibt es nicht.«
Laura lächelte. »Ich verstehe. Sie hoffen, eine Art Echo der Vergangenheit zu finden.«
»Genau«, sagte Meredith mit einem erleichterten Seufzer.
Laura nickte. »Okay. Manche Kunden bevorzugen eine gewisse Art von Deutung. Sie möchten ein bestimmtes Thema erkunden – das kann mit ihrer Arbeit zusammenhängen, einer Beziehung, einer wichtigen anstehenden Entscheidung, alles Mögliche. Anderen geht es eher ums Allgemeine.«
»Allgemein ist gut.«
Laura lächelte. »Gut. Als Nächstes kommt die Frage, welches Tarotdeck Sie verwenden möchten.
Meredith schaute fast zerknirscht. »Es tut mir leid, aber ich habe wirklich überhaupt keine Ahnung. Suchen Sie doch eins für mich aus.«
Laura zeigte auf eine Reihe von verschiedenen Tarotdecks, die alle mit den Bildseiten nach unten auf einer Seite des Tisches lagen. »Ich weiß, es ist am Anfang verwirrend, aber es ist besser, wenn Sie die Wahl treffen. Schauen Sie doch einfach, ob Ihnen eins besonders zusagt, okay?«
Meredith zuckte die Achseln. »Gern.«
Laura nahm das Päckchen, das ihr am nächsten lag, und fächerte die Karten auf dem Tisch aus. Sie hatten königsblaue Rückseiten mit goldenen, langschweifigen Sternen darauf.
»Die sind schön«, sagte Meredith.
»Das ist das Universelle Waite-Tarot, ein sehr verbreitetes Deck.« Der nächste Kartensatz hatte ein schlichtes, rotes und weißes, sich wiederholendes Muster auf der Rückseite. »Das hier ist in vielerlei Hinsicht das klassische Deck schlechthin«, erklärte Laura. »Es nennt sich Marseille-Tarot und stammt aus dem sechzehnten Jahrhundert. Ich benutze es gelegentlich, obwohl es offen gestanden für den zeitgenössischen Geschmack ein wenig zu schlicht ist. Die meisten Fragenden bevorzugen modernere Decks.«

Meredith zog die Augenbrauen hoch. »Fragende?«
»Ganz richtig.« Laura schmunzelte. »Die Personen, die sich die Karten legen lassen.«
»Ach so.«
Meredith ließ den Blick über die Reihe gleiten und zeigte dann auf ein Deck, das etwas kleiner war als die übrigen. Die Karten hatten wunderschöne dunkelgrüne Rückseiten mit filigranen goldenen und silbernen Linien.
»Was ist das da für eins?«
Laura lächelte. »Das ist das Bousquet-Tarot.«
»Bousquet?«, wiederholte Meredith. Eine Erinnerung schlängelte sich durch ihren Kopf. Sie war sicher, dass sie schon einmal irgendwo auf diesen Namen gestoßen war. »Ist das der Name des Künstlers?«
Laura schüttelte den Kopf. »Nein, so hieß der erste Verleger, der das Deck herausgegeben hat. Keiner weiß, wer der Künstler war oder wer die Karten anfänglich in Auftrag gegeben hat. Im Grunde wissen wir nur, dass es ganz am Ende des neunzehnten Jahrhunderts irgendwo in Südwestfrankreich entstanden ist.«
Meredith spürte ein Prickeln im Nacken.
»Wo genau?«
»Das weiß ich wirklich nicht mehr. Irgendwo in der Umgebung von Carcassonne, glaube ich.«
»Davon habe ich schon gehört«, antwortete Meredith und stellte sich die Landkarte der Gegend vor. Rennes-les-Bains lag mittendrin.
Plötzlich merkte sie, dass Laura sie mit wachsamen Augen betrachtete.
»Gibt es da etwas …?«
»Nein, schon gut«, sagte Meredith. »Der Name kam mir nur irgendwie bekannt vor, mehr nicht.« Sie lächelte. »Entschuldigen Sie die Unterbrechung.«
»Ich wollte gerade sagen, dass der ursprüngliche Kartensatz zumindest teilweise sehr viel älter ist. Wir wissen nicht genau, wie authentisch die Bilder tatsächlich sind, da die großen Arkana Ele-

mente enthalten, die vermutlich später hinzugefügt oder zumindest abgeändert wurden. Die Zeichnungen und die Kleidung der Figuren auf bestimmten Karten entsprechen dem Stil des Fin de Siècle, wohingegen die kleinen Arkana klassischer sind.«

Meredith runzelte die Stirn. »Große Arkana, kleine Arkana?« Sie lächelte. »Es tut mir leid, aber ich verstehe wirklich überhaupt nichts davon. Darf ich Ihnen ein paar Fragen stellen, bevor wir weitermachen?«

Laura lachte. »Selbstverständlich.«

»Gut, fangen wir ganz von vorn an. Wie viele Karten gibt es?«

»Bis auf einige unbedeutende moderne Ausnahmen hat ein normales Tarotdeck achtundsiebzig Karten, die in große und kleine Arkana unterteilt sind. Das lateinische Wort *arcana* bedeutet ›Geheimnisse‹. Die großen Arkana, insgesamt zweiundzwanzig Karten, sind von eins bis einundzwanzig durchnummeriert – der Narr hat keine Nummer. Sie sind einzigartig fürs Tarot. Jede Karte trägt ein allegorisches Bild und hat eindeutige narrative Bedeutungen.«

Meredith blickte auf die Broschüre mit dem Bild von La Justice.

»Wie dies da, zum Beispiel.«

»Genau. Die übrigen sechsundfünfzig Karten, die kleinen Arkana, sind in vier Farben unterteilt und sind mit herkömmlichen Spielkarten vergleichbar, nur dass sie eine zusätzliche Hofkarte haben. In einem normalen Tarotdeck haben wir König, Königin und Ritter, dann die zusätzliche Karte – den Pagen oder Buben – plus zehn. Unterschiedliche Decks bezeichnen die Farben anders – Pentakel oder Münzen, Kelche, Stäbe oder Stöcke und Schwerter. Grob gesagt, entsprechen sie den Farben der üblichen Spielkarten, Karo, Herz, Kreuz und Pik.«

»Alles klar.«

»Die meisten Experten sind sich einig, dass die ersten Tarotkarten, die denjenigen ähneln, die wir heute haben, Mitte des fünfzehnten Jahrhunderts in Italien entstanden sind. Die Renaissance des modernen Tarot begann jedoch erst Anfang des letzten Jahrhunderts, als der englische Okkultist Arthur Edward Waite einen neuen Kartensatz kreierte. Seine wichtigste Neuerung bestand darin, dass er zum ersten Mal jede der achtundsiebzig Karten mit einer individuellen und symbolischen Szene ausstattete. Bis dahin trugen die kleinen Arkana nur Zahlen.«

»Und das Bousquet-Tarot?«

»Die Hofkarten der vier Farben sind bebildert. Der Malstil lässt vermuten, dass sie auf das späte sechzehnte Jahrhundert zurückgehen. Ganz sicher vor Waite. Aber mit den großen Arkana verhält es sich anders. Wie gesagt, die Kleidung der Figuren ist eindeutig europäisch, spätes neunzehntes Jahrhundert.«

»Wie kommt das?«

»Im Allgemeinen wird vermutet, dass der Verleger – Bousquet – keinen kompletten Kartensatz hatte, mit dem er arbeiten konnte, und dass er deshalb die großen Arkana entweder malen ließ oder sie in Stil und Art der erhaltenen Karten kopierte.«

»Aber wenn er doch keine Vorlage zum Kopieren hatte?«

Laura zuckte die Achseln. »Vielleicht von erhaltenen Fragmenten dieser Karten oder vielleicht auch von Illustrationen des Originaldecks in einem Buch. Wie gesagt, ich bin da keine Expertin.«

Meredith schaute nach unten auf die grünen, gold- und silberdurchwirkten Kartenrücken. »Da hat jemand gute Arbeit geleistet.«

Laura fächerte den kompletten Satz Pentakel auf und legte ihn vor Meredith auf den Tisch, mit dem As am Anfang und dem König am Ende. Dann legte sie ein paar Karten der großen Arkana dazu. »Sehen Sie den Unterschied zwischen den beiden Stilen?«

Meredith nickte. »Klar, aber sie sind auch recht ähnlich, vor allem farblich.«

Laura tippte auf eine Karte. »Hier haben wir noch einen Unterschied, den es nur im Bousquet-Tarot gibt. Nicht nur, dass die Namen der Hofkarten geändert wurden – König und Königin werden beispielsweise zu Maître und Maîtresse –, auch die großen Arkana weisen einige ganz persönliche Merkmale auf. Zum Beispiel die Karte hier, Karte II, ist normalerweise die Hohepriesterin. Hier heißt sie La Prêtresse. Dieselbe Figur taucht hier in Karte VI, Les Amoureux, als eine der Liebenden auf. Und auch hier auf Karte

XV, Le Diable, da ist dieselbe Frau zu Füßen des Dämons angekettet.«
»Und das ist ungewöhnlich?«
»In vielen Tarots gibt es einen Zusammenhang zwischen den Karten VI und XV, aber nicht auch noch mit der II.«
»Dann hat sich also irgendwer«, sagte Meredith langsam und nachdenklich, »entweder aus eigenem Antrieb oder auf Anweisung, große Mühe gemacht, diese Karten zu personalisieren.«
Laura nickte. »Ich habe mich schon manchmal gefragt, ob die großen Arkana von diesem Tarot nicht sogar auf realen Personen basieren. Die Mimik auf manchen Gesichtern wirkt so lebensecht.«
Meredith betrachtete das Bild von La Justice vorne auf der Broschüre.
Ihr Gesicht ist mein Gesicht.
Sie sah Laura über den Tisch hinweg an und hatte plötzlich den Impuls, ihr von der persönlichen Suche zu erzählen, die sie nach Frankreich geführt hatte. Ihr zu erklären, dass sie in wenigen Stunden nach Rennes-les-Bains reisen würde. Aber Laura sprach schon weiter, und der Augenblick war vorüber.
»Das Bousquet-Tarot berücksichtigt auch traditionelle Assoziationen. Schwerter sind beispielsweise die Farbe der Luft und repräsentieren Intelligenz und Intellekt, die Stäbe stehen für Feuer, Energie und Konflikt, Kelche werden mit Wasser und den Gefühlen in Verbindung gebracht. Und die Pentakel schließlich« – sie tippte auf die Karte des Königs, der auf seinem Thron saß und von Goldmünzen ähnelnden Gebilden umgeben war – »sind die Farbe der Erde, der materiellen Wirklichkeit, des Reichtums.«
Meredith betrachtete die Bilder mit großer Konzentration, als wollte sie sich alle einprägen, dann signalisierte sie Laura mit einem Nicken, dass sie fortfahren konnte.
Laura schob die Karten zusammen, ließ nur die großen Arkana auf dem Tisch liegen, die sie in drei Reihen à sieben Karten zu Meredith gewandt auslegte, von der niedrigsten Zahl bis zur höchsten. Le Mat, die Karte 0, den Narren ohne Zahl, legte sie für sich allein darüber.

»Ich betrachte die großen Arkana gern im Sinn einer Reise«, sagte Laura. »Sie sind die Unwägbarkeiten, die großen Themen des Lebens, die sich nicht verändern oder bekämpfen lassen. Wenn sie so ausgelegt werden, ist offensichtlich, dass diese drei Reihen die drei verschiedenen Ebenen der Entwicklung repräsentieren – Bewusstsein, Unterbewusstsein und das höhere Bewusstsein.«

Meredith merkte, wie ihre Skepsis erwachte.

Ab hier wird es spekulativ.

»Am Anfang jeder Reihe ist ein kraftvolles Bild: Le Pagad, der Magier, eröffnet die erste Reihe, La Force die zweite. Und am Anfang der dritten Reihe haben wir schließlich die Karte XV, Le Diable.«

Etwas rührte sich in Meredith, als sie das Bild des gekrümmten Dämons betrachtete. Sie blickte auf die Gesichter des Mannes und der Frau, die zu Füßen des Teufels angekettet waren, und für einen Moment glimmte so etwas wie Wiedererkennen in ihr auf. Dann erlosch es wieder.

»Die großen Arkana so auszulegen hat den Vorteil, dass nicht nur die Reise des Narren – Le Mat – von Unwissenheit zur Erleuchtung illustriert wird, sondern auch die vertikalen Verbindungen zwischen den Karten«, erklärte Laura weiter. »Sie sehen zum Beispiel, dass die Kraft eine Oktave über dem Magier ist, und der Teufel eine Oktave über der Kraft. Und es gibt noch andere Muster, die ins Auge springen: Sowohl der Magier als auch die Kraft haben das Unendlichkeitssymbol über dem Kopf. Zudem hebt der Teufel den Arm in einer Geste, die an den Magier erinnert.«

»Wie die zwei Seiten derselben Person.«

»Möglich.« Laura nickte. »Beim Tarot geht es um diese Muster, um die Beziehungen zwischen den verschiedenen Karten.«

Meredith hörte nur halb zu. Etwas, was Laura gerade gesagt hatte, wollte ihr nicht aus dem Kopf. Sie überlegte einen Moment, dann wusste sie, was es war.

Oktaven.

»Erklären Sie diese Prinzipien immer mit Begriffen aus der Musik?«, fragte sie.

»Manchmal«, antwortete Laura. »Das kommt auf den Fragenden

an. Es gibt viele Möglichkeiten, zu erklären, wie Tarot gedeutet wird. Musik ist nur eine davon. Warum?«

Meredith zuckte die Achseln. »Weil das mein Arbeitsgebiet ist. Ich habe mich gefragt, ob Sie das irgendwie gemerkt haben.« Sie zögerte. »Ich kann mich nur nicht erinnern, dass ich es erwähnt hätte.«

Laura lächelte sanft. »Beunruhigt Sie der Gedanke?«

»Was, dass Sie es irgendwie gemerkt haben? Nein«, log sie. Meredith behagte das Gefühl nicht, das sich in ihr breitmachte. Ihr Herz sagte ihr, dass sie hier etwas über sich erfahren könnte, über ihr wahres Selbst, weshalb es ihr nur lieb war, wenn Laura richtiglag. Gleichzeitig jedoch sagte ihr Kopf ihr, dass das alles purer Blödsinn war.

Meredith zeigte auf La Justice. »Sie hat Noten am Saum ihres Kleides. Eigenartig, nicht?«

Laura lächelte. »Wie meine Tochter schon sagte, so etwas wie Zufall gibt es nicht.«

Meredith lachte, obwohl sie es nicht witzig fand.

»Alle Systeme des Wahrsagens arbeiten mit Mustern, wie die Musik auch«, fuhr Laura fort. »Falls es Sie interessiert, ein amerikanischer Kartenleger namens Paul Foster Case hat eine ganze Theorie entwickelt, die einzelne große Arkana mit bestimmten Noten der Tonleiter verknüpft.«

»Vielleicht schlage ich das mal nach«, sagte Meredith.

Laura schob die Karten zu einem säuberlichen Packen zusammen. Sie fing Merediths Blick auf, und einen klaren, elektrisierenden Moment lang war Meredith sicher, dass die Frau ihr mitten in die Seele schaute, all die Angst, die Zweifel – und auch die Hoffnung – wahrnahm, die sich in ihren Augen spiegelten.

»Sollen wir anfangen?«, fragte Laura.

Obwohl sie wusste, dass es kommen würde, machte Merediths Herz einen Satz.

»Klar«, sagte sie. »Gern.«

Kapitel 15

Sollen wir bei dem Bousquet-Tarot bleiben?«, fragte Laura. »Offensichtlich spüren Sie da eine Verbindung.«

Meredith schaute nach unten. Die Rückseiten der Karten erinnerten sie an die Wälder um Marys Haus in Chapel Hill. Die Farben des Sommers und Herbstes zusammengemischt. So ganz anders als der stille Vorort von Milwaukee, in dem sie aufgewachsen war.

Sie nickte. »Okay.«

Laura legte die anderen drei Tarotdecks und die Broschüre weg.

»Ich werde eine allgemeine Deutung vornehmen, wie besprochen«, sagte sie. »Ich verwende mein eigenes Legemuster, das auf dem Keltischen Kreuz basiert und aus zehn Karten aus dem gesamten Tarotdeck besteht, kleine und große Arkana. So bekommen Sie einen ausgezeichneten Überblick darüber, wo Sie jetzt stehen, was in Ihrer jüngeren Vergangenheit geschehen ist und was die Zukunft Ihnen womöglich bringt.«

Und schon sind wir wieder im Reich des Unsinns.

Aber Meredith merkte, dass sie es wissen wollte.

»Als das Bousquet-Tarot gedruckt wurde, also Ende des neunzehnten Jahrhunderts, waren Tarotdeutungen noch etwas Geheimnisvolles, fest in der Hand von verschwiegenen Zirkeln und Eliten.« Laura lächelte. »Das ist heute anders. Moderne Deuter versuchen, die Menschen zu bestärken, ihnen Werkzeuge an die Hand zu geben, den Mut, wenn Sie so wollen, sich selbst und ihr Leben zu verändern. Eine Tarotsitzung ist eher fruchtbar, wenn der Fragende sich seinen versteckten Beweggründen oder unbewussten Verhaltensmustern stellt.«

Meredith nickte.
»Der Nachteil ist eine fast unendliche Vielfalt von Interpretationen. Wenn zum Beispiel beim Legen der Karten überwiegend große Arkana auftauchen, werden Ihnen manche sagen, das bedeutet, dass die Situation außerhalb Ihrer Kontrolle liegt, wohingegen eine Mehrzahl von kleinen Arkana bedeutet, Sie haben Ihr Schicksal in der Hand. Ich sage Ihnen lediglich, bevor wir anfangen, ich biete Ihnen mit meiner Deutung Anhaltspunkte dafür, was geschehen kann, nicht dafür, was geschehen wird.«
»Okay.«
Laura legte das Kartenpäckchen zwischen ihnen auf den Tisch. »Mischen Sie die Karten gut, Meredith. Ganz in Ruhe. Und während Sie das tun, denken Sie an das, was Sie am ehesten herausfinden wollen, was Sie heute hierhergeführt hat. Manche Menschen finden es hilfreich, dabei die Augen zu schließen.«
Ein leichter Luftzug kam durch das offene Fenster herein, eine Wohltat nach der drückenden Schwüle. Meredith nahm die Karten und begann zu mischen, und während sie sich der eintönigen Bewegung hingab, wich die Gegenwart langsam aus ihren Gedanken. Erinnerungsfragmente, Bilder und Gesichter in Sepia- und Grautönen stiegen in ihr auf und verflogen wieder. Ihre schöne, verletzliche, kaputte Mutter. Ihre Großmutter Louisa am Klavier. Der ernst dreinblickende junge Mann in Militäruniform auf dem Foto.
Die ganze Familie, die sie nie gekannt hatte.
»OK. Wenn Sie fertig sind, öffnen Sie die Augen.« Lauras Stimme klang jetzt sehr fern, gehört und doch nicht gehört, wie Musik, nachdem die letzte Note verklungen ist.
Meredith blinzelte, als der Raum wieder auf sie eingestürmt kam, zuerst verschwommen, dann irgendwie heller als zuvor.
Für einen Moment hatte Meredith das Gefühl, schwerelos zu sein. Der Tisch, die beiden Stühle, die Farben, sie selbst, sie nahm alles aus einer anderen Perspektive wahr.
»Legen Sie jetzt die Karten auf den Tisch und teilen Sie sie mit der linken Hand in drei Stapel.«
Meredith tat wie geheißen.

»Packen Sie die Karten wieder zusammen, zuerst den mittleren Stapel, dann den oberen, dann den unteren.« Sie spürte, wie Laura wartete, bis sie fertig war. »Okay, die erste Karte, die Sie ziehen werden, nennen wir den Signifikator. Bei dieser Sitzung wird diese Karte Sie repräsentieren, die Fragende. Das Geschlecht der Figur auf der Karte ist wichtig, weil jede Karte archetypische männliche und weibliche Qualitäten und Wesenszüge in sich trägt.«

Meredith zog eine Karte aus der Mitte des Stapels und legte sie mit dem Gesicht nach oben vor sich hin.

»La Fille d'Epées«, sagte Laura. »Die Tochter der Schwerter. Schwerter sind die Farbe der Luft, wissen Sie noch, des Intellekts. Im Bousquet-Tarot ist die Tochter der Schwerter eine mächtige Figur, eine Denkerin, stark. Gleichzeitig ist sie jemand, der möglicherweise keine richtige Verbindung zu anderen hat. Das mag an ihrer Jugend liegen – die Karte bezieht sich oft auf eine junge Person – oder an getroffenen Entscheidungen. Manchmal bezieht sie sich auf jemanden, der am Beginn einer Reise steht.«

Meredith betrachtete das Bild auf der Karte. Eine schlanke, zierliche Frau in einem knielangen roten Kleid mit glattem schulterlangem schwarzem Haar. Sie sah aus wie eine Tänzerin. Sie hielt das Schwert mit beiden Händen, weder drohend noch verteidigend, sondern eher so, als beschütze sie etwas. Hinter ihr ragte ein zerklüfteter Berggipfel in einen strahlend blauen, mit weißen Wolken betupften Himmel.

»Es ist eine aktive Karte«, sagte Laura, »eine positive Karte. Eine der wenigen eindeutig positiven Schwertkarten.«

Meredith nickte. Das sah man.

»Ziehen Sie die nächste Karte«, sagte Laura, »und legen Sie sie von Ihnen aus gesehen links unterhalb von La Fille d'Epées. Die zweite Karte bezeichnet Ihre jetzige Situation. Die Umgebung, in der Sie derzeit arbeiten oder leben, die Einflüsse, die auf Sie einwirken.«

Meredith legte die Karte wie geheißen hin.

»Die Zehn der Kelche«, sagte Laura. »Kelche sind die Farbe des Wassers, der Gefühle. Auch das ist eine positive Karte. Zehn ist eine Zahl der Vollkommenheit. Sie markiert das Ende eines Zyklus und den Beginn eines neuen. Sie deutet an, dass Sie an einer Schwelle stehen, dass Sie bereit sind, Dinge hinter sich zu lassen und etwas an Ihrer derzeitigen Situation zu ändern, die bereits von Erfüllung und Erfolg gekennzeichnet ist. Es ist ein Hinweis darauf, dass sich Veränderungen anbahnen.«

»Was für eine Schwelle?«

»Das könnte sich auf Ihre Arbeit beziehen oder auf Ihr Privatleben, beides. Die Dinge werden im Laufe der Sitzung klarer werden. Ziehen Sie bitte die nächste.«

Meredith zog eine dritte Karte aus dem Stapel.

»Legen Sie sie rechts unterhalb des Signifikators«, wies Laura sie an. »Sie steht für mögliche Hindernisse auf Ihrem Weg. Dinge, Umstände oder gar Menschen, die Sie daran hindern könnten, weiterzugehen oder Veränderungen herbeizuführen oder Ihr Ziel zu erreichen.«

Meredith drehte die Karte um und legte sie auf den Tisch.

»Le Pagad«, sagte Laura. »Karte I, der Magier. Pagad ist ein archaisches Wort, das im Bousquet-Tarot verwendet wird, aber in nur wenigen anderen.«

Meredith studierte das Bild. »Steht die Karte für eine Person?«

»Normalerweise ja.«

»Jemand, dem man trauen kann?«

»Das kommt drauf an. Wie der Name schon vermuten lässt, kann der Magier auf Ihrer Seite sein, aber möglicherweise ist er – oder sie – es aber auch nicht. Häufig agiert er als mächtiger Katalysator für Veränderungen, aber bei dieser Karte gibt es immer einen Hauch von Gaukelei, von Logik versus Intuition. Der Magier beherrscht alle vier Elemente – Wasser, Luft, Feuer und Erde – und die vier Farben – Kelche, Schwerter, Stäbe und Münzen. Sein Auftauchen mag auf jemanden hindeuten, der die Kräfte der Farben zu Ihrem Vorteil nutzt, mit Sprache oder Wissen. Ebenso gut könnte diese Person aber auch dieselben Fähigkeiten dafür einsetzen, Sie in irgendeiner Weise zu behindern.«

Meredith betrachtete das Gesicht auf der Karte. Durchdringende blaue Augen.

»Gibt es jemanden in Ihrem Leben, von dem Sie das Gefühl haben, er könnte diese Rolle ausfüllen?«

Sie schüttelte den Kopf. »Nicht, dass ich wüsste.«

»Es könnte jemand aus Ihrer Vergangenheit sein, der zwar nicht mehr in Ihrem aktuellen Leben ist, aber noch immer einen gewissen Einfluss darauf hat, wie Sie sich selbst sehen. Jemand, der trotz seiner Abwesenheit ein negativer Einfluss ist. Oder jemand, dem Sie erst noch begegnen werden. Genauso gut könnte es jemand sein, den Sie kennen, der aber noch keine zentrale Rolle in Ihrem Leben einnimmt.«

Wieder schaute Meredith nach unten auf die Karte, angezogen von dem Bild und den darin enthaltenen Widersprüchen, und wollte ihm eine Bedeutung abringen. Ihr fiel nichts ein. Niemand kam ihr in den Sinn.

Sie zog eine weitere Karte. Diesmal war ihre Reaktion völlig anders. Sie spürte eine Gefühlsaufwallung, Wärme. Das Bild zeigte ein junges Mädchen, das neben einem Löwen stand. Über dem Kopf des Mädchens war das Unendlichkeitssymbol, wie eine Krone. Sie trug ein elegantes, altmodisches grün-weißes Kleid mit Keulenärmeln. Kupferrotes Haar fiel ihr in ungebärdigen Locken über den Rücken bis hinunter zu der schmalen Taille. Genau so, das merkte Meredith jetzt, hatte sie sich immer Debussys *La Damoiselle Élue* vorgestellt, die auserwählte Maid, halb Rossetti, halb Moreau.

Sie musste daran denken, was Laura gesagt hatte, und war sich ganz sicher, dass diese Illustration auf einer realen Person basierte. Sie las den Namen der Karte: La Force. Nummer VIII. Die Augen waren so grün, so lebendig.

Und je länger sie hinsah, desto stärker hatte sie das Gefühl, dieses Bild – oder ein ganz ähnliches – schon einmal gesehen zu haben, auf einem Foto oder einem Gemälde oder in einem Buch. Verrückt. Das war natürlich unmöglich. Aber trotzdem, der Gedanke setzte sich in ihr fest.

Meredith sah Laura über den Tisch hinweg an.

»Erzählen Sie mir was dazu«, sagte sie.

Kapitel 16

Karte VIII, die Kraft, ist mit dem Sternzeichen des Löwen verbunden«, sagte Laura. »Die vierte Karte in einer Sitzung deutet für gewöhnlich auf ein bestimmtes, überaus wichtiges Thema hin, das die Entscheidung mitbestimmt hat, sich die Karten legen zu lassen, wenn auch häufig unbewusst und ohne dass der oder die Fragende es sich eingesteht. Ein mächtiger Motivator. Etwas, was die Fragenden leitet.«

Sofort wollte Meredith protestieren. »Aber ich bin nicht …«

Laura hob die Hand. »Ja, ich weiß, Sie haben gesagt, es war Zufall – meine Tochter hat Ihnen ein Faltblatt in die Hand gedrückt, Sie waren heute hier in der Nähe und hatten die Zeit, hochzukommen. Aber, Meredith, könnte nicht auch noch etwas anderes dahinterstecken? Hinter der Tatsache, dass Sie jetzt hier sitzen?« Sie schwieg kurz. »Sie hätten vorbeigehen können. Sich dagegen entscheiden können, hereinzukommen.«

»Vielleicht. Ich weiß nicht.« Sie überlegte. »Wahrscheinlich.«

»Gibt es eine bestimmte Situation oder Person, die Sie mit dieser Karte verbinden würden?«

»Nicht dass ich wüsste, obwohl …«

»Ja?«

»Das Mädchen. Ihr Gesicht. Irgendwie kommt sie mir bekannt vor, obwohl ich nicht weiß, woher.«

Meredith sah, dass Laura die Stirn runzelte.

»Was ist?«

Laura senkte den Blick und betrachtete die vier Karten auf dem Tisch. »Deutungen, die auf dem Keltischen Kreuz basieren, haben meist ein geradliniges zeitliches Muster.« Meredith konnte das Zögern in ihrer Stimme hören. »Wir sind zwar noch ziemlich am Anfang der Sitzung, aber normalerweise ist mir an diesem Punkt schon klar, welche Ereignisse der Vergangenheit angehören, welche der Gegenwart und welche der Zukunft.« Sie hielt inne. »Aber hier ist die Zeitachse aus irgendeinem Grund verwirrend. Die Sequenz scheint rückwärts- und vorwärtszuspringen, als wären die Ereignisse irgendwie verwischt. Dinge, die zwischen Vergangenheit und Gegenwart hin und her gleiten.«

Meredith beugte sich vor. »Was wollen Sie damit sagen? Dass Sie die Karten, so wie ich sie gezogen habe, nicht deuten können?«

»Nein«, antwortete sie rasch. »Nein, das nicht.« Wieder zögerte sie. »Um ganz ehrlich zu sein, Meredith, ich bin mir selbst nicht sicher, was ich damit sagen will.« Sie zuckte die Achseln. »Bestimmt klärt sich das noch.«

Meredith wusste nicht, wie sie reagieren sollte. Sie wollte, dass Laura deutlicher wurde, aber ihr fielen keine Fragen ein, die sie hätte stellen können, um die Antworten zu bekommen, die sie brauchte, also sagte sie nichts.

Schließlich brach Laura das Schweigen. »Ziehen Sie die fünfte Karte«, sagte sie. »Sie steht für die jüngste Vergangenheit.«

Meredith zog die Acht der Münzen umgekehrt und schaute bekümmert, als Laura meinte, das könnte bedeuten, dass harte Arbeit und Tüchtigkeit nicht den gewünschten Gewinn bringen würden.

Die sechste Karte, die sich auf die nahe Zukunft bezog, war die Acht der Stäbe, wiederum umgekehrt. Meredith spürte, wie sich ihr die Härchen im Nacken sträubten. Sie blickte zu Laura hoch, doch die ließ sich nicht anmerken, ob sie das sich abzeichnende Muster zur Kenntnis nahm.

»Das ist eine Karte der Bewegung, der klaren Handlung«, sagte Laura. »Sie verweist darauf, dass harte Arbeit und Projekte Früchte tragen. Dass etwas in Bewegung kommt. In gewisser Weise ist es die optimistischste Acht.« Sie brach ab und sah Meredith an. »Ich nehme an, diese vielen Verweise auf den Bereich der Arbeit sagen Ihnen etwas?«

Meredith nickte. »Ich bin dabei, ein Buch zu schreiben«, sagte sie. »So gesehen macht das alles Sinn.« Sie stockte. »Aber … verändert sich die Bedeutung, wenn die Karte umgedreht ist? So wie hier?«

»Umgedreht kann sie Verzögerung bedeuten«, sagte Laura. »Eine Unterbrechung der Energie, während das Projekt in der Schwebe bleibt.«

Wie Paris zu verlassen, um nach Rennes-les-Bains zu fahren, dachte Meredith. Wie statt des Beruflichen das Private in den Vordergrund zu rücken.

»Das kommt leider auch hin«, sagte sie mit einem gequälten Lächeln. »Würden Sie das als Warnung sehen, sich nicht ablenken oder zu sehr von anderen Sachen vereinnahmen zu lassen?«

»Wahrscheinlich«, bestätigte Laura, »obwohl Verzögerung nicht unbedingt schlecht sein muss. Es könnte zu diesem speziellen Zeitpunkt auch genau das Richtige sein.«

Meredith spürte, dass Laura sie abwartend beobachtete, bis sie mit der Karte fertig war, ehe sie sie aufforderte, die nächste zu ziehen.

»Diese Karte steht für die Umgebung, in der sich derzeitige Ereignisse abspielen oder zukünftige abspielen werden. Legen Sie sie über die sechste Karte.«

Meredith zog die siebte Karte und legte sie auf den Tisch.

Das Bild zeigte einen hohen grauen Turm unter einem düsteren Himmel. Ein gegabelter Blitz schien das Bild zu zerteilen. Meredith fröstelte, verspürte eine sofortige Abneigung gegenüber der Karte. Und obwohl sie sich noch immer einzureden versuchte, dass das alles Unsinn sei, wünschte sie, sie hätte sie nicht gezogen.

»La Tour«, las sie. »Keine besonders gute Karte, was?«

»Keine Karte ist entweder gut oder schlecht«, entgegnete Laura automatisch, obwohl ihr Gesichtsausdruck etwas anderes erzählte. »Es hängt davon ab, an welcher Stelle sie kommt und in welchem Bezug sie zu den Karten um sie herum steht.« Sie zögerte. »Davon abgesehen wird der Turm traditionell als Hinweis auf eine dramatische Veränderung gedeutet. Er kann für Zerstörung und Chaos stehen.« Sie schaute kurz zu Meredith hoch, sah dann wieder auf die Karte. »Positiv interpretiert, ist er eine Karte der Befreiung –

wenn das Bauwerk unserer Illusionen und Beschränkungen einstürzt und wir frei werden, neu anzufangen. Ein Geistesblitz, wenn Sie so wollen. Der Turm muss nicht unbedingt negativ sein.«

»Klar, das hab ich verstanden«, sagte Meredith ein wenig ungeduldig. »Aber was bedeutet er hier? Jetzt? Sie interpretieren ihn anders, nicht wahr?«

Laura erwiderte den Blick. »Konflikt«, sagte sie. »So sehe ich ihn.«

»Zwischen?«, hakte Meredith nach.

»Das können nur Sie wissen. Es könnte um das gehen, was Sie vorhin angedeutet haben – den Konflikt zwischen privaten und beruflichen Erfordernissen. Ebenso gut könnte es darum gehen, dass die Diskrepanz zwischen den Erwartungen anderer an Sie und dem, was Sie geben können, zu einer Art Missverständnis führt.«

Meredith sagte nichts, versuchte, den Gedanken zu unterdrücken, der sich aus der inneren Verbannung, in die sie ihn geschickt hatte, zurück ins Bewusstsein drängte.

Was, wenn ich etwas über meine Familie herausfinde, das alles verändert?

»Gibt es etwas Spezielles, von dem Sie meinen, dass die Karte möglicherweise darauf Bezug nimmt?«, fragte Laura sanft.

»Ich ...«, setzte Meredith an, bremste sich dann aber. »Nein«, antwortete sie bestimmter, als ihr zumute war. »Wie Sie schon sagten, da käme so manches in Frage.«

Sie zögerte, war jetzt nervös, was wohl als Nächstes kommen würde, bevor sie wieder eine Karte zog.

Die nächste Karte war die Acht der Kelche.

»Das gibt's doch gar nicht«, murmelte sie halblaut und zog schnell die nächste. Die Acht der Schwerter.

Sie hörte, wie Laura die Luft einsog.

Noch eine Oktave.

»Alle Achten, wie unwahrscheinlich ist das?«

Laura antwortete nicht sofort. »Es ist ungewöhnlich, keine Frage«, sagte sie schließlich.

Meredith studierte die ausgelegten Karten. Da waren nicht nur die Oktaven, die die Karten der großen Arkana verknüpften, oder die

Wiederholung der Zahl Acht. Da waren auch die Noten auf dem Kleid von La Justice und die grünen Augen des Mädchens auf La Force.

»Natürlich ist die Wahrscheinlichkeit, dass eine Karte gezogen wird, bei allen gleich groß«, sagte Laura, obwohl Meredith ihr ansah, dass sie das sagte, weil sie meinte, es sagen zu müssen, nicht, weil sie es wirklich glaubte. »Dass in einer Sitzung alle vier Farben einer Zahlen- oder Bilderkarte auftauchen, ist ebenso wahrscheinlich wie jede andere Kartenkombination.«

»Aber haben Sie das schon mal erlebt?«, sagte Meredith, nicht bereit, sie vom Haken zu lassen. »Im Ernst? Dass eine Zahl sich so wiederholt?« Sie ließ die Augen über den Tisch schweifen. »Und La Tour, Karte XVI! Zweimal acht.«

Widerwillig schüttelte Laura den Kopf. »Ich kann mich nicht erinnern.«

Meredith tippte auf die letzte Karte. »Was bedeutet die Acht der Schwerter?«

»Störung. Ein Hinweis darauf, dass etwas oder jemand sie zurückhält.«

»Zum Beispiel Le Pagad?«

»Möglich, wenngleich …« Laura stockte, wählte ihre Worte sichtlich mit Bedacht. »Wir haben es hier mit parallelen Geschichten zu tun. Einerseits ist da der klare Verweis auf den unmittelbar bevorstehenden Höhepunkt eines Projektes, entweder beruflicher Art oder in Ihrem Privatleben oder vielleicht auch beides.« Sie blickte auf. »Ja?«

Meredith runzelte die Stirn. »Sprechen Sie weiter.«

»Daneben gibt es Andeutungen auf eine Reise oder eine Veränderung der Umstände.«

»Okay, sagen wir, das kommt hin, aber …«

Laura fiel ihr ins Wort. »Ich spüre da noch etwas. Es ist nicht richtig klar, aber ich spüre, dass da etwas ist. Diese letzte Karte … etwas, was Sie entdecken oder aufdecken werden.«

Merediths Augen verengten sich. Die ganze Zeit hatte sie sich wieder und wieder gesagt, dass das alles bloß ein harmloser Spaß war.

Dass es nichts zu bedeuten hatte. Warum also raste ihr Herz wie verrückt?

»Meredith, vergessen Sie nicht«, sagte Laura beschwörend, »bei der Kunst des Wahrsagens durch das Ziehen und Deuten von Karten geht es nicht um Vorhersagen, was passieren wird und was nicht. Es geht um das Ausloten von Möglichkeiten, das Aufdecken unbewusster Motivationen und Wünsche, die zu vielerlei Verhaltensmustern führen können oder auch nicht.«

»Ich weiß.«

Bloß ein harmloser Spaß.

Aber etwas an Lauras Eindringlichkeit und dem Ausdruck tiefster Konzentration auf ihrem Gesicht machte das Ganze gefährlich ernst.

»Das Deuten von Tarotkarten sollte den freien Willen stärken, nicht ihn schwächen«, sagte Laura, »und zwar aus dem einfachen Grund, dass wir dabei mehr über uns selbst und die Probleme erfahren, mit denen wir es zu tun haben. Sie haben die Freiheit, Ihre eigenen Entscheidungen zu treffen, bessere Entscheidungen. Zu bestimmen, welchen Weg Sie einschlagen wollen.«

Meredith nickte. »Verstehe.«

Auf einmal wollte sie es nur noch hinter sich bringen. Die letzte Karte ziehen, sich anhören, was Laura zu sagen hatte, und dann nichts wie weg.

»Behalten Sie das bitte im Kopf.«

Meredith hörte die ausgesprochen deutliche Warnung in Lauras Stimme. Jetzt musste sie den Drang niederkämpfen, auf der Stelle von ihrem Stuhl aufzuspringen.

»Die zehnte und letzte Karte schließt die Lesung ab. Sie gehört nach rechts oben.«

Einen Moment lang schien Merediths Hand über dem Tarotdeck zu schweben. Sie meinte fast, die unsichtbaren Linien zu sehen, die ihre Haut mit den grün-gold-silbernen Kartenrücken verbanden.

Dann nahm sie die Karte und drehte sie um.

Ein Laut entwich ihren Lippen. Sie nahm wahr, dass Laura auf der anderen Seite des Tisches die Fäuste geballt hatte.

»Die Gerechtigkeit«, sagte Meredith in ruhigem Tonfall. »Ihre Tochter hat gesagt, ich sehe aus wie sie«, fügte sie hinzu, obwohl sie das bereits erwähnt hatte.
Laura sah ihr nicht in die Augen. »Der Stein, der La Justice zugeordnet wird, ist der Opal«, sagte sie. Meredith fand, dass sie klang, als lese sie den Text aus einem Buch ab. »Außerdem besteht eine starke Verbindung zwischen dieser Karte und dem Sternzeichen Waage.«
Meredith stieß ein hohles Lachen aus.
»Ich bin Waage«, sagte sie. »Mein Geburtstag ist am 8. Oktober.«
Noch immer reagierte Laura nicht, als käme auch diese Information für sie nicht überraschend.
»La Justice im Bousquet-Tarot ist eine kraftvolle Karte«, sprach sie weiter. »Wenn man von dem Gedanken ausgeht, dass die großen Arkana die Reise des Narren von seliger Unwissenheit zur Erleuchtung sind, dann befindet sich Gerechtigkeit genau in der Mitte.«
»Und das heißt?«
»Wenn sie bei einer Lesung auftaucht, ist sie normalerweise eine Aufforderung, eine ausgewogene Sichtweise zu bewahren. Der oder die Fragende sollte darauf achten, sich nicht beirren zu lassen und zu einer fairen und angemessenen Einschätzung der Lage zu gelangen.«
Meredith lächelte. »Aber sie ist umgedreht«, sagte sie und wunderte sich selbst, wie ruhig sie klang. »Das ändert die Sache, nicht wahr?«
Laura schwieg einen Augenblick.
»Nicht wahr?«
»Die umgedrehte Karte warnt vor einer Ungerechtigkeit. Vielleicht vor Vorurteilen und Befangenheit oder einem Fehlurteil im juristischen Sinne. Außerdem beinhaltet sie ein Gefühl des Zorns darüber, verurteilt oder falsch beurteilt zu werden.«
»Und Sie glauben, diese Karte stellt mich dar?«
»Ich glaube, ja«, sagte Laura schließlich. »Nicht nur, weil sie als letzte Karte gezogen wurde.« Sie zögerte. »Und nicht nur wegen der offensichtlichen physischen Ähnlichkeit.« Erneut stockte sie.
Meredith sah sie an. »Laura?«

»Okay, ich glaube, sie repräsentiert Sie, aber gleichzeitig denke ich nicht, dass es dabei um eine Ungerechtigkeit geht, die Ihnen widerfahren ist. Ich vermute eher, dass auf Sie die Aufgabe zukommt, ein geschehenes Unrecht wiedergutzumachen. Dass Sie für Gerechtigkeit sorgen sollen.« Sie blickte auf. »Vielleicht habe ich das vorhin gespürt. Dass da noch etwas ist – noch mehr –, etwas, was tiefer liegt als die offensichtlichen Geschichten, die dieses Legemuster bietet.«

Meredith ließ den Blick über die zehn Karten auf dem Tisch gleiten. Lauras Worte kreisten ihr durch den Kopf.

Es geht um das Ausloten von Möglichkeiten, das Aufdecken unbewusster Motivationen und Wünsche.

Der Magier und der Teufel, beide mit eisblauen Augen, Letzterer die Doppeloktave des Ersteren. Alle Achten, die Zahl des Erkennens, des Erreichens.

Meredith streckte die Hand aus und nahm zuerst die vierte und dann die letzte der von ihr gezogenen Karten. Die Kraft und die Gerechtigkeit.

Irgendwie schien es, als gehörten sie zusammen.

»Für einen Augenblick«, sagte sie leise, eher zu sich selbst als zu Laura, »dachte ich, ich verstehe es. Als würde das alles irgendwo auf einer tieferen Ebene Sinn ergeben.«

»Und jetzt?«

Einen Moment lang sahen die beiden Frauen einander an.

»Jetzt sind es bloß Bilder. Bloß Muster und Farben.«

Die Worte hingen zwischen ihnen. Dann begann Laura ohne Vorwarnung, hastig die Karten einzusammeln, als wollte sie sie keine Sekunde länger in der Anordnung liegen lassen.

»Sie sollten sie mitnehmen«, sagte sie. »Selbst versuchen, sich auf alles einen Reim zu machen.«

Meredith schaute verblüfft und meinte schon, sich verhört zu haben. »Bitte?«

Aber Laura hielt ihr die Karten hin. »Dieses Deck gehört zu Ihnen.«

Als Meredith merkte, dass sie richtig gehört hatte, setzte sie zum Widerspruch an.

»Ich kann doch unmöglich …«
Doch Laura griff schon unter den Tisch, holte ein großes schwarzes Seidentuch hervor und schlug die Karten darin ein. »Bitte«, sagte sie und schob sie über den Tisch. »Eine andere Tarot-Tradition. Viele Menschen glauben, man sollte sich niemals selbst Tarotkarten kaufen. Sondern stets warten, bis man die richtigen geschenkt bekommt.«
Meredith schüttelte den Kopf. »Laura, das kann ich unmöglich annehmen. Außerdem wüsste ich gar nicht, was ich damit machen soll.«
Sie stand auf und zog ihre Jacke an.
Auch Laura erhob sich. »Ich glaube, Sie werden sie brauchen.«
Wieder trafen sich ihre Augen für einen Moment.
»Aber ich will sie nicht.«
Wenn ich sie annehme, gibt es kein Zurück mehr.
»Das Deck gehört zu Ihnen.« Laura stockte. »Ich glaube, tief in Ihrem Innersten wissen Sie das auch.«
Meredith hatte das Gefühl, als würde das Zimmer immer enger. Die bunten Wände, das gemusterte Tuch auf dem Tisch, die Sterne und Mondsicheln und Sonnen, alles drehte sich, wurde größer, kleiner, veränderte die Gestalt. Und da war noch etwas, ein Rhythmus in ihrem Kopf, fast wie Musik. Oder der Wind in den Bäumen.
Enfin. Endlich.
Meredith hörte das Wort so deutlich, als hätte sie es selbst ausgesprochen. Es war so klar, so laut, dass sie sich umdrehte, um nachzusehen, ob jemand hinter ihr stand. Es war niemand da.
Dinge, die zwischen Vergangenheit und Gegenwart hin und her gleiten.
Sie wollte nichts mehr mit diesen Karten zu tun haben, aber Laura ließ sich nicht von ihrem Vorsatz abbringen, und wenn sie das Deck nicht annahm, würde sie wohl nie hier wegkommen.
Sie nahm die Karten. Dann wandte sie sich wortlos ab und eilte die Treppe hinunter.

Kapitel 17

Meredith wanderte benommen durch die Pariser Straßen und hatte das Gefühl, als könnten die Karten in ihrer Hand jeden Moment explodieren und sie irgendwie mitreißen. Sie wollte sie nicht haben, und doch war ihr klar, dass sie es nicht über sich bringen würde, sie wegzuwerfen.

Erst als die Kirchenglocken von Saint-Gervais ein Uhr schlugen, merkte sie, dass sie drauf und dran war, ihre Maschine nach Toulouse zu verpassen.

Meredith riss sich zusammen. Sie hielt ein Taxi an und versprach dem Fahrer ein dickes Trinkgeld, wenn er sie noch rechtzeitig zum Flughafen brachte, woraufhin sie mit quietschenden Reifen losbrausten.

Sie schafften es in knapp zehn Minuten zur Rue du Temple. Während der Taxameter weiterlief, sprang Meredith aus dem Taxi, stürmte durch die Lobby, die Treppe hinauf und in ihr Zimmer. Sie warf die dringendsten Sachen in die Reisetasche, schnappte sich Laptop und Ladegerät und flitzte wieder nach unten. Alles, was sie nicht mitnahm, gab sie an der Rezeption ab, wo sie zusicherte, gegen Ende der Woche wieder zurück zu sein und weitere zwei Nächte in Paris zu verbringen, dann hechtete sie ins Taxi und ließ sich quer durch die Stadt zum Flughafen Orly bringen.

Sie schaffte es in letzter Sekunde.

Die ganze Zeit war Meredith wie auf Autopilot. Ihre effiziente, durchorganisierte Seite hatte die Führung übernommen, aber sie handelte quasi unbewusst, während sie mit den Gedanken woanders war. Halb erinnerte Formulierungen, angedachte Vorstellungen, entgangene Zwischentöne. All die Dinge, die Laura gesagt hatte.

Welche Gefühle sie bei mir ausgelöst haben.

Erst als sie durch die Sicherheitssperre ging, fiel Meredith ein, dass sie vor lauter Hast, aus dem kleinen Zimmer herauszukommen, ganz vergessen hatte, Laura zu bezahlen. Beschämt rechnete sie sich aus, dass sie mindestens eine, wenn nicht sogar fast zwei Stunden bei ihr gewesen war, und nahm sich vor, das Honorar plus einen Bonus per Post zu schicken, sobald sie in Rennes-les-Bains war.

Sortilège. Die Kunst, in den Karten die Zukunft zu sehen.

Als das Flugzeug abhob, zog Meredith ihr Notizbuch aus der Tasche und begann, alles aufzuschreiben, woran sie sich erinnern konnte. Eine Reise. Der Magier und der Teufel, beide mit blauen Augen, keinem von ihnen war richtig zu trauen. Sie selbst als jemand, der für Gerechtigkeit sorgen soll. Alle Achten.

Während die 737 in den blauen nordfranzösischen Himmel stieg, dann das Massif Central überflog und die Sonne in den Süden verfolgte, hörte sich Meredith über Kopfhörer Debussys *Suite bergamasque* an und schrieb, bis ihr der Arm weh tat, füllte eine kleine linierte Seite nach der anderen mit ordentlichen Notizen und Zeichnungen. Wieder und wieder klangen ihr Lauras Worte durch den Kopf, wie in einer Endlosschleife, kämpften gegen die Musik an.

Dinge, die zwischen Vergangenheit und Gegenwart hin und her gleiten.

Und die ganze Zeit war sie sich dunkel der Karten in dem Gepäckfach über ihrem Kopf bewusst. Ein ungebetener Gast. Das Bilderbuch des Teufels.

Dritter Teil
Rennes-les-Bains

September 1891

Kapitel 18

∞

Paris, Donnerstag, 17. September 1891

Nachdem die Entscheidung gefallen war, Isolde Lascombes Einladung anzunehmen, begann Anatole mit den Vorbereitungen für eine baldige Abreise.

Gleich nach dem Frühstück verließ er das Haus, um die Depesche zu schicken und Zugfahrkarten für den nächsten Tag zu besorgen, während Marguerite mit Léonie einkaufen ging, um sie mit Dingen einzudecken, die sie für den Monat auf dem Lande benötigen würde. Ihre erste Station war das Maison Léoty, wo sie einen Satz teure Unterwäsche kauften, die ihre Silhouette veränderte und Léonie das Gefühl gab, richtig erwachsen zu sein. Im Samaritaine suchte Marguerite für sie ein neues Teekleid und ein Wanderkostüm aus, beides wie geschaffen für den Herbst auf dem Lande. Ihre Mutter war warmherzig und liebevoll, aber irgendwie geistesabwesend, und Léonie merkte ihr an, dass sie ein wenig bedrückt war. Sie vermutete, dass ihre Mutter diese Anschaffungen auf Du Ponts Rechnung tätigte, und fand sich innerlich schon damit ab, bei ihrer Rückkehr nach Paris im November vielleicht schon einen neuen Vater zu haben.

Léonie war aufgeregt, aber auch eigenartig verwirrt, ein Zustand, den sie den Ereignissen des Vorabends zuschrieb. Sie hatte keine Gelegenheit gehabt, mit Anatole über die seltsame zeitliche Fügung zu sprechen, die ihm für seine Erfordernisse just im rechten Moment eine Einladung beschert hatte.

Nach dem Mittagessen nutzten Léonie und Marguerite den milden und angenehmen Nachmittag für einen Spaziergang im Parc

Monceau, in dem sich überwiegend die Diplomatenkinder aus den umliegenden Botschaften tummelten. Eine Gruppe von Jungen, die ausgelassen *Un, Deux, Trois, Loup* spielten, kreischten und feuerten sich gegenseitig an. Eine Schar Mädchen mit Schleifchen und weißen Unterröcken spielte unter den wachsamen Augen von Kinderfrauen und dunkelhäutigen Leibwächtern Himmel und Hölle. *La Marelle* war eines von Léonies Lieblingsspielen als Kind gewesen, und sie und Marguerite blieben stehen, um zuzuschauen, wie die Mädchen den Kieselstein in das Kreidekästchen auf dem Boden warfen und dann loshüpften. Der Ausdruck auf dem Gesicht ihrer Mutter verriet Léonie, dass auch sie sich wehmütig an die Vergangenheit erinnerte. Sie nutzte die Gelegenheit aus, um eine Frage zu stellen.

»Wieso waren Sie nicht glücklich in der Domaine de la Cade?«

»Ich habe mich in der Umgebung einfach nicht wohl gefühlt, *chérie*, das ist alles.«

»Aber warum? Wegen der Menschen? Oder lag es am Anwesen?«

Marguerite zuckte die Achseln, wie sie es immer tat, nicht bereit, sich aushorchen zu lassen.

»Es muss doch einen Grund gegeben haben«, beharrte Léonie.

Marguerite seufzte. »Mein Halbbruder war ein Eigenbrötler«, sagte sie schließlich. »Die Gesellschaft einer deutlich jüngeren Schwester war ihm unlieb, und es passte ihm nicht in den Kram, dass er teilweise für die zweite Frau seines Vaters Verantwortung trug. Wir fühlten uns stets als unwillkommene Gäste.«

Léonie überlegte kurz. »Meinen Sie, ich werde mich dort wohl fühlen?«

»Aber ja, da bin ich ganz sicher«, antwortete Marguerite rasch. »Das Anwesen ist sehr schön, und in den letzten dreißig Jahren sind bestimmt viele Verbesserungen vorgenommen worden.«

»Und das Haus selbst?«

Marguerite antwortete nicht.

»M'man?«

»Es ist lange her«, sagte sie schließlich. »Es wird sich einiges verändert haben.«

Der Morgen ihrer Abreise, Freitag, der 18. September, dämmerte feuchtkalt und böig herauf.
Léonie erwachte früh, mit einem nervösen Flattern in der Magengegend. Jetzt, wo der Tag gekommen war, empfand sie plötzlich schon Heimweh nach der Welt, die sie zurückließ. Die Geräusche der Stadt, die Spatzen auf den Häuserdächern gegenüber, die vertrauten Gesichter der Nachbarn und Ladeninhaber, alles schien auf einmal schmerzlich liebenswert. Alles trieb ihr Tränen in die Augen.
Anatole schien es ähnlich zu ergehen, denn er wirkte bedrückt. Sein Mund war verkniffen, und seine Augen wirkten gehetzt, während er wachsam an einem Fenster im Salon stand und nervös auf die Straße hinunterschaute.
Das Dienstmädchen meldete, dass die Kutsche vorgefahren sei.
»Bestell dem Kutscher, dass wir gleich runterkommen«, sagte er.
»In *den* Sachen willst du reisen?«, fragte Léonie neckend mit Blick auf seinen Cutaway und Gehrock. »Du siehst aus, als wolltest du ins Büro.«
»Genau so soll es auch aussehen«, sagte er grimmig und ging durch den Salon auf sie zu. »Sobald wir aus Paris raus sind, ziehe ich mir etwas Bequemeres an.«
Léonie wurde rot und schämte sich, dass sie nicht selbst darauf gekommen war. »Natürlich.«
Er nahm seinen Zylinder. »Beeil dich, *petite*. Wir wollen doch unseren Zug nicht verpassen.«
Unten auf der Straße wurde ihr Gepäck bereits in den *fiacre* geladen. »Saint-Lazare«, rief Anatole gegen den pfeifenden Wind an. »Gare Saint-Lazare.«
Léonie umarmte ihre Mutter und versprach, ihr zu schreiben. Marguerites Augen waren rot gerändert, was sie erstaunte und auch sie selbst wieder weinerlich machte. Léonies letzte paar Minuten in der Rue de Berlin gerieten deshalb gefühlvoller, als sie erwartet hatte.
Der *fiacre* rollte an. Im letzten Moment, als das Gig schon um die Ecke in die Rue d'Amsterdam bog, schob Léonie das Fenster nach

unten und sah noch einmal zu ihrer Mutter, die allein auf dem Trottoir stand.
»*Au revoir*, M'man«, rief sie, lehnte sich dann in ihrem Sitz zurück und betupfte die feucht schimmernden Augen mit ihrem Taschentuch. Anatole nahm ihre Hand und hielt sie fest.
»Ich bin sicher, sie kommt gut ohne uns zurecht«, beruhigte er sie.
Léonie schniefte.
»Du Pont wird sich schon um sie kümmern.«
»Hast du dich vertan? Fährt der Express nicht vom Gare Montparnasse ab anstatt vom Saint-Lazare?«, fragte sie kurz darauf, nachdem das weinerliche Gefühl abgeklungen war.
»Falls sich irgendwer nach uns erkundigt«, sagte er in verschwörerischem Flüsterton, »soll er glauben, wir wollten in die westlichen Vororte. Gut, nicht?«
Sie nickte. »Verstehe. Eine Finte.«
Anatole grinste und tippte sich seitlich an die Nase.
Bei ihrer Ankunft am Gare Saint-Lazare ließ er ihr Gepäck in eine andere Droschke umladen. Er gab sich entspannt, während er laut mit dem Kutscher plauderte, aber Léonie fiel auf, dass er schwitzte, obwohl die Luft feucht und kühl war. Seine Wangen waren gerötet, und Schweißperlen glänzten an seinen Schläfen.
»Fühlst du dich unwohl?«, fragte sie besorgt.
»Nein«, sagte er hastig und fügte dann hinzu, »aber diese … Heimlichtuerei ist anstrengend. Wenn wir erst einmal ein Stück von Paris entfernt sind, geht's mir wieder besser.«
»Was hättest du gemacht«, fragte Léonie neugierig, »wenn die Einladung nicht gerade jetzt gekommen wäre?«
Anatole zuckte die Achseln. »Eine andere Lösung gefunden.«
Léonie wartete, dass er noch mehr sagte, aber er schwieg.
»Weiß M'man von deinen … Verbindlichkeiten beim Chez Frascati?«, fragte sie schließlich.
Anatole wich der Frage aus. »Ich habe sie instruiert, falls jemand Fragen stellt, soll sie sagen, wir sind nach Saint-Germain-en-Laye gefahren. Debussys Familie stammt von dort, daher …« Er legte

ihr beide Hände auf die Schultern und drehte sie so, dass sie ihn ansah. »Na, *petite*, bist du nun zufrieden?«

Léonie reckte das Kinn vor. »Ja, bin ich.«

»Und keine weiteren Fragen?«, sagte er neckend.

Sie lächelte leicht zerknirscht. »Ich will's versuchen.«

Als sie am Gare Montparnasse ankamen, warf Anatole dem Kutscher das Fahrgeld zu und hastete dann in den Bahnhof, als wäre ihm eine Meute Hunde auf den Fersen. Léonie spielte bei dem Theater mit, weil sie begriff, dass er hier möglichst unauffällig bleiben wollte, nachdem er es am Saint-Lazare darauf angelegt hatte, aufzufallen.

Im Bahnhof sah er auf der Anschlagtafel mit den Abfahrten nach, legte dann eine Hand an die Westentasche, ohne sie jedoch hineinzuschieben.

»Hast du deine Taschenuhr vergessen?«

»Die ist mir bei dem Überfall abgenommen worden«, sagte er beiläufig.

Sie gingen den Bahnsteig entlang und suchten den Wagen mit ihrem Abteil. Léonie sah, dass die Wagen Zettel mit den Namen der Orte trugen, an denen der Zug halten würde: Laroche, Tonnerre, Dijon, Mâcon, heute Abend um sechs Lyon-Perranche, dann Valence, Avignon und schließlich Marseille.

Morgen würden sie von Marseille aus mit dem Zug an der Küste entlang nach Carcassonne fahren, am Sonntagmorgen dann weiter von Carcassonne nach Couiza-Montazels, dem Bahnhof, der Rennes-les-Bains am nächsten lag. Laut der Wegbeschreibung ihrer Tante war es von dort nur noch eine kurze Kutschfahrt zur Domaine de la Cade, in den Ausläufern der Corbières.

Anatole kaufte eine Zeitung und verbarg sich dahinter. Léonie beobachtete die Menschen, die draußen vorbeigingen. Zylinder und Cutaways, Damen in weiten, schwingenden Röcken. Ein Bettler mit magerem Gesicht und verdreckten Fingern, die sich zum Fenster des Erste-Klasse-Wagens reckten und um Almosen bettelten, bis der Wachmann ihn verjagte.

Ein letzter schriller Pfiff ertönte, dann ein Brüllen von der Lokomotive, als sie ihren ersten Dampfstrahl ausspie. Funken flogen. Dann das Mahlen von Metall auf Metall, ein Schwall aus dem schwarzen Schornstein, und die Räder begannen langsam, sich zu drehen.

Enfin.

Der Zug nahm Fahrt auf, als er aus dem Bahnhof rollte. Léonie lehnte sich zurück und sah zu, wie Paris in weißen Schwaden aus Rauch und Dampf entschwand.

Kapitel 19

∞

Couiza, Sonntag, 20. September

Léonie hatte die dreitägige Fahrt durch Frankreich genossen. Sobald der Express die trostlose Pariser *banlieue* hinter sich gelassen hatte, hatte Anatole seine gute Laune wiedergefunden und sie mit Geschichten, Kartenspielen und Gesprächen darüber unterhalten, wie sie ihre Zeit in den Bergen verbringen würden.
Am späten Freitagabend waren sie in Marseille ausgestiegen. Tags darauf ging die Fahrt wie geplant weiter nach Carcassonne, wo sie eine unbehagliche Nacht in einem Hotel ohne warmes Wasser und mit unfreundlichem Personal verbracht hatten. Léonie war mit Kopfschmerzen aufgewacht, und da es schwierig war, am Sonntagmorgen einen *fiacre* zu bekommen, hätten sie um ein Haar ihren Zug verpasst.
Doch sobald sie die Außenbezirke Carcassonnes verlassen hatten, hatte sich Léonies Stimmung gebessert. Jetzt lag ihr Reiseführer neben einem Band mit Kurzgeschichten vergessen neben ihr auf dem Sitz. Die lebendige, atmende Landschaft des Midi entfaltete allmählich ihren Zauber.
Die Bahngleise folgten den Windungen des Flusses durch das silbrige Aude-Tal nach Süden in Richtung Pyrenäen. Zuerst führten die Schienen an der Straße entlang. Das Land war flach und leer. Doch bald sah Léonie links und rechts Reihen von Weinstöcken und gelegentlich auch Felder mit Sonnenblumen, die noch immer leuchtend gelb blühten, die Köpfe nach Osten gewandt.
Sie erblickte ein kleines Dorf – kaum mehr als eine Handvoll Häuser –, das malerisch an einem fernen Berg klebte. Dann ein anderes,

Häuser mit roten Ziegeldächern, die sich um den hoch aufragenden Kirchturm drängten. Näher an den Schienen, außerhalb der Orte, die direkt an den Gleisen lagen, sah sie rosa Hibiskus, Bougainvilleen, Flieder, Lavendel und Klatschmohn. Grüne, stachelige Kastanienhelme hingen an den übervollen Ästen der Bäume. In der Ferne goldene und glänzend kupferrote Silhouetten, der einzige Hinweis darauf, dass der Herbst schon auf seinen Auftritt wartete.
Entlang der gesamten Strecke arbeiteten Bauern auf den Feldern, ihre gestärkten blauen Kittel mit den gestickten Mustern an Kragen und Manschetten sahen steif und glänzend aus, wie poliert. Die Frauen trugen flache Strohhüte zum Schutz gegen die sengende Sonne. Auf den ledrigen Gesichtern der Männer lag ein resignierter Ausdruck, während sie, gegen den unerbittlichen Wind gebückt, so spät noch ernteten.
In einem größeren Ort namens Limoux hatte der Zug eine Viertelstunde Aufenthalt. Danach wurde die Landschaft steiler, felsiger, weniger lieblich, als die Ebene in die *garrigue* der Hautes Corbières überging. Der Zug ratterte bedenklich auf schmalen Schienen oberhalb des Flusses dahin, bis plötzlich in der Ferne hinter einer Kurve die blau-weißen Pyrenäen auftauchten, strahlend in der flimmernden Hitze.
Léonie stockte der Atem. Die Berge schienen wie ein mächtiger Wall aus dem flachen Boden aufzuragen und die Erde mit dem Himmel zu verbinden. Majestätisch, unveränderlich. Im Vergleich zu dieser Herrlichkeit der Natur wirkten die von Menschenhand geschaffenen Bauwerke in Paris wie Spielzeug. Der berühmte umstrittene Metallturm von Monsieur Eiffel, Baron Haussmanns große Boulevards, sogar die Oper von Monsieur Garnier, sie alle verblassten ins Bedeutungslose. Diese Landschaft war nach einem gänzlich anderen Maßstab geschaffen – Erde, Luft, Feuer und Wasser. Die vier Elemente waren vor dem Betrachter ausgebreitet wie die Tasten eines Klaviers.
Der Zug ratterte und schnaufte, wurde deutlich langsamer und beschleunigte dann wieder ruckartig. Léonie schob das Fenster herunter und spürte die Luft des Midi auf den Wangen. Waldige

Hügel, grün, braun und rot, erhoben sich unvermittelt im Schatten grauer Granitfelsen. Das Schaukeln des Zuges und das Surren der Räder auf den Schienen hatten eine einschläfernde Wirkung, und sie merkte, wie ihr die Augen zufielen.

Das Quietschen der Bremsen ließ sie hochfahren.
Ihre Augen flogen auf, und für einen Moment wusste sie nicht, wo sie war. Dann sah sie den Reiseführer auf ihrem Schoß und Anatole gegenüber, und es fiel ihr wieder ein. Nicht in Paris, sondern in einem ratternden Eisenbahnwagen im Midi.
Der Zug wurde langsamer.
Léonie schaute verschlafen aus dem schmutzigen Fenster. Es war nicht leicht, die Schrift auf dem bemalten Holzbrett über dem Bahnsteig zu lesen. Dann hörte sie den Bahnhofsvorsteher, der mit starkem südfranzösischen Akzent verkündete:
»Couiza-Montazels. *Dix minutes d'arrêt.*«
Sie setzte sich mit einem Ruck auf und klopfte ihrem Bruder aufs Knie. »*Anatole, nous sommes là. Lève-toi.*«
Schon hörte sie, wie Türen aufgestoßen wurden und gegen die grüngestrichenen Zugwände knallten, wie ein halbherziger Applaus bei den Concerts Lamoureux.
»Anatole«, wiederholte sie. Sie war sicher, dass er sich nur schlafend stellte. »*C'est l'heure*. Wir sind in Couiza.«
Sie lehnte sich aus dem Fenster.
Obwohl es so spät in der Saison und Sonntag war, stand eine ganze Reihe von Trägern an ihre hölzernen Gepäckwagen gelehnt. Die meisten hatten ihre Mützen weit nach hinten geschoben, die Westen geöffnet und die Hemdsärmel bis über die Ellbogen aufgekrempelt.
Sie hob den Arm. »*Porteur, s'il vous plaît*«, rief sie.
Einer sprang vor, er überlegte sich offensichtlich, wie gut sich ein paar Sous in seiner Tasche machen würden. Léonie trat vom Fenster zurück, um ihre Habseligkeiten einzusammeln.
Plötzlich wurde die Tür zum Abteil aufgerissen. »Gestatten Sie, Mademoiselle.«

Ein Mann stand auf dem Bahnsteig und sah sie an.
»Nein, wirklich, wir kommen zurecht …«, begann sie, doch er ließ den Blick durchs Abteil schweifen, sah Anatoles schlafende Gestalt und das Gepäck, das noch oben im Gepäckfach war, und stieg ungebeten ein.
»Ich bestehe darauf.«
Léonie fand ihn auf Anhieb unsympathisch. Sein steifer Stehkragen, die zweireihige Weste und der Zylinder wiesen ihn als Mann von Stand aus, und doch hatte er etwas an sich, das nicht ganz *comme il faut* war. Sein Blick war zu keck, zu impertinent.
»Danke, aber das ist nicht nötig«, sagte sie. Sie nahm den Geruch von Zwetschgenschnaps in seinem Atem wahr. »Ich bin durchaus in der Lage …«
Aber er war schon ohne ihre Erlaubnis dabei, den ersten Koffer von dem Holzgestell zu heben. Léonie sah, wie er kurz auf die Initialen im Leder blickte, als er Anatoles Handkoffer auf den schmutzigen Boden stellte.
Die Untätigkeit ihres Bruders langweilte sie, und sie schüttelte ihn grob am Arm.
»Anatole, *voilà Couiza*. Wach auf!«
Zu ihrer Erleichterung rührte er sich endlich. Seine Augenlider flackerten, und er schaute sich verschlafen um, als wäre er überrascht, in einem Eisenbahnabteil zu sein. Dann fiel sein Blick auf sie, und er lächelte.
»Ich muss eingenickt sein«, sagte er, während er sich mit langen, blassen Fingern über das geölte schwarze Haar strich. »*Désolé.*«
Léonie zuckte zusammen, als der Mann Anatoles Koffer mit einem lauten Knall auf den Bahnsteig fallen ließ. Dann griff er nach ihrer lackierten Handarbeitskiste.
»Vorsicht«, sagte sie schneidend. »Die ist kostbar.«
Der Mann musterte sie von oben bis unten und betrachtete dann die beiden goldenen Initialen auf dem Deckel: L.V.
»Aber selbstverständlich. Machen Sie sich keine Sorgen.«
Anatole stand auf. Sogleich wirkte das Abteil um einiges kleiner. Er betrachtete sich kurz in dem Spiegel unter dem Gepäckfach, zog

die Kragenspitzen seines Hemdes gerade, richtete seine Weste und zupfte die Manschetten zurecht. Dann beugte er sich vor und hob mit einer geschmeidigen Bewegung Hut, Handschuhe und Gehstock auf.
»Wollen wir?«, sagte er lässig und bot Léonie seine Hand an.
Erst jetzt schien er zu bemerken, dass ihr Gepäck bereits ausgeladen worden war. Er betrachtete ihren Begleiter.
»Vielen Dank, M'sieur. Das war äußerst liebenswürdig.«
»Keine Ursache. Das Vergnügen war ganz meinerseits, M'sieur ...«
»Vernier. Anatole Vernier. Und das ist meine Schwester Léonie.«
»Charles Denarnaud, zu Ihren Diensten.« Er tippte sich an den Hut. »Quartieren Sie sich irgendwo in Couiza ein? Falls ja, wäre es mir eine Freude, Sie ...«
Wieder ertönte ein Pfiff.
»*En voiture!* Fahrgäste nach Quillan und Espéraza, *en voiture!*«
»Wir sollten zurücktreten«, sagte Léonie.
»Nicht in Couiza selbst!«, antwortete Anatole dem Mann, wobei er fast schreien musste, um das Dröhnen der Lokomotive zu übertönen. »Aber in der Nähe. Rennes-les-Bains.«
Denarnaud strahlte. »Mein Heimatort.«
»Ausgezeichnet. Wir werden in der Domaine de la Cade wohnen. Kennen Sie das Anwesen?«
Léonie starrte Anatole verwundert an. Erst hatte er von ihr äußerste Diskretion verlangt, und jetzt, gerade einmal drei Tage fort aus Paris, rieb er einem völlig Fremden bedenkenlos ihr Reiseziel unter die Nase.
»Domaine de la Cade«, entgegnete Denarnaud zurückhaltend. »Ja, die ist mir bekannt.«
Die Lokomotive stieß zischend einen Dampfschwall aus. Léonie trat nervös zurück, und Denarnaud stieg ein.
»Ich möchte Ihnen noch einmal für Ihre Hilfsbereitschaft danken«, beteuerte Anatole.
Denarnaud lehnte sich nach draußen. Die beiden Männer tauschten ihre Visitenkarten aus und schüttelten sich die Hände, während der Dampf den Bahnsteig verhüllte.

Anatole trat von der Kante zurück. »Scheint ein recht netter Kerl zu sein.«
Léonies Augen blitzten vor Zorn. »Ich dachte, wir wollten unsere Pläne für uns behalten«, gab sie zu bedenken, »und jetzt …«
Anatole fiel ihr ins Wort. »Ich war bloß höflich.«
Die Bahnhofsuhr schlug die volle Stunde.
»Offenbar sind wir doch noch in Frankreich«, sagte Anatole, warf ihr dann einen Blick zu. »Ist irgendwas? Hab ich irgendwas getan? Oder nicht getan?«
Léonie seufzte. »Ich bin gereizt, und mir ist heiß. Es war langweilig, mit niemandem reden zu können. Und dann hast du mich der Gnade dieses unangenehmen Mannes überlassen.«
»Ach, so schlimm war Denarnaud doch gar nicht«, widersprach er und drückte ihre Hand. »Aber ich bitte trotzdem um Vergebung dafür, dass ich eingeschlafen bin, was für ein grässliches Verbrechen.«
Léonie verzog das Gesicht.
»Komm, *petite*. Wenn du erst einmal was gegessen und getrunken hast, fühlst du dich gleich wieder besser.«

Kapitel 20

∞

Als sie aus dem Schatten des Bahnhofsgebäudes traten, traf sie die Sonne mit voller Wucht. Braune Wolken aus Sand und Staub wehten ihnen ins Gesicht, aufgewirbelt von dem launischen Wind, der scheinbar aus allen Richtungen gleichzeitig kam. Léonie kämpfte mit dem Verschluss ihres neuen Sonnenschirms.

Während Anatole dem Gepäckträger Anweisungen gab, betrachtete sie die Umgebung. Sie war noch nie so weit in den Süden gereist. Wenn sie überhaupt einmal das Umland von Paris verlassen hatte, dann höchstens bis nach Chartres oder, noch als Kind, für ein Picknick am Ufer der Marne. Das hier war ein anderes Frankreich. Léonie erkannte einige Straßenschilder und Reklameplakate für Aperitifs, Bohnerwachs und Hustensaft, aber es war eine fremde Welt.

Vom Bahnhof gelangte man direkt auf eine belebte kleine Straße, die von ausladenden Linden gesäumt wurde. Frauen mit dunklem Teint und breiten wettergegerbten Gesichtern, Fuhrmänner und Eisenbahner, verwahrloste Kinder mit nackten Beinen und schmutzigen Füßen. Ein Mann in der kurzen Jacke eines Arbeiters, keine Weste, mit einem Laib Brot unter dem Arm. Ein anderer in einem schwarzen Anzug und mit der Kurzhaarfrisur eines Schullehrers. Ein Karren rumpelte vorbei, hoch beladen mit Holzkohle und Kleinholz. Es kam ihr so vor, als wäre sie in eine Szene in *Hoffmanns Erzählungen* von Offenbach geraten, wo noch die alten Sitten herrschten und die Zeit gleichsam stillstand.

»Anscheinend gibt es ein ganz passables Restaurant auf der Avenue de Limoux«, sagte Anatole, der wieder an ihrer Seite auftauchte, eine Ausgabe der Lokalzeitung *La Dépêche de Toulouse* unter den Arm geklemmt. »Es gibt außerdem ein Telegrafenamt, einen Fernsprechapparat und eine Poststelle für postlagernde Briefe. Übrigens auch in Rennes-les-Bains, also sind wir wohl doch nicht völlig von der Zivilisation abgeschnitten.« Er zog eine Packung Wachsstreichhölzer aus seiner Tasche und nahm eine Zigarette aus dem Etui. »Aber den Luxus einer Kutsche scheint es leider nicht zu geben.« Er zündete das Streichholz an. »Zumindest nicht so spät im Jahr und an einem Sonntag.«

Das Grand Café Guilhem lag auf der anderen Seite der Brücke. Davor standen ein paar Marmortische mit schmiedeeisernen Beinen und Holzstühle mit geflochtener Sitzfläche im Schatten einer großen Markise, die sich über die gesamte Länge des Restaurants erstreckte. Geranien in Terrakottatöpfen und Zierbäume in bierfassgroßen Holzkübeln mit Metallreifen verschafften den Gästen zusätzlich etwas Sichtschutz.

»Nicht gerade das Café Paillard«, sagte Léonie, »aber es wird genügen.«

Anatole lächelte liebevoll. »Ich glaube kaum, dass sie Séparées haben, aber die Terrasse sieht doch ganz einladend aus. Oder?«

Sie wurden zu einem angenehmen Tisch geführt. Anatole bestellte für sie beide und geriet mit dem *patron* ins Plaudern. Léonie ließ ihre Gedanken schweifen. Reihen von Platanen mit ihrer scheckigen Rinde, Napoleons Baumarmee, spendeten an der Straße Schatten. Erstaunt stellte sie fest, dass nicht nur die Avenue de Limoux, sondern auch die umliegenden Straßen gepflastert worden waren, anstatt sie in ihrem natürlichen Zustand zu belassen. Sie schrieb das der Beliebtheit der nahen Thermalbäder zu und dem hohen Aufkommen an *voitures publiques* und Privatkutschen, die hier während der Hauptsaison unterwegs waren.

Anatole schlug seine Serviette aus und legte sie sich über den Schoß.

Der Kellner kam umgehend und brachte die Getränke – einen Krug Wasser, ein großes Glas kühles Bier für Anatole und einen *pichet* des hiesigen *vin de table*. Kurz darauf wurde das Essen serviert. Ein leichtes Gericht aus Brot, hartgekochten Eiern, einer Galantine aus Räucherfleisch, gepökeltem Schwein, ein paar Stücken Käse aus der Gegend und einer Scheibe Hühnerpastete in Aspik, schlicht, aber nahrhaft.

»Gar nicht mal schlecht«, sagte Anatole. »Ehrlich gesagt, erstaunlich gut.«

Léonie entschuldigte sich zwischen den Gängen. Als sie rund zehn Minuten später zurückkam, sah sie, dass Anatole ein Gespräch mit den Leuten am Nebentisch angefangen hatte. Ein älterer Herr in der eleganten Garderobe eines Bankiers oder Anwalts, hoher schwarzer Zylinder und dunkler Anzug, Stehkragen und Krawatte, trotz der Hitze. Und ihm gegenüber ein jüngerer Mann mit strohfarbenem Haar und einem buschigen Schnauzer.

»Dr. Gabignaud, Maître Fromilhague«, sagte Anatole, »darf ich Ihnen meine Schwester Léonie vorstellen.«

Beide Männer erhoben sich halb und lüfteten den Hut.

»Gabignaud hat gerade von seiner Arbeit in Rennes-les-Bains erzählt«, erklärte Anatole, als Léonie wieder am Tisch Platz nahm. »Sie waren also drei Jahre als Assistent bei Dr. Courrent, sagen Sie?«

Gabignaud nickte. »Ganz richtig. Drei Jahre. Unsere Bäder in Rennes-les-Bains sind die ältesten hier in der Region, und außerdem dürfen wir uns rühmen, mehrere unterschiedliche Wassertypen zu besitzen, wodurch wir ein größeres Spektrum an Symptomen und Pathologien behandeln können als jede andere vergleichbare Thermaleinrichtung. Zu der Gruppe von Thermalwassern gehören die *source du Bain Fort* mit zweiundfünfzig Grad, die …«

»Sie müssen nicht so ins Detail gehen, Gabignaud«, knurrte Fromilhague.

Der Doktor lief rot an. »Ja, richtig. Ähm. Es war mir vergönnt, auch andernorts in ähnliche Einrichtungen eingeladen zu werden«, fuhr er fort. »Ich hatte die Ehre, einige Wochen unter Dr. Privat in Lamalou-les-Bains studieren zu dürfen.«

»Lamalou, den Namen habe ich noch nie gehört.«
»Das erstaunt mich, Mademoiselle Vernier. Es ist ein zauberhafter Kurort, ebenfalls römischen Ursprungs, etwas nördlich von Béziers.« Er senkte die Stimme. »Obgleich die Atmosphäre dort natürlich recht düster ist. In Medizinerkreisen ist er vor allem für seine Lues-Therapie bekannt.«
Maître Fromilhague schlug krachend mit der Hand auf den Tisch, so dass die Kaffeetassen hüpften und Léonie zusammenfuhr. »Gabignaud, Sie vergessen sich!«
Der junge Doktor wurde puterrot. »Verzeihen Sie, Mademoiselle Vernier. Ich wollte keinesfalls despektierlich sein.«
Verwundert fixierte Léonie Maître Fromilhague mit einem kalten Blick. »Seien Sie vergewissert, Dr. Gabignaud, *ich* habe das auch nicht so aufgefasst.«
Sie schielte zu Anatole hinüber, der mit Mühe das Lachen unterdrückte.
»Wie dem auch sei, Gabignaud, das ist möglicherweise kein angemessenes Gesprächsthema in Anwesenheit einer jungen Dame.«
»Selbstverständlich, selbstverständlich«, stammelte der Doktor. »Mein berufliches Interesse als Mediziner lässt mich mitunter vergessen, dass solche Materien nicht …«
»Machen Sie in Rennes-les-Bains eine Kur?«, fragte Fromilhague bemüht höflich.
Anatole schüttelte den Kopf. »Wir werden auf dem Anwesen unserer Tante wohnen, außerhalb des Ortes. Die Domaine de la Cade.«
Léonie sah in den Augen des Doktors Verblüffung aufblitzen.
Oder Sorge?
»Ihre Tante?«, sagte Gabignaud. Léonie beobachtete ihn genau.
»Die Gattin unseres verstorbenen Onkels, um genau zu sein«, erwiderte Anatole, der offenbar Gabignauds Erstaunen ebenfalls bemerkt hatte. »Jules Lascombe war der Halbbruder unserer Mutter. Wir hatten bislang noch nicht das Vergnügen, unsere Tante kennenzulernen.«
»Beunruhigt Sie irgendetwas, Dr. Gabignaud?«, fragte Léonie.

»Nein, nein. Nicht im Geringsten. Verzeihen Sie, ich ... ich habe nicht gewusst, dass Lascombe sich glücklich schätzen konnte, so nahe Verwandte zu haben. Er lebte recht zurückgezogen und erwähnte nie ... Offen gestanden, Mademoiselle Vernier, wir waren alle überrascht, als er sich zur Ehe entschloss, und das in seinem fortgeschrittenen Alter. Lascombe schien ein eingefleischter Junggeselle zu sein. Und eine Frau in ein solches Haus zu holen, ein Haus von so unheilvollem Ruf, nun ...«

Léonie merkte auf. »Unheilvoller Ruf?«

Aber Anatoles Interesse richtete sich auf eine andere Frage. »Sie kannten Lascombe, Gabignaud?«

»Nicht besonders gut, aber wir waren Bekannte. Ich glaube, sie haben in den ersten Jahren ihrer Ehe hier den Sommer verbracht. Madame Lascombe zog das Leben in der Stadt vor und war daher häufig monatelang nicht auf der Domaine de la Cade.«

»Waren Sie nicht Lascombes Leibarzt?«

Gabignaud schüttelte den Kopf. »Nein, diese Ehre hatte ich nicht. Er ging zu einem Arzt in Toulouse. Seine Gesundheit war schon viele Jahre angegriffen, wenngleich sein Ableben dann doch schneller kam als erwartet. Ursache war die schreckliche Kälte zu Jahresbeginn. Als abzusehen war, dass er sich nicht wieder erholen würde, kehrte Ihre Tante Anfang Januar auf die Domaine de la Cade zurück. Lascombe starb einige Tage darauf. Natürlich gab es Gerüchte, sein Tod sei die Folge von ...«

»Gabignaud!«, unterbrach Fromilhague. »Hüten Sie Ihre Zunge!«

Erneut errötete der junge Doktor.

Fromilhague zeigte sein anhaltendes Missfallen, indem er den Kellner rief und dann haargenau aufzählte, was sie verzehrt hatten, um die Rechnung zu bestätigen, wodurch jedes weitere Gespräch zwischen den beiden Tischen unmöglich gemacht wurde.

Anatole gab ein großzügiges Trinkgeld. Fromilhague warf einen Schein auf den Tisch und erhob sich. »Mademoiselle Vernier, Vernier«, sagte er schroff und lüftete den Hut. »Gabignaud. Wir haben noch einiges zu erledigen.«

Zu Léonies Verwunderung trabte der Doktor wortlos hinterdrein.
»Warum darf denn über Lamalou nicht gesprochen werden?«, wollte Léonie wissen, sobald die beiden außer Hörweite waren. »Und wieso lässt sich Dr. Gabignaud so von Maître Fromilhague herumkommandieren?«
Anatole grinste. »Lamalou hat eine berüchtigte Berühmtheit erlangt, weil dort die neuesten medizinischen Fortschritte bei der Behandlung der Syphilis – der Lues – gemacht wurden«, antwortete er. »Und was sein Verhalten betrifft, so könnte ich mir vorstellen, dass Dr. Gabignaud auf die Unterstützung des Maître angewiesen ist. In einer Kleinstadt entscheidet so etwas über Erfolg und Scheitern einer Arztpraxis.« Er lachte kurz auf. »Aber Lamalou-les-Bains! Ich bitte dich!«
Léonie dachte nach. »Aber wieso um alles in der Welt war Dr. Gabignaud dermaßen überrascht darüber, dass wir auf der Domaine de la Cade wohnen werden? Und was hat er damit gemeint, dass das Haus einen unheilvollen Ruf hat?«
»Gabignaud redet zu viel, und Fromilhague hat was gegen Klatsch und Tratsch. Das ist alles.«
Léonie schüttelte den Kopf. »Nein, da steckt mehr dahinter«, widersprach sie. »Maître Fromilhague war fest entschlossen, ihn am Reden zu hindern.«
Anatole zuckte die Achseln. »Fromilhague scheint mir ein kleiner Choleriker zu sein, der leicht reizbar ist. Es stört ihn einfach, dass Gabignaud losplappert wie eine Frau!«
Léonie registrierte den Seitenhieb und steckte ihm die Zunge heraus. »Du Scheusal!«
Anatole wischte sich über den Schnurrbart, warf seine Serviette auf den Tisch, schob seinen Stuhl zurück und stand auf.
»*Alors, on y va*. Wir haben noch etwas Zeit. Lass uns die bescheidenen Vergnügungen von Couiza erkunden.«

Kapitel 21

∞

Paris

Ein paar hundert Meilen weiter nördlich in Paris war Ruhe eingekehrt. Nach dem Trubel eines geschäftigen Morgens war die Nachmittagsluft bleiern von Staub und dem Geruch nach überreifem Obst und Gemüse. Die Knechte und Straßenhändler des 8. Arrondissements waren fort. Die Milchwagen, Karren und Bettler waren weitergezogen und hatten den Abfall, den Bodensatz eines weiteren Tages zurückgelassen.

Die Wohnung der Familie Vernier in der Rue de Berlin lag still im bläulichen Licht des späten Nachmittags. Die Möbel waren in weiße Staubdecken gehüllt. Die hohen Fenster des Salons zur Straße hin waren geschlossen. Die gelben Chintzvorhänge waren zugezogen. Die geblümte, einst hochwertige Tapete war an den Stellen verblasst, wo das Sonnenlicht Tag für Tag die Farben ausgebleicht hatte. Staubpartikel schwebten über den wenigen noch unverdeckten Möbelstücken.

Auf dem Tisch ließen vergessene Rosen in einer Glasschale die Köpfe hängen, fast geruchlos. Ein anderer Geruch lag in der Luft, ein säuerlicher Geruch, der nicht hierhergehörte. Ein Hauch von Souk und türkischem Tabak und ein Aroma, das so weit im Landesinneren noch fremdartiger war, das der See, das in der grauen Kleidung des Mannes steckte, der jetzt schweigend zwischen den zwei Fenstern vor dem Kamin stand und das Porzellanzifferblatt der Sèvres-Uhr auf dem Sims verdeckte.

So stark und kräftig, wie er gebaut war, mit breiten Schultern und einer hohen Stirn, hatte er eher die Statur eines Abenteurers als eines Ästheten. Dunkle, gestutzte Augenbrauen wölbten sich über stechenden blauen Augen mit Pupillen, die so schwarz waren wie Kohlen.

Marguerite saß aufrecht auf einem der Mahagonistühle am Esstisch. Ihr rosa Negligé, das im Nacken von einer gelben Seidenschleife gehalten wurde, war über ihre vollkommenen weißen Schultern drapiert. Das Material fiel elegant über das gelbe Sitzpolster und die stoffbezogenen Armlehnen, wie für das Stillleben eines Malers. Nur der verängstigte Blick in ihren Augen erzählte eine andere Geschichte. Das und die Tatsache, dass ihre Arme in einem seltsamen Winkel nach hinten gebogen und mit dünnem Draht gefesselt waren.

Ein zweiter Mann, dessen kahlrasierter Schädel mit einem bösen Ausschlag aus Schorf und Blasen bedeckt war, stand hinter dem Stuhl Wache, wartete auf Anweisungen seines Herrn.

»Also, wo ist er?«, fragte dieser jetzt mit kalter Stimme.

Marguerite sah ihn an.

Sie erinnerte sich an das jähe Begehren, das sie zuvor in seiner Gegenwart empfunden hatte, und hasste ihn dafür. Von allen Männern, denen sie in ihrem Leben begegnet war, hatte nur ein anderer, ihr Ehemann Leo Vernier, die Macht besessen, ihre Gefühle so schlagartig und vehement zu entflammen.

»Sie waren im Restaurant«, sagte sie. »Chez Voisin.«

Er überging ihre Bemerkung. »Wo ist Vernier?«

»Ich weiß es nicht«, sagte Marguerite erneut. »Ich gebe Ihnen mein Wort. Er führt sein eigenes Leben. Und manchmal bleibt er tagelang ohne jede Erklärung fort.«

»Ihr Sohn, ja. Aber Ihre Tochter kommt und geht nicht, wie es ihr gefällt, und schon gar nicht ohne Begleitung. Sie hat einen regelmäßigen Tagesablauf. Und doch ist auch sie nicht da.«

»Sie ist bei Bekannten.«

»Ist Vernier bei ihr?«

»Ich …«

Er ließ seine kalten Augen über die Staubdecken und leeren Schränke huschen.

»Wie lange soll die Wohnung leer bleiben?«, fragte er.
»Etwa vier Wochen. Übrigens, ich erwarte General Du Pont«, fügte sie hinzu, rang darum, ihre Stimme ruhig zu halten. »Er müsste jeden Moment hier sein, um mich abzuholen, und ...«
Die Worte gingen in ihrem Schrei unter, als der Diener ihre Haare packte und ihr den Kopf nach hinten riss.
»Nein!«
Die Messerspitze drückte kalt gegen ihre Haut.
»Wenn Sie jetzt gehen«, presste sie zittrig hervor, »werde ich nichts sagen, ich gebe Ihnen mein Wort. Lassen Sie mich, gehen Sie.«
Der Mann streichelte ihr die Wange mit der Rückseite seine behandschuhten Finger.
»Marguerite, es wird niemand kommen. Das Klavier unten schweigt. Die Nachbarn von oben sind übers Wochenende aufs Land. Und was Ihr Mädchen und den Koch angeht, die habe ich selbst gehen sehen. Auch die glauben, dass Sie bereits mit Du Pont abgereist sind.«
Furcht flackerte in ihren Augen, als ihr klar wurde, wie gut er informiert war.
Victor Constant zog einen Stuhl heran und setzte sich so dicht vor Marguerite, dass sie seinen Atem auf der Haut spürte. Unter dem akkuraten Schnurrbart sah sie volle Lippen, rot in dem blassen Gesicht. Es war das Gesicht eines Raubtiers, eines Wolfs. Und es hatte einen Makel. Eine kleine Schwellung hinter dem linken Ohr.
»Mein Freund ...«
»Der verehrte General hat bereits eine Mitteilung erhalten, die Ihre Verabredung auf heute Abend halb neun verschiebt.« Er schaute zur Uhr auf dem Kaminsims. »Bis dahin sind es noch über fünf Stunden. Sie sehen also, wir haben keinerlei Eile. Und was er bei seiner Ankunft vorfindet, liegt ganz bei Ihnen. Lebendig, tot. Für mich ist das bedeutungslos.«
»Nein!«
Die Messerspitze drückte jetzt unter ihr rechtes Auge.
»Ich fürchte, *chère* Marguerite, es würde Ihnen in dieser Welt ohne Ihr hübsches Aussehen schlecht ergehen.«

»Was wollen Sie? Geld? Schuldet Anatole Ihnen Geld? Ich kann seine Schulden begleichen.«
Er lachte. »Wenn es doch so einfach wäre. Außerdem ist Ihre finanzielle Situation, nun, sagen wir, prekär. Und auch wenn Ihr Geliebter zweifellos generös sein kann, ich glaube nicht, dass General Du Pont dafür bezahlen würde, Ihren Sohn vor dem Konkursgericht zu bewahren.«
Mit einer federleichten Bewegung drückte Constant das Messer ein wenig fester gegen ihre blasse Haut, schüttelte dabei leicht den Kopf, als bedauerte er, was er nun tun musste. »Wie dem auch sei, es geht nicht um Geld. Vernier hat sich etwas genommen, das mir gehört.«
Marguerite hörte die Veränderung in seiner Stimme und begann, sich zu wehren. Sie versuchte, ihre Arme zu befreien, was lediglich zur Folge hatte, dass sich die Fesseln noch enger zuzogen. Der scharfe Draht schnitt in die nackte Haut ihrer Handgelenke. Blut sickerte hervor, tropfte rot auf den blauen Teppich.
»Ich flehe Sie an«, schrie sie. »Lassen Sie mich mit ihm reden. Er wird Ihnen zurückgeben, was er sich genommen hat. Ich gebe Ihnen mein Wort.«
»Ha, dafür ist es leider zu spät«, sagte er leise, während seine Finger über ihre Wange strichen. »Ich frage mich, ob Sie Ihrem Sohn überhaupt meine Karte gegeben haben, *chère* Marguerite.« Seine schwarze Hand kam an ihrem weißen Hals zum Stillstand. Er erhöhte den Druck. Marguerite begann zu würgen, während sie sich wand und gegen seinen fester werdenden Griff sträubte, verzweifelt versuchte, den Hals zu recken, um sich seinen starken Fingern zu entwinden. Der Blick in seinen Augen, Lust und Eroberung in gleichem Maße, jagte ihr ebenso große Angst ein wie die erstickende Gewalt seines Würgegriffs.
Plötzlich und unerwartet ließ er sie los.
Sie fiel nach hinten gegen die Rückenlehne, rang gierig keuchend nach Luft. Ihre Augen waren rot, und an ihrem Hals zeigten sich hässliche Blutergüsse.
»Fang mit Verniers Zimmer an«, wies Constant seinen Diener an.

»Such nach seinem Tagebuch.« Er hielt die Hände hoch. »Ungefähr so groß.«
Der Diener ging.
»Und nun«, sagte er, als wäre er mitten in einer völlig normalen Unterhaltung, »wo ist Ihr Sohn?«
Marguerite sah ihm in die Augen. Ihr Herz pochte dröhnend vor Angst, was er ihr antun würde. Aber sie hatte schon früher Misshandlungen erduldet und überlebt. Sie konnte es wieder schaffen.
»Ich weiß es nicht«, sagte sie.
Diesmal schlug er sie. Fest und mit der Faust, so dass ihr Kopf nach hinten schnellte. Marguerite keuchte auf, als ihre Wange aufplatzte. Blut quoll ihr in den Mund. Sie senkte das Kinn und spuckte in ihren Schoß. Sie zuckte zusammen, als sie ein Ziehen am Hals spürte und seine rauhen Lederhandschuhe, die die gelbe Seidenschleife lösten. Sein Atem ging jetzt schneller. Sie konnte die Wärme seines Körpers fühlen.
Mit der anderen Hand schob er ihr den Stoff des Negligés über die Knie, die Oberschenkel hinauf, noch höher.
»Bitte nicht«, flüsterte sie.
»Es ist noch nicht einmal drei«, sagte er und strich ihr mit einer grotesken zärtlichen Geste eine Haarlocke hinters Ohr. »Wir haben mehr als genug Zeit, um Sie zum Reden zu bringen. Und denken Sie doch an Léonie, Marguerite. So ein hübsches Kind. Ein bisschen zu temperamentvoll für meinen Geschmack, aber ich bin sicher, ich könnte eine Ausnahme machen.«
Er schob die Seide von ihren Schultern.
Marguerite wurde ruhig, verschwand in sich selbst, wie sie es schon so viele Male zuvor hatte tun müssen. Sie machte ihren Kopf frei, tilgte sein Bild aus ihren Gedanken. Selbst jetzt noch empfand sie vor allem Scham darüber, dass ihr Herz einen Sprung gemacht hatte, als sie die Tür geöffnet und ihn in die Wohnung gelassen hatte.
Wollust und Gewalt, das alte Bündnis. Sie hatte es zahllose Male erlebt. Auf den Barrikaden der Kommune, in dunklen Seitenstraßen, versteckt hinter der anständigen Fassade der vornehmen Sa-

lons, in denen sie sich zuletzt bewegt hatte. So viele Männer, die von Hass getrieben wurden, nicht von Begehren. Marguerite hatte sich das zunutze gemacht. Sie hatte ihr Aussehen eingesetzt, ihren Charme, um ihrer Tochter das Leben zu ersparen, das sie gehabt hatte.

»Wo ist Vernier?«

Er band sie los und zerrte sie vom Stuhl zu Boden.

»Wo ist Vernier?«

»Ich weiß nicht …«

Er hielt sie fest und schlug sie wieder. Und wieder.

»Wo ist Ihr Sohn?«

Als Marguerite allmählich das Bewusstsein verlor, hatte sie nur den Gedanken, ihre Kinder zu schützen. Sie nicht an diesen Mann zu verraten. Sie musste ihm irgendwas liefern.

»Rouen«, log sie durch blutige Lippen hindurch. »Sie sind nach Rouen gefahren.«

Kapitel 22

∞

Rennes-les-Bains

Nachdem Léonie und Anatole sich die wenigen Sehenswürdigkeiten von Couiza angeschaut hatten, standen sie um Viertel nach vier wartend auf dem Platz vor dem Bahnhof, während der Kutscher das Gepäck in den *courrier publique* lud.

Anders als die Droschken, die Léonie in Carcassonne gesehen hatte, die mit ihren schwarzen Ledersitzen und den offenen Verdecken eher den Landauern ähnelten, die auf der Avenue du Bois de Boulogne auf und ab fuhren, war dieser *courrier* ein deutlich rustikaleres Transportmittel. Im Grunde handelte es sich um einen Bauernkarren mit zwei rotgestrichenen Holzbänken innen an den Längsseiten. Es gab keine Sitzkissen, und er war ringsum offen, bis auf ein Stück dunkles Segeltuch, das als Sonnenschutz über einen dünnen Metallrahmen gespannt war.

Die Pferde, beides Grauschimmel, trugen weißbestickte Fransenbänder über den Ohren, um die Insekten abzuhalten.

Zu den anderen Passagieren zählte ein älterer Mann aus Toulouse mit seiner sehr viel jüngeren Frau. Zwei ältliche vogelähnliche Schwestern zwitscherten unter ihren Hüten leise miteinander.

Léonie stellte erfreut fest, dass ihr Gesprächspartner vom Mittagessen im Grand Café Guilhem, Dr. Gabignaud, ebenfalls mitfahren würde. Leider wich Maître Fromilhague ihm nicht von der Seite. Alle paar Minuten zog er seine Uhr an der Kette aus der Westentasche und klopfte auf die Glasabdeckung des Zifferblattes, als argwöhnte er, sie sei stehengeblieben, ehe er sie wieder wegsteckte.

»Offenbar ein Mann, auf den dringende Aufgaben warten«, flüsterte Anatole. »Der nimmt gleich selbst die Zügel in die Hand, wenn wir nicht aufpassen.«

Sobald alle Platz genommen hatten, kletterte der Fahrer auf den Kutschbock. Er hockte sich mit weitgespreizten Beinen auf eine bunte Sammlung von Koffern und Taschen und behielt die Uhr oben am Bahnhofsgebäude im Auge. Als sie die halbe Stunde schlug, ließ er seine Peitsche knallen, und die Kutsche setzte sich mit einem Ruck in Bewegung.

Bald darauf waren sie auf der offenen Straße, die in westlicher Richtung aus Couiza hinausführte. Die Strecke verlief zwischen hohen Bergen in einem Tal am Fluss entlang. Nachdem ein strenger Winter und nasser Frühling weite Teile Frankreichs heimgesucht hatten, war hier ein Garten Eden entstanden. Statt sonnenverbrannter Erde gab es üppige Weiden, grün und fruchtbar, dichtbewaldete Hänge mit Tannen und Steineichen, Haselnussbäumen und Esskastanien und Buchen. Linker Hand sah Léonie hoch auf einem Berg die Silhouette einer Burgruine. Ein altes Holzschild am Straßenrand verkündete, dass es sich um das Dorf Coustaussa handelte.

Gabignaud saß neben Anatole und machte ihn auf Besonderheiten der Gegend aufmerksam. Beim Crescendo der Räder auf der Straße und dem Klappern der Pferdegeschirre bekam Léonie nur Bruchstücke ihrer Unterhaltung mit.

»Und das da?«, sagte Anatole.

Léonie blickte in die Richtung, in die ihr Bruder zeigte. Hoch oben auf einem zerklüfteten Felsen konnte sie so eben ein winziges Bergdorf erkennen, das in der sengenden Nachmittagshitze flimmerte, kaum mehr als eine Ansammlung von Hütten, die sich an den steilen Hang klammerten.

»Rennes-le-Château«, antwortete Gabignaud. »Kaum zu glauben, wenn man es heute sieht, aber es war einmal die alte westgotische Hauptstadt des Gebiets, Rhedae.«

»Was hat zu seinem Niedergang geführt?«

»Karl der Große, der Kreuzzug gegen die Albigenser, Räuberbanden aus Spanien, die Pest, der unaufhaltsame und gnadenlose Gang der Geschichte. Heute ist es bloß noch ein vergessenes Bergdorf von vielen. Steht ganz im Schatten von Rennes-les-Bains.« Er stockte. »Wobei erwähnt werden muss, dass der Curé sich sehr für seine Gemeinde einsetzt. Ein interessanter Mann.«

Anatole beugte sich vor, um besser hören zu können. »Inwiefern?«

»Er ist sehr gebildet, offensichtlich ehrgeizig und steckt voller Energie. Viele Einheimische fragen sich, was der Grund für seine Entscheidung war, so nah bei seiner Heimat zu bleiben und sich in einer derart armen Gemeinde zu vergraben.«

»Vielleicht glaubt er, dass er hier am meisten bewirken kann?«

»Das Dorf liebt ihn jedenfalls. Er hat viel Gutes getan.«

»In praktischen Dingen oder lediglich in geistiger Hinsicht?«

»Sowohl als auch. Die Kirche Sainte Marie-Madeleine zum Beispiel war bloß noch eine Ruine, als er herkam. Es regnete durchs Dach, und Mäuse und Vögel und Bergkatzen hatten sich darin eingenistet. Doch im Sommer 1886 gewährte ihm die Mairie zweitausendfünfhundert Francs für Renovierungsarbeiten, hauptsächlich um den alten Altar zu ersetzen.«

Anatole zog die Augenbrauen hoch. »Eine stattliche Summe!«

Gabignaud nickte. »Ich weiß das nur vom Hörensagen. Der Curé ist ein überaus kultivierter Mann. Es heißt, es sind viele archäologisch bedeutsame Funde ans Licht gekommen, für die sich natürlich Ihr Onkel ungemein interessiert hat.«

»Zum Beispiel?«

»Ein historisches Altarbild, soviel ich weiß. Außerdem zwei westgotische Säulen und ein alter Grabstein – der Dalle des Chevaliers –, der angeblich entweder merowingischen Ursprungs sein soll oder ebenfalls aus der Zeit der Westgoten stammt. Da Lascombe sich sehr für diese Periode interessierte, hat er sich in der Frühphase der Renovierung in Rennes-le-Château sehr engagiert, was wiederum dazu führte, dass die Angelegenheit in Rennes-les-Bains mit Interesse verfolgt wurde.«

»Sie selbst scheinen auch einige historische Kenntnisse zu besitzen«, warf Léonie ein.

Gabignaud wurde vor Freude rot. »Ein Steckenpferd, Mademoiselle Vernier, mehr nicht.«
Anatole holte sein Zigarettenetui hervor. Der Doktor nahm dankend an. Anatole entzündete für sie beide ein Streichholz, dessen Flamme er mit der hohlen Hand schützte. »Und wie heißt dieser vorbildliche Priester?«, fragte er und blies dabei Rauch in die Luft.
»Saunière. Bérenger Saunière.«
Sie gelangten auf ein gerades Stück Straße, und sogleich liefen die Pferde schneller. Der Lärm wurde entsprechend stärker, was jede weitere Verständigung unmöglich machte. Léonie kam das nicht ganz ungelegen. Ihre Gedanken überschlugen sich, denn sie hatte das Gefühl, irgendwo in dem Wust von Gabignauds Erzählungen etwas Bedeutsames erfahren zu haben.
Aber was?
Nach einer kurzen Weile zügelte der Kutscher die Pferde und bog von der Hauptstraße ab in das Tal der Sals, so dass das Geschirr klirrte und die nicht entzündeten Laternen, die gegen die Seite der Kutsche schlugen, laut klapperten.
Léonie beugte sich möglichst weit hinaus und bewunderte entzückt die Schönheit der Landschaft, die spektakulären Ausblicke auf Himmel, Felsen und Wälder. Zwei verwitterte Vorposten, die sich als natürliche Gesteinsformationen entpuppten und nicht als Burgruinen, ragten wie gigantische Wächter über dem Tal auf. Hier reichte der alte Wald fast bis an den Straßenrand. Léonie hatte das Gefühl, an einen geheimen Ort vorzudringen, wie ein Entdecker in einem von Monsieur Rider Haggards Abenteuerromanen, der untergegangene afrikanische Reiche erkundet.
Jetzt begann die Straße sich anmutig zu winden, schlängelte sich in zahllosen Kurven am Flusslauf entlang. Es war wunderschön, ein Arkadien. Alles war satt, üppig und grün – olivgrün, meergrün, Buschwerk in der Farbe von Absinth. Die silbrige Unterseite der Blätter, die im Wind flirrten, schimmerte zwischen den dunkleren Tönen von Tannen und Eichen in der Sonne. Oberhalb der Baumgrenze erhoben sich die schroffen Konturen von Kuppen und Gip-

feln, die uralten Silhouetten von Menhiren, Dolmen und natürlichen Skulpturen. Die Vorgeschichte des Gebietes war vor dem Betrachter ausgebreitet wie die Seiten eines Buches.
Léonie hörte die Sals neben ihnen fließen, ein ständiger Begleiter, manchmal sichtbar, ein Glitzern von Sonnenlicht auf Wasser, manchmal verborgen. Als wollte es ein Versteckspiel treiben, verriet das Wasser murmelnd seine Anwesenheit, sprudelte über Steine, rauschte durch die verschlungenen Zweige der Weiden, die sich tief über den Fluss neigten, geleitete sie immer näher an ihr Ziel.

Kapitel 23

∞

Die Pferde polterten über eine niedrige Brücke und fielen in langsamen Trab.

Ein Stück weiter vorne, in der Biegung der Straße, erhaschte Léonie einen ersten Blick auf Rennes-les-Bains. Sie sah ein weißes, dreigeschossiges Gebäude mit einem Schild, das es als das Hôtel de la Reine auswies. Daneben war eine Ansammlung von recht unansehnlichen, schmucklosen Bauten, von denen sie annahm, dass es sich um verschiedene Einrichtungen des Thermalbades handelte.

Der *courrier* verlangsamte auf Schritttempo, als sie auf die Hauptstraße bogen, die rechter Hand von der riesigen grauen Wand der Berge begrenzt wurde. Links reihten sich Häuser, Pensionen und Hotels aneinander. Schwere, mit Metall eingefasste Gaslampen waren in die Mauern eingelassen.

Ihr erster Eindruck war anders als erwartet. Der Ort hatte eine Atmosphäre von eleganter und moderner Lebensart und schien zu florieren. Großzügige, bearbeitete Steinstufen und Trittsteine säumten die Straße, die zwar ungepflastert war, aber doch sauber und passierbar. Rechts und links der Straße hatte man breite Holzkübel mit Lorbeerbäumen und Rhododendronbüschen aufgestellt, als wollte man den Wald in die Stadt holen. Sie sah einen rundlichen Herrn im hochgeknöpften Gehrock, zwei Damen mit Sonnenhüten und drei Krankenschwestern, die jede einen Rollstuhl schoben. Eine Gouvernante hütete eine Schar Mädchen mit Schleifen im Haar, weißen Rüschen und Unterröcken.

Der Kutscher bog von der Hauptstraße ab und zügelte die Pferde, bis sie stehen blieben. »*La Place du Pérou. S'il vous plaît. Terminus.*«

Der kleine Platz war auf drei Seiten von Gebäuden begrenzt und wurde von Linden beschattet. Goldenes Sonnenlicht drang durch den Blätterbaldachin und warf Schachbrettmuster auf den Boden. Es gab einen Wassertrog für die Pferde, und die soliden Stadthäuser waren mit Blumenkästen geschmückt, aus denen die letzten Sommerblumen quollen. In einem kleinen Café mit gestreifter Markise nahmen gutgekleidete, behandschuhte Damen mit ihren Begleitern Erfrischungen zu sich. In einer Ecke öffnete sich der Zugang zu einer bescheidenen Kirche.

»Alles sehr malerisch«, raunte Anatole.

Der Kutscher sprang vom Bock und begann, das Gepäck abzuladen. »*S'il vous plaît, Mesdames et Messieurs. La Place du Pérou. Terminus.*«

Die Fahrgäste stiegen nacheinander aus. Es folgten die üblichen verlegenen Abschiedsfloskeln unter Menschen, die gemeinsam ein Stück gereist sind, die aber sonst nicht viel verband. Maître Fromilhague zog den Hut und verschwand sogleich. Gabignaud schüttelte Anatole die Hand, reichte ihm seine Visitenkarte und erklärte, er hoffe sehr, dass sich während ihres Aufenthaltes eine Gelegenheit für ein Wiedersehen ergebe, vielleicht zu einem Kartenspiel oder bei einer der musikalischen Soireen, die in Limoux oder Quillan stattfanden. Dann grüßte er mit dem Hut in Léonies Richtung und hastete über den Platz davon.

Anatole legte seinen Arm um Léonies Schultern. »Das sieht vielversprechender aus, als ich befürchtet hatte«, sagte er.

»Es ist zauberhaft. Ganz zauberhaft.«

Ein junges Mädchen in der grau-weißen Kluft eines Hausmädchens erschien, ganz außer Atem, in der oberen linken Ecke des Platzes. Sie war drall und hübsch, hatte tiefschwarze Augen und einen sinnlichen Mund. Strähnen ihres vollen schwarzen Haars quollen unter der weißen Haube hervor.

»Ah! Das könnte unser Empfangskomitee sein«, sagte Anatole.

Hinter ihr tauchte ein junger Mann auf, ebenfalls außer Atem, mit einem breiten, sympathischen Gesicht. Er trug ein kragenloses Hemd und ein rotes Halstuch.

»*Et voilà*«, fügte Anatole hinzu, »wenn ich mich nicht sehr irre, erklärt das die mangelnde Pünktlichkeit des Mädchens.«
Das Mädchen brachte so gut es konnte sein Haar in Ordnung und kam dann auf sie zugelaufen. Sie machte einen Knicks.
»Sénher Vernier? Madomaisèla. Madama schickt mich, um Sie zur Domaine de la Cade zu bringen. Sie bittet vielmals um Entschuldigung, aber es gibt ein Problem mit dem Gig. Es wird gerade repariert, aber Madama meint, es ginge vielleicht schneller zu Fuß …«
Das Hausmädchen schaute skeptisch nach unten auf Léonies Kalbslederstiefel. »Wenn es Ihnen nichts ausmacht …«
Anatole musterte das Mädchen von oben bis unten. »Und du bist?«
»Marieta, Senhér.«
»Sehr gut. Und wie lange müssen wir warten, bis das Gig repariert ist, Marieta?«
»Das kann ich nicht sagen. Ein Rad ist gebrochen.«
»Nun, wie weit ist es denn bis zur Domaine de la Cade?«
»*Pas luènh.*« Nicht weit.
Anatole sah über ihre Schulter zu dem atemlosen jungen Mann hinüber. »Und das Gepäck wird uns hinterhergebracht?«
»*Oc*, Senhér«, sagte sie. »Pascal erledigt das.«
Anatole wandte sich Léonie zu. »Wenn das so ist, würde ich in Ermangelung einer besseren Alternative sagen, wir folgen dem Vorschlag unserer Tante – und gehen zu Fuß.«
»Was?« Das Wort flog über Léonies empörte Lippen, bevor sie sich bremsen konnte. »Aber du gehst so ungern zu Fuß!« Sie legte ihre Finger an die eigenen Rippen, um ihn an seine Verletzungen von dem Überfall zu erinnern. »Außerdem, wird das nicht zu beschwerlich für dich?«
»Ich schaffe das schon.« Er zuckte die Achseln. »Zugegeben, es ist ärgerlich, aber was sollen wir machen? Ich würde lieber gehen, als hier herumzutrödeln.«
Marieta, die Anatoles Worte als Einverständnis auffasste, machte einen knappen Knicks, drehte sich um und marschierte los.
Léonie starrte ihr mit offenem Mund hinterher. »Das darf doch wohl …«, rief sie.

Anatole warf den Kopf in den Nacken und lachte. »Willkommen in Rennes-les-Bains«, sagte er und nahm Léonies Hand. »Komm, *petite*. Sonst werden wir hier noch vergessen!«

Marieta führte sie in einen schattigen Durchgang zwischen den Häusern. Auf der anderen Seite traten sie in das helle Sonnenlicht auf eine alte steinerne Bogenbrücke. Tief, tief unter ihnen floss das Wasser über flache Steine. Léonie stockte der Atem, und das Gefühl von Licht und Weite und Höhe machte sie schwindelig.

»Léonie, *dépêches-toi*«, rief Anatole.

Das Hausmädchen überquerte den Fluss, bog dann scharf nach rechts auf einen Trampelpfad, der steil zwischen den Bäumen des Waldhanges hinaufführte. Léonie und Anatole folgten ihr hintereinander, schweigend, um beim Anstieg nicht außer Atem zu kommen.

Je höher sie kamen, desto steiler wurde der unwegsame Pfad, führte über Steine und altes Laub tiefer in den dichten Wald. Nach einiger Zeit weitete er sich zu einer Art Feldweg. Léonie sah tiefe Wagenspuren, die, rissig und fahl vom Regenmangel, von zahllosen Rädern und Hufen gegraben worden waren. Hier standen die Bäume weiter vom Wegrand entfernt, und die Sonne warf lange verblassende Schatten zwischen Büsche und Sträucher.

Léonie wandte sich um und blickte zurück in die Richtung, aus der sie gekommen waren. Jetzt konnte sie steil unterhalb von ihnen, aber noch immer recht nah, die roten und grauen Schrägdächer von Rennes-les-Bains sehen. Sie konnte sogar die Hotels und den zentralen Platz erkennen, auf dem sie ausgestiegen waren. Das Wasser schimmerte und lockte, ein Band, glatt wie Seide, aus Grün und Silber und sogar Rot, wo sich das Herbstlaub spiegelte.

Nach einer leichten Senke im Pfad erreichten sie ein Plateau.

Vor ihnen erhoben sich die Steinsäulen und das Tor eines Landgutes. Ein schmiedeeisernes Gitter erstreckte sich, so weit das Auge reichte, flankiert von Tannen und Eiben. Das Anwesen wirkte abschreckend und unnahbar zugleich. Léonie fröstelte. Für einen Moment hatte ihre Abenteuerlust sie verlassen. Sie erinnerte sich an den Widerwillen ihrer Mutter, über die Domaine und die Kindheit, die sie dort verbracht hatte, zu sprechen. Und dann klangen ihr Dr. Gabignauds Worte beim Mittagessen in den Ohren.

Ein so unheilvoller Ruf.

»*Cade?*«, erkundigte sich Anatole.

»Das ist ein einheimisches Wort für Wacholder, Sénher«, erwiderte das Mädchen.

Léonie sah zu ihrem Bruder hinüber, trat dann entschlossen vor und legte beide Hände an den Zaun, wie eine Gefangene hinter Gittern. Sie presste ihre glühenden Wangen an das von der Sonne erhitzte Eisen und spähte hindurch auf die dahinterliegenden Gärten.

Alles war in Halbdunkel gehüllt, gedämpftes Grün, hier und da Sonnenflecken, die durch einen Baldachin von Blättern drangen. Holunderbäume, Büsche, gestutzte Hecken und ehemals geschmackvolle Beete waren ungepflegt und trist. Das Anwesen wirkte malerisch vernachlässigt, noch nicht ganz verfallen, aber auch nicht mehr auf Besucher eingestellt.

Ein großes steinernes Vogelbad stand trocken und leer in der Mitte eines breiten Kiesweges, der schnurgerade vom Tor zum Anwesen führte. Links von Léonie befand sich ein runder, gemauerter Zierteich mit einem rostigen Metallrahmen darüber. Auch er war ausgetrocknet. Rechter Hand wuchs eine Reihe Wacholderbüsche wild und ungepflegt. Etwas weiter hinten waren die Reste einer Orangerie zu sehen, die Glasscheiben fehlten, und das Gerüst war verbogen.

Wenn sie zufällig hier vorbeigekommen wäre, hätte Léonie das Anwesen für verlassen gehalten, so einen verwahrlosten Eindruck machte es. Sie sah nach rechts und bemerkte ein Schild aus grauem Schiefer, das am Zaun hing und dessen Beschriftung teilweise unleserlich war durch tiefe Kratzer, die den Stein durchzogen. Wie Krallenspuren.

Domaine de la Cade.

Das Haus sah nicht so aus, als wollte es Besucher willkommen heißen.

Kapitel 24

∞

Ich vermute, es gibt noch einen anderen Zugang zum Haus?«, fragte Anatole.

»*Oc*, Senhér«, antwortete Marieta. »Der Haupteingang ist auf der Nordseite. Der verstorbene Herr hat einen Weg von der Straße nach Sougraigne herauf anlegen lassen. Aber das ist ein Fußweg von gut einer Stunde, einmal ganz um Rennes-les-Bains herum und dann wieder den Berg hoch. Viel weiter als der alte Pfad durch den Wald.«

»Und hat deine Herrin dich angewiesen, uns hier heraufzuführen, Marieta?«

Das Mädchen wurde rot. »Sie hat nicht gesagt, dass ich Sie *nicht* durch den Wald raufführen soll«, sagte sie trotzig.

Sie warteten geduldig, während Marieta in ihrer Schürzentasche kramte und schließlich einen großen Messingschlüssel hervorholte. Das Schloss öffnete sich mit einem lauten Klacken, dann stieß das Hausmädchen den rechten Torflügel auf. Als sie hindurch waren, schwang sie ihn wieder zu. Er bebte und quietschte und fiel dann scheppernd ins Schloss.

Léonie hatte Schmetterlinge im Bauch, eine Mischung aus Nervosität und Aufregung. Sie kam sich vor wie die Heldin in ihrer eigenen Geschichte, als sie Anatole über die engen grünen Pfade folgte, die offensichtlich kaum benutzt wurden. Kurz darauf kam eine hohe Buchsbaumhecke in Sicht, in die eine bogenförmige Öffnung geschnitten war. Doch anstatt hindurchzugehen, marschierte Marieta weiter geradeaus, bis sie auf eine großzügige Einfahrt gelangten. Sie war mit Kies bestreut und in gutem Zustand, nicht vermoost oder mit Gras bewachsen, und wurde von *châtaigniers* gesäumt, Kastanienbäumen, deren Äste voller Früchte hingen. Endlich hatte Léonie das Haus vor Augen.

»Oh«, hauchte sie bewundernd.

Das Haus war herrlich. Imposant und doch mit guten Proportionen, war es an einer Stelle erbaut worden, an der es möglichst viel Sonne abbekam und zugleich herrliche Ausblicke nach Süden und Westen bot, was durch seine Lage oberhalb des Tales ermöglicht wurde. Es hatte drei Geschosse, ein sanft abfallendes Dach und Reihen von mit Läden versehenen Fenstern in vornehm weißgetünchten Mauern. Die Fenster im ersten Stock gingen allesamt auf steinerne Balkone mit geschwungenen Eisengeländern. Das gesamte Gebäude war mit flammend rotem und grünem Efeu bewachsen, der glänzte und schimmerte, als wäre jedes einzelne Blatt poliert worden.

Als sie näher kamen, bemerkte Léonie, dass sich über die gesamte Länge des Simses im obersten Stockwerk ein Mäuerchen erstreckte, hinter dem acht runde Dachfenster zu sehen waren.

Vielleicht hat M'man einst aus einem dieser Fenster nach unten geblickt?

Eine weit ausladende, halbrunde Steintreppe führte zu einer mächtigen, tiefschwarz gestrichenen Flügeltür mit einem Türklopfer aus Messing und Zierleisten. Sie lag im Schutz eines gewölbten Vordaches, und rechts und links davon standen zwei wuchtige Pflanzkübel mit Zierkirschen.

Léonie stieg die Treppe hinauf und folgte dem Hausmädchen und Anatole in eine weitläufige, elegante Eingangshalle. Der Boden hatte ein Schachbrettmuster aus schwarzen und roten Fliesen, und die Wände waren mit einer zart cremefarbenen Tapete bedeckt, deren gelb-grünes Blumenmuster den Eindruck von Licht und Raum vermittelte. Eine große Glasschale mit weißen Rosen zierte einen Mahagonitisch in der Mitte, der mit seinem glänzend polierten Holz zu einer intimen, gemütlichen Atmosphäre beitrug.

An den Wänden gingen Porträts von schnurrbärtigen Männern in militärischen Uniformen und von Frauen in Reifröcken sowie eine Auswahl von diesigen Landschaften und klassischen ländlichen Idyllen.

Léonie sah eine prächtige Treppe und links davon einen Stutzflügel mit einer hauchdünnen Staubschicht auf dem Deckel.

»Madama wird sie auf der Nachmittagsterrasse empfangen«, sagte Marieta.

Sie geleitete sie durch eine Flügeltür aus mattem Glas, die auf eine von Weinranken und Geißblatt beschattete Südterrasse führte. Sie erstreckte sich über die gesamte Länge des Hauses und bot Blick auf die Rasenflächen und Blumenbeete. Eine ferne Allee aus Rosskastanien und immergrünen Tannen markierte die äußerste Grenze; ein Pavillon aus Glas und weißgestrichenem Holz leuchtete in der Sonne. Im Vordergrund lag die glatte Oberfläche eines künstlichen Sees. »Hier entlang bitte, Madomaisèla, Sénher.«

Marieta führte sie zum hintersten Ende der Terrasse, wo eine breite gelbe Markise Schatten spendete. Ein Tisch war für drei Personen gedeckt. Weißes Leinentischtuch, weißes Porzellan, Silberlöffel und in der Mitte ein Arrangement aus Wiesenblumen, Parmaveilchen, rosa und weißen Geranien und lila Pyrenäenlilien.

»Ich werde der Herrin sagen, dass Sie da sind«, erklärte Marieta und verschwand wieder in der Dunkelheit des Hauses.

Léonie lehnte sich rückwärts gegen das Steingeländer. Ihre Wangen waren gerötet. Sie knöpfte ihre Handschuhe an den Gelenken auf, band den Hut los und benutzte ihn als Fächer.

»Sie hat uns einmal komplett im Kreis geführt«, sagte sie.

»Bitte?«

Léonie zeigte auf die hohe Buchsbaumhecke auf der anderen Seite des Rasens. »Wenn wir durch den Bogen in der Hecke gekommen wären, hätten wir quer durch den Park gehen können. Aber das Mädchen hat uns im Kreis geführt, damit wir von vorne zum Haus kommen.«

Anatole nahm seinen Strohhut ab und legte ihn auf die Mauer.

»Tja, es ist ein herrliches Gebäude, und der Anblick war ausgezeichnet.«

»Und keine Kutsche, keine Haushälterin, um uns zu begrüßen«, fuhr Léonie fort. »Das ist alles äußerst seltsam.«

»Dieser Garten ist wundervoll.«

»Hier ja, aber nach hinten raus scheint das ganze Anwesen ziemlich verwahrlost. Verlassen. Die Orangerie, die überwucherten Beete, die …«

Er lachte. »Verwahrlost, Léonie, du übertreibst! Zugegeben, es ist in einem eher naturbelassenen Zustand, aber ansonsten …«

Ihre Augen funkelten. »Es ist völlig überwuchert«, sagte sie hitzig. »Kein Wunder, dass die Domaine von den Einheimischen mit Argwohn betrachtet wird.«

»Was redest du denn da?«

»Dieser impertinente Mann am Bahnhof, dieser Monsieur Denarnaud – hast du seinen Gesichtsausdruck gesehen, als du ihm unser Reiseziel nanntest? Und der arme Dr. Gabignaud. Die Art, wie dieser unangenehme Maître Fromilhague ihn zur Ordnung rief und ihm das Wort verbat. Das ist alles sehr mysteriös.«

»Ist es nicht«, sagte Anatole gereizt. »Du glaubst anscheinend, wir wären zufällig in eine von diesen kleinen Gespenstergeschichten von Monsieur Poe gestolpert, die du so goutierst.« Er zog eine Fratze. »›Wir haben sie lebendig in die Gruft gelegt‹«, zitierte er mit zittriger Stimme. »›Ich sage dir, jetzt steht sie vor der Tür!‹ Ich könnte ein Roderick Usher für deine Madeline sein.«

»Und das Schloss am Tor war verrostet«, sagte sie unbeirrt. »Da ist schon lange Zeit niemand mehr durchgegangen. Ich sage dir, Anatole, es ist höchst eigenartig.«

Hinter ihnen ertönte eine Frauenstimme, sanft, klar und ruhig.

»Es tut mir leid, das zu hören, aber Sie sind trotzdem herzlich willkommen.«

Léonie hörte, wie Anatole nach Luft schnappte.

Zutiefst beschämt, weil sie belauscht worden war, fuhr sie mit hochrotem Gesicht herum. Die Frau, die da in der offenen Tür stand, passte vollkommen zu ihrer Stimme. Sie war groß und schlank, eine elegante, selbstsichere Erscheinung. Ihre Gesichtszüge waren intelligent und vollkommen ebenmäßig und ihr Teint strahlend schön. Ihr volles blondes Haar war hoch aufgetürmt, nicht eine Strähne verrutscht. Am auffälligsten jedoch waren ihre Augen, ein blasses Grau, wie Mondstein.

Léonies Hände flogen zu ihren eigenen unbändigen Locken, die im Vergleich dazu richtig widerspenstig waren.

»Tante, ich …«

Sie schaute an ihrer staubigen Reisekleidung hinab. Ihre Tante war makellos. Sie trug eine modisch hochgeschlossene cremefarbene taillierte Bluse mit modernen Keulenärmeln, vorne mit Einsatzstreifen verziert und im Rückenbereich gerafft.

Isolde trat vor. »Sie müssen Léonie sein«, sagte sie und streckte ihre lange, schlanke Hand aus. »Und Anatole?«

Anatole verneigte sich halb, nahm Isoldes Hand und führte sie an die Lippen.

»Tante«, sagte er mit einem Lächeln, während er unter dunklen Wimpern zu ihr aufblickte. »Es ist mir ein großes Vergnügen.«

»Das Vergnügen ist ganz meinerseits. Und, bitte, nennen Sie mich Isolde. Tante ist so förmlich und gibt mir das Gefühl, alt zu sein.«

»Ihr Mädchen hat uns durchs hintere Tor hergeführt«, sagte Anatole. »Das und die Hitze haben meine Schwester ein wenig durcheinandergebracht.« Er machte eine ausladende Geste mit dem Arm, die Haus und Grundstück umschloss. »Aber wenn das hier unsere Belohnung ist, dann sind die Beschwerlichkeiten unserer Reise schon jetzt in ferner Erinnerung.«

Isolde neigte zum Dank für das Kompliment den Kopf, dann wandte sie sich Léonie zu.

»Ich hatte Marieta gebeten, die leidige Situation mit der Kutsche zu erklären, aber sie lässt sich so leicht ablenken«, sagte sie leichthin. »Es tut mir leid, dass Ihre ersten Eindrücke unerfreulich waren. Aber gleichwohl. Nun sind Sie hier.«

Endlich fand Léonie die Sprache wieder. »Tante Isolde, bitte entschuldigen Sie meine Unhöflichkeit. Das war unverzeihlich.«

Isolde lächelte. »Ich habe nichts zu entschuldigen. Und nun, setzen Sie sich. Zuerst Tee – *à l'anglaise* –, und dann wird Marieta Ihnen Ihre Zimmer zeigen.«

Sie nahmen Platz. Sogleich wurden eine silberne Teekanne und ein Krug frische Limonade an den Tisch gebracht, gefolgt von Tellern mit sowohl herzhaften als auch süßen Leckereien.
Isolde beugte sich vor und goss den Tee ein, eine zartblasse Flüssigkeit, die nach Sandelholz und Orient roch.
»Was für ein wunderbarer Duft«, sagte Anatole, der das Aroma einatmete. »Was ist das?«
»Das ist meine eigene Mischung aus Lapsang Souchong und *verveine*. Ich finde sie ungleich erfrischender als die schweren englischen und deutschen Teesorten, die zurzeit so beliebt sind.«
Isolde hielt Léonie eine weiße Porzellanschale mit großen leuchtend gelben Zitronenscheiben hin. »Léonie, das Telegramm Ihrer Mutter, die meine Einladung in Ihrem Namen akzeptierte, war äußerst charmant. Ich hoffe sehr, ich werde irgendwann Gelegenheit haben, auch sie kennenzulernen. Vielleicht möchte sie im Frühling zu Besuch kommen?«
Léonie dachte an die Abneigung, die ihre Mutter gegenüber der Domaine empfand, und dass sie sich hier nie zu Hause gefühlt hatte, aber sie entsann sich ihrer guten Manieren und log charmant.
»M'man wäre entzückt. Zu Beginn dieses Jahres war ihre Gesundheit aufgrund des unfreundlichen Wetters ein wenig angegriffen, sonst wäre sie selbstverständlich gekommen, um Oncle Jules die letzte Ehre zu erweisen.«
Isolde lächelte und sah dann Anatole an. »In den Zeitungen stand, die Temperaturen in Paris sind auf weit unter null Grad gefallen. Ist das möglich?«
Anatoles Augen strahlten hell. »Es war, als wäre die Welt zu Eis geworden. Selbst die Seine ist zugefroren, und weil nachts auf den Straßen so viele Menschen starben, waren die Behörden gezwungen, in Sporthallen, Schießständen, Schulen und öffentlichen Bädern Quartiere einzurichten. Selbst das Palais des Arts Libéraux auf den Champs de Mars, im Schatten von Monsieur Eiffels großartigem Turm, musste als Asyl herhalten.«
»Und die Fechthallen?«
Anatole schaute verwirrt. »Fechthallen?«

»Verzeihen Sie«, sagte Isolde, »die Verletzung über Ihrem Auge. Ich dachte, Sie wären vielleicht Fechter.«
Léonie schaltete sich ein. »Anatole ist vor vier Nächten überfallen worden, gleich nach den Tumulten im Palais Garnier.«
»Léonie, bitte«, protestierte er.
»Wurden Sie verletzt?«, fragte Isolde rasch.
»Nur ein paar Kratzer und Prellungen, nicht der Rede wert«, sagte er und warf Léonie einen grimmigen Blick zu.
»Ist die Kunde von den Tumulten noch nicht bis hierher gedrungen?«, fragte Léonie. »Die Zeitungen in Paris haben groß und breit über die Festnahmen der *abonnés* berichtet.«
Isolde hielt die Augen weiter auf Anatole gerichtet.
»Hat man Sie ausgeraubt?«, fragte sie ihn.
»Meine Uhr – die Taschenuhr meines Vaters wurde gestohlen. Die Männer wurden gestört, ehe sie mir noch mehr wegnehmen konnten.«
»Dann waren es gemeine Straßenräuber?«, fragte Isolde nach, als wollte sie sich selbst einreden, dass dem so war.
»Richtig. Ein einfacher Überfall. Es war Pech.«
Für einen Moment senkte sich verlegenes Schweigen über den Tisch.
Dann besann Isolde sich auf ihre Pflichten und sprach wieder Léonie an.
»Ihre Mutter hat ihre Kindheit hier auf der Domaine de la Cade verbracht, nicht wahr?«
Léonie nickte.
»Es muss recht einsam gewesen sein, hier oben allein aufzuwachsen«, mutmaßte Isolde. »Ohne die Gesellschaft anderer Kinder.«
Léonie lächelte vor Erleichterung darüber, dass sie keine sentimentale Bindung an die Domaine de la Cade heucheln musste, die ihre Mutter nicht empfand, und sprach, ohne nachzudenken.
»Haben Sie vor, hier zu leben, oder werden Sie nach Toulouse zurückkehren?«
Isoldes graue Augen blickten verwirrt. »Toulouse? Ich fürchte, ich verstehe nicht …«

»Léonie«, sagte Anatole scharf.
Sie wurde rot, erwiderte aber den Blick ihres Bruders. »M'man hat irgendetwas gesagt, was mich vermuten ließ, dass Tante Isolde aus Toulouse stammt.«
»Wirklich, Anatole, ich bin keineswegs gekränkt«, sagte Isolde. »Aber nein, ich bin in Paris aufgewachsen.«
Léonie beugte sich vor, ignorierte ihren Bruder geflissentlich. Es interessierte sie immer brennender, wie ihre Tante und ihr Onkel einander kennengelernt hatten. Nach dem wenigen, was sie über Oncle Jules wusste, konnte sie sich die Ehe zwischen den beiden nur schwerlich vorstellen.
»Ich habe mich gefragt …«, begann sie, aber Anatole fiel ihr ins Wort, und die Gelegenheit war dahin.
»Haben Sie viele Bekannte in Rennes-les-Bains?«
Isolde schüttelte den Kopf. »Mein verstorbener Mann hatte kein Interesse an gesellschaftlichen Vergnügungen, und ich muss leider gestehen, dass ich meine Pflichten als Gastgeberin seit seinem Tod vernachlässigt habe.«
»Gewiss haben die Leute Verständnis für Ihre Situation«, sagte Anatole.
»Viele unserer Nachbarn waren in den letzten Lebenswochen meines Gatten überaus freundlich. Schon davor war es lange Zeit schlecht um seine Gesundheit bestellt gewesen. Nach seinem Tod galt es viele Dinge zu regeln, und da dies nicht von der Domaine de la Cade aus möglich war, war ich wohl seltener hier, als ich hätte sein sollen. Aber …« Sie brach ab und bezog Léonie mit einem gleichbleibend ruhigen Lächeln in das Gespräch mit ein. »Wenn Sie nichts dagegen hätten, würde ich Ihren Besuch gern zum Anlass nehmen, am kommenden Samstagabend ein Diner zu geben, mit einigen Gästen aus der Gegend. Würde Ihnen das gefallen? Nichts im großen Rahmen, aber es wäre eine Gelegenheit, Sie miteinander bekannt zu machen.«
»Das wäre hinreißend«, sagte Léonie postwendend, um ihre Tante sogleich mit Fragen zu bestürmen.
Der Nachmittag nahm einen angenehmen Verlauf. Isolde war eine

vorzügliche Gastgeberin, gewissenhaft, aufmerksam und charmant, und Léonie amüsierte sich nicht nur großartig, sondern ließ es sich auch schmecken. Knusprige Weißbrotscheiben mit Ziegenkäse und feingehacktem Knoblauch, kleine Kanapees mit Anchovispaste und schwarzem Pfeffer, ein Teller geräucherter Bergschinken mit lila Halbmonden reifer Feigen. Neben einer Rhabarbertarte mit süßem goldgelbem Teig standen eine blaue Porzellanschale, die randvoll mit Kompott aus Maulbeeren und schwarzen Herzkirschen gefüllt war, und ein Sahnekrug mit einem langstieligen Silberlöffel.

»Und was ist das da?«, fragte Léonie und zeigte auf einen Teller, auf dem lila Bonbons mit weißem Zuckerguss lagen. »Die sehen köstlich aus.«

»Pyrenäenperlen, Zitronengrasaroma in Zuckerstückchen kristallisiert. Ich glaube, die mögen Sie besonders gern, Anatole. Und das da …«, Isolde zeigte auf einen anderen Teller, »sind hausgemachte Pralinen. Jules' Köchin ist wirklich ausgezeichnet. Sie dient der Familie seit fast vierzig Jahren.«

Ihr Tonfall klang wehmütig, so dass Léonie sich fragte, ob Isolde sich vielleicht so wie ihre Mutter eher wie ein unwillkommener Gast und nicht wie die rechtmäßige Herrin der Domaine de la Cade fühlte.

»Sie arbeiten für Zeitungen?«, fragte Isolde Anatole.

Anatole schüttelte den Kopf. »Seit einiger Zeit nicht mehr. Das Journalistenleben war nichts für mich: Streitigkeiten über die Staatsfinanzen, der Algerienkonflikt, die letzte Auswahlkrise in der Académie des Beaux-Arts. Ich fand es deprimierend, mich mit Fragen beschäftigen zu müssen, die mich nicht im Geringsten interessierten, also habe ich es aufgegeben. Jetzt schreibe ich zwar noch hin und wieder eine Rezension für *La Revue Blanche* und *La Revue Contemporaine*, lebe meine literarischen Ambitionen aber ansonsten auf einem weniger kommerziellen Gebiet aus.«

»Anatole sitzt im redaktionellen Beirat einer Zeitschrift für Sammler, antiquarische Ausgaben und dergleichen«, sagte Léonie.

Isolde lächelte und richtete ihre Aufmerksamkeit wieder auf Léonie. »Ich muss noch einmal sagen, wie sehr es mich freut, dass Sie meine Einladung angenommen haben. Ich hatte die Befürchtung, ein ganzer Monat auf dem Lande könnte Ihnen nach den Vergnügungen in Paris recht eintönig erscheinen.«

»Auch in Paris kann man sich schnell langweilen«, entgegnete Léonie liebenswürdig. »Ich bin viel zu oft gezwungen, meine Zeit auf öden Soireen zu verbringen und mir anzuhören, wie Witwen und alte Jungfern darüber klagen, dass unter dem Kaiser doch alles viel besser war. Da lese ich lieber!«

»Léonie ist *une lectrice assidue*«, schmunzelte Anatole. »Hat immer die Nase in irgendeinem Buch. Obwohl ihre bevorzugte Lektüre manchmal ein wenig, wie soll ich sagen, sensationslüstern ist! Ganz und gar nicht mein Geschmack. Gespenstergeschichten und gruselige Schauerromane …«

»Wir schätzen uns glücklich, hier eine wunderbare Bibliothek zu haben. Mein verstorbener Gatte war leidenschaftlicher Historiker und interessierte sich darüber hinaus auch für ungewöhnlichere …« Isolde verstummte, schien nach dem passenden Wort zu suchen. »Sagen wir, für ausgewähltere Themenbereiche.« Sie zögerte erneut. Léonie betrachtete sie aufmerksam, doch Isolde lieferte keine Erklärung, um welche Themen es sich dabei handeln mochte. »Die Bibliothek umfasst viele Erstausgaben und seltene Bände, die Sie sicher interessieren werden, Anatole,« fuhr sie fort, »und die umfangreiche Auswahl an Romanen und Sammelbänden des *Petit Journal* dürfte Sie ansprechen, Léonie. Bitte behandeln Sie die Sammlung so, als wäre sie die Ihre.«

Inzwischen war es kurz vor sieben Uhr. Der Schatten der hohen Kastanienbäume hatte die Sonne fast vollständig von der Terrasse vertrieben, und auch die Rasenflächen weiter hinten lagen im Dunkel. Isolde läutete ein Silberglöckchen, das neben ihr auf dem Tisch stand.

Marieta erschien unverzüglich.

»Hat Pascal das Gepäck gebracht?«

»Schon vor einiger Zeit, Madama.«

»Gut. Léonie, für Sie habe ich das Gelbe Zimmer vorbereiten lassen. Anatole, Sie haben die Anjou-Suite vorne im Haus. Sie geht zwar nach Norden, ist aber ein sehr behaglicher Raum.«

»Ich bin sicher, ich werde mich rundum wohl fühlen«, sagte er.

»Da wir einen so üppigen Nachmittagstee eingenommen haben und Sie sich nach den Strapazen der weiten Reise bestimmt früh zur Ruhe begeben möchten, habe ich für heute Abend kein förmliches Diner geplant. Bitte läuten Sie, falls Sie irgendetwas benötigen. Ich habe es mir zur Gewohnheit gemacht, um neun Uhr im Salon einen Schlummertrunk einzunehmen. Ich fände es reizend, wenn Sie mir dabei Gesellschaft leisten würden.«

»Vielen Dank.«

»Ja, vielen Dank«, fügte Léonie hinzu.

Alle drei erhoben sich.

»Ich dachte, ich vertrete mir vor Einbruch der Dunkelheit noch ein bisschen die Beine im Garten. Rauche eine Zigarette«, sagte Anatole.

Léonie bemerkte ein kurzes Aufflackern in Isoldes grauen Augen.

»Falls es Ihnen nichts ausmacht, würde ich vorschlagen, dass Sie die Erkundung der Domaine auf morgen verschieben. Es wird bald dunkel sein. Ich möchte an Ihrem allerersten Abend hier keinen Suchtrupp nach Ihnen aussenden müssen.«

Einen kurzen Moment lang sagte niemand ein Wort. Dann, zu Léonies Erstaunen, erhob Anatole keine Einwände gegen diese Einschränkung seiner Freiheit, sondern lächelte wie über einen vertraulichen Scherz. Er nahm Isoldes Hand und küsste sie. Absolut korrekt, absolut höflich.

Und dennoch.

»Selbstverständlich, Tante, ganz wie Sie wollen«, sagte Anatole.

»Ich bin Ihr ergebener Diener.«

Kapitel 25

∞

Nachdem Léonie sich von Bruder und Tante verabschiedet hatte, folgte sie Marieta die Treppe hinauf und über einen Flur im ersten Stock, der sich über die gesamte Länge des Hauses erstreckte. Das Hausmädchen blieb kurz stehen und zeigte ihr, wo das Wasserklosett war, und gleich daneben ein geräumiges Badezimmer, in dem mittendrin eine ungeheuer große Kupferwanne stand, dann ging es weiter zu Léonies Schlafzimmer.

»Das Gelbe Zimmer, Madomaisèla«, sagte Marieta und wich einen Schritt zurück, um Léonie eintreten zu lassen. »Warmes Wasser ist auf dem Waschtisch. Brauchen Sie sonst noch etwas?«

»Es sieht alles sehr nett aus.«

Das Mädchen machte einen Knicks und zog sich zurück.

Léonie sah sich mit Wohlgefallen in dem Raum um, der nun für vier Wochen ihr Zuhause sein würde. Es war ein gut ausgestattetes Zimmer, schön und behaglich, mit Blick auf die Rasenflächen im Süden des Anwesens. Das Fenster stand offen, und sie hörte von unten das leise Klappern von Geschirr und Porzellan, als die Dienstboten den Tisch abräumten.

Die zarte Tapete hatte ein rosa und lila Blumenmuster, das zu den Vorhängen und der Bettwäsche passte und alles hell und freundlich wirken ließ, trotz der dunklen Mahagonimöbel. Das Bett – mit Abstand das größte, das Léonie je gesehen hatte – stand wie eine ägyptische Barke mitten im Raum, und seine kunstvoll geschnitzten Kopf- und Fußteile waren auf Hochglanz poliert. Auf dem Nachtschränkchen mit Klauenfüßen gleich daneben standen eine Kerze in einem Messingständer, ein Glas und ein Krug Wasser, über den eine bestickte weiße Serviette gebreitet war, um Fliegen fernzuhalten. Léonie sah auch ihren Handarbeitskasten dort stehen, neben ihrem Zeichenbuch und ihren Malutensilien. Ihre Reisestaffelei lehnte am Nachtschränkchen.

Léonie ging durchs Zimmer zu einem großen Kleiderschrank. Die Umrandung war kunstvoll mit den gleichen ägyptischen Schnitzornamenten versehen, und in die Türen waren zwei lange Spiegel eingelassen, die den Raum hinter ihr widerspiegelten. Sie öffnete die rechte Tür, was die Kleiderbügel zum Klappern brachte, und betrachtete ihre Unterröcke, Nachmittagskleider, Abendkleider und Jacken, die ordentlich in einer Reihe hingen. Alles war ausgepackt worden.

In der großen Kommode neben dem Kleiderschrank entdeckte sie ihre Unterwäsche und kleinere Kleidungsstücke, Bettjäckchen, Korsetts, Blusen, Strümpfe, alles akkurat in den tiefen, schweren Schubladen verstaut, die nach frischem Lavendel dufteten.

Der Kamin befand sich an der Wand gegenüber der Tür, und darüber hing ein Spiegel mit Mahagonirahmen. Mitten auf dem Kaminsims stand eine vergoldete Sèvres-Uhr aus Porzellan, fast wie die bei ihnen daheim im Salon.

Léonie zog ihr Kleid aus, die Baumwollstrümpfe, die Hemdhose und das Korsett. Sie breitete die Sachen so über den Sessel, dass sie bis auf den Teppich hingen. Nur in Hemd und Unterwäsche goss sie dampfendes Wasser aus dem Krug in die Waschschüssel. Sie wusch sich Gesicht und Hände, tupfte etwas Wasser in die Achselhöhlen und in die Vertiefung zwischen ihren Brüsten. Als sie fertig war, nahm sie ihren blauen Morgenmantel von dem Bügel an dem schweren Messinghaken an der Rückseite der Tür und setzte sich dann an den Frisiertisch vor dem mittleren der drei hohen Flügelfenster.

Metallnadel um Metallnadel löste sie ihr widerspenstiges kupferrotes Haar, ließ es bis zur ihrer schlanken Taille herabfallen, drehte den Spiegel in ihre Richtung und begann, es mit langen, gleichmäßigen Strichen zu bürsten, bis es wie ein glattgewellter Strang Seide auf ihrem Rücken lag.

Aus den Augenwinkeln nahm sie eine Bewegung unten im Garten wahr.

»Anatole«, murmelte sie, fürchtete, dass ihr Bruder vielleicht doch noch Isoldes Bitte missachtet hatte, das Haus nicht zu verlassen.

Hoffentlich nicht.

Sie schob das beklemmende Gefühl beiseite, legte die Bürste auf die Frisierkommode und trat an das mittlere Fenster.

Die letzten Spuren des Tages waren fast gänzlich vom Himmel verschwunden. Als ihre Augen sich an die Dämmerung gewöhnt hatten, bemerkte sie eine weitere Bewegung, diesmal an der hinteren Grenze des Rasens, vor der hohen Buchsbaumhecke jenseits des Sees.

Jetzt konnte sie deutlich eine Gestalt ausmachen. Sie war barhäuptig und hatte einen verstohlenen Gang, drehte sich alle paar Schritte um und schaute nach hinten, als meinte sie, verfolgt zu werden.

Ein Täuschung des Lichts?

Die Gestalt verschwand im Schatten. Léonie glaubte, unten aus dem Tal das Schlagen einer Kirchenglocke zu hören, ein einzelner dünner und düsterer Ton, aber als sie die Ohren spitzte, vernahm sie lediglich die abendlichen Geräusche der Natur. Das Raunen des Windes in den Bäumen und den vielstimmigen Dämmerungsgesang der Vögel. Dann den durchdringenden Schrei einer Eule, die zur nächtlichen Jagd aufbrach.

Léonie merkte, dass sie Gänsehaut an den nackten Armen bekommen hatte, und so schloss sie schließlich den Fensterflügel und trat zurück.

Nach kurzem Zögern zog sie die Vorhänge zu. Die Gestalt war gewiss einer der Gärtner gewesen, der etwas getrunken hatte, oder irgendein Junge, der als Mutprobe eine verbotene Abkürzung durch den Garten nahm, aber irgendwie hatte der Anblick etwas Widerwärtiges gehabt, etwas Bedrohliches. In Wahrheit erfüllte es sie mit Unbehagen, dass sie die Gestalt überhaupt gesehen hatte. Es beunruhigte sie.

Plötzlich zerriss ein lautes Klopfen an der Tür die Stille im Raum.

»Wer ist da?«, schrie sie.

»*C'est moi*«, rief Anatole zurück. »Bist du angezogen? Kann ich reinkommen?«

»*Attends, j'arrive.*«

Léonie band ihren Morgenmantel zu und strich sich die Haare aus dem Gesicht, wobei sie erstaunt feststellte, dass ihre Hände zitterten.

»Was ist denn los?«, fragte er, als sie die Tür öffnete. »Du hast dich ganz verschreckt angehört.«

»Es geht mir gut«, fauchte sie.

»Ganz sicher, *petite?* Du bist kalkweiß.«

»Du warst nicht draußen auf dem Rasen spazieren, oder?«, fragte sie unvermittelt. »Gerade eben, vor ein paar Minuten?«

Anatole schüttelte den Kopf. »Ich bin noch ein Weilchen auf der Terrasse geblieben, nachdem du gegangen bist, aber nur so lange, bis ich meine Zigarette fertiggeraucht habe. Warum?«

»Ich …«, setzte Léonie an, überlegte es sich dann aber anders. »Schon gut. Es ist nicht wichtig.«

Er schob ihre Kleidungsstücke vom Sessel auf den Boden und ließ sich selbst darin nieder.

Wahrscheinlich bloß einer von den Stalljungen.

Anatole fischte sein Zigarettenetui und die Wachsstreichhölzer aus der Tasche und legte sie auf den Tisch.

»Nicht hier drin«, bat Léonie. »Dein Tabak ist ein ungesundes Zeug.«

Er zuckte die Achseln, griff dann in die andere Tasche und zog ein kleines blaues Büchlein hervor.

»Bitte sehr. Ich habe dir etwas zum Zeitvertreib mitgebracht.«

Er stand auf, schlenderte durchs Zimmer und gab ihr das Büchlein, dann setzte er sich wieder in den Sessel.

»*Voilà*«, sagte er. »*Diables et Esprits Maléfiques et Fantômes de la Montagne.*«

Léonie hörte gar nicht zu. Ihre Augen huschten erneut Richtung Fenster. Sie fragte sich, ob das, was sie gesehen hatte, noch immer da draußen war.

»Bist du sicher, dass dir nichts fehlt? Du bist wirklich schrecklich blass.«

Anatoles Stimme riss sie aus ihren Gedanken. Léonie schaute nach unten auf den kleinen Band in ihrer Hand, als überlegte sie, wie er dorthin gekommen war.

»Mir fehlt nichts«, beteuerte sie verlegen. »Was für ein Buch ist es denn?«

»Ich habe keine Ahnung. Macht einen ziemlich schauderhaften Eindruck, aber könnte für dich genau das Richtige sein! Ich habe es ganz verstaubt in der Bibliothek entdeckt. Der Verfasser ist jemand, den Isolde zu dem Abendessen am Samstag einladen möchte, ein Monsieur Audric Baillard. Die Domaine de la Cade kommt auch darin vor. Anscheinend gibt es alle möglichen Geschichten über Teufel, böse Geister und Gespenster, die irgendwie mit dieser Gegend und vor allem mit diesem Anwesen zusammenhängen und bis in die Religionskriege des siebzehnten Jahrhunderts zurückreichen.« Er lächelte sie an.

Léonie kniff argwöhnisch die Augen zusammen. »Und was hat dich zu dieser großmütigen Tat bewogen?«

»Kann denn ein Bruder nicht aus reiner Herzensgüte seiner Schwester eine spontane Wohltat angedeihen lassen?«

»Manche Brüder, ja, natürlich. Aber du?«

Er hob kapitulierend die Hände. »Also schön, ich gestehe, mein Hintergedanke war, es könnte dich von irgendwelchem Unfug abhalten.«

Anatole duckte sich, als Léonie ein Kissen nach ihm warf.

»Daneben«, lachte er. »Miserabler Wurf.« Er nahm schwungvoll seine Zigaretten und die Streichholzer vom Tisch, sprang auf und war mit wenigen Schritten bei der Tür. »Sag mir Bescheid, wie du mit Monsieur Baillard zurechtkommst. Ich denke, wir sollten Isoldes Einladung zu einem Schlummertrunk im Salon annehmen. Ja?«

»Findest du es nicht seltsam, dass es heute Abend kein Diner gibt?«

Er hob die Augenbrauen. »Hast du Hunger?«

»Äh, nein. Hab ich nicht, aber trotzdem …«
Anatole legte einen Finger an die Lippen. »Na dann, psst.« Er öffnete die Tür. »Viel Spaß mit dem Buch, *petite*. Ich erwarte später einen ausführlichen Bericht.«
Léonie hörte sein Pfeifen und die festen Schritte seiner Stiefel leiser werden, als er den Flur entlang zu seinem Zimmer ging.
Dann das Schließen einer Tür. Erneut senkte sich Stille über das Haus.
Léonie hob das Kissen vom Boden auf und stieg aufs Bett. Sie zog die Knie an, machte es sich bequem und schlug das Buch auf.
Die Uhr auf dem Kaminsims schlug die halbe Stunde.

Kapitel 26

∞

Paris

Die eleganten Straßen und Boulevards waren in ein drückendes braunes Zwielicht gehüllt. Auch die *quartiers perdus*, die heruntergekommenen Viertel, die Gassen und Labyrinthe aus Mietshäusern und Elendsquartieren rangen in der stickigen Dämmerung um Atem.

Das Quecksilber sackte ab. Die Luft war kalt geworden.

Gebäude und Menschen, Pferdetrams und Landauer hoben sich gespenstisch in der Dunkelheit ab, tauchten auf und verschwanden wieder wie Phantome. Die Markisen der Cafés auf der Rue d'Amsterdam flatterten im böigen Wind, zerrten an ihren Verankerungen wie angebundene Pferde, die sich losreißen wollten. Auf den Grands Boulevards bebten die Äste der Bäume.

Blätter huschten und tanzten über die Bürgersteige im 9. Arrondissement und die grünen Wege des Parc Monceau. Niemand spielte Himmel und Hölle oder Räuber und Gendarm. Die Kinder waren alle wohlig warm und geborgen in den Botschaftsgebäuden. Die neuen Telegrafendrähte der Post begannen zu vibrieren und zu singen, und die Tramschienen pfiffen.

Um halb acht machte der Nebel Regen Platz. Er fiel so kalt und grau wie Metallspäne, zuerst leicht, dann heftiger und schwerer. Dienstboten schlossen laut knallend die Fensterläden von Wohnungen und Häusern. Im 8. Arrondissement suchten diejenigen, die noch draußen unterwegs waren, Schutz vor dem drohenden Unwetter, bestellten sich Bier und Absinth und stritten um die wenigen noch freien Tische im Café Weber auf der Rue Royale. Die

Bettler und *chiffonniers*, die kein Zuhause hatten, flüchteten sich unter Brücken und in Eisenbahnunterführungen.
In der Rue de Berlin lag Marguerite Vernier auf der Chaiselongue in ihrer Wohnung. Ein weißer Arm war unter dem Kopf angewinkelt, der andere hing über den Rand des Diwans wie der eines verträumten Mädchens in einem Sommerkahn, so dass die Finger den Teppich berührten. Ein hauchzarter Kontakt. Nur ihre bläulichen Lippen, der lila Bluterguss, der sich wie ein Kragen um ihren Hals schloss, die hässlichen Armbänder aus geronnenem Blut um ihre misshandelten Handgelenke, all das verriet, dass sie nicht schlief.
Wie Prosper Mérimées unglückselige Heldin Carmen war Marguerite auch im Tod noch schön. Das Messer, nach vollbrachter Tat rot gefärbt, lag neben ihrer Hand, als wäre es aus ihren sterbenden Fingern geglitten.
Victor Constant nahm ihre Anwesenheit gar nicht wahr. Für ihn hatte sie in dem Moment aufgehört zu existieren, als er begriff, dass er aus ihr herausgeholt hatte, was herauszuholen war.
Bis auf das Ticken der Uhr auf dem Kaminsims war alles still. Bis auf den Lichtfleck, den die einsame Kerze warf, war alles dunkel.
Constant knöpfte seine Hose zu und zündete sich eine türkische Zigarette an, dann setzte er sich an den Esstisch, um sich das Tagebuch anzusehen, das sein Diener in Verniers Nachttisch gefunden hatte. »Bring mir einen Cognac.«
Mit seinem eigenen Messer, einem Nontron mit gelbem Griff, durchtrennte Constant die Schnürung, faltete dann das braune Wachspapier auseinander und nahm ein kleines königsblaues Notizbuch heraus. In dem Büchlein waren Tag für Tag Verniers Aktivitäten in diesem Jahr verzeichnet: die Salons, die er besucht hatte; eine Liste von Schulden, akkurat in zwei Spalten eingetragen und dann durchgestrichen, wenn die Schuld beglichen worden war; die Erwähnung einer kurzen Liebäugelei mit den Okkultisten in den ersten Monaten des Jahres, eher als Buchkäufer denn als echter Anhänger; getätigte Anschaffungen, wie zum Beispiel ein Regenschirm und eine limitierte Ausgabe der *Cinq Poèmes* in Edmond Baillys Buchladen auf der Rue de la Chaussée d'Antin.

Die banalen finanziellen Details interessierten Constant nicht, und er blätterte rasch weiter, überflog die Seiten, suchte nach Daten oder Hinweisen, die ihm die Information liefern könnten, um die es ihm ging.
Er suchte nach Einzelheiten über die Affäre zwischen Vernier und der einzigen Frau, die er je geliebt hatte. Noch immer konnte er sich nicht dazu überwinden, ihren Namen zu denken, geschweige denn auszusprechen. Am 31. Oktober des letzten Jahres hatte sie ihm eröffnet, dass ihre Beziehung ein Ende haben müsse. Und das noch ehe ihre Liaison das Wort überhaupt verdient hatte. Er hatte ihre Zurückhaltung als Sittsamkeit aufgefasst und sie nicht bedrängt. Sein Schock hatte sogleich unbezähmbarer Wut Platz gemacht, und er hätte sie beinahe getötet. Ganz sicher sogar, wenn ihre Schreie nicht die Nachbarn im Nebenhaus alarmiert hätten.
Er hatte sie gehen lassen. Schließlich hatte er nicht vorgehabt, sie zu verletzen. Er liebte sie, verehrte sie, betete sie an. Aber ihr Verrat war zu groß, zu unerträglich. Sie hatte ihn dazu getrieben.
Nach dieser Nacht war sie aus Paris verschwunden. Den ganzen November und Dezember hindurch hatte Constant unablässig an sie gedacht. Es war ganz einfach. Er liebte sie, und sie hatte ihn einfach fallenlassen. Sein Körper und sein Verstand lieferten immer wieder gnadenlose und tückische Erinnerungen an ihre gemeinsame Zeit – ihr Duft, ihre geschmeidige Anmut, wie still sie neben ihm saß, wie dankbar sie für seine Liebe gewesen war. Wie keusch, wie gehorsam, wie vollkommen. Und dann kehrte die Demütigung, von ihr verlassen worden zu sein, mit voller Wucht zurück, zusammen mit einem Zorn, der noch wilder und zügelloser war als zuvor.
Um die Erinnerung an sie auszulöschen, flüchtete Constant sich in die üblichen Ablenkungen, die einem Mann mit urbanen Gewohnheiten und vollen Taschen zur Verfügung standen. Spielhöllen, Nachtklubs, Laudanum, um die immer höheren Dosen Quecksilber auszugleichen, die er nehmen musste, um die Symptome seiner fortschreitenden Krankheit zu lindern. Es gab eine Reihe von *midinettes*, Huren, die ein wenig so aussahen wie sie und für ihre

Untreue mit ihrem zarten Fleisch bezahlten. Er war ein auffällig gutaussehender Mann. Er konnte spendabel sein. Er wusste, wie man verlockte und betörte, und die Mädchen ließen sich bereitwillig darauf ein, bis sie schließlich erkannten, wie verdorben seine Gelüste waren.

Nichts brachte ihm Erleichterung. Nichts linderte seine Seelenqual angesichts ihres Verrats.

Drei Monate lang überlebte Constant ohne sie. Ende Januar jedoch änderte sich alles. Als das Eis auf der Seine zu schmelzen begann, drang ein Gerücht an sein Ohr, dass sie, inzwischen verwitwet, nach Paris zurückgekehrt war und jetzt einen Liebhaber hatte. Dass sie einem anderen Mann das geschenkt hatte, was sie ihm verweigert hatte.

Constants Schmerz war überwältigend, sein Zorn fürchterlich. Das Bedürfnis, sich an ihr zu rächen – sich an ihnen zu rächen –, ergriff vollständig von ihm Besitz. Er stellte sie sich blutend in seinen Händen vor, so leidend, wie sie ihn hatte leiden lassen. Die Hure für ihre Treulosigkeit zu bestrafen wurde zum alles beherrschenden Ziel in seinem Leben.

Es war eine Kleinigkeit gewesen, den Namen seines Rivalen herauszufinden. Dass Vernier und sie ein Liebespaar waren, kam ihm jeden Morgen, wenn die Sonne aufging, als Erstes in den Sinn. Und es war auch sein letzter Gedanke, wenn der Mond die Nacht begrüßte.

Als der Januar in den Februar überging, hatte Constant seine Verfolgungs- und Rachekampagne begonnen. Er konzentrierte sich auf Vernier und machte sich daran, dessen guten Namen zu ruinieren. Seine Taktik war simpel. Klatsch und Tratsch, Tropfen für Tropfen in die Ohren weniger renommierter Zeitungskolumnisten geträufelt. Gefälschte Briefe, die von einer schmierigen Hand in die andere wechselten. Gerüchte, die in das verwirrende Labyrinth eingespeist wurden, in dem sich hinter der ehrbaren Pariser Fassade Eingeweihte und Akolythen und Mesmerianer tummelten, praktischerweise alle durchdrungen von Argwohn und der ständigen Angst, entdeckt zu werden. Schmuddelige Unterstellungen, zwielichtiges Gemunkel, anonym veröffentlichte Verleumdungen.

Lügen, allesamt, aber plausible Lügen.
Doch selbst dieser Kreuzzug gegen Vernier, so erfolgreich er auch war, brachte Constant keine Befriedigung. Noch immer suchten ihn nachts Alpträume heim, und selbst am Tag verfolgten ihn Bilder, wie die beiden Liebenden einander in den Armen lagen. Auch der unaufhaltsame Verlauf seiner Krankheit raubte ihm den Schlaf. Wenn Constant die Augen schloss, überfielen ihn alptraumhafte Bilder seines eigenen elenden Todes, gegeißelt und ans Kreuz genagelt. Er hatte schreckliche Visionen, wie sein Körper leblos auf dem Boden lag, ein neuer Sisyphus, zerschmettert von seinem eigenen Felsbrocken, oder gefesselt wie Prometheus, während sie auf seiner Brust kauerte und ihm die Leber herausriss.
Im März gab es eine gewisse Erlösung. Sie starb, und ihr Tod bescherte ihm auch eine gewisse Erleichterung. Constant hatte aus dem Hintergrund beobachtet, wie ihr Sarg in die nasse Erde des Cimetière de Montmartre gesenkt wurde, und er hatte das Gefühl, von einer Last befreit worden zu sein. Danach sah er mit großer Genugtuung zu, wie Verniers Leben unter der Last seiner Trauer zerbrach.
Der Frühling wich der Sommerhitze des Juli und August. Eine Zeitlang konnte Constant in Frieden leben. Bis der September kam. Dann eine zufällig aufgeschnappte Bemerkung, ein kurzer Blick auf blondes Haar unter einem blauen Hut auf dem Boulevard Haussmann, in Montmartre Gemunkel von einem Sarg, der sechs Monate zuvor leer beerdigt worden sei. Constant schickte zwei Männer los, die Vernier in der Nacht der Tumulte im Palais Garnier auf den Zahn fühlen sollten, aber sie wurden gestört, bevor sie etwas aus ihm herausbekommen konnten.
Erneut blätterte er die Seiten des Tagebuchs durch, bis er zum 16. September kam. Die Seite war leer. Vernier hatte weder den Krawall in der Oper erwähnt noch den Angriff auf ihn in der Passage des Panoramas. Der letzte Eintrag war auf zwei Tage zuvor datiert. Constant schlug die Seite auf und las ihn noch einmal. Große, selbstbewusste Buchstaben – ein einziges Wort.
»FIN.«

Er spürte, wie ihn kalte Wut durchströmte. Die drei Buchstaben schienen auf der Seite vor seinen Augen zu tanzen, ihn zu verspotten. Nach allem, was er durchgemacht hatte, entdecken zu müssen, dass er auf einen Schwindel hereingefallen war, steigerte seine Erbitterung ins Unermessliche. Wie irrsinnig erschien ihm nun der Gedanke, dass er seinen Seelenfrieden hätte wiederfinden können, indem erVerniers Namen in den Schmutz zog. Jetzt wusste Constant, was er tun musste.

Er würde sie aufspüren. Und dann würde er sie töten.

Der Diener stellte ein Cognacglas neben ihn. »General Du Pont könnte jeden Moment kommen ...«, murmelte er und zog sich dann zum Fenster zurück.

Erst jetzt wurde sich Constant der verstreichenden Zeit bewusst, und er nahm das braune Wachspapier in die Hand, in das das Notizbuch eingeschlagen gewesen war. Ihn wunderte, dass das Büchlein noch in der Wohnung war. Wieso hatte Vernier sein Tagebuch zurückgelassen, wenn er nicht vorhatte, zurückzukommen? Weil er so überhastet aufgebrochen war? Oder vielleicht, weil er nicht die Absicht hatte, lange fortzubleiben.

Constant leerte das Cognacglas in einem Zug und schleuderte es in den Kamin. Es zersprang in tausend funkelnde, scharfe Splitter. Der Diener zuckte zusammen. Einen Moment schien die gewalttägige Geste die Luft vibrieren zu lassen.

Constant stand auf und schob den Esszimmerstuhl genau unter den Tisch zurück. Er ging zum Kaminsims, öffnete den Glasdeckel der Sèvres-Uhr und schob die Zeiger nach hinten, bis sie auf halb acht standen. Dann schlug er die Rückseite der schweren Uhr auf die Marmorkante der Kamineinfassung, bis der Mechanismus stehenblieb. Er ging in die Hocke und legte die Uhr mit dem Zifferblatt nach unten auf die glitzernden Scherben des Cognacglases.

»Mach den Champagner auf und hol zwei Gläser.«

Der Mann tat wie geheißen. Constant ging zur Chaiselongue. Er ballte die Faust in Marguerite Verniers Haar und hob ihren Kopf in seine Arme. Süßlich metallischer Schlachthausgeruch umwehte sie. Die hellen Kissen um sie herum waren dunkelrot gefärbt, und

auf ihrer Brust war ein nasser Blutfleck, wie die übergroße Blüte einer Treibhausblume.
Constant goss ein klein wenig Champagner in Marguerites Mund. Er drückte den Rand des Glases gegen ihre aufgeplatzten Lippen, bis eine ganz schwache Spur Lippenstift daran haften blieb, dann füllte er das Glas zur Hälfte mit Champagner und stellte es auf den Tisch neben ihr. Auch in das zweite Glas goss er ein wenig Champagner, danach legte er die Flasche auf den Boden. Langsam blubberte die Flüssigkeit heraus, zog einen schaumigen Streifen über den Teppich.
»Sind unsere niederträchtigen Freunde des Vierten Standes informiert, dass es heute Abend etwas für sie geben könnte?«
»Ja, Monsieur.« Für einen kurzen Moment verlor das Gesicht des Dieners seine maskenhafte Starre. »Die Madame … Ist sie tot?«
Constant antwortete ihm nicht.
Der Diener bekreuzigte sich. Constant ging zum Büfett und nahm eine gerahmte Fotografie in die Hand. Auf dem Bild saß Marguerite in der Mitte, und ihre Kinder standen hinter ihr. Er las den Namen des Ateliers und das Datum. Oktober 1890. Die Tochter trug das Haar noch offen. Ein Kind.
Der Diener hustete. »Reisen wir nach Rouen, Monsieur?«
»Rouen?«
Er rang nervös die Hände, erkannte den Blick in den Augen seines Herrn. »Verzeihung, Monsieur, aber sagte Madame Vernier nicht, ihr Sohn und ihre Tochter sind nach Rouen gefahren?«
»Ah. Ja, sie hat mehr Mut bewiesen … Entschlossenheit … als ich erwartet hatte. Aber Rouen? Ich kann mir nicht vorstellen, dass das ihr Ziel war. Vielleicht wusste sie es wirklich nicht.«
Er warf dem Mann die Fotografie zu.
»Zieh los und hör dich nach dem Mädchen um. Irgendwer wird schon reden. Irgendwer redet immer. Die Leute werden sich an sie erinnern.« Er lächelte kalt. »Sie wird uns zu Vernier und seiner Hure führen.«

Kapitel 27

∞

Domaine de la Cade

Léonie stieß einen Schrei aus und fuhr hoch. Das Herz pochte ihr wild gegen die Rippen. Die Kerze war erloschen und das Zimmer in Dunkel gehüllt. Für einen Moment glaubte sie, wieder im Salon in der Rue de Berlin zu sein. Dann schaute sie nach unten, sah Monsieur Baillards Monographie auf dem Kissen liegen und begriff.

Ein Alptraum.

Von Dämonen und Gespenstern, von Phantomen und klauenbewehrten Wesen und den alten Ruinen, wo die Spinne ihr Netz spinnt. Die leeren Augenhöhlen von Geistern.

Léonie sank nach hinten gegen das hölzerne Kopfteil, wartete darauf, dass ihr rasender Puls sich beruhigte. Bilder einer steinernen Grabstätte unter einem grauen Himmel, verwitterte Girlanden um ein abgenutztes Schild. Ein Familienwappen, vor langer Zeit besudelt und entehrt.

So finstere Träume.

Ihr Pulsschlag wollte sich nicht beruhigen, schien im Gegenteil immer lauter zu hämmern.

»Madomaisèla Léonie? Madama lässt fragen, ob Sie etwas brauchen.«

Erleichtert erkannte Léonie Marietas Stimme. »Madomaisèla?«

Léonie riss sich zusammen und rief. »*Viens.*«

Ein kurzes Rütteln an der Tür, dann: »Verzeihung, Madomaisèla, aber es ist abgeschlossen.«

Léonie konnte sich nicht erinnern, den Schlüssel umgedreht zu

haben. Geschwind schob sie die kalten Füße in ihre seidenen *savates* und lief zur Tür, um sie zu öffnen.
Marieta machte einen raschen Knicks. »Madama Lascombe und Sénher Vernier lassen fragen, ob Sie ihnen Gesellschaft leisten möchten.«
»Wie spät ist es denn?«
»Fast halb zehn.«
So spät.
Léonie rieb sich den Alptraum aus den Augen. »Selbstverständlich. Ich komme allein zurecht. Richte ihnen bitte aus, dass ich gleich komme.«
Sie schlüpfte in die Unterwäsche und zog ein schlichtes Abendkleid über, nichts Übertriebenes. Sie steckte ihr Haar mit Kämmen und Nadeln hoch, tupfte sich ein wenig Eau de Cologne hinter die Ohren und auf die Handgelenke und begab sich nach unten in den Salon.
Als sie eintrat, standen sowohl Anatole als auch Isolde auf. Isolde trug lediglich ein hochgeschlossenes türkisblaues Kleid mit halben Ärmeln, die mit schwarzen Glasperlen geschmückt waren. Sie sah hinreißend aus.
»Verzeiht, dass ich euch habe warten lassen«, entschuldigte sich Léonie und küsste zuerst ihre Tante, dann ihren Bruder.
»Wir haben schon nicht mehr mit dir gerechnet«, sagte Anatole. »Was möchtest du? Wir trinken Champagner – nein, Verzeihung, Isolde, keinen Champagner. Möchtest du auch ein Glas? Oder etwas anderes?«
Léonie runzelte die Stirn. »Keinen Champagner?«
Isolde lächelte. »Er scherzt. Es ist ein Blanquette de Limoux, kein Champagner, aber ein einheimischer Wein, der sehr ähnlich ist. Ein wenig lieblicher und leichter, stillt den Durst besser. Ich gestehe, er schmeckt mir inzwischen sehr gut.«
»Danke«, sagte Léonie und ließ sich ein Glas reichen. »Ich habe angefangen, Monsieur Baillards Büchlein zu lesen. Und ehe ich mich's versah, klopfte Marieta an die Tür, und es war schon nach neun.«

Anatole lachte. »Ist es so langweilig, dass du eingeschlafen bist?«
Léonie schüttelte den Kopf. »Ganz im Gegenteil. Es war faszinierend. Anscheinend ranken sich um die Domaine de la Cade – oder genauer gesagt um den Ort, auf dem das Gut und das Haus heute stehen – seit alter Zeit zahlreiche Sagen und Legenden. Geister, Teufel, Gespenster, die des Nachts umgehen. In den meisten Geschichten kommt eine blutdürstige schwarze Bestie vor, halb Teufel, halb Tier, die in schlechten Zeiten das Land heimsucht, um Kinder und Vieh zu rauben.«
Anatole und Isolde wechselten Blicke.
»Monsieur Baillard meint«, fuhr Léonie fort, »dass es hier in der Gegend deshalb auch so viele Bezeichnungen gibt, die auf diese übernatürliche Vergangenheit verweisen. Er erzählt beispielsweise eine Geschichte über einen See im Massif de Tabe, den Étang du Diable, der angeblich eine Verbindung zur Hölle hat. Wenn man einen Stein hineinwirft, steigen offenbar schwefelige Dämpfe aus dem Wasser und lösen furchtbare Unwetter aus. Eine andere Erzählung geht auf den Sommer 1840 zurück, der besonders trocken war. Ein Müller aus dem Dorf Montségur, der verzweifelt auf Regen wartete, stieg den Tabe hinauf und warf eine lebendige Katze in den See. Das Tier strampelte und kämpfte wie ein Dämon, was den Teufel so erboste, dass er es die folgenden zwei Monate in den Bergen regnen ließ.«
Anatole lehnte sich zurück und legte einen Arm auf die Rückenlehne des Sofas. Im Kamin prasselte und knackte ein munteres Feuer. »Was für ein abergläubischer Unfug!«, sagte er gutmütig. »Mir tut es schon fast leid, dass ich dir so ein Buch in die Hände gegeben habe.«
Léonie verzog das Gesicht. »Mach dich nur lustig, aber an solchen Geschichten ist immer ein Körnchen Wahrheit.«
»Sehr richtig, Léonie«, sagte Isolde. »Mein verstorbener Gatte interessierte sich sehr für die Legenden, die mit der Domaine de la Cade zu tun hatten. Seine besondere Leidenschaft galt der Zeit der Westgoten, aber er und Monsieur Baillard unterhielten sich manchmal bis tief in die Nacht über alle möglichen Themen.

Manchmal gesellte sich auch der Curé aus unserem Nachbardorf Rennes-le-Château dazu.«
Plötzlich sah Léonie vor ihrem geistigen Auge ein Bild der drei Männer vor sich, wie sie die Köpfe über ihren Büchern zusammensteckten, und sie hätte gern gewusst, ob Isolde sich wohl manchmal ausgeschlossen gefühlt hatte.
»Abbé Saunière.« Anatole nickte. »Heute Nachmittag, auf der Fahrt von Couiza hierher, hat Gabignaud von ihm gesprochen.«
»Trotz alledem«, fuhr Isolde fort, »könnte man dennoch sagen, dass Jules in Monsieur Baillards Gegenwart immer ein wenig vorsichtig war.«
»Vorsichtig? Inwiefern?«
Isolde winkte mit ihrer schlanken Hand ab. »Ach, vielleicht ist *vorsichtig* das falsche Wort. Fast ehrfürchtig. Ich weiß nicht recht, wie ich es ausdrücken soll. Er hatte großen Respekt vor Monsieur Baillards Alter und Wissen, aber seine Weisheit schüchterte ihn auch irgendwie ein wenig ein.«
Anatole füllte die Gläser auf und läutete dann, um eine weitere Flasche bringen zu lassen.
»Sie sagten, Baillard wohnt hier in der Gegend?«
Isolde nickte. »Er hat eine möblierte Wohnung in Rennes-les-Bains, doch sein Hauptwohnsitz ist irgendwo in den Sabarthès, soweit ich weiß. Er ist ein außergewöhnlicher aber sehr zurückhaltender Mann. Er äußert sich nur ausweichend über seine Vergangenheit, und seine Interessen sind vielfältig. Er kennt sich nicht nur mit den einheimischen Überlieferungen und Sagen aus, sondern ist außerdem ein Experte für die Geschichte der Albigenser.« Sie lachte leise. »Jules hat sogar einmal bemerkt, man könne fast glauben, dass Monsieur Baillard bei manchen dieser mittelalterlichen Schlachten dabei gewesen sei, so lebhaft waren seine Schilderungen.«
Alle drei schmunzelten.
»Es ist zwar nicht die beste Jahreszeit dafür, aber vielleicht möchten Sie sich einige Wehrburgruinen anschauen?«, sagte Isolde zu Léonie. »Falls das Wetter es zulässt.«

»Sehr gern.«
»Und ich werde Sie beim Diner am Samstag neben Monsieur Baillard setzen, damit Sie ihn nach Herzenslust zu Teufeln und Aberglauben und den Mythen der Berge befragen können.«
Léonie nickte und dachte an Monsieur Baillards Erzählungen. Auch Anatole schwieg. Eine andere Stimmung war in den Raum gedrungen, hatte sich in einem unbemerkten Moment in die unbeschwerte Plauderei eingeschlichen. Eine Weile waren nur das Ticken der goldenen Zeiger der Standuhr und das Knistern der Flammen im Kamin zu hören.
Léonie merkte, wie ihr Blick unwillkürlich zu den Fenstern glitt. Die Läden waren geschlossen und sperrten den Abend aus, und doch spürte sie die Dunkelheit um sie herum. Sie schien eine lebendige, atmende Präsenz zu haben. Es war nur der Wind, der um die Ecken des Hauses pfiff, aber Léonie kam es so vor, als würde die Nacht selbst flüstern und die alten Geister des Waldes herbeirufen.
Sie sah zu ihrer Tante hinüber, schön in dem weichen Licht, und so still.
Spürt sie es auch?
Isoldes Gesichtsausdruck war friedlich, ihre Züge entspannt. Léonie hätte unmöglich sagen können, was sie dachte. In ihren Augen flackerte keine Trauer um den verlorenen Gatten. Und auch kein Hauch von Unruhe oder Angst vor dem, was vielleicht außerhalb der Steinmauern des Hauses umging.
Léonie schaute nach unten auf den Rest Blanquette in ihrem Glas und leerte es dann in einem Zug.
Die Uhr schlug die halbe Stunde.
Isolde erklärte, sie wolle die Einladungen für das Diner am Samstag schreiben, und zog sich in ihr Arbeitszimmer zurück. Anatole nahm die gedrungene grüne Flasche Bénédictine vom Tablett und sagte, er würde noch etwas sitzen bleiben und eine Zigarre rauchen.
Léonie gab ihrem Bruder einen Gutenachtkuss und verließ den Salon. Sie ging durch die Halle, ein wenig unsicher auf den Beinen,

und ließ den Tag Revue passieren. Die Dinge, die ihr Freude bereitet hatten, und die, die sie fasziniert hatten. Wie raffiniert von Tante Isolde, gleich zu erraten, dass Anatoles Lieblingsbonbons Pyrenäenperlen waren. Wie entspannt sie drei die meiste Zeit miteinander umgegangen waren. Sie dachte an die Abenteuer, die vielleicht auf sie warteten, wie sie nicht nur das Haus erkunden würde, sondern, falls das Wetter es erlaubte, die gesamte Umgebung.
Ihre Hand lag schon auf dem Treppengeländer, als ihr auffiel, dass der Deckel des Stutzflügels verlockend offen stand. Die schwarzen und weißen Tasten glänzten im schimmernden Kerzenlicht, als wären sie frisch poliert worden. Der satte Mahagonikorpus schien zu leuchten.
Léonie war keine besonders gute Klavierspielerin, aber der Einladung der wartenden Klaviatur konnte sie nicht widerstehen. Sie spielte eine Tonleiter, ein Arpeggio, dann einen Akkord. Der Flügel hatte einen zarten Klang, weich und präzise, als würde er regelmäßig gestimmt und gewartet. Sie ließ ihren Fingern freien Lauf, spielte eine wehmütige, alte Notenfolge in Moll – a, e, c und d, ein einsamer Melodiebogen, der kurz durch die stille Halle klang und sich dann verlor. Traurig, beschwörend, harmonisch.
Zum Schluss ließ Léonie die Rückseiten der Finger mit einer schwungvollen Bewegung über die aufsteigenden Oktaven gleiten und ging dann die Treppe hinauf und zu Bett.
Die Stunden verstrichen. Sie schlief. Das Haus versank Zimmer für Zimmer in Stille. Eine Kerze nach der anderen wurde gelöscht. Jenseits der grauen Mauern lagen die Gärten, die Rasenflächen, der See, der Buchenwald ruhig unter einem weißen Mond. Alles war still.
Und dennoch.

Vierter Teil
Rennes-les-Bains

Oktober 2007

Kapitel 28

Rennes-les-Bains, Montag, 29. Oktober 2007

Merediths Flugzeug landete zehn Minuten zu früh auf dem Toulouser Flughafen Blagnac. Um halb fünf hatte sie ihren Mietwagen abgeholt und sich vom Parkplatz aus auf den Weg gemacht. Mit ihren Turnschuhen, den Jeans und ihrer großen Schultertasche sah sie aus wie eine Studentin.

Die abendliche Rushhour auf der Umgehungsstraße war der helle Wahnsinn, wie das Computerspiel *Grand Theft Auto*, nur ohne die Waffen. Meredith hielt das Lenkrad fest umklammert, leicht panisch, weil der Verkehr von allen Seiten kam. Sie drehte die Klimaanlage auf und starrte geradeaus durch die Windschutzscheibe.

Als sie endlich auf die *autoroute* kam, wurde der Verkehr übersichtlicher. Allmählich fühlte sie sich so sicher hinterm Steuer, dass sie sich traute, das Radio einzuschalten. Sie entschied sich für einen der eingespeicherten Sender, Classique, und drehte die Lautstärke höher. Das Übliche. Bach, Mozart, Puccini, ein bisschen Debussy.

Die Strecke war ziemlich unkompliziert. Sie fuhr Richtung Carcassonne und nahm nach rund dreißig Minuten die Landstraße über Mirepoix und Limoux. In Couiza hielt sie sich links Richtung Arques, folgte etwa zehn Minuten lang einer kurvigen Straße und bog dann rechts ab. Um sechs fuhr sie mit einer Mischung aus Vorfreude und Anspannung in das Städtchen, das ihre Gedanken so lange beschäftigt hatte.

Ihre ersten Eindrücke von Rennes-les-Bains waren vielversprechend. Es war sehr viel kleiner, als sie erwartet hatte, und die Haupt-

straße – obwohl diese Bezeichnung fast schon zu hoch gegriffen war – war so eng, dass kaum zwei Autos aneinander vorbeikamen, aber irgendwie hatte es einen gewissen Charme. Selbst die Tatsache, dass keine Menschenseele zu sehen war, störte Meredith nicht.
Sie fuhr an einem hässlichen Steingebäude vorbei, dann an einem hübschen Garten, der ein Stück von der Straße zurückgesetzt lag. Über dem Eingang verkündete ein Metallschild JARDIN DE PAUL COURRENT, und auf einem Schild an der Mauer stand LE PONT DE FER.
Plötzlich trat sie die Bremse bis zum Anschlag durch. Der Wagen kam schlitternd zum Stehen, gerade rechtzeitig, um nicht hinten auf einen blauen Peugeot aufzufahren, der mitten auf der Straße gehalten hatte.
Er bildete das Schlusslicht eines kleinen Staus. Meredith schaltete das Radio aus, drückte den Knopf, um das Seitenfenster zu öffnen, und streckte den Kopf hinaus, um besser sehen zu können. Weiter vorne standen ein paar Arbeiter neben einem gelben Straßenschild: ROUTE BARRÉE.
Der Fahrer des Peugeot stieg aus und ging laut schimpfend auf die Männer zu. Meredith wartete, und als zwei weitere Fahrer aus ihren Autos stiegen, tat sie es auch. Just in dem Moment kam der Peugeot-Typ zurück. Er war Ende fünfzig, hatte graumelierte Schläfen und ein paar Pfunde zu viel, was ihm aber gut stand. Ein attraktiver Mann mit der Haltung und dem Auftreten eines Menschen, der es gewohnt ist, sich durchzusetzen. Meredith fiel seine Garderobe auf. Sehr förmlich, schwarzer Anzug mit Krawatte, glänzend geputzte Schuhe.
Sie warf einen Blick auf sein Nummernschild. Es endete mit 11. Ein Einheimischer.
»*Qu'est-ce qui se passe?*«, fragte sie, als er an seinem Auto war.
»Umgestürzter Baum«, erwiderte er barsch, ohne sie anzusehen.
Meredith war sauer, weil er nicht auf Französisch geantwortet hatte. So stark war ihr Akzent nun auch wieder nicht.
»Und? Haben die gesagt, wie lange das dauert?«, zischte sie.
»Mindestens eine halbe Stunde«, antwortete er und stieg in sein

Auto. »Das kann aber auch bis zu drei Stunden heißen, Midi-Zeit. Vielleicht sogar bis morgen.«

Er hatte es offensichtlich eilig. Meredith trat vor und legte eine Hand auf die Tür. »Gibt es einen anderen Weg?«

Diesmal sah er sie wenigstens an. Stahlblaue Augen, sehr direkt. »Zurück bis Couiza, dann über die Berge nach Rennes-le-Château«, sagte er. »Dafür brauchen sie um diese Zeit bestimmt vierzig Minuten. Ich würde warten. Ist im Dunkeln schwer zu finden.« Er sah kurz auf ihre Hand, dann wieder in ihr Gesicht. »Wenn Sie mich jetzt entschuldigen würden?«

Meredith wurde rot. »Danke für Ihre Hilfe«, sagte sie und machte einen Schritt zurück. Sie sah zu, wie er auf den Bürgersteig zurücksetzte, ausstieg und die Hauptstraße hinuntermarschierte. »Keiner, mit dem man sich anlegen sollte«, murmelte sie vor sich hin und wusste selbst nicht, warum sie so wütend auf ihn war.

Einige andere Fahrer wendeten vorsichtig auf der engen Straße und fuhren in die Richtung zurück, aus der sie gekommen waren. Meredith zögerte.

Auch wenn der Mann ziemlich schroff gewesen war, der Rat, den er ihr gegeben hatte, war sicherlich richtig gewesen. Es brachte nichts, sich jetzt in den Bergen zu verfahren.

Sie beschloss, das Städtchen zu Fuß zu erkunden. Auch sie fuhr ihren Wagen rückwärts auf den Bürgersteig und parkte ihn hinter dem blauen Peugeot. Meredith wusste nicht, ob Rennes-les-Bains tatsächlich der Ort war, aus dem ihre Vorfahren stammten, oder ob es bloßer Zufall gewesen war, dass das Foto mit dem Soldaten 1914 gerade hier aufgenommen worden war. Aber es war eine der wenigen Spuren, die sie hatte. Da konnte sie auch noch heute Abend anfangen, ihr nachzugehen.

Sie nahm ihre Tasche vom Beifahrersitz – nicht auszudenken, wenn ihr Laptop geklaut werden würde – und vergewisserte sich, dass der Kofferraum mit ihrer Reisetasche darin abgeschlossen war. Nachdem der Wagen sicher abgestellt war, ging sie die paar Stufen zum Haupteingang der Station Thermale et Climatique hinunter.

Ein handgeschriebener Zettel an der Tür informierte darüber, dass die Einrichtung den Winter über geschlossen war: vom 1. Oktober 2007 bis zum 30. April 2008. Meredith starrte fassungslos auf den Zettel. Sie war einfach davon ausgegangen, dass das Bad ganzjährig geöffnet war, ohne überhaupt auf die Idee zu kommen, vorher anzurufen.

Die Hände in den Taschen, blieb sie eine Weile stehen. Die Fenster waren dunkel, das ganze Gebäude offenbar völlig leer. Obwohl sie sich eingestand, dass die Suche nach Spuren von Lilly Debussy zumindest teilweise ein Vorwand gewesen war, um hierherzukommen, hatte sie doch einige Hoffnung auf das Thermalbad gesetzt. Alte Unterlagen, Fotografien aus der Zeit der Jahrhundertwende, als Rennes-les-Bains zu den beliebtesten Kurorten der Gegend zählte.

Doch jetzt, wo sie vor der verschlossenen Tür stand, konnte sie wohl die Hoffnung begraben, irgendetwas zu finden, selbst wenn es in der Station Thermale Belege dafür gab, dass Lilly sich im Sommer 1900 zur Erholung hier aufgehalten hatte. Und auch die Suche nach ihrem jungen Mann in Soldatenuniform würde fruchtlos bleiben.

Möglicherweise könnte sie jemanden aus der Stadtverwaltung überreden, sie reinzulassen, aber optimistisch war sie da nicht. Enttäuscht von sich selbst, weil sie nicht weit genug vorausgedacht hatte, wandte Meredith sich ab und ging wieder die Straße hinunter.

An der rechten Seite des Thermalbades führte ein Fußweg entlang, die Allée des Bains de la Reine. Meredith zog ihre Jacke enger um sich, weil ein unangenehmer Wind aufgekommen war, und ging dann hinunter zum Flussufer, vorbei an einem großen leeren Schwimmbad. Die menschenleere Terrasse wirkte heruntergekommen. Die gesprungenen blauen Fliesen, die hölzerne Liegefläche, an der die rosa Farbe abblätterte, die kaputten Plastikstühle. Schwer zu glauben, dass das Schwimmbad überhaupt benutzt wurde.

Sie ging weiter. Auch am Flussufer war kein Mensch zu sehen, alles öde und verlassen. Eine Stimmung wie früher, am Morgen nach einer spontanen Party auf irgendeinem Highschool-Parkplatz, wenn der Boden matschig und von Reifenspuren durchpflügt war. Entlang des Weges standen schmiedeeiserne Bänke, verbogen und wenig einladend. Meredith sah eine verrostete wackelige Pergola in Form einer Krone mit ein paar Holzbänken darunter. Sie sahen aus, als wären sie schon seit Jahren nicht mehr benutzt worden. Oben an der Pergola befanden sich zwei Eisenhaken, vermutlich um eine Markise zum Schutz gegen die Sonne daran zu befestigen.

Aus reiner Gewohnheit kramte sie in ihrer Tasche und holte die Kamera heraus. Sie stellte die Belichtung auf die schlechten Lichtverhältnisse ein und machte zwei Aufnahmen, skeptisch, ob sie gelingen würden. Sie versuchte, ein Bild von Lilly heraufzubeschwören, wie sie auf einer der Bänke saß, in weißer Bluse und schwarzem Rock, das Gesicht von einem breitkrempigen Hut geschützt, und von Debussy und Paris träumte. Sie versuchte, sich ihren sepiafarbenen Soldaten vorzustellen, wie er am Ufer entlangschlenderte, vielleicht mit einem Mädchen im Arm, aber es gelang ihr nicht. Alles hier war irgendwie falsch. Verwahrlost, verwaist. Die Welt hatte sich weitergedreht.

Ihr war ein wenig traurig zumute, als sehnte sie sich nach einer imaginären Vergangenheit, die sie nie erlebt hatte, während sie langsam weiter am Ufer entlangging. Sie folgte dem gebogenen Lauf des Flusses bis zu einer flachen Betonbrücke, die auf die andere Seite führte. Meredith zögerte, ehe sie sie überquerte. Das gegenüberliegende Ufer sah wilder aus, noch einsamer. Es war leichtsinnig, allein in einer fremden Stadt herumzustromern, vor allem mit dem teuren Laptop und der Kamera in der Tasche.

Und es wird allmählich dunkel.

Aber irgendetwas in ihr drängte sie weiter. Entdeckergeist, vermutete sie, oder Abenteuerlust. Sie wollte dem Wesen des Ortes auf die Spur kommen. Dem wahren Rennes-les-Bains, das es seit Hunderten von Jahren gab, nicht bloß der Hauptstraße mit ihren modernen Cafés und Autos. Und falls sich herausstellte, dass sie tatsächlich eine persönliche Verbindung zu der Stadt hatte, dann wollte sie sich nicht vorwerfen müssen, die wenige Zeit, die sie hier hatte, vergeudet zu haben. Sie schlang sich den Tragegurt ihrer Tasche über Schulter und Brust und ging über die Brücke.

Auf der gegenüberliegenden Seite des Flusses herrschte eine andere Atmosphäre. Auf Anhieb hatte Meredith das Gefühl, dass die Landschaft hier ursprünglicher war, weniger von Menschen und Moden beeinflusst. Der grobe, zerklüftete Berghang schien sich direkt vor ihr aus dem Boden zu erheben. Die verschiedenen Grün-, Braun- und Rottöne der Büsche und Bäume wirkten in der Dämmerung noch satter. Eigentlich hätte es eine reizvolle Landschaft sein müssen, aber irgendetwas daran wirkte falsch. Fast zweidimensional, als verberge sich der wahre Charakter des Ortes hinter einer gemalten Fassade.

Während sich der Oktoberabend herabsenkte, suchte sich Meredith vorsichtig einen Weg zwischen den wuchernden Dornenbüschen hindurch, über plattgedrücktes Gras und Abfall, den der Wind hergeweht hatte. Auf der Straßenbrücke weiter oben fuhr ein Auto vorbei, und seine Scheinwerfer warfen kurz einen Lichtkegel auf die graue Felswand, wo die Berge bis hinunter zur Stadt reichten.

Dann verklang das Motorgeräusch, und alles war wieder still.

Meredith folgte einem Pfad, bis es nicht mehr weiterging. Sie stand vor der Öffnung eines dunklen Tunnels, der unterhalb der Straße in den Berg führte.

Ein überdimensionierter Regenkanal?

Meredith legte eine Hand auf die kalte Ziegeleinfassung, beugte sich vor und spähte hinein. Sie spürte die feuchte Luft unter dem steinernen Gewölbe über ihre Haut streichen. Das Wasser war hier in einem engen Kanal gefangen und floss daher schneller. Weiße Gischt spritzte aus dem Fluss, der über Felsen strömte, gegen die Mauern.

Es gab einen schmalen Sims, gerade breit genug, um darauf zu stehen.

Keine gute Idee, da reinzugehen.

Und doch zog sie den Kopf ein, drückte die rechte Hand an die feuchte Tunnelmauer, um das Gleichgewicht zu halten, und machte einen Schritt in das Halbdunkel. Sofort drang ihr der Geruch von nasser Luft, Moos und Flechten in die Nase. Sie schob sich auf dem rutschigen Sims weiter nach vorne, noch ein bisschen und noch ein bisschen, bis das amethystfarbene Zwielicht nur noch ein schwacher Schimmer war und sie das Flussufer nicht mehr sehen konnte.

Meredith neigte den Kopf, um nicht gegen die gekrümmte Tunneldecke zu stoßen, blieb stehen und schaute nach unten ins Wasser. Kleine schwarze Fische schossen hin und her, Ranken von grünem Flussgras wurden von der Strömung flach gedrückt, die Gischt bildete zarte weiße Schaumkronen, wenn die Wellen gegen Steine und Felsen auf dem Grund stießen.

Das Rauschen und Rinnen des Wassers war so beruhigend, dass Meredith sich hinhockte. Ihre Augen verloren den Fokus. Es war friedlich hier unter der Brücke, ein versteckter, geheimer Ort. Hier konnte sie die Vergangenheit leichter beschwören. Wie sie so in den Fluss starrte, fand sie es einfach, sich barfüßige Jungen in Kniebundhosen und Mädchen mit Samtschleifen im lockigen Haar vorzustellen, die unter dieser alten Brücke Verstecken spielten. Sie hörte förmlich die Stimmen der Erwachsenen, die vom gegenüberliegenden Ufer aus nach ihren Schützlingen riefen.

Das gibt's doch nicht!

Für den Bruchteil einer Sekunde meinte Meredith, die Umrisse eines Gesichts zu sehen, das zu ihr hochblickte. Ihre Augen verengten sich. Ihr war bewusst, dass die Stille um sie herum sich vertieft hatte. Die Luft war leer und kalt, als wäre alles Leben aus ihr herausgesaugt worden. Sie spürte, wie ihr Herz stockte und sich ihre Sinne schärften. Jeder Nerv ihres Körpers war angespannt.

Bloß mein eigenes Spiegelbild.

Sie ermahnte sich, ihre blühende Phantasie zu zügeln, und spähte erneut in den aufgewühlten Spiegel des Wassers.

Diesmal gab es keinen Zweifel. Ein Gesicht starrte aus der Tiefe des Flusses zu ihr hoch. Es war kein Spiegelbild, obwohl Meredith das

Gefühl hatte, ihre eigenen Züge hinter dem Bild zu erkennen, sondern ein Mädchen mit langem fließenden Haar, das in der Strömung schwebte und wogte, eine moderne Ophelia.
Dann schienen sich die Augen unter Wasser langsam zu öffnen und die von Meredith mit einem klaren und direkten Blick zu bannen. Augen wie grünes Glas, die alle wechselnden Farben des Wassers bargen.
Meredith schrie auf. Geschockt sprang sie auf die Beine, verlor beinahe das Gleichgewicht und riss die Arme nach hinten, um sich der Mauer in ihrem Rücken zu vergewissern. Sie zwang sich, erneut hinzusehen.
Nichts.
Da war nichts. Kein Spiegelbild, kein geisterhaftes Gesicht im Wasser, bloß die verzerrten Konturen von Felsen und Treibholz, das die Strömung mitgebracht hatte. Bloß das Wasser, das über Steine rauschte und das Flussgras tanzen und schwanken und wallen ließ.
Jetzt wollte Meredith nur noch raus aus dem Tunnel. Schlitternd und rutschend schob sie sich über den Sims, bis sie wieder im Freien war. Ihr zitterten die Beine. Sie nahm die Tasche von der Schulter, ließ sich auf ein Fleckchen trockenes Gras sinken und zog die Knie ans Kinn. Über ihr auf der Straße leuchteten zwei Scheinwerfer auf, als ein weiteres Auto aus dem Ort fuhr.
Ging es los?
Merediths größte Angst war, dass die Krankheit, unter der ihre leibliche Mutter gelitten hatte, eines Tages auch bei ihr ausbrechen würde. Geister, Stimmen, gepeinigt von Erscheinungen, die niemand sonst hören oder sehen konnte.
Sie atmete tief durch, ein und aus, ein und aus.
Ich bin nicht sie.
Meredith ließ sich noch ein paar Minuten Zeit, dann stand sie auf. Sie klopfte sich den Schmutz von der Kleidung, streifte sich Schlamm und Gras von den Schuhsohlen, schulterte die schwere Tasche und ging über die niedrige Fußgängerbrücke zurück zu dem Weg am anderen Ufer.

Sie war nach wie vor aufgewühlt, aber schlimmer noch, sie war wütend auf sich selbst, weil sie dermaßen panisch reagiert hatte. Sie griff auf eine alte Technik zurück, die sie sich vor langer Zeit selbst beigebracht hatte, und rief sich schöne Erinnerungen ins Gedächtnis, um die bösen zu verdrängen. Jetzt schob sie die schmerzliche Erinnerung an ihre weinende Mutter beiseite und vernahm stattdessen Marys Stimme in ihrem Kopf. Was Mütter eben so sagen. Die vielen Male, wenn sie ganz verdreckt nach Hause gekommen war, die Hose an den Knien aufgerissen, mit Kratzern und Bissen übersät. Wenn Mary jetzt hier wäre, würde sie sich Sorgen machen, weil Meredith auf eigene Faust losgezogen war und sich irgendwohin gewagt hatte, wo sie nichts verloren hatte, wie immer.

Unverbesserlich.

Das Heimweh überkam sie wie eine Welle. Zum ersten Mal, seit sie vor zwei Wochen nach Europa abgeflogen war, wünschte Meredith sich nichts sehnlicher, als sicher und geborgen mit einem Buch in ihrem Lieblingssessel zu sitzen, eingewickelt in die alte Steppdecke, die Mary für sie genäht hatte, als sie in der fünften Klasse ein halbes Jahr lang nicht zur Schule gegangen war. Zu Hause statt mutterseelenallein in einem vergessenen Winkel Frankreichs auf einer Spurensuche, die sich durchaus als verlorene Liebesmüh entpuppen konnte.

Fröstelnd und elend sah Meredith nach, wie spät es war. Ihr Handy hatte keinen Empfang, zeigte aber die Uhrzeit an. Erst fünfzehn Minuten waren vergangen, seit sie ihr Auto abgestellt hatte. Sie ließ die Schultern hängen. Die Straße war bestimmt noch nicht wieder frei.

Anstatt wieder die Allée des Bains de la Reine hochzugehen, blieb sie auf dem Fußweg, der hinter den auf Flusshöhe stehenden Häusern verlief. Von hier aus konnte sie die Betonunterseite des Schwimmbads sehen, das, auf Pfeiler gestützt, über den Pfad ragte. Aus diesem Blickwinkel betrachtet, waren die Umrisse der Originalgebäude besser zu erkennen. Im Schatten sah sie die leuchtenden Augen einer Katze, die zwischen den Stützen umherschlich.

Abfall, Papierfetzen, Getränkedosen trieben im Wind, verfingen sich an Mauern und Drähten.

Der Fluss beschrieb eine Biegung nach rechts. Auf der gegenüberliegenden Seite sah Meredith oben in der Mauer, die neben der Straße verlief, ein Tor, von dem aus man bis hinunter zu dem Pfad am Flussufer gelangen konnte. Die Straßenlampen waren angegangen, und sie konnte gerade noch eine alte Frau erkennen, die in geblümtem Badeanzug und Badekappe mit dem Gesicht nach oben in einem Ring aus Steinen im Wasser lag, ihr Handtuch ordentlich auf dem Gehweg gefaltet. Meredith durchlief ein mitfühlender Schauder, doch dann bemerkte sie, dass von der Wasseroberfläche Dampf aufstieg. Neben der Frau trocknete sich gerade ein magerer alter Mann mit schrumpeligem braunem Körper ab.

Meredith bewunderte den Mut der beiden, obwohl sie sich angenehmere Arten vorstellen konnte, einen kühlen Oktoberabend zu verbringen. Sie versuchte, sich die glorreiche Zeit des Fin de Siècle vorzustellen, als Rennes-les-Bains ein blühender Kurort gewesen war. Die rollbaren Badekabinen, Damen und Herren in altmodischen Badeanzügen, die in das warme Heilwasser stiegen, während ihre Dienstboten und Pflegerinnen hier am Flussufer warteten.

Es gelang ihr nicht. Wie ein Theater, nachdem der Vorhang gefallen ist und das Licht ausgemacht wurde, so wirkte auch Rennes-les-Bains zu trostlos für derartige Höhenflüge der Vorstellungskraft.

Eine schmale Treppe ohne Geländer führte zu einer Fußgängerbrücke aus blaugestrichenem Metall hinauf, die das linke mit dem rechten Ufer verband. Meredith erinnerte sich an das Schild von vorhin: LE PONT DE FER. Es war ziemlich genau an der Stelle gewesen, wo sie den Mietwagen geparkt hatte.

Meredith stieg hinauf. Zurück in die Zivilisation.

Kapitel 29

Wie Meredith befürchtet hatte, war die Straße noch immer gesperrt. Ihr Mietwagen stand genauso da, wie sie ihn abgestellt hatte, hinter dem blauen Peugeot. Inzwischen hatten sich noch zwei weitere Autos auf dem Bürgersteig dazugesellt.

Sie ging am Jardin Paul Courrent vorbei die Hauptstraße hinunter auf die Lichter zu, dann bog sie nach rechts in eine sehr steile Straße, die anscheinend schnurstracks den Berg hinaufführte. Sie gelangte auf einen Parkplatz, der erstaunlich voll war, wo die Stadt doch so leer wirkte. Sie studierte eine Informationstafel für Touristen, ein rustikales Holzschild, das Spaziergänge zu nahe gelegenen Ausflugszielen anpries: L'Homme Mort, La Cabanasse, La Source de la Madeleine sowie eine Wanderung in ein Nachbardorf namens Rennes-le-Château.

Es regnete nicht, aber die Luft war feucht geworden. Alles wirkte dampfig und gedrückt. Meredith ging weiter, spähte in Gässchen, die scheinbar nirgendwohin führten, warf einen Blick in hellerleuchtete Fenster und gelangte schließlich wieder auf die Hauptstraße. Geradeaus war das Rathaus, über dem die Trikolore blau, weiß und rot in der Abendluft flatterte. Sie hielt sich links und fand sich unversehens auf dem Place dem Deux Rennes.

Meredith blieb eine Weile stehen und nahm die Atmosphäre in sich auf. Rechter Hand befand sich eine nette Pizzeria mit Holztischen im Freien. Nur zwei Tische waren besetzt, beide mit Engländern. An einem unterhielten sich die Männer über Fußball und Steve Reich, während die Frauen – eine mit modisch kurzgeschnittenem schwarzem Haar, eine andere mit blondem schulterlangem Haar und die dritte mit braunem Lockenkopf – sich eine Flasche Wein teilten und den neuen Ian Rankin erörterten. An dem zweiten Tisch saß eine Gruppe Studenten bei Pizza und Bier. Einer der jungen Männer trug eine blaue, nietenbesetzte Lederjacke. Ein anderer unterhielt sich mit einem dunkelhaarigen Freund, der eine ungeöffnete Flasche Pinot Grigio zwischen den Füßen stehen hatte, über Kuba. Ein weiterer Junge saß dabei und las. Das letzte Mitglied der Gruppe, ein hübsches Mädchen mit pinkfarbenen Strähnen im Haar, bildete mit den Händen ein Quadrat, als wollte sie die Szene für ein Foto umrahmen. Meredith musste an ihre eigenen Studenten denken und lächelte im Vorbeigehen. Das Mädchen bemerkte es und lächelte zurück.

In der hintersten Ecke des Platzes entdeckte Meredith eine *clochemur* mit einer einzelnen Glocke über den Dächern und erkannte, dass sie die Kirche gefunden hatte.

Sie schritt den kopfsteingepflasterten Zugang zur Église de Saint-Celse et Saint-Nazaire hinunter. In der bescheidenen Vorhalle, die nach Norden und Süden ungeschützt den Elementen ausgeliefert war, brannte eine einzelne Deckenlampe. Es standen auch zwei leere Tische da, die seltsam deplaziert wirkten.

An der Tafel mit Bekanntmachungen der Pfarrei gleich neben der Tür hing ein Zettel, dem zu entnehmen war, dass die Kirche täglich von zehn Uhr morgens bis zum Einbruch der Dunkelheit geöffnet war. Ausnahmen waren lediglich Feiertage, Hochzeiten und Beerdigungen. Aber als sie die Klinke drückte, war die Tür verschlossen, obwohl drinnen Licht brannte.

Sie schaute auf ihre Uhr. Halb sieben. Vielleicht war sie ein paar Minuten zu spät gekommen.

Meredith wandte sich um. An der gegenüberliegenden Wand war eine Tafel mit den Namen der Männer aus Rennes-les-Bains, die im Ersten Weltkrieg ihr Leben gelassen hatten.

A Ses Glorieux Morts.

War der Tod denn je ruhmreich, fragte Meredith sich und dachte an ihren sepiafarbenen Soldaten. An ihre Mutter, die in den Lake

Michigan gegangen war, die Taschen mit Steinen beschwert. War das Opfer es wert?
Sie trat vor und las die alphabetische Namensliste von oben bis unten, obwohl sie wusste, dass sie hier bestimmt keinen Martin entdecken würde. Es war verrückt. Von dem wenigen, was Mary ihr an Hintergrundinformationen hatte weitergeben können, wusste Meredith, dass Martin der Nachname von Louisas Mutter gewesen war, nicht der des Vaters. Tatsächlich stand auf der Geburtsurkunde VATER UNBEKANNT. Aber sie wusste auch, dass ihre Vorfahren in den Jahren nach dem Ersten Weltkrieg von Frankreich nach Amerika emigriert waren, und aufgrund ihrer bisherigen Nachforschungen war sie sicher, dass der Soldat auf dem Foto Louisas Vater war.
Sie brauchte bloß einen Namen.
Etwas sprang ihr ins Auge. BOUSQUET stand auf der Gedächtnistafel. Wie die Tarotkarten, die im Kofferraum ihres Wagens lagen. Vielleicht dieselbe Familie? Noch etwas, das sie überprüfen sollte. Sie suchte weiter. Ganz unten auf der Tafel ein ungewöhnlicher Name: SAINT-LOUP.
Neben der Tafel waren eine Steinplatte zur Erinnerung an Henri Boudet, Curé der Pfarrei von 1872 bis 1915, und ein schwarzes Metallkreuz. Meredith dachte nach. Falls ihr unbekannter Soldat von hier stammte, hatte Henri Boudet ihn vielleicht gekannt. Es war immerhin eine Kleinstadt, und von den Daten her käme es ungefähr hin.
Sie schrieb sich alles auf. Die erste Regel jeder Recherche – und die zweite und dritte – lautete: alles aufschreiben. Man wusste nie, was sich später als relevant herausstellen würde.
Unter dem Kreuz waren die berühmten Gottesworte an Kaiser Konstantin eingraviert: »*In hoc signo vinces.*« Meredith hatte diesen Satz schon viele Male gelesen, aber diesmal löste er eine jähe, aber diffuse Assoziation bei ihr aus. »In diesem Zeichen wirst du siegen«, murmelte sie und versuchte herauszufinden, was genau sie daran störte, aber vergeblich.
Sie ging an der Kirchentür vorbei und auf den Friedhof. Direkt vor

ihr war ein weiteres Kriegerdenkmal, dieselben Namen mit einigen wenigen Zusätzen und Unterschieden in der Schreibweise, als genügte es nicht, den Opfern nur ein einziges Denkmal zu setzen. *Generationen von Männern, Väter, Brüder, Söhne, so viele Leben.*
Im düsteren Dämmerlicht spazierte Meredith gemächlich den Kiesweg hinunter, der an der Kirche entlang verlief, vorbei an Grabmalen, Gräbern, Steinengeln und Kreuzen. Dann und wann blieb sie stehen, um eine Inschrift zu lesen. Manche Namen wiederholten sich, Generation um Generation von einheimischen Familien, deren in Granit und Marmor gedacht wurde – Fromilhague und Saunière, Denarnaud und Gabignaud.

An der äußersten Grenze des Friedhofs, von wo sie über das tiefe Flusstal blicken konnte, blieb Meredith wie von selbst vor einem prächtigen Mausoleum stehen, über dessen vergittertem Eingang die Worte FAMILLE LASCOMBE-BOUSQUET eingemeißelt waren.

Sie ging in die Hocke und las im letzten Tageslicht von den Hochzeiten und Geburten, die die Familien Lascombe und Bousquet im Leben und nun auch im Tod vereint hatten. Guy Lascombe und seine Frau waren im Oktober 1864 ums Leben gekommen. Der Letzte in der Linie der Lascombes war Jules gewesen, der im Januar 1891 verstorben war. Der letzte Spross des Bousquet-Zweiges der Familie, Madeleine Bousquet, war 1955 verschieden.

Als Meredith sich wieder aufrichtete, spürte sie das schon vertraute Prickeln im Nacken. Es hatte nicht nur mit den Tarotkarten zu tun, die Laura ihr aufgedrängt hatte, oder dem erneuten Auftauchen des Namens Bousquet, sondern da war noch etwas anderes. Etwas mit dem Datum, etwas, das sie gesehen, aber nicht richtig zur Kenntnis genommen hatte.

Und dann wusste sie es. Immer wieder tauchte das Jahr 1891 auf, überdurchschnittlich häufig. Dieses Datum fiel ihr besonders auf, weil es eine persönliche Bedeutung für sie hatte. Es war das Datum, das auf dem Notenblatt stand. Sie sah den Titel und die Jahreszahl so deutlich vor ihrem inneren Auge, als hielte sie das Blatt in der Hand.

Aber da war noch etwas. Sie ließ noch einmal alles Revue passieren, von dem Moment an, als sie auf den Friedhof getreten war, und dann fiel der Groschen. Es war weniger das Jahr als vielmehr der Umstand, dass sogar dasselbe Datum immer wieder auftauchte.
Ein Adrenalinstoß durchfuhr sie, und sie eilte zurück an den Gräbern entlang, lief im Zickzack hin und her, um die Inschriften zu überprüfen, und stellte fest, dass sie recht hatte. Ihr Gedächtnis hatte sie nicht getrogen. Sie zog ihr Notizbuch heraus und notierte sich die Namen der drei, vier Menschen, deren Todesdatum gleich war.
Alle waren am 31. Oktober 1891 gestorben.
Hinter ihr begann die kleine Glocke in der *cloche-mur* zu läuten.
Meredith wandte sich um und schaute zu der beleuchteten Kirche hinüber, dann schaute sie nach oben und sah, dass die ersten Sterne am Himmel erschienen waren. Außerdem nahm sie Stimmen wahr, ein leises Murmeln. Sie hörte die Kirchentür aufgehen, und die Stimmen wurden kurz lauter, ehe die Tür wieder zufiel.
Sie ging zurück zur Vorhalle. Jetzt waren die hölzernen Klapptische in Gebrauch. Auf dem einen lagen Geschenke – Blumen in Zellophan, Sträuße, Grünpflanzen in Terrakottatöpfen. Über den zweiten war ein dickes rotes Filztuch gebreitet, auf dem ein großes Kondolenzbuch aufgeschlagen war.
Meredith konnte nicht widerstehen und warf einen Blick hinein. Unter dem Datum des Tages stand ein Name sowie Geburts- und Todestag: SEYMOUR FREDERICK LAWRENCE: 15. SEPTEMBER 1938–24. SEPTEMBER 2007.
Sie begriff, dass die Beerdigung gleich beginnen würde, trotz der späten Stunde. Da sie nicht mit hineingeraten wollte, ging sie hastig zurück auf dem Place de Deux Rennes, auf dem jetzt mehr los war. Leise, aber nicht geräuschlos drängten sich hier Menschen allen Alters. Männer in Sakkos, Frauen in gebügelten schwarzen Kleidern, Kinder in Anzügen und hübschen Kleidchen. Mary würde sagen, im Sonntagsstaat.
Meredith wollte nicht wie eine neugierige Gafferin wirken und stellte sich daher etwas abseits in den Schatten der Pizzeria. Von

dort sah sie zu, wie die Trauergäste zuerst für einige Minuten im Presbyterium neben der Kirche verschwanden, dann wieder herauskamen und zur Vorhalle gingen, um sich in das Kondolenzbuch einzutragen. Es schien, als wäre die ganze Stadt auf den Beinen.

»Wissen Sie, wer da beerdigt wird?«, fragte sie die Kellnerin.

»*Oui, Madame. Un bien-aimé.*«

Eine dünne, hagere Frau mit kurzem schwarzem Haar lehnte an der Wand. Sie stand vollkommen ruhig da, aber ihre Augen huschten hin und her. Als sie die Hände hob, um sich eine Zigarette anzuzünden, rutschten die Ärmel ihrer Bluse nach unten, und Meredith bemerkte wulstige rote Narben um beide Handgelenke.

Als hätte die Frau gespürt, dass sie beobachtet wurde, wandte sie den Kopf und sah Meredith direkt an.

»*Un bien-aimé?*«, fragte Meredith, nur um irgendwas zu sagen.

»Jemand, der beliebt war. Geachtet«, antwortete die Frau auf Englisch.

Klar. Das war nicht zu übersehen.

»Danke.« Meredith lächelte verlegen. »Hätte ich mir auch denken können.«

Die Frau starrte sie noch einen Moment an, dann wandte sie den Kopf ab. Die Glocke läutete jetzt eindringlicher, ein dünner, verlorener Klang. Die Menge trat zurück, als vier Männer einen Sarg aus dem Presbyterium trugen. Hinter ihnen ein junger Mann in Schwarz, etwa Ende zwanzig, mit vollem schwarzem Haar. Sein Gesicht war bleich, sein Kiefer angespannt, als ringe er um Fassung.

Neben ihm war ein älterer Mann, gleichfalls schwarz gekleidet. Merediths Augen weiteten sich. Es war der Fahrer des blauen Peugeot, und er wirkte völlig beherrscht.

Plötzlich hatte sie ein schlechtes Gewissen, wegen ihrer Reaktion von vorhin.

Kein Wunder, dass er so barsch war.

Meredith sah zu, wie der Sarg den kurzen Weg vom Presbyterium zur Kirche getragen wurde. Die Touristen im Café gegenüber erhoben sich, als die Trauergesellschaft vorbeiging. Die Studenten verstummten, falteten die Hände vor dem Körper und blieben schweigend stehen, während die Trauernden langsam an ihnen vorbeizogen und in der Kirche verschwanden.

Die Kirchentür fiel laut zu. Das Glockenläuten erstarb, und nur ein letztes Echo hing noch in der Abendluft. Rasch nahm das Leben auf dem Platz wieder seinen gewohnten Gang. Stuhlbeine wurden gerückt, Menschen griffen nach ihren Gläsern oder Servietten, zündeten sich Zigaretten an.

Meredith registrierte, dass ein Auto in südlicher Richtung über die Hauptstraße fuhr. Dann folgten weitere. Zu ihrer Erleichterung schien die Straße wieder frei zu sein. Sie wollte endlich in ihr Hotel.

Sie trat aus dem Schutz des Gebäudes und nahm zum ersten Mal den Platz in seiner Gesamtheit wahr anstatt nur immer einzelne Details. Und plötzlich sah sie es. Das Foto von dem jungen Soldaten, ihres Vorfahren, war hier aufgenommen worden. Das war genau die Stelle unter den Platanen, umrahmt von den Gebäuden, die sich Richtung Pont Vieux zogen, und im Hintergrund der bewaldete Hang, der durch eine Häuserlücke zu sehen war.

Meredith wühlte in ihrer Tasche, zog den Umschlag heraus und hielt das Foto hoch.

Es passte genau.

Die Caféschilder und die Pension an der Ostseite des Platzes waren neu, aber ansonsten hatte sich nichts verändert. Genau hier hatte 1914 ein junger Mann gestanden und in die Kamera gelächelt, bevor er in den Krieg zog. Ihr Urgroßvater, da war sie sicher.

Mit neuer Zuversicht für die Aufgabe, die sie sich gestellt hatte, ging Meredith zurück zu ihrem Auto. Sie war noch keine Stunde hier und hatte schon etwas herausgefunden. Etwas Eindeutiges.

Kapitel 30

Meredith ließ den Motor an und fuhr los. Als sie über den Place de Deux Rennes rollte, schielte sie zu der Stelle hinüber, wo das Foto aufgenommen worden war, als könnte sie dort die Umrisse ihres längst verstorbenen Vorfahren sehen, der sie zwischen den Bäumen hindurch anlächelte.

Schon bald hatte sie die letzten Ausläufer des Städtchens hinter sich gelassen und fuhr über die unbeleuchtete Landstraße. Die Bäume nahmen seltsame, sich verändernde Formen an. Dann und wann sah sie in der Dunkelheit ein Gebäude, ein Wohnhaus oder einen Stall, aufragen. Sie drückte mit dem Ellbogen das Knöpfchen an der Fahrertür herunter und hörte das beruhigende Klacken der Zentralverriegelung.

Sie fuhr langsam und hielt sich an die Wegbeschreibung in der Broschüre. Zur Ablenkung schaltete sie das Radio ein. Die Stille auf dem Land kam ihr absolut vor. Neben ihr war ein undurchdringlicher Wald. Über ihr ein weiter Himmel, der von nur wenigen Sternen erhellt wurde. Sie sah kein Lebenszeichen, nicht einmal einen Fuchs oder eine Katze.

Meredith kam zu der Straße nach Sougraigne, die in der Broschüre vermerkt war, und bog links ab. Sie rieb sich die Augen, merkte, dass sie eigentlich zu übermüdet war, um noch zu fahren. Die Büsche und Telefonmasten am Straßenrand schienen zu schwanken, zu zittern. Ein paarmal meinte sie, jemanden die Straße entlanggehen zu sehen, die Umrisse von ihren Scheinwerfern erhellt, doch wenn sie näher kam, war es immer nur ein Schild oder ein kleines Kreuz am Straßenrand.

Sie versuchte, sich zu konzentrieren, ertappte sich aber immer wieder dabei, dass ihre Gedanken abglitten. Nach diesem verrückten Tag – die Tarotsitzung, die Taxifahrt quer durch Paris, der Flug, und dann mit dem Auto hierher, die Achterbahnfahrt der Gefühle – war ihre Energie erschöpft. Sie war völlig geschafft. Das Einzige, was sie sich jetzt wünschte, war eine lange, heiße Dusche, dann ein Glas Wein und etwas zu essen. Dann lange, lange schlafen.

O Gott!

Meredith stieg voll in die Bremsen. Da stand jemand mitten auf der Straße. Eine Frau in einem langen roten Umhang, die Kapuze über den Kopf gezogen. Meredith schrie auf, sah ihr eigenes panisches Gesicht weiß in der Windschutzscheibe gespiegelt. Sie riss das Lenkrad herum, wusste aber, dass sie den Zusammenstoß unmöglich verhindern konnte. Sie spürte wie in Zeitlupe, dass die Reifen den Kontakt zur Straße verloren. Sie warf die Hände hoch, um sich gegen den Aufprall zu schützen. Das Letzte, was sie sah, war ein Paar große grüne Augen, die sie direkt anstarrten.

Nein! Nein, nein!

Der Wagen schlingerte. Die Hinterräder schwangen um neunzig Grad herum, glitten über die Straße und kamen nur Zentimeter vom Graben entfernt wippend zum Stehen. Von irgendwo kam eine lautes hämmerndes Dröhnen, wie Trommeln, ohrenbetäubend. Es dauerte einen Moment, bis sie merkte, dass es nur ihr eigenes Blut war, das ihr in den Ohren rauschte.

Meredith öffnete die Augen.

Ein paar Sekunden saß sie einfach bloß da und hielt das Lenkrad umklammert, als hätte sie Angst, es loszulassen. Dann wurde ihr mit kaltem Grauen klar, dass sie aussteigen musste. Sie hatte jemanden überfahren. Vielleicht sogar getötet.

Sie fummelte am Türgriff, löste die Zentralverriegelung und stieg mit zitternden Beinen aus dem Wagen. Voller Angst, was sie wohl finden mochte, ging sie langsam nach vorne, wappnete sich innerlich, einen zerquetschten Körper unter den Rädern zu sehen.

Da war nichts. Meredith wusste nicht, was sie denken sollte, und schaute sich fassungslos um, blickte nach links und rechts, zurück

in die Richtung, aus der sie gekommen war, nach vorne, wo das Licht ihrer Scheinwerfer sich in einem schwarzen Punkt verlor.
Nichts. Der Wald war still. Nichts regte sich.
»Hallo?«, rief sie. »Ist da jemand? Sind Sie verletzt? Hallo?«
Nichts außer dem Klang ihrer eigenen Stimme, die zu ihr zurückhallte.
Verwirrt bückte sie sich und inspizierte den Kühler des Autos. Sie konnte keinerlei Beschädigungen entdecken. Sie ging um den Wagen herum, ließ die Hand über die Karosserie gleiten, ertastete aber keine Beule.
Meredith stieg wieder ein. Sie war sicher, jemanden gesehen zu haben. Eine Gestalt, die sie aus der Dunkelheit angestarrt hatte. Das hatte sie sich doch nicht eingebildet, oder? Sie schaute in den Rückspiegel, aus dem sie aber nur ihr eigenes geisterhaftes Spiegelbild ansah. Dann, aus den Schatten, das verzweifelte Gesicht ihrer leiblichen Mutter.
Ich werde nicht verrückt.
Sie rieb sich die Augen, nahm sich noch ein paar Minuten Zeit und ließ dann den Motor wieder an. Nach dem, was geschehen war – was *nicht* geschehen war –, saß ihr der Schreck in den Gliedern, und sie fuhr ganz vorsichtig weiter, ließ das Fenster offen, um einen klaren Kopf zu bekommen. Hellwach zu bleiben.
Meredith war erleichtert, als sie das Hinweisschild zum Hotel sah. Sie bog von der Straße nach Sougraigne ab und folgte einer gewundenen einspurigen Zufahrt, die steil bergauf führte. Nach einigen weiteren Minuten sah sie zwei Steinsäulen und ein kunstvoll geschmiedetes zweiflügeliges schwarzes Eisentor. An der Wand hing eine graue Schiefertafel: HÔTEL DOMAINE DE LA CADE.
Ausgelöst durch einen Bewegungssensor, öffnete sich das Tor langsam, um sie hereinzulassen. Die Stille, das leise Geräusch des Tores über dem Kies hatten etwas Unheimliches an sich, und Meredith lief es kalt den Rücken hinunter. Fast schien es, als wäre der Wald lebendig, als lebte und atmete er und beobachtete sie. Irgendwie bösartig. Sie war froh, wenn sie endlich im Hotel war.
Die Reifen knirschten, als sie langsam eine lange Einfahrt entlang-

fuhr, die von *châtaigniers*, Esskastanienbäumen, gesäumt wurde wie von Wachposten. Auf beiden Seiten verloren sich Rasenflächen in der Dunkelheit. Schließlich, hinter einer leichten Biegung, kam das Hotel in Sicht.

Selbst nach allem, was an diesem Abend geschehen war, stockte ihr angesichts der unerwarteten Schönheit des Hauses der Atem. Das Hotel war ein eleganter dreigeschossiger Bau mit weißgetünchten Mauern, die mit flammend rotem und grünem Efeu bewachsen waren, der im Flutlicht glänzte, als wären die Blätter poliert worden. Balkone im ersten Stock und im obersten Stockwerk eine Reihe runder Fenster, die ehemaligen Dienstbotenquartiere, ein Haus mit vollkommenen Proportionen, was erstaunlich war, wenn man bedachte, dass ein Teil des ursprünglichen *maison de maître* bei einem Brand zerstört worden war. Alles sah absolut authentisch aus.

Meredith fand einen Parkplatz gleich vor dem Hotel und trug ihr Gepäck die geschwungene Steintreppe hinauf. Sie war froh, heil angekommen zu sein, obwohl sie nach dem Beinaheunfall auf der Straße noch immer ein mulmiges Gefühl in der Magengrube hatte. Und nach der Szene am Fluss.

Einfach nur müde, redete sie sich selbst ein.

Sobald sie die großzügige und elegante Lobby betrat, fühlte sie sich besser. Der Fliesenboden hatte ein schwarz-rotes Schachbrettmuster, die zart cremefarbene Tapete war gelb-grün geblümt. Links vom Haupteingang, zwischen hohen Schiebefenstern, befand sich ein steinerner Kamin und rechts und links davon je ein Polstersofa mit aufgeschüttelten Kissen. Auf dem Feuerrost stand ein großes Blumenarrangement. Überall reflektierten Spiegel und Glas das Licht von Kronleuchtern, vergoldeten Rahmen und gläsernen Wandleuchtern.

Direkt geradeaus war eine geschwungene, große Treppe, deren Geländer auf Hochglanz poliert war und im weichen Licht des Kristallleuchters schimmerte, die Rezeption lag linker Hand und bestand nicht aus einer Empfangstheke, sondern aus einem großen glänzenden Holztisch mit Klauenfüßen. An den Wänden hingen

Schwarz-Weiß-Aufnahmen und alte Sepiafotos. Männer in Militäruniformen, auf den ersten Blick eher napoleonisch als Erster Weltkrieg, Damen mit Puffärmeln und weiten Röcken, Familienporträts, Szenen aus dem Rennes-les-Bains vergangener Tage. Meredith lächelte. Da war viel Material, das sie in den kommenden Tagen überprüfen konnte.

Sie ging zur Rezeption.

»*Bienvenue, Madame.*«

»Hallo.«

»Willkommen in der Domaine de la Cade. Haben Sie reserviert?«

»Ja, mein Name ist Martin. M-A-R-T-I-N.«

»Sind Sie zum ersten Mal bei uns?«

»Ja.«

Meredith füllte das Anmeldeformular aus und gab die Nummer ihrer Kreditkarte an, die dritte, die sie an diesem Tag benutzte. Sie bekam einen Orientierungsplan für das Hotel und die gesamte Anlage, eine weitere für die nähere Umgebung und einen altmodischen Messingschlüssel mit einer roten Quaste und einer kleinen Scheibe, auf der der Name des Zimmers stand: La Chambre Jaune.

Sogleich spürte sie ein Prickeln im Nacken, als wäre jemand von hinten gekommen und stünde jetzt ein wenig zu nah hinter ihr. Sie nahm das Ein- und Ausatmen eines anderen Menschen wahr. Sie warf einen Blick über die Schulter.

Da war niemand.

»Das Gelbe Zimmer befindet sich im ersten Stock, Madame Martin.«

»Bitte?« Meredith wandte sich wieder der Empfangsdame zu.

»Ich habe gesagt, Ihr Zimmer befindet sich im ersten Stock. Der Fahrstuhl ist gleich da drüben«, antwortete die Frau und deutete auf ein diskretes Schild. »Oder Sie nehmen die Treppe und halten sich rechts. Um halb zehn werden im Restaurant die letzten Bestellungen angenommen. Soll ich für Sie einen Tisch reservieren?«

Meredith sah auf die Uhr. Viertel vor acht. »Ja bitte. Für halb neun?«

»Gern, Madame. Die Terrassenbar – der Eingang ist durch die Bibliothek – hat bis Mitternacht geöffnet.«
»Wunderbar. Vielen Dank.«
»Benötigen Sie Hilfe mit dem Gepäck?«
»Nein, das geht schon, danke.«
Mit einem letzten Blick nach hinten in die leere Lobby ging Meredith die Treppe hinauf in den Flur des eindrucksvollen ersten Stocks. Oben angekommen, schaute sie nach unten und bemerkte im Schatten unter der Treppe versteckt einen Boudoir Grand. Ein schönes Instrument, wie es aussah, trotz seines seltsamen Standorts. Der Deckel war geschlossen.
Als sie den Flur entlangging, musste sie schmunzeln, weil alle Zimmer statt Nummern Namen trugen. Die Anjou-Suite, das Blaue Zimmer, Blanche de Castille, Henri IV.
Damit will das Hotel wohl seine historischen Wurzeln betonen.
Ihr Zimmer lag fast ganz am Ende. Mit einem Anflug von Vorfreude, die sie immer erfasste, wenn sie zum ersten Mal ein neues Hotelzimmer betrat, hantierte sie mit dem schweren Schlüssel herum, stieß dann die Tür mit der Schuhspitze auf und schaltete das Licht an.
Ein breites Lächeln überzog ihr Gesicht.
In der Mitte des Raumes stand ein riesiges Mahagonibett. Frisierkommode, Kleiderschrank und zwei Nachttischchen, alles war aus dem demselben dunkelroten Holz. Sie öffnete den Schrank und stellte fest, dass Minibar, Fernseher und Fernbedienung darin versteckt waren. Auf dem Schreibtisch lagen Hochglanzmagazine, der Hotelguide, die Speisekarte für den Zimmerservice und Broschüren, die einen historischen Abriss des Hauses lieferten. Zwischen zwei hölzernen Buchstützen auf dem Schreibtisch stand eine Auswahl alter Bücher. Meredith ließ den Blick über die Buchrücken schweifen – die üblichen Krimis und Klassiker, ein Informationsband zu einem Hutmuseum in Espéraza, zwei Bücher über die Geschichte der Region.
Sie ging zum Fenster, stieß die Läden auf und atmete den betörenden Duft der feuchten Erde und die Abendluft ein. Der dunkle

Rasen schien sich meilenweit in die Ferne zu erstrecken. Sie konnte gerade so einen künstlichen See ausmachen und dann eine hohe Hecke, die den gestalteten Teil des Parks vom dahinterliegenden Wald trennte. Sie war froh, ein Zimmer nach hinten raus zu haben, weit weg vom Parkplatz und dem Lärm knallender Wagentüren, obgleich sich unter ihrem Fenster eine Terrasse mit Holztischen und -stühlen und Heizpilzen befand.

Meredith packte ihre Sachen aus, aber diesmal richtig, nicht wie in Paris, wo sie praktisch alles in der Reisetasche gelassen hatte, Jeans, T-Shirts und Pullover in die Schubladen und die schickeren Sachen auf Bügel in den Schrank. Sie stellte Zahnbürste und Make-up auf die Ablage über dem Waschbecken im Bad und testete dann die edle Molton-Brown-Seife und das Shampoo in der Wanne.

Dreißig Minuten später fühlte sie sich fast wieder wie sie selbst, als sie sich einen übergroßen Bademantel überzog, ihr Handy zum Aufladen einstöpselte und sich an ihren Laptop setzte. Sie bekam keinen Internetzugang und griff zum Telefon, um die Rezeption anzurufen.

»Hallo. Hier spricht Meredith Martin. Im Gelben Zimmer. Ich müsste meine E-Mails checken, aber ich komme nicht online. Könnten Sie mir vielleicht das Zugangspasswort geben oder das von Ihnen aus regeln?« Sie klemmte sich den Hörer zwischen Ohr und Schulter und notierte die Information. »Okay, hab ich, vielen Dank.«

Sie legte auf, leicht verwundert, dass das Passwort ausgerechnet CONSTANTINE lautete, tippte es ein und bekam sofort eine Verbindung. Sie schickte eine Mail an Mary, teilte ihr mit, dass sie gut angekommen war und sogar schon die Stelle gefunden hatte, wo eines der Fotos aufgenommen worden war, und versprach, sich wieder zu melden, wenn es irgendwas zu berichten gab. Als Nächstes rief sie ihr Online-Konto auf und sah mit Erleichterung, dass das Geld vom Verlag angekommen war.

Gott sei Dank.

Sie hatte einige private E-Mails, darunter eine Einladung zur Hochzeit von zwei Collegefreunden in Los Angeles, die sie ablehnte, und eine zu einem Konzert, das von einer alten Schulfreundin dirigiert werden sollte, die jetzt wieder in Milwaukee war. Letztere nahm sie an.

Sie wollte sich schon ausloggen, als sie auf den Gedanken kam, nachzusehen, ob im Internet irgendwas über den Brand in der Domaine de la Cade im Oktober 1897 zu finden war. Sie erfuhr nicht viel mehr, als sie schon aus der Hotelbroschüre wusste.

Als Nächstes tippte sie LASCOMBE ins Suchfeld.

Das Ergebnis waren ein paar neue Informationen über Jules Lascombe. Anscheinend war er Amateurhistoriker gewesen, Experte für die Zeit der Westgoten, für regionale Überlieferungen, Aberglauben und Legenden. Er hatte sogar im Selbstverlag einige Bücher, Aufsätze, bei der ortsansässigen Druckerei Bousquet drucken lassen. Bousquet.

Merediths Augen verengten sich. Sie klickte den Link an, und neue Informationen erschienen auf dem Bildschirm. Die Bousquets waren eine angesehene alteingesessene Familie, nicht nur Besitzer des größten Warenhauses in Rennes-les-Bains sowie einer ansehnlichen Druckerei, sondern auch Cousins ersten Grades von Jules Lascombe, weshalb sie nach seinem Tod die Domaine de la Cade geerbt hatten.

Meredith ging die Seite durch, bis sie gefunden hatte, was sie suchte. Sie klickte und begann zu lesen:

Das Bousquet-Tarot ist ein seltenes Deck und außerhalb Frankreichs kaum in Gebrauch. Die frühesten Exemplare wurden in den späten neunziger Jahren des 19. Jahrhunderts in der Druckerei Bousquet hergestellt, die ihren Sitz bei Rennes-les-Bains im Südwesten Frankreichs hatte.

Angeblich geht es auf ein sehr viel älteres Deck zurück, das aus dem 17. Jahrhundert stammt.

Zu den Besonderheiten des Bousquet-Tarots zählen, dass Maître, Maîtresse, Fils und Fille die Hofkarten der vier Farben ersetzen, sowie die zeitgenössische Gestaltung der Kleidung und die Ikonographie. Der Maler der großen Arkana, deren Entstehung zeitlich mit dem ersten gedruckten Deck zusammenfällt, ist unbekannt.

Neben ihr auf dem Schreibtisch klingelte das Telefon. Das schrille Geräusch, das die Stille des Zimmers durchdrang, ließ Meredith zusammenfahren. Sie riss den Hörer von der Gabel.
»Ja? Ja, am Apparat.«
Es war das Restaurant, das wissen wollte, ob sie ihre Reservierung noch wahrnehmen würde. Meredith schaute auf die Uhr auf dem Laptop und bemerkte verblüfft, dass es schon zwanzig vor neun war.
»Ehrlich gesagt, ich glaube, ich lasse mir lieber was aufs Zimmer schicken«, sagte sie, wurde aber sogleich darauf hingewiesen, dass der Zimmerservice nur bis sechs Uhr zur Verfügung stand.
Meredith war hin- und hergerissen. Sie wollte nicht aufhören, nicht jetzt, wo sie gerade eine Spur gefunden hatte – die allerdings auch ins Nichts führen konnte, wie sie sich eingestehen musste. Aber sie war auch wie ausgehungert. Sie hatte den Lunch ausfallen lassen, und mit leerem Magen war mit ihr nichts anzufangen.
Ihre verrückten Halluzinationen am Fluss und auf der Straße bewiesen das zur Genüge.
»Ich komm gleich runter«, sagte sie.
Sie speicherte die Seite als Lesezeichen und loggte sich aus.

Kapitel 31

Was zum Teufel ist bloß los mit dir?«, wollte Julian Lawrence wissen.

»Was mit mir los ist?«, schrie Hal. »Was soll das heißen, was mit mir los ist? Meinst du, abgesehen davon, dass ich gerade meinen Vater beerdigt habe? Meinst du das?«

Er knallte die Tür des Peugeot zu fest zu, drehte sich zur Treppe um, riss sich im Gehen die Krawatte ab und stopfte sie in die Jackettasche.

»Leise«, zischte sein Onkel. »Ich möchte nicht noch eine Szene erleben. Das hatten wir heute Abend zur Genüge.« Er schloss den Wagen ab und folgte seinem Neffen über den Personalparkplatz zum Hintereingang des Hotels. »Was hast du dir bloß dabei gedacht? Noch dazu vor der ganzen Stadt?«

Von weitem sahen sie aus wie Vater und Sohn, die gemeinsam auf dem Weg zu irgendeinem förmlichen Abendessen waren. Elegant gekleidet, schwarzer Anzug und glänzende Schuhe. Nur ihre Mienen und die geballten Fäuste von Hal verrieten den Hass, den die beiden Männer füreinander empfanden.

»Das ist ja mal wieder typisch!«, schrie Hal. »Das ist natürlich das Einzige, was dich interessiert. Der gute Ruf. Was wohl die Leute denken.« Er tippte sich an den Kopf. »Ist der Umstand, dass da in der Kiste dein Bruder gelegen hat – mein Vater –, überhaupt in dein Bewusstsein gedrungen? Ich bezweifle es!«

Lawrence streckte den Arm aus und legte seinem Neffen eine Hand auf die Schulter.

»Hör mal, Hal«, sagte er ruhiger. »Ich verstehe ja, dass du aufgewühlt bist. Jeder versteht das. Das ist ganz normal. Aber es bringt doch nichts, mit wüsten Beschuldigungen um sich zu werfen. Das macht alles nur noch schlimmer. Die Leute fangen schon an zu glauben, da könnte irgendwas Wahres dran sein.«
Hal versuchte sich loszureißen. Sein Onkel griff fester zu.
»Die Stadt – das Kommissariat, die Mairie –, alle sind voller Mitgefühl für dich. Und dein Vater war sehr beliebt. Aber wenn du so weitermachst …«
Hal funkelte ihn zornig an. »Willst du mir etwa drohen?« Mit einem heftigen Ruck aus der Schulter schüttelte er die Hand seines Onkels ab. »Ja?«
Schlagartig verhärtete sich der Blick in Julian Lawrence' Augen. Das Mitgefühl, die onkelhafte Besorgnis waren verschwunden. An ihre Stelle war Gereiztheit getreten, und noch etwas anderes. Verachtung.
»Mach dich nicht lächerlich«, sagte er unterkühlt. »Und reiß dich zusammen, Herrgott noch mal. Du bist achtundzwanzig, kein verzogener Internatsschüler!«
Er betrat das Hotel.
»Trink was und schlaf dich aus«, sagte er. »Wir unterhalten uns dann morgen früh.«
Hal stürmte an ihm vorbei. »Es gibt nichts mehr zu reden«, sagte er. »Du weißt, was ich denke. Und egal, was du sagst oder tust, ich werde meine Meinung nicht ändern.«
Er bog nach rechts und strebte Richtung Bar.
Sein Onkel wartete einen Moment, sah ihm nach, bis die Glastür zwischen ihnen zugefallen war. Dann ging er hinüber zur Rezeption.
»'n Abend, Eloise. Alles klar?«
»Sehr ruhig heute Abend.« Sie lächelte mitfühlend zu ihm hoch. »Beerdigungen sind nicht ohne, was?«
Er verdrehte die Augen. »Da sagen Sie was«, erwiderte er. Er legte die Hände auf den Tisch zwischen ihnen. »Irgendwelche Nachrichten?«

Hal versuchte sich loszureißen. Sein Onkel griff fester zu.

»Die Stadt – das Kommissariat, die Mairie –, alle sind voller Mitgefühl für dich. Und dein Vater war sehr beliebt. Aber wenn du so weitermachst ...«

Hal funkelte ihn zornig an. »Willst du mir etwa drohen?« Mit einem heftigen Ruck aus der Schulter schüttelte er die Hand seines Onkels ab. »Ja?«

Schlagartig verhärtete sich der Blick in Julian Lawrence' Augen. Das Mitgefühl, die onkelhafte Besorgnis waren verschwunden. An ihre Stelle war Gereiztheit getreten, und noch etwas anderes. Verachtung.

»Mach dich nicht lächerlich«, sagte er unterkühlt. »Und reiß dich zusammen, Herrgott noch mal. Du bist achtundzwanzig, kein verzogener Internatsschüler!«

Er betrat das Hotel.

»Trink was und schlaf dich aus«, sagte er. »Wir unterhalten uns dann morgen früh.«

Hal stürmte an ihm vorbei. »Es gibt nichts mehr zu reden«, sagte er. »Du weißt, was ich denke. Und egal, was du sagst oder tust, ich werde meine Meinung nicht ändern.«

Er bog nach rechts und strebte Richtung Bar.

Sein Onkel wartete einen Moment, sah ihm nach, bis die Glastür zwischen ihnen zugefallen war. Dann ging er hinüber zur Rezeption.

»'n Abend, Eloise. Alles klar?«

»Sehr ruhig heute Abend.« Sie lächelte mitfühlend zu ihm hoch. »Beerdigungen sind nicht ohne, was?«

Er verdrehte die Augen. »Da sagen Sie was«, erwiderte er. Er legte die Hände auf den Tisch zwischen ihnen. »Irgendwelche Nachrichten?«

»Nur eine«, sagte sie und reichte ihm einen weißen Umschlag. »Aber in der Kirche ist alles gut verlaufen, oder?«

Er nickte grimmig. »So gut, wie man das unter den Umständen erwarten durfte.«

Er blickte auf die Handschrift auf dem Umschlag. Ein langsames Lächeln breitete sich auf seinem Gesicht aus. Es war die langerwartete Information über eine westgotische Grabkammer, die in Quillan entdeckt worden war und die, so Julians Hoffnung, für seine Ausgrabungen auf dem Gelände der Domaine de la Cade von Bedeutung sein könnte. Die Ausgrabungsstätte in Quillan war versiegelt, und bislang war noch kein Verzeichnis der Funde veröffentlicht worden.

»Wann ist das gekommen, Eloise?«

»Um acht Uhr, Monsieur Lawrence. Per Kurier.«

Er trommelte mit den Fingern auf der Tischplatte. »Ausgezeichnet. Danke, Eloise. Schönen Abend noch. Ich bin in meinem Büro, falls mich jemand braucht.«

»*D'accord.*« Sie lächelte, aber er hatte sich bereits abgewandt.

Kapitel 32

Um Viertel vor zehn war Meredith fertig mit dem Essen.
Sie ging zurück in die geflieste Lobby. Sie war zwar völlig erledigt, aber es hätte keinen Sinn gehabt, jetzt schon ins Bett zu gehen. Sie würde sowieso nicht schlafen können, weil ihr noch viel zu viel durch den Kopf ging.
Sie schaute durch die Eingangstür nach draußen in die Dunkelheit.
Vielleicht ein Spaziergang? Die Wege waren hell erleuchtet, aber verlassen und still. Sie zog ihre rote Strickjacke von Abercrombie & Fitch enger um ihre schlanke Gestalt und verwarf den Gedanken. Außerdem war sie in den letzten Tagen praktisch nonstop zu Fuß unterwegs gewesen. Sie war kein großer Freund von Bars, aber da sie nicht gleich wieder auf ihr Zimmer wollte, wo die Versuchung, ins Bett zu steigen, zu groß wäre, erschien ihr das die beste Alternative.
Sie ging an Vitrinen mit Keramik und Porzellan vorbei, stieß die Glastür auf und betrat die Bar, die eher an eine Bibliothek erinnerte. Ringsum füllten Bücherschränke mit Glasfront die Wände vom Boden bis zur Decke. In einer Ecke stand eine kleine, schön polierte rollbare Holzleiter, um die oberen Regale zu erreichen. Ledersessel waren um niedrige runde Tische gruppiert, wie in einem britischen Countryclub. Die Atmosphäre war behaglich und entspannt. Zwei Paare, eine größere Familie und etliche einzelne Männer.
Da kein Tisch frei war, entschied Meredith sich für einen Hocker an der Bar.

Sie legte ihren Schlüssel und die Broschüre hin und griff nach der Getränkekarte.
Der Barkeeper lächelte. »*Cocktails d'un coté, vins de l'autre.*«
Meredith drehte die Karte um und ging die Liste der offenen Weine durch, dann legte sie die Karte beiseite.
»*Quelque chose de la région?*«, sagte sie. »*Qu'est-ce que vous recommandez?*«
»*Blanc, rouge, rosé?*«
»*Blanc.*«
»Probieren Sie mal den Domaine Begude Chardonnay«, sagte eine andere Stimme.
Meredith, die nicht nur der englische Akzent überraschte, sondern auch, dass jemand sie ansprach, wandte sich um und sah drei Hocker weiter einen Mann an der Bar sitzen. Ein schickes, gutgeschnittenes Jackett lag über die beiden Sitze zwischen ihnen drapiert, und sein frisches weißes Hemd, das am Hals offen stand, die schwarze Hose und die schwarz glänzenden Schuhe standen in einem seltsamen Widerspruch zu seiner zutiefst niedergeschlagenen Ausstrahlung. Volles schwarzes Haar hing ihm tief in die Stirn.
»Ein Winzer hier in der Gegend. Cépie, etwas oberhalb von Limoux. Guter Wein.«
Er wandte den Kopf, um sie anzusehen, als wollte er sich vergewissern, dass sie ihm überhaupt zuhörte, dann starrte er wieder tief in sein Rotweinglas.
Was für blaue Augen.
Mit einem Ruck wurde Meredith klar, dass sie ihn wiedererkannte. Es war derselbe Mann, den sie früher am Abend auf dem Place des Deux Rennes gesehen hatte, wie er im Trauerzug direkt hinter dem Sarg gegangen war. Irgendwie war es ihr unangenehm, das über ihn zu wissen. Als hätte sie ihm nachspioniert, obwohl das gar nicht ihre Absicht gewesen war.
Sie sah ihn an. »Okay.« Dann bat sie den Barkeeper: »*S'il vous plaît.*«
»*Très bien, Madame. Votre chambre?*«

Meredith zeigte ihm ihren Schlüsselanhänger und blickte dann wieder zu ihrem Nachbarn an der Bar. »Danke für den Tipp.«

»Gern geschehen«, sagte er.

Meredith rutschte auf ihrem Hocker hin und her. Sie war ein bisschen verlegen und unsicher, ob sie eine richtige Unterhaltung mit ihm anfangen sollte oder nicht.

Er traf die Entscheidung für sie, indem er sich unvermittelt umdrehte und ihr über den Abstand aus Leder und Holz zwischen ihnen die Hand hinstreckte.

»Ich bin übrigens Hal«, sagte er.

Sie nahm seine Hand. »Meredith. Meredith Martin.«

Der Barkeeper legte einen Papieruntersetzer vor sie und stellte ein Glas mit einem sattgelben Wein darauf. Diskret schob er ihr auch die Rechnung und einen Stift hin.

Meredith war sich überaus bewusst, dass Hal sie beobachtete, als sie den ersten Schluck trank. Der Chardonnay war leicht, zitronig, rein, und erinnerte sie an die Weißweine, die Mary und Bill bei besonderen Anlässen servierten oder wenn sie übers Wochenende nach Hause kam.

»Wunderbar. Gute Empfehlung.«

Der Barkeeper sah Hal an. »*Encore un verre, Monsieur?*«

Hal nickte. »Danke, George.« Dann wandte er sich ihr halb zu. »Also, Meredith Martin. Sie sind Amerikanerin.«

Kaum hatte er die Worte ausgesprochen, da stützte er die Ellbogen auf den Tisch und fuhr sich mit den Fingern durch sein widerspenstiges Haar. Meredith fragte sich, ob er ein bisschen betrunken war.

»'tschuldigung, das war ziemlich blöd.«

»Schon gut«, lächelte sie. »Und ja, ich bin Amerikanerin.«

»Gerade angekommen?«

»Vor zwei Stunden.« Sie trank noch einen Schluck Wein und spürte, wie der Alkohol ihr den Magen wärmte. »Und Sie?«

»Meinem Vater …« Er stockte, sah sie mit kummervoller Miene an. »Meinem Onkel gehört der Laden hier«, beendete er den Satz.

Meredith dachte sich, dass sie die Beerdigung von Hals Vater mit

angesehen hatte, und empfand noch mehr Mitgefühl für ihn. Sie wartete, bis sie spürte, dass sein Blick zu ihr zurückkehrte.
»Tut mir leid«, sagte er. »War kein besonders guter Tag.« Er leerte sein Glas und griff dann nach dem nächsten, das der Barkeeper ihm hingestellt hatte. »Sind Sie geschäftlich hier oder zum Vergnügen?«
Meredith kam sich vor, als wäre sie in irgendeinem surrealen Stück gelandet. Sie wusste, warum er so gequält wirkte, konnte es aber nicht zugeben. Derweil versuchte Hal mit einer Wildfremden Konversation zu machen und verpasste sämtliche Einsätze. Die Pausen zwischen seinen Äußerungen waren viel zu lang, seine Gedankengänge zusammenhanglos.
»Sowohl als auch«, antwortete sie. »Ich schreibe.«
»Journalistin?«, fragte er rasch.
»Nein. Ich arbeite an einem Buch. Eine Biographie über Claude Debussy.«
Meredith sah, wie der Funken in seinen Augen erlosch, ehe sie denselben verschleierten Blick wie zuvor annahmen. Nicht die Reaktion, die sie sich erhofft hatte.
»Das Hotel ist sehr schön«, sagte sie schnell und schaute sich in der Bar um. »Ist Ihr Onkel schon lange hier?«
Hal seufzte. Meredith sah, dass er zornig die Fäuste ballte.
»Er und mein Vater haben es 2003 gemeinsam gekauft. Und ein Vermögen für die Renovierung ausgegeben.«
Meredith fiel nichts ein, was sie als Nächstes sagen sollte. Er machte es ihr aber auch nicht gerade leicht.
»Erst dieses Jahr im Mai ist Dad endgültig hergezogen. Er wollte sich mehr beteiligen, an der eigentlichen Führung des … Er …« Hal verstummte. Meredith hörte das Beben in seiner Stimme. »Er ist vor vier Wochen bei einem Autounfall ums Leben gekommen.« Er schluckte schwer. »Heute war die Beerdigung.«
Vor lauter Erleichterung, dass es endlich heraus war, streckte Meredith den Arm aus und ergriff Hals Hand, ehe ihr richtig bewusst wurde, was sie da tat.
»Mein Beileid.«

Sie sah, wie sich seine Schultern ein wenig entspannten. Einen Moment lang blieben sie einfach stumm so sitzen, Hand in Hand, dann löste sie sachte ihre Finger unter dem Vorwand, nach ihrem Glas greifen zu wollen.

»Vier Wochen? Und heute war erst die …«

Er sah sie an. »Es gab ein paar Probleme. Die gerichtsmedizinische Untersuchung hat eine Weile gedauert. Der Leichnam wurde erst letzte Woche freigegeben.«

Meredith nickte und fragte sich, was das wohl für Probleme gewesen sein mochten. Hal war wieder in Schweigen versunken.

»Leben Sie hier?«, fragte sie, um das Gespräch wieder in Gang zu bringen.

Hal schüttelte den Kopf. »London. Ich bin Investmentbanker, habe aber gerade gekündigt.« Er zögerte. »Ich hatte sowieso die Nase voll. Auch vorher schon. Ich habe sieben Tage die Woche vierzehn Stunden am Tag gearbeitet. Wozu das viele Geld, wenn du keine Zeit hast, es auszugeben?«

»Haben Sie noch mehr Familie hier? Ich meine Verwandte in dieser Gegend Frankreichs?«

»Nein. Engländer durch und durch.«

Meredith wartete einen Moment. Dann: »Was haben Sie denn jetzt für Pläne?«

Er zuckte die Achseln.

»Wollen Sie in London bleiben?«

»Weiß nicht«, sagte er. »Wohl kaum.«

Meredith nippte wieder an ihrem Glas.

»Debussy«, sagte Hal plötzlich, als wäre jetzt erst bei ihm angekommen, was sie vorhin gesagt hatte. »Das ist mir zwar peinlich, aber ich weiß so gut wie nichts über ihn.«

Meredith lächelte, froh, dass er sich wenigstens Mühe gab.

»Wieso sollten Sie auch?«

»Was hat er denn für Verbindungen zu diesem Teil Frankreichs?«

Meredith lachte. »Kaum welche«, sagte sie. »Im August 1900 erwähnt Debussy in einem Brief an einen Freund, dass er seine Frau Lilly zur Genesung nach einer Operation in die Pyrenäen schicken will. Zwischen den Zeilen lässt sich herauslesen, dass es sich um einen Schwangerschaftsabbruch handelte. Bis jetzt konnte noch keiner diese Geschichte bestätigen oder widerlegen – und falls Lilly überhaupt gefahren ist, dann jedenfalls nicht für lange, denn im Oktober war sie schon wieder in Paris.«

Hal verzog das Gesicht. »Möglich wär's. Soweit ich weiß, war Rennes-les-Bains damals ein sehr beliebter Kurort, auch wenn man sich das heute kaum noch vorstellen kann.«

»Ja«, bestätigte Meredith. »Es war vor allem bei Parisern beliebt. Zum Teil auch deshalb, weil es sich nicht auf die Behandlung einer bestimmten Krankheit spezialisiert hatte. Manche Kurorte waren nämlich nur für ihre Rheumabehandlungen bekannt, andere, wie Lamalou, konzentrierten sich ausschließlich auf Syphilis.«

Hal zog die Augenbrauen hoch, hakte aber nicht weiter nach. »Wissen Sie, mir scheint der Aufwand ziemlich groß«, sagte er schließlich. »Den ganzen weiten Weg herzukommen, nur weil Lilly Debussy möglicherweise mal hier war. Ist das denn so wichtig für Ihr Projekt?«

»Wenn ich ehrlich bin, nein, eigentlich nicht«, erwiderte sie und wunderte sich selbst, wie trotzig sie auf einmal wurde. Als wäre das wahre Motiv, warum sie nach Rennes-les-Bains gekommen war, schmerzhaft offensichtlich. »Aber es wäre ein tolles Forschungsergebnis, etwas ganz Neues, worum sich bislang noch niemand gekümmert hat. Das kann manchmal entscheidend dafür sein, dass sich ein Buch von anderen abhebt.« Sie stockte. »Außerdem ist es eine interessante Phase in Debussys Leben. Lilly Texier war erst vierundzwanzig, als sie ihn kennenlernte, und arbeitete als Mannequin. Ein Jahr später, 1899, heirateten sie. Er hat viele seiner Werke Freunden gewidmet, Geliebten, Kollegen, und Lillys Name taucht auffällig selten auf seinen Notenblättern auf, seien es Lieder oder Klavierstücke.« Meredith war sich bewusst, dass sie ins Plappern geraten war, aber sie war jetzt in ihrem Element und konnte sich nicht mehr bremsen. Sie beugte sich näher zu ihm. »Meiner Meinung nach war Lilly während der entscheidenden Jahre vor der Uraufführung von Debussys einziger Oper *Pelléas et Mélisande*

im Jahre 1902 an seiner Seite. Das war die Zeit, in der sich sein Schicksal zum Guten wendete, in der er bekannt wurde, gesellschaftlich aufstieg. Lilly war an diesem Durchbruch mit beteiligt. Ich finde, das darf man nicht so einfach übergehen.«
Sie hielt inne, um Luft zu holen, und sah zum ersten Mal seit Beginn des Gesprächs, dass Hal lächelte.
»Entschuldigung«, sagte sie und verzog das Gesicht. »Jetzt habe ich mich ein bisschen hinreißen lassen. Eine schreckliche Angewohnheit von mir, immer davon auszugehen, dass andere das Thema genauso interessant finden wie ich.«
»Ich finde es toll, dass Sie sich so für etwas begeistern«, sagte er leise. Meredith fiel der veränderte Tonfall in seiner Stimme auf, und als sie zu ihm hinüberschaute, sah sie, dass seine blauen Augen unverwandt auf sie gerichtet waren. Zu ihrer Bestürzung merkte sie, dass sie rot wurde.
»Die Recherche macht mir mehr Spaß als das eigentliche Schreiben«, sagte sie schnell. »Das geistige Ausgraben. Das Nachgrübeln über Partituren und alten Zeitungsartikeln und Briefen, um etwas wieder zum Leben zu erwecken, einen Augenblick, eine Momentaufnahme der Vergangenheit. Im Grunde geht es um Rekonstruktion, um Kontext, darum, sich in eine andere Zeit, an einen anderen Ort zu versetzen, aber mit dem Vorteil, im Nachhinein alles besser zu wissen.«
»Detektivarbeit.«
Meredith sah ihn forschend an, vermutete seine Gedanken woanders, aber er blieb bei der Sache.
»Wann hoffen Sie, fertig zu werden?«
»Abgabetermin ist der April kommenden Jahres. Ich habe jetzt schon viel zu viel Material. Sämtliche wissenschaftlichen Essays in den *Cahiers Debussy* und den *Œuvres complètes de Claude Debussy*, Notizen zu jeder Debussy-Biographie, die je erschienen ist. Außerdem war Debussy ein eifriger Briefeschreiber. Er hat für die Tageszeitung *Gil Blas* geschrieben und etliche Besprechungen in der *Revue Blanche* veröffentlicht. Egal was, ich habe alles gelesen.«

Plötzlich überkam sie ein schlechtes Gewissen, als ihr klar wurde, dass sie noch immer ungerührt weiterredete, wo er doch um seinen Vater trauerte.
Sie sah zu ihm hinüber und wollte sich für ihre Taktlosigkeit entschuldigen, doch da fiel ihr etwas auf. Das jungenhafte Gesicht, seine Miene, plötzlich erinnerte er sie an jemanden. Sie überlegte krampfhaft, an wen, kam aber nicht drauf.
Müdigkeit erfasste sie. Sie sah Hal an, der seinen eigenen traurigen Gedanken nachhing. Sie brachte nicht mehr die Energie auf, das Gespräch noch weiter in Gang zu halten. Zeit, ins Bett zu gehen.
Sie rutschte von ihrem Hocker und sammelte ihre Sachen ein.
Hals Kopf fuhr hoch. »Sie wollen doch nicht schon gehen?«
Meredith bat mit einem Lächeln um Entschuldigung. »Es war ein langer Tag.«
»Natürlich.« Auch er stand auf. »Hören Sie«, sagte er. »Ich weiß, das klingt jetzt wahrscheinlich ziemlich unverschämt, aber ich dachte, wir könnten vielleicht … das heißt, falls Sie morgen überhaupt Zeit haben, wir könnten vielleicht was zusammen unternehmen. Oder uns auf einen Drink treffen?«
Meredith blinzelte vor Verblüffung.
Einerseits gefiel ihr Hal. Er war nett und charmant und brauchte offensichtlich dringend jemanden zum Reden. Andererseits musste sie sich darauf konzentrieren, möglichst viel über ihre Herkunftsfamilie herauszufinden – und das allein. Sie wollte niemanden dabeihaben. Und sie konnte förmlich Marys Stimme hören, die sie warnte, dass sie schließlich so gut wie nichts über diesen Mann wusste.
»Aber Sie haben bestimmt viel zu tun …«, setzte er an.
Der enttäuschte Unterton in seiner Stimme gab den Ausschlag. Außerdem hatte sie, abgesehen von der Zeit mit Laura während der Tarot-Sitzung – und die zählte eigentlich nicht –, seit Wochen kein Gespräch mehr geführt, das mehr als ein paar Sätze umfasste.
»Nein, nein, von mir aus gern«, hörte sie sich selbst sagen.
Diesmal lächelte Hal richtig, und sein ganzes Gesicht strahlte. »Prima.«

»Aber ich wollte ziemlich früh los. Ein bisschen Recherche betreiben.«
»Ich könnte doch mitkommen«, schlug er vor. »Vielleicht kann ich Ihnen sogar ein bisschen behilflich sein. Ich kenne die Gegend zwar nicht wie meine Westentasche, aber ich komme immerhin seit fünf Jahren regelmäßig her.«
»Es könnte ziemlich langweilig werden.«
Hal zuckte die Achseln. »Damit komme ich klar. Wissen Sie schon, wo Sie genau hinwollen?«
»Ich dachte, ich gehe spontan vor.« Sie zögerte. »Ich hatte gehofft, das alte Kurhaus in Rennes-les-Bains würde mich weiterbringen, aber das ist den Winter über geschlossen. Ich dachte, ich frage mal im Rathaus nach, ob mir da jemand weiterhelfen kann.«
Hals Gesicht verfinsterte sich. »Die können Sie vergessen«, stieß er heftig hervor. »Das ist, als würde man mit dem Kopf gegen eine Wand rennen.«
»Verzeihung«, sagte sie. »Ich wollte Sie nicht daran erinnern, dass …«
Hal schüttelte heftig den Kopf. »Nein, ich muss mich entschuldigen.« Er seufzte, dann lächelte er sie wieder an. »Ich hab da eine Idee. In Rennes-le-Château gibt es ein Museum, wo Sie gerade zu der Epoche, um die es Ihnen geht, etwas Interessantes finden könnten. Ich bin nur ein einziges Mal dort gewesen, aber ich erinnere mich, dass es einen guten Eindruck vom Leben hier zur Zeit der Jahrhundertwende vermittelt.«
Meredith merkte auf. »Hört sich gut an.«
»Sollen wir uns um zehn in der Lobby treffen?«, schlug er vor.
Meredith zögerte, entschied aber dann, dass sie übervorsichtig war.
»Okay«, sagte sie. »Zehn ist mir recht.«
Er schob die Hände in die Hosentaschen. »Gute Nacht.«
Meredith nickte. »Bis morgen.«

Kapitel 33

Zurück in ihrem Zimmer, war Meredith zu aufgedreht, um zu schlafen. Sie ging das Gespräch mit ihm im Kopf durch, erinnerte sich daran, was sie gesagt hatte, was er gesagt hatte. Versuchte, zwischen den Zeilen zu lesen.

Während sie sich die Zähne putzte, starrte sie ihr Gesicht im Spiegel an und empfand plötzlich tiefes Mitleid mit ihm. Er wirkte so verletzlich. Sie spuckte die Zahnpasta ins Waschbecken. Wahrscheinlich war er gar nicht an ihr interessiert. Wahrscheinlich brauchte er nur ein wenig Ablenkung.

Sie stieg ins Bett, schaltete das Licht aus, und das Zimmer versank in weicher, tintenschwarzer Dunkelheit. Eine Zeitlang starrte sie an die Decke, bis ihre Glieder schwer wurden und sie allmählich wegdämmerte.

Sogleich drängte sich das Gesicht, das Meredith im Wasser gesehen hatte, in ihre Gedanken, dann das seltsame Erlebnis auf der Straße. Und schlimmer noch, das gequälte schöne Antlitz ihrer leiblichen Mutter, wie sie weinte, wie sie die Stimmen anflehte, sie in Ruhe zu lassen.

Merediths Augen flogen auf.

Nein. Niemals. Ich lasse nicht zu, dass die Vergangenheit mich einholt.

Sie war hier, um herauszufinden, wer sie war, wer ihre Vorfahren waren, um dem Schatten ihrer Mutter zu entfliehen, nicht um sie realer denn je zurückzuholen. Meredith schob die Erinnerungen an ihre Kindheit beiseite und verdrängte sie mit den Tarot-Bildern,

die ihr den ganzen Tag durch den Kopf gegangen waren. Le Mat und La Justice. Der Teufel mit den blauen Augen, die angeketteten Liebenden, ohne Hoffnung zu seinen Füßen.
Im Geist hörte sie erneut Lauras Worte, ließ ihre Gedanken von Karte zu Karte wandern, während sie langsam in den Schlaf sank. Ihre Augen wurden schwer. Jetzt dachte Meredith an Lilly Debussy, ganz blass, mit einer Kugel, die für alle Zeit in ihrer Brust steckte. An Debussy, der mit finsterer Miene rauchend am Klavier saß. An Mary, lesend in dem sacht wippenden Schaukelstuhl auf der Veranda in Chapel Hill. Der Sepiasoldat, umrahmt von Platanen auf dem Place de Deux Rennes.
Meredith hörte eine Wagentür zuknallen und das Knirschen von Schuhen auf Kies, den Schrei einer Eule, die auf Beutezug ging, dann und wann ein Beben und Klopfen in den Warmwasserleitungen.
Im Hotel kehrte Stille ein. Die Nacht schlang ihre schwarzen Arme um das Haus. Das Gelände der Domaine de la Cade lag schlummernd unter einem blassen Mond.
Stunden verstrichen. Mitternacht, zwei Uhr, vier.
Plötzlich erwachte Meredith mit einem Ruck, riss die Augen auf und starrte in die Dunkelheit. Jeder Nerv in ihrem Körper vibrierte, war hellwach. Jeder Muskel, jede Sehne so angespannt wie eine Geigensaite.
Da sang jemand.
Nein, das war kein Gesang. Da spielte jemand Klavier. Und das ganz nah.
Sie setzte sich auf. Das Zimmer war kalt. Dieselbe durchdringende Kälte, die sie unter der Brücke verspürt hatte. Und die Dunkelheit hatte sich verändert, war nicht mehr so dicht, wie zersplittert. Es kam Meredith fast so vor, als könnte sie sehen, wie sich Partikel aus Licht und Dunkelheit und Schatten vor ihren Augen voneinander lösten. Von irgendwo kam ein Lufthauch, obwohl sie schwören konnte, dass alle Fenster geschlossen waren, ein zarter Lufthauch, der ihr über Schultern und Hals strich, liebkoste, ohne sie zu berühren, streichelte, flüsterte.

Jemand ist im Zimmer.
Sie sagte sich selbst, dass das unmöglich war. Sie hätte etwas gehört.
Und doch wusste sie plötzlich mit überwältigender Gewissheit, dass jemand am Fußende des Bettes stand, sie betrachtete. Zwei brennende Augen in der Dunkelheit. Kalte Schweißtropfen rannen zwischen ihren Schulterblättern hinab und in die Mulde zwischen ihren Brüsten.
Adrenalin rauschte durch ihren Körper.
Jetzt. Tu's.
Sie zählte bis drei, dann nahm sie ihren ganzen Mut zusammen, rollte sich zur Seite und schaltete das Licht ein.
Die Dunkelheit zerbarst. All die vertrauten Gegenstände des Alltags kamen zurückgeeilt, um sie zu begrüßen. Alles war an seinem Platz. Schrank, Tisch, Fenster, Kaminsims, Schreibtisch, alles so, wie es sein sollte. Der hohe Ankleidespiegel stand neben der Tür zum Badezimmer und reflektierte das Licht.
Niemand.
Meredith sank nach hinten gegen das Kopfteil aus Mahagoni. Erleichterung durchströmte sie. Auf dem Nachttisch zeigte der Wecker rot blinkend die Uhrzeit an. Vier Uhr fünfundvierzig. Keine Augen, bloß die LED-Ziffern des Radioweckers im Spiegel.
Ein ganz normaler Alptraum.
Nach allem, was sie tagsüber erlebt hatte, eigentlich nicht verwunderlich.
Meredith schob mit den Beinen die Decke weg, um sich abzukühlen, und blieb eine Weile ruhig liegen, die Hände über der Brust gefaltet, wie eine Figur auf einem Grabmal, dann stand sie auf. Sie musste sich bewegen, brauchte körperliche Ablenkung. Konnte nicht einfach still daliegen. Sie schnappte sich eine Flasche Mineralwasser aus der Minibar und ging zum Fenster, um über den stillen Park zu blicken, der verlassen im Mondlicht lag. Das Wetter war umgeschlagen, und die Terrasse unterhalb ihres Zimmers glänzte regennass. Ein weißer Nebelschleier hing in der stillen Luft über dem Waldrand.

Meredith legte eine warme Hand an die kalte Glasscheibe, als könnte sie so die schlechten Gedanken vertreiben. Nicht zum ersten Mal beschlichen sie Zweifel, ob sie das Richtige tat. Was, wenn es hier nichts zu finden gab? Die ganze Zeit hatte sie der Gedanke getrieben, mit ein paar alten Fotografien und einem Blatt Klaviermusik im Gepäck nach Rennes-les-Bains zu kommen.

Aber jetzt, wo sie hier war und gesehen hatte, wie klein der Ort war, fühlte sie sich unsicher. Die ganze Idee, hier die Spur ihrer Geburtsfamilie zu finden, ohne auch nur einen richtigen Namen zu haben, nach dem sie suchen konnte, kam ihr auf einmal lächerlich vor. Wie ein alberner Traum, der in einen kitschigen Hollywood-Film gehörte.

Aber nicht ins wahre Leben.

Meredith hatte keine Ahnung, wie lang sie dort am Fenster stand und einfach nur grübelte, ihren Gedanken nachhing. Erst als sie merkte, dass ihre Zehen schon ganz taub vor Kälte waren, wandte sie sich um und schaute zur Uhr. Sie stieß einen erleichterten Seufzer aus. Es war nach fünf Uhr morgens. Sie hatte genug Zeit totgeschlagen. Die Geister verjagt, die Dämonen der Nacht. Das Gesicht im Wasser, die Gestalt auf der Straße, die furchteinflößenden Bilder auf den Karten.

Als sie sich wieder ins Bett legte, war der Raum friedlich. Keine Augen, die sie anstarrten, keine schimmernde Präsenz in der Dunkelheit, nur die blinkenden Zahlen des Weckers. Sie schloss die Augen.

Ihr Soldat verwandelte sich in Debussy, wurde zu Hal.

Fünfter Teil
Domaine de la Cade

September 1891

Kapitel 34

∞

Montag, 21. September 1891

Léonie gähnte und öffnete die Augen. Sie streckte die blassen, schlanken Arme über den Kopf und stützte sich auf die üppigen weißen Kissen.

Sie hatte gut geschlafen, obwohl oder vielleicht gerade weil sie am Abend zuvor etwas reichlich dem Blanquette de Limoux zugesprochen hatte.

Das Morgenlicht fiel in das hübsche Gelbe Zimmer. Sie blieb eine Weile im Bett liegen und lauschte auf die vereinzelten Laute, die die tiefe Stille der Natur durchdrangen. Der Gesang der Vögel, der Wind in den Bäumen. Es war viel angenehmer, als daheim an einem grauen Pariser Morgen zu erwachen, wenn vom Gare Saint-Lazare das schrille metallische Kreischen ertönte.

Um acht Uhr servierte Marieta das Frühstück. Sie stellte das Tablett auf den Tisch am Fenster und zog die Vorhänge auf; sogleich durchfluteten die ersten gebrochenen Sonnenstrahlen den Raum. Durch das wellige Glas der alten Fensterflügel konnte Léonie den Himmel sehen, hell und blau, gesprenkelt mit lila und weißen Wolkenfetzen.

»Danke Marieta«, sagte sie. »Ich komme dann zurecht.«

»Sehr wohl, Madomaisèla.«

Léonie warf die Decke zurück, schwang die Füße auf den Teppich und schlüpfte in ihre Pantoffeln. Sie nahm ihren blauen Kaschmirmorgenmantel vom Haken, wusch sich das Gesicht mit dem Wasser vom Vorabend und setzte sich an den Tisch vor dem Fenster. Es fühlte sich sehr vornehm an, allein in ihrem Schlafzimmer zu

frühstücken. Zu Hause durfte sie das nur, wenn M'man Besuch von Du Pont hatte.
Sie hob den Deckel von der dampfenden Kaffeekanne, und das köstliche Aroma frisch gerösteter Bohnen schwebte in den Raum wie ein Geist aus der Flasche. Neben der silbernen Kanne standen ein Krug warme, schaumige Milch, eine Schale mit weißen Zuckerwürfeln und einer Silberzange. Sie nahm die gestärkte Serviette von einem Teller mit Weißbrot, dessen goldbraune Kruste noch warm war, daneben ein Schälchen mit sahniger geschlagener Butter. Auf drei Porzellantellern waren verschiedene Marmeladen verteilt, und dazu gab es eine Schüssel mit Quitten- und Apfelkompott.
Während sie aß, schaute sie hinaus in den Garten. Weißer Nebel hing schwerelos über dem Tal zwischen den Bergen, dicht über den Baumwipfeln. Der Rasen lag friedlich und still in der Septembersonne, ohne eine Spur des Windes, der am Abend zuvor gewütet hatte.
Léonie zog sich ein schlichtes Wollkleid und eine hochgeschlossene Bluse an, dann griff sie zu dem Buch, das Anatole ihr gebracht hatte. Sie verspürte Lust, selbst die Bibliothek zu erkunden, die staubigen Stapel und glänzenden Buchrücken zu studieren. Sollte man sie deshalb zur Rede stellen – obgleich sie keinen Grund dafür sah, schließlich hatte Isolde ihnen angeboten, sich wie zu Hause zu fühlen –, könnte sie als Entschuldigung anführen, dass sie Monsieur Baillards Abhandlung zurückbringen wollte.
Sie öffnete die Tür und trat auf den Flur. Das ganze Haus schien noch zu schlafen. Alles war still. Keine klirrenden Kaffeetassen, kein Pfeifen aus Anatoles Schlafzimmer, während er seine Morgentoilette verrichtete, überhaupt kein Lebenszeichen. Auch die Halle war verlassen, nur hinter der Durchgangstür zu den Dienstbotenquartieren drangen Stimmen und aus der Küche gedämpftes Töpfeklappern hervor.
Die Bibliothek nahm die südwestliche Ecke des Hauses ein und war durch einen kleinen Gang zu erreichen, der sich zwischen dem Salon und der Tür zum Arbeitszimmer versteckte. Eigentlich war

Léonie erstaunt, dass Anatole sie überhaupt gefunden hatte. Gestern Nachmittag war nicht viel Zeit gewesen, sich mit dem Haus vertraut zu machen.

Der Durchgang war hell und luftig und sogar noch breit genug für Glasvitrinen, die an den Wänden befestigt waren. In der ersten war Porzellan aus Marseille und Rouen ausgestellt, in der zweiten ein kleiner alter *cuirasse*, zwei Säbel, ein Florett, Anatoles bevorzugte Fechtwaffe, und eine Muskete; die dritte Vitrine war kleiner als die anderen und enthielt eine Sammlung von Orden und Ordensbändern auf blauem Samt. Nichts ließ erkennen, wem diese militärischen Auszeichnungen verliehen worden waren und wofür. Léonie vermutete, dass sie ihrem Onkel Jules gehört hatten.

Sie drückte die Klinke der Zugangstür zur Bibliothek und schlüpfte hinein. Sogleich spürte sie den Frieden und die Ruhe des Raumes, sog den Geruch nach Bienenwachs und Honig und Tinte ein, nach verstaubtem Samt und Löschpapier. Die Bibliothek war erstaunlich groß, mit Fenstern nach Süden und Westen. Der Faltenwurf der schweren goldblauen Brokatvorhänge reichte von der Decke bis zum Boden.

Das Geräusch ihrer resoluten Schritte wurde von dem dicken ovalen Teppich verschluckt, der in der Mitte des Raumes lag. Darauf stand ein Tisch, groß genug für die dicksten Bände und ausgestattet mit einer ledernen Schreibunterlage, Tintenfass und Stift sowie einem frischen Löschroller.

Léonie beschloss, mit ihrer Entdeckungstour in der hintersten Ecke anzufangen. Sie ließ den Blick gemächlich über die Regale wandern, las die Namen auf den Buchrücken, strich mit den Fingerspitzen über Ledereinbände und hielt dann und wann inne, wenn ein besonderer Band ihr Interesse geweckt hatte.

Sie stieß auf ein schönes, in Tours gedrucktes Messbuch mit kunstvollem Doppelverschluss, dicken grünen und goldenen Vorsatzblättern und zartem, hauchdünnem Papier zum Schutz der Stiche. Auf dem Deckblatt stand der Name ihres verstorbenen Onkels – Jules Lascombe – und das Datum seiner Kommunion.

In der nächsten Abteilung entdeckte sie eine Erstausgabe von

Maistres *Voyage autour de ma chambre*. Es war abgegriffen und hatte Eselsohren, ganz anders als Anatoles tadelloses Exemplar zu Hause. In einer anderen Nische stieß sie auf eine Sammlung sowohl religiöser als auch dezidiert antireligiöser Texte. Die Zusammenstellung wirkte so, als sollten sie sich gegenseitig aufheben.

Die Abteilung für zeitgenössische französische Literatur hatte nicht nur Zolas komplette *Rougon-Macquart*-Romane aufzuweisen, sondern auch Flaubert, Maupassant und Huysmans – eben viele jener intellektuell anspruchsvollen Autoren, die Anatole ihr immer wärmstens, aber vergeblich ans Herz legte –, sogar eine Erstausgabe von Stendhals *Le Rouge et le Noir* war dabei. Sie entdeckte auch einige übersetzte Werke, doch nichts, was ihr so richtig zusagte, außer Baudelaires Übersetzung von Monsieur Poe. Nichts von Madame Radcliffe oder Monsieur Le Fanu.

Eine langweilige Sammlung.

In der äußersten Ecke der Bibliothek war ein Erker mit Büchern zur Geschichte der Region, und sie nahm an, dass Anatole hier auf den kleinen Band von Monsieur Baillard gestoßen war. Sie merkte, wie ihre Aufmerksamkeit erwachte, als sie aus dem warmen, geräumigen Hauptbereich zwischen die engen, düsteren Regale trat. Die Luft im Erker war feucht und muffig und blieb ihr in der Kehle stecken. Ihre Augen glitten über die dichtgeschlossenen Reihen von Buchrücken und Einbänden, bis sie beim Buchstaben B ankamen. Es gab keine sichtbare Lücke. Verwundert zwängte sie das dünne Bändchen an der Stelle hinein, wo es ihrer Vermutung nach hingehörte. Nachdem das erledigt war, wandte sie sich zum Gehen.

Erst da bemerkte sie die drei oder vier Glasvitrinen hoch oben an der Wand rechts von der Tür, die vermutlich die kostbareren Bände beherbergten. An einer Messingschiene war eine kleine ausklappbare Schiebeleiter befestigt, die Léonie mit beiden Händen fasste, um dann mit aller Kraft an ihr zu ziehen. Die Leiter knarrte und ächzte, gab aber rasch nach. Sie schob sie an der Schiene entlang bis zur Mitte, klappte die Trittstufen aus und stieg nach oben. Der

Taft ihrer Unterröcke raschelte und verfing sich zwischen ihren Beinen.
Auf der zweithöchsten Stufe blieb sie stehen. Sie stützte sich mit den Knien ab und spähte in die Vitrine. Es war so dunkel darin, dass sie beide Hände an die Glasscheibe legen musste, um die Augen gegen das Licht abzuschirmen, das durch die zwei hohen Fenster drang, erst dann konnte sie die Titel auf den Buchrücken entziffern.
Der erste lautete *Dogme et rituel de la haute magie* von Eliphas Lévi. Daneben stand ein Band mit dem Titel *Traité Méthodique de Science Occulte*. Auf dem Brett darüber waren Schriften von Papus, Court de Gébelin, Etteilla und MacGregor Mathers aufgereiht. Sie hatte diese Autoren noch nie gelesen, wusste aber, dass es sich um okkulte Schriftsteller handelte, die als subversiv galten. Ihre Namen tauchten regelmäßig in Zeitungs- und Journalkolumnen auf.
Léonie wollte gerade wieder hinuntersteigen, als ihr Blick auf einen großen, in schlichtes schwarzes Leder gebundenen Band fiel, der weniger auffällig und prätentiös wirkte und mit der Vorderseite nach vorne aufgestellt war. Auf dem Deckel stand der Name ihres Onkels in goldenem Prägedruck unter dem Titel: *Les Tarots*.

Kapitel 35

∞

Paris

Als sich das Morgengrauen dunstig und zögerlich über das Gebäude des Polizeikommissariats des 8. Arrondissements in der Rue de Lisbonne legte, waren die Gemüter bereits überreizt.
Am Sonntag, den 20. September, war kurz nach neun Uhr abends die Leiche einer Frau gefunden worden, die als Madame Marguerite Vernier identifiziert worden war. Ein Reporter vom *Petit Journal* hatte den Fund von einem der neuen öffentlichen Telefonapparate an der Rue de Berlin, Ecke Rue d'Amsterdam gemeldet.
Da die Verstorbene eine Liaison mit dem Kriegshelden General Du Pont gehabt hatte, war Präfekt Laboughe von seinem Landsitz zurückgerufen worden, um die Leitung der Ermittlungen zu übernehmen.
Äußerst übellaunig kam er durch das Vorzimmer marschiert und knallte einen Stapel Morgenzeitungen auf Inspektor Thourons Schreibtisch.
Carmen-Mord! Kriegsheld verhaftet! Liebesdrama endet mit tödlichen Messerstichen!
»Was hat das zu bedeuten?«, donnerte Laboughe.
Thouron stand auf und murmelte eine respektvolle Begrüßung, dann hob er, während Laboughes zorniger Blick ihm folgte, weitere Zeitungen von dem einzigen freien Stuhl in dem engen und stickigen Raum. Als das geschehen war, nahm der Präfekt seinen Seidenzylinder ab, setzte sich und stützte beide Hände auf seinen Gehstock. Die Holzlehne des Stuhls knarrte unter seinem beeindruckenden Gewicht, hielt aber stand.

»Nun, Thouron?«, sagte er auffordernd, sobald der Inspektor wieder Platz genommen hatte. »Woher hat die Presse die vielen Einzelheiten? Hat einer von Ihren Leuten eine lose Zunge?«
Inspektor Thouron machte ganz den Eindruck eines Mannes, der den Tagesanbruch erlebt hatte, ohne zuvor in den Genuss seines eigenen Bettes gekommen zu sein. Unter seinen Augen lagen dunkle graue Schatten, wie Halbmonde. Sein Schnauzer hing schlaff herab, und sein Kinn war von Bartstoppeln übersät.
»Das glaube ich nicht, Monsieur le Préfet«, sagte er. »Die Reporter waren schon da, als wir eintrafen.«
Laboughe starrte ihn unter buschigen weißen Augenbrauen hinweg an. »Ein Tipp?«
»Sieht so aus.«
»Von wem?«
»Da hüllen sie sich in Schweigen. Einer meiner Gendarmen hat ein Gespräch zwischen zwei von den Geiern aufgeschnappt. Offenbar haben wenigstens zwei Zeitungsredaktionen am Sonntagabend gegen sieben eine Mitteilung erhalten, woraufhin sie es für ratsam hielten, einen Reporter in die Rue de Berlin zu schicken.«
»Also mit der genauen Anschrift?«
»Auch diesbezüglich halten sie sich sehr bedeckt, aber ich vermute es.«
Präfekt Laboughe ballte seine alte blaugeäderte Hand auf dem Elfenbeinknauf seines Stocks. »General Du Pont? Bestreitet er, dass Marguerite Vernier seine Geliebte war?«
»Nein, aber er hat verlangt, dass wir ihm zusichern, in dieser Angelegenheit diskret vorzugehen.«
»Und die Zusicherung haben Sie ihm gegeben?«
»Allerdings. Der General bestreitet mit aller Entschiedenheit, sie getötet zu haben. Hat den Journalisten die gleiche Geschichte erzählt wie uns. Er behauptet, ihm sei, als er gestern aus einem Mittagskonzert kam, ein Zettel überreicht worden mit der Nachricht, nicht, wie verabredet, um fünf Uhr am Nachmittag zu Marguerite Vernier zu kommen, sondern erst am späteren Abend. Sie wollten heute Morgen für ein paar Wochen ins Marne-Tal reisen. Den

Dienstboten war so lange freigegeben worden. Die Wohnung war eindeutig auf eine längere Abwesenheit der Bewohner vorbereitet worden.«

»Hat Du Pont den Zettel noch?«

Thouron seufzte. »Mit Rücksicht auf die Reputation der Dame, so behauptet er jedenfalls, hat er die Nachricht zerrissen und vor dem Konzertsaal weggeworfen.« Thouron stützte die Ellbogen auf den Schreibtisch und fuhr sich mit müden Fingern durchs Haar. »Ich habe sofort einen Mann hingeschickt, aber die Straßenfeger in dem Arrondissement sind erstaunlich emsig.«

»Hinweise auf Verkehr intimer Natur kurz vor ihrem Tod?«

Thouron nickte.

»Was sagt der Bursche dazu?«

»Die Neuigkeit hat ihn erschüttert, aber er hat die Fassung gewahrt. Er war es nicht, sagt er. Bleibt bei seiner Geschichte, dass er sie tot aufgefunden hat, als er abends kam und schon zahllose Reporter auf der Straße vor dem Haus gewartet haben.«

»Bestätigen Zeugen sein Eintreffen?«

»Für halb neun, ja. Die Frage ist aber, ob er nicht schon am Nachmittag dort war. Wir haben nur sein Wort, dass er erst am Abend gekommen ist.«

Laboughe schüttelte den Kopf. »General Du Pont«, sagte er nachdenklich. »Beziehungen nach ganz oben … so was ist immer heikel.« Er musterte Thouron. »Wie ist er reingekommen?«

»Er hat einen Schlüssel.«

Thouron kramte in einem der wackeligen Papierstapel auf seinem Schreibtisch herum und hätte beinahe ein Tintenfass umgestoßen. Schließlich fand er die Mappe, nach der er gesucht hatte, und zog ein einzelnes Blatt heraus.

»Abgesehen von den Dienstboten, lebt ein Sohn in der Wohnung, Anatole Vernier, ledig, Alter sechsundzwanzig, ehemaliger Journalist und *littérateur*, sitzt jetzt im Beirat einer Fachzeitschrift, die sich mit seltenen Büchern, *beaux livres*, und dergleichen befasst.« Er konsultierte seine Notizen. »Zum Haushalt gehört auch noch eine Tochter, Léonie, siebzehn, ebenfalls ledig.«

»Sind sie von der Ermordung ihrer Mutter unterrichtet worden?«
Thouron seufzte. »Leider nein. Es ist uns nicht gelungen, sie ausfindig zu machen.«
»Wieso das?«
»Sie sind vermutlich auf dem Land. Meine Männer haben die Nachbarn vernommen, aber die wissen nicht viel. Sohn und Tochter sind Freitagmorgen abgereist.«
Präfekt Laboughe runzelte die Stirn, so dass sich seine weißen Brauen mitten auf der Stirn trafen. »Vernier? Wo hab ich den Namen schon mal gehört?«
»Da gibt es etliche Möglichkeiten. Der Vater, Leo Vernier, war bei den Kommunarden. Wurde verhaftet, vor Gericht gestellt und in die Verbannung geschickt. Starb auf der Galeere.«
Laboughe schüttelte den Kopf. »So lang ist das noch nicht her.«
»In diesem Jahr ist Vernier *fils* des Öfteren in der Presse erwähnt worden. Er wurde mit Glücksspiel, Opiumhöhlen, Hurerei in Zusammenhang gebracht, aber stets ohne Beweise. Seine angebliche Sittenlosigkeit wurde angeprangert, könnte man sagen, nicht seine erwiesene.«
»Eine Art Rufmord?«
»Sieht ganz danach aus, Monsieur le Préfet.«
»Anonym, vermutlich?«
Thouron nickte. »Vor allem *La Croix* hatte Vernier im Visier. Die haben einen Artikel gebracht mit der Behauptung, Vernier habe auf dem Champ de Mars an einem Duell teilgenommen, zwar nur als Sekundant, nicht als Duellant, aber immerhin ... Die Zeitung hat Uhrzeit, Datum und Namen abgedruckt. Vernier konnte beweisen, dass er zur fraglichen Zeit woanders war. Er behauptete, nicht zu wissen, wer hinter diesen Verleumdungen steckt.«
Laboughe registrierte den Unterton. »Sie glauben ihm nicht?«
Der Inspektor schaute skeptisch. »Anonyme Attacken sind für die Betroffenen nur selten wirklich anonym. Dann wurde er im Februar dieses Jahres in einen Skandal verwickelt, bei dem es um den Diebstahl eines seltenen Manuskripts aus der Bibliothèque de l'Arsenal ging.«

Laboughe schlug sich aufs Knie. »Das ist es. Deshalb kommt mir der Name bekannt vor.«
»Vernier war aufgrund seiner Geschäftsaktivitäten ein regelmäßiger und geschätzter Besucher. Im Februar wurde nach einem anonymen Hinweis festgestellt, dass ein äußerst kostbarer okkultistischer Text vermisst wurde.« Thouron konsultierte erneut seine Unterlagen. »Das Werk eines gewissen Robert Fludd.«
»Nie gehört.«
»Vernier konnte nichts nachgewiesen werden, und da durch diese Angelegenheit die überaus mangelhaften Sicherheitsvorkehrungen in der Bibliothèque zutage traten, wurde der Skandal vertuscht.«
»Gehört Vernier zu diesen Esoterikern?«
»Anscheinend nicht, nur eben im Rahmen seiner Arbeit als Sammler.«
»Wurde er vernommen?«
»Ja. Und erneut war es ein Leichtes, seine Unschuld zu beweisen. Und erneut verneinte er die Frage, ob er von Personen wisse, die ihm durch derartige Beschuldigungen übelwollten. Uns blieb keine andere Wahl, als die Sache fallenzulassen.«
Laboughe schwieg einen Moment, während er das Gehörte verarbeitete.
»Wie sieht es mit Verniers Einkommen aus?«
»Unregelmäßig«, erwiderte Thouron, »aber keineswegs unerheblich. Er nimmt etwa zwölftausend Francs im Jahr ein, aus verschiedenen Quellen.« Er blickte nach unten. »Sein Posten im Beirat der Fachzeitschrift bringt ihm rund sechstausend Francs. Die Büroräume liegen in der Rue Montorgueil. Zusätzlich verdient er etwas mit Artikeln für andere Fachzeitschriften und Journale, und seine Gewinne an den *Rouge-et-noir*-Tischen und aus anderen Kartenspielen tragen sicherlich auch zur Einkommensaufbesserung bei.«
»Irgendein Erbe zu erwarten?«
Thouron schüttelte den Kopf. »Nach der Verurteilung seines Vaters als Kommunarde wurde dessen Vermögen konfisziert. Vernier *père* war Einzelkind, und seine Eltern sind schon lange tot.«

»Und Marguerite Vernier?«
»Da ermitteln wir noch. Die Nachbarn wissen von keinen Verwandten, aber wir werden sehen.«
»Leistet Du Pont einen Beitrag zu den Lebenshaltungskosten in der Rue de Berlin?«
Thouron zuckte die Achseln. »Er behauptet, nein, obwohl ich ihm das nicht ganz abkaufe. Ob Vernier etwas beisteuert oder nicht, darüber möchte ich lieber nicht spekulieren.«
Laboughe veränderte seine Sitzposition, was den Stuhl knarren und ächzen ließ. Thouron wartete geduldig, während sein Vorgesetzter die Fakten abwog.
»Sie sagten, Vernier ist unverheiratet«, stellte er schließlich fest. »Hat er eine Geliebte?«
»Er war mit einer Frau zusammen. Sie starb im März und wurde auf dem Cimetière de Montmartre beigesetzt. Aus ärztlichen Unterlagen geht hervor, dass sie sich etwa zwei Wochen zuvor in der Klinik Maison Dubois einer Operation unterzogen hatte.«
Laboughe verzog angewidert das Gesicht. »Ein Abbruch?«
»Möglicherweise, Monsieur le Préfet. Die Unterlagen in der Klinik sind nicht mehr auffindbar. Gestohlen, behauptet das Personal. Allerdings wurde uns bestätigt, dass Vernier die Kosten für den Eingriff übernommen hat.«
»Das war schon im März«, sagte Laboughe. »Also hat es vermutlich nichts mit der Ermordung von Marguerite Vernier zu tun.«
»Nein«, bestätigte der Inspektor und fügte hinzu: »Ich würde es eher mit der Verleumdungskampagne gegen Vernier in Verbindung bringen, falls es tatsächlich eine gegeben hat.«
Laboughe schnaubte. »Ich bitte Sie, Thouron. Den guten Ruf eines Mannes zu ruinieren ist wahrhaftig nichts Ehrenhaftes. Aber von da zu Mord?«
»Völlig richtig, Monsieur le Préfet, und unter normalen Umständen würde ich Ihnen recht geben. Aber es hat noch einen weiteren Vorfall gegeben, der für mich die Frage aufwirft, ob es nicht zu einer Eskalation der Feindseligkeiten gekommen ist.«
Laboughe akzeptierte mit einem ergebenen Seufzer, dass sein In-

spektor noch nicht fertig war. Er zog eine schwarze Meerschaumpfeife aus der Tasche, klopfte damit auf die Schreibtischecke, um den Tabak zu lockern, zündete ein Streichholz an und paffte, bis der Tabak glühte. Ein schwerer, säuerlicher Geruch erfüllte das enge Büro.

»Natürlich können wir nicht mit Sicherheit sagen, ob ein Zusammenhang zum gegenwärtigen Fall besteht, aber Vernier selbst wurde letzten Donnerstag, dem siebzehnten September, in den frühen Morgenstunden Opfer eines Überfalls in der Passage des Panoramas.«

»Am Morgen nach den Tumulten im Palais Garnier?«

»Ganz genau. Kennen Sie die Passage des Panoramas, Monsieur le Préfet?«

»Eine Passage mit kleinen Geschäften und Restaurants. Der Graveur Stern hat dort seinen Laden.«

»Richtig. Vernier hat eine böse Wunde über dem linken Auge und etliche Blutergüsse davongetragen. Der Vorfall wurde unseren Kollegen im 2. Arrondissement gemeldet, erneut anonym. Die wiederum haben uns verständigt, da sie wussten, dass wir uns für den Herrn interessieren. Bei der Befragung des Nachtwächters der Passage stellte sich heraus, dass er von dem Überfall wusste – er war sogar Zeuge –, aber er behauptet, Vernier habe ihn großzügig dafür bezahlt, Stillschweigen zu bewahren.«

»Sind Sie der Sache nachgegangen?«

»Nein. Da Vernier, das Opfer, sich dafür entschieden hatte, den Vorfall nicht zur Anzeige zu bringen, waren uns die Hände gebunden. Ich erwähne die Sache nur, weil sie ein Indiz sein könnte.«

»Ein Indiz wofür?«

»Für eine Eskalation der Feindseligkeiten«, erwiderte Thouron geduldig.

»Aber Thouron, wenn dem so ist, wieso liegt dann Marguerite Vernier tot im Leichenschauhaus, und nicht Vernier selbst? Das ergibt keinen Sinn.«

Präfekt Laboughe lehnte sich zurück und zog an seiner Pfeife. Thouron beobachtete ihn und wartete schweigend ab.

»Glauben Sie, Du Pont hat den Mord begangen, Inspektor, ja oder nein?«
»Ich bleibe für alle Möglichkeiten offen, bis wir weitere Beweise vorliegen haben.«
»Jaja, schon gut.« Laboughe winkte ungehalten ab. »Aber Ihr Instinkt?«
»Ehrlich gesagt, ich halte Du Pont nicht für den Täter. Natürlich liegt der Verdacht nahe. Wie gesagt, wir haben nur sein Wort, dass er nicht schon am Nachmittag bei Marguerite Vernier war und sie ermordet hat, sondern am Abend gekommen ist und sie tot vorfand. Wir haben zwei Champagnergläser gefunden, aber auch ein Cognacglas, das auf den Gitterrost geschleudert wurde. Aber es passt einfach zu vieles nicht zusammen.« Thouron holte tief Luft und suchte nach den richtigen Worten. »Der anonyme Hinweis zum Beispiel. Wenn es sich tatsächlich um einen Streit zwischen Liebenden gehandelt hat, der außer Kontrolle geriet, wer hat dann die Zeitungen verständigt? Du Pont selbst? Wohl kaum. Und die Dienstboten waren alle weggeschickt worden. Es kann nur eine dritte Person gewesen sein.«
Laboughe nickte. »Fahren Sie fort.«
»Außerdem wäre da der Tatzeitpunkt. Sohn und Tochter verreist, die Wohnung für eine längere Abwesenheit vorbereitet.« Er seufzte. »Ich weiß nicht, Monsieur le Préfet. Das Ganze kommt mir irgendwie inszeniert vor.«
»Sie denken, Du Pont soll zum Sündenbock gemacht werden?«
»Ich denke, wir sollten diese Möglichkeit in Erwägung ziehen. Wenn er es war, warum hätte er dann die Verabredung lediglich nach hinten verschieben sollen? Er hätte sich doch bestimmt ganz vom Tatort ferngehalten.«
Laboughe nickte. »Ich will nicht verhehlen, dass ich froh wäre, nicht gezwungen zu sein, einen Kriegshelden vor Gericht zu schleifen, vor allem einen so hochdekorierten und prominenten Mann wie Du Pont.« Er sah Thouron in die Augen. »Womit ich nicht sagen will, dass das Ihre Ermittlungen in irgendeiner Weise beeinflussen sollte, Inspektor. Wenn Sie ihn für schuldig halten …«

»Selbstverständlich, Monsieur le Préfet. Auch ich würde nur ungern einen Helden des Vaterlandes ins Gefängnis bringen.«
Laboughe warf einen Blick auf die reißerischen Zeitungsschlagzeilen. »Andererseits, Thouron, dürfen wir nicht vergessen, dass eine Frau getötet wurde.«
»Sehr richtig.«
»Wir müssen dringend Vernier ausfindig machen und ihn von der Ermordung seiner Mutter unterrichten. Wenn er zuvor unwillig war, mit der Polizei über die verschiedenen Vorfälle zu sprechen, in die er im Laufe des Jahres verwickelt war, dann löst ihm diese Tragödie vielleicht die Zunge.« Er verlagerte sein Gewicht. Wieder ächzte der Stuhl hörbar. »Haben wir wirklich keinen Hinweis auf seinen Aufenthaltsort?«
Thouron schüttelte den Kopf. »Wir wissen, dass er Paris vor vier Tagen in Begleitung seiner Schwester verlassen hat. Einer von den Droschkenkutschern, die meistens auf der Rue d'Amsterdam stehen, hat angegeben, dass er am vergangenen Freitag kurz nach neun Uhr morgens in der Rue de Berlin einen Mann und eine junge Frau, deren Beschreibung auf die Verniers passt, abgeholt und zum Gare Saint-Lazare gefahren hat.«
»Hat irgendwer sie auch noch im Bahnhof gesehen?«
»Nein, Monsieur le Préfet. Die Züge von Saint-Lazare fahren in die westlichen Vororte – Versailles, Saint-Germain-en-Laye und natürlich auch zur Fähre in Caen. Andererseits hätten sie an jeder beliebigen Haltestelle auf eine Nebenstrecke umsteigen können. Meine Männer sind an der Sache dran.«
Laboughe starrte auf seine Pfeife. Er schien das Interesse zu verlieren.
»Und Sie haben die zuständigen Stellen der Eisenbahn informiert, vermute ich?«
»Alle Bahnhöfe der Haupt- und Nebenstrecken sind verständigt. In der ganzen Île-de-France sind Anschlagzettel verteilt worden, und wir überprüfen die Passagierlisten für die Kanalfähren, nur für den Fall, dass sie noch weitergereist sind.«
Der Präfekt wuchtete sich schwerfällig auf die Beine, schnaufte

dabei vor Anstrengung. Er schob die Pfeife in seine Rocktasche, nahm dann seinen Zylinder und die Handschuhe und bewegte sich Richtung Tür wie ein Schiff unter vollen Segeln.

Auch Thouron erhob sich.

»Sprechen Sie noch mal mit Du Pont«, sagte Laboughe. »Er ist der Hauptverdächtige in dieser unglückseligen Angelegenheit, obwohl ich geneigt bin, mich Ihrer Einschätzung der Situation anzuschließen.«

Laboughes Gehstock klopfte auf den Boden, als er langsam durch den Raum schritt, bis er die Tür erreichte.

»Und Inspektor?«

»Monsieur le Préfet?«

»Halten Sie mich auf dem Laufenden. Wenn es irgendwas Neues gibt, dann will ich das von Ihnen erfahren, nicht aus dem *Petit Journal*. Klatsch und Tratsch interessieren mich nicht, Thouron. Dergleichen überlassen Sie besser der Journaille und irgendwelchen Romanschriftstellern. Habe ich mich klar ausgedrückt?«

»Vollkommen, Monsieur le Préfet.«

Kapitel 36

∞

Domaine de la Cade

Im Schloss der Vitrine steckte ein kleiner Messingschlüssel. Er klemmte, doch Léonie wackelte daran, bis er sich schließlich drehen ließ. Sie zog die Tür auf und nahm den faszinierenden Band heraus.

Léonie setzte sich auf die oberste Trittstufe, und als sie *Les Tarots* öffnete, stieg ihr aus dem festen Einband der Geruch von Staub und altem Papier und Vergangenheit in die Nase. In dem Einband steckte ein dünnes Bändchen, das kaum die Bezeichnung Buch verdiente. Gerade einmal achtzig Seiten, ausgefranst, als wären sie mit einem Messer aufgeschnitten worden. Das dicke cremefarbene Papier verriet ein höheres Alter – nicht uralt, aber auch keine Veröffentlichung jüngeren Datums. Der Text war handgeschrieben, in einer klaren Kursivschrift.

Auf der ersten Seite stand erneut der Name ihres Onkels, Jules Lascombe, und der Titel, diesmal jedoch mit einem Untertitel: *Au delà du voile et l'art musicale de tirer les cartes*. Eine darunter befindliche Illustration sah aus wie eine liegende Acht, wie ein Garnstrang. Bei der Jahreszahl unten auf der Seite handelte es sich vermutlich um das Jahr, in dem ihr Onkel den Text verfasst hatte: 1870.

Nachdem meine Mutter von der Domaine de la Cade geflohen war und bevor Isolde herkam.

Das Frontispiz war durch ein gewachstes Blatt Seidenpapier geschützt. Léonie hob es an und schnappte unwillkürlich nach Luft. Die schwarzweiße Abbildung, ein Kupferstich, zeigte einen Teufel, der bösartig mit dreistem, lüsternem Blick von der Seite hochstarrte. Sein Körper war geduckt, er hatte hinterlistig verdrehte Schultern, lange Arme und Klauen statt Hände. Sein Kopf war zu groß, verzerrt, wirkte wie die Perversion eines menschlichen Antlitzes.
Als Léonie genauer hinsah, bemerkte sie auf der Stirn der Kreatur Hörner, so klein, dass sie kaum zu erkennen waren, und anstatt menschlicher Haut hatte sie widerliches Fell. Am unangenehmsten waren die beiden unverkennbar menschlichen Figuren, ein Mann und eine Frau, die an den Sockel des Grabmals gekettet waren, auf dem der Teufel stand.
Unter der Illustration war eine römische Ziffer: XV.
Léonie sah unten auf der Seite weder einen Künstlernamen noch eine Erläuterung, woher das Werk stammte. Bloß ein einziges Wort, einen Namen in präzisen Blockbuchstaben: ASMODEUS.
Léonie wollte sich nicht länger damit aufhalten und schlug die nächste Seite auf. Sie stieß auf eine ellenlange, enggeschriebene Einführung über das Thema des Bändchens. Sie überflog den Text in der Annahme, dass bestimmte Worte ihr beim Lesen ins Auge springen würden. Dass das Buch offenbar von Teufeln, Tarotkarten und Musik handelte, beschleunigte ihren Pulsschlag mit einem köstlichen Schaudern des Entsetzens. Sie beschloss, es sich gemütlicher zu machen, und kletterte von ihrem hölzernen Turm, wobei sie die letzten paar Stufen hinabsprang. Dann ging sie mit dem Büchlein zu dem Tisch mitten in der Bibliothek und tauchte tief in die Geschichte ein.

Auf den abgetretenen Steinplatten der Grabkapelle war das schwarze Quadrat, das ich mit eigener Hand früher am Tag gezeichnet hatte und das jetzt schwach zu leuchten schien. In jeder der vier Ecken des Quadrats, wie Himmelsrichtungen, die entsprechenden Musiknoten. C gen Norden, A gen Wes-

ten, D gen Süden und E gen Osten. Innerhalb des Quadrats lagen die Karten, denen Leben eingehaucht werden sollte und durch deren Macht ich in eine andere Dimension gelangen würde.

Ich entzündete die einzige Lampe an der Wand, und sie warf ein fahles weißes Licht.

Auf einmal schien es, als sei die Grabkapelle mit einem Nebel erfüllt, der die gesunde Luft aus der Atmosphäre drängte. Auch der Wind machte sich bemerkbar, denn wie sonst hätte ich mir die Noten erklären sollen, die nun durch das Innere der steinernen Kammer raunten, wie der Klang eines fernen Pianofortes?

In der dämmrigen Atmosphäre erwachten die Karten zum Leben, so schien es mir zumindest. Befreit aus ihrem Gefängnis aus Pigmenten und Farben, nahmen die Gebilde Form und Gestalt an und wandelten abermals auf Erden.

Ein Rauschen lag in der Luft, und ich hatte das Gefühl, nicht mehr allein zu sein. Jetzt war ich sicher, dass die Grabkapelle voller Wesen war. Geister, ich kann nicht sagen, dass sie menschlich waren. Alle Regeln der Natur wurden aufgehoben. Alle Entitäten waren gleichzeitig anwesend. Mein Selbst und andere Formen meines Selbst, vergangene und zukünftige, waren gleichermaßen gegenwärtig. Sie streiften meine Schultern und meinen Hals, hauchten über meine Stirn, umringten mich, ohne mich je zu berühren, und drängten doch stetig näher und näher. Mir schien, als schwebten und flögen sie durch die Luft, so dass mir ihre flüchtige Präsenz allzeit gegenwärtig war. Zugleich schienen sie Gewicht und Masse zu besitzen. Vor allem in der Luft über meinem Kopf war eine unaufhörliche Bewegung zu spüren, begleitet von einer Kakophonie aus Flüstern, Seufzen und Weinen, die mich veranlasste, den Kopf zu neigen wie unter einer Last.

Mir wurde klar, dass sie mir den Zugang verweigern wollten, obschon ich nicht wusste, warum. Ich wusste nur, dass ich das Quadrat zurückgewinnen musste, da mir sonst töd-

liche Gefahr drohte. Ich machte einen Schritt darauf zu, und sofort stieß ein heftiger Wind auf mich nieder, drängte mich zurück, kreischte und heulte eine furchterregende Melodie, wenn ich es so nennen soll, die sowohl in meinem Kopf als auch außerhalb davon zu sein schien. Die Vibrationen ließen mich fürchten, dass Mauern und Decke der Grabkapelle einstürzen könnten.

Ich sammelte all meine Kraft und sprang dann nach vorne, auf die Mitte des Quadrates zu, wie ein Ertrinkender, der sich verzweifelt nach dem rettenden Ufer reckt. Sogleich stürzte sich ein einzelnes Wesen auf mich, eindeutig ein Teufel, und doch ebenso unsichtbar wie seine höllischen Begleiter. Ich spürte übernatürliche Klauen an meinem Hals und Krallen auf meinem Rücken, spürte seinen fischigen Atem auf meiner Haut, und doch blieb kein Mal auf mir zurück.

Ich hob die Arme zum Schutz über den Kopf. Schweiß strömte mir von der Stirn. Mein Herz geriet aus dem Rhythmus, und ich verspürte eine zunehmende Schwäche. Atemlos, zitternd, jeden Muskel zum Zerreißen gespannt, nahm ich den letzten Rest Mut zusammen und zwang mich noch einmal nach vorne. Die Musik wurde lauter. Ich grub die Fingernägel tief in die Ritzen der Steinplatten auf dem Boden und schaffte es wie durch ein Wunder, mich in das gezeichnete Quadrat zu ziehen.

Im selben Augenblick ergriff mit der brutalen Kraft eines gewaltigen Schreis eine grauenhafte Stille den Raum, und sie brachte den Gestank der Hölle und der Tiefen des Meeres mit sich. Ich glaubte, mein Kopf würde unter ihrer Last zerspringen, doch ich rezitierte weiter, wie ein Wahnsinniger stammelnd, die Namen auf den Karten: Narr, Turm, Kraft, Gerechtigkeit, Urteil. Rief ich die Geister der Karten an, die sich jetzt offenbart hatten, um mir zu helfen, oder waren sie es, die mich daran hatten hindern wollen, in das Quadrat zu gelangen? Meine Stimme schien nicht mehr die meine zu sein, sondern von irgendwo außerhalb von mir zu kommen, leise

zuerst, doch allmählich immer lauter und beschwörender, gewann sie an Kraft und füllte die Grabkapelle.
Dann, als ich glaubte, ich könnte es nicht länger ertragen, wich etwas von mir zurück, von meinem Sein, von unterhalb meiner Haut, mit einem schabenden Geräusch, als kratzten die Klauen eines wilden Tieres an meinen Knochen entlang. Ein Rauschen ertönte in der Luft. Der Druck auf meinem versagenden Herzen verschwand.
Halb ohnmächtig stürzte ich zu Boden, nahm aber dennoch wahr, wie die Noten – dieselben vier Noten – verklangen und das Flüstern und Seufzen der Geister schwächer wurde, bis ich schließlich gar nichts mehr hörte.
Ich schlug die Augen auf. Die Karten waren wieder in ihren schlafenden Zustand zurückgekehrt. An den Wänden der Apsis waren die Gemälde nun reglos. Dann senkte sich plötzlich ein Gefühl von Leere und Frieden über die Grabkapelle, und ich wusste, dass es zu Ende war. Dunkelheit umfing mich. Ich weiß nicht, wie lange ich bewusstlos dort lag.
Ich habe die Musik so gut ich konnte aufgezeichnet. Die Male in meinen Handflächen, wie Stigmata, sind nicht verblasst.

Léonie stieß einen leisen Pfiff aus. Sie blätterte die Seite um. Es kam keine mehr.
Eine Weile saß sie einfach nur da und starrte auf die letzten Zeilen des Textes. Es war eine merkwürdige Schilderung. Das okkulte Zusammenspiel von Musik und Ort hatte die Bilder auf den Karten zum Leben erweckt und, falls sie es richtig verstanden hatte, diejenigen heraufbeschworen, die auf die andere Seite hinübergegangen waren. *Au delà du voile* – jenseits des Schleiers –, wie der Untertitel erklärte.
Und von meinem Onkel verfasst.
In diesem Moment wunderte sich Léonie, ebenso wie über alles andere, wieso nie erwähnt worden war, dass es in ihrer Familie einen Autor von solcher Qualität gab.
Und doch …

Léonie hielt inne. In der Einleitung behauptete ihr Onkel, es sei eine wahrheitsgemäße Darstellung. Sie lehnte sich zurück. Was meinte er damit, wenn er von der Macht schrieb, »in eine andere Dimension« zu gelangen? Was meinte er, wenn er schrieb: »Mein Selbst und andere Formen meines Selbst, vergangene und zukünftige«? Und hatten sich die beschworenen Geister wieder dorthin zurückgezogen, woher sie gekommen waren?
Ihre Nackenhaare sträubten sich. Léonie fuhr herum, warf einen Blick über die Schulter nach rechts und links, hatte das Gefühl, als stünde jemand hinter ihr. Sie spähte rasch in die dunklen Schatten der Nischen rechts und links vom Kamin und in die staubigen Ecken hinter Tischen und Vorhängen. Gab es noch immer Geister auf dem Anwesen? Sie musste an die Gestalt denken, die sie am Vorabend über den Rasen hatte gehen sehen.
Eine Vorahnung? Oder etwas anderes?
Léonie schüttelte den Kopf, leicht amüsiert, dass sie sich so von ihrer Phantasie beherrschen ließ, und wandte sich wieder dem Text zu. Wenn sie ihren Onkel beim Wort nahm und glaubte, dass die Geschichte nicht fiktiv war, sondern eine wahre Begebenheit schilderte, stand dann die Grabkapelle auf dem Gelände der Domaine de la Cade? Sie war geneigt, das anzunehmen, nicht zuletzt deshalb, weil die Musiknoten, die für die Geisterbeschwörung erforderlich waren – C, D, E, A –, mit dem Namen des Anwesens übereinstimmt: CADE.
Und gibt es sie noch?
Léonie stützte das Kinn in die Hand. Ihre praktische Seite übernahm die Führung. Es dürfte nicht schwer sein, herauszufinden, ob es hier auf dem Gelände irgendein Gebäude gab, auf das die Beschreibung ihres Onkels passte. Es wäre nicht ungewöhnlich für einen Landsitz dieser Größe, innerhalb des Parks eine eigene Kapelle oder ein Mausoleum zu haben. Ihre Mutter hatte nie etwas dergleichen erwähnt, aber sie hatte ja auch so gut wie nie über die Domaine gesprochen. Auch Tante Isolde hatte nichts davon gesagt, doch die Frage war am Vorabend nicht Gegenstand des Gesprächs gewesen, und außerdem hatte sie selbst zugegeben, dass sie nur

wenig über die Geschichte des Landsitzes ihres verstorbenen Gatten wusste.

Wenn diese Grabkapelle noch steht, dann finde ich sie.

Ein Geräusch in dem Gang vor der Tür ließ Léonie aufhorchen. Sofort schob sie das Büchlein auf ihren Schoß. Sie wollte nicht dabei ertappt werden, wie sie einen solchen Text las. Nicht aus Scham, sondern weil es ihr ganz privates Abenteuer war, das sie mit niemandem teilen wollte. Anatole würde sie nur damit aufziehen.

Die Schritte wurden leiser, dann hörte Léonie, wie eine Tür auf der anderen Seite der Halle geschlossen wurde. Sie stand auf, überlegte, ob sie *Les Tarots* mitnehmen sollte. Sie konnte sich nicht vorstellen, dass ihre Tante etwas dagegen hätte, schließlich hatte sie ihnen angeboten, sich wie zu Hause zu fühlen. Und Léonie war sicher, dass der Band nur zum Schutz gegen die schädlichen Auswirkungen von Staub, Zeit und Sonnenlicht in einer Vitrine weggeschlossen gewesen war, nicht weil er etwas Verbotenes darstellte. Sonst hätte man den Schlüssel wohl kaum im Schloss steckenlassen?

Léonie verließ die Bibliothek und nahm den entwendeten Band mit.

Kapitel 37

∞

Paris

Victor Constant faltete die Zeitung zusammen und legte sie neben sich auf den Sitz.

Carmen-Mord – Polizei fahndet nach Sohn!

Seine Augen wurden schmal vor Verachtung. »Der Carmen-Mord«. Ihn ärgerte, dass diese Presseleute nach all der Hilfestellung, die er ihnen hatte zuteilwerden lassen, dermaßen berechenbar waren. Marguerite Vernier und Bizets leidenschaftliche und impulsive Heldin hätten im Hinblick auf Charakter und Temperament unterschiedlicher nicht sein können, aber die Oper war verstörend tief ins Bewusstsein der französischen Öffentlichkeit gedrungen. Ein Soldat und ein Messer genügten, und schon drängte sich der Vergleich auf, und die Geschichte wurde gedruckt.

Binnen Stunden war Du Pont in den Zeitungen vom Hauptverdächtigen zum unschuldigen Opfer geworden. Nachdem der Präfekt keine Mordanklage gegen ihn erhoben hatte, war ihr Interesse erwacht, und sie hatten ihre literarischen Netze ein wenig weiter ausgeworfen. Inzwischen hatten die Reporter – nicht zuletzt aufgrund von Constants eigenen Bemühungen – Anatole Vernier im Visier. Er galt zwar noch nicht ganz als Verdächtiger, aber sein unbekannter Aufenthaltsort wurde als verdächtig gesehen. Angeblich konnte die Polizei weder Vernier noch seine Schwester ausfindig machen, um sie von der Tragödie zu unterrichten. Wäre ein Unschuldiger wohl so schwer zu finden?

Und tatsächlich, je mehr Inspektor Thouron bestritt, dass Vernier unter Verdacht stand, desto lauter wurden die Verdächtigungen.

Verniers Abwesenheit von Paris wurde de facto zu einer Anwesenheit in der Wohnung am Abend des Mordes.
Es kam Constant zustatten, dass Journalisten faul waren. Wenn man ihnen eine Geschichte anbot, schön ordentlich verpackt, reichten sie sie nahezu unverändert an ihre Leser weiter. Sie kamen gar nicht auf die Idee, die zur Verfügung gestellten Informationen zu überprüfen oder sich selbst der Richtigkeit des dargelegten Sachverhalts zu vergewissern.
Trotz seines Hasses auf Vernier musste Constant zugeben, dass der Dummkopf schlau vorgegangen war. Selbst Constant mit seinen tiefen Taschen und seinem Netz von Spitzeln und Informanten, die Tag und Nacht arbeiteten, hatte zunächst nicht herausfinden können, wohin Vernier und seine Schwester verschwunden waren.
Er schaute gelangweilt zum Fenster hinaus, während der Schnellzug nach Marseille durch die Pariser Vororte gen Süden ratterte. Constant wagte sich nur selten über die *banlieue* hinaus. Ihm missfiel die Aussicht, das gleichförmige Sonnenlicht oder der trübgraue Himmel, der alles unter seinem weiten und hässlichen Blick farblos wirken ließ.
Ihm missfiel die ungebändigte Natur. Er ging seinen Geschäften lieber im Zwielicht künstlich beleuchteter Straßen nach, im Halbdunkel geheimer Zimmer, die ganz altmodisch mit Talg und Wachs erhellt wurden. Frische Luft und freie Räume waren ihm zuwider. Sein Milieu waren die parfümduftenden Theaterkorridore voller junger Frauen mit Federn und Fächern, Séparées in verschwiegenen Klubs.
Letzten Endes hatte er dann doch das Täuschungsmanöver durchschaut, mit dem Vernier seine Abreise verschleiert hatte. Die Nachbarn, denen mit dem ein oder anderen Sou auf die Sprünge geholfen wurde, behaupteten zwar, nichts Genaues zu wissen, aber mit dem, was sie zufällig an Gesprächsfetzen aufgeschnappt hatten oder was ihnen sonst irgendwie zu Ohren gekommen war, konnte Constant den Tag, an dem Vernier aus Paris geflohen war, einigermaßen rekonstruieren. Der Inhaber des Petit Chablisien, eines Restaurants in der Nähe der Wohnung der Verniers auf der Rue de

Berlin, hatte zugegeben, ein Gespräch über die mittelalterliche Stadt Carcassonne mitgehört zu haben.
Mit einem Beutel voller Münzen hatte Constants Diener mühelos zuerst den Kutscher ausfindig gemacht, der Vernier und seine Schwester an dem Freitagmorgen zum Gare Saint-Lazare gebracht hatte, und dann die zweite Droschke, mit der sie weiter zum Gare Montparnasse gefahren waren, was, wie Constant wusste, die Gendarmen des 8. Arrondissement noch nicht herausgefunden hatten. Es war nicht viel, aber es genügte, um Constant zu der Überzeugung zu bringen, dass es die Kosten einer Zugfahrkarte in den Süden wert war. Falls die Verniers in Carcassonne waren, würde es leichter sein. Mit der Hure oder ohne sie. Er wusste nicht, unter welchem Namen sie jetzt lebte, nur dass der Name, unter dem er sie gekannt hatte, in den Grabstein auf dem Cimetière de Montmartre gemeißelt war. Ein totes Ende.
Constant würde im Laufe des Tages in Marseille ankommen. Morgen würde er den Küstenzug von Marseille nach Carcassonne nehmen, und dort würde er sich niederlassen wie eine Spinne in der Mitte eines Netzes und warten, bis seine Beute in Reichweite kam.
Früher oder später würden die Leute reden. Das war immer so. Getuschel, Gerüchte. Die kleine Vernier war eine auffällige Erscheinung. Unter den schwarzhaarigen, glutäugigen, dunkelhäutigen Menschen des Midi würde man sich an ihre weiße Haut, ihr kupferrotes Haar erinnern.
Es könnte eine Weile dauern, aber er würde sie finden.
Constant zog Verniers Uhr aus der Tasche und hielt sie in seinen behandschuhten Händen. Mit dem Goldgehäuse und dem Platin-Monogramm war es eine edle und unverwechselbare Uhr. Es war für ihn ein lustvolles Gefühl, sie einfach nur zu besitzen, Vernier etwas weggenommen zu haben.
Wie du mir, so ich dir.
Seine Miene verhärtete sich, als er sich vorstellte, wie sie Vernier anlächelte, so wie sie einst ihn angelächelt hatte. Plötzlich schoss ihm ein Bild durch den gequälten Kopf: sie entblößt vor dem Blick seines Rivalen. Und er konnte es nicht ertragen.

Um sich abzulenken, griff Constant in seine lederne Reisetasche und tastete nach etwas, das ihm die Zeit vertreiben würde. Seine Hand glitt über die schützende dicke Lederscheide, in der das Messer steckte, das das Leben aus Marguerite Vernier herausgeschnitten hatte. Er holte *Niels Klims unterirdische Reise* von Ludvig Holberg und Swedenborgs *Himmel und Hölle* hervor, stellte aber fest, dass ihn keines der beiden Bücher fesselte.
Er griff zu einem anderen Buch: *Chiromantie* von Robert Fludd. Noch ein Souvenir. Es passte wunderbar zu seiner Stimmung.

Kapitel 38

∞

Rennes-les-Bains

Kaum hatte Léonie die Bibliothek verlassen, als sie von dem Dienstmädchen Marieta in der Halle angesprochen wurde. Sie versteckte das Buch hinter ihrem Rücken.

»Madomaisèla, Ihr Bruder lässt Ihnen ausrichten, dass er sich heute Morgen Rennes-les-Bains anschauen möchte und sich über Ihre Begleitung freuen würde.«

Léonie zögerte, aber nur kurz. Sie brannte zwar darauf, die Domaine nach der Grabkapelle zu durchsuchen, aber das hatte noch Zeit. Ein Ausflug in die Stadt mit Anatole dagegen nicht.

»Bitte bestell meinem Bruder einen Gruß und sag ihm, ich komme furchtbar gern mit.«

»Mit Vergnügen, Madomaisèla. Die Kutsche ist für halb elf bestellt.«

Léonie lief, zwei Stufen auf einmal nehmend, die Treppe hinauf und in ihr Zimmer, wo sie sich rasch nach einem Versteck für *Les Tarots* umsah. Sie wollte die Neugier der Dienstboten nicht wecken, indem sie einen so ungewöhnlichen Band offen herumliegen ließ. Ihre Augen fielen auf ihr Handarbeitskästchen. Geschwind öffnete sie den Perlmuttdeckel und verbarg das Büchlein tief zwischen den Garn- und Zwirnrollen, dem Wust aus Stoffresten, Fingerhüten, Stecknadeln und Nadelheften.

Als Léonie wieder in die Halle kam, war von Anatole nichts zu sehen. Sie schlenderte nach draußen auf die Terrasse hinter dem Haus, stützte die Hände auf die Balustrade und schaute hinaus über den Rasen. Breite schräge Sonnenlichtstreifen drangen durch einen zarten Wolkenschleier, und der scharfe Kontrast zwischen Licht und Schatten erschwerte die klare Sicht. Léonie atmete tief ein, sog die frische, saubere, unverschmutzte Luft in die Lunge. Es war so anders als in Paris mit seinem üblen Geruch nach Ruß und Öfen und der immerwährenden Dunstglocke.

Der Gärtner und sein Junge arbeiteten an den Beeten, banden kleinere Büsche und Bäume an Holzstützen. Eine hölzerne Schubkarre war gefüllt mit zusammengeharktem rotem Herbstlaub, das die Farbe von Wein hatte. Der ältere Mann trug eine kurze braune Jacke und eine Mütze und hatte sich ein rotes Taschentuch um den Hals gebunden. Der Junge, höchstens elf oder zwölf, war barhäuptig und trug ein kragenloses Hemd.

Léonie ging die Stufen hinunter. Als sie näher kam, riss sich der Gärtner die Filzmütze vom Kopf, deren braune Farbe an Herbsterde erinnerte, und hielt sie zwischen seinen verdreckten Fingern.

»Guten Morgen.«

»*Bonjorn,* Madomaisèla«, stammelte er.

»Ein schöner Tag.«

»Es gibt ein Unwetter.«

Léonie schaute ungläubig zu dem tiefblauen Himmel hoch, an dem Wolkenfetzen dahintrieben. »Es scheint alles so ruhig. Friedlich.«

»Dauert noch ein Weilchen.«

Er beugte sich näher zu ihr und zeigte eine Reihe schwarzer krummer Zähne, wie alte Grabsteine.

»Teufelswerk, das Unwetter gestern. All die alten Zeichen. Gestern Abend war Musik über dem See.«

Sein Atem war torfig und säuerlich, und Léonie wich instinktiv zurück, unwillkürlich berührt von der Aufrichtigkeit des alten Mannes.

»Was um alles in der Welt meinst du damit?«, fragte sie scharf.

Der Gärtner bekreuzigte sich. »In dieser Gegend geht der Teufel um. Jedes Mal, wenn er aus dem Lac de Barrenc steigt, bringt er heftige Unwetter mit, die sich gegenseitig über das Land jagen. Der verstorbene Herr hat Männer losgeschickt, die den See auffüllen sollten, aber der Teufel ist gekommen und hat ihnen klar und deutlich gesagt, Rennes-les-Bains würde versinken, wenn sie die Arbeit fortsetzen.«

»Das ist törichter Aberglaube. Ich kann mir nicht …«

»Man hat einen Handel abgeschlossen, ich kann nicht sagen, warum oder wie, aber fest steht, dass die Arbeiter sich zurückgezogen haben. Der See blieb, wie er war. Aber jetzt, *mas ara*, ist die natürliche Ordnung erneut gestört. Die Zeichen sind da. Der Teufel wird kommen und sich holen, was ihm gehört.«

»Die natürliche Ordnung?« Léonie merkte, dass sie flüsterte. »Was soll das heißen?«

»Vor einundzwanzig Jahren«, murmelte er, »hat der verstorbene Herr den Teufel gerufen. Wenn die Geister aus dem Grab steigen, ertönt Musik. Ich kann nicht sagen, warum und wieso. Der Priester ist gekommen.«

Sie runzelte die Stirn. »Der Priester? Welcher Priester?«

»Léonie!«

Mit einer Mischung aus schlechtem Gewissen und Erleichterung fuhr sie herum, als sie Anatoles Stimme hinter sich hörte. Ihr Bruder stand auf der Terrasse und winkte ihr.

»Die Kutsche ist da«, rief er.

»Halten Sie Ihre Seele verschlossen, Madomaisèla«, sagte der Gärtner gepresst. »Wenn das Unwetter kommt, dürfen die Geister auf Erden wandeln.«

Sie ging die Daten im Kopf durch. Vor einundzwanzig Jahren, hatte er gesagt, also 1870. Sie fröstelte. Vor ihrem geistigen Auge sah sie dieselbe Zahl, das Jahr der Veröffentlichung auf der Titelseite von *Les Tarots*.

Die Geister dürfen auf Erden wandeln.

Die Worte des Gärtners stimmten haargenau mit dem Text überein, den sie heute Morgen gelesen hatte. Léonie öffnete den Mund, um noch eine Frage zu stellen, doch der alte Mann hatte bereits wieder seine Mütze aufgesetzt und begann erneut zu graben. Sie zögerte noch einen Moment, dann raffte sie ihre Röcke und lief leichtfüßig die Treppe hinauf zu ihrem wartenden Bruder.

Es war verblüffend, ja. Und auch beunruhigend. Aber sie würde sich ihre Zeit mit Anatole von nichts und niemandem verderben lassen.
»Guten Morgen«, sagte er, beugte sich vor, um ihr einen Kuss auf die gerötete Wange zu drücken, und musterte sie dann von oben bis unten. »Vielleicht wäre etwas mehr Schicklichkeit angebracht?«
Léonie blickte nach unten auf ihre Strümpfe, die deutlich sichtbar waren und in denen sich Laub verfangen hatte. Sie grinste und strich ihre Röcke mit der Hand glatt.
»Bitte sehr«, sagte sie. »Die Sittsamkeit in Person!«
Anatole schüttelte halb verärgert, halb amüsiert den Kopf.
Sie gingen zusammen durchs Haus und stiegen in die Kutsche. »Hast du heute genäht?«, fragte er, als er einen roten Faden bemerkte, der an ihrem Ärmel hing. »Wie fleißig!«
Léonie zupfte den Faden ab und ließ ihn zu Boden fallen. »Ich hab nur etwas in meiner Handarbeitskiste gesucht, mehr nicht«, entgegnete sie und wurde nicht einmal rot bei der spontanen Lüge.
Der Kutscher ließ die Peitsche knallen, die Kutsche fuhr mit einem Ruck an und rollte die Einfahrt hinunter.
»Wollte Tante Isolde uns nicht begleiten?«, fragte sie laut über den Lärm von Pferdegeschirr und Hufen hinweg.
»Sie muss sich heute um ein paar geschäftliche Angelegenheiten kümmern.«
»Aber die Abendgesellschaft am Samstag findet statt?«
Anatole klopfte auf seine Jackentasche. »Ja. Und ich habe versprochen, dass wir den Boten spielen und die Einladungen überbringen.«
Der nächtliche Sturm hatte lose Äste und Blätter von den glatten silbrigen Stämmen der Buchen gerissen, doch der Weg von der Domaine de la Cade bergabwärts war einigermaßen frei, und sie kamen gut voran. Die Pferde trugen Scheuklappen und blieben ruhig, obwohl die Lampen in ihren Halterungen polternd gegen die Seitenwände der Kutsche schlugen.
»Hast du letzte Nacht den Donner gehört?«, fragte Léonie. »Das

war eigenartig. Immer wieder so ein trockenes Rumpeln und dann ein jähes Krachen, und die ganze Zeit heulte der Wind.«

Er nickte. »Gewitter ohne Regen sind hier anscheinend nichts Ungewöhnliches, vor allem im Sommer, dann kann es eine ganze Reihe davon geben, eins nach dem anderen.«

»Es hat sich angehört, als wäre der Donner in dem Tal zwischen den Bergen gefangen. Als wäre er wütend.«

Anatole schmunzelte. »Könnte auch die Wirkung vom Blanquette gewesen sein.«

Léonie streckte ihm die Zunge raus. »Ich habe heute keinerlei Beschwerden«, sagte sie und zögerte dann kurz. »Der Gärtner hat mir erzählt, diese Unwetter kommen angeblich dann, wenn Geister umgehen. Oder war es umgekehrt? Ich weiß nicht genau.«

Anatole hob die Augenbrauen. »Ach ja?«

Léonie drehte sich um und sprach den Kutscher an.

»Kennst du einen See namens Lac de Barrenc?«, rief sie über das Knirschen der Räder hinweg.

»*Oc*, Madomaisèla.«

»Ist er weit von hier?«

»*Pas luènh.*« Nicht weit. »Die *toristas* besuchen ihn gern, aber ich würde mich nicht da raufwagen.«

Er zeigte mit der Peitsche auf ein dichtes Waldstück und eine Lichtung mit mehreren steinernen Megalithen, die vom Boden aufragten, als hätte eine Riesenhand sie dort fallen gelassen. »Da oben ist der Teufelssessel. Und höchstens eine Morgenwanderung entfernt liegen der Étang du Diable und der Gehörnte Berg.«

Im Grunde sprach Léonie von dem, was sie fürchtete, um die Oberhand darüber zu gewinnen, und das wusste sie auch. Dennoch drehte sie sich mit einem triumphierenden Gesichtsausdruck zu Anatole um.

»Da siehst du's«, sagte sie. »Überall Beweise für Teufel und Gespenster.«

Anatole lachte. »Aberglaube, *petite*, keine Frage. Von Beweisen kann keine Rede sein.«

Das Gig setzte sie auf dem Place du Pérou ab.
Anatole fand einen Jungen, der bereit war, für einen Sou die Einladungen an Isoldes Gäste zu verteilen, dann gingen sie los. Zunächst spazierten sie die Gran'Rue entlang in Richtung Thermalbad. Sie verweilten in einem kleinen Straßencafé, wo Léonie eine Tasse starken süßen Kaffee trank und Anatole ein Glas süßen Absinth. Damen und Herren in Promenadenkostümen und Gehröcken flanierten vorbei. Ein Kindermädchen schob einen Kinderwagen. Mädchen, die ihre offenen Haare mit roten und blauen Seidenbändern geschmückt hatten, und ein Junge in Kniebundhosen, der mit Reifen und Stock spielte.
Sie besuchten das größte Geschäft am Ort, die Magasins Bousquet, wo man praktisch alles erstehen konnte, von Garn und Bändern über Kupfertöpfe und -pfannen bis hin zu Schlingenfallen, Netzen und Jagdgewehren. Anatole gab Léonie Isoldes Liste mit Lebensmitteln, die am Samstag an die Domaine de la Cade geliefert werden sollten, und ließ sie die Bestellung aufgeben.
Léonie unterhielt sich blendend.
Sie bewunderten die Architektur des Ortes. Viele Gebäude auf der *rive gauche* waren stattlicher, als sie von der Straße aus wirkten. Etliche hatten sogar mehr Stockwerke, waren höher und in die Schlucht des Flusses hineingebaut. Manche waren zwar bescheiden, aber gepflegt. Andere machten einen leicht heruntergekommenen Eindruck, mit abblätternder Farbe und schiefen Mauern, als lastete die Zeit schwer auf ihnen.
An der Biegung des Flusses hatte Léonie eine ausgezeichnete Sicht auf die Terrassen des Thermalbades und die rückwärtigen Balkone des Hôtel de la Reine. Deutlicher als von der Straße aus war hier zu sehen, wie sehr das Etablissement mit seiner Pracht und Erhabenheit, seinen modernen Gebäuden und Bädern und teuren Glasfenstern alles andere in den Schatten stellte. Eine schmale Steintreppe führte von den Terrassen direkt bis ans Ufer, wo eine Ansammlung kleiner Badekabinen stand. Es war ein Zeugnis des Fortschritts, der Wissenschaft, ein moderner Altar für die heutigen Pilger, die ärztlichen Beistandes bedurften.

Eine einsame Krankenschwester, auf deren Kopf die weiße Flügelhaube thronte wie ein riesiger Seevogel, schob einen Patienten in einem Rollstuhl. Am Ufer, unterhalb der Allée des Bains de la Reine, spendete eine schmiedeeiserne Pergola in Form einer Krone Schatten. In einer kleinen fahrbaren Bude mit einer schmalen, aufklappbaren Durchreiche zur Straße hin verkaufte eine Frau mit hellem Kopftuch und dicken sonnengebräunten Armen für ein paar Centimes Becher mit Apfelcidre. Neben dem Café auf Rädern, das an einen Wohnwagen erinnerte, war eine hölzerne Vorrichtung, um Äpfel zu pressen, und ihre Metallzähne mahlten bedächtig, während ein kleiner Junge mit vernarbten Händen und in einem viel zu großen Hemd sie mit gelben und roten Äpfeln fütterte.

Anatole stellte sich in die Warteschlange und kaufte zwei Becher. Für seinen Geschmack war der Saft zu süß. Léonie hingegen fand ihn köstlich und trank zuerst ihren und dann den Rest von seinem, wobei sie die vereinzelten Kerne in ihr Taschentuch spuckte.

Die *rive droite* – das gegenüberliegende Ufer – war völlig anders. Dort standen nicht so viele Gebäude, und die wenigen, die sich zwischen den fast bis ans Wasser reichenden Bäumen an den Berghang klammerten, waren kleine und bescheidene Wohnhäuser. Hier lebten die Handwerker, die Bediensteten, die kleinen Ladenbesitzer, deren Auskommen von den Unpässlichkeiten und eingebildeten Leiden der Bürgerschicht aus Städten wie Toulouse, Perpignan oder Bordeaux abhing. Léonie sah die Patienten in dem dampfenden eisenhaltigen Wasser der *bains forts* sitzen, die man durch einen nicht öffentlichen, abgedeckten Zugang erreichte. Eine Reihe von Krankenschwestern und Dienstmädchen warteten, Handtücher über den Arm gehängt, geduldig am Ufer auf die Rückkehr ihrer Schutzbefohlenen.

Als sie den ganzen Ort zu Léonies Zufriedenheit erkundet hatten, erklärte sie, dass sie erschöpft sei und dass ihre Stiefel drückten. Sie gingen am Post- und Telegrafenamt vorbei zurück zum Place du Pérou.

Anatole schlug vor, in eine nette Brasserie an der Südseite des

Platzes einzukehren. »Ist es dir draußen recht?«, fragte er und zeigte mit seinem Gehstock auf den einzigen freien Tisch. »Oder möchtest du lieber drinnen essen?«
Der Wind, der sanft zwischen den Häusern Verstecken spielte, wisperte durch die Gassen und ließ die Markisen flattern. Léonie schaute sich um, betrachtete die goldenen, kupferfarbenen und weinroten Blätter, die im Wind wirbelten, und die zarten Streifen Sonnenlicht auf dem efeubewachsenen Haus.
»Draußen«, sagte sie. »Es ist zauberhaft. Wunderschön.«
Anatole lächelte. »Ich frage mich, ob das der Wind ist, den sie hier Cers nennen«, sagte er nachdenklich und nahm ihr gegenüber Platz. »Ich glaube, es ist ein Nordwestwind, der von den Bergen herabkommt, wie Isolde sagt, im Gegensatz zu dem Marin, der vom Mittelmeer heraufweht.« Er öffnete schwungvoll seine Serviette. »Oder war das der Mistral?«
Léonie zuckte die Achseln.
Anatole bestellte für sie beide die *pâté de la maison*, eine Portion Tomaten und eine *bûche de chèvre*, Ziegenkäse aus der Gegend, der mit Mandeln und Honig serviert wurde, sowie einen *pichet* Rosé aus den Bergen.
Léonie brach ein Stück Brot ab und schob es sich in den Mund.
»Ich war heute Morgen in der Bibliothek«, sagte sie. »Eine überaus interessante Büchersammlung, wie ich finde. Und ich wundere mich, dass wir gestern Abend überhaupt das Vergnügen deiner Gesellschaft hatten.«
Seine braunen Augen verengten sich. »Was soll denn das heißen?«
»Nur dass du dich bei der Riesenmenge Bücher stundenlang hättest beschäftigen können und ich mich gefragt habe, wie es dir gelungen ist, ausgerechnet Monsieur Baillards Abhandlung zu finden.« Sie kniff die Augen zusammen. »Wieso? Was dachtest du denn?«
»Nichts«, entgegnete Anatole und zwirbelte seine Schnurrbartspitzen.
Léonie merkte, dass er ihr auswich, und legte ihre Gabel aus der Hand. »Obwohl, jetzt, wo du es ansprichst, muss ich gestehen, dass

ich mich wundere, wieso du gestern Abend, als du nach dem Nachmittagstee in mein Zimmer gekommen bist, nichts zu den Sammlungen gesagt hast.«

»Zu welchen Sammlungen?«

»Na zum Beispiel der Sammlung von *beaux livres.*« Sie sah ihm ins Gesicht, um seine Reaktion zu beobachten. »Und auch die mit okkultistischen Büchern. Manche davon scheinen ziemlich seltene Ausgaben zu sein.«

Anatole antwortete nicht sofort. »Nun, du hast mir schon mehr als einmal vorgeworfen, wie ermüdend ich beim Thema antiquarische Bücher sein kann«, sagte er schließlich. »Ich wollte dich nicht langweilen.«

Léonie lachte. »Meine Güte, Anatole, was ist denn bloß los mit dir? Ich weiß, dass ein Gutteil dieser Bücher selbst in Paris als anrüchig gilt, das hast du mir selbst erzählt. Mit so was würde man doch nicht hier auf dem Lande rechnen. Und dass du es nicht einmal erwähnt hast, tja, das ist ...«

Anatole saß da und zog an seiner Zigarette.

»Also?«, sagte sie auffordernd.

»Also was?«

»Also, warum gibst du dich so entschieden desinteressiert?« Sie holte tief Luft. »Und wieso hatte unser Onkel eine so umfassende Sammlung von solchen Büchern? Tante Isolde hat nichts dergleichen erwähnt.«

»Doch, hat sie«, sagte er schneidend. »Du lässt übrigens kein gutes Haar an Isolde. Offenbar magst du sie nicht.«

Léonie wurde rot. »Falls du diesen Eindruck gewonnen hast, so irrst du dich. Ich finde Tante Isolde ganz bezaubernd.« Sie hob leicht die Stimme, damit er sie nicht unterbrach. »Nicht unsere Tante beunruhigt mich, sondern eher die Stimmung auf der Domaine, vor allem in Verbindung mit dem Vorhandensein derlei okkultistischer Bücher in der Bibliothek.«

Anatole seufzte. »Ich habe sie nicht bemerkt. Du machst aus einer Mücke einen Elefanten. Die nächstliegende Erklärung ist wohl die, dass Oncle Jules vielseitige Vorlieben hatte – oder eher liberale.

Vielleicht hat er aber auch viele der Bücher zusammen mit dem Anwesen geerbt.«
»Manche sind neueren Datums«, beharrte sie.
Sie wusste, dass sie ihn provozierte, und hätte am liebsten einen Rückzieher gemacht, aber irgendwie konnte sie sich nicht bremsen.
»Und du bist die große Expertin für derlei Publikationen«, sagte er skeptisch.
Sein unterkühlter Ton ließ sie zurückschrecken. »Nein, aber das meine ich ja gerade. Du bist der Experte! Deshalb hab ich mich gewundert, dass du die Sammlung überhaupt nicht erwähnt hast.«
»Ich begreife einfach nicht, wieso du darin unbedingt irgendetwas Mysteriöses sehen willst – genauer gesagt, in allem hier. Ich verstehe das wirklich nicht.«
Léonie beugte sich vor. »Anatole, ich sage dir, irgendwas ist seltsam an der Domaine, ob du es nun zugibst oder nicht.« Sie stockte. »Ehrlich gesagt, ich muss mich sogar fragen, ob du überhaupt in der Bibliothek gewesen bist.«
»Es reicht«, sagte er mit warnender Stimme. »Was zum Teufel ist denn heute bloß in dich gefahren?«
»Du wirfst mir vor, ich wollte dem Haus irgendetwas Mysteriöses anhängen, und ich gebe zu, dass dem vielleicht so ist. Aber umgekehrt willst du anscheinend genau das Gegenteil.«
Anatole schlug gereizt die Augen gen Himmel. »Hör dich doch mal an!«, stieß er hervor. »Isolde hat uns beide herzlich empfangen. Sie befindet sich in einer schwierigen Lage, und falls es irgendwelche Misslichkeiten gegeben hat, dann ist das zweifellos dem Umstand zuzuschreiben, dass sie hier selbst eine Fremde ist, die mit altgedienten Bediensteten unter einem Dach leben muss, denen es vermutlich gar nicht passt, wenn plötzlich jemand von außerhalb Herrin des Hauses wird. Wie ich gehört habe, war Lascombe häufig verreist, und ich vermute, dass die Dienerschaft dann tun und lassen konnte, was sie wollte. Derart kritische Bemerkungen stehen dir nicht zu.«
Léonie merkte, dass sie zu weit gegangen war, und ruderte zurück. »Ich wollte doch nur …«

Anatole tupfte sich die Mundwinkel ab und warf dann seine Serviette auf den Tisch. »Ich hatte lediglich die Absicht, für dich eine interessante Bettlektüre zu finden«, sagte er, »damit du am ersten Abend in dem fremden Haus kein Heimweh bekommst. Isolde begegnet dir mit nichts als Freundlichkeit, doch du mäkelst immerzu an allem herum.«

Léonies Streitlust war verflogen. Sie konnte sich nicht einmal mehr erinnern, warum sie ihn überhaupt hatte provozieren wollen.

»Es tut mir leid, wenn dich meine Worte verärgert haben, aber …«, setzte sie an, doch es war zu spät.

»Anscheinend sind meine Argumente gegen deine kindische Verstocktheit machtlos«, sagte er zornig, »also hat es keinen Sinn, diese Unterhaltung fortzusetzen.« Er griff nach Hut und Stock. »Komm. Die Kutsche wartet.«

»Anatole, bitte«, flehte sie, aber er schritt schon über den Platz. Léonie war hin- und hergerissen zwischen Reue und Ärger, aber ihr blieb nichts anderes übrig, als ihm zu folgen. Vor allem wünschte sie, sie hätte den Mund gehalten.

Doch als sie aus Rennes-les-Bains hinausfuhren, wurde sie trotzig. Es war nicht ihre Schuld. Nun ja, sie hatte das Gespräch angezettelt, aber sie hatte es nicht böse gemeint. Anatole hatte beleidigt reagiert, obwohl sie ihn gar nicht hatte kränken wollen. Und dann traf sie eine weitere, quälendere Erkenntnis.

Er ergreift gegen mich Isoldes Partei.

Für eine derart kurze Bekanntschaft war das völlig unangebracht. Schlimmer noch, bei dem Gedanken wurde Léonie schlecht vor Eifersucht.

Kapitel 39

∞

Die Rückfahrt zur Domaine de la Cade war unangenehm. Léonie schmollte. Anatole beachtete sie gar nicht. Sobald sie ankamen, sprang er aus der Kutsche und verschwand ins Haus, ohne sich noch einmal umzuschauen, so dass Léonie sich überlegen musste, was sie mit dem öden und einsamen Nachmittag anstellen sollte, der ihr nun bevorstand.

Sie wollte niemanden sehen, stürmte die Treppe hinauf in ihr Zimmer und warf sich bäuchlings aufs Bett. Sie streifte die Schuhe ab, ließ sie mit einem befriedigenden Plumps auf den Boden fallen, und hielt die Füße über den Bettrand gestreckt, als triebe sie auf einem Floß einen Fluss hinunter.

»*J'en ai marre.*« Es reicht.

Die Uhr auf dem Kaminsims schlug zwei.

Léonie zupfte an den losen Fäden der bestickten Tagesdecke, zog die dünnen, schimmernden Goldfädchen heraus, bis sie neben sich auf dem Bett einen kleinen Berg aufgehäuft hatte, an dem Rumpelstilzchen seine Freude gehabt hätte. Sie schaute frustriert zur Uhr hinüber.

Zwei Minuten nach zwei. Die Zeit schien stillzustehen.

Sie glitt vom Bett, ging zum Fenster hinüber und hob eine Ecke des Vorhangs an. Die Rasenflächen waren von sattem goldenem Licht überflutet. Noch immer waren überall die Schäden zu sehen, die der tückische Wind angerichtet hatte. Doch zugleich sah der Park irgendwie friedlich aus. Vielleicht würde sie einen Spaziergang machen. Das Grundstück ein bisschen erkunden.

Ihr Blick fiel auf den Handarbeitskasten, und sie kramte das schwarze Buch aus den Stoffresten und Pailletten hervor.
Aber ja.
Die Gelegenheit war ideal, um sich auf die Suche nach der Grabkapelle zu machen. Das hatte sie ja ohnehin für heute vorgehabt. Vielleicht würde sie sogar die Tarotkarten finden. Sie schlug das Buch auf. Diesmal las Léonie es Wort für Wort.

Eine Stunde später schlich sich Léonie in ihrer neuen Kammgarnjacke, robuste Wanderstiefel an den Füßen und den Hut keck auf dem Kopf, hinaus auf die Terrasse.
Es war keine Menschenseele im Garten, aber sie ging trotzdem schnell, weil sie sich niemandem gegenüber rechtfertigen wollte. Fast im Laufschritt passierte sie die Rhododendron- und Wacholderbüsche und behielt das Tempo bei, bis sie vom Haus aus nicht mehr zu sehen war. Erst als sie durch die Öffnung in der hohen Buchsbaumhecke geschlüpft war, wurde sie langsamer, um zu verschnaufen. Schon jetzt schwitzte sie. Sie nahm den kratzigen Hut ab und genoss das Gefühl der gesunden Luft auf dem unbedeckten Kopf. Die Handschuhe stopfte sie tief in ihre Taschen. Es erfüllte sie mit einem Hochgefühl, so ganz allein und unbeobachtet zu sein, ihre eigene Herrin.
Am Waldrand blieb sie stehen, verspürte den ersten Anflug von Unsicherheit. Ein fast greifbares Gefühl der Stille lag in der Luft, der Geruch nach Farn und Laub. Sie blickte kurz über die Schulter in die Richtung, aus der sie gekommen war, dann in das Halbdunkel des Waldes. Das Haus war fast nicht mehr zu sehen.
Und wenn ich nicht mehr zurückfinde?
Léonie sah zum Himmel. Vorausgesetzt, sie war nicht zu lange unterwegs, und vorausgesetzt, das Wetter schlug nicht um, dann könnte sie sich für den Rückweg einfach nach Westen hin orientieren, an der untergehenden Sonne. Außerdem war das ein bewirtschafteter und gepflegter Privatwald innerhalb eines Anwesens. Wohl kaum ein Vorstoß ins Unbekannte.
Es gibt nichts zu befürchten.

Nachdem sie sich selbst Mut gemacht hatte, weiterzugehen, und sich schon fast vorkam wie eine Heldin in einem Abenteuerroman, betrat Léonie einen überwucherten Pfad. Nach einem kurzen Stück gabelte sich der Pfad, und sie blieb stehen. Nach links ging es in ein verwildertes und verlassen wirkendes Gelände. Von den Buchsbäumen und dem Lorbeer troff Feuchtigkeit. Die Flaumeichen und die spitzen Nadeln der *pins maritimes* schienen sich niedergeschlagen und erschöpft unter der unliebsamen Last der Zeit zu neigen. Der nach rechts führende Pfad machte dagegen einen geradezu profanen Eindruck.
Wenn es tatsächlich eine in Vergessenheit geratene Grabkapelle auf dem Anwesen gab, dann befand sie sich doch gewiss irgendwo tief im Wald. Weit außer Sichtweite des Haupthauses.
Léonie nahm den linken Pfad in den Schatten hinein. Der Boden sah aus, als wäre lange niemand mehr hier entlanggegangen. Es gab keine frischen Radspuren von der Schubkarre des Gärtners, nichts ließ vermuten, dass hier Laub geharkt worden war oder in letzter Zeit jemand einen Fuß hierhergesetzt hatte.
Léonie merkte, dass es bergauf ging. Der Pfad wurde immer beschwerlicher und unwegsamer. Steine, unebene Erde und lose Äste, die aus dem verwachsenen Dickicht auf beiden Seiten gefallen waren. Sie fühlte sich eingeschlossen, als drängte die Natur auf sie ein, als würde alles um sie herum enger. Auf einer Seite erhob sich eine steile Böschung, die mit dichtem grünem Gestrüpp und Weißdornzweigen und einem undurchdringlichen Gewirr von Eiben bewachsen war, alles so dicht verflochten, dass es im Halbdunkel aussah wie schwarze Spitze. Léonie spürte ein nervöses Flattern in der Brust. Jeder Ast, jede Wurzel zeugte von Verlassenheit. Selbst die Tiere schienen diesen gottverlassenen Wald aufgegeben zu haben. Kein Vogel sang, keine Kaninchen, Füchse oder Mäuse eilten im Unterholz zu ihren Erdhöhlen.
Bald darauf fiel das Gelände rechts neben dem Pfad steil nach unten hin ab. Mehrmals hörte Léonie, wie Steine, die sie mit dem Fuß losgetreten hatte, in die Tiefe polterten. Ihre Besorgnis wuchs. Es gehörte nicht viel Phantasie dazu, um sich die Gespenster oder

Geister oder Erscheinungen vorzustellen, die, wie sowohl der Gärtner als auch Monsieur Baillard in seinem Buch behaupteten, in diesen Wäldern ihr Unwesen trieben.
Dann flachte sich der Hang ab, und auf einer Seite öffnete sich ein ungehinderter Ausblick auf das Panorama der fernen Berge. Sie stand auf einer natürlichen Plattform, die fast wie eine Brücke über einen Wasserlauf ragte. Ein Streifen brauner Erde, der den Pfad im rechten Winkel kreuzte, ein flacher Kanal, den das schnell strömende Schmelzwasser im Frühling gegraben hatte. Jetzt war er trocken.
Durch die Öffnung, die sich über den Wipfeln der kleineren Bäume auftat, schien sich plötzlich die ganze Welt vor Léonie auszubreiten wie ein Gemälde. Die Wolken zogen über einen scheinbar endlosen Himmel, und in den Mulden und an den Flanken der Berge schwebten Nebelschleier oder der Hitzedunst eines Spätsommernachmittags.
Léonie atmete tief durch. Sie fühlte sich herrlich, so fern von aller Zivilisation, vom Fluss und den grauen und roten Dächern der Häuser unten in Rennes-les-Bains, von den zarten Umrissen der *cloche-mur* und der Silhouette des Hôtel de la Reine. Umhüllt von der waldigen Stille, konnte Léonie sich den Lärm in den Cafés und Restaurants vorstellen, das Klappern in den Küchen, das Klirren von Pferdegeschirr und Gigs auf der Gran'Rue, die Rufe des Kutschers, wenn der *courrier* auf den Place du Pérou rollte. Und dann trug der Wind das dünne Läuten der Kirchenglocke bis zu der Stelle herauf, wo sie stand und lauschte.
Vier Uhr schon.
Léonie lauschte, bis das schwache Echo verhallt war. Ihre Abenteuerlust verlor sich zusammen mit dem Klang. Sie musste an die Worte des Gärtners denken.
Halten Sie Ihre Seele verschlossen.
Sie wünschte, sie hätte ihn – irgendwen – um eine Wegbeschreibung gebeten. Sie wollte immer alles allein machen und hasste es, andere um Hilfe zu bitten. Vor allem bereute sie, das Buch nicht mitgenommen zu haben.

Aber jetzt bin ich schon zu weit, um unverrichteter Dinge wieder umzukehren.
Léonie reckte das Kinn in die Höhe, ging entschlossen weiter und kämpfte den schleichenden Verdacht nieder, dass sie in die völlig falsche Richtung lief. Sie hatte keine Karte, keinerlei Hinweise. Wieder bedauerte sie ihre mangelnde Voraussicht und ihren Stolz, die sie daran gehindert hatten zu fragen, ob es eine Karte von der Domaine gab. Allerdings hatte sie am Morgen in der Bibliothek nichts dergleichen gesehen.
Ihr schoss durch den Kopf, dass niemand wusste, wo sie war. Sollte sie stürzen oder sich verirren, würde keiner wissen, wo man nach ihr suchen sollte. Außerdem fiel ihr ein, dass sie irgendeine Art von Spur hätte hinterlassen sollen. Papierschnipsel oder weiße Kieselsteine, wie Hänsel und Gretel im Märchen, um den Heimweg zu markieren.
Es gibt keinen Grund, dass ich mich verlaufe.
Léonie ging weiter, tiefer in den Wald hinein. Sie erreichte eine Lichtung, die von wilden Wacholderbüschen umringt war, die Zweige mit überreifen Beeren bedeckt, als würde sich kein Vogel so tief in den Wald verirren.
Schatten, verzerrte Formen, glitten in ihr Gesichtsfeld und verschwanden wieder. Im grünen Umhang des Waldes trübte sich das Licht, streifte die beruhigende und vertraute Welt ab und verdrängte sie durch etwas Unverständliches, etwas, das lange vergangen war. Nachmittagsdunst erhob sich unangekündigt und ohne Vorwarnung, schlich durch die Bäume, die Dornenbüsche, das Gestrüpp. Es herrschte eine absolute und undurchdringliche Stille, da die feuchte Luft jeden Laut dämpfte. Léonie hatte das Gefühl, als legten sich kalte Finger um ihren Hals wie ein Schal, schlängelten sich unter den Röcken um ihre Beine wie eine Katze.
Dann sah sie plötzlich weiter vorne durch die Bäume hindurch die Umrisse von etwas, das nicht aus Holz oder Erde oder Rinde bestand. Eine kleine steinerne Kapelle, kaum groß genug, um sieben oder acht Gläubigen Platz zu bieten, mit spitzem Dach und einem kleinen Steinkreuz über dem bogenförmigen Eingang.

Léonie stockte der Atem.
Ich habe es gefunden.
Rings um die Grabkapelle wuchsen knorrige Eiben, die den Pfad überschatteten, die Wurzeln verdreht und unförmig wie die Hände eines Greises. In der feuchten Erde waren keine Fußspuren zu sehen. Die Brombeerbüsche und Dornensträucher waren allesamt verwildert.
Léonie empfand gleichermaßen Stolz und Anspannung, als sie weiterging. Blätter raschelten und Zweige knackten unter ihren Sohlen.
Ein weiterer Schritt. Noch näher, bis sie vor der Tür stand. Sie legte den Kopf in den Nacken und schaute nach oben. Über dem vollkommen symmetrischen hölzernen Spitzbogen waren zwei Verszeilen in altertümlichen schwarzen Lettern aufgemalt.

Aïci lo tems s'en
Va res l'Eternitat.

Leonie las die Worte zweimal laut und ließ sich die seltsamen Laute über die Zunge rollen. Sie zog ihren Stift aus der Tasche und notierte sie auf einem Stück Papier.
Sie hörte hinter sich ein Geräusch. Ein Rascheln? Ein wildes Tier? Eine Bergkatze? Dann ein anderes Geräusch, als würde ein Tau über ein Schiffsdeck gezogen. Eine Schlange? Ihr Selbstvertrauen verflüchtigte sich. Die dunklen Augen des Waldes schienen sie zu durchbohren.
Jetzt erinnerte sie sich der Worte aus dem Buch mit grässlicher Klarheit. Vorahnungen, gespenstisch, ein Ort, wo der Schleier zwischen den Welten gehoben wurde.
Plötzlich zögerte Léonie, die Grabkapelle zu betreten. Doch die Alternative, allein und ungeschützt auf der Lichtung zu bleiben, erschien ihr noch schlimmer. Das Blut rauschte ihr im Kopf, als sie die Hand hob, den schweren Metallring an der Tür umfasste und drückte.
Zunächst geschah nichts. Sie drückte erneut. Diesmal ertönte das

knirschende Geräusch von Metall, das sich aus seiner Verankerung schob, und dann ein lautes Klacken, als der Riegel nachgab. Sie legte ihre schmale Schulter an das Holz und stemmte sich dann mit dem Gewicht ihres ganzen Körpers dagegen.

Langsam schwang die Tür zitternd auf.

Kapitel 40

∞

Léonie betrat die Grabkapelle. Kalte Luft schlug ihr entgegen, zusammen mit dem unverkennbaren Duft von Staub und Vergangenheit und der Erinnerung an jahrhundertealten Weihrauch. Und da war noch etwas. Sie rümpfte die Nase. Es roch schwach nach Fisch, nach Meer, dem salzverkrusteten Rumpf eines gestrandeten Fischerboots.

Sie ballte die Hände am Körper, damit das Zittern aufhörte.

Hier ist es.

An der Westmauer, rechts direkt neben dem Eingang, war der Beichtstuhl, etwa einen Meter achtzig hoch, zweieinhalb Meter breit und höchstens sechzig Zentimeter tief. Er war aus dunklem Holz gezimmert und sehr schlicht, nicht zu vergleichen mit den kunstvoll geschnitzten Exemplaren in den Kathedralen und Kirchen von Paris. Das Gitterfenster war geschlossen. Vor einem der Sitze hing ein einzelner trister violetter Vorhang. Auf der anderen Seite des Beichtstuhls fehlte der Vorhang.

Gleich links vom Eingang war das *bénitier*, das Weihwasserbecken. Léonie wich zurück. Das Becken war aus rot-weißem Marmor, aber es ruhte auf dem Rücken einer grinsenden, diabolischen Gestalt. Die rote Haut voller Blasen, krallenbewehrte Hände und Füße, bösartige Augen von durchdringendem Blau.

Ich kenne dich.

Die Statue war das Zwillingsstück zu der Illustration auf dem Frontispiz von *Les Tarots*.

Trotz der Last auf ihrem Rücken war die Verachtung ungebrochen.

Vorsichtig, als könnte die Figur zum Leben erwachen, schlich Léonie näher heran. Unterhalb davon befand sich eine kleine weiße, vom Alter vergilbte Karte, die ihre Vermutung bestätigte: ASMODÉE, maçon au temple de Salomon, démon du courroux.
»Asmodeus, Erbauer des salomonischen Tempels, Dämon des Zorns«, las sie laut. Léonie stellte sich auf die kalten Zehenspitzen und spähte in das Becken. Es war leer. Aber sie sah in den Marmor gemeißelte Buchstaben. Sie fuhr mit den Fingern darüber.
»*Par ce signe tu le vaincras*«, murmelte sie. »In diesem Zeichen wirst du über ihn siegen.«
Sie runzelte die Stirn. Auf wen bezog sich »über ihn«? Den Teufel Asmodeus? Und gleich darauf ein anderer Gedanke. Was war zuerst da gewesen, die Illustration im Buch oder das Weihwasserbecken? Welches war die Kopie, welches das Original?
Sie wusste bloß, dass die Jahreszahl in dem Buch 1870 lautete.
Léonie bückte sich, wobei ihre Röcke wirbelnde Muster in den Staub auf den Bodenplatten malten, und sah am Fuß der Statue nach, ob sich dort vielleicht eine Jahreszahl oder ein Zeichen befand. Sie entdeckte jedoch nichts, was Aufschluss über Alter oder Herkunft der Figur gab.
Jedenfalls nicht westgotisch.
Sie nahm sich vor, der Sache weiter nachzugehen – vielleicht wusste Isolde etwas darüber –, dann richtete sie sich auf und blickte in das kleine Schiff der Kapelle. An der Südseite standen schlichte hölzerne Kirchenbänke in drei Reihen mit Blick nach vorne, wie in einer Schulklasse, aber nur so breit, dass jeweils zwei Gläubige darauf Platz fanden. Keine Verzierungen, keine Schnitzereien am Ende der Bank und keine Kissen zum Knien, bloß durchgehende dünne Fußstützen.
Die Wände der Kapelle waren weiß getüncht, und die Farbe blätterte ab. Einfache Bogenfenster, kein Buntglas, ließen Licht herein, nahmen dem Raum aber alle Wärme. Die Stationen des Kreuzweges waren als kleine Bilder in die Rahmen von Holzkreuzen eingelassen, eigentlich eher Medaillons denn Gemälde, und alle recht unscheinbar, zumindest für Léonies ungeübtes Auge.

Sie ging langsam durch den Mittelgang, wie eine ängstliche Braut, und wurde immer unruhiger, je weiter sie sich von der Tür entfernte. Einmal fuhr sie herum, weil sie meinte, jemand wäre hinter ihr.
Wieder niemand.
Links von ihr flankierten Gipsfiguren von Heiligen den schmalen Innenraum, alle halbgroß, wie böse Kinder, deren Augen ihr zu folgen schienen, als sie vorbeiging. Vor jeder blieb sie stehen, um die Namen zu lesen, die in schwarzer Schrift auf Holztafeln zu ihren Füßen standen: Saint-Antoine, der ägyptische Eremit, Sainte-Germaine, die Schürze voller Bergblumen der Pyrenäen, der lahme Saint-Roch mit seinem Stab. Heilige, die hier in der Gegend verehrt wurden, vermutete sie.
Die letzte Statue, die dem Altar am nächsten stand, stellte eine schlanke und zierliche Frau in einem knielangen roten Gewand und mit glattem schwarzem Haar dar, das ihr bis auf die Schultern fiel. Sie hielt mit beiden Händen ein Schwert, weder drohend noch so, als müsste sie sich verteidigen, sondern eher so, als beschütze sie etwas.
Darunter stand in Druckbuchstaben: La Fille d'Epées.
Léonie runzelte die Stirn. Die Tochter der Schwerter. Vielleicht sollte das eine Darstellung der Sainte-Jeanne d'Arc sein?
Wieder war ein Geräusch zu hören. Sie sah zu den hohen Fenstern hinauf. Bloß die Zweige der Esskastanienbäume klopften wie Fingernägel gegen das Glas. Bloß der Klang wehmütiger Vogelstimmen.
Am Ende des Mittelgangs blieb Léonie zunächst stehen, dann ging sie in die Hocke, um den Boden nach Resten des schwarzen Quadrats abzusuchen, von dem der Autor gesprochen hatte, und nach den vier Buchstaben – C, A, D, E –, die ihr Onkel auf den Boden geschrieben hatte, wie sie glaubte. Sie fand nichts, nicht mal die blasseste Spur, aber sie bemerkte eine Inschrift, die in die Steinplatten gekratzt war.
»*Fujhi, poudes; Escapa, non*«, las sie. Auch diese Worte schrieb sie sich auf.
Léonie richtete sich auf und trat an den Altar. Ihrer Erinnerung

nach entsprach er exakt der Schilderung in *Les Tarots:* ein nackter Tisch ohne irgendwelche religiösen Gerätschaften – keine Kerzen, kein silbernes Kreuz, kein Messbuch, kein Gesangbuch. Er stand in einer achteckigen Apsis mit einer hellen himmelblauen Decke, wie das prächtige Dach des Palais Garnier. Jedes der acht Wandfelder wurde mit einer gemusterten Tapete ausgekleidet. Sie war mit breiten, leicht verblassten hellroten Querstreifen verziert und wurde durch ein Fries aus roten und weißen Wacholderblüten und ein sich wiederholendes Muster aus blauen Scheiben oder Münzen unterteilt. Dort wo die Tapetenbahnen aneinanderstießen, waren mit Goldfarbe bemalte Stuckleisten angebracht, die wie Stöcke oder Stäbe aussahen.

Und in jedem Feld war ein gemaltes Bild.

Léonie schnappte nach Luft, als sie plötzlich erkannte, was sie da vor sich sah. Acht einzelne aus dem Tarot entnommene Bilder, als wären die Figuren aus ihren Karten heraus und an diese Wand hinaufgestiegen. Unter jeder stand die entsprechende Bezeichnung: Le Mat, Le Pagad, La Prêtresse, Les Amoureux, La Force, La Justice, Le Diable, La Tour. Schwarze alte Tinte auf vergilbten Karten.

Das ist dieselbe Handschrift wie im Buch.

Léonie nickte. Gab es einen besseren Beweis dafür, dass die Schilderung ihres Onkels auf wahren Ereignissen beruhte? Die Frage war, warum gerade diese acht Karten, von den achtundsiebzig, die ihr Onkel in seinem Buch einzeln aufführte? Mit einem aufgeregten Flattern in der Brust begann sie, die Namen abzuschreiben, aber allmählich war kein Platz mehr auf dem kleinen Stück Papier, das sie in ihrer Tasche gefunden hatte. Sie sah sich in der Grabkapelle um, suchte nach irgendwas anderem, worauf sie schreiben konnte.

Unter den Steinfüßen des Altars lugte die Ecke eines Blattes Papier hervor. Léonie zog es heraus. Es war ein Stück Klaviermusik, handgeschrieben auf dickem gelbem Pergament. Violin- und Bassschlüssel, einfacher Takt, ohne B oder Kreuze. Sie musste an den Untertitel auf dem Deckblatt von *Les Tarots* denken und an die Worte ihres Onkels – er hatte die Musik aufgezeichnet.

Sie strich das Notenblatt glatt und versuchte die Eröffnungstakte vom Blatt zu singen, aber sie bekam die Melodie nicht hin, obwohl sie ganz simpel war. Es gab nur eine begrenzte Zahl von Noten, und auf den ersten Blick fühlte sie sich an jene Vierfingerübungen erinnert, mit denen sie sich als Kind im Klavierunterricht hatte herumplagen müssen.
Dann verzogen sich ihre Lippen zu einem Lächeln. Jetzt erkannte sie das Muster – C-A-D-E. Dieselbe Notenfolge, die sich wiederholte. Wunderschön. Wie das Buch behauptet hatte, Musik, um die Geister zu beschwören.
Und sogleich folgte auf diesen Gedanken ein weiterer.
Wenn die Musik hier in der Kapelle geblieben ist, dann vielleicht auch die Karten.
Léonie zögerte kurz, dann schrieb sie die Jahreszahl und das Wort »Grabkapelle« oben auf die Seite, als Beweis, wo sie das Notenblatt gefunden hatte. Sie steckte es in die Tasche und begann, die Kapelle systematisch zu durchsuchen. Sie schob die Finger in staubige Ecken und Ritzen, suchte nach verborgenen Hohlräumen, fand aber nichts, wo man einen Satz Karten hätte verstecken können.
Aber wenn nicht hier, wo dann?
Sie ging um den Altar herum. Jetzt hatten sich ihre Augen an das Halbdunkel gewöhnt, und sie meinte, die Umrisse einer schmalen Tür zu erkennen, die kaum sichtbar zwischen den acht Wandfeldern der Apsis eingelassen war. Sie hob die Hand, tastete die Oberfläche nach einer Unebenheit ab und stieß auf eine kleine Vertiefung, vielleicht die Spur einer alten Öffnung, die einst benutzt worden war. Sie drückte fest dagegen, doch nichts geschah, nichts bewegte sich. Falls dort mal eine Tür gewesen war, so ließ sie sich jetzt jedenfalls nicht mehr benutzen.
Léonie trat zurück, die Hände in den Hüften. Sie fand sich nur ungern damit ab, dass die Karten nicht hier waren, aber sie hatte jedes mögliche Versteck überprüft. Ihr blieb bloß noch die Möglichkeit, das Buch erneut zu konsultieren und darin nach Antworten zu suchen. Jetzt, wo sie hier gewesen war, würden sich ihr die geheimen Bedeutungen des Textes sicherlich erschließen.

Falls es überhaupt welche gibt.
Wieder schaute Léonie zu den Fenstern hinauf. Das Licht wurde schwächer. Die schrägen Sonnenstrahlen, die durch die Bäume drangen, waren weitergewandert, und die Scheiben hatten sich verdunkelt. Wie schon zuvor hatte sie das Gefühl, dass die Augen der Gipsstatuen auf sie gerichtet waren, sie beobachteten. Und in dem Moment, als sie sich dessen bewusst wurde, schien die Atmosphäre in der Kapelle zu kippen, sich zu verändern.
Ein Rauschen ertönte in der Luft. Sie konnte Musik hören, in ihrem Kopf, die von irgendwo in ihrem Innern kam. Gehört und doch nicht gehört. Dann spürte sie, dass jemand anwesend war, hinter ihr, es umschloss sie, glitt an ihr vorbei, ohne sie auch nur einmal zu berühren, und kam doch immer näher, eine unaufhörliche Bewegung, begleitet von einer Kakophonie aus Flüstern und Seufzen und Weinen.
Ihr Puls begann zu rasen.
Das bilde ich mir alles bloß ein.
Sie hörte ein anderes Geräusch. Sie versuchte, es nicht ernst zu nehmen, so wie sie all die anderen Laute innerhalb und außerhalb von ihr abgetan hatte. Aber da war es wieder. Ein Kratzen, ein Schlurfen. Hinter dem Altar das Klickern von Fingernägeln oder Klauen auf den Bodenplatten.
Jetzt kam Léonie sich vor wie ein Eindringling. Sie hatte die Stille der Grabkapelle gestört, die Hörenden und Schauenden, die diese verstaubten steinernen Gänge bewohnten. Sie war nicht willkommen. Sie hatte zu den gemalten Bildern an den Wänden hinaufgeblickt und in die Augen der Gipsheiligen gestarrt, die hier wachten. Sie wandte sich um, sah in die bösartigen blauen Augen von Asmodeus. Die im Buch geschilderten Beschreibungen der Dämonen stürmten mit voller Wucht auf sie ein. Sie erinnerte sich, mit welchem Grauen ihr Onkel beschrieben hatte, wie die schwarzen Schwingen, die Gestalten auf ihn niederstießen. Über ihn herfielen.
Die Male in meinen Handflächen, wie Stigmata, sind nicht verblasst.

Léonie schaute nach unten und sah, oder bildete sich ein, dass in ihren kalten geöffneten Händen rote Male erschienen. Narben in Form einer liegenden Acht auf ihrer blassen Haut.

Und jetzt endlich war es mit ihrem Mut vorbei.

Sie raffte ihre Röcke und stürzte zur Tür. Der böse Blick des Asmodeus schien sie zu verspotten, als sie an ihm vorbeilief, und seine Augen folgten ihr. In Todesangst warf sie sich mit dem ganzen Gewicht ihres Körpers gegen die Tür, die sich dadurch nur noch fester schloss. Trotz ihrer Panik fiel ihr ein, dass die Tür nach innen aufging. Sie packte den Griff und zog.

Jetzt war Léonie sicher, hinter sich Schritte zu hören. Krallen, Klauen, die über die Bodenplatten schabten, sie verfolgten. Sie jagten. Die Teufel des Ortes waren freigesetzt worden, um die Heiligkeit der Kapelle zu schützen. Ein entsetztes Schluchzen drang aus ihrer Kehle, als sie nach draußen in den dunkel werdenden Wald stolperte.

Die Tür fiel schwer hinter ihr ins Schloss, knarrte in den alten Angeln. Léonie hatte keine Angst mehr davor, was im Zwielicht zwischen den Bäumen lauern mochte. Das war nichts im Vergleich zu den übersinnlichen Schrecken innerhalb des Grabmals.

Sie hob ihre Röcke an und lief los, spürte die Augen des Dämons im Rücken. Sie hatte gerade noch rechtzeitig begriffen, dass der uralte Blick der Geister und Gespenster wachte, um ihr Reich gegen Eindringlinge zu schützen. Léonie stürmte durch die stille Luft davon, verlor ihren Hut, strauchelte und wäre fast gestürzt, rannte den Pfad entlang, den sie gekommen war, über den ausgetrockneten Wasserlauf, durch den in Dämmerlicht gehüllten Wald in die Sicherheit der Rasenflächen und Gärten.

Fujhi, poudes; Escapa, non.

Einen flüchtigen Moment lang glaubte sie, die Bedeutung der Worte zu verstehen.

Kapitel 41

∞

Als Léonie völlig durchgefroren zurück ins Haus kam, fand sie Anatole, wie er in der Halle auf und ab lief. Ihr Fehlen war nicht nur bemerkt worden, sondern hatte auch große Bestürzung ausgelöst. Isolde schlang die Arme um sie und wich dann rasch wieder zurück, als schäme sie sich dieser Bekundung ihrer Zuneigung. Anatole umarmte sie und schüttelte sie dann. Er war hin- und hergerissen zwischen seinem Wunsch, sie zu tadeln, und seiner Erleichterung, dass ihr nichts zugestoßen war. Nichts wurde über ihren vorangegangenen Streit, der überhaupt erst dazu geführt hatte, dass sie allein losgezogen war, gesagt.

»Wo bist du gewesen?«, wollte er wissen. »Wie konntest du so leichtfertig sein?«

»Ich war im Garten spazieren.«

»Spazieren! Es ist schon fast dunkel!«

»Ich habe die Zeit vergessen.«

Anatole bedrängte sie weiter mit Fragen über Fragen. Hatte sie irgendwen gesehen? Hatte sie sich etwa über die Grenzen des Anwesens gewagt? War ihr irgendetwas Ungewöhnliches aufgefallen?

Je länger das Verhör anhielt, desto mehr fiel die Angst, die sie in der Grabkapelle gepackt hatte, von ihr ab. Kaum hatte Léonie sich wieder gefangen, verteidigte sie sich, denn Anatoles Entschlossenheit, den Vorfall hochzuspielen, weckte in ihr den Wunsch, das Gegenteil zu tun.

»Ich bin kein Kind mehr«, schleuderte sie ihm entgegen, verärgert darüber, so ungerecht behandelt zu werden. »Ich kann sehr gut auf mich selbst aufpassen.«

»Nein, das kannst du nicht«, schrie er. »Du bist erst siebzehn.«

Léonie warf ihre Lockenpracht mit Schwung nach hinten. »Du klingst, als hättest du Angst gehabt, ich wäre entführt worden.«

»Mach dich nicht lächerlich«, zischte er, doch Léonie bemerkte, wie er und Isolde Blicke wechselten.

Ihre Augen wurden schmal. »Was ist los?«, sagte sie langsam. »Was um alles in der Welt ist denn geschehen, dass du dermaßen überreagierst? Was verschweigst du mir?«

Anatole öffnete den Mund, schloss ihn jedoch wieder, so dass Isolde einschritt.

»Es tut mir leid, wenn Ihnen unsere Sorge übertrieben erscheint. Selbstverständlich steht es Ihnen völlig frei, spazieren zu gehen, wo immer Sie möchten. Aber in letzter Zeit gab es Berichte von wilden Tieren, die in der Dämmerung bis herunter ins Tal kommen. Nicht weit von Rennes-les-Bains wurden Bergkatzen gesichtet, vielleicht auch Wölfe.«

Léonie wollte die Erklärung gerade hinterfragen, als sie sich überdeutlich an das Geräusch von Krallen auf den Bodenplatten der Grabkapelle erinnerte. Sie schauderte. Sie konnte nicht mit Sicherheit sagen, wodurch ihr Abenteuer so unvermittelt in etwas gänzlich anderes umgeschlagen war. Nur, dass sie in dem Augenblick, als sie die Flucht ergriff, geglaubt hatte, in Lebensgefahr zu sein. Durch was, das wusste sie nicht.

»Da siehst du mal, wie unvorsichtig du warst«, tobte Anatole.

»Anatole, genug jetzt«, sagte Isolde leise und berührte ihn sacht am Arm.

Zu Léonies Verblüffung verstummte er und wandte sich mit einem empörten Seufzer ab, die Hände auf den Hüften.

»Außerdem soll wieder ein Unwetter aus den Bergen heranziehen«, sagte Isolde. »Wir hatten Sorge, Sie würden von dem Gewitter überrascht werden.«

Ihre Bemerkung wurde von einem unheimlichen Donnergrollen unterbrochen. Alle drei sahen zu den Fenstern hinüber. Dunkle, unheilverkündende Wolken trieben jetzt schnell über die Berggipfel dahin. Ein weißlicher Nebel hing zwischen den Bergen in der Ferne wie der Rauch eines Lagerfeuers. Ein erneutes Grollen, diesmal näher, ließ die Scheiben klirren.

»Kommen Sie«, sagte Isolde und nahm Léonies Arm. »Das Mädchen soll ein heißes Bad für Sie vorbereiten, danach essen wir zu Abend und machen es uns vor dem Kamin im Salon gemütlich. Und spielen vielleicht noch eine Partie Karten? Bézique, *vingt-et-un*, was Sie möchten.«

Léonie erinnerte sich an etwas. Sie schaute nach unten in ihre Handflächen, die weiß vor Kälte waren. Da war nichts zu sehen. Keine roten Male, die sich in ihre Haut gebrannt hatten.

Sie ließ sich auf ihr Zimmer führen.

Erst eine Weile später, als die Glocke bereits zum Abendessen geläutet hatte, nahm Léonie sich die Zeit, sich im Spiegel zu betrachten.

Sie glitt auf den Stuhl vor dem Frisiertisch und starrte unverwandt in den Spiegel. Ihre Augen leuchteten zwar, waren aber fiebrig. Auf ihrer Haut hatte sich deutlich die Erinnerung an die Angst eingeprägt, wie eingebrannt, und sie fragte sich, ob Isolde oder Anatole es nicht ebenfalls bemerken würden.

Léonie zögerte, weil sie ihre angegriffenen Nerven nicht wieder aufregen wollte, doch dann stand sie auf und holte *Les Tarots* aus ihrem Handarbeitskasten. Mit zaghaften Fingern blätterte sie die Seiten um, bis sie zu der Passage kam, die sie suchte.

> *Ein Rauschen lag in der Luft, und ich hatte das Gefühl, nicht mehr allein zu sein. Jetzt war ich sicher, dass die Grabkapelle voller Wesen war. Geister, ich kann nicht sagen, dass sie menschlich waren. Alle Regeln der Natur wurden aufgehoben. Alle Entitäten waren gleichzeitig anwesend. Mein Selbst und andere Formen meines Selbst, vergangene und zukünftige, waren gleichermaßen gegenwärtig … Mir schien, als schwebten und flögen sie durch die Luft, so dass mir ihre*

flüchtige Präsenz allzeit gegenwärtig war ... Vor allem in der Luft über meinem Kopf war eine unaufhörliche Bewegung zu spüren, begleitet von einer Kakophonie aus Flüstern, Seufzen und Weinen.

Léonie klappte den Text zu.

Es entsprach so akkurat ihrem Erlebnis. Die Frage war, ob sich die Worte so tief in ihrem Unbewussten eingenistet hatten, dass ihre Empfindungen und Reaktionen dadurch gelenkt worden waren. Oder hatte sie unabhängig etwas von dem erlebt, was ihr Onkel gesehen hatte? Ein weiterer Gedanke schoss ihr durch den Kopf.

Kann es sein, dass Isolde wirklich nichts von alledem weiß?

Léonie hatte keinen Zweifel mehr, dass sowohl ihre Mutter als auch Isolde etwas Verstörendes in der Atmosphäre der Domaine spürten. Beide spielten sie, jede auf ihre Weise, auf eine bestimmte Stimmung an, sie ließen ein Gefühl der Unruhe durchblicken, wenngleich keine von ihnen offen darüber sprach. Léonie presste die Hände aneinander und legte das Kinn auf die Fingerspitzen, während sie angestrengt nachdachte. Auch sie hatte dieses Gefühl gestern Nachmittag empfunden, als sie und Anatole auf der Domaine de la Cade eingetroffen waren.

Während sie weiter nachgrübelte, schob sie das Notenblatt mit der Klaviermusik zwischen die Seiten von *Les Tarots* und legte das Buch zurück in sein Versteck. Sie wollte rasch nach unten zu den anderen. Jetzt, da der Schreck sich gelegt hatte, war sie neugierig und entschlossen, mehr herauszufinden. Es gab so viele Fragen, die sie Isolde stellen wollte, nicht zuletzt die, was sie über die Tätigkeiten ihres Mannes vor der Heirat wusste. Vielleicht würde sie sogar an M'man schreiben, um sich zu erkundigen, ob es in ihrer Kindheit irgendwelche speziellen Vorfälle gegeben hatte, die sie verängstigt hatten. Denn ohne zu wissen, wieso sie ihrer Sache so sicher war, ging Léonie nun davon aus, dass es der Ort selbst war, der diese Schrecken barg, der Wald, der See, die uralten Bäume.

Doch als sie die Tür ihres Zimmers hinter sich schloss, wurde Léonie klar, dass sie niemandem von ihrem Abenteuer erzählen durfte, weil man ihr sonst vielleicht verbieten würde, noch einmal zu der Grabkapelle zu gehen. Zumindest fürs Erste musste sie darüber Stillschweigen bewahren.

Langsam senkte sich die Nacht über die Domaine de la Cade und brachte eine gewisse Anspannung mit sich, ein Gefühl des Wartens und Wachens.

Das Abendessen verlief angenehm, untermalt vom gelegentlichen Poltern des trostlosen Donners in der Ferne. Léonies abenteuerliche Erkundung des Anwesens blieb unerwähnt. Stattdessen sprachen sie über Rennes-les-Bains und die Nachbarorte, über die Vorbereitungen für das Diner am Samstag und die Gäste, darüber, wie viel es noch zu tun gab und wie viel Freude sie dabei haben würden.

Freundliche, alltägliche, häusliche Gespräche.

Als sie sich nach dem Essen in den Salon begaben, schlug ihre Stimmung um. Die Dunkelheit außerhalb der Mauern schien fast lebendig. Es war eine Erleichterung, als das Unwetter endlich losbrach. Der Himmel selbst begann zu grollen und zu beben. Grelle, gezackte verästelte Blitze jagten silbern durch schwarze Wolken. Donner krachte, brüllte, prallte von Felsen und Bäumen ab, hallte durchs Tal.

Dann erfasste der Wind, der sich einen Moment gelegt hatte, als wollte er neue Kraft sammeln, das Haus mit voller Gewalt und brachte den ersten Regen mit, der schon den ganzen Abend gedroht hatte. Hagelschauer prasselten gegen die Fenster, bis es allen im Schutz des Hauses so vorkam, als rausche eine Wasserlawine über die Fassade des Gebäudes wie Wellen, die sich am Ufer brachen.

Dann und wann meinte Léonie, sie könne noch immer die Musik hören. Als hätte der Wind die Noten auf dem Blatt, das in ihrem Zimmer versteckt war, aufgenommen und zum Klingen gebracht. Genau wie der alte Gärtner gesagt hatte, fiel ihr mit einem Frösteln ein.

Die meiste Zeit versuchten Anatole, Isolde und Léonie, nicht auf den draußen tosenden Sturm zu achten. Ein gemütliches Feuer knisterte und knackte im Kamin. Alle Lampen waren entzündet, und die Dienstboten hatten noch mehr Kerzen gebracht. Sie hatten es so behaglich wie möglich, und doch fürchtete Léonie, die Wände könnten sich unter dem Ansturm biegen, ins Wanken geraten und einstürzen.

In der Halle wurde eine unverriegelte Tür vom Wind aufgestoßen und rasch wieder gesichert. Léonie hörte, wie die Dienstboten durchs Haus eilten und überprüften, ob auch alle Fensterläden geschlossen waren. Da die Gefahr bestand, dass die dünnen Scheiben in den alten Fassungen zersprangen, hatte man die Vorhänge zugezogen. In den Fluren der obersten Etage ertönten Schritte und das Klappern von Eimern und Kübeln, die verteilt wurden, um das tropfende Regenwasser aufzufangen, das, wie Isolde ihnen erklärte, durch undichte Stellen zwischen lockeren Dachziegeln eindrang.

Zu dritt verweilten sie im Salon, saßen zusammen, schlenderten umher, gingen auf und ab, unterhielten sich. Sie tranken ein wenig Wein. Sie versuchten, sich mit normalen Abendbeschäftigungen die Zeit zu vertreiben. Anatole schürte das Feuer und füllte ihre Gläser auf. Isolde verschränkte ihre langen blassen Finger im Schoß. Einmal zog Léonie den Vorhang zurück und starrte hinaus in die Finsternis. Durch die Ritzen der Fensterläden konnte sie wenig sehen, außer den Silhouetten der Bäume im Park, die immer mal wieder jäh von Blitzen erhellt wurden und sich schüttelten und aufbäumten wie Wildpferde an der Leine. Es kam ihr so vor, als schreie der Wald um Hilfe, während die alten Bäume knarrend und knackend Widerstand leisteten.

Um zehn Uhr schlug Léonie eine Partie Bézique vor. Sie und Isolde setzten sich an den Kartentisch. Anatole blieb stehen, einen Arm auf den Kaminsims gelegt, in der Hand ein Glas Cognac, und rauchte eine Zigarette.

Sie sprachen kaum. Jeder von ihnen tat so, als würde er nicht auf den Sturm achten, lauschte jedoch auf die feinen Veränderungen im Wind und im Regen, die darauf hindeuten mochten, dass das Schlimmste überstanden war. Léonie fiel auf, wie ungemein blass

Isolde geworden war, als gäbe es in dem Unwetter noch eine weitere Gefahr, eine Art Warnung. Während die Zeit sich dahinschleppte, gewann sie den Eindruck, dass Isolde um Fassung rang. Oft ließ sie eine Hand gedankenverloren zum Bauch wandern, als leide sie unter einer Krankheit. Oder aber ihre Finger zupften am Stoff ihrer Röcke, an den Ecken der Spielkarten, am grünen Tischüberzug.

Ein Donnerschlag krachte genau über ihnen. Isoldes graue Augen weiteten sich entsetzt. Fast im selben Augenblick war Anatole an ihrer Seite. Léonie spürte einen eifersüchtigen Stich. Sie fühlte sich ausgeschlossen, als hätten die beiden vergessen, dass sie im Raum war.

»Wir sind in Sicherheit«, sagte er leise.

»Laut Monsieur Baillard«, warf Léonie ein, »werden die Unwetter hiesigen Legenden zufolge vom Teufel geschickt, wenn die Welt aus dem Lot geraten ist. Wenn die natürliche Ordnung der Dinge gestört ist. Der Gärtner hat heute Morgen etwas Ähnliches gesagt. Er hat gesagt, gestern Abend sei über dem See Musik zu hören gewesen, die …«

»Léonie, *ça suffit!*«, sagte Anatole scharf. »Alle Geschichten dieser Art, von Dämonen und teuflischen Umtrieben, Flüchen und Verwünschungen, sind bloß Ammenmärchen, um Kindern Angst einzujagen.«

Isolde blickte erneut zum Fenster hinüber. »Wie lange das wohl noch dauert? Ich glaube, ich ertrage es nicht mehr.«

Anatole legte kurz seine Hand auf ihre Schulter und nahm sie gleich wieder weg, aber nicht so schnell, dass Léonie die Geste entgangen wäre.

Er möchte sich um sie kümmern. Sie beschützen.

Sie schob den eifersüchtigen Gedanken beiseite.

»Das Unwetter hat sich bald ausgetobt«, sagte Anatole beruhigend. »Es ist bloß der Wind.«

»Es ist nicht der Wind. Ich spüre etwas … etwas Schreckliches wird geschehen«, flüsterte Isolde. »Ich habe das Gefühl, dass er kommt. Dass er sich uns nähert.«

»Isolde, *chérie*«, sagte Anatole ganz leise.
Léonies Augen verengten sich. »Er?«, wiederholte sie. »Wer? Wer kommt?«
Keiner von beiden achtete auf sie.
Wieder rüttelte ein Windstoß an den Fensterläden. Der Himmel zerbarst. »Ich bin sicher, dieses gediegene alte Haus hat schon Schlimmeres erlebt«, sagte Anatole mit bemüht unbeschwerter Stimme. »Fürwahr, ich wage zu behaupten, es wird auch dann noch viele Jahre stehen, wenn wir alle längst tot und begraben sind. Es gibt nichts zu befürchten.«
Isoldes graue Augen flackerten fiebrig. Léonie sah, dass Anatoles Worte genau die gegenteilige Wirkung erzielt hatten. Statt zu beruhigen, hatten sie die Ängste nur noch geschürt.
Tot und begraben.
Für den Bruchteil einer Sekunde meinte Léonie, das verzerrte Gesicht des Dämons Asmodeus zu erblicken, das sie aus den züngelnden Flammen des Kaminfeuers anstarrte. Sie merkte, wie sie zurückschreckte.
Sie war kurz davor, Anatole die Wahrheit zu sagen und ihm zu beichten, wie sie den Nachmittag verbracht hatte. Was sie gesehen und gehört hatte. Doch als sie sich zu ihm umwandte, sah sie, mit welch zärtlichem und fürsorglichem Blick er Isolde ansah, so dass sie sich fast schämte, ihn dabei ertappt zu haben.
Sie schloss den Mund wieder und sagte nichts. Der Wind ließ nicht nach. Und ihre rastlose Phantasie gönnte ihr keine Ruhe.

Kapitel 42

∞

Als Léonie am folgenden Morgen erwachte, stellte sie erstaunt fest, dass sie auf der Chaiselongue im Salon der Domaine de la Cade lag und nicht in ihrem Zimmer.

Das frühe Morgenlicht fiel in goldenen Strahlen durch die Spalten in den Fenstervorhängen. Das Feuer im Kamin war erloschen. Auf dem Tisch waren noch die Spielkarten und die leeren Gläser vom Vorabend.

Léonie setzte sich auf und lauschte eine Weile in die Stille hinein. Nach all dem Toben und Hämmern von Regen und Wind herrschte jetzt eine tiefe Ruhe. Das alte Haus knarrte und ächzte nicht mehr. Der Sturm war weitergezogen.

Sie lächelte. Die Schrecken der vergangenen Nacht – die Gedanken an Geister und Teufel – muteten in dem milden Morgenlicht nahezu lächerlich an. Schon bald vertrieb sie der Hunger von dem gemütlichen Sofa. Auf Zehenspitzen ging sie zur Tür und hinaus in die Halle. Die Luft war kühl, und überall roch es durchdringend nach Feuchtigkeit, aber es lag eine Frische in der Luft, die am Vorabend gefehlt hatte. Sie trat zu der Durchgangstür, die den vorderen Bereich des Hauses von den Unterkünften der Bediensteten trennte, und spürte die kalten Fliesen durch die dünnen Sohlen ihrer *savates*, als sie einen langen Korridor hinunterging. Hinter einer zweiten Tür am Ende des Flurs hörte sie Stimmen und das Klappern von Kochutensilien. Irgendjemand pfiff vor sich hin.

Léonie betrat die Küche. Sie war kleiner, als sie gedacht hatte, ein freundlicher quadratischer Raum mit gewachsten Wänden und schwarzen Balken, von denen eine Vielzahl von Töpfen mit Kupferboden und andere Küchengeräte hingen. Der Herd stand in einem großen Rauchabzug, in dem auf beiden Seiten Platz für eine Steinbank war, und auf der schwarzen Herdplatte brodelte ein Topf.

Die Köchin hielt eine Holzkelle mit langem Griff in der Hand, als sie sich zu der unerwarteten Besucherin umdrehte. Stuhlbeine schrammten über die Fliesen, als die anderen Dienstboten, die gerade an dem abgenutzten Tisch in der Mitte des Raumes frühstückten, aufstanden.

»Bitte bleibt sitzen«, sagte Léonie rasch. Es war ihr unangenehm, die Leute zu stören. »Ich wollte fragen, ob ich einen Schluck Kaffee bekommen kann. Und vielleicht auch etwas Brot.«

Die Köchin nickte. »Ich mache Ihnen ein Tablett fertig, Madomaisèla. Im Morgenzimmer?«

»Ja, vielen Dank. Ist sonst schon jemand heruntergekommen?«, fragte sie.

»Nein, Madomaisèla. Sie sind die Erste.«

Der Tonfall war höflich, machte aber unmissverständlich klar, dass sie hier unerwünscht war.

Dennoch blieb Léonie stehen. »Hat das Unwetter irgendwelche Schäden angerichtet?«

»Nichts, was nicht wieder behoben werden kann«, sagte die Köchin.

»Keine Überflutungen?«, fragte Léonie, die Sorge hatte, das Diner am Samstag, auch wenn es noch einige Tage hin war, müsste verschoben werden, falls die Straße vom Ort herauf beschädigt war.

»Aus Rennes-les-Bains ist nichts Ernstes gemeldet worden. Eines der Mädchen hat gehört, dass es in Alet-les-Bains einen Erdrutsch gegeben haben soll. Die Postkutsche sitzt drüben in Limoux fest.«

Die Köchin wischte sich die Hände an ihrer Schürze ab. »Falls sonst nichts ist, würden Sie mich jetzt bitte entschuldigen, Madomaisèla? Für heute Abend gibt es noch einiges vorzubereiten.«

Léonie blieb keine andere Wahl, als sich zurückzuziehen. »Natürlich.«

Als sie die Küche verließ, schlug die Uhr in der Halle sieben. Sie schaute durch die Fenster nach draußen und sah einen rosa Himmel mit weißen Wölkchen. Im Park hatte man begonnen, das Laub zusammenzuharken und die Zweige und Äste aufzusammeln, die von den Bäumen gerissen worden waren.

Die folgenden Tage verliefen friedlich.

Léonie bewegte sich frei in Haus und Park. Sie frühstückte auf ihrem Zimmer und konnte den Morgen nach Lust und Laune verbringen. Häufig sah sie ihren Bruder und Isolde erst zum Mittagessen. An den Nachmittagen unternahmen sie und Isolde, so das Wetter es zuließ, ausgedehnte Spaziergänge auf dem Anwesen, oder sie erkundeten das Haus. Ihre Tante war stets aufmerksam und freundlich, hatte aber einen scharfen und oft amüsanten Geist. Sie spielten Rubinstein-Duette auf dem Klavier, holprig und mit mehr Vergnügen als Kunstfertigkeit, und vertrieben sich an den Abenden die Zeit mit kurzweiligen Gesellschaftsspielen. Léonie las und malte auf der kleinen Landzunge, die sich über den See erhob, ein Bild vom Haus.

Das Buch ihres Onkels und das Notenblatt, das sie aus der Grabkapelle mitgenommen hatte, gingen ihr nicht aus dem Kopf, aber sie ließ beides unberührt. Und auch wenn sie den Landsitz allein erkundete, verbot Léonie ihren Füßen, sie in die Richtung des verwilderten Pfades zu tragen, der zu der vergessenen westgotischen Kapelle führte.

Samstag, der 26. September, der Tag der Abendgesellschaft, brach strahlend und klar an.

Als Léonie mit ihrem Frühstück fertig war, kam schon der erste Lieferkarren aus Rennes-les-Bains über die Einfahrt der Domaine de la Cade gerumpelt. Ein Junge sprang herab und entlud zwei große Eisblöcke. Bald darauf traf ein weiterer Karren ein und brachte das *viande*, Käse, frische Milch und Sahne.

In jedem Zimmer des Hauses, so kam es Léonie zumindest vor, waren Bedienstete unter den Blicken der alten Haushälterin damit

beschäftigt, zu putzen und zu polieren, Servietten zu falten und Aschenbecher zu verteilen.
Um neun Uhr erschien Isolde aus ihrem Zimmer und nahm Léonie mit in den Garten. Ausgerüstet mit Gartenscheren und dicken Überschuhen aus Gummi zum Schutz gegen die nasse Erde, schnitten sie für die Tischdekorationen Blumen, auf denen noch der erste Tau lag.
Als sie um elf ins Haus zurückkehrten, hatten sie vier flache Holzkörbe mit Blüten gefüllt. Im Morgenzimmer wartete nicht nur dampfender Kaffee auf sie, sondern auch ein bestens aufgelegter Anatole, der sie über seine Zeitung hinweg anlächelte.
Gegen Mittag war Léonie mit den Tischkarten fertig, bei deren Beschriftung und Gestaltung sie sich genau an Isoldes Vorgaben gehalten hatte. Sie nahm ihrer Tante das Versprechen ab, dass sie selbst die Karten verteilen durfte, sobald der Tisch fertig gedeckt war.
Gegen eins blieb nichts mehr zu tun. Bei einem leichten Mittagsimbiss erklärte Isolde, sie wolle sich in ihrem Zimmer ein paar Stunden ausruhen. Anatole zog sich zurück, um ein wenig Korrespondenz zu erledigen. Und Léonie blieb nichts anderes übrig, als ebenfalls ihr Zimmer aufzusuchen.
Dort angekommen, fiel ihr Blick auf den Handarbeitskasten, in dem *Les Tarots* unter roter Baumwolle und blauem Garn schlummerte, doch obwohl ihr Ausflug zur Grabkapelle schon einige Tage zurücklag, war ihr noch immer nicht danach, sich wieder in die Mysterien des Textes hineinziehen und dadurch ihren Seelenfrieden gefährden zu lassen. Außerdem war Léonie klar, dass Lesen an diesem Nachmittag nicht die passende Beschäftigung war. Ihre Gedanken waren viel zu sprunghaft vor lauter Vorfreude auf den Abend.
Stattdessen wanderte ihr Blick zu der Stelle auf dem Boden, wo ihre Farben und Pinsel, die Staffelei und ein Heft Zeichenpapier lagen. Sie stand auf, und eine Welle der Zuneigung zu ihrer Mutter erfasste sie. Jetzt wäre die ideale Gelegenheit, ihre Zeit zu nutzen und ein hübsches Souvenir für M'man zu malen. Ein Geschenk,

das sie ihr Ende Oktober bei ihrer Rückkehr nach Paris überreichen könnte.

Um die unglücklichen Kindheitserinnerungen an die Domaine de la Cade zu überdecken?

Léonie läutete nach dem Mädchen und ließ sich eine Schüssel Wasser für ihre Pinsel bringen sowie ein dickes Baumwolltuch, um den Tisch abzudecken. Dann nahm sie ihre Palette und einige Tuben Farbe und begann, Wülste von Karmesinrot, Ocker, Turmalinblau, Gelb und Moosgrün und schließlich Ebenholzschwarz für die Konturen herauszuquetschen. Aus ihrem Zeichenbuch nahm sie ein einzelnes, dickes cremefarbenes Blatt.

Sie saß eine Weile still da und wartete auf eine Inspiration. Ohne dass ihr ein bestimmtes Motiv vorschwebte, begann sie, mit zarten schwarzen Strichen die Umrisse einer Figur zu entwerfen. Während ihr Pinsel über das Papier glitt, war sie in Gedanken ganz bei dem aufregenden Abend, der vor ihr lag. Das Gemälde nahm praktisch ohne sie Gestalt an. Sie fragte sich, wie ihr die feine Gesellschaft von Rennes-les-Bains gefallen würde. Alle geladenen Gäste hatten Isoldes Einladung angenommen. Léonie stellte sich vor, wie sie bewundert und umschwärmt wurde, sah sich in ihrem blauen Abendkleid, dann im roten, dann in dem grünen aus dem Samaritaine. Sie malte sich aus, wie ihre schlanken Arme in verschiedenen Abendhandschuhen wirken würden, neigte mal mehr zu dem Paar mit dem speziellen Besatz, mal mehr zu dem anderen, das länger war. Sie überlegte, ob sie ihr kupferrotes Haar mit Perlmuttkämmen feststecken sollte oder doch lieber mit silbernen Haarnadeln, die besser mit ihrem Gesicht harmonierten. Sie spielte in Gedanken mit einem ganzen Sortiment von Halsketten und Ohrringen und Armbändern, um ihr Erscheinungsbild zu vervollkommnen.

Während die Schatten unten auf den Rasenflächen länger wurden und Léonie, weil sie so in ihre vergnüglichen Gedanken versunken war, gar nicht merkte, wie die Zeit verging, wurde der Farbauftrag mit jedem Pinselstrich auf dem Papier dicker, und das Bild erwachte zum Leben.

Erst als Marieta gekommen war, um alles wegzuräumen, und das Zimmer wieder verlassen hatte, musterte Léonie ihr Werk kritisch. Was sie vor sich sah, verblüffte sie. Ohne es auch nur im Geringsten geplant zu haben, hatte sie eine Figur von den Tarot-Standbildern an der Wand der Grabkapelle gemalt: La Force. Der einzige Unterschied war, dass die junge weibliche Gestalt langes kupferrotes Haar hatte und ein Morgenkleid trug, das wie die Kopie eines Kleides aussah, das in ihrem eigenen Schrank in der Rue de Berlin hing.
Sie hatte sich selbst in das Bild hineingemalt.
Einerseits stolz auf ihr durchaus gelungenes Werk, andererseits fasziniert von der nahezu unerklärlichen Wahl ihres Sujets, hielt Léonie das Selbstporträt ins Licht. Normalerweise sahen die Figuren, die sie malte, immer alle ziemlich gleich aus und hatten wenig mit dem zu tun, was sie im Sinn gehabt hatte. Diesmal jedoch war die Ähnlichkeit mehr als nur flüchtig.
Kraft?
Sah sie sich selbst so? Eigentlich hätte sie das verneint. Sie betrachtete das Bild noch einen Moment länger, aber da sich der Nachmittag dem Ende zuneigte, war sie gezwungen, das Porträt hinter die Uhr auf dem Kaminsims zu stellen und es vorläufig zu vergessen.

Um sieben Uhr klopfte Marieta erneut.
»Madomaisèla?«, sagte sie und schob den Kopf um die halb geöffnete Tür. »Madama Isolde schickt mich, um Ihnen beim Ankleiden zu helfen. Haben Sie entschieden, was Sie tragen möchten?«
Léonie nickte, als wäre das nie eine Frage gewesen. »Das grüne Abendkleid mit dem viereckigen Ausschnitt. Und den *sous-jupe* mit dem Saumbesatz aus Broderie Anglaise.«
»Sehr gut, Madomaisèla.«
Marieta suchte die Kleidungsstücke heraus und trug sie auf dem ausgestreckten Arm zum Bett, wo sie sie behutsam ausbreitete. Dann half sie Léonie mit geschickten Fingern, das Korsett über Chemise und Unterwäsche anzulegen, band es eng im Rücken und schloss die Haken und Ösen vor dem Körper. Léonie drehte sich

nach links und rechts, um sich im Spiegel zu betrachten, und lächelte dann.

Das Dienstmädchen stieg auf den Stuhl und streifte zuerst den Unterrock und dann das Kleid über Léonies Kopf. Die grüne Seide fühlte sich kühl auf der Haut an, und der schimmernde Faltenwurf ergoss sich wie sonnenbeschienenes Wasser über ihren Körper.

Marieta sprang herab und hantierte mit den Verschlüssen, dann ging sie in die Hocke, um den Saum hübsch zu drapieren, während Léonie die Ärmel zurechtzupfte.

»Wie soll ich Ihr Haar arrangieren, Madomaisèla?«

Léonie setzte sich an den Frisiertisch. Sie neigte den Kopf zur Seite, griff eine Handvoll von ihrer losen Lockenpracht und drehte sie oben auf dem Kopf zusammen. »So ungefähr.«

Sie ließ das Haar wieder herabfallen und griff nach ihrer kleinen braunen Lederschmuckschatulle. »Ich habe Perlmuttkämme mit eingelegten Abaloneperlen in meinem Schmuckkästchen, die zu den Ohrringen und dem Anhänger passen, die ich tragen werde.«

Marieta arbeitete rasch, aber sorgfältig. Schließlich legte sie Léonie die Kette mit Platinblatt und Perlen um den Hals, trat dann zurück, um ihr Werk zu bewundern.

Léonie schaute lange und kritisch in den hohen Drehspiegel. Nachdem sie ihn leicht gekippt hatte, um sich von oben bis unten betrachten zu können, lächelte sie zufrieden. Das Kleid fiel gut, war weder zu schlicht noch zu extravagant für ein privates Diner. Es schmeichelte ihrem Teint und ihrer Figur. Ihre Augen waren klar und strahlend, und ihr Gesicht war makellos, weder zu blass noch zu gerötet.

Von unten war lärmendes Glockengebimmel zu hören. Dann das Geräusch der Haustür, die für die ersten Gäste geöffnet wurde.

Die beiden Mädchen sahen einander an.

»Welche Handschuhe bevorzugen Sie, die grünen oder die weißen?«

»Die grünen mit dem Perlenbesatz um den Bund«, antwortete Léonie. »In einer der Hutschachteln oben im Schrank ist ein Fächer, mit einer ganz ähnlichen Farbe.«

Als sie fertig war, nahm Léonie ihr Ridikül von der Kommode und schob zu guter Letzt ihre bestrumpften Füße in grüne Seidenschühchen.
»Sie sehen hinreißend aus, Madomaisèla«, hauchte Marieta. »Wunderschön.«

Als Léonie aus ihrem Zimmer trat, schlug ihr so lauter Lärm entgegen, dass sie wie erstarrt stehen blieb. Sie spähte über das Geländer nach unten in die Halle. Die Diener trugen Livreen, die extra für diesen Abend geliehen worden waren und sehr elegant aussahen, was zur Festlichkeit des Anlasses beitrug. Sie setzte ein strahlendes Lächeln auf, vergewisserte sich ein letztes Mal, dass ihr Kleid perfekt saß, und ging dann mit Schmetterlingen im Bauch hinunter, um sich unter die Gäste zu mischen.
Am Eingang zum Salon kündigte der Kutscher Pascal sie mit kräftiger und klarer Stimme an, verdarb die Wirkung jedoch prompt ein wenig, indem er ihr aufmunternd zuzwinkerte, als sie vorbeiging.
Isolde stand vor dem Kamin und plauderte mit einer jungen Frau, die eine fahle Gesichtsfarbe hatte. Mit einem Blick forderte sie Léonie auf, zu ihnen zu kommen.
»Mademoiselle Denarnaud, darf ich Ihnen meine Nichte vorstellen, Léonie Vernier, die Tochter der Schwester meines verstorbenen Gatten.«
»*Enchantée*, Mademoiselle«, sagte Léonie brav.
In dem anschließenden kurzen Gespräch stellte sich heraus, dass Mademoiselle Denarnaud eine unverheiratete Schwester des Herrn war, der ihnen am Tag ihrer Ankunft in Couiza mit dem Gepäck geholfen hatte. Denarnaud selbst hob eine Hand und winkte, als er sah, dass Léonie zu ihm hinüberschaute. Dann erfuhr sie, dass eine ziemlich entfernte Cousine als Haushälterin für den Curé von Rennes-le-Château arbeitete. Noch so eine große Familie, dachte Léonie, und ihr fiel ein, dass der Abbé Saunière selbst eines von elf Geschwistern war, wie Isolde zwei Tage zuvor beim Abendessen erwähnt hatte.

Ihre Versuche, Konversation zu betreiben, wurden mit einem kalten Starrblick quittiert. Mademoiselle Denarnaud war zwar kaum älter als Isolde, trug aber ein matronenhaftes Kleid aus schwerem Brokat, das eher zu einer doppelt so alten Frau gepasst hätte, und eine furchtbar aus der Mode gekommene Turnüre, wie man sie in Paris schon seit Jahren nicht mehr gesehen hatte. Der Kontrast zwischen ihr und ihrer Gastgeberin hätte größer nicht sein können. Isolde hatte ihr Haar in blonden Ringellöckchen hoch auf den Kopf getürmt und mit Perlenkämmen festgesteckt. Ihr erlesenes Abendkleid aus goldgelbem Taft und elfenbeinfarbener Seide, das für Léonie ganz danach aussah, als entstamme es der neuesten Kollektion von Charles Worth, war mit Kristall- und Metallfäden durchwirkt. Um den Hals trug sie ein Stoffband aus demselben Material mit einer Perlenbrosche in der Mitte. Wenn sie sprach und sich bewegte, fing ihr Kleid schimmernd das Licht auf.

Léonie war erleichtert, als sie Anatole entdeckte, der rauchend am Fenster stand und sich mit Dr. Gabignaud unterhielt. Sie entschuldigte sich und glitt durch den Raum, um sich zu den beiden Männern zu gesellen. Eine Mischung aus dem Geruch von Sandelholzseife, Haaröl und einem frisch gestärkten Abendanzug begrüßte sie, als sie auf sie zukam. Anatole sah sie, und sein Gesicht hellte sich auf.

»Léonie!«

Er schlang einen Arm um ihre Taille und zog sie an sich. »Du siehst bezaubernd aus, wenn du mir die Bemerkung erlaubst.« Er trat einen Schritt zurück, um den Doktor wieder ins Gespräch mit einzubeziehen. »Gabignaud, Sie erinnern sich an meine Schwester?«

»Selbstverständlich.« Der Doktor verneigte sich rasch. »Mademoiselle Vernier. Wenn Sie gestatten, schließe ich mich dem Kompliment Ihres Bruders an.«

Léonie errötete anmutig. »Eine beeindruckende Gesellschaft«, sagte sie.

Anatole erklärte ihr, wer die anderen Gäste waren. »Du erinnerst dich doch noch an Maître Fromilhague? Und da ist Denarnaud und seine Schwester, die ihm den Haushalt führt.«

Léonie nickte. »Tante Isolde hat uns bereits bekannt gemacht.«
»Das dort drüben ist Bérenger Saunière, der Pfarrer von Rennes-le-Château und ein Freund unseres verstorbenen Onkels.«
Er deutete auf einen hochgewachsenen und muskulösen Mann mit hoher Stirn und markanten Gesichtszügen, die nicht so recht zu seinen langen schwarzen Gewändern passen wollten.
»Scheint ein sympathischer Bursche zu sein«, fuhr Anatole fort, »aber offenbar kein Mann, der sich gern mit Trivialem beschäftigt.« Er nickte dem Doktor zu. »Er hat sich mehr für Gabignauds medizinische Forschung interessiert als für die banalen Scherze, die ich zu bieten hatte.«
Mit einem Lächeln bestätigte Gabignaud Anatoles Einschätzung. »Saunière ist ein ungemein belesener Mann, auf allen möglichen Gebieten. Er giert nach Wissen. Stellt unaufhörlich Fragen.«
Léonie betrachtete den Pfarrer noch einen Moment, dann wanderte ihr Blick weiter.
»Und die Dame neben ihm?«
»Madame Bousquet, eine entfernte Verwandte unseres Onkels.« Anatole senkte die Stimme. »Hätte Lascombe sich nicht berufen gefühlt, zu heiraten, hätte sie die Domaine de la Cade geerbt.«
»Und doch hat sie die Einladung zum Diner angenommen?«
Er nickte. »Madame Bousquet und Isolde haben zwar nicht gerade ein schwesterliches Verhältnis, aber sie gehen gesittet miteinander um. Sie empfangen sich gegenseitig. Isolde bewundert sie sogar.«
Erst jetzt bemerkte Léonie einen großen, sehr dünnen Mann, der leicht verdeckt hinter einer kleinen Gruppe stand. Sie wandte sich halb um und betrachtete ihn. Er trug, was überaus ungewöhnlich war, einen weißen Anzug statt der herkömmlichen schwarzen Abendgarderobe, und aus der Brusttasche seines Jacketts ragte ein auffälliges gelbes Taschentuch. Auch seine Weste war gelb.
Sein Gesicht war von Falten durchzogen und seine Haut beinahe durchsichtig vom Alter, und doch kam es Léonie so vor, als hätte er nichts Greisenhaftes an sich. Doch irgendwie war eine unterschwellige Traurigkeit an ihm, dachte sie. Als wäre er ein Mann, der viel gesehen und erlitten hatte.

Anatole drehte sich um, um zu sehen, wer oder was ihre Aufmerksamkeit so gefesselt haben mochte. Er beugte sich näher zu ihr und flüsterte ihr ins Ohr. »Ah, das ist der berühmteste Gast von Rennes-les-Bains, Audric Baillard, Verfasser jener seltsamen kleinen Schrift, die dich so beschäftigt hat.« Er schmunzelte. »Scheint recht exzentrisch zu sein. Gabignaud hat mir erzählt, dass er sich immer auf diese eigentümliche Weise kleidet, egal zu welcher Gelegenheit. Immer in einem hellen Anzug, immer mit gelber Krawatte.«

Léonie wandte sich an den Arzt. »Aus welchem Grund?«, fragte sie halblaut.

Gabignaud zuckte lächelnd die Achseln. »Ich glaube, in Erinnerung an verlorene Freunde, Mademoiselle Vernier. Gefallene Kameraden, ich bin nicht ganz sicher.«

»Du kannst ihn ja selbst fragen, *petite*, beim Diner«, sagte Anatole.

Das Gespräch plätscherte dahin, bis der Gong geschlagen wurde, der die Gesellschaft zu Tisch rief.

Isolde wurde von Maître Fromilhague geleitet, als sie ihre Gäste aus dem Salon und durch die Halle führte. Anatole begleitete Madame Bousquet. Léonie ging am Arm von Monsieur Denarnaud, behielt aber Monsieur Baillard im Blick. Abbé Saunière und Dr. Gabignaud nahmen Mademoiselle Denarnaud in die Mitte und bildeten die Nachhut.

Pascal, der in der geliehenen rotgoldenen Livree ganz prächtig aussah, stieß die Türen auf, als die Gesellschaft näher kam. Sogleich ertönte ein anerkennendes Raunen. Selbst Léonie, die den Speisesaal den ganzen Morgen über in den verschiedenen Phasen der Vorbereitung gesehen hatte, war ganz geblendet von dessen Verwandlung. An dem herrlichen gläsernen Kronleuchter strahlten drei Reihen weißer Wachskerzen. Der lange ovale Tisch war mit zahllosen frischen Lilien geschmückt und wurde von drei silbernen Armleuchtern in festlichen Glanz getaucht. Auf der Anrichte standen Servierschüsseln mit gewölbten Deckeln, die wie Rüstungen schimmerten. Das Licht der Kerzen ließ Schatten über die an den

Wänden hängenden gemalten Gesichter vergangener Generationen der Familie Lascombe tanzen.
Durch das Verhältnis von vier Damen und sechs Herren war die Sitzordnung ein wenig ungleichmäßig.
Isolde nahm am Kopfende Platz und Monsieur Baillard am Fußende. Anatole saß links von Isolde, während Maître Fromilhague zu ihrer Rechten plaziert wurde. Neben Fromilhague war Mademoiselle Denarnaud und gleich neben ihr Dr. Gabignaud. Als Nächstes kam Léonie, so dass Audric Baillard rechts von ihr saß. Sie lächelte schüchtern, als der Diener ihren Stuhl hervorzog und sie sich setzte.
Auf der gegenüberliegenden Seite des Tisches hatte Anatole das Vergnügen von Madame Bousquets Gesellschaft, dann kam Charles Denarnaud und schließlich Abbé Saunière.
Die Diener füllten flache schalenartige Gläser mit reichlich Blanquette de Limoux. Fromilhague richtete seine Aufmerksamkeit ausschließlich auf die Gastgeberin und ignorierte Denarnauds Schwester nahezu, was Léonie unhöflich fand, obgleich sie es ihm nicht ganz verdenken konnte. Während des kurzen Gesprächs, das sie mit ihr geführt hatte, war ihr die Frau überaus geistlos erschienen.
Nachdem Anatole einige höfliche Floskeln mit Madame Bousquet ausgetauscht hatte, hörte Léonie, dass er mit Maître Fromilhague eine angeregte Konversation über Literatur begonnen hatte. Fromilhague war ein Mann mit festen Ansichten, und er lehnte Monsieur Zolas jüngsten Roman *L'Argent* als geschmacklos und unmoralisch ab. Zudem verdammte er auch andere Vertreter aus Zolas Umfeld, so zum Beispiel Guy de Maupassant, der angeblich unter Halluzinationen litt und Angst hatte, verrückt zu werden. Vergeblich gab Anatole zu bedenken, dass Leben und Werk eines Autors unabhängig voneinander betrachtet werden sollten.
»Eine unmoralische Lebensführung verdirbt die Kunst«, lautete Fromilhagues starrköpfige Antwort.
Es dauerte nicht lange, bis sich fast der gesamte Tisch an der Debatte beteiligte.

»Sie sind so still, Madomaisèla Léonie«, drang eine Stimme an ihr Ohr. »Interessieren Sie sich nicht für Literatur?«
Erleichtert wandte sie sich Audric Baillard zu. »Ich lese für mein Leben gern. Aber in einer Gesellschaft wie dieser ist es schwer, seiner Meinung Gehör zu verschaffen.«
Er lächelte. »Ah, wie wahr.«
»Und ich gebe zu«, sprach sie leicht errötend weiter, »dass ich einen Großteil der zeitgenössischen Literatur zutiefst langweilig finde. Seite um Seite immer nur Ideen, eine kunstvolle Sprache und kluge Gedanken, aber nie geschieht etwas!«
Seine Augen blickten leicht amüsiert. »Ihre Phantasie wird also eher von der Handlung gefesselt?«
Léonie lächelte. »Mein Bruder Anatole sagt immer, dass ich einen ziemlich schlechten Geschmack habe, und vermutlich hat er recht. Der spannendste Roman, den ich je gelesen habe, war *Das Schloss von Otranto*, aber mir gefallen auch die Schauergeschichten von Amelia B. Edwards und einfach alles von Monsieur Poe.«
Baillard nickte. »Er hatte eine große Begabung. Ein gestörter Mensch, aber ein Meister darin, die dunkle Seite unserer menschlichen Natur zu erfassen, finden Sie nicht auch?«
Léonie war erstaunt und erfreut zugleich. In Paris hatte sie nur allzu viele öde Soireen durchstehen müssen, mehr oder weniger ignoriert von der Mehrheit der Gäste, die anscheinend glaubten, dass es sich nicht lohne, ihre Meinung anzuhören. Monsieur Baillard schien da anders zu sein.
»Doch, doch«, bestätigte sie. »Meine Lieblingsgeschichte von Monsieur Poe ist ›Das verräterische Herz‹, die ich immer wieder gern lese, obwohl ich jedes Mal danach Alpträume habe, wie ich gestehen muss. Ein Mörder, der vom pochenden Herzschlag des Mannes, den er getötet und unter den Dielenbrettern versteckt hat, in den Wahnsinn getrieben wird. Einfach genial!«
»Schuld ist ein machtvolles Gefühl«, sagte er leise.
Léonie sah ihn einen Moment lang aufmerksam an, in der Erwartung, dass er das näher erläutern würde, aber er sprach nicht weiter.

»Darf ich mir eine unverfrorene Frage erlauben, Monsieur Baillard?«
»Selbstverständlich.«
»Ihre Garderobe ist sehr … nun ja …« Sie brach ab, wollte ihn nicht kränken.
Baillard lächelte. »Unkonventionell? Entspricht nicht der üblichen Uniform?«
»Uniform?«
»Was feine Herren heutzutage zu einem Diner tragen«, sagte er mit blitzenden Augen.
Léonie seufzte. »Ja schon. Aber eigentlich interessiert mich mehr das, was mein Bruder gesagt hat, dass Sie bekannt dafür sind, stets Gelb zu tragen. In Erinnerung an gefallene Kameraden, vermutete Dr. Gabignaud.«
Audric Baillards Gesicht schien sich zu verdunkeln.
»Das ist richtig«, sagte er leise.
»Haben Sie bei Sedan gekämpft?«, fragte sie und stockte dann. »Oder … Mein Papa hat für die Kommune gekämpft. Ich habe ihn nicht mehr kennengelernt. Er wurde deportiert und …«
Audric Baillard legte kurz eine Hand auf ihre. Sie spürte seine papierdünne Haut und die Zartheit seiner Berührung durch den Stoff der Handschuhe. Léonie konnte sich nicht erklären, was sie in diesem Moment überkam, sie merkte nur, wie sie einen Kummer, von dem sie nicht einmal gewusst hatte, dass er sie quälte, plötzlich in Worte fasste.
»Monsieur Baillard, ist es denn immer richtig, für das zu kämpfen, woran man glaubt?«, sagte sie leise. »Ich habe mich das oft gefragt. Selbst wenn es die Menschen, die einem nahestehen, so viel kostet?«
Er drückte ihre Finger. »Immer«, sagte er ruhig. »Und sich derer zu erinnern, die gefallen sind.«
Einen Augenblick lang verklangen die Geräusche des Raumes. Die Stimmen, das Lachen, das Klimpern von Gläsern und Silberbesteck.
Léonie sah ihn direkt an und spürte, wie ihr Blick, ihre Gedanken

von der Weisheit, von der Lebenserfahrung aufgesaugt wurden, die in seinen würdevollen bernsteinfarbenen Augen lag.

Dann lächelte er, mit tiefen Fältchen um die Augen, und der intime Moment war vorüber.

»Die Guten Christen, die Katharer, mussten sich als Erkennungszeichen ein gelbes Kreuz an die Kleidung heften.« Seine Finger klopften auf das sonnenblumengelbe Taschentuch in seiner Brusttasche. »Ich trage das zu ihrem Gedächtnis.«

Léonie legte den Kopf schräg. »Sie scheinen viel für sie zu empfinden, Monsieur Baillard«, sagte sie lächelnd.

»Diejenigen, die uns vorausgegangen sind, sind nicht unbedingt verschwunden, Madomaisèla Vernier.« Er klopfte sich auf die Brust. »Sie leben hier.« Er lächelte. »Sie sind Ihrem Vater nie begegnet, sagen Sie, und doch lebt er in Ihnen. Habe ich recht?«

Zu ihrer eigenen Verblüffung merkte Léonie, dass ihr Tränen in die Augen schossen. Sie nickte stumm, weil sie ihrer Stimme nicht traute. In gewisser Hinsicht war es eine Erleichterung, als Dr. Gabignaud ihr eine Frage stellte und sie gezwungen war, ihm zu antworten.

Kapitel 43

∞

Es wurde ein Gang nach dem anderen serviert. Frische Forelle, die, butterzart und rosa, fast von den Gräten fiel, gefolgt von delikaten Lammkoteletts auf einem Bett aus spätem Spargel. Den Männern wurde ein kräftiger Corbières eingeschenkt, ein gehaltvoller Rotwein der Region aus Jules Lascombes ausgezeichnetem Weinkeller. Für die Damen gab es einen halbtrockenen Weißwein aus Tarascon, schwer und dunkel in der Farbe, wie geröstete Zwiebelschale.

Es wurde angeregt geplaudert und hitzig debattiert, über Glaube und Politik, den Norden und Süden, über das Leben auf dem Lande im Vergleich zur Stadt. Léonie schaute zu ihrem Bruder hinüber. Anatole war in seinem Element. Seine braunen Augen blitzten, sein schwarzes Haar glänzte, und sie konnte sehen, dass er sowohl Madame Bousquet als auch Isolde bezauberte. Gleichzeitig jedoch fiel ihr auf, dass seine Augen dunkel umschattet waren. Und dass die Narbe über seiner Braue in dem tanzenden Kerzenlicht besonders deutlich zu sehen war.

Léonie brauchte ein Weilchen, um sich von den starken Empfindungen zu erholen, die das Gespräch mit Audric Baillard in ihr ausgelöst hatte. Ganz allmählich wichen die Scham und die Verlegenheit darüber, sich so ungeniert offenbart zu haben – noch dazu so überraschend –, einer gewissen Neugier, wie sie so etwas bei sich hatte zulassen können. Nachdem sie ihre Fassung zurückgewonnen hatte, konnte sie es kaum erwarten, die Unterhaltung fortzusetzen. Doch Monsieur Baillard war tief im Gespräch mit Curé Saunière versunken. Auf ihrer anderen Seite schien Dr. Gabignaud fest ent-

schlossen, jeden Augenblick mit Reden auszufüllen. Erst als das Dessert serviert wurde, bot sich erneut eine Gelegenheit.
»Tante Isolde sagt, Sie verfügen auf vielen Gebieten über eine große Sachkenntnis, Monsieur Baillard. Nicht nur was die Albigenser betrifft, sondern auch wenn es um die Geschichte der Westgoten oder ägyptische Hieroglyphen geht. An meinem ersten Abend hier habe ich Ihre Abhandlung *Diables et Esprits Maléfiques et Fantômes de la Montagne* gelesen. Ein Exemplar davon steht hier in der Bibliothek.«
Er lächelte, und Léonie spürte, dass auch er froh war, das Gespräch wiederaufzunehmen.
»Ich selbst habe es Jules Lascombe geschenkt.«
»Es war bestimmt sehr zeitaufwendig, so viele Geschichten in einem Band zusammenzutragen«, fuhr sie fort.
»Eigentlich nicht«, sagte er leichthin. »Man muss nur ein offenes Ohr für die Landschaft haben, für die Menschen, die dieses Land bewohnen. Die Geschichten, die häufig als Mythen oder Legenden überliefert werden, die Geister und Dämonen und übernatürlichen Wesen sind ebenso in den Charakter der Region hineingewoben wie die Felsen, Berge und Seen.«
»Natürlich«, sagte sie. »Aber denken Sie nicht auch, dass es Geheimnisse gibt, die unerklärlich sind?«
»*Oc*, Madomaisèla, *ieu tanben*. Das ist auch meine Ansicht.«
Léonie machte große Augen. »Sie sprechen Okzitanisch?«
»Es ist meine Muttersprache.«
»Sie sind nicht Franzose?«
Er bedachte sie mit einem galligen Lächeln. »Nein, das bin ich in der Tat nicht.«
»Tante Isolde wünscht, dass die Bediensteten im Haus Französisch sprechen, aber sie rutschen so häufig ins Okzitanische, dass sie es aufgegeben hat, sie deswegen zu schelten.«
»Okzitanisch ist die Sprache dieses Landes. Aude, Ariège, Corbières, Razès – und noch weiter bis nach Spanien und ins Piemont hinein. Die Sprache der Dichtung, der Geschichten und Überlieferungen.«
»Dann stammen Sie also aus dieser Gegend, Monsieur Baillard?«

»*Pas luènh*«, entgegnete er geschickt ausweichend.
Auf die Erkenntnis, dass er für sie die Worte übersetzen könnte, die sie als Inschrift über der Tür zur Grabkapelle gesehen hatte, folgte sogleich die Erinnerung an das Schaben von Krallen auf Steinplatten, wie das Kratzen eines gefangenen Tieres.
Sie schauderte. »Aber sind derartige Geschichten wahr, Monsieur Baillard?«, fragte sie. »Diese Erzählungen von Geistern und Gespenstern und Dämonen. Sind sie wahr?«
»*Vertat?*«, sagte er und hielt mit seinen glänzenden Augen ihren Blick für einen Moment fest. »Wahr? Wer kann das sagen, Madomaisèla? Manche glauben, der Schleier, der eine Dimension von der anderen trennt, ist so transparent, so durchscheinend, nahezu unsichtbar. Andere würden behaupten, dass nur die Gesetze der Wissenschaft vorschreiben, was wir glauben dürfen und was nicht.« Er hielt inne. »Ich für mein Teil kann Ihnen nur sagen, dass die Einstellungen sich im Laufe der Zeit ändern. Was ein Jahrhundert als Tatsache betrachtet, gilt in einem anderen als Ketzerei.«
»Monsieur Baillard«, sagte Léonie rasch, »bei der Lektüre Ihres Buches habe ich mich gefragt, ob sich Legenden vielleicht an der natürlichen Landschaft orientieren. Verdanken der Fauteuil du Diable oder der Étang du Diable ihre Namen den Geschichten, die man sich in dieser Gegend erzählt, oder sind die Geschichten entstanden, um den Örtlichkeiten gerecht zu werden?«
Er lächelte. »Das ist eine scharfsinnige Frage, Madomaisèla.«
Baillard sprach leise, und doch hatte Léonie den Eindruck, als wichen alle anderen Geräusche vor seiner klaren zeitlosen Stimme zurück. »Was wir Zivilisation nennen, ist lediglich das Bemühen des Menschen, der natürlichen Welt seine Werte aufzuzwingen. Bücher, Musik, Malerei, all diese künstlichen Dinge, die unsere Mitgäste heute Abend so beschäftigt haben, sind nur Bestrebungen, die Seele dessen zu erfassen, was wir um uns sehen. Es sind Versuche, einen Sinn zu finden, unsere menschlichen Erfahrungen in etwas einzuordnen, was überschaubar und kontrollierbar ist.«
Léonie starrte ihn einen Moment an. »Aber Geister, Monsieur Baillard, und Teufel«, sagte sie langsam. »Glauben Sie an Geister?«

»*Benleu*«, sagte er mit seiner leisen und festen Stimme. Vielleicht. Er wandte den Kopf zum Fenster, als erwarte er, dahinter jemanden zu sehen, dann schaute er wieder Léonie an.
»Ich kann Ihnen so viel sagen. Schon zweimal wurde der Teufel beschworen, der hier umgeht. Und zweimal wurde er besiegt.« Er schaute nach rechts zur Seite. »Das letzte Mal mit Hilfe unseres Freundes hier.« Er zögerte kurz. »Solche Zeiten möchte ich nicht noch einmal durchleben, es sei denn, es gibt keine andere Wahl.«
Léonie folgte seinem Blick. »Abbé Saunière?«
Baillard schien sie gar nicht gehört zu haben. »Diese Berge, diese Täler, diese Steine – und der Geist, der ihnen Leben einhauchte – existierten schon lange, bevor die Menschen kamen und versuchten, das Wesen uralter Dinge mit Sprache zu erfassen. In den Namen, die Sie eben nannten, spiegeln sich nur unsere Ängste.«
Léonie dachte darüber nach, was er gesagt hatte. »Aber ich glaube, Sie haben meine Frage nicht beantwortet, Monsieur Baillard.«
Er legte beide Hände auf den Tisch. Léonie konnte die blauen Adern und braunen Altersflecken sehen, die seine weiße Haut zeichneten. »Es gibt einen Geist, der allen Dingen innewohnt. Wir sitzen hier in einem Haus, das vor mehreren hundert Jahren erbaut wurde. Es ist alt, ja, uralt, nach modernen menschlichen Maßstäben. Aber es steht an einem Ort, der viele Abertausende von Jahren alt ist. Unser Einfluss auf das Universum ist bloß ein Flüstern. Sein wesentlicher Charakter, seine hellen und dunklen Seiten, entstanden Jahrtausende, bevor der Mensch versuchte, der Landschaft seinen Stempel aufzudrücken. Die Geister derjenigen, die uns vorausgingen, sind überall um uns herum, eingesponnen in das Muster, in die Musik der Welt, wenn Sie so wollen.«
Léonie fühlte sich plötzlich fiebrig. Sie legte eine Hand an die Stirn. Zu ihrer Verblüffung fühlte sie sich feucht an, kalt. Der Raum drehte sich, schwankte, bewegte sich. Die Kerzen, die Stimmen, die unscharfen Gestalten der Bediensteten, die sich hin und her bewegten, alles schien zu verschwimmen.
Sie versuchte, ihre Gedanken wieder auf das Gespräch zu konzentrieren, und trank einen weiteren Schluck Wein, um ihre Nerven

zu beruhigen. »Musik«, sagte sie, obgleich ihre Stimme klang, als käme sie von weit weg. »Können Sie mir mehr über Musik sagen, Monsieur Baillard?«

Sie sah den Ausdruck auf seinem Gesicht und dachte einen Moment lang, dass er die unausgesprochene Frage hinter ihren Worten verstanden hatte.

Warum höre ich, wenn ich schlafe, wenn ich den Wald betrete, im Wind Musik?

»Musik ist eine Kunst, bei der es um geordnete Klänge und Stille geht, Madomaisèla Léonie. Heute betrachten wir sie als eine Form der Unterhaltung, der Ablenkung, aber sie ist so viel mehr. Denken Sie stattdessen eher an Wissen, das sich mit den Mitteln der Tonsprache ausdrückt, also durch Melodie und Harmonie; mit den Mitteln des Rhythmus, also durch Tempo und Metrum; und mit den Mitteln der Klangfarbe, des Timbres, der Tonstärke und Textur. Einfach ausgedrückt ist Musik eine persönliche Reaktion auf Schwingung.«

Sie nickte. »Ich habe gelesen, dass sie unter besonderen Bedingungen als Bindeglied zwischen dieser Welt und der nächsten dienen kann. Dass ein Mensch von einer Dimension in die nächste hinübergehen kann. Würden Sie derlei Behauptungen einen gewissen Wahrheitsgehalt zusprechen, Monsieur Baillard?«

Er sah sie unverwandt an. »Der menschliche Geist kann kein Muster ersinnen, das nicht bereits innerhalb der Grenzen der Natur besteht«, sagte er. »Alles, was wir tun, sehen, schreiben, aufzeichnen, alles ist ein Widerhall der tiefen Fugen des Universums. Musik ist das Sichtbarmachen der unsichtbaren Welt durch Klang.«

Léonie spürte, wie ihr Herz sich verkrampfte. Jetzt näherten sie sich dem Kern der Sache. Die ganze Zeit über, das war ihr nun klar, hatte sie sich auf diesen Moment zubewegt, in dem sie ihm erzählen würde, wie sie die im Wald verborgene Grabkapelle gefunden hatte, geleitet von der Verheißung dunkler Geheimnisse, die in dem Buch ihres Onkels angesprochen wurden. Ein Mann wie Audric Baillard würde das verstehen. Er würde ihr sagen können, was sie wissen wollte.

Léonie holte tief Luft.
»Sind Sie mit dem Spiel des Tarot vertraut, Monsieur Baillard?«
Seine Miene blieb unverändert, doch seine Augen blickten wacher. *Fast so, als hätte er eine derartige Frage erwartet.*
»Madomaisèla«, sagte er schließlich, »steht diese Frage in Zusammenhang mit den Dingen, die wir zuvor erörtert haben? Oder ist sie unabhängig davon?«
»Beides.« Leonie merkte, wie ihr die Wangen glühten. »Aber ich frage das, weil … weil ich in der Bibliothek auf ein Büchlein gestoßen bin. Es ist in einer überaus altertümlichen Form geschrieben, und die Worte selbst sind rätselhaft, und doch war da etwas …« Sie stockte. »Ich bin nicht sicher, ob ich es richtig deute.«
»Fahren Sie fort.«
»Dieser Text, bei dem es sich vorgeblich um ein Zeugnis tatsächlicher Begebenheiten handelt, stammt aus der …« Sie geriet ins Stottern, weil sie unsicher war, ob sie den Namen des Verfassers preisgeben sollte.
Doch Monsieur Baillard beendete den Satz für sie. »Aus der Feder Ihres verstorbenen Onkels«, sagte er und schmunzelte über die Verblüffung auf ihrem Gesicht, die sie nicht verbergen konnte. »Ich weiß von dem Band.«
»Haben Sie ihn gelesen?«
Er nickte.
Léonie atmete erleichtert auf. »Der Verfasser – also mein Onkel – spricht darin von Musik, die in den Stoff der materiellen Welt eingewoben ist. Von bestimmten Noten, die die Geister heraufbeschwören können, so behauptet er jedenfalls. Die Tarotkarten haben gleichfalls eine Verbindung sowohl zu der Musik als auch zu dem Ort und tragen Bilder, die nur während dieser Berührung der beiden Welten zum Leben erwachen.« Sie zögerte kurz. »Im Text ist die Rede von einem Grabmal hier auf dem Anwesen, und von einem Ereignis, das sich angeblich dort einmal zugetragen hat.« Sie hob den Kopf. »Sind Ihnen Geschichten über derlei Geschehnisse zu Ohren gekommen, Monsieur Baillard?«
Er hielt dem Blick ihrer grünen Augen ruhig und gelassen stand.

»Ja.«
Bevor sie das Thema angeschnitten hatte, hatte sie vorgehabt, ihm ihre Suche nach der Kapelle vielleicht doch zu verschweigen, aber angesichts seiner klugen forschenden Augen merkte sie, dass sie ihm nichts vormachen konnte.
»Ich ... ich habe dieses Grabmal gefunden«, sagte sie. »Es liegt ein Stück höher in östlicher Richtung, im Wald.«
Léonie wandte ihr erhitztes Gesicht zu den offenen Fenstern. Auf einmal sehnte sie sich danach, im Freien zu sein, weg von den Kerzen, der Konversation, der verbrauchten Luft in dem überhitzten Raum. Dann fröstelte sie, als wäre ein Schatten hinter sie getreten.
»Auch ich kenne die Kapelle.« Er hielt inne, wartete, fügte dann hinzu: »Und ich vermute, es gibt eine Frage, die Sie mir stellen möchten?«
Léonie drehte ihm wieder den Kopf zu. »Auf dem Bogen über der Eingangstür der Grabkapelle war eine Inschrift.«
Sie sprach sie nach, so gut sie konnte, doch die unbekannten Worte kamen ihr schwer über die Lippen.
»Aïci lo tems s'en, va res l'Eternitat.«
Er schmunzelte. »Sie haben ein gutes Gedächtnis, Madomaisèla.«
»Was bedeutet es?«
»Es ist ein wenig verfremdet, aber im Wesentlichen bedeutet es: ›Hier, an diesem Ort, schreitet die Zeit hin zur Ewigkeit.‹«
Einen Moment lang trafen sich ihre Augen. Ihre waren ein wenig glasig und glänzten von dem Blanquette, seine waren fest und ruhig und weise. Dann lächelte er. »Sie erinnern mich sehr an eine junge Frau, die ich einmal gekannt habe, Madomaisèla Léonie.«
»Was ist aus ihr geworden?«, fragte Léonie, für einen Moment abgelenkt.
Er antwortete nicht, aber sie sah, dass er sich gerade an sie erinnerte. »Ach, das ist eine andere Geschichte«, sagte er sanft. »Eine, die noch nicht reif ist, erzählt zu werden.«
Léonie sah ihm an, wie er sich verschloss und in seine Erinnerungen zurückzog. Seine Haut wirkte auf einmal noch durchschei-

nender, die Furchen in seinem mageren Gesicht noch tiefer, wie in Stein gemeißelt.
»Sie sprachen davon, dass Sie die Grabkapelle entdeckt haben«, sagte er. »Sind Sie hineingegangen?«
Léonie versetzte sich zurück an jenen Nachmittag. »Das bin ich.«
»Dann haben Sie auch die Inschrift auf dem Boden gelesen: ›*Fujhi, poudes; Escapa, non.*‹ Und jetzt stellen Sie fest, dass die Worte Sie verfolgen?«
Léonies Augen weiteten sich. »Ja, aber wie können Sie das wissen? Ich weiß nicht einmal, was sie bedeuten, nur, dass sie mir nicht mehr aus dem Kopf gehen.«
Er zögerte kurz und sagte dann: »Verraten Sie mir eines, Madomaisèla, was, glauben Sie, haben Sie dort gefunden? Im Innern der Kapelle?«
»Den Ort, wo die Geister umgehen«, hörte sie sich selbst sagen und wusste, dass es die Wahrheit war.
Baillard schwieg, eine halbe Ewigkeit, so kam es ihr vor. »Vorhin haben Sie mich gefragt, ob ich an Geister glaube, Madomaisèla«, sagte er schließlich. »Es gibt viele unterschiedliche Arten von Geistern. Solche, die nicht ruhen können, weil sie Unrecht getan haben, die sich um Vergebung oder Buße bemühen müssen. Und auch solche, denen Unrecht angetan wurde und die dazu verdammt sind, umzugehen, bis sie jemanden finden, der der Gerechtigkeit Genüge tut und sich ihrer Sache annimmt.«
Er sah sie an. »Haben Sie nach den Karten gesucht, Madomaisèla Léonie?«
Sie nickte und bereute es sofort, denn durch die Bewegung begann der Raum zu kreisen. »Aber ich habe sie nicht gefunden.«
Ihr war plötzlich so schlecht, dass sie kaum noch sprechen konnte. Ihr Magen rebellierte, schlug Purzelbäume, als wäre sie bei rauher See an Bord eines Schiffes. »Das Einzige, was ich gefunden habe, war ein Blatt mit Klaviernoten.«
Ihre Stimme klang gedämpft, wattig, als würde sie unter Wasser sprechen.
»Haben Sie es aus der Kapelle mitgenommen?«

Léonie sah sich selbst, wie sie die Musik, mit den Worten, die sie darauf geschrieben hatte, in die tiefe Tasche ihrer Kammgarnjacke stopfte, während sie durch den Mittelgang der Grabkapelle rannte und hinaus in das Dämmerlicht des Waldes. Dann, später, wie sie sie zwischen die Seiten von *Les Tarots* schob.

»Ja«, sagte sie, brachte das Wort nur mit Mühe über die Lippen. »Das habe ich.«

»Léonie, hören Sie gut zu. Sie sind standhaft, und Sie sind mutig. *Forca e vertu*, beides gute Eigenschaften, wenn sie klug genutzt werden. Sie verstehen es zu lieben, gut zu lieben.« Er schaute über den Tisch zu Anatole hinüber, dann huschte sein Blick zu Isolde, ehe er zu Léonie zurückkehrte. »Ich fürchte, Ihnen stehen schwere Prüfungen bevor. Ihre Liebe wird auf die Probe gestellt werden. Sie werden angehalten sein, zu handeln. Die Lebenden werden Ihrer Dienste bedürfen, nicht die Toten. Gehen Sie nicht wieder zu der Grabkapelle, nicht ehe es absolut unumgänglich für Sie wird.«

»Aber ich …«

»Ich rate Ihnen, Madomaisèla, *Les Tarots* zurück in die Bibliothek zu bringen. Vergessen Sie alles, was Sie darin gelesen haben. Es ist in so vielerlei Hinsicht ein betörendes Werk, ein verlockendes Werk, doch vorläufig sollten Sie die ganze Sache vergessen.«

»Monsieur Baillard, ich …«

»Sie sagten, Sie fürchten, die Worte des Büchleins vielleicht missverstanden zu haben.« Er hielt inne. »Das haben Sie nicht, Léonie. Sie haben sie genau richtig verstanden.«

Der Gebrauch ihres Vornamens ohne Anrede ließ sie zusammenzucken. »Dann ist es also wahr? Dass die Karten die Geister der Toten beschwören können?«

Er antwortete nicht direkt. »Im richtigen Zusammenwirken von Klang und Bild und Ort kann es dazu kommen.«

Ihr drehte sich der Kopf. Sie hatte tausend Fragen auf der Zunge, fand aber keine Worte.

»Léonie«, sagte er abermals, um ihre Aufmerksamkeit zu gewinnen. »Sparen Sie Ihre Kräfte für die Lebenden. Für Ihren Bruder. Für seine Frau und sein Kind. Denn sie werden Sie brauchen.«

Frau? Kind?

Ihr Vertrauen in Monsieur Baillard geriet augenblicklich ins Wanken. »Nein, Sie irren. Anatole hat keine ...«

In diesem Moment klang Isoldes Stimme vom Kopfende des Tisches herüber.

»Meine Damen, darf ich bitten?«

Sogleich war allenthalben das Rücken und Schieben von Stühlen über den gebohnerten Holzboden zu hören, als die Gäste sich vom Tisch erhoben.

Léonie kam unsicher auf die Beine. Die Falten ihres grünen Kleides glitten wie Wasser zu Boden.

»Ich verstehe nicht, Monsieur Baillard. Ich dachte, ich hätte verstanden, aber jetzt merke ich, dass dem nicht so ist.« Sie verstummte, merkte, wie berauscht sie war. Es war plötzlich äußerst schwierig, sich überhaupt aufrecht zu halten. Sie streckte eine Hand aus, um sich an der Rückenlehne des Stuhls abzustützen.

»Werden Sie meinen Rat beherzigen?«

»Ich werde mein Bestes tun«, sagte sie und brachte ein schiefes Lächeln zustande. Sie wusste nicht mehr, welche Worte laut ausgesprochen worden waren und welche sie nur in ihrem wirren Kopf gesagt hatte.

»*Ben, ben*. Gut. Das beruhigt mich. Obwohl ...« Er zögerte erneut, als wäre er unentschlossen, ob er weitersprechen sollte. »Sollte die Zeit kommen, in der Sie die Kraft der Karten benötigen, Madomaisèla, dann vergessen Sie eines nicht. Sie können mich rufen. Und ich werde Ihnen helfen.«

Sie nickte, und abermals drehte sich ihr alles vor Augen.

»Monsieur Baillard«, sagte sie, »Sie haben mir nicht gesagt, was die zweite Inschrift bedeutet. Die auf dem Boden.«

»Fujhi, poudes; Escapa, non?«

»Ja, genau diese Worte.«

Seine Augen verdunkelten sich. »Fliehen kannst du; entkommen kannst du nicht.«

Sechster Teil
Rennes-le-Château

Oktober 2007

Kapitel 44

Dienstag, 30. Oktober 2007

Meredith erwachte am nächsten Morgen nach dem unterbrochenen Schlaf mit pochendem Schädel. Die Kombination von Wein, dem Flüstern des Windes in den Bäumen und ihren verrückten Träumen hatte sie unruhig gemacht.

Sie wollte nicht über die Nacht nachdenken. Über Geister, Visionen. Was es bedeuten mochte. Sie musste konzentriert bleiben. Sie war hier, weil sie eine Aufgabe hatte, und nur darum sollte sie sich jetzt kümmern.

Meredith blieb unter der Dusche, bis das Wasser kalt wurde, nahm zwei Aspirin und trank eine Flasche Wasser. Sie rubbelte sich die Haare einigermaßen trocken, zog sich eine bequeme Jeans und einen roten Pullover an und ging dann zum Frühstück nach unten. Ein Riesenteller Rührei mit Schinken und Baguette, dazu vier Tassen starker französischer Kaffee, und sie fühlte sich wieder wie ein Mensch.

Wieder in ihrem Zimmer, sah sie noch einmal in ihrer Umhängetasche nach, ob sie alles Notwendige eingesteckt hatte – Handy, Kamera, Notizbuch, Stift, Sonnenbrille und eine Landkarte der Region –, dann ging sie ein wenig nervös in die Lobby, um sich mit Hal zu treffen. An der Rezeption war eine Warteschlange. Ein spanisches Paar beschwerte sich über zu wenige Handtücher auf dem Zimmer, ein französischer Geschäftsmann bestritt zusätzliche Gebühren auf seiner Rechnung, und außerdem wartete ein Berg von Gepäck darauf, im Bus einer englischen Reisegruppe verstaut zu werden, die auf dem Weg nach Andorra war. Die Rezeptionistin sah entsprechend angespannt aus. Von Hal war nichts zu sehen. Meredith machte sich darauf gefasst, dass er nicht kommen würde. Im nüchternen Tageslicht und ohne den Mut, den der Alkohol verleiht, bereute er vielleicht den Impuls, der ihn bewogen hatte, sich mit einer Wildfremden zu verabreden. Gleichzeitig hoffte sie jedoch irgendwie, dass er kommen würde. Keine große Sache, alles ganz zwanglos, und sie wäre auch wirklich nicht am Boden zerstört, wenn sie versetzt würde. Trotzdem, das nervöse Kribbeln in ihrer Magengrube war nicht zu leugnen.

Sie lenkte sich ab, indem sie die Fotos und Gemälde betrachtete, die rundum in der Lobby hingen. Da waren die üblichen Ölgemälde, wie sie in jedem ländlichen Hotel zu finden waren. Landschaften, Türme in diesigem Licht, Schäfer, Berge, nichts Bemerkenswertes. Die Fotos waren dagegen schon interessanter und sollten offensichtlich die Fin-de-Siècle-Atmosphäre unterstreichen. Gerahmte Porträts in Sepiatönen, braun und grau. Frauen mit ernster Miene, enggeschnürter Taille und weiten Röcken, das Haar auf den Kopf getürmt. Männer mit Schnurrbart oder Backenbart, in steifen Posen, den Rücken durchgedrückt und mit starrem Blick in die Kamera.

Meredith ließ die Augen über die Wände schweifen, nahm die allgemeine Wirkung wahr, statt sich jedes Bild einzeln anzusehen, bis sie zu einem Porträt kam, das gleich über dem Flügel hing, den sie am Vorabend gesehen hatte, rechts neben der geschwungenen Treppe. Es war ein gestelltes Gruppenfoto, der schwarze Holzrahmen an den Ecken angeschlagen, und sie erkannte den Platz in Rennes-les-Bains. Sie trat einen Schritt näher. In der Mitte posierte ein Mann mit schwarzem Schnurrbart auf einem verzierten Metallstuhl. Er hatte das dunkle Haar glatt aus dem Gesicht gekämmt und balancierte Hut und Gehstock quer auf den Knien. Links hinter ihm stand eine schöne, ätherisch aussehende Frau, schlank und elegant in einer gutgeschnittenen dunklen Jacke mit hochgeschlossener Bluse und langem Rock. Ihr schwarzer Halbschleier war vom Gesicht gehoben und ließ helles Haar erkennen, das zu einem kunstvollen Chignon aufgesteckt war. Ihre schlanken, schwarzbehandschuhten Finger ruhten leicht auf der Schulter des Mannes. Die Dritte im Bunde war ein junges Mädchen auf der rechten Seite; sie trug einen Filzhut, unter dem lockiges Haar hervorschaute, und eine kurze Jacke mit Messingknöpfen und Samtbesatz.

Ich hab sie schon mal gesehen.

Meredith blinzelte. Der direkte, offene Blick dieses Mädchens hatte etwas an sich, das sie fesselte und wie ein Echo durch ihren Kopf hallte. Der Schatten einer anderen, ähnlichen Fotografie? Ein Gemälde? Die Tarotkarten vielleicht? Sie zog die schwere Klavierbank beiseite und beugte sich noch näher heran, durchforstete ihr Gehirn, doch die Erinnerung wollte nicht kommen. Das Mädchen war ausnehmend hübsch, mit widerspenstigen Locken, keckem Kinn und Augen, die geradewegs in die Kamera starrten.

Meredith betrachtete erneut den Mann in der Mitte. Die Ähnlichkeit zwischen ihm und dem Mädchen war unübersehbar. Vielleicht Bruder und Schwester? Sie hatten die gleichen langen Wimpern, den gleichen offenen Blick, die gleiche leicht geneigte Kopfhaltung. Die andere Frau wirkte dagegen weniger eindeutig. Ihr Teint, ihr helles Haar, ihre leicht distanzierte Ausstrahlung. Trotz ihrer körperlichen Nähe zu den anderen schien sie irgendwie substanzlos zu sein. Sie war da und auch wieder nicht. Als könnte sie jeden Moment gänzlich den Blicken entschwinden. Wie Debussys Mélisande, dachte Meredith, umwehte sie eine Aura, als gehöre sie in eine andere Zeit und an einen anderen Ort.

Meredith spürte, wie ihr Herz sich verschloss. Da war derselbe Gesichtsausdruck, an den sie sich erinnerte, wenn sie als kleines Kind in die Augen ihrer leiblichen Mutter geblickt hatte. Manchmal war Jeanettes Miene sanft gewesen, wehmütig, manchmal zornig, verzerrt. Aber immerzu, an guten wie an schlechten Tagen, war die Ausstrahlung ihrer Mutter die gleiche gewesen, als wäre sie abgelenkt, mit ihren unsteten Gedanken woanders, bei Menschen, die niemand sonst sehen konnte, als hörte sie Worte, die niemand sonst hören konnte.

Schluss damit.

Entschlossen, sich nicht von ihren schlechten Erinnerungen beeinträchtigen zu lassen, streckte Meredith beide Arme aus und nahm das Foto von der Wand. Sie suchte nach einer Bestätigung, dass es tatsächlich in Rennes-les-Bains aufgenommen worden war, nach einer Jahreszahl, nach irgendeinem Hinweis.

Das zerknitterte braune Wachspapier löste sich stellenweise vom Rahmen, doch die Worte, die in Blockschrift auf der Rückseite standen, waren deutlich lesbar.

Rennes-les-Bains, Oktober 1891, und dann die Nennung des Fotoateliers, Editions Bousquet. Neugier verdrängte ihre unliebsamen Emotionen.

Darunter drei Namen.

MADEMOISELLE LÉONIE VERNIER, MONSIEUR ANATOLE VERNIER, MADAME ISOLDE LASCOMBE.

Meredith spürte, wie sich ihr die Nackenhaare sträubten, als sie an das Mausoleum ganz hinten auf dem Friedhof von Rennes-les-Bains dachte: FAMILLE LASCOMBE-BOUSQUET. Jetzt waren hier auf dem Foto die beiden Namen erneut vereint.

Sie war sicher, dass es sich bei den beiden jüngeren Personen um die Verniers handelte, die angesichts der Ähnlichkeit bestimmt eher Bruder und Schwester waren als Mann und Frau. Die ältere Frau wirkte wie ein Mensch, der schon mehr gesehen hatte. Ein weniger behütetes Leben geführt hatte. Und plötzlich fiel Meredith wieder ein, wo sie die Verniers schon einmal gesehen hatte: in Paris, als sie die Rechnung im Petit Chablisien bezahlt hatte, auf der Straße, in der Debussy einmal gelebt hatte. Der Komponist blickte aus einem Bilderrahmen auf sie herab, finster und griesgrämig. Und neben ihm, als seine Nachbarn an der Wand des Restaurants, waren derselbe Mann und dasselbe Mädchen auf einem Foto zu sehen, allerdings zusammen mit einer anderen und älteren Frau.

Meredith ärgerte sich, dass sie damals nicht genauer hingeschaut hatte. Einen Moment lang erwog sie sogar, in dem Restaurant anzurufen und nachzufragen, ob man dort mehr über das Familienporträt wusste, das an so exponierter Stelle hing. Doch die Vorstel-

lung, ein solches Gespräch auf Französisch führen zu müssen, noch dazu am Telefon, ließ sie den Gedanken rasch wieder verwerfen.
Während sie die Fotografie weiter betrachtete, schien das andere Porträt dahinter durchzuschimmern, Schatten des Mädchens und des jungen Mannes, die Menschen, die sie einst und jetzt waren. Für eine Sekunde wusste sie – *glaubte* zu wissen – wie die Geschichten, denen sie nachging, zusammenhängen mochten, auch wenn ihr der Grund dafür noch rätselhaft blieb.
Sie hängte den Rahmen zurück an die Wand, nahm sich aber vor, sich das Foto später auszuborgen. Als sie die schwere Klavierbank zurückschob, fiel ihr auf, dass der Deckel des Instruments jetzt hochgeklappt war. Die Elfenbeintasten waren ein wenig vergilbt und die Ränder rissig wie alte Zähne. Spätes 19. Jahrhundert, schätzte sie. Ein Blüthner-Salonflügel.
Sie drückte das eingestrichene C. Die Note hallte klar und laut in den Raum. Sie sah sich schuldbewusst um, aber niemand achtete auf sie. Alle waren zu sehr mit ihren eigenen Angelegenheiten beschäftigt. Im Stehen, als wäre es zu verpflichtend, sich hinzusetzen, spielte Meredith die a-Moll-Tonleiter. Bloß ein paar tiefe Oktaven mit der linken Hand. Dann das Arpeggio mit der rechten. Die kühlen Tasten an ihren Fingerspitzen fühlten sich gut an.
Als wäre sie nach Hause gekommen.
Die Bank war aus dunklem Mahagoniholz mit kunstvoll geschnitzten Beinen und einem roten Samtkissen, das durch eine Reihe Messingnägel am Deckel befestigt war. Meredith fand es genauso interessant, in den Notensammlungen anderer Leute herumzustöbern, wie mit den Fingern an den Bücherregalen von Bekannten entlangzugleiten, wenn diese für einen Augenblick das Zimmer verließen. Die Messingangeln quietschten, als sie den Deckel öffnete, und sogleich stieg ihr der typische Geruch von Holz, alter Musik und Bleistiftminen in die Nase.
Zum Vorschein kamen ein ordentlicher Stapel Bücher und lose Notenblätter. Meredith sah den Packen durch und musste lächeln, als sie auf Debussys *Clair de lune* und *La Cathédrale engloutie* in ihren unverkennbaren blassgelben Durand-Ausgaben stieß. Die

übliche Sammlung von Beethoven- und Mozart-Sonaten sowie Bachs *Wohltemperiertes Klavier,* Band eins und zwei. Europäische Klassiker, Etüden, einzelne Notenblätter, ein paar eingängige Melodien aus Offenbachs *La Vie Parisienne* und *Gigi*.

»Nur zu«, sagte eine Stimme über ihre Schulter. »Ich warte gern.«

»Hal!«

Sie ließ den Deckel der Bank mit einem schuldbewussten Knall zufallen, und als sie sich zu ihm umwandte, lächelte er sie an. Er sah heute Morgen besser aus, sogar richtig gut. Die Sorgen- und Kummerfalten waren aus seinen Augenwinkeln verschwunden, und er wirkte nicht mehr so blass.

»Sie klingen erstaunt«, sagte er. »Sie haben doch wohl nicht geglaubt, ich würde Sie versetzen?«

»Nein, überhaupt nicht ...« Sie stockte und schmunzelte. »Na ja, vielleicht doch. Der Gedanke ist mir gekommen.«

Er breitete die Arme aus. »Wie Sie sehen, da bin ich, geschniegelt und gestriegelt und bereit zum Aufbruch.«

Sie blieben beide ein wenig verlegen stehen, bis Hal sich über die Klavierbank beugte und ihr einen Kuss auf die Wange gab. »Tut mir leid, dass ich mich verspätet habe.« Er deutete auf den Flügel. »Und Sie wollen wirklich nicht ...«

»Nein, wirklich nicht«, fiel Meredith ihm ins Wort. »Vielleicht später.«

Während sie nebeneinander die geflieste Lobby durchquerten, registrierte Meredith den engen Abstand zwischen ihnen und seinen Duft nach Seife und Aftershave.

»Wissen Sie schon, wo Sie mit der Suche nach ihr beginnen wollen?«

»Nach ihr?«, fragte sie rasch.

»Lilly Debussy«, sagte er mit verwundertem Blick. »Tut mir leid, aber hatten Sie das nicht heute Morgen vor? Ein bisschen Recherche?«

Sie wurde rot. »Doch, ja. Natürlich.«

Meredith war sich peinlich bewusst, dass sie falsche Schlüsse gezogen hatte. Sie hatte nicht vor, ihm den anderen Grund – den eigentlichen Grund, wenn sie ehrlich war – für ihren Aufenthalt in Rennes-les-Bains zu erklären, das war einfach zu persönlich. Aber wie sollte Hal wissen, woran sie just in dem Moment gedacht hatte, als er in die Lobby kam? Er konnte schließlich nicht hellsehen.

»Natürlich«, wiederholte sie. »Auf den Spuren der ersten Madame Debussy. Falls Lilly hier war, werde ich herausfinden, wie, warum und wann.«

Hal lächelte. »Sollen wir mein Auto nehmen? Ich kutschier Sie gern überallhin.«

Meredith überlegte kurz. So könnte sie sich besser umschauen, Notizen machen und die Landkarte studieren.

»Einverstanden.«

Als sie zur Tür hinaus- und die Stufen hinuntergingen, spürte Meredith den Blick des Mädchens auf dem Foto im Rücken.

KAPITEL 45

Die Einfahrt und der Park sahen bei Tageslicht ganz anders aus.

Oktobersonne überflutete die Beete und ließ alles in satten Farben erstrahlen. Durch die halb geöffneten Wagenfenster roch Meredith den feuchten Qualm von Herbstfeuern und den Duft der Sonne auf nassem Laub. Ein bisschen weiter entfernt fiel gesprenkeltes Licht auf die tiefgrünen Büsche und hohen Buchsbaumhecken. Alles war wie in Gold und Silber gegossen.

»Ich nehme die Strecke durch die Berge nach Rennes-le-Château. Das geht deutlich schneller als über Couiza.«

Die Straße wand sich in Serpentinen die bewaldeten Hänge hinauf. Es gab jede erdenkliche Grün- oder Braunschattierung, jeden Purpur-, Kupfer- oder Goldton, Kastanien, Eichen, hellgelben Ginster, silbrige Haselnussbäume und Birken. Auf der Erde zwischen den Kiefern lagen riesige Zapfen, als sollten sie einen Weg markieren. Nach einer letzten scharfen Biegung waren sie endlich aus dem Wald heraus und fuhren über ein offenes Gelände mit Wiesen und Weiden.

Meredith spürte, wie sich ihre Stimmung hob, als sich die Landschaft vor ihr auftat.

»Es ist herrlich hier. Einfach wunderschön.«

»Mir ist etwas eingefallen, was Sie bestimmt interessieren wird«, sagte Hal. Sie hörte das Lächeln in seiner Stimme. »Als ich meinem Onkel gesagt habe, ich würde heute Morgen unterwegs sein – und warum –, hat er mich daran erinnert, dass es Gerüchte über eine

Verbindung zwischen Debussy und Rennes-le-Château gibt. Er war sogar ungewöhnlich hilfsbereit.«

Meredith wandte den Blick und sah ihn an. »Ist nicht Ihr Ernst?«

»Sie kennen doch bestimmt die meisten Geschichten, die sich um den Ort ranken?«

Sie schüttelte den Kopf. »Welche meinen Sie?«

»Rennes-le-Château ist das Dorf, das diesen ganzen Rummel um den *Heiligen Gral und seine Erben* entfacht hat. *Sakrileg? Alpha et Omega?* Klingelt's da nicht bei Ihnen? Nachfahren Christi?«

Meredith verzog das Gesicht. »Tut mir leid. Ich halte es eher mit Sachbüchern – Biographien, Geschichte, Theorien, so was eben. Fakten.«

Hal lachte. »Okay, eine kurze Zusammenfassung: Kern der Geschichte ist, dass Maria Magdalena in Wahrheit mit Jesus verheiratet war und mit ihm Kinder hatte. Nach der Kreuzigung floh sie, wie manche sagen, nach Frankreich. Marseille und eine ganze Reihe anderer Orte an der Mittelmeerküste beanspruchen für sich die Stelle, wo Maria Magdalena an Land gegangen ist. Jetzt springen wir zirka neunzehnhundert Jahre weiter, und zwar in das Jahr 1891, in dem ein Mann namens Bérenger Saunière Pfarrer von Rennes-le-Château war und angeblich Pergamente gefunden hat, die diese Blutlinie Christi von der Gegenwart bis zurück ins erste Jahrhundert belegten.«

Meredith erstarrte. »Achtzehnhunderteinundneunzig?«

Hal nickte. »In dem Jahr startete Saunière ein umfangreiches Restaurierungsprojekt, das viele Jahre dauerte. Zuerst war die Kirche dran, doch dann der ganze Rest, Gärten, Friedhof, Haus, einfach alles.« Er verstummte, und Meredith spürte, dass er zu ihr herübersah.

»Alles in Ordnung mit Ihnen?«, fragte er.

»Jaja«, beteuerte sie. »Alles klar. Erzählen Sie weiter.«

»Diese Pergamente waren angeblich vor langer Zeit im Innern eines westgotischen Pfeilers versteckt worden. Die meisten Einheimischen halten das Ganze für einen Riesenschwindel. In Aufzeichnungen aus der Zeit Saunières ist nirgendwo die Rede von

irgendeinem großen Geheimnis um Rennes-le-Château, abgesehen von der dramatischen Vermögensvermehrung des Pfarrers.«
»Er ist reich geworden?«
Hal nickte. »Die Kirchenoberen beschuldigten ihn der Simonie – also des Verkaufs von Messen gegen Geld. Seine Gemeindemitglieder waren da nachsichtiger. Sie dachten, er hätte irgendeinen westgotischen Schatz gefunden, aus dem er sich bediente. Sie nahmen es ihm nicht übel, weil er so viel davon für die Kirche und seine Schäfchen ausgab.«
»Wann ist Saunière gestorben?«, fragte sie und dachte an die Jahreszahlen auf Henri Boudets Gedenktafel in der Kirche von Rennes-les-Bains.
Hal richtete seine blauen Augen auf sie. »Neunzehnhundertsiebzehn«, sagte er. »Er hinterließ alles seiner Haushälterin Marie Denarnaud. Mit den religiösen Verschwörungstheorien ging es erst Ende der siebziger Jahre los.«
Meredith notierte sich die Information. Der Name Denarnaud hatte auf dem Friedhof auf mehreren Gräbern gestanden.
»Was hält Ihr Onkel von diesen ganzen Geschichten?«
Hals Gesicht verdunkelte sich. »Dass sie gut fürs Geschäft sind«, sagte er und verfiel dann in Schweigen.
Offensichtlich waren er und sein Onkel sich nicht grün, und Meredith fragte sich, wieso er noch hierblieb, wo die Beerdigung doch nun vorbei war. Ein Blick in sein Gesicht verriet, dass ihm die Frage bestimmt nicht recht wäre, also sagte sie nichts.
»Und Debussy?«, sagte sie schließlich aufmunternd.
Hal schien sich aus seinen Gedanken zu reißen. »Ach ja, Verzeihung. Angeblich soll es eine Geheimgesellschaft gegeben haben, die als Hüter der Blutlinienpergamente fungierte, also der Dinge, die Saunière vielleicht, nur vielleicht, in der westgotischen Säule gefunden hat. Diese Organisation soll auch ein paar sehr berühmte führende Köpfe gehabt haben, Galionsfiguren, wenn Sie so wollen. Leonardo da Vinci zum Beispiel oder Newton. Und eben Debussy.«
Meredith war dermaßen perplex, dass sie losprustete.

»Ich weiß, ich weiß«, sagte Hal und musste grinsen. »Aber genau so hat mein Onkel es mir erzählt.«
»Das ist völlig absurd. Debussy hat für seine Musik gelebt. Und er war kein umgänglicher Typ. Sehr zurückgezogen, nur einem kleinen Freundeskreis sehr treu ergeben. Die Vorstellung von ihm in einer Geheimgesellschaft ... tja, das ist einfach verrückt!« Sie wischte sich mit dem Ärmel über die Augen. »Welche Beweise gibt es denn für diese abenteuerliche Theorie?«
Hal zuckte die Achseln. »Um die Jahrhundertwende hat Saunière wirklich viele bedeutende Pariser und andere Gäste in Rennes-le-Château empfangen – übrigens noch ein Argument für die Verschwörungstheorien –, Staatsoberhäupter, Sänger. Jemand namens Emma Calvé? Schon mal gehört?«
Meredith überlegte. »Französische Sopranistin, kommt von der Zeit her ungefähr hin, aber ich bin ziemlich sicher, dass sie nie eine große Partie für Debussy gesungen hat.« Sie schrieb den Namen auf. »Ich werde das überprüfen.«
»Es könnte also zeitlich passen?«
»Jede Theorie kann passend gemacht werden, wenn man sich nur genug Mühe gibt. Aber dadurch wird sie nicht wahr.«
»Behauptet die Wissenschaftlerin.«
Meredith hörte und mochte den gutmütig neckenden Tonfall in seiner Stimme. »Behauptet die Person, die ihr halbes Leben in Bibliotheken verbracht hat. Das wirkliche Leben passt nie so nahtlos. Es ist durcheinander. Da gibt es Überlappungen, Fakten, die sich widersprechen. Man findet ein Beweisstück und denkt, das bringt einen weiter. Man hat einen Volltreffer gelandet. Und ehe man sich's versieht, stößt man auf irgendwas anderes, das alles wieder auf den Kopf stellt.«
Eine Weile fuhren sie in angenehmem Schweigen weiter, beide in Gedanken versunken. Sie kamen an einem großen Bauernhof vorbei und überquerten eine Brücke. Meredith fiel auf, dass die Landschaft auf dieser Seite des Berges anders aussah. Nicht so grün. Graue Felsen, wie Zähne, schienen sich aus der rostfarbenen Erde zu schieben, als hätten heftige Erdbeben das verborgene Herz der

Welt nach oben gedrängt. Narben aus rotem Erdreich, wie Wunden im Land. Es war eine weniger freundliche Umgebung, abweisender.

»Hier wird einem klar«, sagte sie, »wie wenig sich die ursprüngliche Landschaft verändert hat. Wenn man sich die Autos und Gebäude wegdenkt, bleiben die Berge, Schluchten, Täler, die es schon seit zehntausend Jahren gibt.«

Sie spürte, wie Hals Aufmerksamkeit neu erwachte. Und in dem geschlossenen Wageninnern war sie sich seiner sanften, gleichmäßigen Atemzüge intensiv bewusst.

»Gestern Abend konnte ich das nicht sehen. Mir kam alles zu klein, zu unbedeutend vor, um das Zentrum von irgendwas zu sein. Aber jetzt …« Meredith sprach den Satz nicht zu Ende. »Hier oben ist schon allein die Größenordnung der Dinge beeindruckend. Da kann man sich besser vorstellen, dass Saunière vielleicht etwas Wertvolles gefunden hat.« Sie stockte. »Ich sage nicht, er hat oder hat nicht, nur dass die Theorie hier glaubwürdiger wirkt.«

Hal nickte. »Rhedae – der alte Name für Rennes-le-Château – lag im Herzen des Westgotenreiches im Süden. Fünftes, sechstes und frühes siebtes Jahrhundert.« Er sah kurz zu ihr hinüber, schaute dann wieder auf die Straße. »Aber ist es von Ihrem professionellen Standpunkt aus wirklich möglich, dass etwas über einen so langen Zeitraum unentdeckt bleibt? Kommt Ihnen das nicht zu lang vor? Falls es tatsächlich etwas zu finden gab – ob nun von den Westgoten oder sogar noch früher von den Römern –, dann wäre das doch bestimmt schon vor 1891 ans Licht gekommen, oder?«

»Nicht unbedingt«, antwortete Meredith. »Denken Sie nur mal an die Schriftrollen vom Toten Meer. Es ist ganz erstaunlich, wie manche Dinge zum Vorschein kommen, während andere über Jahrtausende hinweg verborgen bleiben. Im Reiseführer steht, es wurden in jüngerer Zeit bei dem Dorf Fa Reste eines westgotischen Wachturms entdeckt und auf dem Dorffriedhof von Cassaignes westgotische Kreuze.«

»Kreuze?«, sagte Hal. »Waren sie Christen? Das wusste ich gar nicht.«

Meredith nickte. »Seltsam, nicht? Interessant ist, dass es bei den Westgoten Sitte war, Könige und Adlige mit ihren Schätzen in versteckten Gräbern zu bestatten und nicht auf Friedhöfen neben einem Kirchenbau. Schwerter, Gürtelschnallen, Juwelen, Spangen, Trinkbecher, Kreuze, alles Mögliche. Was natürlich die gleichen Probleme mit sich brachte wie schon im alten Ägypten.«
»Wie wehrt man Grabräuber ab?«
»Genau. Deshalb haben die Westgoten eine Technik entwickelt, geheime Grabkammern in Flussbetten zu graben. Dafür bauten sie einen Damm und leiteten den Fluss vorübergehend um, während das Grab ausgehoben und die Kammer vorbereitet wurde. Wenn der König oder Krieger mit seinen Schätzen dann bestattet war, versiegelten sie die Kammer und tarnten sie mit Schlamm, Sand, Kies, was gerade da war. Dann wurde der Damm eingerissen. Das Wasser rauschte in sein altes Bett, und der König war mit seinem Schatz für alle Ewigkeit verborgen.«
Meredith sah Hal an, weil sie merkte, dass ihre Worte bei ihm aus irgendeinem Grund einen anderen Gedankengang ausgelöst hatten.
Sie wurde nicht schlau aus ihm. Selbst wenn sie berücksichtigte, dass er in den letzten Wochen und vor allem am Vortag viel durchgemacht hatte, so schien seine Stimmung doch ständig und unerklärlich umzuschlagen, von offen und entspannt zu jemandem, der die Last der Welt auf den Schultern trug.
Oder wäre er vielleicht lieber woanders?
Meredith richtete den Blick nach vorne und starrte durch die Windschutzscheibe. Falls er sich ihr anvertrauen wollte, dann würde er es von allein tun. Es hatte keinen Sinn, ihn zu bedrängen.
Sie fuhren weiter den kahlen Berghang hinauf, bis Hal um eine letzte Haarnadelkurve bog.
»Da wären wir«, sagte er.

Kapitel 46

Meredith spähte durch die Windschutzscheibe, als Hal den Wagen langsam durch die letzte Straßenbiegung steuerte. Oberhalb von ihnen sah sie eine Ansammlung von Häusern und anderen Gebäuden an dem schwindelerregenden Hang. Ein Schild hieß sie in Rennes-le-Château willkommen.

Son site, ses mystères.

Aus der steilen Hecke am Straßenrand lugten weiße und lila Blumen und große Blüten wie bombastische Riesenhyazinthen.

»Im Frühling ist hier alles voll mit Mohnblumen«, sagte Hal, der ihrem Blick folgte. »Das sieht richtig toll aus.«

Wenige Minuten später hielten sie auf einem staubigen Parkplatz mit Blick über die gesamte südliche Ausdehnung des Haute Vallée und stiegen aus dem Wagen. Meredith bewunderte zunächst einen Moment lang das Panorama der Berge und Täler tief unter ihr, dann wandte sie sich um und betrachtete das Dorf selbst.

Gleich hinter ihnen, mitten auf dem Parkplatz, stand ein kreisrunder steinerner Wasserturm. Eine viereckige Sonnenuhr an seiner südlichen Rundung zeigte die Sommer- und Wintersonnenwende an.

Darüber war eine Inschrift. Meredith schirmte die Augen mit der Hand ab, um sie zu lesen.

Aïci lo tems s'en
Va res l'Eternitat

Sie machte ein Foto.
Am Rand des Parkplatzes war eine Informationstafel mit einer Panoramakarte. Hal sprang auf die niedrige Mauer und begann, ihr bestimmte Punkte in der Landschaft zu zeigen: die Berggipfel von Bugarach, Soularac und Bézu, die Ortschaften Quillan im Süden, Espéraza im Südwesten, Arques und Rennes-les-Bains im Osten.
Meredith atmete tief aus. Der endlose Himmel, die Konturen der Berge, die typischen Silhouetten der Tannen, die Bergblumen am Straßenrand, der Turm in der Ferne.
Es war überwältigend und erinnerte sie, wie ihr plötzlich klar wurde, an den Hintergrund auf der Karte La Fille d'Epées. Die Tarotkarten hätten gut mit dieser Landschaft im Geist gemalt worden sein können.
»Hier steht«, sagte Hal, »dass man an klaren Sommertagen von diesem Punkt aus zweiundzwanzig Dörfer sehen kann.«
Er lächelte, sprang dann herab und zeigte auf einen Kiesweg, der vom Parkplatz wegführte.
»Wenn ich das richtig in Erinnerung hab, sind die Kirche und das Museum in diese Richtung.«
»Was ist das?«, fragte Meredith, die auf einen viereckigen, zinnenbewehrten Turm starrte, der das Tal überblickte.
»Der Tour Magdala«, antwortete Hal, der Richtung ihres Blickes folgend. »Saunière hat den Belvedere, den Laufgang mit der tollen Aussicht, an der Südseite seines Gartens, ganz am Ende der Renovierungsarbeiten bauen lassen, 1898, 1899. In dem Turm sollte seine Bibliothek untergebracht werden.«
»Die Originalsammlung ist bestimmt nicht mehr da, oder?«
»Vermutlich nicht«, sagte er. »Ich könnte mir denken, dass sie das Gleiche gemacht haben wie mein Vater in der Domaine de la Cade, nämlich ein paar Ersatzbände in die Vitrinen gestellt, um der Atmosphäre willen. Er hat mich angerufen und ganz stolz erzählt, dass er einen Schwung alter Bücher auf einem *vide grenier* in Quillan ergattert hat.«
Meredith schaute fragend.
»Ein Trödelmarkt«, erklärte er.

»Ach so.« Sie lächelte. »Heißt das, Ihr Vater hat sich auch um die praktischen Dinge der Hotelleitung gekümmert?«
Wieder verdunkelte sich Hals Gesicht. »Dad war für das Geld zuständig und ist gelegentlich aus England hergekommen. Das Projekt war eher die Idee meines Onkels. Er hat das Haus gefunden, meinen Vater überredet, die Finanzierung zu übernehmen, die Renovierung überwacht, sämtliche Entscheidungen getroffen.« Er stockte. »Das heißt, bis zu diesem Jahr. Dad hat sich zur Ruhe gesetzt, und hat sich verändert. Positiv. Er war entspannt, es ging ihm gut. Im Januar und Februar war er einige Male hier, und im Mai ist er endgültig hergezogen.«
»Wie fand Ihr Onkel das?«
Hal schob die Hände in die Hosentaschen und schaute zu Boden. »Kann ich nicht sagen.«
»Hatte Ihr Vater schon immer vor, sich in Frankreich zur Ruhe zu setzen?«
»Das weiß ich wirklich nicht«, sagte er. Meredith hörte die Mischung aus Bitterkeit und Verwirrung in seiner Stimme und spürte Mitgefühl in sich aufwallen.
»Sie möchten die letzten Monate im Leben Ihres Vaters nachvollziehen«, sagte sie sanft, was sie nur allzu gut verstehen konnte.
Hal hob den Kopf. »Genau. Wir standen uns nicht mal besonders nahe. Meine Mutter starb, als ich acht war, und ich wurde ins Internat abgeschoben. Selbst wenn ich in den Ferien zu Hause war, musste Dad immer arbeiten. Ich kann nicht behaupten, dass wir uns wirklich kannten.« Er seufzte. »Aber in den letzten zwei Jahren waren wir uns nähergekommen. Ich habe das Gefühl, ich bin ihm das schuldig.«
Meredith spürte, dass sie es Hal überlassen musste, wie weit er sich öffnen wollte, daher fragte sie nicht nach, was er mit dem letzten Satz gemeint hatte. Stattdessen stellte sie eine vollkommen unverfängliche Frage, um ihm erst einmal Zeit zu lassen.
»Was hat Ihr Vater beruflich gemacht?«
»Investmentbanker. Und ich bin ihm nach der Uni mit einem bemerkenswerten Mangel an Phantasie in dieselbe Firma gefolgt.«

»Ist das auch ein Grund, warum Sie gekündigt haben?«, fragte sie. »Erben Sie den Anteil Ihres Vaters an der Domaine de la Cade?«

»Eher ein Vorwand als ein Grund.« Er dachte kurz nach. »Mein Onkel will mich auszahlen. Das hat er zwar noch nicht gesagt, aber ich weiß, dass er das will. Aber irgendwie denke ich, Dad hätte es vielleicht gern gesehen, wenn ich mich einbringe. Da weitermache, wo er aufgehört hat.«

»Haben Sie je mit Ihrem Vater darüber gesprochen?«

»Nein. Es war ja anscheinend keine Eile geboten.« Er sah Meredith an. »Verstehen Sie?«

Während des Gesprächs waren sie langsam weitergegangen und standen jetzt vor einer eleganten Villa, die direkt an einer schmalen Straße lag. Gegenüber war ein hübscher architektonischer Garten mit einem großen Steinbassin und einem Café. Die hölzernen Fensterläden waren geschlossen.

»Das erste Mal war ich mit Dad hier«, sagte Hal, »vor sechzehn, siebzehn Jahren. Lange bevor er und mein Onkel auch nur daran dachten, gemeinsam Geschäfte zu machen.«

Meredith lächelte leise, weil sie jetzt begriff, warum Hal so viel über Rennes-le-Château wusste und praktisch nichts über die übrige Gegend. Das Dorf war für ihn etwas Besonderes, weil es mit Erinnerungen an seinen Vater verbunden war.

»Jetzt ist ja alles schön hergerichtet, aber damals war es ziemlich heruntergekommen. Die Kirche war zwei Stunden am Tag geöffnet und wurde von einer schrecklichen *gardienne* bewacht, die ganz in Schwarz gekleidet war und mir eine Heidenangst eingejagt hat. Die Villa Béthania hier«, er deutete auf das imposante Haus vor ihnen, »hat Saunière eher für Gäste als für sich selbst bauen lassen. Als ich mit Dad hier war, war sie für die Öffentlichkeit zugänglich, aber alles war völlig chaotisch. Da konnte es passieren, dass man in eines der Zimmer spazierte und auf einmal eine Wachsfigur von Saunière auf dem Bett sitzen sah.«

Meredith verzog das Gesicht. »Hört sich furchtbar an.«

»Alle Papiere und Dokumente lagen in unverschlossenen Vitrinen rum, in feuchten, ungeheizten Räumen unter dem Belvedere.«

Meredith grinste. »Der Alptraum eines Archivars.«
Er deutete auf das Geländer, das den Weg von dem architektonischen Garten trennte.
»Inzwischen ist das Dorf eine echte Touristenattraktion, wie man sieht. Im Dezember 2004, als der Erfolg von *Sakrileg* Massen von Besuchern anlockte, wurde der Friedhof, wo Saunière neben seiner Haushälterin beerdigt liegt, für die Öffentlichkeit geschlossen. Er ist da unten.«
Sie gingen schweigend weiter, bis sie zu einem hohen, wuchtigen Eisentor gelangten, das den Friedhof abschirmte.
Meredith legte den Kopf in den Nacken, um die Inschrift auf dem Keramikschild über dem verschlossenen Tor zu lesen.
»*Memento homo quia pulvis es et in pulverem reverteris.*«
»Und das heißt?«, fragte Hal.
»Asche zu Asche«, sagte sie. Ein kalter Schauder lief ihr über den Rücken. Der Ort hatte etwas Unheimliches an sich. Irgendwie lag etwas Düsteres in der Luft, das Gefühl, beobachtet zu werden, obwohl die Straßen menschenleer waren. Sie holte ihr Notizheft hervor und schrieb den lateinischen Spruch ab.
»Schreiben Sie sich immer alles auf?«
»Allerdings. Ist eine Berufskrankheit.«
Sie lächelte ihn an und fing das Lächeln, das er ihr entgegnete, auf.
Meredith war froh, den Friedhof hinter sich zu lassen. Sie folgte Hal an einem steinernen Wegkreuz vorbei, dann bogen sie auf einen Weg und gelangten zu einer kleinen Statue, die Notre Dame de Lourdes gewidmet war und hinter einem schmiedeeisernen Gitter stand.
Die Worte PÉNITENCE, PÉNITENCE und MISSION 1891 waren in den Fuß des kunstvoll gearbeiteten Steinpfeilers eingemeißelt.
Meredith starrte darauf. Der Jahreszahl war nicht zu entrinnen. Sie tauchte immer wieder auf.
»Das ist angeblich der originale westgotische Steinpfeiler, in dem die Pergamente gefunden wurden«, sagte Hal.
»Ist er hohl?«
Er zuckte die Achseln. »Muss ja wohl.«

»Ist doch verrückt, dass sie ihn hier einfach stehenlassen«, sagte Meredith. »Wenn der Ort so ein Magnet für Anhänger von Verschwörungstheorien und für Schatzjäger ist, sollte man doch meinen, dass die Behörden Angst hätten, er könnte gestohlen werden.«
Meredith betrachtete fasziniert die gütigen Augen und stummen Lippen der Statue, die auf dem Pfeiler stand. Während sie das steinerne Antlitz studierte, sah sie, wie auf dem huldvollen Gesicht, zunächst kaum merklich, dann immer tiefer und deutlicher, Kratzspuren erschienen. Rillen und Furchen, als fahre jemand mit einem Meißel über die Oberfläche.
Was zum Teufel …?
Sie traute ihren Augen nicht und trat vor, hob die Hand und berührte den Stein.
»Meredith?«, sagte Hal fragend.
Die Oberfläche war glatt. Schnell nahm sie die Finger weg, als hätte sie sich verbrannt. Nichts. Sie drehte die Handflächen nach oben, als erwartete sie, dort irgendwelche Male zu sehen.
»Was haben Sie denn?«, fragte er.
Nichts, außer dass ich anfange, Dinge zu sehen.
»Alles in Ordnung«, sagte sie mit Nachdruck. »Die Sonne ist ganz schön grell.«
Hal blickte besorgt, und Meredith merkte, dass ihr das irgendwie gefiel.
»Sagen Sie, was ist eigentlich aus den Pergamenten geworden, nachdem Saunière sie gefunden hatte?«, erkundigte sie sich.
»Er soll sie nach Paris gebracht haben, um ihre Echtheit überprüfen zu lassen.«
Sie runzelte die Stirn. »Das ergibt doch keinen Sinn. Wieso sollte er nach Paris reisen? Für einen katholischen Geistlichen wäre es logisch gewesen, schnurstracks zum Vatikan zu eilen.«
Er lachte. »Ich merke schon, Sie lesen wirklich nicht viele Romane.«
»Aber um mal kurz den Advocatus Diaboli zu spielen«, fuhr sie fort, »das Gegenargument wäre wahrscheinlich, dass er befürchtete, die Kirche würde die Dokumente zerstören wollen.«

Hal nickte. »Das ist die beliebteste Theorie. Dads Argument war immer, wenn ein Dorfpfarrer in einem vergessenen Winkel Frankreichs tatsächlich auf ein sensationelles Geheimnis gestoßen wäre – zum Beispiel eine Heiratsurkunde oder einen Beweis für bis ins erste Jahrhundert zurückreichende Nachkommen –, dann wäre es für die Kirche einfacher gewesen, ihn einfach loszuwerden, anstatt ihn für sein Schweigen zu bezahlen.«

»Sehr richtig.«

Hal zögerte. »Obwohl ich noch eine ganz andere Theorie habe.«

Meredith wandte den Kopf und sah ihn an, weil sie die Unsicherheit in seiner Stimme hörte. »Und die wäre?«

»Dass die ganze Sage um Rennes-le-Château reine Verschleierung war, ein gezielter Versuch, die Aufmerksamkeit von Ereignissen abzulenken, die sich zur selben Zeit in Rennes-les-Bains abgespielt haben.«

Meredith war, als hätte sie einen Schlag in die Magengrube bekommen. »Was sollte verschleiert werden?«

»Saunière war bekanntermaßen mit der Familie befreundet, der die Domaine de la Cade gehörte. Es gab eine Reihe von unerklärlichen Todesfällen in der Gegend – eine Art Wolf oder, wahrscheinlicher, eine Bergkatze –, doch die Gerüchte, dass irgendein Teufel sein Unwesen treibe, wurden immer lauter.«

Krallenspuren.

»Die Ursache für das Feuer, das 1897 einen Großteil des ursprünglichen Hauses zerstörte, wurde zwar nie zweifelsfrei geklärt, doch es weist einiges darauf hin, dass es absichtlich gelegt wurde. Vielleicht, um das Gebiet von diesem Teufel zu befreien, der auf dem Grundstück der Domaine de la Cade gewohnt haben soll. Außerdem ging es um einen Satz Tarotkarten, der irgendwie mit der Domaine in Verbindung stand. Auch damit soll Saunière zu tun gehabt haben.«

Das Bousquet-Tarot.

»Ich weiß jedenfalls, dass es zwischen meinem Onkel und Dad deswegen zum Zerwürfnis kam«, sagte Hal.

Meredith zwang sich, ihre Stimme ruhig zu halten. »Zerwürfnis?«

»Ende April, kurz bevor mein Vater beschlossen hat, sich endgültig hier niederzulassen. Ich habe ihn ein paar Tage in London besucht, habe bei ihm gewohnt, und als ich ins Zimmer trat, bekam ich den Schluss der Unterhaltung mit. Des Streits, genauer gesagt. Ich habe nicht viel verstanden. Irgendwas von der Nachbildung eines älteren Grabes in Saunières Kirche.«

»Haben Sie Ihren Vater danach gefragt?«

»Er wollte nicht darüber reden. Er hat nur gesagt, er habe erfahren, dass es irgendwo auf dem Gelände der Domaine de la Cade ein westgotisches Mausoleum gegeben hat, eine Grabkapelle, die zum selben Zeitpunkt zerstört wurde, als das Haus in Flammen aufging. Übriggeblieben sind nur ein paar alte Steine, Ruinen.«

Eine Sekunde lang war Meredith versucht, sich Hal anzuvertrauen. Ihm von der Tarotsitzung in Paris zu erzählen, von ihrem Alptraum letzte Nacht, von den Karten, die in diesem Augenblick unten in ihrem Schrank lagen. Von dem eigentlichen Grund, der sie nach Rennes-les-Bains geführt hatte. Aber irgendetwas hielt sie zurück. Hal hatte im Augenblick mit seinen eigenen Dämonen zu kämpfen. Sie runzelte die Stirn, als sie an die vierwöchige Verzögerung zwischen dem Unfall und der Beerdigung dachte.

»Was genau ist mit Ihrem Vater passiert, Hal?«, fragte sie und stockte dann, weil sie dachte, zu schnell zu weit gegangen zu sein. »Entschuldigen Sie, das war taktlos von mir.«

Hal zeichnete mit der Schuhspitze ein Muster in die Erde. »Nein, kein Problem. Sein Wagen ist von der Straße abgekommen, in der Kurve kurz vor Rennes-les-Bains. Ist in den Fluss gestürzt.« Er sprach monoton, als halte er seine Stimme bewusst emotionslos. »Die Polizei hatte keine Erklärung. Es war eine klare Nacht. Kein Regen, nichts. Das Schlimmste war …«

Er verstummte.

»Sie müssen es mir nicht erzählen, wenn es Ihnen zu schwerfällt«, sagte sie leise und legte ihm eine Hand auf den Rücken.

»Es passierte in den frühen Morgenstunden, deshalb wurde das Auto erst einige Stunden später entdeckt. Er hatte noch versucht rauszukommen, deshalb war die Tür halb offen. Aber die Tiere waren schon an ihm dran gewesen. Sein Körper und sein Gesicht waren übel zugerichtet.«

»Es tut mir so leid.«

Meredith blickte nach hinten zu der Statue, zwang sich, keine gedankliche Verbindung herzustellen zwischen einem tragischen Autounfall im Jahr 2007 und dem alten Aberglauben, der offenbar in dieser Gegend am Werk war. Aber die Verflechtungen waren schwer zu übersehen.

Alle Systeme des Wahrsagens arbeiten mit Mustern, wie die Musik auch.

»Die Sache ist die, ich könnte es ja akzeptieren, wenn es ein Unfall war. Aber die sagen, er hätte getrunken, Meredith. Und ich weiß, dass er das niemals getan hätte.« Er senkte die Stimme. »Niemals. Wenn ich genau wüsste, was passiert ist, so oder so, dann wäre alles gut. Ich meine, nicht gut, aber ich könnte damit leben. Aber diese Unsicherheit. Warum war er überhaupt da, auf diesem Straßenabschnitt, um diese Uhrzeit? Ich will es einfach wissen.«

Meredith dachte an das tränennasse Gesicht ihrer leiblichen Mutter und an das Blut unter ihren Fingernägeln. Sie dachte an die Sepiafotos und das Musikstück und die Leere in ihrem Innern, die sie in diese Ecke Frankreichs getrieben hatte.

»Ich kann nicht mit dieser Ungewissheit leben«, wiederholte er. »Verstehen Sie das?«

Sie nahm ihn in die Arme und zog ihn an sich. Er reagierte, legte die Arme um sie und hielt sie eng umschlungen. Meredith passte genau unter seine breiten Schultern. Sie roch sein Aftershave und Seife, und die weiche Wolle seines Pullovers kitzelte sie an der Nase. Sie konnte seine Wärme spüren, seinen Zorn, seine Wut, und dann die Verzweiflung dahinter.

»Ja«, sagte sie leise. »Ich verstehe das.«

Kapitel 47

Domaine de la Cade

Julian Lawrence wartete, bis die Zimmermädchen im ersten Stock fertig waren, bevor er sein Arbeitszimmer verließ. Die Fahrt nach Rennes-le-Château und wieder zurück würde mindestens zwei Stunden dauern. Er hatte reichlich Zeit.

Als Hal ihm erzählt hatte, er würde einen Ausflug machen, noch dazu mit einer jungen Frau, war Julian zunächst einmal erleichtert gewesen. Sie hatten sich sogar ein paar Minuten unterhalten, ohne dass Hal wutentbrannt davongestürmt war. Vielleicht war das ein Zeichen dafür, dass sein Neffe sich mit dem Geschehenen endlich abfand und wieder nach vorne schaute. Dass er seine Zweifel begrub.

Im Augenblick war noch einiges ungeklärt. Julian hatte bereits zart angedeutet, dass er bereit sei, seinem Neffen den geerbten Anteil an der Domaine de la Cade abzukaufen, hatte ihn aber nicht gedrängt. Dass die Sache bis nach der Beerdigung warten musste, war klar gewesen, aber allmählich verlor er die Geduld.

Dann hatte Hal erwähnt, dass die fragliche Frau Schriftstellerin sei, und Julian war misstrauisch geworden. So wie Hal sich in den letzten vier Wochen aufgeführt hatte, war dem Jungen glatt zuzutrauen, dass er versuchen würde, bei irgendwelchen Journalisten Interesse für den Unfalltod seines Vaters zu wecken, nur so aus Prinzip.

Julian wusste aus dem Anmeldeverzeichnis, dass sie Amerikanerin war, Meredith Martin, und bis Freitag gebucht hatte. Er wusste nicht, ob sie Hal schon vorher gekannt hatte oder einfach nur jemand war, der seinem Neffen die Gelegenheit bot, seine rührselige Geschichte loszuwerden. So oder so, er durfte nicht riskieren, dass Hal mit Hilfe dieser Frau noch mehr Ärger machte als ohnehin schon. Er würde sich seine Pläne nicht durch Gerüchte und Anspielungen torpedieren lassen.

Julian ging über die Hintertreppe nach oben und den Flur entlang. Mit seinem Generalschlüssel öffnete er die Tür zu Meredith Martins Zimmer. Er machte ein paar Polaroidfotos, damit er den Raum später wieder in exakt denselben Zustand zurückversetzen konnte, in dem er ihn vorgefunden hatte, und begann mit der Durchsuchung. Als Erstes nahm er sich den Nachttisch vor. Rasch ging er die Schubladen durch, fand aber nichts Interessantes außer zwei Flugtickets, eines von Toulouse nach Paris am Freitagnachmittag, das andere für ihren Rückflug in die Vereinigten Staaten am 11. November.

Er ging zum Schreibtisch hinüber. Ihr Laptop war eingestöpselt. Er klappte den Deckel auf und fuhr den Computer hoch. Es war ganz einfach. Das Betriebssystem war nicht passwortgeschützt, und sie hatte den kabellosen Internetzugang des Hotels genutzt.

Zehn Minuten später hatte Julian ihre E-Mails durchgelesen – langweiliger Privatkram, nichts von Bedeutung –, war ihrer Online-Spur über die letzten Webseiten gefolgt, die sie aufgerufen hatte, und hatte sich ein paar von ihren Dateien angeschaut. Nichts davon ließ vermuten, dass sie eine Journalistin auf der Jagd nach einer Story war. Hauptsächlich regionale Geschichte. Es gab ein paar Bemerkungen über Recherchen in England und rudimentäre Notizen – Adressen, Daten, Uhrzeiten – über Paris.

Als Nächstes ging Julian ihre Bilddateien chronologisch durch. Die ersten Fotos waren in London aufgenommen worden. Es gab einen Ordner mit Aufnahmen aus Paris – Straßenszenen, Sehenswürdigkeiten, sogar eine von einem Schild mit den Öffnungszeiten des Parc Monceau.

Der letzte Ordner trug den Namen Rennes-les-Bains. Er öffnete ihn und sah die Bilder durch. Und die gaben ihm schon eher zu denken. Da waren einige Fotos vom Flussufer am nördlichen Orts-

eingang, vor allem zwei von der Brücke und dem Tunnel genau an der Stelle, wo Seymours Auto von der Straße abgekommen war. Andere zeigten den Friedhof hinter der Kirche. Eine Aufnahme des Place des Deux Rennes war von dem überdachten Portal aus gemacht worden, und ein Detail darin verriet ihm sogar, wann. Julian verschränkte die Finger hinter dem Kopf. In der unteren rechten Ecke des Bildes war nämlich ein kleines Stück des Tischtuchs zu sehen, auf dem das Kondolenzbuch gelegen hatte.
Er runzelte die Stirn. Meredith Martin war gestern Abend in Rennes-les-Bains gewesen und hatte Fotos von der Beerdigung und dem Ort gemacht.
Warum?
Während Julian den Bilderordner auf seinen USB-Stick kopierte, suchte er nach irgendwelchen harmlosen Erklärungen, fand aber keine.
Er schloss sämtliche Dateien, fuhr den Laptop herunter und ließ alles so, wie er es vorgefunden hatte, dann wandte er sich dem Kleiderschrank zu. Nachdem er noch ein paar Polaroidfotos gemacht hatte, ging er systematisch alle Kleidungsstücke durch, die gestapelten T-Shirts und die Schuhe, fand aber nichts Auffälliges. Unten im Schrank lag eine weiche schwarze Reisetasche, auf der ein Paar Stiefel und ein Paar Pumps von LK Bennett abgestellt waren. Julian ging in die Hocke, öffnete den Reißverschluss und spähte hinein. Die Tasche war leer bis auf ein Paar Socken und ein Perlenarmband, das sich im Innenfutter verfangen hatte. Er schob die Finger in jede Ecke, fand aber nichts. Als Nächstes sah er die Außentaschen durch. Zwei große Fächer an beiden Enden, leer, sowie drei kleinere Fächer an den Längsseiten. Er hob die Tasche aus dem Schrank, drehte sie um und schüttelte sie. Sie kam ihm schwer vor. Er drehte sie wieder um und zog an dem Pappboden. Mit einem reißenden Geräusch des Klettverschlusses löste sich der Boden und brachte ein weiteres Fach zum Vorschein. Julian griff hinein und holte ein rechteckiges, in schwarze Seide eingeschlagenes Päckchen hervor. Mit Daumen und Zeigefinger entfaltete er es.
Und erstarrte. Das Gesicht von La Justice starrte zu ihm hoch.

Für den Bruchteil einer Sekunde meinte er zu halluzinieren, doch dann erkannte er, dass es sich bloß um einen weiteren Nachdruck handelte. Er fächerte die Karten auf, um ganz sicherzugehen, halbierte den Stoß zweimal.

Gedruckt und laminiert, also nicht das Original-Bousquet-Tarot. Wie albern, dass er das, wenn auch nur kurz, überhaupt für möglich gehalten hatte.

Er richtete sich auf und sah die Karten durch, immer schneller, nur für den Fall, dass dieses Deck sich von den anderen unterschied, irgendetwas Besonderes hatte.

Nein. Es sah genauso aus wie das unten in seinem Safe. Keine zusätzlichen Worte, keine Abweichung bei den Bildern.

Julian zwang sich, in Ruhe nachzudenken. Diese Entdeckung stellte alles auf den Kopf, zumal sie der Information, die er von der westgotischen Grabstätte in Quillan erhalten hatte, praktisch auf dem Fuße folgte. Unter den Grabbeigaben war eine Schiefertafel gefunden worden, die die Existenz anderer Grabstätten in der Nähe der Domaine de la Cade bestätigte. Es war ihm heute Morgen noch nicht gelungen, seine Kontaktperson zu erreichen.

Doch die vordringliche Frage lautete: Wieso hatte Meredith Martin einen Nachdruck des Bousquet-Tarots bei sich? Noch dazu unten in ihrer Tasche versteckt. Das konnte kein Zufall sein. Vermutlich wusste sie zumindest von dem Originaltarotdeck und von dessen Verbindung zur Domaine de la Cade.

Was noch? Vielleicht hatte Seymour Hal mehr erzählt, als Julian bisher geglaubt hatte. Und falls Hal die Frau hergeholt hatte und ihr nicht einfach bloß hier über den Weg gelaufen war, dann ging es möglicherweise gar nicht darum, die Umstände des Unfalls zu untersuchen, sondern hatte mit den Karten zu tun.

Er brauchte einen Drink. Er schwitzte am Kragen und unter den Armen, nur weil er einen schockierenden Moment lang geglaubt hatte, die Originalkarten in Händen zu halten.

Julian wickelte das Tarotdeck wieder in das schwarze Seidentuch, legte es unten in die Tasche und stellte die Tasche zurück in den Schrank. Dann schaute er sich ein letztes Mal im Zimmer um. Alles sah so aus wie vorher. Und falls doch irgendwas verlegt worden war, würde Ms. Martin denken, die Zimmermädchen hätten das getan. Er trat auf den Flur und ging mit schnellen Schritten zurück zur Personaltreppe.

Die ganze Aktion hatte, vom Anfang bis zum Ende, keine fünfundzwanzig Minuten gedauert.

Kapitel 48

Rennes-le-Château

Hal beendete die Umarmung als Erster. Seine blauen Augen glänzten vor Freude und vielleicht auch Erstaunen. Sein Gesicht war ein wenig gerötet.

Auch Meredith trat zurück. Die Stärke der körperlichen Anziehung zwischen ihnen machte sie beide jetzt, da der Augenblick vorüber war, leicht verlegen.

»Nun denn«, sagte er und schob die Hände in die Taschen.

Meredith schmunzelte. »Nun denn …«

Hal wandte sich dem Holztor zu, das quer über den Weg ging, und drückte dagegen. Er runzelte die Stirn und versuchte es erneut. Meredith hörte den Riegel klappern.

»Geschlossen«, sagte er. »Das darf nicht wahr sein, das Museum ist geschlossen. Sie müssen entschuldigen. Ich hätte vorher anrufen sollen.«

Sie sahen einander an. Dann lachten sie gleichzeitig los.

»Das Kurhaus in Rennes-les-Bains war auch geschlossen«, sagte Meredith. »Bis zum dreißigsten April.«

Wieder hing ihm sein volles Haar tief in die Stirn. Meredith hätte es gern zurückgestrichen, aber sie behielt ihre Hände bei sich.

»Wenigstens ist die Kirche auf«, sagte er.

Meredith ging neben ihm weiter, spürte seine körperliche Präsenz jetzt noch deutlicher. Er schien den ganzen Weg auszufüllen.

Dann zeigte er auf das dreieckige Vordach über der Tür.

»Die Inschrift da – Terribilis est locus iste – ist ein weiterer Grund, warum sich die vielen Verschwörungstheorien um Rennes-le-Château so hartnäckig gehalten haben«, sagte er und räusperte sich. »Die Übersetzung lautet eigentlich ›Dieser Ort ist ehrfurchtgebietend‹, also *terribilis* im alttestamentarischen Sinne und nicht in der moderneren Bedeutung ›furchterregend, schrecklich‹, aber man kann sich vorstellen, wie es ausgelegt wurde.«

Meredith schaute hin, konzentrierte sich aber auf die andere, nur teilweise leserliche Inschrift an der Spitze. IN HOC SIGNO VINCES. Schon wieder Konstantin, der christliche Herrscher von Byzanz. Dieselbe Inschrift wie auf Henri Boudets Gedenktafel in Rennes-les-Bains. Sie stellte sich Lauras Karten ausgebreitet auf dem Tisch vor. Der Herrscher zählte zu den großen Arkana, bei Magier und La Prêtresse zu Anfang des Decks. Und das Passwort, das sie für ihren Internetzugang eingetippt hatte, war CONSTANTINE gewesen …

»Wer hat sich das Passwort für den Internetzugang im Hotel ausgedacht?«, fragte sie.

Hal schien sich über die scheinbar zusammenhanglose Frage zu wundern, beantwortete sie aber trotzdem.

»Mein Onkel«, sagte er, ohne zu zögern. »Dad hatte es nicht mit Computern.« Er streckte den Arm aus und ergriff ihre Hand. »Sollen wir?«

Als sie die Kirche betraten, war Meredith verblüfft, wie extrem klein sie war, als wäre sie im Dreiviertelmaßstab erbaut worden. Die Perspektiven wirkten irgendwie falsch.

Auf der Wand rechts von der Tür waren handgeschriebene Zettel, manche Französisch, manche in unbeholfenem Englisch. Schmale silberne Lautsprecher hingen in den Ecken und beschallten den Raum mit irgendwelchen gregorianischen Gesängen.

»Die haben hier einiges zensiert«, sagte Hal leise. »Um den Gerüchten von geheimnisvollen Schätzen und Geheimgesellschaften entgegenzuwirken, hat man versucht, in alles eine katholische Botschaft hineinzupressen. Wie hier zum Beispiel.« Er tippte auf einen der Zettel. »Sehen Sie. ›*Dans cette église le trésor c'est vous.*‹ In dieser Kirche sind Sie der Schatz.«

Aber Meredith starrte auf das Weihwasserbecken gleich links von der Tür. Das *bénitier* ruhte auf den Schultern einer knapp einen Meter hohen Teufelsstatue. Das bösartige rote Gesicht, der krumme Körper, die beängstigenden, bohrenden blauen Augen. Sie hatte diesen Dämon schon mal gesehen. Oder wenigstens ein Bild von ihm. Auf dem Tisch in Paris, als Laura zu Beginn der Sitzung die großen Arkana ausgebreitet hat.

Le Diable. Karte XV des Bousquet-Tarots.

»Das ist Asmodeus«, sagte Hal. »Der traditionelle Hüter von Schätzen, Bewahrer von Geheimnissen und Erbauer des Tempels Salomos.«

Meredith berührte den fratzenhaften Dämon, der sich kalt und kalkig unter ihren Fingern anfühlte. Sie betrachtete seine verkrampften Krallenhände und schaute unwillkürlich durch die offene Tür zurück zu der Statue von Notre Dame de Lourdes, die reglos auf ihrem Pfeiler stand.

Sie schüttelte schwach den Kopf und hob die Augen zu dem Fries über dem Teufel. Vier Engel, die jeder jeweils einen Teil des Kreuzzeichens schlugen, und abermals die Gottesworte an Kaiser Konstantin, diesmal jedoch auf Französisch. Die Farben waren verblasst und rissig, als kämpften die Engel einen aussichtslosen Kampf.

Zu ihren Füßen umrahmten zwei Basilisken einen roten Einsatz mit den Lettern BS.

»Die Initialen könnten für Bérenger Saunière stehen«, sagte Hal. »Oder für Boudet und Saunière, oder für La Blanque und Le Sals, zwei Flüsse, die hier in der Nähe in einem Becken zusammenfließen, das man *le bénitier* nennt.«

»Kannten sich die beiden Pfarrer gut?«, fragte Meredith.

»O ja, sehr gut sogar. Boudet war ein Mentor für den jungen Saunière. Als Boudet sein Amt als Pfarrer antrat, verbrachte er einige Monate in der Gemeinde Durban, nicht weit von hier, und freundete sich dort mit einem dritten Geistlichen an, Antoine Gélis, der später Pfarrer in Coustaussa wurde.«

»Da bin ich gestern vorbeigefahren«, sagte Meredith. »Es sah zerfallen aus.«

»Das Schloss, ja. Das Dorf selbst ist zwar winzig, aber bewohnt. Nur eine Handvoll Häuser. Gélis starb unter recht merkwürdigen Umständen. Er wurde 1897 am Abend vor Allerheiligen ermordet.«

»Wurde der Täter gefasst?«

»Ich glaube nicht.« Hal blieb vor einer weiteren Gipsstatue stehen. »Saint Antoine, der Eremit«, sagte er. »Ein berühmter ägyptischer Heiliger des dritten oder vierten Jahrhunderts.«

Diese Information verdrängte alle Gedanken an Gélis aus Merediths Kopf.

Der Eremit. Schon wieder eine Karte der großen Arkana.

Die Hinweise darauf, dass das Bousquet-Tarot in dieser Gegend gemalt worden war, häuften sich. Diese kleine Kirche, die Maria Magdalena gewidmet war, bewies das. Meredith konnte sich nur nicht erklären, wie die Domaine de la Cade in das Ganze hineinpasste.

Und wie das alles mit meiner Familie zusammenhängt – oder auch nicht.

Meredith zwang sich, bei der Sache zu bleiben. Es brachte nichts, alles miteinander zu vermengen. Was, wenn Hal recht hatte und all die Mythen um Rennes-le-Château tatsächlich nur ersonnen worden waren, um die Aufmerksamkeit von dem Schwesterdorf unten im Tal abzulenken? Das schien nicht ganz abwegig, doch Meredith musste mehr in Erfahrung bringen, anstatt voreilige Schlüsse zu ziehen.

»Haben Sie genug gesehen?«, fragte Hal. »Oder möchten Sie noch ein bisschen bleiben?«

Noch immer tief in Gedanken, schüttelte Meredith den Kopf. »Wir können gehen.«

Auf dem Rückweg zum Auto sprachen sie nicht viel. Der Kies auf dem Weg knirschte laut unter ihren Schritten, wie verharschter Schnee. Während sie sich in der Kirche aufgehalten hatten, war es kühler geworden, und der Geruch von Herbstfeuern lag in der Luft.

Hal schloss den Wagen auf und blickte dann über seine Schulter nach hinten.
»In den fünfziger Jahren wurden auf dem Grundstück der Villa Béthania drei Leichen gefunden«, sagte er. »Von Männern zwischen dreißig und vierzig, alle drei erschossen, obwohl zumindest eine der Leichen von wilden Tieren übel zugerichtet war. Laut der offiziellen Erklärung waren die Männer während des Krieges getötet worden – die Nazis hatten auch diese Gegend Frankreichs teilweise besetzt, und die Résistance war hier unten ziemlich aktiv. Doch die Einheimischen glauben, dass die Leichen älter waren, Ende des neunzehnten Jahrhunderts, und vermuten irgendeinen Zusammenhang zwischen ihnen und dem Feuer auf der Domaine de la Cade und vielleicht auch zu dem Mord an dem Pfarrer in Coustaussa.«
Meredith musterte Hal über das Autodach hinweg. »Sie haben eben gesagt, das Feuer wurde möglicherweise gelegt?«
Hal zuckte die Achseln. »Die Heimatkundler sind sich da nicht ganz einig, aber im Allgemeinen geht man von Brandstiftung aus.«
»Aber wenn diese drei Männer damit zu tun hatten – mit der Brandstiftung oder dem Mord –, was glauben die Leute dann, wer sie getötet hat?«
In diesem Moment klingelte Hals Handy. Er klappte es auf und schaute auf die Nummer. Seine Augen verengten sich.
»Das Gespräch muss ich annehmen«, sagte er. »Tut mir leid.«
Innerlich stöhnte Meredith enttäuscht auf, aber es war nun mal nicht zu ändern. »Natürlich, kein Problem.«
Sie setzte sich ins Auto und sah zu, wie Hal zu einer Tanne neben dem Tour Magdala ging, um zu telefonieren.
So was wie Zufall gibt es nicht. Nichts geschieht ohne Grund.
Sie lehnte den Kopf zurück und ließ noch einmal alles Revue passieren, was geschehen war, die Abfolge der Ereignisse, von dem Moment an, als sie im Gare du Nord aus dem Zug gestiegen war. Nein, danach. Von dem Moment an, als sie die buntbemalte Treppe hinaufgestiegen war, die zu Lauras Räumen führte.

Meredith zog das Notizbuch aus der Tasche und ging ihre Notizen durch, suchte nach Antworten. Die eigentliche Frage lautete: Was war die eigentliche Geschichte, der sie hier auf der Spur war, und was war bloß deren Echo? Sie war nach Rennes-les-Bains gekommen, um ihre eigene Familiengeschichte zu erforschen. Gehörten die Karten irgendwie dazu? Oder waren sie Teil einer völlig anderen Geschichte, die nichts damit zu tun hatte? Theoretisch gewiss interessant, aber ohne jede Verbindung zu ihr. Hatte sie überhaupt eine Verbindung zur Domaine de la Cade? Den Verniers?

Was hatte Laura gesagt? Meredith blätterte zurück, bis sie die Stelle fand:

»Die Zeitachse ist verwirrend. Die Sequenz scheint rückwärts- und vorwärtszuspringen, als wären die Ereignisse irgendwie verwischt. Dinge, die zwischen Vergangenheit und Gegenwart hin und her gleiten.«

Sie schaute durch das Fenster zu Hal hinüber, der jetzt auf den Wagen zukam, das Handy in der geballten Faust. Die andere Hand hatte er tief in der Hosentasche.

Wie passt er in das alles hinein?

»He?«, sagte sie, als er die Tür öffnete. »Alles okay?«

Er stieg ein. »Tut mir leid, Meredith. Ich wollte eigentlich vorschlagen, dass wir irgendwo zu Mittag essen, aber jetzt ist mir was dazwischengekommen.«

»Etwas Gutes, hoffe ich?«, sagte sie.

»Das Polizeikommissariat in Couiza hat endlich erlaubt, dass ich die Ermittlungsakte über den Unfall meines Vaters einsehen darf. Die letzten Wochen habe ich darum gebettelt, also ist das ein Schritt nach vorn.«

»Das freut mich, Hal«, sagte sie und hoffte insgeheim, dass er sich nicht allzu viel davon versprach.

»Also, ich kann Sie entweder zurück zum Hotel bringen«, sprach er weiter, »oder Sie kommen einfach mit, und wir gehen später irgendwo was essen. Leider kann ich nicht sagen, wie lang es dauert. Die Leute hier sind nicht immer die schnellsten.«

Einen Moment lang war Meredith versucht mitzufahren. Um Hal

moralische Unterstützung zu geben. Doch dann dachte sie, dass er das vermutlich lieber allein machen wollte. Außerdem musste sie sich auch mal eine Weile auf ihre eigenen Sachen konzentrieren, ohne in Hals Probleme mit hineingezogen zu werden.

»Hört sich an, als könnte das ein Weilchen dauern«, sagte sie. »Wenn es Ihnen nichts ausmacht, mich unterwegs am Hotel abzusetzen, wäre das prima.«

Sie war froh, dass Hal ein enttäuschtes Gesicht machte, wenn auch nur für einen Moment.

»Ist wahrscheinlich wirklich besser, wenn ich allein hinfahre, schließlich tun die Leute mir einen Gefallen.«

»Das denke ich auch«, sagte sie und berührte kurz seine Hand.

Hal startete den Wagen und setzte zurück.

»Wie wär's denn mit später?«, fragte er, während er durch die enge Straße manövrierte, die aus Rennes-le-Château hinausführte. »Wir könnten uns auf einen Drink treffen. Vielleicht sogar zum Abendessen? Falls Sie nichts anderes vorhaben.«

»Gern«, erwiderte sie mit einem betont gelassenen Lächeln. »Abendessen wäre schön.«

Kapitel 49

Julian Lawrence stand am Fenster seines Arbeitszimmers auf der Domaine de la Cade, als sein Neffe den Wagen wendete und erneut die lange Einfahrt hinabfuhr. Er richtete sein Augenmerk auf die Frau, die gerade ausgestiegen war und jetzt zum Abschied winkte. Die Amerikanerin, vermutete er.

Er nickte anerkennend. Gute Figur, sportlich, aber zierlich, glattes dunkles, schulterlanges Haar. Es wäre bestimmt keine Zumutung, ein bisschen Zeit in ihrer Gesellschaft zu verbringen.

Dann wandte sie sich um, und er sah ihr Gesicht.

Julian hatte sie schon mal gesehen, konnte sich aber nicht erinnern, wo und wann. Er kramte in seinem Gedächtnis, bis es ihm wieder einfiel. Die aufdringliche Ziege von dem Verkehrsstau in Rennes-les-Bains gestern Abend. Der amerikanische Akzent.

Wieder durchfuhr ihn die Paranoia wie ein Blitz. Falls Ms. Martin hier mit Hal zusammenarbeitete und erwähnt hatte, dass sie ihn auf der Fahrt in die Stadt gesehen hatte, dann würde sein Neffe sich die berechtigte Frage stellen, wo er gewesen war. Und dahinterkommen, dass Julians Erklärung für sein Zuspätkommen keinen Sinn ergab.

Er leerte sein Glas und traf dann eine spontane Entscheidung. Mit drei Schritten durchquerte er das Zimmer, nahm sein Jackett von der Stuhllehne und ging hinaus, um die Amerikanerin in der Lobby abzufangen.

Auf der Rückfahrt von Rennes-le-Château wurde Meredith mehr und mehr von Jagdfieber gepackt. Vorher hatte sie Lauras Geschenk als Last empfunden. Jetzt schienen die Tarotkarten voller faszinierender Möglichkeiten zu stecken.
Sie wartete, bis Hals Wagen nicht mehr zu sehen war, dann drehte sie sich um und ging die Stufen hinauf zum Hoteleingang. Sie war nervös, aber auch wie unter Strom. Dieselben widersprüchlichen Gefühle, die sie während der Sitzung mit Laura erlebt hatte, waren mit voller Wucht zurückgekehrt. Hoffnung und Skepsis, gespannte Erwartung und die Angst, dass sie zwei und zwei zusammenzählte und auf fünf kam.
»Ms. Martin?«
Überrascht blickte Meredith in die Richtung, aus der die Stimme gekommen war, und sah Hals Onkel durch die Lobby auf sie zukommen. Sie verkrampfte sich ein wenig, hoffte, dass er sie nach ihrem übellaunigen Wortwechsel am Vorabend in Rennes-les-Bains nicht wiedererkennen würde. Aber heute lächelte er.
»Ms. Martin?«, sagte er erneut und streckte ihr die Hand hin. »Julian Lawrence. Ich wollte Sie nur in der Domaine de la Cade willkommen heißen.«
»Danke.«
Sie schüttelten sich die Hände.
»Und außerdem«, er stockte mit einem leichten Achselzucken, »wollte ich mich dafür entschuldigen, dass ich gestern in der Stadt so barsch war. Wenn ich gewusst hätte, dass Sie eine Freundin meines Neffen sind, hätte ich mich selbstverständlich gleich vorgestellt.«
Meredith wurde rot. »Ich hätte nicht gedacht, dass Sie sich an mich erinnern, Mr. Lawrence. Ich fürchte, ich war selbst auch ganz schön unhöflich.«
»Nein, keineswegs. Hal hat Ihnen ja bestimmt erzählt, dass es für uns alle gestern ein schwerer Tag war. Das ist keine Entschuldigung, ich weiß, aber …«
Er ließ die Entschuldigung im Raum stehen.
Meredith bemerkte, dass er wie Hal dazu neigte, einen Menschen

so unverwandt anzuschauen, als nähme er nichts anderes mehr wahr. Und obwohl er bestimmt dreißig Jahre älter war, besaß er das gleiche Charisma wie Hal, die Fähigkeit, einen Raum zu füllen. Sie fragte sich, ob Hals Vater ebenso gewesen war.

»Natürlich«, sagte sie. »Mein aufrichtiges Beileid, Mr. Lawrence.«

»Julian, bitte. Und vielen Dank. Es war ein großer Schock.« Er schwieg kurz. »Wo wir gerade von meinem Neffen sprechen, Ms. Martin, Sie wissen nicht zufällig, wohin er verschwunden ist? Ich hatte gedacht, Sie wollten beide heute Morgen nach Rennes-le-Château, dass er aber heute Nachmittag hier wäre. Ich hätte gern mit ihm geredet.«

»Wir waren auch dort, aber dann hat er einen Anruf von der Polizei bekommen und mich hier abgesetzt, um sich um die Angelegenheit zu kümmern. Ich glaube, er wollte nach Couiza.«

Sie spürte, dass Julian aufmerkte, obgleich seine Miene unverändert blieb. Sofort bereute Meredith, die Information preisgegeben zu haben.

»Welche Angelegenheit denn?«

»Das hat er wirklich nicht gesagt«, beteuerte sie hastig.

»Schade, ich hätte ihn gern gesprochen.« Er zuckte die Achseln. »Aber das kann auch noch warten.« Wieder lächelte er, doch diesmal zeigte sich das Lächeln nicht in seinen Augen. »Ich hoffe, Sie genießen Ihren Aufenthalt bei uns? Ist alles zu Ihrer Zufriedenheit?«

»Alles ganz wunderbar.« Sie blickte Richtung Treppe.

»Verzeihen Sie«, sagte er. »Ich halte Sie auf.«

»Auf mich wartet die Arbeit«, sagte sie.

Julian nickte. »Ja natürlich. Hal hat erwähnt, dass Sie Schriftstellerin sind. Arbeiten Sie hier an einem Projekt?«

Meredith fühlte sich festgenagelt. Fast gefangen.

»Eigentlich nicht«, entgegnete sie. »Nur ein paar Recherchen.«

»Ach ja?« Er reichte ihr die Hand. »Wenn das so ist, will ich Sie nicht länger aufhalten.«

Meredith wollte nicht unhöflich sein und ergriff sie. Diesmal war es ihr unangenehm, seine Haut zu berühren. Irgendwie zu vertraulich.

»Falls Sie meinen Neffen sehen, bevor ich ihn erwische«, sagte er und drückte ihre Finger ein wenig zu fest, »richten Sie ihm doch bitte aus, dass ich ihn suche. Wären Sie so nett?«

Meredith nickte. »Klar.«

Dann ließ er sie los. Er wandte sich um und ging zurück durch die Lobby, ohne sich noch einmal umzusehen.

Die Botschaft war klar. Er war souverän, selbstsicher, Herr der Lage. Meredith atmete geräuschvoll aus und fragte sich, was genau da eben passiert war. Sie starrte auf die leere Stelle, wo Julian gestanden hatte. Dann wurde sie wütend auf sich selbst, weil sie sich schon wieder von ihm hatte verunsichern lassen, riss sich dann aber zusammen.

Denk nicht mehr drüber nach.

Sie schaute sich um. Die Rezeptionistin beantwortete gerade eine Anfrage und schaute in die entgegengesetzte Richtung. Der Geräuschpegel im Restaurant ließ Meredith vermuten, dass die meisten Gäste bereits zum Mittagessen im Speisesaal waren. Ideale Bedingungen für ihr Vorhaben.

Sie eilte über die roten und schwarzen Fliesen, schob sich an dem Flügel vorbei und nahm das Foto von Anatole und Léonie Vernier und Isolde Lascombe von der Wand. Sie versteckte es unter ihrer Jacke, machte kehrt und sprang die Treppe hinauf.

Erst als sie in ihrem Zimmer war und die Tür hinter sich geschlossen hatte, atmete sie wieder ruhiger. Sie blieb einen Moment stehen, kniff die Augen zusammen und sah sich im Zimmer um.

Irgendwie kam ihr die Atmosphäre anders vor. Ein fremder Geruch, kaum merklich, aber doch da. Sie schlang die Arme um sich, als die Erinnerung an ihren Alptraum zurückkehrte. Dann schüttelte sie den Kopf. *Hör auf damit.* Das Zimmermädchen war hier gewesen, um das Bett zu machen. Außerdem war dieses Gefühl ganz anders als das, was sie in der Nacht gespürt hatte.

Geträumt, verbesserte sie sich selbst.

Bloß ein Traum.

Da hatte sie das deutliche Gefühl gehabt, dass jemand bei ihr im Raum war.

Eine Präsenz, ein Frösteln in der Luft. Jetzt war es bloß …

Meredith zuckte die Achseln. Möbelpolitur oder ein Putzmittel, mehr nicht. Und es war auch nicht stark. Eigentlich nicht. Obwohl sie unwillkürlich die Nase rümpfte. Wie der Geruch des Meeres, das träge ans Ufer spült.

Kapitel 50

Meredith ging zum Schrank, holte die Tarotkarten hervor und entfaltete das schwarze Seidentuch so behutsam, als wären die Karten darin aus Glas. Das beunruhigende Bild des Turms lag obenauf, und die düsteren Grau- und Grüntöne des Hintergrunds und der Bäume wirkten hier an diesem bewölkten Nachmittag plastischer, als sie sie von Paris her in Erinnerung hatte. Sie verharrte einen Moment, weil sie plötzlich überlegte, ob nicht La Justice zuoberst gewesen war, als Laura ihr die Karten aufgedrängt hatte, dann zuckte sie die Achseln. Offensichtlich nicht.

Sie machte auf dem Schreibtisch Platz und legte die Karten hin, dann zog sie ihr Notizbuch aus der Umhängetasche, wünschte, sie hätte sich am Vorabend noch die Zeit genommen, ihre Notizen von der Sitzung in den Laptop einzutippen.

Meredith dachte einen Moment darüber nach, ob sie versuchen sollte, die zehn Karten von gestern in der Stille und Ruhe ihrer eigenen Gedanken zu legen, weil sie dann vielleicht mehr darin entdecken würde, entschied sich aber dagegen. Sie interessierte sich weniger für das Kartenlegen an sich als viel mehr für die historischen Informationen, die sie über das Bousquet-Tarot zusammengetragen hatte, und dafür, was die Karten mit der Geschichte der Domaine de la Cade, der Verniers und der Familie Lascombe zu tun hatten.

Meredith ging den Packen durch, bis sie alle zweiundzwanzig großen Arkana gefunden hatte. Sie schob die übrigen Karten beiseite und ordnete die großen Arkana in drei Reihen übereinander an, wobei sie den Narren ganz oben allein hinlegte, genau wie Lau-

ra das getan hatte. Die Karten fühlten sich anders an. Gestern hatten sie sie nervös gemacht. Als ginge sie schon allein dadurch, dass sie sie berührte, eine Verpflichtung ein. Heute kamen sie ihr – und sie wusste, wie albern das war – irgendwie wohlgesinnt vor.
Sie holte die gerahmte Fotografie unter ihrer Jacke hervor, stellte sie aufrecht vor sich auf den Schreibtisch und studierte die schwarzweißen Figuren, in der Zeit erstarrt. Dann senkte sie den Blick auf die farbigen Bilder der Karten.
Einen Moment verweilte ihre Aufmerksamkeit bei Le Pagad, mit seinen überaus blauen Augen und dem vollen schwarzen Haar, der alle Symbole des Tarots um sich versammelte. Ein attraktives Bild – aber ein Mann, dem man trauen konnte?
Dann spürte sie wieder dieses Prickeln im Nacken, das sich an ihrer Wirbelsäule hinabschlängelte, während ihr eine neue Idee kam. War das möglich? Sie legte den Magier auf eine Seite. Sie griff nach Karte 0, Le Mat, und hielt sie neben das gerahmte Foto. Jetzt, wo sie sie direkt nebeneinander sah, hatte sie keinen Zweifel, dass der Mann »Monsieur Vernier« wie aus dem Gesicht geschnitten war. Der gleiche lässige Gesichtsausdruck, die schlanke Figur, der schwarze Schnurrbart.
Als Nächstes Karte II, La Prêtresse. Die ätherischen, blassen, distanzierten Gesichtszüge von »Madame Lascombe«, aber in einem Abendkleid mit tiefem Ausschnitt und nicht in der hochgeschlossenen Alltagsgarderobe auf dem Foto. Meredith schaute erneut nach unten und sah die beiden Figuren zusammen als Liebende, die zu Füßen des Teufels angekettet waren.
Und endlich Karte VIII, La Force: »Mademoiselle Léonie Vernier«. Meredith merkte, dass sie lächelte. Zu dieser Karte spürte sie die stärkste Verbindung, fast so, als kenne sie die junge Frau. Teilweise lag das wohl daran, dass Léonie ihrem geistigen Bild von Lilly Debussy ähnelte. Léonie war jünger, aber da war die gleiche großäugige Unschuld, das gleiche, volle kupferrote Haar, obwohl es auf der Karte nicht sittsam hochgesteckt war, sondern offen getragen wurde und ihr über die Schultern fiel. Aber vor allem war da die gleiche freimütige Art, direkt in die Kamera zu blicken.

Ein kurzes Aufflackern von Begreifen rührte sich unter der Oberfläche ihres Bewusstseins, war aber wieder verschwunden, ehe Meredith es zu fassen bekam.
Sie konzentrierte sich auf die anderen Karten der großen Arkana, an die sie im Verlauf des Vormittags erinnert worden war: der Teufel, der Turm, der Eremit, der Herrscher. Sie betrachtete sie nacheinander, empfand aber immer stärker das Gefühl, dass sie sie weiter von dem Punkt wegbrachten, wo sie hinwollte, nicht näher.
Meredith lehnte sich zurück. Der alte Sessel quietschte. Sie legte die Arme hinter den Kopf und schloss die Augen.
Was habe ich übersehen?
Sie versetzte sich in Gedanken zurück zu der Sitzung. Ließ Lauras Worte über sie hinwegfluten, ohne besondere Ordnung, gab den Mustern Raum, sich zu entfalten.
Oktaven. Alle Achten.
Acht war die Zahl der Vollkommenheit, des gelungenen Ausgangs. Es gab aber auch eine deutliche Botschaft von Störung, Hindernissen und Konflikt. In älteren Tarotdecks trugen sowohl die Kraft als auch die Gerechtigkeit die Zahl Acht. Sowohl La Justice als auch Le Pagad trugen das Unendlichkeitssymbol, wie eine liegende Acht.
Musik verknüpfte alles miteinander. Ihren Familienhintergrund, das Bousquet-Tarot, die Verniers, die Sitzung in Paris, das Notenblatt mit der Klaviermusik. Sie griff nach ihrem Notizbuch und blätterte zurück, bis sie den Namen fand, den sie suchte, den amerikanischen Kartenleger, der Tarot mit Musik verknüpft hatte. Sie schaltete ihren Laptop an und trommelte ungeduldig mit den Fingern, bis die Internetverbindung zustande kam. Endlich erschien das Suchfeld auf dem Monitor. Meredith tippte PAUL FOSTER CASE ein. Augenblicke später erhielt sie eine Liste von Treffern.
Sie klickte direkt den Wikipedia-Eintrag an, der umfassend und leicht verständlich war. Der Amerikaner Paul Foster Case hatte Anfang des zwanzigsten Jahrhunderts begonnen, sich für Karten zu interessieren, zu einer Zeit, in der er als Klavierspieler die Passagiere auf Dampfschiffen unterhielt. Dreißig Jahre später gründete er in Los Angeles eine Organisation, die helfen sollte, sein eige-

nes Tarotsystem zu verbreiten, die Builders of the Adytum, kurz BOTA. Eines der besonderen Merkmale von BOTA war, dass Case mit seiner Philosophie an die Öffentlichkeit ging, was im krassen Gegensatz zu den meisten esoterischen Systemen dieser Zeit stand, die auf absoluter Geheimhaltung und der Idee der Elite beruhten. Außerdem war BOTA interaktiv. Im Gegensatz zu anderen Tarots waren die BOTA-Karten schwarz und weiß, damit jeder Einzelne sie bunt ausmalen konnte, sie sich zu eigen machen konnte. Dieses Prinzip war mitverantwortlich dafür, dass das Tarot in Amerika zunehmend populärer wurde.

Zudem verband Case erstmals Musiknoten mit den Karten der großen Arkana. Alle waren sie mit einem bestimmten Ton verknüpft, nur nicht Karte XIX, die Sonne, und IX, der Eremit, als stünden diese beiden Bilder außerhalb der normalen Ordnung.

Meredith betrachtete die Darstellung einer Klaviatur, auf der Pfeile angaben, welche Karte wohin gehörte.

Der Turm, das Gericht und der Herrscher waren alle der Note C zugeordnet. Der Teufel war mit A verknüpft; D hatte eine Verbindung zu den Liebenden und der Kraft; der Zauberer und der zahlenlose Narr waren E.

C-A-D-E. Domaine de la Cade.

Sie starrte den Monitor an, als wollte er sie irgendwie hinters Licht führen.

C-A-D-E, alles weiße Tasten, alle mit bestimmten Karten der großen Arkana verbunden, die bereits eine Rolle gespielt hatten.

Und damit nicht genug. Meredith sah plötzlich eine weitere Verbindung, die die ganze Zeit direkt vor ihrer Nase gewesen war. Sie griff nach dem Notenblatt mit dem Klavierstück, das sie geerbt hatte: *Grabkapelle 1891*. Sie kannte das Stück in- und auswendig – die fünfundvierzig Takte, den Tempowechsel im Mittelteil –, den Stil und die Klangfarbe, die an Gärten des 19. Jahrhunderts und Mädchen in weißen Kleidern denken ließen. Anklänge an Debussy und Satie und Dukas.

Und um die Noten A, C, D und E herum konstruiert.

Meredith vergaß für einen Moment, wo sie war, und stellte sich vor, wie ihre Finger über die Tasten glitten. Es gab nur noch die Musik. A, C, D und E. Das abschließende unterteilte Arpeggio, der verklingende Schlussakkord.

Sie lehnte sich zurück. Alles gehörte irgendwie zusammen, keine Frage.

Aber was zum Teufel hat es zu bedeuten?

Meredith fühlte sich nach Milwaukee zurückversetzt, in Miss Bridges Musikunterricht an der Highschool, wie diese immer wieder dasselbe Mantra wiederholt hatte. Ein Lächeln erschien auf ihren Lippen. »Eine Oktave besteht aus zwölf plus eins chromatischen Tönen.« Sie hörte förmlich die Stimme der Lehrerin im Kopf. »Die Halbtöne und die Ganztöne sind die Bausteine der diatonischen Tonleiter. In der diatonischen Tonleiter gibt es acht Töne, in der pentatonischen fünf. Der erste, dritte und fünfte Ton der diatonischen Tonleiter sind die Bausteine der Grundakkorde, die Formel für Vollkommenheit, für Schönheit.«

Meredith ließ die Erinnerungen in sich aufsteigen, ihre Gedanken von ihnen leiten. Musik und Mathematik, auf der Suche nach Verbindungen, nicht nach Zufällen. Sie tippte FIBONACCI ins Suchfeld. Sah neue Worte vor ihren Augen auftauchen. Zu Beginn des 13. Jahrhunderts entwickelte Leonardo da Pisa, bekannt als Fibonacci, eine mathematische Theorie, in der Zahlen eine bestimmte Folge bildeten. Nach zwei Anfangswerten ist jede weitere Zahl die Summe ihrer beiden Vorgänger.

0, 1, 1, 2, 3, 5, 8, 13, 21, 34, 55, 89, 144, 233, 377.

Angeblich beschreibt der Quotient zweier aufeinanderfolgender Zahlen die ideale Proportion, den Goldenen Schnitt.

In der Musik fand das Fibonacci-Prinzip manchmal beim Stimmen von Instrumenten Anwendung. Die Fibonacci-Zahlen fanden sich auch in natürlichen Phänomen, wie in der Verästelung von Bäumen, der Krümmung von Wellen, dem Aufbau eines Pinienzapfens. In Sonnenblumen beispielsweise gab es immer neunundachtzig Samenkörner. Meredith lächelte.

Jetzt weiß ich es wieder.

Debussy hatte in seinem großen symphonischen Tongedicht *La*

Mer mit der Fibonacci-Folge gespielt. Es zählte zu den wunderbaren Widersprüchen bei Debussy, dass er zwar als ein Komponist galt, der sich hauptsächlich mit Stimmung und Klangfarbe befasste, dass aber seine beliebtesten Werke in Wahrheit nach mathematischen Modellen konstruiert waren. Oder, besser gesagt, dass sie in Abschnitte unterteilt werden konnten, die dem Goldenen Schnitt entsprachen, häufig durch Verwendung von Zahlen aus der Fibonacci-Folge. So war der erste Satz von *La Mer* fünfundfünfzig Takte lang – eine Fibonacci-Zahl – und er war unterteilt in fünf Abschnitte aus 21, 8, 8, 5 und 13 Takten, ebenfalls alles Fibonacci-Zahlen.
Meredith zwang sich, langsam vorzugehen. Versuchte, ihre Gedanken zu ordnen.
Sie ging zurück zu der Webseite über Paul Foster Case. Drei der vier Noten, die mit dem Namen der Domaine verbunden waren – C, A und E – waren Fibonacci-Zahlen: Der Narr war 0, der Magier war I, und Kraft war VIII.
Nur D, Karte VI, die Liebenden, war keine Fibonacci-Zahl.
Meredith fuhr sich mit den Fingern durch ihr schwarzes Haar. Hieß das, dass sie falschlag? Oder war das die Ausnahme, die die Regel bestätigte?
Sie trommelte mit den Fingern auf dem Schreibtisch und dachte nach. Die Liebenden passten doch in die Folge hinein, wenn sie nicht als Paar, sondern als Einzelfiguren auftauchten: Le Mat war Null, die Hohepriesterin war Karte II. Und im Gegensatz zur Sechs waren Null und Zwei beides Fibonacci-Zahlen.
Dennoch.
Selbst wenn diese Verbindungen tatsächlich bestanden, welchen Zusammenhang konnte es zwischen dem Bousquet-Tarot, der Domaine de la Cade und Paul Foster Case geben? Die Chronologie passte nicht.
Case hatte BOTA in den dreißiger Jahren des 20. Jahrhunderts in Amerika gegründet, nicht in Europa. Das Bousquet-Tarot war in den neunziger Jahren des 19. Jahrhunderts entstanden, die kleinen Arkana vielleicht sogar noch früher. Es konnte unmöglich auf Case' System basieren.

Und wenn es umgekehrt war?

Meredith dachte noch angestrengter nach. Was, wenn Case von der Verknüpfung von Tarot mit Musik gehört und sie dann für sein eigenes System verfeinert hatte? Was, wenn er von dem Bousquet-Tarot gehört hatte? Oder sogar von der Domaine de la Cade? Vielleicht waren diese Gedanken nicht von Amerika nach Frankreich gelangt, sondern umgekehrt.

Sie zog ihren abgegriffenen Umschlag aus der Handtasche und holte das Bild von dem jungen Mann in Soldatenuniform heraus. Wie hatte sie nur so blind sein können? Sie hatte bemerkt, dass die Figur von Le Mat Anatole Vernier war, aber die offensichtliche Ähnlichkeit zwischen Vernier und ihrem Soldaten übersehen. Und die Familienähnlichkeit mit Léonie. Die langen dunklen Wimpern, die hohe Stirn, derselbe direkte Blick in die Kamera.

Sie blickte wieder auf das Porträt. Die Jahreszahlen passten. Der Junge in Uniform könnte ein jüngerer Bruder sein, ein Vetter. Sogar ein Sohn.

Und durch ihn, über Generationen hinweg, bis zu mir.

Meredith hatte das Gefühl, als würde ihr ein schweres Gewicht von der Brust gehoben. Die Last des Nichtwissens, wie Hal am Vormittag gesagt hatte, bröckelte und fiel in sich zusammen, je näher sie der Wahrheit kam. Doch sogleich meldete sich die argwöhnische Stimme in ihr zu Wort und warnte sie davor, das zu sehen, was sie sehen wollte, anstatt wirklich wahrzunehmen, was da war.

Beweise es. Die Fakten sind da. Überprüfe es.

Ihre Finger flogen über die Tastatur. Meredith brannte darauf, alles zu finden, irgendetwas zu finden, und hämmerte das Wort VERNIER ins Suchfeld.

Sie bekam nichts, was ihr irgendwie weiterhalf. Ungläubig starrte sie auf den Monitor.

Es muss doch was geben!

Sie versuchte es erneut, fügte Bousquet und Rennes-les-Bains hinzu. Diesmal wurden ein paar Webseiten angezeigt, die Tarotkarten anboten, und ein paar Seiten über das Bousquet-Deck, aber nicht mehr, als sie ohnehin schon wusste.

Meredith lehnte sich zurück. Der nächstliegende Schritt wäre, sich auf Webseiten anzumelden, die Ahnensuche in diesem Teil Frankreichs anboten, und zu versuchen, sich auf diese Weise zurück in die Vergangenheit zu tasten, obwohl das eine Weile dauern würde. Aber vielleicht konnte Mary ja vom anderen Ende aus helfen.

Mit ungeduldigen Fingern schrieb Meredith eine E-Mail an Mary mit der Bitte, heimatkundliche Webseiten und Wählerverzeichnisse in Milwaukee nach dem Namen Vernier zu durchsuchen, obschon ihr klar war, dass sie vielleicht nicht den richtigen Namen hatte, falls der Soldat Léonies Sohn war und nicht Anatoles. Im letzten Moment fiel ihr noch ein, den Namen Lascombe hinzuzufügen, bevor sie sich mit einer langen Serie von Kuss-Smileys verabschiedete.

Das Telefon neben dem Bett klingelte.

Einen Moment lang starrte sie einfach auf den Apparat, als verstünde sie nicht ganz, was sie da hörte. Dann klingelte es erneut.

Sie riss den Hörer ans Ohr. »Hallo?«

»Meredith? Ich bin's, Hal.«

Er klang nicht gut. »Alles in Ordnung?«

»Ich wollte nur Bescheid sagen, dass ich wieder da bin.«

»Wie ist es gelaufen?«

Schweigen, dann: »Das erzähle ich Ihnen, wenn wir uns sehen. Ich warte an der Bar. Ich will Sie nicht von der Arbeit abhalten.«

Meredith warf einen Blick auf die Uhr und stellte verblüfft fest, dass es schon Viertel nach sechs war. Sie schaute auf das chaotische Durcheinander von Tarotkarten, Notizzetteln mit Internetseiten und Fotos auf dem Schreibtisch, Zeugnis ihres arbeitsreichen Nachmittags. Ihr Kopf fühlte sich an, als würde er gleich platzen. Sie hatte viel herausgefunden, und doch kam es ihr so vor, als tappte sie noch im Dunkeln.

Sie wollte nicht aufhören, merkte aber, dass ihr Gehirn heiß gelaufen war. Wie damals, wenn sie spätabends noch für die Schule gelernt hatte, bis Mary in ihr Zimmer kam, ihr einen Kuss auf den Kopf drückte und sagte, es sei Zeit, ins Bett zu gehen, ein ausgeschlafener Verstand könne viel klarer denken.

Meredith lächelte. Mary hatte meistens – immer – recht.
Sie würde heute Abend nicht mehr viel erreichen. Außerdem hörte Hal sich an, als täte ihm Gesellschaft gut. Mary würde das auch so sehen. Die Lebenden waren wichtiger als die Toten.
»Ehrlich gesagt, ich könnte jetzt ganz gut aufhören.«
»Ehrlich?«
Meredith hörte die Freude in seiner Stimme und musste lächeln.
»Ehrlich«, sagte sie.
»Stör ich auch wirklich nicht?«
»Wirklich nicht«, beteuerte sie. »Ich mach das hier eben noch fertig und bin in zehn Minuten unten.«
Meredith zog sich um. Nichts Schickes, nur eine frische weiße Bluse und ihren schwarzen Lieblingsrock. Dann ging sie ins Bad. Ein bisschen Puder auf die Wangen, etwas Mascara für die Augen und ein Hauch Lippenstift, dann bürstete sie sich das Haar und steckte es zu einem Knoten fest.
Als sie gerade die Schuhe angezogen hatte und aus dem Zimmer gehen wollte, meldete ihr Laptop mit einem Piepton, dass sie eine Mail bekommen hatte.
Meredith öffnete das Mailprogramm und klickte Marys Nachricht an. Sie war bloß zwei Zeilen lang und enthielt einen Namen, Daten, eine Adresse und das Versprechen, erneut zu mailen, sobald es wieder was Neues gab.
Meredith lächelte übers ganze Gesicht.
Volltreffer.
Sie nahm das Foto in die Hand, das jetzt keinen unbekannten Soldaten mehr zeigte. Es gab noch vieles mehr zu klären, aber sie war auf einem guten Weg. Sie klemmte das Bild in den Rahmen der Fotografie, wo es hingehörte. Die Familie vereint. Ihre Familie.
Im Stehen beugte sie sich vor und klickte auf Antworten.
»Du bist absolut unbezahlbar«, tippte sie. »Jede weitere Info wäre prima! Liebe Grüße.«
Meredith klickte auf Senden. Dann ging sie, noch immer lächelnd, nach unten, um sich mit Hal zu treffen.

Siebter Teil
Carcassonne

September–Oktober 1891

Kapitel 51

∞

Sonntag, 27. September 1891

Am Morgen nach dem Diner standen Léonie, Anatole und Isolde spät auf. Der Abend war ein voller Erfolg gewesen, da waren sich alle einig. Die großzügigen Räumlichkeiten der Domaine de la Cade waren nach langer Stille wieder zum Leben erwacht. Die Dienstboten pfiffen fröhlich auf dem Flur. Pascal grinste übers ganze Gesicht. Marieta tänzelte beschwingt und mit einem Lächeln auf den Lippen durch die Halle.

Nur Léonie war unpässlich. Sie hatte grässliche Kopfschmerzen und Schüttelfrost, was auf das ungewohnte Übermaß an Wein zurückzuführen war und auf die Nachwirkungen dessen, was Monsieur Baillard ihr anvertraut hatte.

Fast den ganzen Vormittag lag sie auf der Chaiselongue mit einer kalten Kompresse auf der Stirn. Als sie sich so weit erholt hatte, dass sie zu Mittag ein wenig geröstetes Brot und Rindfleischbouillon essen konnte, überkam sie die Malaise, die sich meist einstellt, wenn ein großes Ereignis vorüber ist. In den letzten Tagen hatte das Diner in ihrem Kopf so viel Raum eingenommen, dass es ihr nun so vorkam, als gebe es nichts mehr, worauf sie sich freuen konnte.

Derweil sah sie, wie Isolde sich von Raum zu Raum bewegte, gewohnt ruhig und gelassen, aber doch so, als wäre ihr eine Last von den Schultern genommen worden. Der Ausdruck in ihrem Gesicht ließ erahnen, dass sie jetzt vielleicht zum allerersten Mal das Gefühl hatte, Herrin der Domaine zu sein. Dass das Haus ihr gehörte, nicht umgekehrt, sie dem Haus. Auch Anatole schlenderte pfeifend umher, von der Halle zur Bibliothek, vom Salon auf die Terrasse. Ganz wie ein Mann, dem die Welt zu Füßen liegt.

Später am Nachmittag nahm Léonie Isoldes Einladung zu einem Spaziergang im Garten an. Sie wollte wieder einen klaren Kopf bekommen, und da sie sich etwas besser fühlte, kam es ihr sehr gelegen, sich ein wenig die Beine zu vertreten. Es war windstill und warm, und die Nachmittagssonne lag sanft auf ihren Wangen. Im Nu waren ihre Lebensgeister wiederhergestellt.

Sie plauderten angeregt über die üblichen Themen, während Isolde Léonie in Richtung See führte. Musik, Bücher, die neueste Mode.

»Und«, sagte Isolde. »Wie können wir Ihren Aufenthalt hier möglichst kurzweilig gestalten? Anatole hat mir erzählt, Sie interessieren sich für die Geschichte und Archäologie dieser Region? Da böten sich einige ausgezeichnete Ausflugsziele an. Die Burgruine in Coustaussa zum Beispiel?«

»Die würde ich gerne sehen.«

»Und natürlich Lesen. Anatole sagt immer, Sie haben eine Leidenschaft für Bücher wie andere Frauen für Schmuck und Kleidung.«

Léonie errötete. »Er findet, ich lese zu viel, aber nur, weil er nicht genügend liest! Er kennt sich mit Büchern als Ware aus, aber er interessiert sich nicht für die Geschichten zwischen den Seiten.«

Isolde lachte. »Das könnte natürlich der Grund dafür sein, warum er sein Bakkalaureat wiederholen musste!«

Léonie warf Isolde einen Blick zu. »Das hat er Ihnen erzählt?«, fragte sie.

»Natürlich nicht, nein«, sagte sie rasch. »Welcher Mann prahlt schon mit seinen Misserfolgen?«

»Aber wie …«

»Mein verstorbener Gatte und Ihre Mutter standen sich zwar nicht sehr nahe, aber Jules war es stets wichtig, sich über die schulische und häusliche Erziehung seines Neffen auf dem Laufenden zu halten.«

Léonie bedachte ihre Tante mit einem interessierten Seitenblick. Ihre Mutter hatte nie einen Hehl daraus gemacht, dass der Kontakt zwischen ihr und ihrem Halbbruder minimal war. Sie wollte schon nachhaken, doch ihre Tante sprach bereits weiter, und die Chance war vertan.

»Habe ich eigentlich erwähnt, dass ich erst kürzlich ein Abonnement bei der Société Musicale et la Lyre in Carcassonne erworben habe, auch wenn ich bisher noch keine Gelegenheit hatte, ein Konzert zu besuchen? Ich weiß, es könnte ein wenig eintönig für Sie werden, so abgeschieden hier auf dem Land, weit weg von irgendwelchen Vergnügungen.«

»Ich bin rundweg zufrieden«, sagte Léonie.

Isolde schenkte ihr ein dankbares Lächeln. »Ich muss irgendwann in den kommenden Wochen nach Carcassonne, vielleicht könnten wir daraus einen gemeinsamen Ausflug machen. Ein paar Tage in der Stadt bleiben. Wie wäre das?«

Léonies Augen wurden groß vor Freude. »Das wäre wunderbar, Tante. Wann denn?«

»Ich warte auf ein Schreiben von den Anwälten meines verstorbenen Mannes. Da muss eine bestimmte Frage geklärt werden. Sobald ich Nachricht erhalte, bereiten wir alles für die Reise vor.«

»Kommt Anatole mit?«

»Natürlich«, erwiderte Isolde lächelnd. »Er meint, Sie würden bestimmt gern die mittelalterliche Cité sehen. Sie wurde restauriert, und es heißt, sie soll wieder genauso aussehen wie im dreizehnten Jahrhundert. Eine wirklich bemerkenswerte Leistung. Bis vor etwa fünfzig Jahren war sie noch eine Ruine. Dank Monsieur Viollet-le-Duc und seiner Nachfolger sind die Armenviertel fast vollständig verschwunden. Inzwischen können Touristen gefahrlos dorthin.«

Sie hatten das Ende des Pfades erreicht, bogen in Richtung See und gingen weiter zu der kleinen schattigen Landzunge, die eine herrliche Aussicht aufs Wasser bot.

»Jetzt, wo wir uns schon etwas besser kennen, dürfte ich Ihnen da wohl eine eher persönliche Frage stellen?«, sagte Isolde.

»Nun, ja«, sagte Léonie zurückhaltend, »das heißt, es kommt natürlich auf die Frage an.«

Isolde lachte. »Also, mich würde interessieren, ob Sie einen Verehrer haben.«
Léonie wurde rot. »Ich …«
»Verzeihen Sie, war das zu viel der Vertraulichkeit?«
»Nein«, sagte Léonie rasch, weil sie nicht unbeholfen oder naiv erscheinen wollte, obwohl all ihre Vorstellungen von romantischer Liebe in Wahrheit einzig und allein aus Büchern stammten. »Keineswegs. Sie … Sie haben mich einfach überrumpelt.«
Isolde wandte sich ihr zu. »Also dann? Gibt es da jemanden?«
Zu ihrem eigenen Erstaunen verspürte Léonie einen Anflug von Bedauern, dass dem nicht so war. Sie hatte geträumt, aber von Romanfiguren oder von Helden, die sie auf der Bühne gesehen hatte, von Liebe und Ehre singend. Doch noch nie hatten sich ihre unausgesprochenen Phantasien auf einen lebenden, atmenden Menschen gerichtet.
»Solche Dinge interessieren mich nicht«, sagte sie mit Nachdruck. »Ehrlich gesagt ist die Ehe in meinen Augen eine Form von Leibeigenschaft.«
Isolde verbarg ein Lächeln. »Das war sie vielleicht mal, aber in der heutigen Zeit? Sie sind jung. Alle jungen Frauen träumen von der Liebe.«
»Ich nicht. Ich habe bei M'man gesehen …«
Sie verstummte in Erinnerung an die Szenen, die Tränen, die Tage, als kein Geld da war, um Essen auf den Tisch zu bringen, die Männer, die sich die Klinke in die Hand gaben.
Isoldes heitere Miene wurde plötzlich ernst. »Marguerite hatte es schwer. Sie hat getan, was sie konnte, damit Sie und Anatole nicht allzu viel entbehren mussten. Sie sollten sie nicht so hart verurteilen.«
Léonie brauste auf. »Ich verurteile sie nicht«, sagte sie schneidend, erbost über den Vorwurf. »Ich … ich wünschte bloß, dass mir so ein Leben erspart bleibt.«
»Liebe – wahre Liebe – ist etwas Kostbares, Léonie«, fuhr Isolde fort. »Sie ist schmerzhaft, beunruhigend, macht uns alle zu Narren, aber sie ist es, die unserem Leben Sinn und Farbe und Bedeu-

tung gibt.« Sie stockte. »Liebe ist das Einzige, das aus unserem alltäglichen Leben etwas Besonderes macht.«
Léonie sah sie kurz an, schaute dann wieder auf ihre Füße.
»Es liegt nicht nur an M'man, dass ich mich von der Liebe abgewandt habe«, sagte sie. »Ich habe miterlebt, wie schlimm Anatole gelitten hat, und ich behaupte, dass das meine Sichtweise beeinflusst hat.«
Isolde drehte sich ihr zu. Léonie spürte die Eindringlichkeit ihrer grauen Augen auf sich und konnte ihrem Blick nicht standhalten.
»Er hat einmal eine Frau sehr geliebt«, fuhr sie mit leiser Stimme fort. »Sie ist gestorben. Dieses Jahr im März. Ich weiß nicht genau, woran sie starb, nur dass die Umstände delikat waren.« Sie schluckte schwer, sah ihre Tante an und wandte den Blick gleich wieder ab. »Noch Monate danach fürchteten wir um ihn. Sein Lebensmut war gebrochen, und er war ein nervliches Wrack, so ohne Hoffnung, dass er sich in allerlei üble … üble Ablenkungen flüchtete. Er blieb nächtelang weg und …«
Isolde drückte Léonies Arm an sich. »Die Lebensumstände der Männer vertragen Formen der Entspannung, die uns verderblich erscheinen. Sie sollten derlei Dinge nicht als Hinweis für ein tieferes Unglück deuten.«
»Sie haben ihn nicht erlebt«, entfuhr es ihr mit Inbrunst. »Er war ein Mensch, der sich selbst abhanden gekommen war.«
Und auch mir.
»Ihre Zuneigung zu Ihrem Bruder ehrt Sie, Léonie«, sagte Isolde, »aber vielleicht ist die Zeit gekommen, sich weniger um ihn zu sorgen. Wie schwer es auch für ihn war, inzwischen scheint er wieder guten Mutes zu sein. Meinen Sie nicht auch?«
Sie nickte zögernd. »Ich gebe zu, es geht ihm deutlich besser als im Frühjahr.«
»Na bitte. Sie sollten jetzt mehr an Ihre eigenen Bedürfnisse denken und weniger an die seinen. Sie haben meine Einladung angenommen, weil auch Sie selbst dringend der Ruhe bedürfen. Habe ich recht?«
Léonie nickte.

»Und jetzt, wo Sie hier sind, sollten Sie an sich selbst denken. Anatole ist in guten Händen.«

Léonie dachte an die überstürzte Abreise aus Paris, an ihr Versprechen, ihm zu helfen, an das Gefühl von Bedrohung, das sie immer wieder befiel, an die Narbe über Anatoles Augenbraue, eine Erinnerung an die Gefahr, die ihm drohte, und dann auf einmal war ihr, als würde ihr eine Bürde von den Schultern genommen.

»Er ist in guten Händen«, wiederholte Isolde mit Nachdruck. »Und Sie auch.«

Sie hatten jetzt das gegenüberliegende Ufer des Sees erreicht. Es war friedlich und grün, recht abgeschieden und doch in Sichtweite des Hauses. Nur das Knacken der Zweige unter ihren Schritten war zu hören oder hin und wieder ein Huschen im Unterholz. Irgendwo hoch über den Bäumen das Krächzen von Krähen.

Isolde führte Léonie zu einer geschwungenen Steinbank auf einer Anhöhe. Die Bank hatte die Form eines Halbmondes, die Kanten geglättet vom Zahn der Zeit. Isolde setzte sich und klopfte auf den Platz neben sich, damit Léonie sich zu ihr gesellte.

»In der ersten Zeit nach dem Tod meines Mannes bin ich oft hier gewesen«, sagte sie. »Es ist ein so friedlicher Ort.«

Isolde löste ihren weißen, breitkrempigen Hut und legte ihn neben sich. Léonie tat es ihr gleich, zog auch noch ihre Handschuhe aus. Sie warf ihrer Tante einen Blick zu. Ihr goldblondes Haar leuchtete hell, wie sie so dasaß, vollkommen gerade wie immer, die Hände anmutig in den Schoß gelegt, während ihre Schuhe adrett unter dem blassblauen Baumwollkleid hervorlugten.

»War es nicht recht … recht einsam? So allein auf dem Anwesen?«, sagte Léonie.

Isolde nickte. »Wir waren nur wenige Jahre verheiratet. Jules war ein Mann mit festen Gewohnheiten, und, nun ja, die meiste Zeit haben wir uns nicht hier aufgehalten. Zumindest ich nicht.«

»Aber jetzt fühlen Sie sich hier wohl?«

»Ich habe mich dran gewöhnt«, sagte sie leise.

Die Neugier, die ihre Tante von Anfang an bei Léonie ausgelöst hatte, war während der aufregenden Vorbereitungen auf das Diner etwas in den Hintergrund getreten, doch jetzt kehrte sie verstärkt zurück. Unzählige Fragen kamen ihr schlagartig in den Sinn. Vor allem die, warum Isolde, wenn sie sich in der Domaine de la Cade nie recht heimisch gefühlt hatte, dennoch beschlossen hatte hierzubleiben.

»Vermissen Sie Onkel Jules so sehr?«

Über ihnen wiegten sich die Blätter im Wind, flüsternd, murmelnd, lauschend. Isolde seufzte.

»Er war ein fürsorglicher Mensch«, erwiderte sie langsam. »Und ein liebevoller und großherziger Ehemann.«

Léonies Augen verengten sich. »Aber was Sie über die Liebe gesagt haben …«

»Wir können nicht immer den Menschen heiraten, den wir lieben«, fiel Isolde ihr ins Wort. »Umstände, Zufall, Notwendigkeit, all das spielt auch eine Rolle.«

Léonie hakte nach.

»Ich habe mich schon gefragt, wie es dazu kam, dass Sie seine Bekanntschaft machten? Ich hatte den Eindruck, dass mein Onkel die Domaine de la Cade nur selten verlassen hat, daher …«

»Es stimmt, dass Jules nie gern weite Reisen unternommen hat. Hier hatte er alles, was sein Herz begehrte. Er hat viel gelesen und auch die Verwaltung des Anwesens sehr ernst genommen. Dennoch war es seine Gewohnheit, Paris einmal im Jahr einen Besuch abzustatten, wie bereits in der Zeit, als sein Vater noch lebte.«

»Und als er wieder einmal in Paris war, wurden Sie einander vorgestellt?«

»So ist es«, sagte sie.

Léonies Aufmerksamkeit wurde geweckt, nicht durch Isoldes Worte, sondern durch eine bestimmte Bewegung. Ihre Tante hatte wie nebenbei die Hand an den Hals gehoben, der heute trotz des milden Wetters von einem zarten, hohen Spitzenkragen umhüllt war. Léonie wurde klar, wie unbewusst diese Geste war. Und Isolde war ganz blass geworden, als hätte sie sich an etwas Unangenehmes erinnert, das sie lieber vergessen würde.

»Dann vermissen Sie ihn also nicht so sehr?«, fragte Léonie nach.

Isolde antwortete ihr mit einem bedächtigen, rätselhaften Lächeln.
Diesmal stand es für Léonie außer Zweifel. Der Mann, von dem Isolde so sehnsuchtsvoll, so zärtlich gesprochen hatte, war nicht ihr Gatte.
Léonie sah sie verstohlen an, versuchte, den Mut aufzubringen, das Gespräch in Gang zu halten. Sie brannte darauf, mehr zu erfahren, aber sie wollte auch nicht aufdringlich sein. Isolde hatte ihr zwar durchaus persönliche Dinge anvertraut, aber kaum etwas über ihre Ehe gesagt oder über die Zeit, als Onkel Jules ihr den Hof gemacht hatte. Überdies hatte Léonie im Verlauf der Unterhaltung mehrmals das unbestimmte Gefühl gehabt, dass Isolde drauf und dran war, ein anderes Thema anzuschneiden, das zwischen ihnen noch unausgesprochen war, aber sie konnte sich beim besten Willen nicht denken, worum es sich dabei handeln mochte.
»Sollen wir zurück zum Haus gehen?«, fragte Isolde in Léonies Gedanken hinein. »Anatole wundert sich bestimmt schon, wo wir bleiben.«
Sie erhob sich. Léonie nahm Hut und Handschuhe und stand ebenfalls auf. »Glauben Sie, dass Sie weiterhin hier wohnen werden, Tante Isolde?«, fragte sie, als sie von der Landzunge zurück auf den Pfad traten.
Isolde ließ sich mit der Antwort Zeit. »Wir werden sehen«, sagte sie schließlich. »Bei aller unbestreitbaren Schönheit hat der Ort doch etwas Unheimliches an sich.«

Kapitel 52

∞

Carcassonne, Montag, 28. September

Der Schaffner öffnete die Tür des Erste-Klasse-Abteils, und Victor Constant stieg hinunter auf den Bahnsteig von Carcassonne.

Un, deux, trois, loup. Mir entkommt keiner.

Der Wind war grimmig. Der Schaffner meinte, dass für die Region die schlimmsten Herbstgewitter seit Jahren vorhergesagt worden waren. Und es werde erwartet, dass Carcassonne Anfang der kommenden Woche von noch verheerenderen Unwettern heimgesucht werden würde.

Constant sah sich um. Jenseits der Rangiergleise bogen sich die Bäume, schlugen aus wie ungezähmte Pferde. Der Himmel war stahlgrau. Bedrohliche schwarze Wolken jagten über die Häusergiebel hinweg.

»Das ist bloß die Ouvertüre«, sagte er und lächelte dann über seinen eigenen Witz.

Er schritt den Bahnsteig hinunter zu seinem Diener, der das Gepäck ausgeladen hatte. Schweigend verließen sie die Bahnhofshalle, und Constant wartete, bis sein Diener eine Droschke besorgt hatte. Er sah gelangweilt zu, wie die Kahnschiffer auf dem Canal du Midi ihre *péniches* in Zweierreihen vertäuten oder sie sogar unten an den Linden festmachten, die das Ufer säumten. Wasser klatschte gegen den gemauerten Kai. Am Zeitungsstand kündigte die Schlagzeile der *Dépêche de Toulouse*, dem Lokalblatt, schon für diesen Abend ein Unwetter an und sagte voraus, dass noch schlimmere folgen würden.

Constant mietete eine Unterkunft in einer kleinen Seitenstraße in der Bastide Saint-Louis. Dann überließ er seinem Diener die ermüdende Aufgabe, jede Pension, jedes Hotel, jedes Haus, das Zimmer vermietete, abzuklappern, um das Foto von Marguerite, Anatole und Léonie Vernier herumzuzeigen, das er aus der Wohnung in der Rue de Berlin entwendet hatte. Er selbst machte sich dagegen zu Fuß auf den Weg in die Altstadt, zur mittelalterlichen Zitadelle am anderen Ufer der Aude.

Sosehr er Vernier hasste, eines musste Constant ihm lassen, der Mann hatte seine Spuren geschickt verwischt. Zugleich hoffte er, dass Vernier durch sein vermeintlich erfolgreiches Verschwinden arrogant, ja leichtsinnig werden würde. Constant hatte dem Hausmeister in der Rue de Berlin ein stattliches Sümmchen dafür gezahlt, dass er jeden aus Carcassonne kommenden Brief an die Adresse der Verniers abfing, weil er davon ausging, dass der Sohn, der ja nicht entdeckt werden wollte, noch nicht vom Tod seiner Mutter erfahren hatte. Der Gedanke, wie sich das Netz in Paris immer weiter zuzog, während Vernier hier ahnungslos war, bereitete Constant ungeheures Vergnügen.

Er überquerte die Pont Vieux. Tief unten wirbelte die Aude schwarz gegen die durchweichten Ufer, flutete über flache Steine und klumpiges Flussgras. Das Wasser stand sehr hoch. Constant zupfte seine Handschuhe zurecht, um das unangenehme Gefühl zu mildern, das die empfindlichen Bläschen zwischen Zeige- und Mittelfinger seiner linken Hand verursachten.

Carcassonne hatte sich stark verändert, seit Constant zuletzt einen Fuß in die Cité gesetzt hatte. Trotz des schlechten Wetters verteilten Straßenkünstler und Plakatträger an fast jeder Ecke Werbezettel an Touristen. Seine unversöhnlich blickenden Augen überflogen eines der kitschig-bunten Wurfblätter, Werbung für Marseiller Seifen und La Micheline, einen Likör aus der Gegend, für Fahrräder und Pensionen. Der Text selbst war eine Mischung aus lokalpatriotischem Eigenlob und Geschichtsklitterung. Constant zerknüllte das billige Papier in der behandschuhten Hand und warf es auf die Erde.

Constant konnte Carcassonne nicht ausstehen, und das aus gutem Grund. Vor dreißig Jahren hatte sein Onkel ihn mit in die Elendsviertel der Cité genommen. Er war durch die Ruinen gelaufen und hatte die verdreckten *citadins* gesehen, die innerhalb der zerfallenen Mauern hausten. Später am selben Tag, abgefüllt mit Pflaumenschnaps und Opium, hatte er dann dank seines Onkels in einem mit Damast drapierten Zimmer über einer Bar am Place d'Armes sein erstes Erlebnis mit einer Dirne.

Derselbe Onkel lebte inzwischen zurückgezogen in Lamalou-les-Bains, nachdem er sich bei irgendeiner *connasse* mit Syphilis angesteckt hatte, und glaubte, geistig umnachtet, wie er inzwischen war, ihm würde das Hirn durch die Nase ausgesaugt. Constant besuchte ihn nie. Er hatte kein Verlangen danach, mit eigenen Augen zu sehen, wie die Krankheit sich im Lauf der Zeit auf ihn auswirken könnte.

Sie war Constants erstes Opfer geworden. Er hatte nicht vorgehabt, sie zu töten, und war danach richtig erschrocken gewesen. Nicht weil er einem Menschen das Leben genommen hatte, sondern weil es so einfach gewesen war. Die Hand am Hals, der Nervenkitzel, als er die Angst in den Augen der Frau sah, sobald sie begriffen hatte, dass die Brutalität ihrer Paarung nur das Vorspiel zu einer sehr viel endgültigeren Inbesitznahme war.

Ohne seinen betuchten Onkel und dessen gute Beziehungen zur Mairie hätte Constant sich auf die Galeere oder die Guillotine gefasst machen müssen. So jedoch hatten sie einfach nur rasch und umstandslos das Weite gesucht.

Er hatte viel aus diesem Erlebnis gelernt, nicht zuletzt, dass Geld die Historie umschreiben, das Ende einer jeden Geschichte verbessern konnte. So etwas wie »Tatsachen« gab es nicht, wenn Gold im Spiel war. Constant hatte seine Lehren daraus gezogen. Sein Leben lang band er Freund und Feind gleichermaßen an sich, durch eine Mischung aus Verpflichtung, Schuld und, wenn das nicht reichte, Angst. Erst einige Jahre später begriff er, dass für alle Lehren ein Preis zu zahlen war. Die Frau hatte doch noch Rache geübt. Sie hatte ihm die Krankheit weitergegeben, die seinem Onkel qualvoll

das Leben aussaugte und bald auch ihm. Die Dirne war außer Reichweite, seit vielen Jahren unter der Erde, aber er hatte andere an ihrer Stelle bestraft.
Während er die Brücke hinunterging, dachte er wieder an das lustvolle Vergnügen, das Marguerite Verniers Tod ihm bereitet hatte. Eine Hitzewallung durchströmte ihn. Wenigstens für einen flüchtigen Augenblick hatte sie die Erinnerung an die Demütigung getilgt, die er durch ihren Sohn erlitten hatte. Obwohl schon so viele unter seinen verkommenen Händen ihr Leben ausgehaucht hatten, war das Erlebnis bei einer schönen Frau umso genussvoller für ihn, daran hatte sich nichts geändert. Denn dann lohnte es sich erst richtig.
Die Erinnerung an die Stunden mit Marguerite in der Rue de Berlin erregte ihn mehr, als ihm lieb war, und Constant lockerte seinen Kragen. Er konnte die berauschende Mischung aus Blut und Furcht förmlich riechen, den unverkennbaren Duft einer solchen Verschmelzung. Er ballte die Fäuste, als er sich an das köstliche Gefühl erinnerte, wie sie sich gewehrt hatte, an den Druck und die Spannung ihres unwilligen Körpers.
Atemlos trat Constant auf die holprigen Pflastersteine der Rue Trivalle und blieb einen Moment stehen, bis er sich wieder im Griff hatte. Herablassend musterte er das Bild, das sich ihm bot. Die Hunderte, Tausende Francs, die für die Restaurierung der Zitadelle aus dem 13. Jahrhundert ausgegeben worden waren, hatten das Leben der Menschen im *quartier* Trivalle anscheinend nicht verändert. Es war noch genauso verarmt und heruntergekommen wie vor dreißig Jahren. Barhäuptige, barfüßige Kinder saßen in verdreckten Hauseingängen. Die Mauern aus Ziegeln und Stein neigten sich nach außen, wie von der breiten Hand der Zeit geschoben. Eine Bettlerin, in schmuddelige Decken gehüllt und mit toten leeren Augen, streckte eine schmutzige Hand aus, als er vorbeiging. Er sah nicht einmal hin.
Er überquerte den Place Saint-Gimer vor der hässlichen neuen Kirche von Monsieur Viollet-le-Duc. Eine Horde Kinder und Hunde lief ihm nach. Sie bettelten um Münzen, boten ihre Diens-

te als Fremdenführer oder Laufburschen an. Er schenkte ihnen keine Beachtung, bis ein Junge ihm zu nahe kam. Constant verpasste ihm einen so heftigen Schlag mit dem Metallknauf seines Stocks, dass die Wange des Kindes aufplatzte und seine Kumpane die Flucht ergriffen.

Er kam zu einer schmalen Sackgasse, die nach links abging und an der Festungsmauer der Cité endete. Vorsichtig ging er in die dreckige, rutschige Straße, deren Boden mit einer Schlammschicht in der Farbe von Pfefferkuchen überzogen war. Unrat, das Strandgut des Lebens der Armen, lag überall herum. Papierverpackungen, Tierkot, fauliges Gemüse, das nicht mal die räudigen Hunde noch anrührten. Constant spürte, dass ihm unsichtbare dunkle Augen hinter geschlossenen Fensterläden folgten.

Vor einem kleinen Haus im Schatten der Mauer blieb er stehen und klopfte mit seinem Gehstock laut an die Tür. Um Vernier und seine Hure zu finden, war er auf die Dienste des Mannes angewiesen, der hier wohnte. Er konnte geduldig sein. Er war bereit, so lange zu warten wie nötig, sobald er sich endgültig davon überzeugt hatte, dass die Verniers in der Gegend waren.

Eine Holzluke wurde aufgerissen.

Zwei blutunterlaufene Augen weiteten sich zuerst vor Überraschung, dann vor Furcht. Die Luke wurde wieder zugeknallt. Dann, nachdem ein Riegel weggeschoben und ein Schlüssel mühsam im Schloss gedreht worden war, öffnete sich die Tür.

Constant trat ein.

Kapitel 53

∞

Domaine de la Cade

Der stürmische und wechselhafte September wich einem milden und freundlichen Oktober.

Seit ihrer Abreise aus Paris waren erst gut zwei Wochen vergangen, dennoch hatte Léonie bereits Mühe, sich zu erinnern, wie ihre Tage zu Hause abgelaufen waren. Verwundert stellte sie fest, dass sie nichts aus ihrem früheren Leben vermisste. Weder die Parks noch die Straßen noch die Gesellschaft ihrer Mutter oder ihrer Nachbarn.

Isolde und Anatole schienen seit dem Diner wie verwandelt. Isoldes Augen waren nicht mehr sorgenumflort, und obwohl sie schnell müde wurde und häufig morgens in ihrem Zimmer blieb, schien sie von innen heraus zu strahlen. Der große Erfolg des Diners und die aufrichtige Herzlichkeit der Dankesbriefe bezeugten, dass die feine Gesellschaft von Rennes-les-Bains bereit war, Jules Lascombes Witwe in ihrer Mitte aufzunehmen.

Im Verlauf dieser friedlichen Wochen verbrachte Léonie möglichst viel Zeit im Freien. Sie erkundete jeden Winkel des Anwesens, obwohl sie tunlichst den einsamen Pfad mied, der zu der Grabkapelle führte. Die Verbindung von Sonne und frühherbstlichem Regen hatte die Welt in leuchtende Farben getaucht. Kräftige Rottöne, tiefes Immergrün, die goldene Unterseite von Zweigen und Ästen, das Purpur der Blutbuchen und das Dottergelb des späten Ginsters. Vogelgesang, das Bellen eines einsamen Hundes, das aus dem Tal heraufhallte, das Rascheln, wenn ein Kaninchen im Unterholz Schutz suchte, Steinchen und Zweige, die unter Léonies Schritten knirschten und knackten, der anschwellende Zikadenchor, der in den Bäumen vibrierte; die Domaine de la Cade war atemberaubend. Als genügend Zeit vergangen war seit den Schatten, die sie an ihrem ersten Abend wahrgenommen hatte, und der schaurigen Kälte in der Grabkapelle, desto mehr fühlte Léonie sich wie zu Hause. Sie konnte nicht mehr begreifen, dass ihre Mutter als Kind etwas Unheimliches auf dem Anwesen gespürt hatte. So redete Léonie es sich wenigstens ein. Die Domaine de la Cade war ein wunderbar friedlicher Ort.

Sie hatte sich einen angenehmen Tagesablauf angewöhnt. Vormittags malte sie meist ein wenig. Anfänglich hatte sie eine Reihe von Landschaften in Angriff nehmen wollen, ohne großen Anspruch und ganz traditionell, die Veränderungen der herbstlichen Landschaft. Doch nach ihrem unerwarteten Erfolg mit dem Selbstporträt, das sie am Nachmittag vor dem Diner ganz ohne irgendeinen Vorsatz gemalt hatte, machte sie sich aus der verblassenden Erinnerung heraus an die übrigen sieben Tarot-Bilder in der Grabkapelle. Nicht als Geschenk für ihre Mutter, wie ihr zuerst vorgeschwebt hatte, sondern für Anatole, als Andenken an ihren gemeinsamen Aufenthalt hier. Zu Hause in Paris hatte sie der Zauber der Natur, ob auf Bildern in Galerien und Museen oder als Gartenanlagen auf den Boulevards und in den Parks, immer unberührt gelassen. Hier jedoch spürte Léonie, dass sie die Nähe zu den Bäumen und dem Grün und den herrlichen Blick aus ihrem Fenster im tiefsten Inneren genoss. So kam es, dass sie unwillkürlich in jede Darstellung auch die Landschaft der Domaine de la Cade hineinmalte.

Einige Bilder aus der Kapelle kamen ihr müheloser in den Sinn als andere und gingen ihr auch leichter von der Hand. Le Mat nahm die Züge von Anatole an, den Ausdruck in seinem Gesicht, seine Statur, seine Hautfarbe. La Prêtresse erinnerte in ihrer Eleganz, ihrer Anmut an Isolde.

Le Diable ließ sie unversucht.

Nach einem leichten Mittagessen las Léonie meistens in ihrem Zimmer oder machte mit Isolde einen Spaziergang im Garten. Ihre

Tante war weiterhin diskret und ausweichend, was die Umstände ihrer Ehe betraf, doch nach und nach gelang es Léonie, ihr genug Einzelheiten zu entlocken, aus denen sie sich ein einigermaßen vollständiges Bild zusammensetzte.

Isolde war in einer Pariser Vorstadt aufgewachsen, in der Obhut einer älteren Verwandten, einer gefühlskalten und verhärmten Frau, für die sie kaum mehr als eine unbezahlte Gesellschafterin war.

Der Tod ihrer Tante war für sie eine Befreiung gewesen, und da sie über ein zwar geringes, aber ausreichendes Auskommen verfügte, suchte sie mit einundzwanzig Jahren ihr Glück in Paris, wo sie bei einem Bankier und seiner Frau eine Anstellung fand. Die Gattin, eine Bekannte von Isoldes Tante, hatte einige Jahre zuvor ihr Augenlicht verloren und benötigte den ganzen Tag Betreuung. Isolde hatte leichte Aufgaben zu erfüllen. Sie nahm Diktate von Briefen und sonstiger Korrespondenz auf, las aus Zeitungen und den neusten Romanen vor und begleitete ihre Arbeitgeberin zu Konzerten und in die Oper. Der sanfte Tonfall, in dem Isolde über diese Jahre sprach, verriet Léonie, dass ihre Tante den Bankier und seine Frau gemocht hatte. Durch sie eignete sie sich zudem nützliche Kenntnisse an, was Kultur, Gesellschaft und Mode anging. Den genauen Grund für ihre Entlassung verschwieg Isolde, doch Léonie nahm an, dass ungehöriges Verhalten seitens des Bankierssohns eine Rolle gespielt hatte.

Was ihre Ehe anging, war Isolde zurückhaltender. Klar war jedoch, dass sie Jules Lascombes Heiratsantrag nicht unbedingt aus Liebe angenommen hatte, sondern dass Notwendigkeit und die Umstände mindestens ebenso ausschlaggebend gewesen waren. Die Verbindung klang eher nach einer Vernunftehe.

Léonie erfuhr auch etwas mehr über die verschiedenen Vorfälle im Umland, auf die Monsieur Baillard angespielt hatte. Sie hatten in Rennes-les-Bains Unruhe ausgelöst und waren aus keinem ihr ersichtlichen Grund mit der Domaine de la Cade in Verbindung gebracht worden. Isolde wusste nichts Genaues. In den 1870er Jahren hatte es zudem Anschuldigungen gegeben, in der entweihten Ka-

pelle im Wald seien verwerfliche und unanständige Zeremonien abgehalten worden.
Als Léonie das hörte, hatte sie Mühe, sich ihre innersten Gefühle nicht anmerken zu lassen. Die Farbe wich aus ihrem Gesicht, strömte dann zurück, als ihr einfiel, was Monsieur Baillard über Abbé Saunière gesagt hatte, dass nämlich der Pfarrer gerufen worden war, um die Geister des Ortes zu besänftigen. Léonie hätte gern mehr erfahren, aber da auch Isolde die Geschichte nur vom Hörensagen kannte und sie auch erst erfahren hatte, als die Ereignisse schon längere Zeit zurücklagen, konnte oder wollte sie nicht mehr dazu sagen.
In einem anderen Gespräch erzählte Isolde ihrer Nichte, dass Jules Lascombe im Ort regelrecht als Einsiedler verschrien gewesen war. Seit dem Tod seiner Stiefmutter und seitdem seine Halbschwester fortgegangen war, hatte er allein gelebt und war damit durchaus zufrieden gewesen. Wie Isolde erklärte, hatte er nicht das geringste Verlangen nach Gesellschaft irgendwelcher Art, schon gar nicht nach einer Ehefrau. Doch die Leute in Rennes-les-Bains beäugten seinen Junggesellenstatus zunehmend mit Misstrauen, und Lascombe sah sich irgendwann Verdächtigungen ausgesetzt. So wurden Stimmen im Ort laut, die sich fragten, warum seine Schwester etliche Jahre zuvor das Anwesen fluchtartig verlassen hatte. So sie es denn überhaupt verlassen hatte.
Laut Isolde nahmen die Gerüchte und Unterstellungen derart zu, dass Lascombe sich schließlich gezwungen sah zu handeln. Im Sommer 1885 legte der neue Gemeindepfarrer von Rennes-le-Château, Bérenger Saunière, Lascombe nahe, dass die Anwesenheit einer Frau auf der Domaine de la Cade hilfreich sein könnte, um die Leute zu beruhigen.
Ein gemeinsamer Freund machte Isolde in Paris mit Lascombe bekannt. Lascombe gab deutlich zu verstehen, dass er nichts dagegen hätte – es ihm sogar lieb wäre –, wenn seine junge Frau den Großteil des Jahres auf seine Kosten in der Hauptstadt blieb, vorausgesetzt, sie fand sich in Rennes-les-Bains ein, wenn er es wünschte. Léonie schoss die Frage durch den Kopf – obwohl sie nicht so kühn

war, sie zu stellen –, ob die Ehe überhaupt je vollzogen worden war.
Die Geschichte klang pragmatisch und unromantisch. Und wenngleich sie auf viele Fragen, die Léonie in Bezug auf die Ehe ihrer Tante und ihres Onkels beschäftigten, eine Antwort gab, erklärte sie doch nicht, von wem Isolde auf ihrem ersten gemeinsamen Spaziergang mit so großer Zärtlichkeit gesprochen hatte. Bei der Gelegenheit hatte sie eine brennende Leidenschaft durchblicken lassen, wie aus einem Liebesroman. Sie hatte verlockende Einblicke in Erfahrungen gewährt, von denen Léonie nur träumen konnte.

In jenen ersten friedlichen Oktoberwochen blieben die vorhergesagten Unwetter aus. Die Sonne stand strahlend am Himmel, brannte aber nicht zu heiß. Es wehte eine leichte Brise, nichts, was die Ruhe ihrer Tage hätte stören können. Es war eine schöne Zeit, und das häusliche und abgeschiedene Leben, das sie auf der Domaine de la Cade führten, war scheinbar durch nichts aus dem Gleichgewicht zu bringen.
Der einzige Schatten am Horizont war, dass ihre Mutter nichts von sich hören ließ. Marguerite schrieb zwar nicht gern, aber so gar keine Nachricht von ihr zu erhalten war verwunderlich. Anatole versuchte, Léonie damit zu beruhigen, dass wahrscheinlich ein Brief verlorengegangen war, als in der Nacht des Unwetters außerhalb von Limoux eine Postkutsche umgestürzt war. Er hatte vom Postmeister erfahren, dass eine ganze Sendung Briefe, Pakete und Telegramme bei dem Unfall in der Sals gelandet und von der Strömung mitgerissen worden war.
Auf Léonies beharrliches Drängen hin erklärte Anatole sich schließlich widerstrebend bereit, nach Hause in die Rue de Berlin zu schreiben. Vielleicht war Du Pont ja gezwungen gewesen, schon früher als geplant nach Paris zurückzukehren, so dass auch Marguerite wieder da war, um den Brief in Empfang zu nehmen.
Als Léonie sah, wie Anatole den Brief versiegelte und ihn dem Jungen übergab, der ihn aufs Postamt in Rennes-les-Bains bringen sollte, wurde sie unversehens von einem bangen Gefühl erfasst.

Am liebsten hätte sie die Hand ausgestreckt, um ihren Bruder daran zu hindern, doch sie riss sich zusammen. Das war doch albern. Anatoles Gläubiger konnten unmöglich noch immer hinter ihm her sein.

Und was konnte so ein harmloser Brief schon Schlimmes anrichten?

Am Ende der zweiten Oktoberwoche, als der Geruch von Herbstfeuern und welkem Laub in der Luft lag, schlug Léonie Isolde vor, Monsieur Baillard einen Besuch abzustatten. Oder, noch besser, ihn in die Domaine de la Cade einzuladen. Zu ihrer Enttäuschung erwiderte Isolde, sie habe gehört, Monsieur Baillard habe sein Häuschen in Rennes-les-Bains verlassen und würde nicht vor Toussaint, Allerheiligen, zurückkehren.

»Wo in aller Welt ist er denn hin?«

Isolde schüttelte den Kopf. »Das weiß niemand. In die Berge, angeblich, aber sicher weiß das niemand.«

Léonie wollte trotzdem nach Rennes-les-Bains. Isolde und Anatole sträubten sich zwar, kapitulierten aber schließlich, und so vereinbarten sie einen Ausflug für Freitag, den 16. Oktober.

Sie verbrachten einen angenehmen Vormittag in der Stadt. Sie liefen Charles Denarnaud über den Weg und tranken mit ihm Kaffee auf der Terrasse vor dem Hôtel de la Reine. Trotz seiner Jovialität und Herzlichkeit konnte Léonie sich einfach nicht für ihn erwärmen, und Isoldes kühl reserviertes Verhalten verriet ihr, dass es ihrer Tante ähnlich erging.

»Ich traue ihm nicht«, flüsterte Léonie. »Er hat irgendetwas Falsches an sich.«

Isolde erwiderte nichts, doch die Art, wie sie die Augenbrauen hob, bestätigte, dass sie Léonies Bedenken teilte. Léonie war erleichtert, als Anatole endlich aufstand, um den Kaffeeplausch zu beenden.

»Hätten Sie nicht Lust, mal morgens mit mir auf die Jagd zu gehen, Vernier?«, sagte Denarnaud, während er Anatole die Hand schüttelte. »Um diese Zeit gibt es reichlich Wildschweine. Auch Waldschnepfen und Tauben.«

Anatoles braune Augen strahlten vor Vorfreude. »Mit dem größten Vergnügen, Denarnaud, obschon ich Sie warnen muss, dass meine jagdliche Begeisterung meine Fähigkeiten bei weitem übersteigt. Und peinlicherweise bin ich noch dazu schlecht ausgerüstet. Ich habe nämlich keine Flinte.«

Denarnaud klopfte ihm auf den Rücken. »Ich sorge für Waffen und Munition, wenn Sie das Frühstück spendieren.«

Anatole schmunzelte. »Abgemacht«, sagte er, und trotz ihrer Antipathie gegen Denarnaud wurde Léonie froh ums Herz, als sie den freudigen Ausdruck sah, den die Aussicht auf die Jagd ins Gesicht ihres Bruders gezaubert hatte.

»Meine Damen«, sagte Denarnaud und lüpfte seinen Hut. »Vernier. Nächsten Montag? Ich lasse Ihnen alles, was Sie brauchen, vorher auf die Domaine bringen, falls es Ihnen recht ist, Madame Lascombe.«

Isolde nickte. »Aber natürlich.«

Während sie die Straße entlangflanierten, entging Léonie nicht, dass Isolde eine gewisse Aufmerksamkeit erregte. In den Blicken der Leute lag weder Ablehnung noch Argwohn, aber doch Wachsamkeit. Isolde war dunkel gekleidet und trug den Hutschleier halb heruntergelassen. Es verwunderte Léonie, dass von ihrer Tante noch neun Monate nach dem Tod ihres Mannes erwartet wurde, sich als trauernde Witwe zu kleiden. In Paris war die öffentliche Trauerzeit kürzer. Auch diesbezüglich herrschten hier offenbar andere Sitten.

Der Höhepunkt ihres gemeinsamen Stadtbummels war für Léonie jedenfalls ein reisender Fotograf, der auf dem Place du Pérou bei der Arbeit war. Er hatte das Gesicht unter einem dicken schwarzen Tuch verborgen, und sein neumodischer Kasten saß auf den spindeldürren Holzbeinen eines Stativs mit Metallfüßen. Er kam aus einem Atelier in Toulouse und war mit der Aufgabe betraut, das Leben in den Dörfern und Städtchen des Haute Vallée für die Nachwelt festzuhalten. Er hatte bereits Rennes-le-Château, Couiza und Coustaussa besucht, und nach Rennes-les-Bains wollte er weiter nach Espéraza und Quillan.

»Sollen wir? Dann hätten wir ein Andenken an die schöne Zeit hier.« Léonie zog an Anatoles Ärmel. »Bitte, ja? Als Geschenk für M'man.«

Zu ihrer Überraschung schossen ihr Tränen in die Augen. Zum ersten Mal, seit Anatole den Brief zur Post geschickt hatte, löste der Gedanke an ihre Mutter sentimentale Gefühle bei ihr aus.

Anatole gab nach, vielleicht weil er sah, wie aufgewühlt seine Schwester war. Er setzte sich in die Mitte auf einen alten Metallstuhl mit ungleichen Beinen, der auf dem Pflaster stark wackelte, legte sich seinen Gehstock quer über die Knie und hielt den Hut im Schoß. Isolde stellte sich in ihrer eleganten dunklen Jacke und dem dunklen Rock links hinter ihn, die schlanken Finger in schwarzen Seidenhandschuhen sacht auf seiner Schulter. Léonie, hübsch anzusehen in ihrer rostbraunen Jacke mit Messingknöpfen und Samtbesatz, posierte zu seiner Rechten und lächelte direkt in die Kamera.

»So«, sagte Léonie, als das Foto im Kasten war. »Jetzt werden wir uns immer an diesen Tag erinnern.«

Bevor sie Rennes-les-Bains wieder verließen, pilgerte Anatole wie immer zum Postamt, während Léonie, die sich selbst davon überzeugen wollte, dass Audric Baillard auch wirklich verreist war, Isolde dazu überredete, mit ihr zu dessen bescheidenem Haus zu gehen. Sie hatte das Notenblatt mit dem Musikstück aus der Grabkapelle eingesteckt und wollte es ihm zeigen. Sie hatte auch vor, ihm zu erzählen, dass sie angefangen hatte, die Bilder an der Kapellenwand aus dem Gedächtnis nachzumalen.

Und ihn zu fragen, welche Gerüchte sonst noch um die Domaine de la Cade kreisen.

Isolde wartete geduldig, während Léonie an die blaue Holztür klopfte, als könnte sie Monsieur Baillard durch reine Willenskraft hervorzaubern. Alle Fensterläden waren geschlossen, und die Blumen in den Kästen draußen auf den Fensterbänken waren zum Schutz gegen den bald einsetzenden Herbstfrost mit Filz abgedeckt. Das Gebäude schien im Winterschlaf zu liegen und vorläufig nicht mit der Rückkehr seines Bewohners zu rechnen.

Sie klopfte erneut.
Während sie das verschlossene Haus betrachtete, kam ihr Monsieur Baillards Warnung, nicht noch einmal zur Grabkapelle zu gehen und nach den Karten zu suchen, stärker denn je in den Sinn. Sie vertraute ihm mit ganzem Herzen, und das obwohl sie doch nur einen Abend in seiner Gesellschaft verbracht hatte. Seit dem Diner waren einige Wochen vergangen. Jetzt, da sie stumm vor seiner verschlossenen Tür wartete, wurde ihr klar, wie sehr sie wünschte, er möge wissen, dass sie sich an seine Warnung gehalten hatte.
Oder doch so gut wie.
Sie war nicht noch einmal jenen bestimmten Pfad durch den Wald gegangen. Sie hatte nicht weiter nachgeforscht. Sie hatte zwar das Büchlein ihres Onkels nicht zurück in die Bibliothek gebracht, aber sie hatte auch nicht wieder darin gelesen. Nein, sie hatte es seit dem ersten Besuch kaum aufgeschlagen.
Und sosehr es sie auch enttäuschte, dass Monsieur Baillard wirklich nicht zu Hause war, es bekräftigte sie in ihrer Entschlossenheit, seinen Rat auch weiterhin zu befolgen. Alles andere könnte gefährlich sein, schoss ihr durch den Kopf.
Léonie wandte sich um und hakte sich bei Isolde unter.

Als sie gut eine halbe Stunde später wieder zu Hause waren, lief Léonie zu der Ecke unter der Treppe und versteckte das Notenblatt in der Klavierbank, unter einer mottenzerfressenen Ausgabe von Bachs *Wohltemperiertem Klavier*. Auf einmal kam es ihr irgendwie bedeutsam vor, dass sie in der ganzen Zeit, seit sie es gefunden hatte, nicht ein einziges Mal versucht hatte, es zu spielen.
An jenem Abend, als Léonie in ihrem Zimmer die letzte Kerze ausblies, bedauerte sie zum ersten Mal, dass sie das Büchlein ihres Onkels nicht in die Bibliothek zurückgebracht hatte. Sie spürte die Gegenwart von *Les Tarots* in ihrem Zimmer, obwohl es tief verborgen unter Nähseide, Garn und Bändern lag. Gedanken an irgendwelche Teufel kamen ihr in den Sinn, an Kinder, die aus ihren Betten verschleppt wurden, an Zeichen auf der Erde und an Steine,

verräterische Spuren, dass irgendetwas Böses freigesetzt worden war und sein Unwesen trieb. Mitten in der Nacht fuhr sie aus dem Schlaf, das Bild der acht Tarot-Tafeln schwer auf ihr lastend. Sie zündete eine Kerze an und verjagte die Geister. Sie würde sich nicht von ihnen zurücklocken lassen.

Denn jetzt begriff Léonie mit absoluter Klarheit, was es mit Audric Baillards Warnung auf sich hatte. Die Geister des Ortes waren kurz davor gewesen, sie zu holen. Sie sollte ihnen nicht noch einmal die Gelegenheit dazu geben.

Kapitel 54

∞

Das milde Wetter hielt bis Dienstag, den 20. Oktober.
Ein metallisch grauer Himmel hing tief am Horizont. Feuchter dichter Nebel hüllte die Domaine mit frostigen Fingern ein. Die Bäume waren bloß als Silhouetten zu erkennen. Der See war aufgewühlt. Die Wacholder- und Rhododendronbüsche duckten sich unter einem böigen Südwestwind.

Léonie war froh, dass Anatole mit Charles Denarnaud am Tag zuvor jagen gewesen war, ehe der Regen einsetzte. Er war am Morgen losgezogen, die geborgten Flinten in einer geschulterten Ledertasche, deren Schnallen in der Sonne glänzten. Am späten Nachmittag war er wieder da gewesen, mit ein paar erlegten Tauben, einem vom Wetter geröteten Gesicht und Augen, die noch vom Jagdfieber strahlten.

Als sie zum Fenster hinausschaute, dachte sie, dass die Jagd heute längst kein so schönes Vergnügen gewesen wäre.

Nach dem Frühstück ging Léonie ins Morgenzimmer, wo sie es sich gerade mit den gesammelten Geschichten von Madame Oliphant auf der Chaiselongue gemütlich gemacht hatte, als der Postbote kam. Sie lauschte, wie die Haustür geöffnet wurde, Begrüßungsgemurmel, dann rasche Schritte auf den Fliesen in der Halle, als das Hausmädchen zum Arbeitszimmer ging.

Auf Isolde als Gutsherrin würde bald besonders viel Arbeit zukommen. Bis zum Sankt-Martins-Tag am elften November war es nur noch ein Monat. An diesem Tag wurde die Buchführung des Jahres abgeschlossen, was für einige Bauern das Ende ihres Pachtvertrages und damit den Verlust ihres Hofes bedeutete. Isolde erklärte Léonie, dass zudem die Pacht für das kommende Jahr festgesetzt wurde, und als Herrin des Anwesens war sie entschlossen, ihrer Rolle gerecht zu werden. Auch wenn die sich eher darauf beschränkte, der Einschätzung des Gutsverwalters zu lauschen und seinen Rat zu befolgen, als selbst Entscheidungen zu treffen, hatte sie sich dennoch nun schon zwei Vormittage lang in ihr Arbeitszimmer zurückgezogen.

Léonie richtete die Augen wieder auf ihr Buch und las weiter.

Einige Minuten später hörte sie laute Stimmen, dann den ungewohnten Klang der schrillen Glocke im Arbeitszimmer. Verwundert legte Léonie das Buch beiseite und lief auf Strümpfen zur Tür, die sie einen Spaltbreit öffnete. Gerade noch rechtzeitig, um zu sehen, wie Anatole die Treppe heruntergesprungen kam und im Arbeitszimmer verschwand.

»Anatole?«, rief sie hinter ihm her. »Ist ein Brief aus Paris gekommen?«

Aber offenbar hatte er sie nicht gehört, denn er knallte die Tür hinter sich zu.

Wie seltsam.

Léonie wartete noch einen Moment ab und spähte neugierig weiter in die Halle, weil sie hoffte, dass ihr Bruder wieder herauskommen würde. Doch nichts dergleichen geschah, und bald wurde sie es leid, dort zu stehen, und kehrte zu ihrem Buch zurück. Fünf Minuten vergingen, dann zehn. Léonie las weiter, obwohl ihre Aufmerksamkeit woanders war.

Um elf Uhr brachte Marieta ein Tablett mit Kaffee ins Morgenzimmer und stellte es auf den Tisch. Wie immer standen drei Tassen darauf.

»Kommen meine Tante und mein Bruder auch zum Kaffee?«

»Mir ist nichts Gegenteiliges gesagt worden, Madomaisèla.«

Im selben Augenblick kamen Anatole und Isolde ins Zimmer.

»Guten Morgen, *petite*«, sagte er. Seine braunen Augen strahlten.

»Ich habe den Aufruhr gehört«, sagte Léonie und sprang auf. »Ich dachte, es ist vielleicht eine Nachricht aus Paris eingetroffen.«

Seine Miene wurde einen Moment ernst. »Tut mir leid, nein. Nichts von M'man.«
»Was … war denn dann los?«, fragte sie, als sie merkte, dass auch Isolde irgendwie froh und aufgeregt wirkte. Sie hatte einen rosigen Teint, und auch in ihren Augen lag ein Leuchten.
Sie strebte auf Léonie zu und drückte ihre Hand. »Heute Morgen ist das Schreiben aus Carcassonne eingetroffen, auf das ich gewartet habe.«
Anatole hatte sich vor dem Kamin aufgebaut, die Hände auf dem Rücken. »Ich glaube, Isolde hat etwas von einem Konzert gesagt …«
»Dann fahren wir also!« Léonie umarmte ihre Tante und gab ihr einen Kuss. »Das ist ja wunderbar!«
Anatole lachte. »Wir hatten gehofft, dass du dich freust. Es ist natürlich nicht die beste Jahreszeit für eine solche Reise, aber die Umstände wollen es nun einmal so.«
»Wann fahren wir?«, fragte Léonie und schaute von einem zum anderen.
»Wir werden Donnerstagmorgen abreisen. Isolde hat den Anwälten telegrafiert, dass sie um zwei Uhr bei ihnen sein wird.« Er stockte und wechselte wieder einen Blick mit Isolde, der Léonie nicht entging.
Er will mir noch etwas anderes sagen.
Wieder spürte sie ein nervöses Flattern in der Brust.
»Eigentlich wollten wir noch etwas mit dir besprechen. Isolde hat den ungemein großzügigen Vorschlag gemacht, dass wir unseren Aufenthalt hier verlängern sollten. Vielleicht sogar bis ins kommende Jahr hinein. Was würdest du dazu sagen?«
Léonie starrte Anatole erstaunt an. Im ersten Moment wusste sie nicht recht, was sie davon halten sollte. Würde sie der Freuden des Landlebens nicht doch überdrüssig werden, wenn sie länger blieben? »Aber … aber was ist mit deiner Arbeit? Kann die Zeitschrift denn so lange auf dich verzichten? Musst du nicht vor Ort sein?«
»Ach, ich wage zu behaupten, dass die Zeitschrift auch noch ein Weilchen länger ohne mich auskommt«, sagte er leichthin und ließ sich von Isolde eine Tasse Kaffee reichen.

»Und M'man?«, sagte Léonie, die plötzlich das traurige Bild vor Augen hatte, wie ihre schöne Mutter allein im Salon auf der Rue de Berlin saß.

»Wir hatten uns überlegt, dass wir sie vielleicht hierher einladen, falls Du Pont sie entbehren kann.«

Léonie starrte Anatole forschend an.

Er kann doch nicht im Ernst glauben, dass sie sich jemals so weit von Paris entfernt. Geschweige denn, dass sie noch einmal hierherkommt.

»Ich glaube nicht, dass General Du Pont das lieb wäre«, sagte sie als Vorwand für die Ablehnung, auf die eine solche Einladung mit Sicherheit treffen würde.

»Oder langweilt dich meine Gesellschaft vielleicht jetzt schon so sehr, dass du auf keinen Fall länger bleiben möchtest?«, sagte Anatole, trat auf sie zu und legte ihr einen Arm um die Schultern. »Ist der Gedanke, noch ein paar Wochen länger hier eingesperrt mit deinem Bruder zu verbringen, für dich so ein Graus?«

Der Augenblick zog sich in die Länge, angespannt und voller Erwartung, dann kicherte Léonie.

»Sei nicht albern, Anatole! Natürlich wäre ich entzückt, noch länger zu bleiben. Ich kann mir nichts Schöneres vorstellen, bloß ...«

»Bloß was?«, fragte Anatole sofort.

Das Lächeln wich von ihren Lippen. »Ich wäre froh, etwas von M'man zu hören.«

Anatole stellte seine Tasse ab und zündete sich eine Zigarette an. »Ich auch«, sagte er leise. »Aber ich bin sicher, sie ist einfach noch nicht dazu gekommen uns zu schreiben, weil sie eine so angenehme Zeit verlebt. Und natürlich müssen wir ihr ein bisschen mehr Zeit lassen, bis mein Brief ihr an die Marne nachgesendet wird.«

Ihre Augen wurden schmal. »Ich dachte, du glaubst, sie sind inzwischen bestimmt schon wieder in Paris?«

»Ich habe nur gesagt, dass ich es für möglich halte«, sagte er sanft. Dann hellte sich seine Miene wieder auf. »Aber auf die Reise nach Carcassonne freust du dich?«

»Und wie.«
Er nickte. »Schön. Am Donnerstag nehmen wir den Frühzug von Couiza. Der *courrier publique* fährt um fünf Uhr am Place du Pérou ab.«
»Wie lange bleiben wir?«
»Zwei Tage, vielleicht drei.«
Léonie machte ein langes Gesicht. »Aber das ist doch so gut wie nichts.«
»Für uns lange genug«, sagte er lächelnd.
Und diesmal entging Léonie nicht, dass der Blick, den ihr Bruder und Isolde tauschten, ausgesprochen innig war.

Kapitel 55

∞

Die Liebenden lagen unter der Bettdecke, die Gesichter nur vom Schein einer einzelnen Kerze erhellt.

»Du solltest zurück auf dein Zimmer«, sagte sie. »Es ist spät.«

Anatole verschränkte die Arme hinter dem Kopf, eine Geste, die deutlich seine Entschlossenheit verriet, noch länger zu bleiben. »Eben. Alle schlafen.«

Isolde lächelte. »Ich hätte nicht gedacht, dass ich so glücklich sein könnte«, sagte sie leise. »Dass wir je hier zusammen sein würden.« Dann erstarb das Lächeln in ihrem blassen Gesicht. Ihre Hand wanderte wie von selbst zu der Mulde an ihrem Hals. »Ich habe Angst, es ist nicht von Dauer.«

Anatole beugte sich über sie und küsste die vernarbte Haut. Selbst jetzt spürte er ihren Wunsch, sich der Berührung seiner Lippen zu entziehen. Die Narbe war eine ständige Erinnerung an ihre kurze und von Gewalt geprägte Affäre mit Victor Constant.

Erst als ihre Romanze schon einige Monate währte, nach dem Tod ihres Mannes, hatte Isolde Anatole erlaubt, sie gänzlich entblößt und ohne hohen Kragen, Schal oder engen Halsreif zu sehen, womit sie üblicherweise die hässliche rote Narbe verbarg. Und es dauerte noch einige Wochen länger, bis er sie überreden konnte, ihm zu erzählen, woher sie die Verletzung hatte.

Er war in dem Irrglauben gewesen, über die Vergangenheit zu sprechen würde ihr helfen, ihre Erinnerungen zu bewältigen. Das Gegenteil war geschehen. Es hatte ihren Seelenfrieden erst recht gestört.

Noch heute, gut neun Monate nach ihrer ersten Begegnung, und obwohl er inzwischen wusste, welche körperlichen Bestrafungen Isolde durch Constants Hände hatte erleiden müssen, zuckte Anatole noch immer zusammen, wenn er nur daran dachte, mit welcher Ruhe und Teilnahmslosigkeit sie ihm ihr schlimmstes Martyrium geschildert hatte: In einem Anfall von Eifersucht hatte Constant mit Hilfe einer Feuerzange seinen Siegelring in die Glut im Kamin gehalten und ihr dann das heiße Metall an den Hals gedrückt, bis sie vor Schmerz bewusstlos wurde. Er hatte ihr sein Zeichen eingebrannt. Ihre Schilderung war so anschaulich gewesen, dass Anatole fast meinte, den widerlich süßen Geruch ihres verbrannten Fleisches zu riechen.

Isoldes Liaison mit Constant hatte nur ein paar Wochen gedauert. Gebrochene Finger waren geheilt, die Blutergüsse verblasst. Nur die eine Narbe am Hals war geblieben, als körperliche Erinnerung an die Brutalität, die Constant ihr im Laufe der dreißig Tage angetan hatte. Aber der seelische Schaden würde noch lange auf ihr lasten. Es tat Anatole in der Seele weh, dass Isolde, trotz ihrer Schönheit, trotz ihres liebreizenden Wesens, trotz ihrer Eleganz, jetzt von Furcht gepeinigt wurde, ihren eigenen Wert so gering einschätzte und so ängstlich war.

»Es ist von Dauer«, sagte Anatole mit Nachdruck.

Er ließ seine Hand tiefer gleiten, über den geliebten, vertrauten Körper, bis sie auf der weichen weißen Haut des Oberschenkels liegen blieb.

»Es ist alles vorbereitet. Wir haben die Genehmigung. Morgen sprechen wir mit Lascombes Anwälten in Carcassonne. Sobald wir wissen, wo du stehst, was das Anwesen betrifft, können wir die letzten Vorbereitungen treffen.« Er schnippte mit den Fingern. »Ganz einfach.«

Als er über den Nachttisch griff, spannten sich sichtbar die Muskeln unter seiner nackten Haut. Er nahm sein Etui und die Streichhölzer, zündete zwei Zigaretten an und reichte eine Isolde.

»Einige werden sich weigern, uns zu empfangen«, sagte sie. »Madame Bousquet, Maître Fromilhague.«

»Mag sein«, sagte er achselzuckend. »Aber legst du wirklich so großen Wert auf deren Anerkennung?«
Isolde antwortete nicht. »Madame Bousquet hätte allen Grund, empört zu sein. Wenn Jules nicht auf die Idee gekommen wäre, zu heiraten, hätte sie die Domaine geerbt. Durchaus möglich, dass sie das Testament anfechten wird.«
Anatole schüttelte den Kopf. »Mein Instinkt sagt mir, wenn sie das wirklich vorhätte, hätte sie das gleich nach Lascombes Tod und der Testamentsverlesung getan. Warten wir ab, wie der Testamentsnachtrag lautet, bevor wir uns wegen Einsprüchen, die wir uns am Ende nur einbilden, Sorgen machen.« Er nahm einen tiefen Zug. »Ich gebe zu, dass Maître Fromilhague wohl die Eile unserer Heirat beklagen wird. Er könnte Einwände erheben, obwohl wir nicht blutsverwandt sind, aber was geht ihn das an?« Er zuckte die Achseln. »Mit der Zeit wird er sich schon wieder beruhigen. Im Grunde genommen ist Fromilhague nämlich Pragmatiker. Er wird die guten Beziehungen zum Anwesen nicht abbrechen wollen.«
Isolde nickte, wenngleich Anatole befürchtete, dass sie nicht wirklich überzeugt war, sondern ihm einfach nur gern glauben wollte.
»Bist du noch immer der Meinung, wir sollten hier leben, statt uns in der Anonymität von Paris zu verstecken?«, fragte sie.
Anatole musste daran denken, wie sehr es Isolde jedes Mal mitnahm, wenn sie wieder in der Stadt war. Sie war dann nur noch ein Schatten ihrer selbst. Jeder Geruch, jedes Geräusch, alles, was sie sah, schien ihr Schmerzen zu bereiten und sie an ihre kurze Liaison mit Constant zu erinnern. Er konnte so nicht leben, und er hatte Zweifel, dass sie es konnte.
»Ja, wenn das möglich ist, sollten wir uns hier niederlassen.« Er legte sanft seine Hand auf ihren Bauch. »Erst recht, wenn du mit deinem Verdacht recht hast.« Er sah sie an, und seine Augen blitzten vor Stolz. »Ich kann noch immer nicht glauben, dass ich Vater werde.«
»Es ist noch zu früh, um ganz sicher zu sein«, sagte sie leise. »Viel zu früh. Aber eigentlich bin ich mir trotzdem recht sicher, dass ich mich nicht irre.«

Sie legte ihre Hand auf seine, und einen Moment lang schwiegen sie.

»Du befürchtest doch nicht, dass wir für unsere Sünde im März bestraft werden, oder?«, flüsterte sie.

Anatole runzelte die Stirn, weil er nicht verstand, was sie meinte.

»Das Hospital. So zu tun, als wäre ich gezwungen gewesen … eine Schwangerschaft abzubrechen.«

»Nicht im Geringsten«, sagte er entschieden.

Sie verfiel wieder in Schweigen.

»Gibst du mir dein Wort, dass deine Entscheidung, nicht in die Hauptstadt zurückzukehren, nichts mit Victor zu tun hat?«, sagte sie schließlich. »Paris ist dein Zuhause, Anatole. Willst du das wirklich für immer aufgeben?«

Anatole drückte seine Zigarette aus, fuhr sich dann mit den Fingern durch das volle, dunkle Haar.

»Darüber haben wir doch schon hundertmal gesprochen«, antwortete er. »Aber wenn es dich beruhigt, sage ich es gern noch einmal: Ich gebe dir mein Wort, die Domaine de la Cade ist meiner festen Überzeugung nach der für uns am besten geeignete Wohnsitz.« Er zeichnete sich ein Kreuz auf die nackte Brust. »Es hat nichts mit Constant zu tun. Nichts mit Paris. Hier können wir einfach und in Ruhe leben.«

»Und Léonie auch?«

»Ich hoffe, dass sie bei uns bleibt, ja.«

Isolde schwieg. Anatole spürte, wie ihr ganzer Körper reglos wurde, angespannt, als wäre er bereit zur Flucht.

»Warum lässt du zu, dass er noch immer solche Macht über dich hat?«

Sie schlug die Augen nieder, und sogleich bedauerte er seine Worte. Er wusste, dass Isolde seine Frustration darüber, wie oft Constant noch immer ihre Gedanken beherrschte, nur allzu klar war. Zu Beginn ihrer Liebe hatte er ihr gesagt, wie unzulänglich er sich fühlte, weil sie noch immer Angst vor Constant hatte. Als wäre er nicht Manns genug, die Gespenster ihrer Vergangenheit zu verjagen. Er hatte sich seine Verärgerung anmerken lassen.

Er wusste, dass sie daraufhin beschlossen hatte, lieber den Mund zu halten. Was nicht bedeutete, dass die Erinnerungen an ihr erlittenes Leiden weniger qualvoll für sie waren.
Inzwischen hatte er begriffen, dass die Erinnerung an Misshandlungen längst nicht so schnell heilte wie deren körperliche Spuren. Aber er verstand noch immer nicht, warum sie solche Scham empfand. Mehr als einmal hatte sie ihm zu erklären versucht, wie sehr Constants Brutalität sie gedemütigt hatte. Dass sie sich von ihren eigenen Empfindungen erniedrigt und beschmutzt fühlte, weil sie tatsächlich geglaubt hatte, einen solchen Mann lieben zu können.
In seinen dunkelsten Stunden fürchtete Anatole, dass Isolde glaubte, durch diese eine kurze Fehleinschätzung das Recht auf zukünftiges Glück verwirkt zu haben. Und es bekümmerte ihn, dass sie sich noch immer nicht sicher fühlte, trotz seiner Zusicherungen und der außergewöhnlichen Schritte, die sie unternommen hatten, um sich Constant für immer zu entziehen – bis hin zu der vorgetäuschten Beerdigung auf dem Cimetière de Montmartre.
»Wenn Constant nach uns suchen würde, wüssten wir es längst. Er hat sich in den ersten Monaten des Jahres wenig Mühe gegeben, seine böswilligen Absichten zu verbergen, Isolde.« Er hielt inne. »Kennt er eigentlich deinen Nachnamen?«
»Zum Glück nicht, nein. Wir wurden einander bei einem gemeinsamen Bekannten vorgestellt, und da genügten Vornamen.«
»Aber er wusste, dass du verheiratet warst?«
Sie nickte. »Er wusste, dass mein Mann auf dem Lande lebte und innerhalb der üblichen Grenzen des Anstands Verständnis für mein Bedürfnis nach einer gewissen Unabhängigkeit hatte, solange ich mich diskret verhielt. Wir haben nie darüber gesprochen. Als ich ihm sagte, dass ich ihn verlassen wollte, habe ich angeführt, ich müsse zu meinem Mann.«
Sie schauderte, und Anatole wusste, dass sie an die Nacht dachte, in der Constant sie beinahe umgebracht hatte.
»Constant ist Lascombe nie begegnet«, hakte er nach. »Das stimmt doch, oder?«
»Richtig, er kannte Jules nicht.«

»Und er hat auch nie irgendeine andere Adresse von dir gehabt als die Wohnung in der Rue Feydeau?«
»Richtig.« Sie stockte. »Jedenfalls nicht von mir.«
»Na bitte«, sagte Anatole, als hätte er einen unwiderlegbaren Beweis angetreten. »Die Beerdigung liegt sechs Monate zurück, nicht? Und bisher ist nichts geschehen, was unseren Frieden gestört hat.«
»Bis auf den Überfall auf dich in der Passage des Panoramas.«
Falten erschienen auf seiner Stirn. »Das hatte absolut nichts mit Constant zu tun«, sagte er, ohne zu zögern.
»Aber sie haben nur die Uhr deines Vaters geraubt«, wandte sie ein. »Was sind das für Diebe, die eine Börse voller Geldscheine zurücklassen?«
»Ich war zur falschen Zeit am falschen Ort«, sagte er. »Mehr nicht.« Er beugte sich zu ihr und liebkoste mit dem Handrücken ihre Wange. »Seit unserer Ankunft in der Domaine de la Cade halte ich Augen und Ohren offen, Isolde. Ich habe nichts Verdächtiges gesehen oder gehört. Nichts, was uns beunruhigen müsste. Niemand hat im Dorf Fragen gestellt. Keine Fremden sind in der Umgebung der Domaine gesehen worden.«
Isolde seufzte. »Beunruhigt es dich denn nicht, dass Marguerite noch nicht geschrieben hat?«
Die Falten auf seiner Stirn wurden tiefer. »Ich gebe zu, das tut es. Ich habe nur widerwillig geschrieben, nachdem wir uns solche Mühe gemacht haben, unseren Verbleib zu verschleiern. Ich kann es mir nur damit erklären, dass Du Pont sie zu sehr in Anspruch nimmt.«
Isolde lächelte über seine unverhohlene Abneigung. »Sein einziges Vergehen besteht darin, deine Mutter zu lieben«, tadelte sie ihn sanft.
»Wieso heiratet er sie dann nicht?«, sagte er schärfer als beabsichtigt.
»Du weißt, warum«, sagte sie behutsam. »Sie ist die Witwe eines Kommunarden. Und er ist kein Mann, der auf Konventionen pfeift.«

Anatole nickte, seufzte dann. »Die schlichte Wahrheit ist, dass er ihre Zeit in Anspruch nimmt, und, Gott stehe mir bei, trotz meiner Antipathie gegen den Mann bin ich froh, dass sie mit ihm zusammen an der Marne ist; wenn sie allein in Paris wäre, würde ich mir mehr Sorgen machen.«

Isolde nahm ihren *peignoir* vom Stuhl neben dem Bett und hängte ihn sich über die Schulter.

Sorge flackerte in seinen Augen auf. »Ist dir kalt?«

»Ein wenig.«

»Kann ich dir irgendetwas holen?«

Isolde legte eine Hand auf seinen Arm. »Ich brauche nichts.«

»Aber in deinem Zustand solltest du …«

Sie lächelte. »Ich bin nicht krank, Anatole«, neckte sie ihn. »Mein Zustand, wie du es ausdrückst, ist vollkommen natürlich. Bitte, mach dir nicht solche Sorgen.« Das Lächeln verschwand von ihren Lippen. »Aber da wir bald eine Familie sind, meine ich nach wie vor, wir sollten Léonie reinen Wein einschenken, was der eigentliche Grund für unsere Reise nach Carcassonne ist. Ihr sagen, was wir vorhaben.«

Anatole fuhr sich mit den Fingern durchs Haar. »Und ich halte es nach wie vor für besser, wenn sie es erst nachher erfährt.«

Er zündete sich wieder eine Zigarette an. Weiße Rauchfahnen schwebten durch den Raum, wie Schriftzeichen in der Luft.

»Anatole, glaubst du wirklich, Léonie wird dir je verzeihen, dass du sie so in Unwissenheit gelassen hast?« Isolde hielt inne. »Uns beiden verzeihen?«

»Du hast sie gern, nicht wahr?«, sagte er. »Darüber bin ich froh.«

Isolde nickte. »Deshalb widerstrebt es mir ja so, sie weiter zu täuschen.«

Anatole nahm einen tiefen Zug von seiner Zigarette. »Sie wird verstehen, dass wir sie nur deshalb nicht in unsere Pläne eingeweiht haben, weil wir sie nicht zu sehr belasten wollten.«

»Ich sehe das anders. Ich glaube, Léonie würde alles für dich tun, alles in Kauf nehmen, was du ihr anvertraust. Allerdings …« Sie zuckte leicht mit den Schultern. »Wenn sie gekränkt ist, wenn sie glaubt – sogar zu Recht glaubt –, dass wir kein Vertrauen zu ihr haben, dann könnte sie das zu Verhaltensweisen veranlassen, so fürchte ich, die sie und auch wir sehr bedauern würden.«

»Was meinst du damit?«

Sie nahm seine Hand. »Sie ist kein Kind, Anatole. Nicht mehr.«

»Sie ist erst siebzehn«, protestierte er.

»Sie ist schon jetzt eifersüchtig auf die Aufmerksamkeit, die du mir schenkst«, sagte sie leise.

»Unsinn.«

»Was glaubst du, wie sie sich fühlt, wenn sie dahinterkommt, dass wir sie hintergangen haben – besser gesagt, du?«

»Von Hintergehen kann keine Rede sein«, sagte er. »Es geht um Diskretion. Je weniger Leute wissen, was wir vorhaben, umso besser.«

Er legte eine Hand auf Isoldes Bauch, eine eindeutige Geste, dass das Thema für ihn beendet war.

»Bald, Liebste, ist das alles vorbei.«

Er legte eine Hand um ihren Hinterkopf und zog sie an sich, küsste sie auf die Lippen. Dann schob er langsam den *peignoir* von ihren Schultern und entblößte ihre vollen Brüste. Isolde schloss die Augen.

»Bald«, raunte er in ihre milchige Haut, »müssen wir nichts mehr verstecken. Dann können wir ein neues Kapitel unseres Lebens beginnen.«

Kapitel 56

∞

Carcassonne, Donnerstag, 22. Oktober

Früh um halb fünf fuhr das Gig mit Anatole, Isolde und Léonie die lange Auffahrt der Domaine de la Cade hinunter. Marieta saß vorn bei Pascal auf dem Kutschbock, eine einzige Decke über ihre und seine Knie gebreitet.

Die Kutsche war geschlossen, aber das rissige Lederverdeck bot nur unzureichenden Schutz gegen die frühmorgendliche Kälte. Léonie war in ihren langen schwarzen Umhang gehüllt, dessen Kapuze sie sich, warm eingezwängt zwischen ihrem Bruder und ihrer Tante, über den Kopf gezogen hatte. Aus dem Fellüberwurf, der zum ersten Mal in diesem Herbst benutzt wurde und sie und ihre Mitpassagiere vom Kinn bis zu den Zehen bedeckte, stieg ihr modriger Mottenkugelgeruch in die Nase.

Das blaue Licht und die Kälte der frühen Stunde verstärkten für Léonie das Gefühl, ein Abenteuer zu erleben. Der romantische Aufbruch vor Sonnenaufgang, die Aussicht, zwei Tage lang Carcassonne zu erkunden, in ein Konzert zu gehen und in Restaurants zu speisen, sie konnte es kaum erwarten.

Die Lampen schlugen klappernd gegen die Kutsche, als sie auf die Straße nach Sougraigne bogen, zwei Lichtpunkte in der Dunkelheit. Isolde gestand, schlecht geschlafen zu haben, weshalb ihr ein wenig übel war. Sie sagte wenig. Auch Anatole schwieg.

Léonie war hellwach. Sie sog den Morgengeruch von satter, feuchter Erde ein, genoss die Duftmischung aus Alpenveilchen und Buchsbaum, Maulbeerbüschen und Esskastanienbäumen. Es war noch zu früh für den Gesang der Lerche oder das Gurren der Tauben, aber sie hörte den Schrei der Eulen, die von ihrer nächtlichen Jagd zurückkehrten.

Trotz des frühen Aufbruchs traf ihr Zug aufgrund des stürmischen Wetters erst mit über einer Stunde Verspätung in Carcassonne ein.

Léonie und Isolde warteten, während Anatole eine Droschke rief. Gleich darauf rollten sie über die Pont Marengo ins nördliche Viertel der Bastide Saint-Louis, wo Dr. Gabignaud ihnen ein Hotel empfohlen hatte.

Es lag in der Rue du Port, an der Ecke einer ruhigen Seitenstraße unweit der Église de Saint-Vincent, und war eine schlichte, aber behagliche Unterkunft. Ein Halbkreis von drei Stufen führte hinauf zum Eingang, einer schwarzgestrichenen Tür, umrahmt von behauenem Stein. Entlang der Außenwand standen Zierbäume in Terrakottakübeln, wie eine Reihe Wachtposten. Blumenkästen auf den Fensterbänken warfen grüne und weiße Schatten auf die frisch gestrichenen Holzläden. Auf die Seitenwand waren in hohen Lettern die Worte HÔTEL ET RESTAURANT gemalt.

Anatole erledigte die Formalitäten und ließ das Gepäck auf die Zimmer bringen, eine Suite für Isolde, Léonie und Marieta im ersten Stock, für ihn ein Einzelzimmer gegenüber auf demselben Flur.

Nach einem leichten Mittagsmahl in der Brasserie des Hotels vereinbarten sie, sich um halb sechs wieder im Hotel zu treffen, um vor dem Konzert ein frühes Abendessen einzunehmen. Isoldes Termin bei den Anwälten ihres verstorbenen Mannes war um zwei Uhr in einer Straße namens Carriere Mage. Anatole hatte angeboten, sie zu begleiten. Als sie sich auf den Weg machten, nahm er Léonie noch das Versprechen ab, ohne Marieta nirgendwohin zu gehen und schon gar nicht ohne Begleitung die Bastide zu verlassen und den Fluss zu überqueren.

Es regnete wieder. Léonie plauderte zum Zeitvertreib mit einem anderen Gast, einer älteren Witwe, Madame Sanchez, die Carcassonne schon seit vielen Jahren besuchte. Sie erklärte, dass die Unterstadt, die Basse Ville, wie sie sie nannte, wie ein Gittersystem angelegt war, ähnlich wie die modernen amerikanischen Städte. Madame Sanchez lieh sich Léonies Stift aus und umkringelte auf dem *plan de ville,* den sie vom *patron* erhalten hatte, das Hotel und den Hauptplatz. Außerdem wies sie darauf hin, dass viele Straßennamen veraltet waren.

»Heilige sind Generälen gewichen«, sagte sie kopfschüttelnd. »Wir lauschen dem Orchester nicht mehr auf dem Square Sainte-Cécile, sondern auf dem Square Gambetta. Obwohl sich die Musik genau gleich anhört!«

Léonie brannte darauf, endlich die Stadt zu erkunden, und als sie sah, dass der Regen nachließ, entschuldigte sie sich bei Madame Sanchez, versicherte ihr, dass sie sich schon zurechtfinden würde, und eilte aufs Zimmer, um sich ausgehfertig zu machen.

Während Marieta Mühe hatte, Schritt zu halten, strebte sie Richtung Hauptplatz, La Place aux Herbes, angelockt von den Geräuschen, die durch die schmale Gasse hallten, das Rufen der Straßen- und Markthändler, das Rattern von Karrenrädern und das Klirren von Pferdegeschirr. Als Léonie näher kam, sah sie, dass viele Stände bereits abgebaut wurden. Aber noch immer roch es köstlich nach gerösteten Maronen und frisch gebackenem Brot. Aus Metallkübeln, die an einem hölzernen Handkarren hingen, wurde dampfender Punsch mit Zucker und Zimt ausgeschenkt.

Der Place aux Herbes war schmucklos, aber wohlproportioniert. An allen Seiten war er von sechsstöckigen Häusern bebaut, und an jeder Ecke gingen kleine Straßen und Durchgänge ab. Ein aus dem 18. Jahrhundert stammender verzierter Springbrunnen in der Mitte war Neptun gewidmet. Unter ihrer Hutkrempe hinweg las Léonie aus Pflichtgefühl die Inschrift, fand das Werk aber banal und ging weiter.

Die Äste der ausladenden Platanen verloren ihre Blätter, und das noch verbliebene Laub war kupferrot, blassgrün und golden gefärbt. Überall boten Regen- und bunte Sonnenschirme Schutz vor dem Wind und den immer wieder einsetzenden Schauern, in Weidenkörben türmten sich frisches Gemüse, Obst, Gartenkräuter

und Herbstblumen. Schwarzgekleidete Frauen mit wettergegerbten Gesichtern verkauften an Holzständen Brot und *chèvres*.
Zu Léonies Überraschung und Entzücken wurde fast eine ganze Seite des Platzes von einem Kaufhaus eingenommen. Der Name prangte in großen mit Draht befestigten Lettern an den schmiedeeisernen Balkongeländern – PARIS CARCASSONNE. Obwohl es erst kurz nach halb drei war, wurden die preisreduzierten Waren – *solde d'articles* – bereits vorn im Laden auf Tischen ausgelegt. An den Markisen hingen Metallhaken mit Jagdflinten, Kleidern, Körben, allerlei Haushaltsutensilien, Bratpfannen, sogar Herde und Öfen.
Ich könnte für Anatole ein paar Sachen für die Jagd erstehen.
Sie verwarf den Gedanken ebenso schnell wieder, wie er gekommen war. Sie hatte nur wenig Geld dabei und keine Möglichkeit, auf Kredit zu kaufen. Außerdem hätte sie gar nicht gewusst, wo sie anfangen sollte. Stattdessen schlenderte sie fasziniert über den *marché*. Hier, so kam es ihr vor, hatten die Frauen und die wenigen Männer, die ihre Produkte verkauften, lächelnde und offene Gesichter. Sie nahm hier und da Gemüse in die Hand, rieb Kräuter zwischen den Fingern, atmete den Duft langstieliger Blumen ein, alles Dinge, die sie in Paris so nie getan hätte.
Als der Place aux Herbes ihr nichts Neues mehr zu bieten hatte, beschloss sie, sich in die Seitenstraßen zu wagen, die den Platz umgaben. Sie ging in westliche Richtung und befand sich plötzlich in der Carriere Mage, in der Straße, wo Isoldes Anwälte ihre Kanzlei hatten. Am oberen Ende befanden sich überwiegend Büros und *ateliers de couturières*. Sie blieb einen Moment vor der Werkstatt von Tissus Cathala stehen. Durch die Glastür sah sie Regale mit Stoffen in allen Farben sowie ein großes Sortiment an Nähmaterialien. An die Holzläden auf beiden Seiten des Eingangs waren Papierbögen mit Modezeichnungen geheftet, *les modes masculine et féminine*, vom Cutaway für den Herrn bis hin zum Teekleid und dem Umhang für die Dame.
Léonie vertrieb sich die Zeit damit, die Schnittmuster in Augenschein zu nehmen, wobei sie immer mal wieder einen Blick die Straße hinunter in Richtung Anwaltskanzlei warf, in der Hoff-

nung, Isolde und Anatole würden vielleicht herauskommen. Doch als die Minuten verstrichen und noch immer nichts von ihnen zu sehen war, ließ sie sich von den Läden ein Stück weiter in die Straße hineinlocken.
Marieta trottete immer brav hinterdrein, als Léonie in Richtung Fluss ging, bei mehreren Antiquitätenhändlern stehen blieb und durch die Schaufenster spähte. Die Auslagen einer *librairie* waren voll mit Bücherregalen aus dunklem Holz und Bänden mit roten, grünen und blauen Lederrücken. Bei Hausnummer 75, einer *épicerie fine*, roch es verführerisch nach stark geröstetem und gemahlenem Kaffee. Einen Moment lang blieb sie auf dem Gehweg stehen und schaute durch die drei großen Fenster. Drinnen waren auf Glas- und Holzregalen Behälter mit Bohnen, verschiedene Utensilien und Töpfe für den Herd und den Kamin aufgereiht. Über der Tür stand der Namenszug *Élie Huc*. Auf einer Seite des Ladens hingen an Haken getrocknete Würste, auf der anderen gebundene Sträußchen Wilder Thymian, Salbei, Rosmarin, und auf einem Tisch standen Schüsseln und Glasgefäße mit eingelegten Kirschen und kandierten Pflaumen.
Léonie beschloss, etwas für Isolde zu kaufen, ein Geschenk als Dank für die Fahrt nach Carcassonne. Sie betrat Aladins Schatzhöhle, während Marieta, nervös die Hände ringend, draußen blieb, und kam nach gut zehn Minuten mit einer weißen Schachtel, die die erlesensten arabischen Kaffeebohnen und ein großes Glas mit glasierten Früchten enthielt, wieder heraus.
Marietas ängstlich besorgtes Gesicht und ihre hündische Anhänglichkeit wurden ihr allmählich lästig.
Soll ich?
Léonie spürte einen Funken Erregung bei dem verwegenen Gedanken, der sich ihr, ungebeten, in den Kopf schlich. Anatole würde sie heftig schelten. Aber er musste es ja nicht erfahren, wenn sie schnell war und Marieta den Mund hielt. Léonie blickte die Straße hinauf und hinunter. Es waren noch einige andere Frauen ihres Standes ohne Begleitung unterwegs. Zugegeben, es war nicht die Regel, aber auch nicht völlig unerhört. Immerhin schien niemand

sonderlich auf sie zu achten. Anatole machte sich viel zu viele Sorgen.

In so einer Gegend brauche ich keinen Wachhund.

»Ich möchte das nicht die ganze Zeit tragen«, sagte sie und drückte Marieta die Schachtel mit den Geschenken in die Hand und schaute gleich darauf übertrieben skeptisch zum Himmel. »Es sieht schon wieder nach Regen aus«, sagte sie. »Am besten, du bringst die Schachtel ins Hotel und kommst mit einem Schirm zurück. Ich warte hier auf dich.«

Unruhe flackerte in Marietas Augen auf. »Aber Sénher Vernier hat gesagt, ich soll bei Ihnen bleiben.«

»Du bist doch in zehn Minuten wieder zurück«, sagte Léonie resolut. »Und er braucht es auch gar nicht zu erfahren.« Sie klopfte auf die weiße Schachtel. »Der Kaffee ist ein Geschenk für meine Tante, und ich möchte nicht, dass er nass wird. Bring einen Schirm mit, wenn du zurückkommst. Für den Fall, dass es wieder anfängt zu regnen.« Dann brachte sie ihr schlagendstes Argument vor. »Mein Bruder wäre dir alles andere als dankbar, wenn ich mich erkälte.«

Marieta zögerte, den Blick nach unten auf die Schachtel gerichtet.

»Beeil dich«, sagte Léonie ungehalten. »Ich warte hier auf dich.«

Mit unsicherer Miene drehte Marieta sich um und hastete die Carriere Mage hinunter, wobei sie sich mit wiederholten Blicken über die Schulter überzeugte, dass ihre junge Herrin nicht einfach verschwand.

Léonie schmunzelte, hocherfreut über ihre harmlose List. Sie hatte nicht vor, gegen Anatoles Anweisungen zu verstoßen und die Bastide zu verlassen. Allerdings, so dachte sie, konnte sie doch guten Gewissens bis zum Fluss spazieren und vom rechten Ufer der Aude einen ersten Blick auf die mittelalterliche Zitadelle werfen. Sie brannte darauf, die Cité zu sehen, von der Isolde gesprochen hatte und an der Monsieur Baillard offenbar mit so zärtlicher Liebe hing.

Sie zog den Stadtplan aus der Tasche und studierte ihn.

Weit kann es nicht sein.

Wenn sie Pech hatte und Marieta vor ihr wieder hier war, konnte

Léonie immer noch als Erklärung vorgeben, sie habe plötzlich die Idee gehabt, Isolde und Anatole von der Anwaltskanzlei abzuholen, um mit ihnen zusammen zurückzugehen, und dabei hätten das Hausmädchen und sie sich aus den Augen verloren.
Zufrieden mit ihrem Plan, überquerte sie erhobenen Hauptes die Rue Pelisserie. Sie fühlte sich herrlich unabhängig und kühn, und das gefiel ihr. Sie kam an den Marmorsäulen des Hôtel de Ville vorbei, an dem eine makellose Trikolore flatterte, und gelangte zu den, wie sie dem Stadtplan entnahm, Ruinen des alten Monastère des Clarisses. Eine hübsche Kuppel auf dem einzigen noch stehenden Turm bedeckte eine einsame Glocke.
Léonie verließ das enge Netz belebter Straßen und betrat den von Bäumen beschatteten ruhigen Square Gambetta. Eine Gedenktafel erinnerte an das Werk des Carcassonner Architekten Léopold Petit, der die Gärten entworfen und hatte anlegen lassen. In einem See mitten im Park schossen Wasserfontänen gen Himmel und warfen einen weißen Dunstschleier in die Luft. Rings um einen Musikpavillon im japanischen Stil waren Stühle aufgestellt. Ihre chaotische Anordnung sowie die verstreut herumliegenden Eiswaffeln, Wachspapiere und nassen Zigarrenstummel verrieten, dass die letzte Aufführung noch nicht lange beendet sein konnte. Der Boden war übersät mit weggeworfenen Reklamezetteln für ein Konzert, dreckige Schuhabdrücke auf dem weißen Papier. Léonie bückte sich und hob einen auf.
Von dem grünen und schön gestalteten Square Gambetta bog sie nach rechts auf eine recht triste Kopfsteinpflasterstraße, die entlang des Hospitals verlief und zu einem Aussichtspunkt mit Panoramablick unten an der Pont Vieux zu führen versprach.
Eine Messingstatue krönte den Springbrunnen, der an der Stelle stand, wo drei Straßen aufeinandertrafen. Léonie rieb die Plakette sauber und las die Inschrift. Die Figur stellte wahlweise La Samaritaine oder Flora oder gar Pomona dar.
Als Hüter der klassischen Heldin diente ein christlicher Heiliger, Saint Vincent de Paul, der vom Hôpital des Malades aus, dem Zugang zur Brücke, die Szene im Auge behielt. Sein gütiger Stein-

blick und seine offenen Arme schienen die angrenzende Kapelle mit ihrem hohen gewölbten Steineingang und der Fensterrosette darüber zu umschließen.

Das Ganze verriet Wohltätigkeit, Geld, Überfluss.

Léonie drehte sich ganz um und hatte ihren ersten unverstellten Blick auf La Cité hoch oben auf einem Berg am anderen Flussufer. Ihr stockte der Atem. Die Zitadelle war überwältigender und zugleich von der Größe her menschlicher, als sie es sich vorgestellt hatte. Sie kannte die beliebten Ansichtskarten von der Cité, auf denen die berühmten Zeilen aus Gustave Nadauds Chanson abgedruckt waren: »*Que je mourrais content / Après avoir vu Carcassonne!*« – Wie glücklich würd' ich sterben, hätt' ich zuvor noch Carcassonne gesehen –, hatte das Zitat aber lediglich für einen Reklamespruch gehalten. Jetzt, da sie hier war, konnte sie die Worte gut nachvollziehen.

Léonie sah, dass das Wasser sehr hoch stand, stellenweise sogar über das Ufer getreten war und das Gras überschwemmte, gegen die steinernen Fundamente der Kapelle Saint-Vincent-de-Paul und der Hospitalgebäude spülte. Sie hatte wirklich nicht vor, Anatoles Verbote noch weiter zu missachten, aber dennoch ging sie ein Stück den sanft ansteigenden Zugang zur Brücke hinauf, die sich in einer Reihe von Steinbögen über den Fluss spannte.

Nur noch ein paar Schritte, dann mache ich kehrt.

Das andere Ufer war überwiegend bewaldet. Durch die Baumwipfel und Äste konnte Léonie Wassermühlen sehen, die flachen Dächer der Destillerien und Textilbetriebe mit ihren *filatures mécaniques*. Es wirkte verblüffend ländlich, fand sie, Relikte einer anderen, älteren Welt.

Léonie blickte auf und sah eine verwitterte steinerne Jesusfigur an einem Kreuz im mittleren *bec* der Brücke hängen, eine Nische in der niedrigen Mauer, wo Reisende ein wenig verweilen oder den Kutschen und Pferdekarren ausweichen konnten.

Sie machte noch einen Schritt und noch einen, und so geschah es, dass sie, ohne sich bewusst dazu entschlossen zu haben, von der Sicherheit der Bastide hinüber in die Romantik der Cité gelangte.

Kapitel 57

∞

Anatole und Isolde standen vor dem Altar.

Eine Stunde zuvor waren alle Papier unterschrieben worden. Die in Jules Lascombes Testament festgelegten Bestimmungen waren nach den Verzögerungen im Sommer endlich bestätigt worden.

Lascombe hatte die Domaine de la Cade auf Lebenszeit an seine Frau vermacht. Eine unerwartete Laune des Schicksals wollte es, dass er für den Fall ihrer erneuten Eheschließung verfügt hatte, dass der Sohn seiner Halbschwester Marguerite Vernier, geborene Lascombe, den Besitz übernehmen sollte.

Als der Anwalt diese Klauseln mit seiner trockenen und kratzigen Stimme verlas, hatte Anatole einen Moment gebraucht, um zu begreifen, dass er gemeint war. Fast hätte er laut aufgelacht. Die Domaine de la Cade würde so oder so ihnen gehören.

Jetzt, da sie eine halbe Stunde später in der kleinen Jesuitenkapelle standen und der Priester sie mit den Schlussworten der kurzen Zeremonie zu Mann und Frau erklärt hatte, nahm Anatole Isoldes Hände.

»Madame Vernier, *enfin*«, flüsterte er. »*Mon cœur.*«

Die Zeugen, die sie wahllos auf der Straße ausgesucht hatten, lächelten, als sie sahen, wie offen die Vermählten ihre Zuneigung zueinander zeigten, obgleich sie die Schlichtheit der Zeremonie bedauerten.

Als Anatole und Isolde hinaus auf die Straße traten, empfing sie Glockengeläut. Sie hörten es donnern. Von dem Wunsch beseelt, die erste Stunde ihres Ehelebens allein zu verbringen – zumal sie in der Gewissheit waren, dass Léonie und Marieta sicher im Hotel waren und auf ihre Rückkehr warteten –, liefen sie die Straße hinunter und verschwanden im erstbesten Lokal, das ihnen angemessen erschien.

Anatole bestellte eine Flasche Cristal, den teuersten Champagner auf der Getränkekarte. Sie tauschten Geschenke aus. Anatole schenkte Isolde ein silbernes Medaillon mit einem Miniaturbild von ihr auf der einen Seite, von ihm auf der anderen. Sie beglückte ihn mit einer erlesenen vergoldeten Taschenuhr, in deren Deckel seine Initialen eingraviert waren, als Ersatz für die Uhr, die ihm bei dem Überfall in der Passage des Panoramas gestohlen worden war.

Eine Stunde lang tranken und plauderten sie, glücklich, einander zu haben, während die ersten dicken Regentropfen auf die Scheiben der breiten Fenster klatschten.

Kapitel 58

∞

Léonie verspürte eine leichte Unruhe, als sie die Brücke hinunterging. Jetzt konnte sie nicht mehr so tun, als verstieße sie nicht gegen Anatoles ausdrückliche Anweisungen. Sie drängte den Gedanken beiseite, sah dann mit einem Blick über die Schulter, dass sich über der Bastide schwarze Gewitterwolken zusammenballten.

In diesem Moment sagte sie sich, dass es klüger wäre, auf dieser Seite des Flusses zu bleiben, fern von dem aufziehenden Unwetter. Ja, es wäre alles andere als ratsam, jetzt gleich in die Basse Ville zurückzukehren. Außerdem würde eine Abenteurerin, eine Erkunderin, die Jagd nicht einfach abblasen, nur weil ihr Bruder es ihr eingeschärft hatte.

Das *quartier* Trivalle war beängstigender und wesentlich ärmer, als sie es sich vorgestellt hatte. Alle Kinder waren barfuß. Am Straßenrand hockte ein blinder Bettler mit milchigen, toten Augen, in Lumpen gehüllt, die die Farbe des feuchten Pflasters hatten. Seine verdreckten Hände hielten Léonie eine schmuddelige Tasse hin, als sie vorbeiging. Sie warf eine Münze hinein und stieg vorsichtig die kopfsteingepflasterte Straße hinauf, die von einfachen Häusern gesäumt wurde. An den Fensterläden, allesamt in heruntergekommenem Zustand, blätterte die Farbe ab. Léonie rümpfte die Nase. Die Straße roch nach viel zu vielen Menschen und nach Verwahrlosung.

In der Cité wird es besser.

Die Straße stieg sanft an. Schon bald lichteten sich die Häuser, und

Léonie überquerte auf dem letzten Stück zur Cité freies Gelände. Zu ihrer Linken, am oberen Ende einer bröckelnden Steintreppe, sah sie eine schwere Holztür, die in eine uralte graue Mauer eingelassen war. Ein arg mitgenommenes, verwittertes Schild verriet ihr, dass es das Kapuzinerkloster war.

Früher einmal.

Weder Léonie noch Anatole waren im einengenden Schatten der Kirche aufgewachsen. Ihre Mutter war zu sehr Freigeist, und, wie Anatole ihr einmal erklärt hatte, bedeutete die republikanische Gesinnung ihres Vaters, dass Leo Vernier den Klerus ebenso sehr als Feind einer echten Republik betrachtete wie den Adel. Dennoch bedauerte Léonie aufgrund von romantischer Phantasie die Unnachgiebigkeit, mit der Politik und Fortschritt forderten, dass alle Schönheit dem Prinzip geopfert werden musste. Diese Architektur berührte sie, auch wenn die Worte, die in dem Kloster widerhallten, es nicht taten.

Gedankenversunken setzte Léonie ihren Weg fort und kam an einem auffallend schönen Gebäude vorbei, dem Maison de Montmorency, mit frei liegenden Holzbalken und mehrfach unterteilten Fenstern, deren geschliffene Scheiben das Licht trotz des düsteren Himmels in blauen, rosa und gelben Prismen einfingen.

Oben an der Rue Trivalle bog sie nach rechts. Weiter vorn konnte sie die hohen und spitzen sandfarbenen Türme der Porte Narbonnaise sehen, des Haupteingangs der Cité. Ihr Herz machte vor Aufregung einen Sprung beim Anblick der doppelten Ringmauer mit ihren vielen Türmen, einige mit roten Ziegeldächern, andere mit grauem Schiefer gedeckt, deren Umrisse sich gegen den dunkelnden Himmel abzeichneten.

Sie hob ihre Röcke mit einer Hand ein wenig an, um sich den Aufstieg zu erleichtern, und strebte mit neuem Schwung vorwärts. Als sie näher kam, sah sie hinter der hohen Mauer eines Friedhofs übergroße Kreuze und die Spitzen grauer Grabsteine, auf denen Engel die Flügel ausgebreitet hatten, aufragen.

Dahinter erstreckten sich Weiden und Wiesen.

Léonie blieb kurz stehen, um zu verschnaufen. Zur Zitadelle führte eine mit Kopfstein gepflasterte Brücke über einen grasigen Festungsgraben, der recht flach und breit war. Am Anfang der Brücke befand sich ein kleines rechteckiges Mauthäuschen. Ein Mann mit altmodischem Backenbart und einem verbeulten Zylinder auf dem Kopf stand da, die Hände in den Taschen, und verlangte ein Entgelt von den Fahrern der mit Waren beladenen Karren, Händler, die Bierfässer in die Cité lieferten.

Auf der gedrungenen Steinmauer der Brücke hockte ein Mann in Gesellschaft zweier Soldaten. Er trug einen alten blauen napoleonischen Umhang und rauchte eine langstielige Pfeife, die ebenso schwarz war wie seine Zähne. Alle drei Männer lachten. Einen Moment lang meinte Léonie, dass seine Augen sich einen Bruchteil weiteten, als er sie erblickte. Einen Moment lang starrte er sie an, ein wenig unverschämt, und schaute dann wieder weg. Seine Aufmerksamkeit verunsicherte sie, und sie ging rasch vorbei.

Kaum hatte sie die Brücke betreten, traf sie der Nordwestwind mit voller Wucht. Sie musste ihren Hut mit einer Hand festhalten, während sie mit der anderen Hand zu verhindern versuchte, dass sich ihre flatternden Röcke zwischen den Beinen verfingen. Sie kämpfte sich vorwärts, die Augen zusammengekniffen gegen den Sand und den Staub, der ihr ins Gesicht geweht wurde.

Doch sobald sie in die Cité kam, war sie vor dem Wind geschützt. Sie blieb kurz stehen, um ihre Kleidung zu ordnen, und ging dann über den offenen Platz zwischen der inneren und äußeren Befestigungsanlage, wobei sie achtgab, sich in dem Wasser, das durch die Gosse in der Mitte des Pflasters strömte, nicht die Schuhe zu benetzen. An einer Pumpe hoben und senkten zwei Jungen mühsam den Metallschwengel, und Wasser rauschte in einen Metalleimer. Linker und rechter Hand sah sie die Überreste der ärmlichen Behausungen, die erst vor kurzem abgerissen worden waren. In einem oberen Stockwerk hing mitten in der Luft eine rußgeschwärzte Kaminplatte, die noch von der Zerstörung übriggeblieben war.

Léonie bedauerte, dass sie nicht so umsichtig gewesen war, auch ihren Reiseführer einzustecken, statt nur die Karte von der Bastide. Sie erkundigte sich nach dem Weg und erfuhr, dass die Burg immer geradeaus lag, eingelassen in die westliche Befestigungsmauer. Mit einem unguten Gefühl in der Magengegend ging sie weiter. Nach dem prächtigen Anblick aus der Ferne und den windgepeitschten *hautes lices*, dem Bereich zwischen der inneren und äußeren Mauer, war es innerhalb der Cité dunkler, als sie erwartet hatte. Und es war dreckig. Die glitschigen Pflastersteine waren schlammverschmiert, die Gossen mit allem möglichen Unrat übersät.

Léonie suchte sich vorsichtig ihren Weg die schmale Straße hinauf in die Richtung, in die ein handgemaltes Holzschild mit der Aufschrift *Château Comtal* wies, wo die Garnison einquartiert war. Auch das erwies sich als Enttäuschung. Aus vorangegangener Lektüre wusste sie, dass die Burg einst Sitz des Herrschergeschlechts Trencavel gewesen war, das vor vielen hundert Jahren die Herrschaft über die Stadt hatte. Léonie hatte sich ein Märchenschloss, wie sie an den Ufern von Rhône und Loire standen, vorgestellt. Sie hatte sich Höfe und prächtige Hallen ausgemalt, voller Damen in rauschenden Kleidern, und *chevaliers*, die hinaus in die Schlacht preschten.

Das Château Comtal war jetzt ein Militärgebäude, und so sah es auch aus, schmucklos, praktisch, alltäglich, trostlos. Der Tour de Vade im Schatten der Mauer diente als Lager für Schießpulver. Ein einzelner Soldat stand Wache und stocherte in seinen Zähnen herum. Das Gebäude wirkte vernachlässigt, als würde es geduldet, aber nicht geliebt.

Léonie betrachtete es unter ihrer breiten Hutkrempe eine Weile, suchte bei der schlichten Brücke und dem zweckmäßigen schmalen Torweg ins eigentliche Château nach einer Spur von Romantik, konnte aber nichts dergleichen entdecken. Als sie sich abwandte, kam ihr der Gedanke, dass jeder Versuch, die Cité als Touristenattraktion wiederzubeleben, zweifellos zum Scheitern verurteilt wäre. Sie konnte sich in diesen Straßen einfach keine Besucherströme vorstellen. Hier war alles zu trist, nicht darauf ausgelegt, um dem zeitgenössischen Geschmack und Stil zu gefallen. Die frisch ausgebesserten Mauern, die gesägten Steine und Bodenplatten verdeutlichten lediglich, wie heruntergekommen die ursprüngliche Cité war. Wahrscheinlich hoffte man, so vermutete sie zumindest, dass sich die Atmosphäre verändern würde, wenn die Arbeiten endlich abgeschlossen waren. Dass neue Restaurants, Geschäfte, vielleicht sogar ein Hotel, wieder Leben in die verwinkelten Gassen bringen würden. Léonie schlenderte weiter umher. Ein paar Besucher wie sie, Damen, die sich die Hände in Pelzmuffs warm hielten, Herren mit Gehstöcken und Zylindern wünschten ihr einen guten Tag.

Der Wind war jetzt noch stärker geworden, und Léonie sah sich genötigt, ihr Taschentuch hervorzuholen und es vor Mund und Nase zu halten, um sich einigermaßen gegen die nasskalte Luft zu schützen. Nach einem Zickzackkurs durch eine *chicane* stand sie unvermutet an einem alten Steinkreuz, von wo aus sie über terrassenartig angelegte Gärten mit Gemüsebeeten, Weinstöcken, Hühner- und Kaninchenställen blicken konnte. Unterhalb davon drängten sich einige kleine Häuser.

Von dieser Stelle aus konnte sie deutlich sehen, wie hoch der Fluss stand. Eine rastlose, wirbelnde schwarze Wassermasse jagte durch die Mühlen, wirbelte die Schaufelräder herum. Weiter hinten breitete sich die Bastide vor ihren Augen aus. Sie erkannte die Turmspitze der Kathedrale Saint-Michel und den hohen, dünnen Glockenturm der Église de Saint-Vincent unweit ihres Hotels. Ein banges Gefühl durchfuhr Léonie. Sie schaute zu dem düsteren Himmel auf und begriff plötzlich, dass sie durch die steigenden Fluten hier von der anderen Flussseite abgeschnitten werden konnte. Die Basse Ville kam ihr mit einem Mal sehr weit entfernt vor. Die Geschichte, die sie sich für Anatole zurechtgelegt hatte, dass sie die Orientierung verloren und sich in den Gässchen der Bastide verlaufen hätte, würde als Ausrede nicht zählen, falls der Fluss über die Ufer trat und sie nicht mehr zurückkonnte.

Eine Bewegung über ihrem Kopf ließ sie aufblicken. Ein herbstlicher Krähenschwarm flog, schwarz vor dem grauen Himmel, zu den Mauertürmen und Zinnen hinauf, kämpfte gegen den Wind an.

Léonie hastete los. Der erste Regentropfen landete auf ihrer Wange, dann noch einer und noch einer, immer schneller, schwerer, kälter. Dann ein Graupelschauer und ein einzelner, jäher Donnerschlag. Mit einem Mal war ringsum Wasser.
Das Unwetter, das so lange gedroht hatte, war da.

Kapitel 59

∞

Léonie hielt hektisch nach einem Unterstand Ausschau, aber vergeblich. Auf halber Strecke den steilen Kopfsteinweg hinunter, der die Zitadelle mit dem *quartier* Barbacane weiter unten verband, standen weder Bäume noch irgendwelche Gebäude. Ihre müden Beine sträubten sich bei dem Gedanken, wieder hinauf in die Cité zu steigen.

Ich muss weiter nach unten.

Sie stolperte die *calada* hinab und hielt dabei die Röcke über die Knöchel, damit sie nicht vom Wasser durchnässt wurden, das jetzt über das Pflaster rauschte wie durch einen Mühlgraben. Der Wind pfiff ihr um die Ohren und blies den Regen unter ihre Hutkrempe, ihr Umhang flatterte und verfing sich zwischen ihren Beinen.

Sie bemerkte die beiden Männer nicht, die neben dem Kreuz oben am Ende des Hanges standen und sie beobachteten. Einer war gut gekleidet, eindrucksvoll und elegant, ein Mann von Rang und Ansehen. Der andere war klein und dunkel, eingehüllt in einen dicken napoleonischen Umhang. Sie wechselten ein paar Worte. Glänzende Münzen wechselten von einer behandschuhten Hand in die schmutzigen Handflächen des älteren Soldaten, dann trennten die beiden Männer sich. Der Soldat verschwand in der Cité.

Der vornehme Herr folgte Léonie nach unten.

Als Léonie den Place Saint-Gimer erreichte, war sie nass bis auf die Haut. Da kein Restaurant oder Café in der Nähe war, konnte sie sich nur in die Kirche flüchten. Sie eilte die reizlosen neumodischen

Stufen hinauf, und schlüpfte durch ein offenstehendes Eisentor in dem schwarzen Gitterzaun.
Ein paar Schritte weiter war die hölzerne Kirchentür. Léonie stieß sie auf und trat ein. Obwohl Kerzen auf dem Altar und in den Seitenkapellen brannten, fröstelte sie. Drinnen war es noch kälter als draußen. Sie stampfte mit den Füßen auf, um möglichst viel Regen abzuschütteln, atmete den Geruch von nassem Stein und Weihrauch ein. Sie zögerte, doch da sie womöglich eine ganze Weile in der Église Saint-Gimer würde ausharren müssen, entschied sie, dass es wichtiger war, sich nicht zu erkälten, als auf ihr Äußeres zu achten, also zog sie beide Handschuhe aus und nahm den durchweichten Hut ab.
Als ihre Augen sich allmählich an das Halbdunkel gewöhnten, sah Léonie erleichtert, dass noch andere in der Kirche Schutz vor dem Gewitter gesucht hatten. Es war eine seltsame Versammlung. Im Hauptschiff und in den Seitenkapellen drängten sich schweigend Menschen. Ein feiner Herr mit Zylinder und Mantel, am Arm eine Dame, saß kerzengerade auf einer der Bänke, als hätten beide einen unangenehmen Geruch in der Nase. Bewohner des *quartier*, viele ohne Schuhe und unzureichend gekleidet, saßen auf den Steinplatten. Léonie sah sogar einen Esel und eine Frau mit zwei Hühnern, eins unter jedem Arm.
»Ein ungewöhnlicher Anblick«, sagte eine Stimme neben ihrem Ohr. »Aber man darf schließlich nicht vergessen, dass Zuflucht allen gewährt wird, die sie suchen.«
Léonie schrak zusammen, als sie so direkt angesprochen wurde, fuhr herum und sah einen Herrn neben sich stehen. Sein grauer Zylinder und sein Gehrock verrieten seinen Stand ebenso wie der Stock mit einem Knauf und einer Spitze aus Silber und die Ziegenlederhandschuhe. Die selbstverständliche Eleganz seiner Garderobe ließ seine blauen Augen noch auffälliger wirken. Einen Augenblick lang dachte Léonie, ihn schon einmal irgendwo gesehen zu haben. Dann wurde ihr klar, dass es nur an einer gewissen Ähnlichkeit zu ihrem Bruder lag, was Haarfarbe, Teint und Gesichtszüge anging, obwohl der Mann breiter und kräftiger gebaut war.

Aber er hatte noch etwas an sich, irgendetwas in seinem unverwandten Blick und dem listigen Gesicht, das in Léonies Brust einen recht unerwarteten Aufruhr auslöste. Ihr Herz schlug ein wenig fester, und sie spürte, wie ihre Haut unter der durchnässten Kleidung plötzlich warm wurde.

»Ich …« Sie errötete und senkte den Blick.

»Verzeihen Sie, ich wollte Ihnen nicht zu nahe treten«, sagte er. »Unter normalen Umständen würde ich selbstverständlich niemals eine Dame ansprechen, ohne ihr vorgestellt worden zu sein. Nicht einmal an einem Ort wie diesem.« Er lächelte. »Aber die Umstände sind ein wenig ungewöhnlich, nicht wahr?«

Seine Höflichkeit beruhigte sie. Sie hob den Blick. »Ja«, pflichtete sie bei. »Das sind sie wahrhaftig.«

»Und in dieser Lage, wo wir als Reisende vor dem Unwetter Schutz suchen, dachte ich, dass die normalen Regeln der Etikette vielleicht kurzzeitig außer Kraft gesetzt sind.« Er zog den Hut, zeigte eine hohe Stirn und glänzendes Haar, das akkurat bis zum Rand des Stehkragens geschnitten war. »Könnten wir also für die Dauer unseres Aufenthaltes hier Freundschaft schließen? Ich hoffe, Sie empfinden mein Ersuchen nicht als anstößig.«

Léonie schüttelte den Kopf. »Nicht im Geringsten«, sagte sie deutlich. »Außerdem könnten wir ja gezwungen sein, noch geraume Zeit hier zu verweilen.«

Sie fand, dass ihre Stimme angespannt klang, zu hoch, zu dünn, alles andere als gefällig, und das ärgerte sie. Doch der Fremde lächelte und schien es gar nicht zu bemerken.

»Durchaus.« Er sah sich um. »Aber um die Anstandsformen zu wahren, dürfte ich mir vielleicht doch erlauben, mich Ihnen vorzustellen, dann sind wir keine Fremden mehr. Und Ihre Begleiterin muss sich keine Sorgen machen.«

»Oh, ich bin …« Léonie bremste sich. Es wäre nicht gerade klug, ihm zu verraten, dass sie allein war. »Ich wäre gern bereit, Ihre Vorstellung anzunehmen.«

Mit einer leichten Verbeugung zog er eine Visitenkarte aus der Tasche. »Victor Constant, Mademoiselle.«

Als Léonie die elegante Karte mit Prägedruck entgegennahm, durchlief sie ein aufgeregter Schauder, den sie zu kaschieren versuchte, indem sie den Namen auf der Karte studierte. Sie überlegte, was sie Amüsantes sagen könnte. Außerdem wünschte sie, sie hätte sich nicht die Handschuhe ausgezogen. Unter seinen türkisblauen, eindringlichen Augen fühlte sie sich schon fast unbekleidet.
»Und dürfte ich vielleicht so kühn sein, nach Ihrem Namen zu fragen?«
Ein Lachen entwich ihren Lippen. »Natürlich. Wie dumm von mir. Es tut mir leid, aber ... Ich habe meine Visitenkarten nicht dabei«, log sie, ohne sich zu fragen, warum. »Ich bin Léonie Vernier.«
Constant nahm ihre nackte Hand und hob sie an seine Lippen. »*Enchanté.*«
Das Gefühl, wie sein Mund ihre Haut streifte, fuhr Léonie durch den ganzen Körper. Sie hörte sich selbst nach Luft schnappen und spürte dann, wie ihr die Röte in die Wangen schoss, eine offensichtliche Reaktion, die ihr peinlich war, und sie zog die Finger zurück.
Galant gab er vor, nichts bemerkt zu haben. Léonie war ihm dafür dankbar.
»Wieso haben Sie angenommen, ich habe eine Begleiterin bei mir?«, fragte sie, als sie ihrer Stimme wieder traute. »Es könnte doch sein, dass ich in Gesellschaft meines Gatten unterwegs bin.«
»In der Tat, das wäre möglich«, sagte er, »doch eines spricht dagegen. Ich kann mir keinen Ehemann vorstellen, der es so sträflich an Ritterlichkeit mangeln lassen würde, dass er seine wunderschöne junge Frau allein ließe.« Er sah sich in der Kirche um. »Noch dazu in einer derartigen Gesellschaft.«
Sie nahmen beide kurz die ungepflegte Ansammlung von Menschen in Augenschein.
Das Kompliment schmeichelte Léonie, doch sie unterdrückte ein Lächeln.
»Mein Gatte könnte einfach unterwegs sein, um Hilfe zu holen.«
»Kein Mann wäre so töricht«, sagte er, und in der Art, wie er diese Worte aussprach, lag etwas Leidenschaftliches, beinahe Wildes, das Léonies Herz Purzelbäume schlagen ließ.

Er sah nach unten auf ihre unbedeckten Hände, an denen kein Ehering glänzte.
»Nun, ich muss zugeben, Sie sind recht scharfsinnig, Monsieur Constant«, entgegnete sie. »Und Sie haben in der Tat richtig vermutet, dass ich unverheiratet bin.«
»Welcher Ehemann hätte denn auch den Wunsch, sich von einer solchen Gattin zu trennen, und wäre es auch nur für einen Augenblick?«
Sie senkte den Kopf. »Denn Sie würden Ihre Frau natürlich nicht so behandeln?« Die gewagte Bemerkung entglitt ihr, ehe sie sich bremsen konnte.
»Leider bin ich nicht verheiratet«, sagte er mit einem langsamen Lächeln. »Ich wollte damit lediglich ausdrücken, dass ich, dürfte ich mich eines so kostbaren Besitzes glücklich schätzen, besser darauf achtgeben würde.«
Ihre Blicke trafen sich, das Grün und das Blau. Um die Gefühlsaufwallung zu überspielen, die sie empfand, lachte Léonie auf, woraufhin sich mehrere der kurzzeitigen Bürger von Saint-Gimer umdrehten und sie anstarrten.
Constant legte einen Finger an die Lippen. »Pst«, sagte er. »Unsere Ungezwungenheit wird offenbar nicht geschätzt.«
Er hatte die Stimme noch mehr gesenkt, so dass sie gezwungen war, sich näher zu ihm zu beugen. So nah, dass sie einander fast berührten. Léonie spürte seine Wärme neben sich, als wäre die ganze rechte Seite ihres Körpers einem Kaminfeuer zugewandt. Sie musste an Isoldes Worte über die Liebe denken, als sie zusammen auf der Bank am See gesessen hatten, und zum ersten Mal hatte sie eine Ahnung, was das für ein Gefühl sein mochte.
»Soll ich Ihnen ein Geheimnis verraten?«, fragte er.
»Unbedingt.«
»Ich glaube, ich weiß, was Sie hierhergelockt hat, Mademoiselle Vernier.«
Léonie hob die Augenbrauen. »Wirklich?«
»Sie erwecken den Eindruck einer jungen Frau, die sich allein auf ein Abenteuer begeben hat. Sie haben die Kirche allein betreten,

durchnässt vom Regen, was darauf schließen lässt, dass Sie ohne Dienstmädchen unterwegs sind, denn die hätten sicherlich einen Schirm dabeigehabt. Und Ihre Augen, fast wie Smaragde, schillern geradezu vor Aufregung.«

Eine spanische Familie in der Nähe fing an, sich lautstark zu streiten, und Constant schaute in deren Richtung. Léonie hatte sich noch nie so gefühlt wie jetzt, war sich aber der Gefahr bewusst, dass sie in einem so intensiven Augenblick Dinge sagen könnte, die sie später bereuen würde.

Sie ließ sich sein Kompliment durch den Kopf gehen.

Ihre Augen schillern fast wie Smaragde.

»In diesem *quartier* wohnen viele spanische Textilarbeiter«, sagte Constant, als spürte er ihr Unbehagen. »Bis 1847, als mit der Restaurierung der mittelalterlichen Festung begonnen wurde, war die Cité das Zentrum der hiesigen Tuchindustrie.«

»Sie sind gut informiert, Monsieur Constant«, sagte sie, bemüht, sich zu konzentrieren. »Haben Sie mit der Restaurierung zu tun? Sind Sie vielleicht Architekt?«

Ihr schien, als strahlten seine blauen Augen vor Vergnügen auf. »Sie schmeicheln mir, Mademoiselle Vernier, aber nein. Nichts so Bewundernswertes. Ich bin lediglich ein interessierter Laie.«

»Ich verstehe.«

Léonie stellte fest, dass ihr nicht die kleinste amüsante Bemerkung einfallen wollte. Da sie das Gespräch unbedingt in Gang halten wollte, suchte sie nach irgendeinem Thema, in das sie ihn verwickeln konnte. Sie wollte, dass er sie geistreich, intelligent, charmant fand. Zum Glück sprach Victor Constant von sich aus weiter.

»Schon gegen Ende des elften Jahrhunderts befand sich hier ganz in der Nähe eine Kirche, die Saint-Gimer gewidmet war. Der jetzige Bau wurde 1854 bis 1859 errichtet, als feststand, dass es aufgrund des maroden Zustands der ursprünglichen Kirche ratsamer war, eine neue zu bauen, statt die alte zu restaurieren.«

»Ich verstehe«, sagte sie und verzog dann das Gesicht.

Wie langweilig ich mich anhöre. Wie dumm.

»Der Bau der neuen Kirche begann unter der Leitung von Monsieur Viollet-le-Duc«, fuhr Constant fort, »doch beendet wurde er nach dessen Plänen von einem einheimischen Architekten, Monsieur Cals.«

Er legte ihr beide Hände auf die Schultern und drehte sie in Richtung Hauptschiff. Léonie stockte der Atem, und eine Hitzewelle durchströmte sie.

»Der Altar, die Kanzel, die Kapellen und die Lettner sind allesamt Viollet-le-Ducs Arbeit«, sagte er. »Ganz typisch. Eine Stilmischung, Nord und Süd. Viele Objekte vom ursprünglichen Gebäude wurden hierhergebracht. Und obwohl die Kirche für meinen Geschmack recht modern ist, hat sie dennoch Charakter. Finden Sie nicht auch, Mademoiselle Vernier?«

Léonie spürte, wie seine Hände sich von ihren Schultern lösten und kurz über ihren Rücken glitten. Sie konnte nur nicken, weil sie ihrer Stimme nicht traute.

Im Seitengang stimmte eine Frau, die im goldenen Schatten eines in die Wand eingelassenen Reliquienschreins auf dem Boden saß, ein Wiegenlied an, um den unruhigen Säugling in ihren Armen zu beruhigen.

Dankbar für die Ablenkung schaute Léonie zu ihr hinüber.

Aquèla Trivala
Ah qu'un polit quartier
Es plen de gitanòs.

Die Worte schwebten durch die Kirche ins Hauptschiff, wo Léonie und Constant standen.

»Einfache Dinge haben einen großen Charme«, sagte er.

»Das ist Okzitanisch«, sagte sie in der Hoffnung, Eindruck zu schinden. »Die Dienstboten zu Hause sprechen es untereinander, wenn sie glauben, dass niemand zuhört.«

Sie spürte, wie er aufmerkte.

»Zu Hause?«, sagte er. »Verzeihen Sie, Ihrer Kleidung und Ihrem Auftreten nach habe ich angenommen, Sie sind auf Reisen. Ich hatte Sie für eine *vraie Parisienne* gehalten.«

Léonie lächelte über das Kompliment. »Ihr Scharfsinn, Monsieur Constant, macht Ihnen schon wieder alle Ehre. Mein Bruder und ich sind tatsächlich nur zu Gast im Languedoc. Wir wohnen im 8. Arrondissement, nicht weit vom Gare Saint-Lazare. Kennen Sie das *quartier?*«

»Nur durch die Gemälde von Monsieur Monet, leider.«

»Von unseren Salonfenstern ist der Place d'Europe zu sehen«, sagte sie. »Wenn Sie die Gegend kennen würden, könnten Sie sich genau vorstellen, wo wir wohnen.«

Er zuckte bedauernd die Achseln. »In diesem Fall würde mich interessieren, wenn die Frage nicht zu aufdringlich ist, was Sie ins Languedoc führt, Mademoiselle Vernier? Zumal um diese Jahreszeit.«

»Wir verbringen einen Monat bei einer Verwandten. Einer Tante.«

Er verzog das Gesicht. »Mein aufrichtiges Mitgefühl«, sagte er.

Léonie brauchte einen Augenblick, um zu begreifen, dass er sie neckte.

»Oh«, sagte sie lachend, »so eine Tante ist Isolde ganz und gar nicht. Keine Mottenkugeln und Eau de Cologne. Sie ist schön und jung und stammt ursprünglich auch aus Paris.«

Sie sah etwas in seinen Augen aufblitzen – Genugtuung, ja Entzücken. Sie errötete vor Freude darüber, dass er das Getändel mit ihr genauso genoss wie sie.

Alles völlig harmlos.

Constant legte eine Hand aufs Herz und deutete eine Verbeugung an. »Ich nehme alles zurück.«

»Ich vergebe Ihnen«, erwiderte sie kokett.

»Und Ihre Tante«, sagte er, »diese schöne und charmante Isolde, ursprünglich aus Paris, wohnt jetzt in Carcassonne?«

Léonie schüttelte den Kopf. »Nein. Wir sind nur für ein paar Tage in der Stadt. Meine Tante hat hier zu tun, es geht um den Nachlass ihres verstorbenen Mannes. Wir wollen heute Abend in ein Konzert.«

Er nickte. »Carcassonne ist eine bezaubernde Stadt und hat sich in den letzten zehn Jahren gut entwickelt. Viele ausgezeichnete Re-

staurants und Geschäfte, auch Hotels.« Er hielt inne. »Oder haben Sie vielleicht schon eine Wohnung gemietet?«
Léonie lachte. »Wie gesagt, wir sind nur ein paar Tage hier, Monsieur Constant. Das Hôtel Saint-Vincent genügt unseren Ansprüchen vollkommen!«
Die Kirchentür ging auf, und weitere Touristen, die dem Regen entkommen wollten, brachten einen Schwall kalte Luft mit herein. Léonie fröstelte, als die nassen Röcke gegen ihre kalten Beine wehten.
»Beängstigt Sie das Unwetter?«, fragte Constant rasch.
»Nein, überhaupt nicht«, sagte sie, war aber erfreut über seine Besorgnis. »Das Anwesen meiner Tante liegt oben in den Bergen. In den letzten zwei Wochen hatten wir weitaus schlimmere Gewitter als das hier.«
»Dann wohnen Sie also nicht in unmittelbarer Nähe von Carcassonne?«
»Südlich von Limoux, im Haute Vallée. Nicht weit von dem Kurort Rennes-les-Bains.« Sie lächelte ihn an. »Kennen Sie die Gegend?«
»Leider nein«, sagte er. »Obwohl sie mir, wie ich zugeben muss, unversehens sehr interessant erscheint. Wer weiß, vielleicht werde ich ihr in nicht allzu ferner Zukunft einen Besuch abstatten.«
Das charmante Kompliment ließ Léonie erröten. »Es ist ziemlich einsam da, aber die Landschaft ist atemberaubend.«
»Gibt es in Rennes-les-Bains ein reges gesellschaftliches Leben?«
Sie lachte. »Nein, aber die Beschaulichkeit ist uns nur recht. Mein Bruder ist in Paris beruflich sehr eingespannt. Wir sind hier, um etwas Ruhe zu finden.«
»Nun, ich hoffe, dass sich der Midi noch etwas länger Ihrer Gesellschaft erfreuen darf«, sagte er leise.
Léonie hatte Mühe, eine gelassene Miene zu bewahren.
Die spanische Familie, die ihren Streit noch immer nicht beigelegt hatte, stand unvermittelt auf. Léonie wandte sich um und sah, dass die Eingangstür jetzt offen stand.
»Der Regen scheint aufgehört zu haben, Mademoiselle Vernier«, sagte Constant. »Wie bedauerlich.«

Die letzten Worte wurden so leise gesprochen, dass Léonie ihm einen Seitenblick zuwarf, verwundert über diese unverhohlene Interessensbekundung. Aber da sein Gesicht völlig arglos war, fragte sie sich, ob sie ihn vielleicht missverstanden hatte. Sie schaute wieder nach hinten zur Tür und sah, dass die Sonne herausgekommen war und die nassen Stufen mit gleißendem Licht überflutete.

Der Herr mit dem Zylinder half seiner Begleiterin beim Aufstehen. Sie traten vorsichtig aus der Kirchenbank ins Mittelschiff und gingen hinaus. Nach und nach folgten alle Übrigen. Léonie sah erstaunt, wie viele Menschen sich inzwischen in der Kirche eingefunden hatten. Sie hatte es kaum wahrgenommen.

Monsieur Constant bot ihr seinen Arm an. »Gehen wir?«, sagte er.

Seine Stimme jagte ihr einen Schauder über den Rücken. Léonie zögerte nur eine Sekunde. Dann sah sie wie im Traum, dass sie ihre unbehandschuhte Hand ausstreckte und sie auf seinen grauen Ärmel legte.

»Sie sind überaus freundlich«, sagte sie.

Gemeinsam verließen Léonie Vernier und Victor Constant die Kirche und traten hinaus auf den Place Saint-Gimer.

Kapitel 60

∞

Trotz ihres derangierten Äußeren fühlte Léonie sich als der glücklichste Mensch auf dem Place Saint-Gimer. Wie oft hatte sie sich einen solchen Augenblick ausgemalt, und jetzt fand sie es ungemein erstaunlich, dass es ihr so normal vorkam, Arm in Arm mit einem Mann daherzuschlendern.

Und nicht im Traum.

Victor Constant benahm sich weiterhin zuvorkommend und aufmerksam, aber nie aufdringlich. Er bat sie um die Erlaubnis, zu rauchen, und als Léonie sie ihm gewährte, erwies er ihr die Ehre, auch ihr eine seiner türkischen Zigaretten anzubieten, dick und braun, ganz anders als die, die Anatole bevorzugte. Sie lehnte dankend ab, fühlte sich aber geschmeichelt, wie eine Erwachsene behandelt zu werden.

Die weitere Unterhaltung zwischen ihnen verlief in vorhersehbaren Bahnen – das Wetter, die Vorzüge von Carcassonne, die herrlichen Pyrenäen –, bis sie auf der anderen Seite der Pont Vieux ankamen.

»Hier müssen sich unsere Wege zu meinem Bedauern trennen«, sagte er.

Enttäuschung wallte in ihr auf, doch Léonie gelang es, eine vollkommen gefasste Miene zu bewahren.

»Sie waren äußerst freundlich, Monsieur Constant, und sehr liebenswürdig.« Sie zögerte, dann fügte sie hinzu: »Auch ich muss zurück ins Hotel. Mein Bruder fragt sich bestimmt schon, wo ich bleibe.«

Einen Moment lang standen sie verlegen da. Es war leicht gewesen, unter so unorthodoxen Bedingungen, wie sie das Unwetter herbeigeführt hatte, Bekanntschaft zu schließen. Etwas ganz anderes hingegen war es, in der entstandenen Verbindung einen Schritt weiterzugehen.

Léonie fühlte sich zwar keinen Konventionen verpflichtet, dennoch wartete sie ab, dass er das Wort ergriff. Es wäre furchtbar unschicklich von ihr, ein weiteres Treffen vorzuschlagen. Aber sie lächelte ihn an, um ihm damit hoffentlich zu zeigen, dass sie ihm keinen Korb geben würde, sollte er irgendeine Art von Einladung aussprechen.

»Mademoiselle Vernier«, sagte er. Léonie hörte ein leichtes Beben in seiner Stimme und mochte ihn dafür umso mehr.

»Ja, Monsieur Constant?«

»Ich hoffe, Sie finden meine Frage nicht zu aufdringlich, aber hatten Sie schon das Vergnügen, den Square Gambetta zu besuchen?«, sagte er und deutete nach rechts. »Höchstens zwei, drei Minuten von hier.«

»Ich war heute Mittag dort«, erwiderte sie.

»Falls Sie gern Musik hören, dort findet jeden Freitagmorgen um elf ein ausgezeichnetes Konzert statt.« Er richtete die ganze Eindringlichkeit seiner blauen Augen auf sie. »Ich werde morgen auf jeden Fall dort sein.«

Léonie verbarg ein Lächeln und bewunderte die Gewandtheit, mit der er sie eingeladen hatte, ohne die Grenzen des gesellschaftlichen Anstands zu übertreten.

»Meine Tante hat für unsere Zeit in Carcassonne den Besuch einiger musikalischer Veranstaltungen geplant«, sagte sie, wobei sie den Kopf zur Seite neigte.

»Wenn das so ist, habe ich vielleicht das Glück, dass sich unsere Wege morgen erneut kreuzen, Mademoiselle«, sagte er und zog den Hut. »Und das Vergnügen, Ihre Tante und Ihren Bruder kennenzulernen.« Er fixierte sie mit seinem Blick, und einen flüchtigen Augenblick lang hatte Léonie das Gefühl, sie wären miteinander verbunden, als würde sie unaufhaltsam zu ihm hingezogen,

eingeholt wie ein Fisch an der Angel. Sie holte tief Luft und hatte in diesem Moment keinen sehnlicheren Wunsch, als dass Monsieur Constant ihre Taille umfassen und sie küssen würde.
»*A la prochaine*«, sagte er.
Seine Worte brachen den Zauber. Léonie wurde rot, als könnte er ihre geheimsten Gedanken lesen.
»Ja, gern«, stammelte sie. »Bis zum nächsten Mal.«
Dann wandte sie sich um und ging mit schnellen Schritten die Rue du Pont Vieux hinauf, bevor sie sich noch mehr blamierte und ihre Hoffnungen überdeutlich zu erkennen gab.

Constant sah ihr nach, erkannte an ihrer Haltung, ihrem gezierten Gang, der Art, wie sie den Kopf hoch erhoben hielt, dass sie den Blick seiner Augen im Rücken spürte.
Wie die Mutter, so die Tochter.
Eigentlich war es fast zu einfach gewesen. Die schulmädchenhafte Verlegenheitsröte, die großen staunenden Augen, die Art, wie sie die Lippen öffnete und die rosa Zungenspitze zeigte. Er hätte sie hier und jetzt weglocken können, wenn er gewollt hätte. Aber das war seinen Absichten nicht dienlich. Wesentlich befriedigender war es, mit ihren Gefühlen zu spielen. Er würde sie zugrunde richten, keine Frage, aber indem er sie dazu brachte, sich in ihn zu verlieben. Dieses Wissen würde Vernier noch mehr quälen als die Vorstellung, dass sie mit Gewalt genommen wurde.
Und sie würde sich in ihn verlieben! Sie war beeinflussbar und jung, reif zum Pflücken.
Jämmerlich.
Er schnippte mit den Fingern. Der Mann im blauen Umhang, der ihnen in einiger Entfernung gefolgt war, trat augenblicklich neben ihn.
»Monsieur.«
Constant schrieb eine knappe Mitteilung und gab Anweisung, den Brief ins Hôtel Saint-Vincent zu bringen. Der Gedanke an Verniers Gesicht, wenn er die Worte las, war einfach unwiderstehlich. Er sollte leiden. Beide sollten sie leiden, Vernier und seine Hure.

Sie sollten die nächsten Tage damit verbringen, sich ängstlich umzuschauen, wartend, ruhelos, und sich unablässig fragen, wann er zuschlagen würde.
Er drückte dem Mann eine Geldbörse in die schmutzigen Hände. »Folge ihnen«, sagte er. »Bleib ihnen auf den Fersen. Benachrichtige mich auf dem üblichen Weg, wohin genau sie sich begeben. Ist das klar? Meinst du, du kannst den Brief überbringen, bevor das Mädchen wieder im Hotel ist?«
Der Mann schaute beleidigt. »Das ist meine Stadt«, knurrte er, drehte sich dann auf dem Absatz um und verschwand in einer schmalen Gasse, die entlang der Rückseite des Hôpital des Malades verlief.
Constant schob jeden Gedanken an das Mädchen beiseite und überlegte sich seinen nächsten Schritt. Im Verlauf der ermüdenden Plauderei in der Kirche hatte sie ihm nicht nur den Namen ihres Hotels verraten, sondern auch – und das war noch wichtiger –, wo Vernier und seine Hure sich verkrochen hatten.
Er kannte Rennes-les-Bains und die dortigen therapeutischen Einrichtungen. Der Ort und seine Umgebung waren für seine Pläne bestens geeignet. In Carcassonne konnte er nicht zur Tat schreiten. Die Stadt war zu überlaufen, und eine Konfrontation würde zu viel Aufsehen erregen. Aber ein abgelegenes Anwesen auf dem Lande? Er hatte einige Verbindungen zu dem Ort, insbesondere zu einem Mann, dem er einmal einen Gefallen getan hatte und der wenig Skrupel und einen grausamen Charakter besaß. Constant erwartete keine Schwierigkeiten dabei, ihn davon zu überzeugen, dass der Zeitpunkt gekommen war, seine Schuld zu begleichen.
Constant fuhr mit einem *fiacre* ins Herz der Bastide und bahnte sich seinen Weg durch den Wirrwarr von Straßen hinter dem Café des Négociants auf dem Boulevard Barbès. Dort waren die exklusivsten Privatklubs angesiedelt. Champagner, vielleicht ein Mädchen. So weit im Süden war überwiegend dunkles Fleisch zu finden, keine Frauen mit blasser Haut und blondem Haar, wie er sie bevorzugte. Aber heute war er bereit, eine Ausnahme zu machen. Er war in Feierlaune.

Kapitel 61

∞

Léonie hastete über den Square Gambetta, auf dem überall Regenpfützen im Schein der fahlen Sonnenstrahlen glänzten, dann vorbei an einem hässlichen Verwaltungsgebäude und ins Herz der Bastide.

Den Trubel der Welt um sie herum nahm sie kaum wahr. Die Gehwege waren überfüllt, auf den Straßen wirbelte schwarzes Wasser und Unrat umher, herabgeschwemmt vom oberen Teil der Stadt.

Die Folgen ihres Ausflugs wurden ihr erst jetzt voll bewusst. In ihrem Kopf überschlugen sich die Gedanken daran, wie Anatole sie schelten würde, während sie sich halb gehend, halb laufend ihren Weg durch die durchnässten Straßen suchte, die Nerven zum Zerreißen gespannt.

Obwohl ich nichts bereue.

Sie würde für ihren Ungehorsam bestraft werden, daran zweifelte sie nicht, aber es war keinesfalls so, dass sie wünschte, nicht in die Cité gegangen zu sein.

Sie blickte nach oben auf ein Straßenschild und sah, dass sie in der Rue Courtejaire war, nicht in der Carriere Mage, wie sie vermutet hatte. Sie hatte sich verirrt. Der *plan de ville* war völlig durchweicht und löste sich in ihren Händen auf. Die Druckerschwärze war verlaufen, und die Straßennamen waren jetzt kaum noch zu entziffern. Léonie wandte sich erst nach rechts, dann nach links, auf der Suche nach einer Orientierungshilfe, nach irgendetwas, das sie wiedererkannte, doch sämtliche Läden waren zum Schutz vor dem Unwetter verbarrikadiert, und die schmalen Straßen in der Bastide sahen alle gleich aus.

Sie entschied sich mehrmals für die falsche Richtung, so dass sie erst knapp eine Stunde später die Kirche Saint-Vincent fand und von dort über die Rue du Port zum Hotel gelangte. Als sie die Stufen zum Vordereingang hinaufstürmte, hörte sie die Glocken der Kathedrale sechs schlagen.

Sie stürmte noch im Laufschritt durch die Tür, hoffte, sich wenigstens heimlich auf ihr Zimmer schleichen zu können, um sich etwas Trockenes anzuziehen, bevor sie ihrem Bruder gegenübertreten würde. Aber Anatole war in der Empfangshalle und lief nervös auf und ab, eine Zigarette tief zwischen die Finger geklemmt. Sie blieb wie angewurzelt stehen. Als er sie sah, stürzte er auf sie zu, packte sie an den Schultern und schüttelte sie heftig.

»Wo zum Teufel hast du gesteckt?«, rief er. »Ich bin fast verrückt geworden vor Sorge.«

Léonie stand stocksteif da, sprachlos im Angesicht seines Zorns.

»Also?«, drängte er.

»Es – es tut mir furchtbar leid. Das Unwetter hat mich überrascht.«

»Erzähl mir keine Märchen, Léonie«, schrie er sie an. »Ich hatte dir ausdrücklich verboten, allein in die Stadt zu gehen. Du hast Marieta unter irgendeinem absurden Vorwand weggeschickt und bist verschwunden. Wo in Gottes Namen warst du? Zum Teufel mit dir, mach den Mund auf!«

Léonies Augen weiteten sich. Er hatte noch nie so über sie geflucht. Nicht ein einziges Mal. Niemals.

»Dir hätte alles Mögliche passieren können. Ein junges Mädchen allein in einer fremden Stadt. Nicht zu fassen!«

Léonie schaute zu dem *patron* hinüber, der mit unverhülltem Interesse zuhörte.

»Anatole, bitte«, wisperte sie. »Ich kann dir alles erklären. Komm, wir gehen irgendwohin, wo wir ungestört sind. Auf unsere Zimmer. Ich …«

»Hast du die Bastide trotz meines Verbots verlassen?« Er schüttelte sie erneut. »Sag schon! Ja oder nein?«

»Nein«, log sie, aus Angst, die Wahrheit zu sagen. »Ich habe mich auf dem Square Gambetta umgesehen und die wundervolle Architektur in der Bastide bestaunt. Ich gebe zu, ich habe Marieta losgeschickt, einen Schirm zu holen – und das hätte ich nicht tun sollen, ich weiß –, aber als der Regen losging, dachte ich, es wäre dir bestimmt auch lieber, wenn ich irgendwo Schutz suche, anstatt nass zu werden. Hat sie dir erzählt, dass wir zur Carriere Mage gegangen sind, um nach euch zu suchen?«

Anatoles Miene verfinsterte sich noch mehr.

»Darüber hat sie mich nicht unterrichtet, nein«, sagte er barsch.

»Und hast du uns gesehen?«

»Nein, ich …«

Anatole ging erneut zum Angriff über. »Wie auch immer, der Regen hat vor über einer Stunde aufgehört. Wir hatten vereinbart, uns um halb sechs hier zu treffen. Oder hast du das vergessen?«

»Nein, aber …«

»Es ist unmöglich, in dieser Stadt die Uhrzeit zu vergessen. Wohin man auch geht, irgendwo bimmelt immer eine Glocke. Lüg mich nicht an, Léonie. Behaupte nicht, du hättest nicht gewusst, wie spät es ist, denn das nehme ich dir nicht ab.«

»Das wollte ich auch gar nicht behaupten«, sagte sie mit schwacher Stimme.

»Wo hast du vor dem Regen Schutz gesucht?«, wollte er wissen.

»In einer Kirche«, erwiderte sie rasch.

»Welche Kirche? Wo?«

»Ich weiß nicht«, sagte sie. »Nicht weit vom Fluss.«

Anatole packte ihren Arm. »Sagst du mir die Wahrheit, Léonie? Hast du den Fluss überquert und bist in die Cité gegangen?«

»Die Kirche war nicht in der Cité«, rief sie wahrheitsgemäß, verzweifelt angesichts der Tränen, die ihr jetzt in den Augen standen. »Bitte, Anatole, du tust mir weh.«

»Und niemand hat dich angesprochen? Niemand wollte dir etwas Böses?«

»Aber das siehst du doch«, sagte sie und versuchte sich seinem Griff zu entwinden.

Er starrte sie an, und in seinen Augen loderte Zorn, wie sie es kaum je bei ihm erlebt hatte. Dann ließ er sie ohne Vorwarnung los, stieß sie beinahe von sich weg.

Léonies kalte Finger stahlen sich zu der Tasche, in die sie Monsieur Constants Visitenkarte gesteckt hatte.

Wenn er die jetzt findet …

Er trat einen Schritt von ihr weg. »Ich bin enttäuscht von dir«, sagte er. Seine Stimme war kalt und bar jeder Zuneigung und ließ Léonie bis ins Mark frösteln. »Ich erwarte stets etwas Besseres von dir, und dann zeigst du so ein Verhalten.«

Wut flammte in ihr auf, und sie war kurz davor, hinauszuschreien, dass sie doch nur ohne Begleitung einen Spaziergang gemacht hatte, was war denn schon dabei, aber sie biss sich auf die Zunge. Sie wollte ihn nicht noch mehr erzürnen.

Léonie ließ den Kopf hängen. »Verzeih mir«, sagte sie.

Er wandte sich ab. »Geh auf dein Zimmer und packe.«

Nein, nicht das.

Ihre Augen fuhren hoch. Sogleich erwachte ihr Kampfgeist erneut.

»Packen? Wieso soll ich packen?«

»Kein Widerspruch, Léonie, tu, was ich dir sage.«

Wenn sie heute Abend abreisten, würde sie Victor Constant nicht morgen auf dem Square Gambetta sehen können. Léonie hatte noch nicht endgültig beschlossen hinzugehen, aber sie wollte sich die Entscheidung nicht aus den Händen nehmen lassen.

Was soll er denken, wenn ich nicht zum Konzert komme?

Léonie eilte zu Anatole und ergriff seinen Arm. »Bitte, ich flehe dich an, ich habe gesagt, es tut mir leid. Bestraf mich von mir aus, aber nicht so. Ich möchte noch in Carcassonne bleiben.«

Er schüttelte sie ab. »Es sind weitere Unwetter mit starken Regenfällen angekündigt. Das hat nichts mit dir zu tun«, sagte er schroff. »Dank deines Ungehorsams war ich gezwungen, Isolde mit Marieta zum Bahnhof vorauszuschicken.«

»Aber das Konzert«, rief Léonie. »Ich will bleiben! Bitte! Du hast es versprochen.«

»Geh – und – packe!«, schrie er.

Noch immer wollte Léonie sich nicht mit der Situation abfinden.
»Was ist denn passiert, dass du so plötzlich abreisen willst?«, fragte sie, und ihre Stimme wurde so laut wie seine. »Hat es etwas mit Isoldes Termin bei den Anwälten zu tun?«
Anatole wich zurück, als hätte sie ihn geschlagen. »Nichts ist passiert.«
Auf einmal hörte er auf zu schreien, und seine Miene wurde weicher. »Es wird andere Konzerte geben«, sagte er, mit sanfterer Stimme. Er wollte einen Arm um sie legen, doch sie schob ihn weg.
»Ich hasse dich!«, schluchzte sie.
Tränen brannten Léonie in den Augen, und es war ihr völlig egal, wer sie sah, als sie die Treppe hinauf und über den Flur in ihr Zimmer lief, wo sie sich bäuchlings aufs Bett warf und in haltloses Schluchzen ausbrach.
Ich reise nicht ab. Ich reise nicht ab.
Aber sie wusste, dass sie machtlos war. Sie hatte nur wenig eigenes Geld. Was auch immer der wahre Grund für die plötzliche Abreise war – die Unwetterwarnungen hielt sie für vorgeschoben –, sie hatte keine Wahl. Anatole war entschlossen, sie für ihren Ungehorsam zu bestrafen, und hatte sich für die härteste Strafe überhaupt entschieden.
Sobald sich ihr Weinanfall gelegt hatte, ging Léonie zum Schrank, um sich trockene Kleider anzuziehen, stellte aber zu ihrem Erstaunen fest, dass er bis auf ihren Reiseumhang leer war. Sie stürzte durch die Verbindungstür ins Gemeinschaftszimmer der Suite und sah, dass Marieta auch dort fast alles mitgenommen hatte.
Todunglücklich, die schwere, feuchte Kleidung kratzig und unbehaglich am Körper, packte sie die wenigen persönlichen Sachen, die das Mädchen auf der Frisierkommode liegengelassen hatte, raffte ihren Umhang zusammen und stürmte auf den Flur, wo sie auf Anatole traf. »Marieta hat mir nichts zum Umziehen dagelassen«, klagte sie mit vor Wut blitzenden Augen. »Meine Sachen sind nass, und ich friere.«
»Gut«, sagte er, verschwand in seinem Zimmer gegenüber und knallte die Tür zu.

Léonie machte auf dem Absatz kehrt und stapfte zurück in ihr Zimmer.

Ich hasse ihn.

Er würde schon sehen, was er davon hatte. Sie war bemüht gewesen, sich anständig und schicklich zu verhalten, aber Anatole zwang sie ja förmlich zu drastischeren Maßnahmen. Sie würde Monsieur Constant eine Nachricht zukommen lassen und ihm erklären, warum sie nicht zu ihrer Verabredung erscheinen konnte. Zumindest würde er dann nicht schlecht von ihr denken. Vielleicht würde er sogar in einem Antwortschreiben seine Enttäuschung darüber zum Ausdruck bringen, dass ihre Bekanntschaft ein so vorzeitiges Ende gefunden hatte.

Léonies Gesicht glühte vor Trotz und Entschlossenheit, als sie zum Sekretär eilte und ein Blatt Briefpapier herausnahm. Rasch, ehe der Mut sie wieder verließ, kritzelte sie ein paar Zeilen des Bedauerns mit dem Hinweis, dass er sie brieflich über das Postamt in Rennes-les-Bains erreichen könne, falls er den Erhalt dieser Nachricht zu ihrer Beruhigung bestätigen wolle. Immerhin ließ sie sich nicht dazu hinreißen, die Adresse der Domaine de la Cade anzugeben.

Anatole würde toben.

Léonie war es egal. Geschah ihm ganz recht. Wenn er sie unbedingt wie ein Kind behandeln wollte, dann würde sie sich eben wie ein Kind benehmen. Wenn er nicht zulassen wollte, dass sie eigene Entscheidungen traf, dann würde sie in Zukunft auch keine Rücksicht mehr auf seine Wünsche nehmen.

Sie versiegelte den Umschlag und adressierte ihn. Nach kurzem Zaudern fischte sie ihren Parfümflakon aus der Handtasche und sprenkelte ein paar Tröpfchen auf den Brief, wie die Heldinnen ihrer Lieblingsromane es getan hätten. Dann hielt sie ihn an die Lippen, als könnte sie ein wenig von sich selbst auf das weiße Papier aufdrücken.

So. Das war's.

Jetzt musste sie nur noch eine Möglichkeit finden, den Brief, ohne dass Anatole es bemerkte, an den *patron* des Hotels zu übergeben,

mit der Bitte, ihn morgen Vormittag zur verabredeten Zeit Monsieur Constant auf dem Square Gambetta zu überbringen.
Dann konnte sie nur abwarten, was passieren würde.

Anatole saß in seinem Zimmer gegenüber, den Kopf in den Händen. In der Faust zerknüllt hielt er einen Brief, der ihm gut eine halbe Stunde vor Léonies Rückkehr per Boten ins Hotel gebracht worden war.
Ein Brief war zu viel gesagt. Bloß ein paar Worte, die ihm ein Messer in die Seele rammten.
»CE N'EST PAS LA FIN.« Es ist noch nicht zu Ende.
Ohne Unterschrift, ohne Absender, aber Anatole fürchtete, genau zu verstehen, was gemeint war. Es war eine Antwort auf das einzelne Wort, das er auf die letzte Seite seines in Paris zurückgelassenen Tagebuchs geschrieben hatte.
»FIN.«
Er hob verzweifelt den Kopf. Seine braunen Augen brannten hell, und seine Wangen waren hohl und weiß vor Schock.
Irgendwie hatte Constant es herausgefunden. Er wusste, dass die Beerdigung auf dem Cimetière de Montmartre eine Farce gewesen war, und er wusste, dass Isolde lebte, dass sie hier war, mit ihm, im Midi.
Anatole fuhr sich mit den Fingern durchs Haar. Wie? Wie hatte er erfahren, dass sie in Carcassonne waren? Außer ihm, Léonie, Isolde und den Dienstboten auf der Domaine wusste niemand, dass sie in der Stadt waren, geschweige denn in diesem Hotel.
Die Anwälte wussten es. Und der Priester.
Aber nicht, in welchem Hotel sie wohnten.
Anatole zwang sich zur Konzentration. Er konnte es sich nicht leisten, lange darüber nachzugrübeln, wie sie entdeckt worden waren, wie Constant sie aufgespürt hatte – diese düstere Analyse hatte zu warten –, jetzt ging es darum, zu entscheiden, was sie tun sollten.
Seine Schultern sanken herab, als er an Isoldes entsetzte Miene dachte. Er hätte ihr das alles am liebsten erspart, aber sie war nur

Augenblicke nach dem Eintreffen des Briefes hereingekommen, und er hatte die Wahrheit nicht vor ihr verbergen können.

Das Glück des Nachmittags war ihnen in den Händen zerronnen. Die Verheißung eines neuen gemeinsamen Lebens, ohne sich verstecken zu müssen und ohne Angst, entglitt ihnen unaufhaltsam.

Er hatte vorgehabt, Léonie die frohe Neuigkeit am Abend zu eröffnen. Er runzelte die Stirn. Nach ihrem empörenden Verhalten heute entschied er sich dagegen. Er hatte gut daran getan, ihr nichts von der Vermählung zu erzählen. Sie hatte bewiesen, dass auf ein ihr angemessenes Verhalten kein Verlass war.

Anatole trat ans Fenster, schob die Holzlamellen der Jalousie ein wenig auseinander und schaute hinaus. Die Straße war menschenleer. Nur ein Betrunkener lehnte eingehüllt in einen alten Soldatenumhang mit hochgezogenen Knien an der Wand gegenüber.

Er ließ die Lamellen wieder zuschnappen.

Er wusste nicht, ob Constant selbst derzeit in Carcassonne war. Oder, falls dem nicht so war, wie nah er ihnen bereits sein könnte. Sein Instinkt sagte ihm, dass sie am besten so schnell wie möglich nach Rennes-les-Bains zurückkehren sollten.

Er musste sich an die vage Hoffnung klammern, dass Constant, falls er von der Domaine de la Cade wusste, den Brief dorthin geschickt hätte.

Kapitel 62

∞

Léonie stand schweigend in der Lobby, die Hände vor dem Körper gefaltet, und wartete auf Anatole. Ihre Augen blickten trotzig, aber sie war schrecklich nervös, dass der *patron* sie verraten könnte.

Anatole kam die Treppe herunter, ohne das Wort an sie zu richten. Er ging zur Rezeption, sprach kurz mit dem *patron*, schritt dann an Léonie vorbei und hinaus auf die Straße, wo die Droschke wartete, um sie zum Bahnhof zu bringen.

Léonie seufzte erleichtert. »Vielen Dank, Monsieur«, sagte sie leise.

»*Je vous en prie*, Mademoiselle Vernier«, sagte er und zwinkerte ihr zu. Er klopfte sich auf die Brusttasche. »Ich lasse den Brief überbringen, wie Sie es wünschen.«

Léonie nickte zum Abschied, eilte dann hinter Anatole die Stufen hinunter.

»Mach schon«, befahl Anatole mit kalter Stimme, als spräche er mit einem säumigen Dienstmädchen. Sie errötete und stieg rasch ein.

Er beugte sich vor und steckte dem Kutscher eine Münze zu. »So schnell es geht.«

Während der ganzen Zeit richtete er kein weiteres Wort mehr an sie, würdigte sie nicht einmal eines Blickes.

In dem dichten Verkehr auf den regennassen Straßen kamen sie nur langsam voran und erwischten den Zug in der allerletzten Minute. Sie hasteten über den rutschigen Bahnsteig zu den Erste-

Klasse-Abteilen, wo der Schaffner ihnen die Tür aufhielt und sie hineinscheuchte.

Die Tür knallte zu. Isolde und Marieta saßen in einer Ecke.

»Tante Isolde«, rief Léonie und vergaß bei ihrem Anblick alle Übellaunigkeit. In Isoldes Wangen war kein Hauch Farbe, und ihre grauen Augen waren rot gerändert. Léonie war sicher, dass ihre Tante geweint hatte.

Marieta stand auf. »Ich hielt es für besser, bei Madama zu bleiben«, murmelte sie Anatole zu. »Statt in mein Abteil zu gehen.«

»Das war richtig«, sagte er, ohne die Augen von Isolde zu nehmen. »Ich kläre das mit dem Schaffner.« Er setzte sich neben Isolde auf die Bank und nahm ihre schlaffe Hand.

Auch Léonie kam näher. »Was ist denn nur geschehen?«

»Ich fürchte, ich habe mich erkältet«, lautete die Antwort. »Die Reise und auch das Wetter haben mich erschöpft.« Sie sah Léonie mit ihren grauen Augen an. »Es tut mir so leid, dass Sie meinetwegen das Konzert verpassen. Ich weiß, wie sehr Sie sich drauf gefreut haben.«

»Léonie hat Verständnis dafür, dass Ihre Gesundheit Vorrang hat«, sagte Anatole schneidend, bevor seine Schwester dazu kam, selbst zu antworten. »Und sie sieht auch ein, dass wir nicht Gefahr laufen sollten, so weit von zu Hause festzusitzen, trotz der leichtfertigen Stadtbesichtigung, die sie heute auf eigene Faust unternommen hat.«

Der ungerechte Vorwurf tat ihr weh, doch Léonie schaffte es, ihre Zunge im Zaum zu halten. Was auch immer der wahre Grund für ihre überstürzte Abreise war, Isolde ging es offensichtlich schlecht. Keine Frage, dass sie nach Hause gehörte, wo sie es behaglicher hatte.

Ja, wenn Anatole nur etwas gesagt hätte, dann wäre ich ohne Murren mitgekommen.

Sie ärgerte sich über seine Schuldzuweisung. Das würde sie ihm nicht verzeihen. Sie versuchte sich einzureden, dass Anatole den Streit vom Zaun gebrochen und sie sich im Grunde wirklich nichts vorzuwerfen hatte.

Also seufzte sie schmollend und schaute demonstrativ zum Fenster hinaus.
Doch als sie einmal zu Anatole hinüberschaute, um nachzusehen, ob der ihre Verstimmung überhaupt wahrnahm, verdrängte ihre wachsende Sorge um Isolde allmählich die Erinnerung an den Streit mit ihrem Bruder.
Die Lokomotive stieß einen Pfiff aus. Dampf strömte in die feuchte und stürmische Luft. Der Zug setzte sich zitternd in Bewegung.

Wenige Minuten später stiegen auf dem Bahnsteig gegenüber Inspektor Thouron und zwei Pariser Beamte in Uniform aus dem Zug aus Marseille. Sie hatten zwei Stunden Verspätung, weil durch den starken Regen hinter Béziers ein Erdrutsch die Gleise blockiert hatte.
Thouron wurde von Inspektor Bouchou von der Carcassonner Gendarmerie begrüßt. Die beiden Männer schüttelten einander die Hände. Dann zogen sie die flatternden Mäntel eng um den Körper und hielten ihre Hüte fest auf den Kopf gedrückt, während sie auf dem Weg hinaus über den zugigen Bahnsteig mit heftigem Gegenwind kämpften.
Die Fußgängerunterführung, die eine Seite des Bahnhofs mit der anderen verband, war überschwemmt, daher stand der Vorsteher an einem kleinen Tor mit Zugang zur Straße und hielt die Kette fest, weil er fürchtete, es würde sonst vom Sturm aus den Angeln gerissen.
»Nett, dass Sie mich abholen, Bouchou«, sagte Thouron, der nach der beschwerlichen Reise müde und schlecht gelaunt war.
Bouchou war ein korpulenter, rotgesichtiger Mann kurz vor der Pensionierung und sah mit seinem dunklen Teint und der untersetzten Statur genauso aus, wie Thouron sich den typischen Mann im Midi vorstellte. Doch dem ersten Eindruck nach schien er ein durchaus freundlicher Bursche zu sein, was Thouron hoffen ließ, dass seine Sorge unbegründet war, er und seine Männer könnten als Nordfranzosen – schlimmer noch, als Pariser – auf Misstrauen stoßen.

»Ich freue mich, Ihnen behilflich zu sein«, rief Bouchou gegen den Wind an. »Obwohl es mich ehrlich gesagt verwundert, warum jemand in Ihrer Position so eine Reise persönlich auf sich nimmt. Es geht doch nur darum, Vernier ausfindig zu machen und über den Mord an seiner Mutter in Kenntnis zu setzen, *è?*« Er musterte Thouron aufmerksam. »Oder geht es um mehr?«

Der Inspektor seufzte. »Sehen wir zu, dass wir aus dem Wind rauskommen, dann erzähle ich es Ihnen.«

Zehn Minuten später saßen sie in einem kleinen Café unweit des Cour de Justice Présidiale, wo sie ungestört reden konnten. Die meisten Gäste waren entweder Kollegen oder Mitarbeiter des Gefängnisses.

Bouchou bestellte zwei Gläser eines heimischen Likörs, La Micheline, und rückte dann seinen Stuhl zurecht, um zuzuhören. Für Thourons Geschmack war der Likör eine Spur zu süß, doch er trank ihn trotzdem dankbar, während er den Fall in groben Zügen schilderte.

Marguerite Vernier, Witwe eines Kommunarden und in jüngerer Zeit Geliebte eines bekannten und hochdekorierten Kriegshelden, war am Sonntag, den 20. September, abends ermordet in ihrer Wohnung aufgefunden worden. Seitdem war ein Monat vergangen, ohne dass es gelungen war, ihren Sohn und ihre Tochter als nächste Angehörige zu verständigen.

Allerdings waren, obwohl kein Grund vorlag, Vernier für tatverdächtig zu halten, inzwischen einige interessante Punkte, um nicht zu sagen Ungereimtheiten, ans Licht gekommen. So zum Beispiel die sich verdichtenden Hinweise darauf, dass er und seine Schwester versucht hatten, ihre Spuren zu verwischen. Weshalb Thourons Leute auch eine ganze Weile gebraucht hatten, um herauszufinden, dass Monsieur und Mademoiselle Vernier vom Gare Montparnasse Richtung Süden gefahren waren, und nicht vom Gare Saint-Lazare nach Westen oder Norden, wie zunächst angenommen.

»Ehrlich gesagt«, gestand Thouron, »wenn nicht einer meiner Männer so auf Zack gewesen wäre, hätten wir noch immer keine Spur von ihnen.«

»Weiter«, sagte Bouchou, die Augen wach und interessiert.
»Wie Sie verstehen werden«, erklärte Thouron, »konnte ich nach vier Wochen eine Rund-um-die-Uhr-Observierung der Wohnung nicht länger rechtfertigen.«
Bouchou zuckte die Achseln. »*Bien sûr.*«
»Doch im Zuge der Ermittlungen hatte sich einer meiner Leute – Gaston Leblanc, ein aufgeweckter Junge – mit einem Hausmädchen der Debussys angefreundet, der Familie in der Wohnung unter den Verniers in der Rue de Berlin. Und die hat Leblanc erzählt, sie hätte gesehen, wie der Concierge des Hauses von einem Mann Geld genommen und ihm daraufhin eine Art Briefkuvert überreicht hat.«
Bouchou stützte die Ellbogen auf den Tisch. »Hat der Concierge das zugegeben?«
Thouron nickte. »Zunächst hat er es geleugnet. Typisch bei solchen Leuten. Aber unter Androhung von Arrest ist er schließlich mit der Sprache herausgerückt: Er ist dafür bezahlt worden – und zwar ordentlich –, sämtliche an die Vernier-Wohnung adressierte Korrespondenz herauszugeben.«
»Wer hat ihn bezahlt?«
Thouron zuckte die Achseln. »Er behauptet, es nicht zu wissen. Die Sache wurde immer über einen Diener abgewickelt.«
»Und Sie glauben ihm?«
»Ja«, sagte er und trank sein Glas aus. »Alles in allem, ja. Um es kurz zu machen, der Concierge meinte, er könne es zwar nicht mit Sicherheit sagen, aber die Handschrift habe Ähnlichkeit mit der von Anatole Vernier gehabt. Und der Poststempel war aus dem Departement Aude.«
»*Et voilà*, deshalb sind Sie hier.«
Thouron verzog das Gesicht. »Es ist nicht viel, ich weiß, aber es ist unsere einzige Spur.«
Bouchou hob die Hand und bestellte noch eine Runde. »Und wegen Madame Verniers Liaison ist diese Angelegenheit besonders heikel.«
Thouron nickte. »General Du Pont ist ein einflussreicher Mann,

der einen Ruf zu verlieren hat. Er steht nicht unter Verdacht, aber …«

»Wirklich nicht?«, fiel ihm Bouchou ins Wort. »Oder will Ihr Präfekt vielleicht nicht in einen Skandal verwickelt werden?«

Zum ersten Mal erlaubte Thouron sich den Anflug eines Lächelns. Es verwandelte sein Gesicht, so dass er jünger als seine vierzig Jahre aussah.

»Ich will nicht in Abrede stellen, dass meine Vorgesetzten, sagen wir … beunruhigt gewesen wären, wenn es gravierende Verdachtsmomente gegen Du Pont gegeben hätte«, erwiderte er behutsam. »Aber zum Glück für alle Beteiligten überwiegen bei dem General die entlastenden Faktoren. Er ist natürlich darauf bedacht, dass nichts an ihm hängenbleibt. Verständlicherweise fürchtet er, dass es Gerüchte geben wird, solange der Mörder nicht überführt ist, einen Fleck auf seiner weißen Weste.«

Bouchou lauschte aufmerksam, während Thouron aufzählte, warum er Du Pont für unschuldig hielt – der anonyme Hinweis; die Tatsache, dass der Tod nach Einschätzung der Gerichtsmedizin schon einige Stunden vor Auffinden der Leiche eingetreten war, zu einem Zeitpunkt, als Du Pont ein Konzert besuchte und dafür viele Zeugen hatte; die Frage, wer den Concierge bestochen hatte.

»Ein Nebenbuhler?«, spekulierte er.

»Das habe ich mich auch gefragt«, gab Thouron zu. »Am Tatort standen zwei Champagnergläser, aber es wurden auch Scherben von einem Cognacglas gefunden, das im Kamin zerschmettert worden war. Und obwohl es einige Anzeichen dafür gab, dass Verniers Zimmer durchsucht worden war, sind sich die Bediensteten ganz sicher, dass außer einem gerahmten Familienfoto auf der Anrichte nichts entwendet wurde.«

Thouron nahm ein ähnliches Foto aus seiner Tasche, aufgenommen bei derselben Sitzung in dem Pariser Atelier. Bouchou sah es sich kommentarlos an.

»Natürlich ist mir klar«, fuhr Thouron fort, »dass die Verniers, falls sie tatsächlich hier waren, längst wieder woanders sein könnten. Die Region ist groß, und sollten sie sich hier in Carcassonne aufhalten oder in einem Privathaus auf dem Lande, dann könnte es sehr schwierig werden, an Informationen über ihren Verbleib zu gelangen.«

»Haben Sie noch mehr Abzüge von dem Foto?«

Thouron nickte.

»Als Erstes lasse ich in allen Carcassonner Hotels und Pensionen nachfragen, dann vielleicht in den wichtigsten Touristenorten Richtung Süden. In der Stadt würden die Verniers weniger auffallen als auf dem Lande.« Er betrachtete das Foto. »Das Mädchen ist eine auffällige Erscheinung, nicht wahr?« Er schob die Aufnahme in seine Westentasche. »Überlassen Sie mir die Sache, Thouron. Ich will sehen, was ich tun kann.«

Der Inspektor stieß einen tiefen Seufzer aus. »Ich bin Ihnen sehr dankbar, Bouchou. Der Fall zieht sich hin.«

»*Je vous en prie*, Thouron. So, jetzt was zu essen, ja?«

Sie verdrückten jeder ein großes Kotelett und anschließend noch gedünstete Blutwurst, dazu einen *pichet* kräftigen Rotwein aus dem Minervois. Wind und Regen peitschten noch immer gegen das Haus. Andere Gäste kamen und gingen, traten die Nässe von den Schuhen ab und schüttelten die Hüte aus. Die Mairie, so sprach sich herum, hatte angeblich die Warnung herausgegeben, dass die Aude kurz davor war, über die Ufer zu treten.

Bouchou schnaubte. »Das sagen die jedes Jahr im Herbst, aber passiert ist es noch nie!«

Thouron hob die Augenbrauen. »Noch nie?«

»Jedenfalls nicht in den letzten Jahren«, räumte Bouchou mit einem Grinsen ein. »Ich glaube, heute Abend werden die Deiche noch halten.«

Das Gewitter erreichte das Haute Vallée um kurz nach acht Uhr abends, als der Zug mit Léonie, Anatole und Isolde kurz vor Limoux war.

Ein Donnerschlag, dann schlitzte ein gezackter Blitz den dunkellila Himmel auf. Isolde stieß einen Schrei aus. Sogleich war Anatole an ihrer Seite.

»*Je suis là*«, beruhigte er sie.

Ein weiterer krachender Donner zerriss die Luft, ließ Léonie auf ihrem Platz zusammenzucken, und gleich darauf folgte ein zweiter Blitz, während das Gewitter über die Ebene näher und näher kam. Die Seekiefern, die Platanen, die Buchen schwankten und krümmten sich im böigen Crescendo des Windes. Sogar die Rebstöcke, ordentlich in Reih und Glied, wurden vom Sturm heftig gerüttelt.

Léonie wischte die beschlagene Scheibe sauber und beobachtete halb entsetzt, halb fasziniert das Tosen der Elemente über ihnen. Der Zug quälte sich mühselig weiter. Mehrmals mussten sie auf freier Strecke anhalten und warten, bis herabgefallene Äste und sogar kleine Bäume, die der prasselnde Regen von den steilen Hängen der Schluchten gespült hatte, von den Gleisen geräumt worden waren.

An jedem Bahnhof stiegen mehr und mehr Leute zu, doppelt so viele, wie ausstiegen. Zum Schutz gegen den Regen, der durch die undichten Waggonfenster drang, wurden Hüte tief in die Stirn gezogen und Kragen hochgeklappt. Die Haltezeiten verlängerten sich von Bahnhof zu Bahnhof, die Waggons füllten sich bis zum Bersten mit Menschen, die vor dem Unwetter flüchteten.

Eine Ewigkeit später erreichten sie Couiza. In den Tälern war das Wetter nicht ganz so schlimm, trotzdem war keine Droschke zu finden, und den letzten *courrier publique* hatten sie verpasst. Anatole sah keine andere Möglichkeit, als einen Ladenbesitzer herauszuklopfen, den er bat, seinen Jungen mit einem Maultier das Tal hinauf zu Pascal zu schicken, damit er sie mit dem Gig abholen kam.

Die Wartezeit überbrückten sie in einem armseligen Restaurant gleich neben dem Bahnhof. Die Küche hatte bereits geschlossen, doch als die Frau des Besitzers Isoldes gespenstisch bleiches Gesicht und Anatoles unverhüllte Sorge sah, erbarmte sie sich dieser mitgenommenen Gäste und servierte ihnen Ochsenschwanzsuppe und trockenes Schwarzbrot, dazu eine Flasche kräftigen Wein aus der Gegend um Tarascon.

Zwei Männer, die ebenfalls Schutz vor dem Unwetter suchten, gesellten sich zu ihnen und erzählten, sie hätten gehört, dass die Aude in Carcassonne kurz davor war, die Dämme zu durchbrechen. Die Viertel Trivalle und Barbacane standen schon teilweise unter Wasser.

Léonie wurde blass, als sie sich vorstellte, wie das schwarze Wasser gegen die Stufen der Église Saint-Gimer schwappte. Wie leicht hätte sie in der Falle sitzen können. Wenn die Berichte glaubhaft waren, standen die Straßen, durch die sie geschlendert war, inzwischen unter Wasser. Dann schoss ihr ein weiterer Gedanke durch den Kopf. War Victor Constant in Sicherheit?

Die Vorstellung, er könnte in Gefahr sein, zerrte auf dem ganzen Rückweg zur Domaine de la Cade derart an ihren Nerven, dass sie weder die Unbilden der Fahrt spürte noch mitbekam, wie schwer sich die müden Pferde auf den rutschigen und gefährlichen Straßen nach Hause plagen mussten.

Als sie schließlich in die lange, kiesbestreute Auffahrt einbogen und die Räder schwerfällig über nasse Steine und Schlamm rollten, war Isolde kaum noch ansprechbar. Ihre Lider flatterten, während sie darum rang, bei Bewusstsein zu bleiben. Ihre Haut fühlte sich kalt an.

Anatole stürzte ins Haus und erteilte lautstark Anweisungen. Marieta sollte ein Pulver mischen, das ihrer Herrin beim Einschlafen helfen sollte, ein anderes Mädchen sollte für Isolde den *moine* holen, den Bettwärmer, der die Kälte aus den Laken vertreiben würde, eine Dritte das Feuer schüren, das bereits im Kamin brannte. Dann sah Anatole, dass Isolde sich vor Schwäche kaum noch auf den Beinen halten konnte, und so hob er sie auf die Arme und trug sie die Treppe hinauf. Strähnen ihres blonden Haars, das ihr jetzt lose über den Rücken fiel, hingen wie blasse Seide auf seinen schwarzen Jackenärmeln.

Verblüfft sah Léonie ihnen nach. Als sie ihre Gedanken wieder gesammelt hatte, waren alle verschwunden, und sie konnte allein sehen, wie sie zurechtkam.

Durchgefroren und mürrisch folgte sie ihnen nach oben. Sie kleidete sich aus und stieg ins Bett. Die Laken fühlten sich klamm an. Der Kamin war kalt. Ihr Zimmer wirkte abweisend und freudlos. Sie versuchte zu schlafen, nahm aber die ganze Zeit Anatoles rastlose Schritte auf dem Flur wahr. Später hörte sie das Klacken seiner Schuhe auf den Fliesen unten in der Halle, wo er auf und ab ging, wie ein Soldat auf Nachtwache, und das Geräusch der sich öffnenden Haustür.

Dann Stille.

Endlich fiel Léonie in einen ruhelosen Halbschlaf und träumte von Victor Constant.

Achter Teil
Hôtel de la Cade

Oktober 2007

Kapitel 63

Dienstag, 30. Oktober 2007

Meredith sah Hal, ehe er sie bemerkte. Bei seinem Anblick tat ihr Herz einen Sprung. Er saß lässig in einem von drei niedrigen Sesseln, die um einen kleinen Tisch gruppiert waren. Er trug so ziemlich dieselben Sachen wie zuvor, Jeans und ein weißes T-Shirt, hatte aber seinen blauen Pullover gegen einen hellbraunen eingetauscht. Während sie ihn beobachtete, hob er eine Hand und strich sich das widerspenstige Haar aus der Stirn.

Die Geste war Meredith schon so vertraut, dass sie lächeln musste. Sie ließ die Tür hinter sich zuschwingen und ging auf ihn zu.

Als sie näher kam, stand er auf.

»Hi«, sagte sie und legte ihm die Hand auf die Schulter. »Harter Nachmittag?«

»Ich hatte schon bessere«, sagte er und begrüßte sie mit einem Kuss auf die Wange, bevor er sich umdrehte und dem Kellner winkte. »Was möchten Sie trinken?«

»Der Wein, den Sie gestern Abend empfohlen haben, war gut.«

Hal bestellte. »*Une bouteille du Domaine Begude, s'il vous plaît, Georges. Et trois verres.*«

»Drei Gläser?«, fragte Meredith.

Hals Gesicht verdunkelte sich. »Ich bin meinem Onkel über den Weg gelaufen. Er denkt anscheinend, Sie hätten nichts dagegen. Er hat gesagt, dass er auch schon mit Ihnen geplaudert hätte. Und als ich ihm sagte, wir wollten zusammen was trinken, hat er sich selbst eingeladen.«

»Unsinn.« Sie wollte den Eindruck, den Hal gewonnen haben

musste, möglichst rasch korrigieren. »Er hat mich gefragt, ob ich wüsste, wo Sie hinwollten, nachdem Sie mich hier abgesetzt haben. Und ich habe das verneint. Das war alles.«

»Verstehe.«

»Unter Plaudern verstehe ich etwas anderes«, schob sie zur Bekräftigung nach. Sie beugte sich vor, die Hände auf den Knien. »Wie ist es denn heute Nachmittag gelaufen?«

Hal warf einen Blick zur Tür, sah dann wieder Meredith an.

»Was halten Sie davon, wenn ich für uns einen Tisch zum Abendessen reserviere? Ich hab keine Lust, anzufangen und dann gleich wieder abbrechen zu müssen, weil mein Onkel dazukommt. Und so haben wir nachher auch einen guten Vorwand, uns von ihm zu verabschieden. Was meinen Sie?«

Meredith schmunzelte. »Hört sich gut an«, sagte sie. »Ich habe das Mittagessen ausgelassen und bin völlig ausgehungert.«

Mit freudiger Miene stand Hal auf. »Bin gleich wieder da.«

Meredith schaute ihm nach, als er zur Tür ging, und es gefiel ihr, wie er mit seinen breiten Schultern den Raum auszufüllen schien. Sie sah, wie er stehenblieb und sich dann umdrehte, als hätte er ihre Augen im Rücken gespürt. Ihre Blicke trafen sich und hielten sich für einen Moment fest. Dann lächelte Hal sie ganz langsam an, drehte sich wieder um und verschwand nach draußen.

Jetzt war es Meredith, die sich ihre schwarzen Ponyfransen aus dem Gesicht strich. Sie spürte, wie die Mulde an ihrem Hals heiß anlief und ihr die Handflächen feucht wurden, und schüttelte über ihre alberne Schulmädchenreaktion den Kopf.

Georges brachte den Wein in einem Eiskübel mit Ständer und schenkte ihr etwas in ein großes Tulpenglas ein. Meredith trank rasch mehrere Schlucke hintereinander, als wäre es Mineralwasser, und fächerte sich mit der Cocktailkarte, die auf dem Tisch lag, Kühlung zu.

Sie ließ den Blick durch die Bar schweifen. Beim Anblick der bis zur Decke reichenden Regale fragte sie sich, ob manche Bücher darin zur ursprünglichen Bibliothek gehört und den Brand überstanden hatten, und falls ja, ob Hal vielleicht wusste, welche das

waren. Ihr kam der Gedanke, dass es womöglich eine Verknüpfung zwischen der Familie Lascombe und den Verniers gab, zumal durch die Familie Bousquet ja eine Verbindung zum Druckereigewerbe bestand. Andererseits konnten auch sämtliche Bücher von dem *vide grenier* stammen, den Hal erwähnt hatte.
Sie schaute durchs Fenster nach draußen in die Dunkelheit. An den äußeren Rändern des Rasens konnte sie die Umrisse der Bäume erkennen, schwankend, wogend, wie eine Armee von Schatten. Auf einmal hatte sie das Gefühl, beobachtet zu werden, als wäre jemand am Fenster vorbeigegangen und hätte hereingeschaut. Meredith sah genauer hin, konnte aber nichts erkennen.
Dann merkte sie, dass sich tatsächlich jemand von hinten näherte. Sie hörte Schritte. Ein freudiges Prickeln lief ihr über den Rücken. Sie lächelte und drehte sich mit strahlenden Augen um.
Doch statt in Hals Gesicht blickte sie in das seines Onkels, Julian Lawrence. Leichter Whiskygeruch lag in seinem Atem. Verlegen korrigierte sie ihren Gesichtsausdruck und wollte aufstehen.
»Ms. Martin«, sagte er und legte ihr leicht eine Hand auf die Schulter. »Bitte bleiben Sie doch sitzen.«
Julian ließ sich in den Ledersessel rechts von Meredith fallen, beugte sich vor, goss sich etwas Wein ein und lehnte sich wieder zurück, ehe sie ihm sagen konnte, dass das Hals Platz war.
»*Santé*«, sagte er und hob sein Glas. »Hat mein Neffe sich schon wieder in Luft aufgelöst?«
»Er reserviert für uns einen Tisch zum Abendessen«, erwiderte sie. Höflich, zur Sache, aber nicht mehr.
Julian lächelte wortlos. Er trug einen hellen Leinenanzug und ein blaues Hemd, das am Hals offen stand. Wie schon bei ihren wenigen Begegnungen zuvor wirkte er dominierend und zugleich entspannt, obwohl sein Gesicht leicht gerötet war. Unwillkürlich glitten Merediths Augen auf seine linke Hand, die auf der Armlehne des Sessels ruhte und sein Alter verriet. Ende fünfzig, nicht Mitte vierzig, wie sie ihn eingeschätzt hätte, aber seine Haut war sonnengebräunt, und die Finger auf dem roten Leder wirkten kräftig. Er trug keinen Ring.

Meredith, die das Schweigen als drückend empfand, blickte in sein Gesicht. Er betrachtete sie ruhig und unverwandt.

Die gleichen Augen wie Hal.

Sie verdrängte den Vergleich.

Julian stellte sein Glas wieder auf den Tisch. »Was wissen Sie über Tarot, Ms. Martin?«

Die Frage überrumpelte sie völlig. Sprachlos starrte sie ihn an, während sie sich fragte, wie in Gottes Namen er ausgerechnet auf dieses Thema verfallen war. Ihre Gedanken überschlugen sich: das Foto, das sie von der Wand in der Lobby stibitzt hatte, die Tarotkarten in ihrer Reisetasche, die als Lesezeichen markierten Webseiten auf ihrem Laptop, das Klavierstück, alles kam ihr gleichzeitig in den Sinn. Er konnte nicht Bescheid wissen, unmöglich, aber trotzdem spürte sie, wie sie vor Verlegenheit rot wurde, als wäre sie bei etwas Peinlichem ertappt worden. Schlimmer noch, sie sah ihm förmlich an, dass er ihr Unbehagen auskostete.

»Jane Seymour in dem Bond-Film ›Leben und sterben lassen‹«, sagte sie in dem Versuch, witzig zu sein. »Damit hat es sich auch schon.«

»Ah, die wunderschöne Solitaire«, sagte er und hob die Augenbrauen.

Meredith sah ihm in die Augen und antwortete nicht.

»Ich persönlich«, fuhr er fort, »finde die Geschichte des Tarots interessant, obwohl ich wahrhaftig nicht glaube, dass sich das Leben mit Hilfe von Kartenlesen und dergleichen planen lässt.«

Meredith fiel auf, dass er eine ganz ähnliche Stimme hatte wie Hal. Sie hatten die gleiche Angewohnheit, ihre Worte so zu betonen, als wäre jedes einzelne etwas ganz Besonderes. Doch der entscheidende Unterschied war, dass Hal das Herz auf der Zunge trug, jede Emotion offen zeigte. Julian dagegen klang immer leicht spöttisch. Sarkastisch. Sie schaute zur Tür, doch die wollte sich einfach nicht öffnen.

»Wissen Sie etwas über die Auslegung von Tarotkarten, Ms. Martin?«

»Nicht viel«, sagte sie knapp und wünschte, er würde das Thema wechseln.

»Tatsächlich? Mein Neffe hat in mir den Eindruck geweckt, Sie würden sich dafür interessieren. Er hat gesagt, sie beide wären auf Tarotkarten zu sprechen gekommen, als sie heute Morgen durch Rennes-le-Château spaziert sind.« Er zuckte die Achseln. »Da muss ich wohl was missverstanden haben.«

Meredith zermarterte sich das Hirn. Natürlich war Tarot zur Zeit für sie ein Thema, aber sie konnte sich nicht erinnern, mit Hal darüber gesprochen zu haben. Julian schaute sie noch immer erwartungsvoll an, mit einer forschenden Eindringlichkeit, die leicht provozierend wirkte.

Schließlich erwiderte Meredith etwas, nur um das peinliche Schweigen zu beenden. »Ich glaube, dahinter steckt die Vorstellung, dass die Karten zwar allem Anschein nach wahllos gelegt werden, aber durch das Mischen der Karten unsichtbare Verbindungen sichtbar gemacht werden können.«

Er hob anerkennend die Augenbrauen. »Gut formuliert.« Er starrte sie weiter an. »Haben Sie sich schon mal die Karten legen lassen, Ms. Martin?«

Ein ersticktes Lachen entfuhr ihr. »Wieso fragen Sie?«

Er zuckte die Achseln. »Aus reinem Interesse.«

Meredith funkelte ihn an, wütend auf ihn, weil er sie in Verlegenheit brachte, wütend auf sich selbst, weil sie es zuließ.

In diesem Moment legte sich eine Hand auf ihre Schulter. Sie zuckte zusammen und sah sich erschrocken um, doch diesmal sah Hal lächelnd auf sie herab.

»Tut mir leid«, sagte er. »Ich wollte Sie nicht erschrecken.«

Hal nickte seinem Onkel zu und setzte sich in den leeren Sessel Meredith gegenüber. Er nahm die Flasche aus dem Eiskübel und schenkte sich Wein ein.

»Wir sprachen eben über Tarotkarten«, sagte Julian.

»Ach ja?«, sagte Hal und blickte von einem zum anderen. »Und worüber genau?«

Meredith sah ihm in die Augen und erkannte resigniert, was sie ausdrückten.

Sie hatte keine Lust, in ein Gespräch über Tarot verwickelt zu werden, aber Hal kam das Thema anscheinend sehr gelegen, weil sein Onkel dann vielleicht nicht nachfragen würde, was die Polizei in Couiza von ihm gewollt hatte.

»Ich habe Ms. Martin eben gefragt, ob sie schon einmal bei einer Tarot-Sitzung war«, sagte Julian. »Sie war im Begriff zu antworten.«

Sie sah ihn an, dann Hal, und musste einsehen, dass sie um eine Antwort nicht herumkommen würde, falls ihr in den nächsten zwei Sekunden kein geschickter Themenwechsel gelang.

»Also, ja, ich war mal auf einer Sitzung«, sagte sie schließlich mit einem möglichst lustlosen Unterton in der Stimme. »Vor kurzem, in Paris, vor zwei Tagen.«

»Und, war die Erfahrung angenehm, Ms. Martin?«

»Sie war interessant, keine Frage. Und Sie, Mr. Lawrence? Haben Sie sich schon mal die Karten legen lassen?«

»Julian, bitte«, sagte er. Meredith sah in seinem Gesicht einen belustigten Ausdruck aufflackern, Belustigung gepaart mit irgendetwas anderem. Frisch gewecktes Interesse?

»Aber nein«, sagte er. »So etwas ist nichts für mich, obschon ich, wie ich zugeben muss, die Symbolik, die mit Tarotkarten verbunden ist, zum Teil durchaus interessant finde.«

Meredith spürte, wie sich ihre Nerven anspannten, da sie ihren Verdacht bestätigt sah. Der Mann machte nicht bloß Konversation. Er wollte auf etwas Bestimmtes hinaus. Sie trank wieder einen Schluck Wein und setzte eine ausdruckslose Miene auf. »Was Sie nicht sagen.«

»Die Symbolik der Zahlen beispielsweise«, fuhr er fort.

»Wie gesagt, ich kenne mich damit kaum aus.«

Julian griff in seine Tasche. Meredith verkrampfte sich. Es wäre einfach haarsträubend, wenn er jetzt einen Satz Tarotkarten hervorholte, gemein. Er schaute ihr einen Moment lang in die Augen, als wüsste er genau, was ihr durch den Kopf ging, dann holte er eine Packung Gauloises und ein Feuerzeug aus der Tasche.

»Zigarette, Ms. Martin?«, fragte er und hielt ihr die Packung hin. »Obwohl wir dafür leider nach draußen gehen müssten.«

Sie war wütend, dass sie sich derart blamierte – schlimmer noch, es so zu zeigen –, und schüttelte den Kopf. »Ich rauche nicht.«
»Sehr vernünftig.« Julian legte die Packung mit dem Feuerzeug obendrauf auf den Tisch zwischen ihnen und sprach weiter. »Die Zahlensymbolik in der Kirche in Rennes-le-Château zum Beispiel ist ungemein faszinierend.«
Meredith warf Hal einen Blick zu, als Aufforderung, etwas zu sagen, aber der saß einfach da und starrte bloß stur vor sich hin.
»Ist mir nicht aufgefallen.«
»Ach nein?«, sagte er. »Vor allem die Zahl Zweiundzwanzig taucht erstaunlich oft auf.«
Trotz der Antipathie, die sie für Hals Onkel empfand, horchte Meredith auf. Sie wollte hören, was Julian zu sagen hatte. Sie wollte nur nicht den Eindruck erwecken, dass es sie interessierte.
»In welcher Form?« Die Worte kamen ein wenig schroff heraus. Julian schmunzelte.
»Das Taufbecken im Eingangsbereich, die Statue des Teufels Asmodeus. Die müssen Sie doch gesehen haben?«
Meredith nickte.
»Asmodeus war angeblich einer der Wächter des salomonischen Tempels. Der Tempel wurde 598 vor Christus zerstört. Wenn man die drei Ziffern miteinander addiert – fünf plus neun plus acht – ergibt sich zweiundzwanzig. Ich nehme an, Sie wissen, dass die großen Arkana zweiundzwanzig Karten umfassen?«
»Ja.«
Julian zuckte die Achseln. »Nun denn.«
»Ich vermute, die Zahl kommt noch woanders vor?«
»Der zweiundzwanzigste Juli ist der Feiertag der heiligen Maria Magdalena, der die Kirche geweiht ist. Eine Statue von ihr befindet sich zwischen den Darstellungen der Stationen dreizehn und vierzehn des Kreuzweges. Außerdem ist sie in zwei der drei Buntglasfenster hinter dem Altar dargestellt. Eine weitere Verbindung besteht zu Jacques de Molay, dem letzten Führer der Templer – angeblich sollen die Tempelritter sich auch auf dem Bézu befunden haben, auf der anderen Seite des Tales. Er war der zweiundzwan-

zigste Großmeister der Armen Ritter Christi vom Tempel Salomos, wie der vollständige Name lautete. Auch die französische Transkription des Rufes Christi am Kreuz – ›*Elie, Elie, lamah sabactani*‹ – Mein Gott, mein Gott, warum hast du mich verlassen – hat zweiundzwanzig Buchstaben. Damit beginnt auch der zweiundzwanzigste Psalm.«

Das alles war ja ganz interessant, wenn auch ein wenig abstrakt, aber Meredith konnte sich nicht erklären, warum er ihr das erzählte. Nur um ihre Reaktion zu testen? Um herauszufinden, wie viel sie über Tarot wusste?

»Ein letztes Beispiel: Der Priester von Rennes-le-Château, Bérenger Saunière, starb am zweiundzwanzigsten Januar 1917. Mit seinem Tod ist eine merkwürdige Geschichte verbunden. Angeblich wurde sein Leichnam auf einen Thron gesetzt, auf dem Belvedere seines Anwesens, und die Leute aus dem Dorf sind daran vorbeidefiliert und haben jeder eine Troddel vom Saum seines Gewandes gezupft. Ja, fast wie auf der Darstellung des Königs der Münzen im Waite-Tarot.« Er zuckte die Achseln. »Oder wenn man zwei und zwei addiert, plus die einzelnen Zahlen seines Todesjahres, dann kommt man auf …«

Meredith war mit ihrer Geduld am Ende. »Rechnen kann ich auch«, murmelte sie und wandte sich dann an Hal. »Für wann haben Sie unseren Tisch reserviert?«, fragte sie vielsagend.

»Viertel nach sieben. In zehn Minuten.«

Julian überging die Unterbrechung einfach. »Aber wenn ich den Advocatus Diaboli spielen wollte, würde ich sagen, dass man genauso gut jede beliebige andere Zahl nehmen könnte und stets jede Menge Indizien finden würde, die eine ganz besondere Bedeutung vermuten lassen.«

Er nahm die Weinflasche und beugte sich vor, um Meredith nachzuschenken. Sie hielt die Hand über ihr Glas. Auch Hal schüttelte den Kopf. Julian zuckte die Achseln und goss den restlichen Wein in sein eigenes Glas.

»Muss ja schließlich keiner von uns mehr fahren«, sagte er beiläufig.

Meredith sah, dass Hal die Fäuste ballte.
»Ich weiß nicht, ob mein Neffe es erwähnt hat, Ms. Martin, aber es gibt eine Theorie, die besagt, dass die Kirche in Rennes-le-Château Gestaltungselemente eines Gebäudes aufweist, das einmal hier auf unserem Grundstück stand.«
Meredith zwang sich, ihre Aufmerksamkeit wieder auf Julian zu richten. »Ach ja?«
»In der Kirche befinden sich auffällig viele Darstellungen von Motiven aus dem Tarot«, fuhr er fort. »Der Kaiser, der Eremit, der Hierophant – der, wie Sie vielleicht wissen, in der Bildsprache des Tarot die bestehende Kirche symbolisiert.«
»Ich weiß wirklich nicht …«
Er redete einfach weiter. »Manche sagen, auch der Magier ist angedeutet, möglicherweise in der Gestalt Christi, und natürlich ist auf vier Darstellungen der Kreuzwegstationen ein Turm abgebildet, ganz zu schweigen von dem Tour Magdala auf dem Belvedere.«
»Aber der sieht doch ganz anders aus«, sagte sie, ehe sie sich bremsen konnte.
Julian beugte sich jäh in seinem Sessel vor. »Als was, Ms. Martin?«, fragte er. Sie konnte die Aufregung in seiner Stimme hören, als meinte er, er hätte sie erwischt.
»Jerusalem«, sagte sie, das Erste, was ihr in den Sinn kam.
Er runzelte die Stirn. »Oder vielleicht anders als eine Tarotkarte, die Sie gesehen haben«, sagte er.
Schweigen breitete sich am Tisch aus. Hal zog ein finsteres Gesicht. Meredith hätte nicht sagen können, ob er peinlich berührt war oder die Spannung zwischen ihr und seinem Onkel gespürt hatte und sie falsch interpretierte.
Plötzlich leerte Julian sein Glas in einem Zug, stellte es auf den Tisch und stand auf.
»Ich lasse euch zwei jetzt allein«, sagte er und lächelte sie an, als hätten sie soeben eine ungemein erfreuliche halbe Stunde miteinander verbracht. »Ms. Martin. Ich hoffe, Sie genießen auch weiterhin Ihren Aufenthalt bei uns.« Er legte seinem Neffen eine Hand auf die Schulter. Meredith sah Hal an, dass er sich beherrschen

musste, sie nicht abzuschütteln. »Schaust du bitte kurz bei mir im Arbeitszimmer vorbei, wenn du dich von Ms. Martin verabschiedet hast? Ich müsste ein paar Dinge mit dir besprechen.«
»Hat das nicht Zeit bis morgen?«
Julian blickte Hal eindringlich in die Augen. »Nein«, sagte er.
Hal zögerte, dann nickte er knapp.
Sie blieben schweigend sitzend, bis Julian gegangen war.
»Ich weiß nicht, wie man das …«, setzte Meredith an, stockte dann. Regel Nummer eins: niemals Familienangehörige des anderen kritisieren.
»Wie man das aushält?«, sagte Hal heftig. »Antwort, gar nicht. Sobald ich hier alles geklärt habe, verschwinde ich.«
»Und sind Sie schon einen Schritt weitergekommen?«
Meredith sah, wie die Streitlust bei ihm nachließ, als seine Gefühle von Abscheu gegen seinen Onkel in Trauer um seinen Vater umschlugen. Er stand auf, schob die Hände tief in die Taschen und sah sie aus düsteren Augen an.
»Gehen wir essen, dann erzähle ich Ihnen alles.«

Kapitel 64

Julian öffnete eine neue Flasche Whisky und goss sich eine großzügige Menge ein. Dann setzte er sich mit den Karten schwerfällig an seinen Schreibtisch.

Zweckloses Unterfangen.

Er hatte das nachgedruckte Bousquet-Tarot viele Jahre lang studiert, immer auf der Suche nach irgendetwas, einem verborgenen Schlüssel oder einem Code, den er vielleicht übersehen hatte. Nach den Originalkarten suchte er schon, seit er ins Aude-Tal gekommen war und zum ersten Mal die Gerüchte über die unentdeckten verborgenen Schätze, die unter den Bergen, den Felsen, ja den Flüssen vergraben sein sollten, gehört hatte.

Nach dem Kauf der Domaine de la Cade war Julian rasch zu dem Schluss gekommen, dass die Geschichten, die sich um Rennes-le-Château rankten, reiner Schwindel waren und dass der abtrünnige Priester aus dem 19. Jahrhundert, der im Mittelpunkt der Gerüchte stand – Saunière –, weitaus Materielleres im Sinn gehabt hatte als spirituelle Schätze.

Dann waren Julian Gerüchte über Tarotkarten zu Ohren gekommen, die angeblich nicht nur die Lage einer einzigen Grabstätte verrieten, sondern möglicherweise auch die des sagenhaften Schatzes des Westgotenreiches.

Vielleicht ging es dabei sogar um den Schatz des Tempels Salomos, den die Römer im ersten Jahrhundert geraubt hatten und der dann wiederum den Westgoten in die Hände gefallen war, als diese im Jahre 410 Rom einnahmen.

Die Karten sollten irgendwo auf dem Anwesen versteckt sein. Julian hatte jeden Penny in systematische Suchaktionen und Ausgrabungen investiert, die an der Ruine der westgotischen Grabkapelle begannen und sich von dort aus immer weiter ausdehnten. Das Gelände war unwegsam, und die Arbeit extrem kostspielig.

Doch ohne Erfolg.

Als sein Kredit bei der Bank erschöpft war, hatte er angefangen, Geld aus dem Hotelbetrieb abzuzweigen. Von Vorteil war, dass die Gäste – zumindest teilweise – bar bezahlten. Aber es war auch ein hartes Geschäft mit hohen Fixkosten. Das Hotel steckte noch in den Kinderschuhen, als die Bank die Darlehen kündigte. Trotzdem zog er weiterhin Geld ab – spekulierte darauf, dass er bald finden würde, wonach er suchte, und dass dann alles gut wäre.

Julian leerte das Glas in einem Zug.

Nur eine Frage der Zeit.

Sein Bruder war schuld. Seymour hätte Geduld haben müssen. Hätte ihm vertrauen sollen. Sich nicht einmischen. Er wusste, dass er nah dran war.

Ich hätte das Geld zurückgezahlt.

Er nickte sich selbst zu, zündete sich eine Zigarette an und inhalierte tief. Julian hatte bei der Polizei in Couiza angerufen, kurz nachdem Hal dort gewesen war. Der Kommissar hatte angedeutet, dass es besser wäre, wenn der Junge aufhörte, Fragen zu stellen. Julian hatte versprochen, ein Wörtchen mit Hal zu reden, und den Kommissar für die kommende Woche auf einen Drink eingeladen.

Er griff nach der Flasche, goss sich wieder zwei Fingerbreit davon ein. Dann ließ er das Gespräch in der Bar noch einmal Revue passieren. Er hatte sich absichtlich plump verhalten, alles andere als feinfühlig, aber es hatte gereicht, um der Amerikanerin ein wenig auf den Zahn zu fühlen. Sie hatte nur widerwillig über das Thema Tarot geredet. Die Frau war auf Draht. Und noch dazu attraktiv.

»Was? Was weiß sie?«

Er hörte ein Geräusch und merkte, dass es von seinen Fingern verursacht wurde, die auf den Schreibtisch trommelten. Julian schaute

nach unten auf seine Hand, als würde sie nicht zu ihm gehören, zwang sich dann, sie still zu halten.
In einer abgeschlossenen Schublade seines Schreibtisches lagen die Urkunden der Eigentumsübertragung, die nur noch unterzeichnet und dem Notar in Espéraza zugeschickt werden mussten. Der Junge war nicht dumm. Er wollte nicht auf der Domaine de la Cade bleiben. Er und Hal konnten nicht zusammenarbeiten, genauso wenig, wie er und Seymour es gekonnt hatten. Julian hatte einen angemessenen Zeitraum abgewartet, bevor er mit Hal weiter über seine Pläne sprach.
»Es war nicht meine Schuld«, sagte er leicht nuschelnd.
Er sollte noch einmal mit dieser Amerikanerin reden. Sie musste irgendwas über die Original-Bousquet-Karten wissen, wieso sollte sie sonst hier sein? Ihr Auftauchen hatte nichts mit Seymours Unfall oder seinem jämmerlichen Neffen oder den Hotelfinanzen zu tun, das war ihm jetzt klar. Sie war aus demselben Grund hier wie er. Und er hatte nicht die ganze Drecksarbeit gemacht, nur damit irgend so ein amerikanisches Weibsstück hier aufkreuzte und ihm die Karten vor der Nase wegschnappte.
Er starrte hinaus in den dunklen Wald. Die Dämmerung war hereingebrochen. Julian streckte die Hand aus, schaltete die Lampe an und schrie plötzlich auf.
Sein Bruder stand direkt hinter ihm. Seymour, wächsern und leblos, so wie Julian ihn in der Leichenhalle gesehen hatte, die Haut im Gesicht zerkratzt von dem Unfall, faltig, die Augen blutunterlaufen.
Er sprang so heftig von seinem Stuhl hoch, dass der umkippte. Das Whiskyglas flog über das polierte Holz des Schreibtischs.
Julian wirbelte herum.
»Du kannst nicht …«
Da war niemand.
Er stierte fassungslos, seine Augen huschten durch den Raum in die Schatten, zurück zum Fenster, bis er schließlich begriff. Da war nur sein eigenes fahles Spiegelbild, bedrohlich in der dunklen Scheibe. Es waren seine Augen, nicht die seines Bruders.

Julian holte tief Luft.
Sein Bruder war tot. Das wusste er. Er hatte ihm Rufenol in den Drink getan. Er hatte den Wagen zu der Kurve kurz vor Rennes-les-Bains gefahren, hatte Seymour auf den Fahrersitz bugsiert und die Handbremse gelöst. Er hatte gesehen, wie der Wagen in den Fluss stürzte.
»Du hast mir keine andere Wahl gelassen«, knurrte er.
Er hob die Augen zum Fenster, blinzelte. Nichts zu sehen.
Er stieß schnaufend die Luft aus, ein langes, erschöpftes Ausatmen, bückte sich dann und stellte den Stuhl wieder hin. Einen Moment lang stand er da, die Rückenlehne mit beiden Händen umklammernd, die Fingerknöchel weiß, den Kopf gesenkt. Er spürte, wie ihm der Schweiß zwischen den Schulterblättern den Rücken hinunterlief.
Dann riss er sich zusammen. Er griff nach seinen Zigaretten, er brauchte die Wirkung des Nikotins, um seine Nerven zu beruhigen, und schaute dann wieder hinaus in den schwarzen Wald.
Die Originalkarten waren noch immer irgendwo da draußen, das wusste er.
»Beim nächsten Mal«, murmelte er. Er war so nah dran. Er spürte es. Beim nächsten Mal hatte er Glück. Das wusste er.
Der verschüttete Whisky erreichte die Schreibtischkante und begann, langsam auf den Teppich zu tropfen.

Kapitel 65

Okay, schießen Sie los«, sagte Meredith. »Wie ist es gelaufen?«

Hal stützte die Ellbogen auf den Tisch. »Kurz gesagt, sie sehen keine Veranlassung, die Ermittlungen wiederaufzunehmen. Sie sind zufrieden mit der richterlichen Entscheidung.«

»Und die lautet?«, hakte sie sanft nach.

»Tod durch Unfall. Dass Dad betrunken war«, sagte er unverblümt. »Dass er die Kontrolle über den Wagen verloren hat, von der Straße abgekommen und in die Sals gestürzt ist. Dreimal so viel Alkohol im Blut wie erlaubt, heißt es im Laborbericht.«

Sie saßen an einem Tisch am Fenster. Im Restaurant war so früh am Abend noch nicht viel los, so dass sie reden konnten, ohne Angst haben zu müssen, jemand könnte mithören. Im Licht der flackernden Kerze streckte Meredith ihre Hand über das weiße Tischtuch und legte sie auf seine.

»Es hat offenbar eine Zeugin gegeben. Engländerin, eine gewisse Dr. Shelagh O'Donnell, die hier in der Gegend lebt.«

»Das könnte doch hilfreich sein, oder?«

Hal schüttelte den Kopf. »Sie ist leider keine Augenzeugin. Laut Polizeiakte hat sie quietschende Reifen gehört. Gesehen hat sie nichts.«

»Hat sie die Polizei verständigt?«

»Nein. Der Kommissar, mit dem ich gesprochen habe, meinte, viele Leute würden da vor Rennes-les-Bains zu schnell in die Kurve fahren. Erst als sie am nächsten Morgen den Rettungswagen und die

Polizei bei der Bergung des Wagens gesehen hat, hat sie zwei und zwei zusammengezählt.« Er hielt inne. »Ich dachte, ich rede mal mit ihr. Vielleicht fällt ihr ja noch irgendetwas ein.«
»Aber sie hat doch bestimmt schon alles der Polizei erzählt?«
»Ich hatte nicht den Eindruck, dass die sie für eine zuverlässige Zeugin halten.«
»Wieso nicht?«
»Sie haben es nicht klar ausgesprochen, aber doch angedeutet, dass die Frau betrunken war. Es waren auch keine frischen Bremsspuren auf der Straße, daher ist es unwahrscheinlich, dass sie wirklich etwas gehört hat. Sagt jedenfalls die Polizei.« Er stockte. »Ihre Adresse wollten sie mir nicht geben, aber ich konnte mir heimlich ihre Telefonnummer aus der Akte notieren. Ehrlich gesagt ...« Er stockte kurz. »Ich hab sie für morgen hierher eingeladen.«
»Meinen Sie, das ist eine gute Idee?«, sagte Meredith. »Wenn die Polizei glaubt, Sie mischen sich ein, haben sie vielleicht erst recht keine Lust mehr, zu helfen.«
»Die sind ja jetzt schon stinksauer auf mich«, sagte er verbittert, »aber offen gestanden, ich habe das Gefühl, mit dem Kopf gegen eine Wand zu rennen. Mir ist inzwischen egal, was die denken. Seit Wochen unternehme ich alles, damit die Polizei mich endlich ernst nimmt, sitze hier rum, zeige Geduld, aber erreicht hab ich nichts.« Er hielt inne, und seine Wangen wurden rot. »Tut mir leid. Für Sie ist das bestimmt nicht lustig.«
»Kein Problem«, sagte sie und dachte, wie ähnlich Hal und sein Onkel sich doch in gewisser Hinsicht waren – beide waren leicht aufbrausend –, dann bekam sie ein schlechtes Gewissen, weil sie sich dachte, dass Hal der Vergleich sicher nicht gefallen würde.
»Sie müssen das, was ich sage, natürlich nicht für bare Münze nehmen, aber ich glaube einfach nicht an die offizielle Unfallversion. Ich behaupte ja nicht, dass mein Dad vollkommen war – ehrlich gesagt, wir hatten nicht viel gemeinsam. Er war distanziert und zurückhaltend, ging selten aus sich heraus – aber er hätte sich nie im Leben alkoholisiert ans Steuer gesetzt. Nicht mal in Frankreich. Undenkbar.«

»So was schätzt man leicht falsch ein, Hal«, sagte sie sanft. »Das ist uns doch allen schon mal passiert«, fügte sie hinzu, obwohl das auf sie nicht zutraf. »Man trinkt ein Gläschen zu viel und lässt es drauf ankommen.«
»Mein Dad ganz bestimmt nicht«, sagte er. »Er hat gern Wein getrunken, aber wenn er was getrunken hatte, setzte er sich nicht ans Steuer, da war er eisern. Nicht einmal nach nur einem Glas.« Er ließ die Schultern hängen. »Meine Mum ist bei einem Autounfall ums Leben gekommen. Der Unfallverursacher war betrunken«, fuhr er mit leiserer Stimme fort. »Sie wollte mich in dem Dorf, wo wir wohnten, von der Schule abholen. Nachmittags um halb vier. Irgend so ein Idiot hatte zu viel Champagner intus und war mit seinem BMW viel zu schnell unterwegs.«
Jetzt konnte Meredith absolut nachvollziehen, warum Hal die offizielle Unfallversion nicht glauben wollte. Aber Wunschdenken änderte nun einmal nichts an den Fakten. Das wusste sie aus leidvoller Erfahrung. Wenn Wünsche die Wirklichkeit verändern könnten, dann wäre ihre leibliche Mutter gesund geworden. Dann wären all die schlimmen Szenen und Streitereien nie passiert.
Hal hob den Blick und sah sie beschwörend an. »Dad hat sich nie ans Steuer gesetzt, wenn er was getrunken hatte.«
Meredith lächelte unverbindlich. »Aber wenn er laut Laborbericht Alkohol im Blut hatte ...« Sie ließ die Frage unausgesprochen. »Was hat die Polizei gesagt, als Sie sie darauf angesprochen haben?«
Hal zuckte die Achseln. »Offensichtlich dachten sie, ich wäre so fertig durch die ganze Situation, dass ich nicht klar denken könnte.«
»Okay. Betrachten wir das Ganze mal aus einem anderen Blickwinkel. Könnten die Tests falsch sein?«
»Die Polizei sagt, nein.«
»Haben die im Labor noch nach etwas anderem gesucht?«
»Zum Beispiel?«
»Drogen?«
Hal schüttelte den Kopf. »Hielten sie nicht für notwendig.«

Meredith überlegte. »Und wenn er zu schnell gefahren ist? In der Kurve einfach die Kontrolle verloren hat?«
»Da sind wir wieder bei den fehlenden Bremsspuren, und für den Alkoholpegel in seinem Blut haben wir noch immer keine Erklärung.«
Meredith fixierte ihn. »Was also dann, Hal? Worauf wollen Sie hinaus?«
»Dass entweder die Testergebnisse gefälscht sind, oder jemand ihm was ins Glas getan hat.«
Ihre Mimik verriet sie.
»Sie glauben mir nicht«, sagte er.
»Das will ich nicht sagen«, erwiderte sie schnell. »Aber überlegen Sie doch mal, Hal. Selbst angenommen, es wäre möglich, wer würde so etwas machen? Und warum?«
Er sah ihr in die Augen, bis Meredith begriff, worauf er hinauswollte.
»Ihr Onkel?«
Er nickte. »Wer sonst?«
»Das kann nicht Ihr Ernst sein«, wandte sie ein. »Ich meine, klar, Sie mögen ihn nicht, aber trotzdem … so ein Vorwurf …«
»Ich weiß, es klingt lächerlich, aber überlegen Sie doch mal, Meredith. Wer hätte sonst etwas davon?«
Meredith schüttelte den Kopf. »Haben Sie Ihren Verdacht der Polizei gegenüber geäußert?«
»Nicht so direkt, aber ich habe beantragt, dass die Akte der *gendarmerie nationale* gezeigt wird.«
»Und das bedeutet?«
»Die *gendarmerie nationale* untersucht schwerere Straftaten. Zurzeit wird die Sache noch als Verkehrsunfall behandelt. Aber wenn ich irgendein Verdachtsmoment gegen Julian finde, rollen sie den Fall vielleicht noch einmal neu auf.« Er sah sie an. »Wenn Sie bei dem Gespräch mit Dr. O'Donnell dabei wären, wäre sie möglicherweise aufgeschlossener.«
Meredith lehnte sich zurück. Das ganze Szenario war verrückt. Sie merkte Hal an, dass er hundertprozentig davon überzeugt war,

weil er daran glauben wollte. Sie fühlte mit ihm, aber sie war sicher, dass er sich täuschte. Er musste irgendjemandem die Schuld geben, um seiner Wut und seiner Trauer Herr zu werden. Und sie wusste aus eigener Erfahrung, dass die Wahrheit, selbst wenn sie noch so schlimm war, immer noch besser war als das Nichtwissen, weil es einen daran hinderte, die Vergangenheit ruhenzulassen und sich der Zukunft zuzuwenden.

»Meredith?«

Sie merkte, dass Hal sie anstarrte. »Tut mir leid«, sagte sie. »War in Gedanken.«

»Könnten Sie dabei sein, wenn Dr. O'Donnell morgen kommt?«

Sie zögerte.

»Ich wäre Ihnen sehr dankbar.«

»Warum nicht?«, sagte sie schließlich. »Klar.«

Er stieß einen erleichterten Seufzer aus. »Danke.«

Der Kellner kam, und sogleich entspannte sich die Atmosphäre, nahm eher den Charakter eines normalen Rendezvous an. Sie bestellten beide Steak, und Hal suchte dazu eine Flasche Rotwein aus der Gegend aus. Einen Moment lang saßen sie da, sahen einander mal an, mal nicht, lächelten verlegen und waren unsicher, was sie sagen sollten.

Hal brach das Schweigen. »So«, sagte er. »Wir haben genug über meine Probleme geredet. Erzählen Sie mir jetzt, warum Sie wirklich hier sind?«

Meredith erstarrte. »Wie bitte?«

»Offensichtlich nicht wegen des Buchs über Debussy, oder? Zumindest nicht nur deswegen.«

»Wieso sagen Sie das?« Die Frage kam schneidender heraus, als sie beabsichtigt hatte.

Er wurde rot. »Na ja, erstens haben die Sachen, für die Sie sich heute so interessiert haben, nicht viel mit Lilly Debussy zu tun. Es scheint Ihnen mehr um die Geschichte der Gegend, um Rennes-les-Bains und die Menschen hier zu gehen.« Er grinste. »Außerdem ist mir aufgefallen, dass das Foto über dem Klavier verschwunden ist. Irgendwer hat es mitgehen lassen.«

»Sie verdächtigen mich?«
»Sie haben es sich heute Morgen angesehen, also …«, sagte er mit einem entschuldigenden Lächeln. »Und, na ja, was meinen Onkel betrifft … ich weiß nicht, wahrscheinlich liege ich ja falsch, aber ich hatte den Gedanken, Sie sind vielleicht hier, um ihm auf den Zahn zu fühlen … Viel Sympathie haben Sie auf jeden Fall nicht füreinander.«
Er verstummte.
»Sie glauben, ich bin hier, um Ihrem Onkel auf den Zahn zu fühlen? Das ist ein Witz, oder?«
»Na ja, möglich, vielleicht.« Er zuckte die Achseln. »Ich weiß nicht, nein.«
Sie trank einen Schluck Wein.
»Ich wollte Sie nicht verärgern …«
Meredith hob eine Hand. »Mal sehen, ob ich das alles richtig auf die Reihe kriege. Weil Sie glauben, der Unfall Ihres Vaters war in Wirklichkeit kein Unfall, und weil Sie glauben, jemand hat womöglich die Untersuchungsergebnisse manipuliert, oder ihm was ins Glas getan und den Wagen von der Straße gedrängt …«
»Ja, obwohl …«
»Kurz gesagt, Sie haben den Verdacht, Ihr Onkel hat etwas mit dem Tod Ihres Vaters zu tun. Richtig?«
»Na ja, wenn Sie es so ausdrücken, klingt es …«
Meredith sprach unbeirrt weiter, und ihre Stimme wurde lauter. »Und wegen alldem kommen Sie, als ich auftauche, aus irgendeinem verrückten Grund zu dem Schluss, ich hätte auch etwas mit der Sache zu tun? Glauben Sie das, Hal? Für was halten Sie mich, eine Figur von Agatha Christie?«
Sie lehnte sich zurück und starrte ihn an.
Immerhin wurde er rot. »Ich wollte Sie nicht beleidigen«, sagte er. »Aber, na ja, Dad hat da so was gesagt, im April – nach dem Gespräch, von dem ich Ihnen erzählt habe –, und dadurch hatte ich den Eindruck, dass er unzufrieden damit war, wie Julian den Laden hier schmiss, dass er deshalb irgendetwas unternehmen wollte.«
»Hätte Ihr Vater denn nicht offen mit Ihnen darüber gesprochen?

Wenn es ein Problem gab, dann wäre das für Sie doch auch von Belang gewesen.«

Hal schüttelte den Kopf. »So war Dad nicht. Er konnte Klatsch und Tratsch nicht ausstehen, Gerüchte. Er hätte nie was gesagt, nicht mal zu mir, solange er sich seiner Sache nicht absolut sicher gewesen wäre. Unschuldig bis zum Beweis der Schuld.«

Meredith dachte darüber nach. »Okay, das leuchtet mir ein. Aber Sie haben trotzdem gespürt, dass irgendetwas zwischen den beiden nicht stimmte?«

»Vielleicht war es etwas ganz Banales, aber ich hatte trotzdem irgendwie den Eindruck, es ging um was Ernstes. Um irgendwas, das mit der Domaine de la Cade und ihrer Vergangenheit zu tun hatte, nicht bloß um Geld.« Er zuckte die Achseln. »Tut mir leid, Meredith, was ich sage, klingt nicht gerade verständlich.«

»Hat er nichts hinterlassen? Eine Akte? Notizen?«

»Glauben Sie mir, ich habe überall gesucht. Nichts.«

»Und als Sie sich das alles noch mal durch den Kopf gehen ließen, ist Ihnen der Gedanke gekommen, er könnte jemanden engagiert haben, der Ihren Onkel ein bisschen unter die Lupe nimmt. Um zu sehen, was dabei herauskommt.« Sie stockte, sah ihn über den Tisch hinweg an. »Wieso haben Sie mich denn nicht einfach gefragt?«, sagte sie mit wutblitzenden Augen, obwohl sie sich genau denken konnte, weshalb nicht.

»Na ja, weil ich heute Nachmittag erst den Gedanken hatte, Sie könnten vielleicht wegen … wegen meinem Dad hier sein.«

Meredith verschränkte die Arme. »Dann haben Sie mich gestern Abend in der Bar also nicht deswegen angesprochen?«

»Nein, natürlich nicht!«, sagte er mit einem Blick, der aufrichtige Entrüstung zeigte.

»Warum dann?«, fragte sie.

Hal wurde rot. »Verdammt, Meredith, du weißt genau, warum. Das ist doch nicht zu übersehen.«

Und diesmal war es Meredith, die errötete.

Kapitel 66

Hal unterschrieb die Rechnung für das Abendessen. Während sie ihn beobachtete, fragte sich Meredith, ob sein Onkel darauf bestehen würde, dass er sie tatsächlich bezahlte, schließlich gehörte ihm praktisch die Hälfte des Hotels. Sogleich waren ihre Sorgen um ihn wieder da.

Sie verließen das Restaurant und gingen in die Lobby. Unten an der Treppe spürte Meredith, wie Hals Finger sich um ihre schlossen.

Hand in Hand gingen sie die Treppe hinauf. Meredith war völlig ruhig, fühlte sich weder nervös noch irgendwie zwiespältig. Sie musste nicht darüber nachdenken, ob sie wollte, was jetzt geschah. Es fühlte sich richtig an. Sie mussten nicht einmal darüber reden, wohin sie gehen sollten, wie von selbst wussten beide, dass Merediths Zimmer besser war. Richtig für sie, richtig für den Augenblick.

Sie erreichten das Ende des Flurs im ersten Stock, ohne irgendeinem anderen Gast zu begegnen. Als Meredith den Schlüssel im Schloss drehte, klang das Geräusch laut über den stillen Korridor. Sie schob die Tür auf. Fast feierlich gingen sie hinein, noch immer Hand in Hand.

Der Herbstmond warf weiße Lichtstreifen durch die Fenster und malte ein Muster auf den Boden. Strahlen brachen sich und schimmerten auf der Oberfläche des Spiegels, auf dem Glas des gerahmten Porträts von Anatole und Léonie Vernier und Isolde Lascombe, das auf dem Schreibtisch stand.

Meredith streckte die Hand aus, um das Licht einzuschalten.
»Nicht«, sagte Hal leise.
Er legte die Hand um ihren Hinterkopf und zog sie an sich. Meredith atmete seinen Geruch ein, wie in Rennes-les-Bains vor der Kirche, eine Mischung aus Wolle und Seife.
Sie küssten sich, noch mit einem Hauch Rotwein an den Lippen, zuerst sanft, behutsam, bis das freundschaftliche Element in etwas anderes überging, etwas Drängenderes. Meredith spürte, wie das Wohlgefühl dem Verlangen Platz machte, einer Hitze, die sich in ihr ausbreitete, von den Fußsohlen aufwärts, zwischen ihre Beine, in die Magengrube, die Handflächen, bis hinauf in den Kopf, wo ihr das Blut in den Ohren rauschte.
Hal bückte sich ein wenig, hob sie mit einer einzigen schwungvollen Bewegung auf und trug sie zum Bett. Der Schlüssel fiel Meredith aus der Hand, landete mit einem dumpfen Schlag auf dem dicken Florteppich.
»Wie leicht du bist«, flüsterte er und küsste ihren Hals.
Er legte sie vorsichtig hin, setzte sich dann neben sie, die Füße noch fest auf dem Boden, ein wenig schüchtern.
»Bist du sicher …«, setzte er an, stockte, versuchte es erneut. »Bist du sicher, du willst …«
Meredith legte ihm einen Finger an die Lippen. »Schsch.«
Langsam begann sie, ihre Bluse aufzuknöpfen, nahm dann seine Hand und führte sie. Halb Einladung, halb Anweisung. Sie hörte Hal nach Luft schnappen, dann das Auf und Ab seines Atems im silbrig gesprenkelten Licht des Mondes. Meredith setzte sich am Rand des Mahagonibettes in den Schneidersitz und beugte sich vor, um ihn zu küssen, ihr dunkles Haar wie ein Vorhang im Gesicht, der Größenunterschied zwischen ihnen jetzt aufgehoben.
Hal versuchte, seinen Pullover auszuziehen, und verhedderte sich, als Meredith die Hände unter sein T-Shirt schob. Sie lachten beide ein bisschen verlegen, dann standen sie auf und zogen sich ganz aus.
Meredith fühlte sich ganz unbefangen. Es schien ihr das Natürlichste auf der Welt, vollkommen richtig. Alles hier in Rennes-les-

Bains kam ihr vor wie außerhalb der Zeit. Als wäre sie für ein paar Tage aus ihrem normalen Leben getreten – aus der Person, die sie sonst war, die an Konsequenzen dachte, deren Leben in immer gleichen Bahnen verlief – und erlebte hier einen Ort, wo andere Regeln galten.

Ihr letztes Kleidungsstück fiel zu Boden.

»Wow«, sagte Hal.

Meredith machte einen Schritt auf ihn zu, nackte Haut an nackter Haut, von Kopf bis Fuß, so intim, so erstaunlich. Sie spürte, wie sehr er sie begehrte, aber er konnte warten, überließ ihr die Führung.

Sie nahm seine Hand und zog ihn zurück zum Bett. Sie hob die Decke an, und beide schlüpften sie zwischen die Laken, das Leinen frisch und kühl auf der Hitze ihrer Körper. Einen Moment lang lagen sie Seite an Seite, Arm an Arm, wie ein Ritter und seine Dame auf einem steinernen Grabmal, dann stützte Hal sich auf einen Ellbogen und begann, mit der anderen Hand ihr Gesicht zu liebkosen.

Meredith atmete tief ein, entspannte sich unter seiner Berührung. Jetzt glitt seine Hand tiefer, er strich über ihre Schultern, die Mulde an ihrem Hals, streifte ihre Brüste, verschränkte ihre Finger mit seinen, flüsterte mit den Lippen und der Zunge über ihre Haut.

Meredith spürte das Verlangen in sich brennen, rotglühend, als könnte sie seine Spur verfolgen, entlang der Adern, der Knochen, in jedem Teil von sich. Sie hob sich ihm entgegen, und ihre Küsse wurden hungrig, wollten mehr. Als das Warten beinahe unerträglich wurde, veränderte Hal seine Position und schob sich in den Raum zwischen ihren nackten Beinen. Meredith schaute hoch in seine eisblauen Augen, und für einen kurzen Augenblick sah sie in ihnen den Widerschein jeder erdenklichen Möglichkeit. Das Beste von ihr und das Schlechteste.

»Bist du sicher?«

Meredith lächelte und griff nach unten, um ihn zu lenken. Behutsam drang Hal in sie ein.

»Es ist in Ordnung«, murmelte sie.

Einen Moment lang verharrten sie ganz still, genossen den Frieden, einander in den Armen zu liegen. Dann begann Hal, sich zu bewegen, zuerst langsam, dann immer drängender. Meredith legte die Hände fest auf seinen Rücken. Ihr Körper war erfüllt vom Hämmern des Blutes, das in ihr pulsierte. Sie spürte seine Kraft, die Stärke in seinen Armen und Händen. Ihre Zunge schnellte zwischen seine Lippen, nass, aller Worte beraubt.
Hal atmete keuchend, bewegte sich schneller, getrieben von Lust, Verlangen, der Ekstase des instinktiven Rhythmus. Meredith presste ihn an sich, fester, hob sich ihm entgegen, nahm ihn in Besitz, auch sie ganz von dem Augenblick erfüllt. Er stöhnte ihren Namen, erbebte, und beide verharrten reglos.
Das Rauschen in ihrem Kopf ebbte ab. Auf einmal spürte sie sein volles Gewicht, das ihr die Luft aus dem Körper presste, aber sie rührte sich nicht. Sie streichelte sein dichtes schwarzes Haar und hielt ihn in den Armen. Es dauerte einen Moment, bevor sie merkte, dass sein Gesicht nass war, dass er lautlos weinte.
»Oh, Hal«, murmelte sie voller Mitgefühl.
»Erzähl mir was von dir«, sagte er wenig später. »Du weißt so viel über mich, was ich hier mache – zu viel wahrscheinlich –, aber ich weiß so gut wie nichts über dich, Ms. Martin.«
Meredith lachte. »Wieso so förmlich, Mr. Lawrence?«, sagte sie und ließ ihre Finger über seine Brust und tiefer gleiten.
Hal hielt ihre Hand fest. »Ich meine es ernst! Ich weiß nicht einmal, wo du lebst. Woher du kommst. Was deine Eltern machen. Komm schon, raus mit der Sprache.«
Meredith verschränkte ihre Finger mit seinen. »Na schön. Ein kurzer Lebenslauf. Ich bin in Milwaukee geboren und aufgewachsen, mit achtzehn bin ich aufs College in North Carolina. Nach dem Studium hatte ich zwei Dozentenstellen – ein an der Uni in St. Louis, eine in Seattle –, während ich mich die ganze Zeit um Geld bemüht habe, um meine Debussy-Biographie zu Ende zu schreiben. Kleiner Zeitsprung von ein paar Jahren. Meine Adoptiveltern sind von Milwaukee nach Chapel Hill gezogen, ganz in die Nähe meiner alten Uni. Vor einigen Monaten wurde mir eine Stelle an

einem Privatcollege angeboten, ebenfalls nicht weit von meiner alten Uni, und endlich ein Vertrag von einem Verlag.«
»Adoptiveltern?«, sagte Hal.
Meredith seufzte. »Meine leibliche Mutter, Jeanette, konnte nicht richtig für mich sorgen. Mary ist eine entfernte Cousine von ihr, eine Art Tante zweiten oder dritten Grades. Ich war oft bei ihr und ihrem Mann Bill, wenn Jeanette krank war. Als die Situation richtig schlimm wurde, bin ich ganz zu ihnen gezogen. Einige Jahre später haben sie mich adoptiert, als meine leibliche Mutter … starb.«
Die schlichten, sorgsam gewählten Worte verharmlosten diese Jahre, die geprägt gewesen waren von mitternächtlichen Anrufen, unangekündigten Besuchen, lautstarken Streitereien auf der Straße, von der schwer lastenden Verantwortung, die Meredith als Kind für ihre psychisch gefährdete und unberechenbare Mutter empfunden hatte. Und die sachliche Art, wie sie die Fakten aufzählte, ließ nicht erahnen, welche Schuldgefühle sie bis heute, viele Jahre später, quälten, weil ihre erste Reaktion auf die Nachricht vom Tod ihrer Mutter nicht Trauer, sondern Erleichterung gewesen war.
Das konnte sie sich nicht verzeihen.
»Klingt hart«, sagte Hal.
Sein britisches Understatement entlockte Meredith ein Lächeln, und sie schmiegte sich enger an seinen warmen Körper neben ihr im Bett.
»Ich hatte Glück«, sagte sie. »Mary ist eine tolle Frau. Sie hat mich dazu gebracht, mit Geige anzufangen und dann mit Klavier. Ihr und Bill verdanke ich alles.«
Er grinste. »Und du schreibst wirklich eine Biographie über Debussy?«, sagte er neckend.
Meredith gab ihm einen verspielten Klaps auf den Arm. »Und ob!«
Einen Moment lang lagen sie schweigend da, reglos, Haut an Haut.
»Aber du bist auch noch aus einem anderen Grund hier«, sagte Hal schließlich. Er wandte seinen Kopf auf dem Kissen zu dem gerahmten Porträtfoto auf der anderen Seite des Zimmers. »Da täusche ich mich doch nicht, oder?«

Meredith setzte sich auf, zog das Laken hoch, so dass nur ihre Schultern unbedeckt waren.
»Nein, du täuschst dich nicht.«
Hal spürte, dass sie noch nicht ganz bereit war, darüber zu sprechen, daher setzte er sich ebenfalls auf und schwang die Beine aus dem Bett. »Möchtest du was trinken?«
»Ein Glas Wasser täte gut«, sagte sie.
Er holte zwei Flaschen aus der Minibar und stieg wieder zu ihr ins Bett.
»Bitte sehr.«
»Danke«, sagte Meredith und nahm einen großen Schluck aus der Flasche. »Über die Vorfahren meiner leiblichen Mutter weiß ich nur, dass sie möglicherweise aus diesem Teil Frankreichs stammten und während des Ersten Weltkriegs oder kurz darauf nach Amerika ausgewandert sind. Ich habe ein Foto, das 1914 auf dem Platz in Rennes-les-Bains aufgenommen wurde. Es zeigt meinen Urgroßvater, jedenfalls bin ich ziemlich sicher, dass er das ist. Er soll sich in Milwaukee niedergelassen haben, aber da ich keinen Namen hatte, bin ich nicht weitergekommen. In der Stadt lebten seit Anfang des neunzehnten Jahrhunderts viele Europäer. Der erste Europäer, der sich dort niederließ, war ein französischer Händler namens Jacques Veau, der einen Handelsposten gründete, und zwar an der Mündung der drei Flüsse Milwaukee, Menomonee und Kinnickinnic. Es kam also einigermaßen hin.«
Danach berichtete sie Hal in groben Zügen, was sie seit ihrer Ankunft in der Domaine de la Cade herausgefunden hatte. Sie erklärte ihm, warum sie das Foto in der Lobby mitgenommen hatte, und erzählte von dem Klavierstück, das sie von ihrer Großmutter, Louisa Martin, geerbt hatte. Die Tarotkarten ließ sie jedoch unerwähnt. Das Gespräch am frühen Abend in der Bar war schon unangenehm genug gewesen, und Meredith wollte Hal jetzt nicht an seinen Onkel erinnern.
»Du glaubst also, der unbekannte Soldat ist ein Vernier«, sagte Hal, als Meredith offenbar zum Ende gekommen war.
Sie nickte. »Die äußere Ähnlichkeit ist verblüffend. Haare, Augen,

Gesichtsform. Er könnte ein jüngerer Bruder oder ein Cousin sein, aber den Jahreszahlen und seinem Alter nach halte ich ihn eher für einen direkten Nachfahren.« Sie hielt inne, und ein Lächeln umspielte ihre Lippen. »Und vorhin, kurz bevor ich runter in die Bar gekommen bin, habe ich eine E-Mail von Mary erhalten. Sie hat in den Gräberverzeichnissen des Friedhofs in Mitchell Point, Milwaukee, einen Vernier entdeckt.«

Hal lächelte. »Und du glaubst, Anatole Vernier war sein Vater?«

»Ich weiß nicht. Das ist der nächste Schritt.« Sie seufzte. »Vielleicht Léonies Sohn?«

»Dann wäre er doch kein Vernier, oder?«

»Doch, wenn sie nicht verheiratet war.«

Hal nickte. »Stimmt.«

»Also, ich schlage Folgendes vor. Nach unserem Gespräch morgen mit Dr. O'Donnell revanchierst du dich, indem du mir bei einer kleinen Nachforschung in Sachen Vernier hilfst.«

»Abgemacht«, sagte er betont heiter, aber Meredith spürte seine erneute Anspannung. »Ich weiß, du denkst, ich verrenne mich da in was, aber ich wäre wirklich froh, wenn du dabei wärst. Sie kommt um zehn.«

»Na ja«, sagte sie leise und spürte, wie die Müdigkeit sie überkam. »Du hast schon recht. Vielleicht ist sie aufgeschlossener, wenn noch eine Frau dabei ist.«

Sie hatte Mühe, die Augen aufzuhalten. Langsam driftete Meredith von Hal weg. Der silberne Mond wanderte über den schwarzen Midi-Himmel. Unten im Tal schlug die Glocke an, wie die Stunden vergingen.

Kapitel 67

In ihrem Traum saß Meredith am Klavier unten neben der Treppe. Die Melodie und die kühlen Tasten unter ihren Fingern waren ihr vertraut. Sie spielte Louisas Erkennungsstück, besser als je zuvor, lieblich und doch voller Wehmut.

Dann löste sich das Klavier in Luft auf, und sie ging über einen schmalen und leeren Korridor. Am Ende waren ein Lichtfleck und einige Steinstufen, von zahllosen Füßen in der Mitte ausgetreten und abgenutzt vom Zahn der Zeit. Sie wollte kehrtmachen, blieb aber unverwandt stehen. Sie war irgendwo in der Domaine de la Cade, das wusste sie, aber den Teil des Hauses oder des Anwesens kannte sie nicht.

Das Licht, ein vollkommenes Quadrat, kam von einer Gaslampe an der Wand, die zischte und spuckte, als Meredith sich wieder in Bewegung setzte. Sie erreichte die oberste Stufe und blickte auf einen alten verstaubten Wandteppich mit einem Jagdmotiv. Einen Moment lang sah sie die grimmigen Mienen der Männer, ihre blutverschmierten Speerspitzen. Doch als sie mit ihren Traumaugen genauer hinschaute, erkannte sie, dass die Männer kein Tier jagten. Keinen Bären, kein Wildschwein, keinen Wolf, sondern ein schwarzes Wesen, das auf zwei Beinen mit gespaltenen Hufen stand, die fast menschlichen Züge wutverzerrt. Ein Dämon, mit Krallen, die an den Spitzen rot waren.

Asmodeus.

Im Hintergrund Flammen. Das Holz brannte.

In ihrem Bett stöhnte und warf Meredith sich hin und her, während sie mit träumenden Händen, die schwer und schwerelos zugleich waren, gegen eine alte Holztür drückte. Auf dem Boden lag ein Teppich aus silbernem Staub, der im Mondlicht oder dem Schein des Gaslichts glänzte.

Die Luft war still. Gleichzeitig war der Raum nicht klamm oder kalt, wie Räume, die lange leergestanden haben. Die Zeit machte einen Sprung nach vorn. Jetzt konnte Meredith wieder das Klavier hören, diesmal jedoch verzerrt. Wie die Klänge auf einer Kirmes oder von einem Karussell, bedrohlich und finster.

Ihr Atem ging schneller. Ihre schlafenden Hände umklammerten die Bettdecke, als sie den Arm hob und nach dem kalten Metallriegel griff.

Sie stieß die Tür auf. Trat über die Steinstufe.

Es flogen keine Vögel auf, kein Wispern von Stimmen, verborgen, hinter der Tür. Sie stand jetzt in einer Art Kapelle. Hohe Decken, Steinplatten auf dem Boden, ein Altar und Buntglasfenster. Die Wände waren bemalt, sofort erkennbar als die Figuren von den Karten. Eine Grabkapelle. Es herrschte Totenstille. Nichts war zu hören außer der Widerhall ihrer Schritte. Und doch begann die Luft nach und nach zu flüstern. Sie konnte Stimmen hören, Geräusche im Dunkeln. Oder doch Stimmen hinter der Stille. Und Gesang.

Sie ging weiter und spürte, wie die Luft sich zerteilte, als würden unsichtbare Geister, im Licht entschwunden, beiseitetreten, um sie vorbeizulassen. Der Raum selbst schien den Atem anzuhalten, im gleichen Takt zu schlagen wie der wuchtige Rhythmus ihres Herzens.

Schließlich blieb sie vor dem Altar stehen, genau in der Mitte der vier Fenster in der oktogonalen Wand. Sie stand jetzt innerhalb eines Quadrats, das in Schwarz auf den Steinboden aufgezeichnet war. Ringsherum waren Buchstaben in den Boden eingraviert.

Hilf mir.

Irgendwer war hier. Da bewegte sich etwas, in der Dunkelheit, in der Stille, Meredith spürte, wie der Raum um sie herum schrumpfte, in sich zusammenfiel. Sie konnte nichts sehen, und dennoch wusste sie, dass sie da war. Eine lebende, atmende Präsenz im Gefüge der Luft. Und sie wusste, dass sie es davor schon einmal gesehen hatte – unter der Brücke, auf der Landstraße, am Fuße ihres Bettes. Luft, Wasser, Feuer und nun Erde. Die vier Farben des Tarot, die in sich alle Möglichkeiten bargen.

Höre mich. Hör mir zu.

Meredith spürte, wie sie fiel, hinein in einen Raum voller Stille und Frieden. Sie hatte keine Angst. Sie war nicht länger sie selbst, sondern stand stattdessen außerhalb und schaute hinein. Und ganz deutlich hörte sie jetzt in dem Raum ihre eigene schlafende Stimme.

»Léonie?«

Auf einmal meinte Meredith, in der Dunkelheit, die die Gestalt umhüllte, eine Veränderung wahrzunehmen, eine Bewegung in der Luft, beinahe wie ein Windhauch. Am Fuße des Bettes bewegte die Gestalt fast unmerklich den Kopf. Lange kupferrote Locken, Farbe ohne Substanz, enthüllt, die Kapuze von ihrem Haar gleitend. Durchscheinende Haut. Grüne Augen, wenn auch transparent. Form ohne Substanz. Ein langes schwarzes Kleid unter dem Umhang. Gestalt ohne Form.

Ich bin Léonie.

Meredith hörte die Worte in ihrem Kopf. Die Stimme einer jungen Frau, eine Stimme aus einer früheren Zeit. Wieder veränderte sich die Atmosphäre im Raum. Als gäbe der Raum selbst einen Seufzer der Erleichterung von sich.

Ich kann nicht schlafen. Bis ich gefunden werde, kann ich niemals schlafen. Höre die Wahrheit.

»Die Wahrheit? Was für eine Wahrheit?«, flüsterte Meredith. Das Licht veränderte sich, verlor sich.

Die Geschichte liegt in den Karten.

Die Luft flackerte, Licht brach sich, ein Schimmer, als würde sich irgendetwas – irgendwer – zurückziehen. Und wieder wurde die Atmosphäre anders. In der Dunkelheit lag eine Bedrohung, die von Léonie gebannt worden war. Aber die sanfte Präsenz des Geistes war verschwunden, ersetzt durch etwas Zerstörerisches. Bösartigkeit. Eine beklemmende Kälte hüllte Meredith ein. Wie Nebel frühmorgens am Meer, der scharfe Geruch nach Salz und Fisch und Rauch. Sie war wieder in der Grabkapelle. Sie empfand das Bedürfnis, wegzulaufen, obwohl sie nicht wusste, wovor. Sie spürte, wie sie sich der Tür näherte.

Hinter ihr war etwas. Eine schwarze Gestalt oder irgendein Wesen. Meredith konnte seinen Atem förmlich im Nacken spüren, weiße Wölkchen in der eisigen Luft. Aber das steinerne Mittelschiff schrumpfte. Die Holztür wurde kleiner und rückte weiter in die Ferne.

Un, deux, trois, loup! Mir entkommt keiner.

Etwas schnappte nach ihren Fersen, wurde im Dunklen schneller, bereit zum Sprung. Meredith rannte los, die Angst verlieh ihren zitternden Beinen Kraft. Ihre Turnschuhe rutschten, schlitterten über die Steinplatten. Immer hinter ihr, der Atem.

Fast da.

Sie warf sich gegen die Tür, spürte, wie sie mit der Schulter gegen den Rahmen krachte, und Schmerz jagte ihr den Arm hinab. Das Wesen war direkt hinter ihr, sein borstiges Fell, der Geruch von Eisen und Blut verschmolz mit ihrer Haut, mit der Oberfläche ihres Kopfes und den Sohlen ihrer Füße. Sie fummelte an dem Riegel, rüttelte, zog mit aller Kraft, doch er wollte sich nicht öffnen. Sie hämmerte gegen die Tür, zwang sich, nicht über die Schulter zu schauen, um ja nicht in den Bann seiner blauen, grässlichen Augen zu geraten. Sie spürte, wie die Stille um sie herum tiefer wurde. Spürte, wie sich seine bösartigen Arme um ihren Hals legten, nass und kalt und brutal. Der Geruch des Meeres, der sie hinabzog in seine tödlichen Tiefen.

Kapitel 68

»Meredith! Meredith. Ist ja gut. Du bist in Sicherheit, alles in Ordnung.«
Sie erwachte mit einem heftigen Ruck und schnappte nach Luft. Jeder Muskel in ihrem Körper war hellwach, jeder Nerv zitterte. Das Bett war zerwühlt. Ihre Finger waren verkrampft. Einen Moment lang meinte sie, von einer alles verschlingenden Wut erfasst zu werden, als hätte der Zorn des Wesens sich durch ihre Haut in sie hineingefressen.
»Meredith, ist ja gut! Ich bin bei dir.«
Sie versuchte sich loszureißen, verwirrt, bis sie allmählich merkte, dass sie warme Haut spürte, dass jemand sie festhielt, um sie zu retten, nicht, um ihr weh zu tun.
»Hal.«
Die Anspannung fiel von ihr ab.
»Du hattest einen Alptraum«, sagte er, »mehr nicht. Es ist alles in Ordnung.«
»Sie war hier. Sie war hier … und dann … ist es gekommen und …«
»Schsch, ist ja gut«, sagte er wieder.
Meredith starrte ihn an. Sie hob eine Hand und zeichnete mit den Fingern die Konturen seines Gesichts nach.
»Sie ist gekommen … und dann, hinter ihr …«
»Hier ist niemand außer uns. Bloß ein Alptraum. Jetzt ist alles vorbei.«
Meredith sah sich im Zimmer um, als erwartete sie jeden Augen-

blick, dass jemand aus den Schatten trat. Gleichzeitig wusste sie, dass der Traum vorbei war. Langsam ließ sie sich von Hal in die Arme nehmen. Sie spürte seine Wärme und seine Stärke, als er sie schützend an sich zog, fest an seine Brust. Sie spürte die Knochen in ihrem Brustkorb, die sich hoben und senkten, hoben und senkten.

»Ich hab sie gesehen«, murmelte sie, obwohl sie jetzt nur mit sich sprach, nicht mit Hal.

»Wen?«, flüsterte er.

Sie antwortete nicht.

»Ist ja gut«, wiederholte er sachte. »Schlaf weiter.«

Er streichelte ihr Haar, strich ihr den Pony aus der Stirn, wie Mary es immer getan hatte, um sie nach einem schlechten Traum zu beruhigen, als sie die erste Zeit bei ihnen wohnte.

»Sie war hier«, sagte Meredith wieder.

Nach und nach, unter der stetigen, sanften Bewegung von Hals Hand, wich die Angst. Die Lider wurden ihr schwer, auch die Arme und Beine und der Körper, als die Wärme und das Gefühl in ihn zurückkehrten.

Vier Uhr morgens.

Wolken hatten sich vor den Mond geschoben, und es war stockdunkel. Die Liebenden, die erst dabei waren, einander kennenzulernen, schliefen engumschlungen wieder ein, umhüllt vom Tiefblau des frühen Morgens, bevor der Tag anbricht.

Neunter Teil
Die Lichtung

Oktober–November 1891

Kapitel 69

∞

Freitag, 23. Oktober 1891

Als Léonie am nächsten Morgen erwachte, galt ihr erster Gedanke Victor Constant, wie ihm auch der letzte gegolten hatte, bevor sie eingeschlafen war.

Sie sehnte sich nach dem Gefühl frischer Luft auf dem Gesicht, daher kleidete sie sich hastig an und schlüpfte hinaus in den frühen Morgen. Überall waren Spuren des Unwetters vom Vortag zu sehen. Abgebrochene Äste, Laub, das vom Sturmwind aufgewirbelt worden war. Jetzt war alles ganz ruhig und der zartrosa Morgenhimmel klar. Doch in der Ferne über den Pyrenäen kündigte eine düstere graue Wolkenbank bereits das nächste Unwetter an.

Léonie spazierte einmal um den See, machte kurz Rast auf der kleinen Landzunge mit Blick über das aufgewühlte Wasser und ging dann langsam über den Rasen zurück zum Haus. Tau glitzerte am Saum ihrer Röcke, und im nassen Gras hinterließen ihre Schritte kaum eine Spur.

Sie ging ums Haus herum zum Vordereingang, den sie unverriegelt gelassen hatte, als sie hinausgeschlichen war, und trat in die Halle. Sie trat sich die Schuhe an der groben Fußmatte ab. Dann schob sie sich die Kapuze vom Kopf, löste den Verschluss und hängte ihren Umhang wieder an den Metallhaken, von dem sie ihn zuvor genommen hatte.

Als sie über die roten und schwarzen Fliesen zum Speisezimmer ging, ertappte sie sich selbst dabei, dass sie hoffte, Anatole möge noch nicht zum Frühstück nach unten gekommen sein. Sie machte sich zwar Sorgen um Isoldes Gesundheit, aber sie schmollte auch

noch immer ob ihrer überstürzten und vorzeitigen Abreise aus Carcassonne am Tag zuvor, und sie hatte keine Lust, sich ihrem Bruder gegenüber höflich verhalten zu müssen.
Aber als sie die Tür öffnete, war niemand da außer dem Hausmädchen, das gerade die rot-blau gemusterte Kaffeekanne auf den Metalluntersetzer in der Mitte des Tischs stellte.
Marieta machte einen flüchtigen Knicks. »Madomaisèla.«
»Guten Morgen.«
Léonie ging zu ihrem Stammplatz an der gegenüberliegenden Seite des langen, ovalen Tischs, so dass sie mit Blick zur Tür saß.
Ein Gedanke plagte sie: Sollte das üble Wetter in Carcassonne ohne Unterlass anhalten, sähe sich der *patron* des Hotels vielleicht nicht in der Lage, Victor Constant ihren Brief auf den Square Gambetta zu bringen. Falls das Konzert aufgrund des wolkenbruchartigen Regens nicht ohnehin gänzlich abgesagt worden war. Die Einsicht, dass sie unmöglich in Erfahrung bringen konnte, ob Monsieur Constant ihre Nachricht erhalten hatte oder nicht, machte sie ratlos und enttäuschte sie zutiefst.
Es sei denn, er entschließt sich, mir zu schreiben.
Sie seufzte und entfaltete ihre Serviette. »Ist mein Bruder schon unten gewesen, Marieta?«
»Nein, Madomaisèla. Sie sind die Erste.«
»Und meine Tante? Geht es ihr schon wieder besser?«
Marieta zögerte und senkte dann die Stimme, als würde sie ihr ein großes Geheimnis anvertrauen. »Wissen Sie das denn nicht, Madomaisèla? Madama ging es gestern Nacht so schlecht, dass Sénher Anatole den Arzt aus der Stadt kommen lassen musste.«
»Was?«, keuchte Léonie. Sie stand auf. »Ich hatte keine Ahnung. Ich muss zu ihr.«
»Es wäre besser, sie ruhen zu lassen«, sagte Marieta rasch. »Vor nicht ganz dreißig Minuten hat Madama ganz friedlich geschlafen.«
Léonie nahm wieder Platz. »Und was hat der Arzt gesagt?«, wollte sie wissen. »Dr. Gabignaud nehme ich an?«
Marieta nickte. »Dass Madama sich eine Erkältung zugezogen hat,

die sich zu verschlimmern drohte. Er hat ihr ein Pulver verabreicht, um das Fieber zu senken. Er war die ganze Nacht bei ihr, wie auch Ihr Bruder.«

»Wie lautet seine Diagnose jetzt?«

»Da müssen Sie Sénher Anatole fragen, Madomaisèla. Der Arzt hat unter vier Augen mit ihm gesprochen.«

Léonie war furchtbar zumute. Sie hatte Schuldgefühle wegen der lieblosen Gedanken, die sie zuvor gehabt hatte, und weil sie die ganze Nacht selig durchgeschlafen hatte, ohne die geringste Ahnung von der Krise, zu der es anderswo im Haus gekommen war, gehabt zu haben. Ihr Magen verkrampfte sich und fühlte sich an wie ein verdrehtes und verformtes Knäuel. Sie konnte sich nicht vorstellen, dass sie auch nur den kleinsten Bissen herunterbekommen würde.

Aber als Marieta zurückkehrte und ihr einen Teller mit gepökeltem Bergschinken, frischen Eiern von den hauseigenen Hühnern und warmes Weißbrot mit selbstgemachter Butter hinstellte, glaubte sie doch, ein klein wenig essen zu können.

Das Haus war still, während sie aß, und ihre Gedanken sprangen hin und her, überschlugen sich zappelnd wie ein Fisch auf dem Trockenen, zuerst voller Sorge um Isolde, dann freudiger, wenn sie an Monsieur Constant dachte, und kehrten dann wieder zu ihrer Tante zurück.

Sie hörte Schritte in der Halle, warf ihre Serviette auf den Tisch, sprang auf und lief zur Tür, durch die in diesem Augenblick Anatole trat.

Er war blass und hatte dunkle Ringe unter den Augen, wie schwarze Fingerabdrücke, die verrieten, dass er nicht geschlafen hatte.

»Verzeih mir, Anatole, ich habe es gerade erst erfahren. Marieta meinte, es wäre besser, Tante Isolde schlafen zu lassen, als sie zu stören. Kommt der Arzt heute Morgen wieder? Ist …«

Trotz seines mitgenommenen Aussehens lächelte Anatole. Er hob eine Hand, als wollte er ihre Frageflut abwehren.

»Beruhige dich«, sagte er und legte ihr einen Arm um die Schultern. »Das Schlimmste ist überstanden.«

»Aber …«
»Isolde wird wieder gesund. Gabignaud war hervorragend. Er hat ihr etwas gegeben, damit sie schlafen kann. Sie ist schwach, hat aber kein Fieber mehr. Ein paar Tage Bettruhe, und sie ist wieder die Alte.«
Léonie war selbst überrascht, als sie plötzlich in Tränen ausbrach. Ihr war gar nicht klar gewesen, wie sehr sie ihre ruhige, sanfte Tante ins Herz geschlossen hatte.
»Na, na, *petite*«, sagte er liebevoll. »Nicht weinen. Alles wird gut. Du musst dich nicht so aufregen.«
»Lass uns nie wieder streiten«, wimmerte Léonie. »Ich ertrage es nicht, wenn wir keine Freunde sind.«
»Ich auch nicht«, sagte er, zog sein Taschentuch heraus und reichte es ihr. Léonie wischte sich über das tränennasse Gesicht und putzte sich dann kräftig die Nase.
»Wie überaus undamenhaft!«, sagte er lachend. »M'man wäre äußerst unzufrieden mit dir.« Er grinste zu ihr herab. »So, hast du schon gefrühstückt?«
Léonie nickte.
»Na, ich aber nicht. Leistest du mir Gesellschaft?«

Den Rest des Tages wich Léonie ihrem Bruder nicht mehr von der Seite, und alle Gedanken an Victor Constant waren fürs Erste wie weggeblasen. Vorläufig waren die Domaine de la Cade und die Liebe und Zuneigung für die Menschen, die auf dem Gut weilten, das Einzige, was ihr Herz und ihren Verstand beschäftigte.
Isolde verbrachte das Wochenende im Bett. Sie war schwach und ermüdete leicht, doch Léonie las ihr an den Nachmittagen vor, und allmählich kehrte wieder etwas Farbe in ihre Wangen zurück. Anatole kümmerte sich in ihrem Namen um das Anwesen und saß sogar abends in ihrem Zimmer an ihrem Bett. Falls die Diener eine solche Vertraulichkeit befremdlich fanden, so verkniffen sie sich jedenfalls in Léonies Nähe jede Bemerkung darüber.
Mehrmals ertappte Léonie Anatole dabei, dass er sie ansah, als wollte er ihr etwas anvertrauen. Aber wenn sie ihn dann fragte,

lächelte er nur und sagte, es sei nichts, dann senkte er den Blick und widmete sich wieder dem, womit er gerade beschäftigt war.

Am Sonntagabend war Isoldes Appetit wieder so weit hergestellt, dass man ihr das Abendessen auf einem Tablett in ihrem Zimmer servierte. Zu Léonies Freude war der hohle, angespannte Ausdruck im Gesicht ihrer Tante verschwunden, und sie sah auch nicht mehr so dünn aus. Ihre Haut schien zu strahlen, und in ihren Augen lag ein neuer Glanz. Léonie wusste, dass auch Anatole das registriert hatte. Er ging pfeifend durchs Haus und wirkte deutlich erleichtert.

Hauptgesprächsthema unter den Bediensteten war die verheerende Überschwemmung in Carcassonne. Stadt und Land waren gleichermaßen von den Folgen der Unwetter, die von Freitagmorgen bis Sonntagabend angedauert hatten, betroffen. Die Postverbindungen waren gestört und in manchen Gebieten völlig unterbrochen. Um Rennes-les-Bains und Quillan war die Lage schlecht, keine Frage, aber nicht schlimmer, als man es von den herbstlichen Unwettern gewohnt war.

Am Montagabend jedoch trafen auf der Domaine de la Cade die ersten Meldungen von der Katastrophe ein, die Carcassonne heimgesucht hatte. Nach drei Tagen unablässigen Regens, im Tiefland noch schlimmer als in den höher gelegenen Dörfern, war die Aude am Sonntag in den frühen Morgenstunden schließlich über die Ufer getreten und hatte die Bastide und andere Gebiete in Flussnähe überflutet. Ersten Berichten zufolge stand ein Großteil der *quartiers* Trivalle und Barbacane vollständig unter Wasser. Die Pont Vieux zwischen der mittelalterlichen Cité und der Bastide war ebenfalls überschwemmt, aber noch passierbar. In den Gärten des Hôpital des Malades stand das Wasser knietief. Etliche andere Gebäude am linken Ufer waren ebenfalls Opfer der Fluten geworden.

Weiter flussaufwärts, näher am Wehr von Païchérou, hatte der angeschwollene Fluss ganze Bäume entwurzelt und mitgerissen, während andere sich noch verzweifelt im Schlamm festklammerten.

Léonie lauschte diesen Meldungen mit wachsender Besorgnis. Sie fürchtete um das Wohl von Monsieur Constant. Obwohl sie keinen Grund zu der Annahme hatte, dass ihm etwas zugestoßen war, ließen ihr diese Sorgen keine Ruhe. Ihre Seelenqual war umso größer, als sie Anatole nicht gestehen konnte, dass sie die überfluteten Gebiete kannte oder dass sie ein ganz besonderes Interesse an der Lage in Carcassonne hatte.

Léonie machte sich Vorwürfe. Sie wusste, dass es vollkommen lächerlich war, so stark für eine Person zu empfinden, in deren Gesellschaft sie kaum mehr als eine Stunde verbracht hatte. Und doch beherrschte Monsieur Constant ihre romantischen Vorstellungen und wollte ihr einfach nicht aus dem Kopf gehen. So kam es, dass sie, anders als in den ersten Oktoberwochen, wo sie am Fenster gesessen und auf einen Brief von ihrer Mutter aus Paris gewartet hatte, gegen Ende des Monats stattdessen darüber nachgrübelte, ob vielleicht auf dem Postamt in Rennes-les-Bains ein nicht abgeholter Brief aus Carcassonne lag.

Die Frage war, wie konnte sie persönlich eine Fahrt in die Stadt bewerkstelligen? Ausgeschlossen, einem der Diener eine derart delikate Angelegenheit anzuvertrauen, nicht einmal dem liebenswerten Pascal oder der guten Marieta. Und es gab noch etwas zu bedenken: Falls der *patron* des Hotels ihre Nachricht nicht zur vereinbarten Zeit zum Square Gambetta gebracht hatte – falls das Konzert überhaupt stattgefunden hatte –, dann wäre Monsieur Constant – der ja offensichtlich ein Mann mit Grundsätzen war – ehrenhalber verpflichtet, die Angelegenheit nicht weiterzuverfolgen.

Der Gedanke, dass er nicht wissen würde, wo er sie finden konnte – oder aber schlecht von ihr denken würde, weil sie so unhöflich gewesen war, ihre heimliche Verabredung nicht einzuhalten –, ließ ihr keine Ruhe.

Kapitel 70

Eine Chance bot sich ihr drei Tage später.

Am Mittwochabend hatte Isolde sich so weit erholt, dass sie wieder gemeinsam mit Anatole und Léonie im Speisesaal dinierte. Sie aß wenig. Oder, besser gesagt, sie kostete etliche Gerichte, doch keines schien ihr zu schmecken. Selbst der Kaffee aus den frisch gemahlenen Bohnen, die Léonie für sie in Carcassonne erstanden hatte, war nicht nach ihrem Geschmack.

Anatole kümmerte sich rührend um sie, schlug unentwegt andere Leckereien vor, um ihren Appetit anzuregen, doch am Ende ließ sie sich nur zu einem Stück Weißbrot mit Butter überreden, dazu ein wenig *chèvre trois jours* und Honig.

»Irgendeinen besonderen Wunsch? Was es auch ist, ich schaffe es herbei.«

Isolde lächelte. »Es schmeckt alles irgendwie eigenartig.«

»Sie müssen essen«, sagte er beschwörend. »Sie müssen wieder zu Kräften kommen, auch für …«

Er hielt abrupt inne. Léonie bemerkte den Blick, den die beiden wechselten, und fragte sich wieder einmal, was er wohl hatte sagen wollen.

»Ich könnte morgen nach Rennes-les-Bains hinunterfahren und besorgen, was Sie möchten«, fuhr er fort.

Plötzlich hatte Léonie eine Idee. »Ich könnte doch fahren«, sagte sie mit einem möglichst unbeschwerten Unterton. »Dann müsstest du dich nicht hier losreißen, Anatole, und ich hätte ein wenig Abwechslung in der Stadt.« Sie sah Isolde an. »Ich kenne Ihren

Geschmack ganz gut, Tante. Falls das Gig am Morgen nicht gebraucht wird, könnte Pascal mich fahren.« Sie hielt inne. »Ich könnte in den Magasins Bousquet eine Dose kandierten Ingwer kaufen.«

Zu ihrem Entzücken sah Léonie Interesse in Isoldes blassgrauen Augen aufglimmen.

»Ich muss gestehen, das würde mir zusagen«, räumte sie ein.

»Und vielleicht«, fügte Léonie hinzu, nachdem sie im Geist rasch Isoldes Lieblingsleckereien durchgegangen war, »könnte ich beim *pâtissier* vorbeischauen und eine Schachtel Jésuites besorgen?«

Léonie verabscheute die widerlich süßen Blätterteigtaschen, wusste aber, dass Isolde gelegentlich der Versuchung nachgab, sich eine zu gönnen.

»Die sind im Moment wohl ein wenig zu schwer für mich«, lächelte Isolde, »aber gegen ein paar Pfefferkekse wäre doch sicherlich nichts einzuwenden.«

Anatole lächelte sie an und nickte.

»Also gut«, sagte er. »Abgemacht.« Er bedeckte Léonies kleine Hand mit seiner. »Ich begleite dich gern, *petite*, wenn du möchtest.«

»Aber nein. So wird es ein kleines Abenteuer für mich. Ich bin sicher, du hast hier reichlich zu tun.«

Er blickte kurz zu Isolde hinüber. »Stimmt«, bestätigte er. »Schön, wenn du dir wirklich sicher bist, Léonie.«

»Vollkommen sicher«, sagte sie munter. »Ich werde um zehn Uhr aufbrechen, damit ich rechtzeitig zum Mittagessen zurück bin. Ich mache eine Einkaufsliste.«

»Es ist lieb von Ihnen, sich solche Mühe zu machen«, sagte Isolde.

»Das tu ich doch gern«, erwiderte Léonie wahrheitsgemäß.

Sie hatte es geschafft. Falls es ihr gelang, irgendwann im Laufe des Vormittags zum Postamt zu entwischen, ohne dass Pascal es merkte, hätte ihre quälende Ungewissheit, welche Absichten Monsieur Constant ihr gegenüber hegte, endlich ein Ende, so oder so.

Als Léonie am Abend zu Bett ging, träumte sie davon, wie es sich anfühlen würde, seinen Brief in Händen zu halten. Was mochte

wohl in einem solchen Billet-Doux stehen, welche Gefühle mochten darin in Worte gefasst sein?
Ja, als sie endlich einschlief, hatte sie im Geist bereits hundertmal eine wunderschöne Antwort auf Monsieur Constants – imaginierte – elegant formulierte Beteuerungen von Liebe und Wertschätzung aufgesetzt.

Der Morgen des 29. Oktober, ein Donnerstag, war herrlich.
Die Domaine de la Cade war in weiches rötliches Licht getaucht, und darüber spannte sich ein endloser blauer Himmel, der hier und dort mit weißen Schäfchenwolken betupft war. Und es war mild. Das schlechte Wetter war weitergezogen und hatte Platz geschaffen für die Erinnerung an den Duft linder Sommertage.
Um Viertel nach zehn stieg Léonie, die extra ihr karmesinrotes Lieblingskleid mit passender Jacke und Hut angezogen hatte, auf dem Place du Pérou aus der Kutsche. Mit der Einkaufsliste in der Hand promenierte sie die Gran'Rue hinunter, begleitet von Pascal, der ihre zahlreichen Einkäufe trug, die sie in den Magasins Bousquet, der Pâtisserie und Chocolaterie Les Frères Marcel und in dem Kurzwarenladen tätigte, wo sie Garn und Faden gekauft hatte. In dem Straßencafé neben der Maison Gravère, wo sie und Anatole bei ihrem ersten Besuch in der Stadt Kaffee getrunken hatten, gönnte sie sich ein Glas *sirop de grenadine*, und sie fühlte sich richtig heimisch.
Tatsächlich hatte Léonie das Gefühl, als gehöre sie zu dieser Stadt und diese Stadt zu ihr. Und obwohl ein oder zwei flüchtige Bekannte ihr im Vorbeigehen ein wenig unterkühlt begegneten, so ihr Eindruck – die Frauen wandten den Blick ab, und die Ehemänner lüfteten kaum den Hut –, verwarf Léonie den Gedanken, sie könnte ihnen Anlass zum Anstoß geboten haben. Obwohl Pariserin mit Leib und Seele, war sie inzwischen aus ganzem Herzen überzeugt, dass sie sich in der bergigen und seenreichen Waldlandschaft des Aude lebendiger und vitaler fühlte als je zuvor in der Stadt.
Jetzt dachte sie mit Entsetzen an die schmutzigen Straßen und die

verrußte Luft im 8. Arrondissement, von den Einschränkungen ihrer Freiheit dort ganz zu schweigen. Wenn Anatole ihre Mutter davon überzeugen konnte, zu Weihnachten herzukommen, dann würde Léonie liebend gern bis Neujahr und auch noch länger auf der Domaine de la Cade bleiben, keine Frage.

Es dauerte nicht lange, bis sie alle Besorgungen erledigt hatte. Um elf Uhr musste sie nur noch Pascal eine Weile abschütteln, um ihren Abstecher zum Postamt machen zu können. Sie bat ihn, die Pakete zurück zum Gig zu tragen, die sie in der Obhut eines seiner zahlreichen Neffen bei der Tränke ein wenig südlich vom Hauptplatz zurückgelassen hatten. Dann erklärte sie ihm, sie wolle Monsieur Baillard ihre Aufwartung machen.

Pascals Miene verhärtete sich. »Ich wusste gar nicht, dass er schon wieder in Rennes-les-Bains ist, Madomaisèla Léonie«, sagte er.

Ihre Blicke trafen sich. »Ich weiß es auch nicht mit Sicherheit«, räumte sie ein. »Aber es ist ja nur ein kurzer Fußweg. Ich treffe dich dann am Place du Pérou.«

Während sie sprach, fiel Léonie plötzlich ein, wie sie sich eine Gelegenheit verschaffen konnte, den Brief ungestört zu lesen. »Weißt du was, Pascal«, fügte sie rasch hinzu, »du kannst schon mal zurückfahren. Ich denke, ich werde zu Fuß zur Domaine de la Cade zurückgehen. Du brauchst nicht zu warten.«

Pascal wurde rot. »Ich bin sicher, Sénher Anatole würde nicht wollen, dass ich Sie den Heimweg zu Fuß machen lasse«, sagte er mit einem Gesichtsausdruck, der keinen Zweifel daran ließ, dass er wusste, wie ihr Bruder Marieta ausgeschimpft hatte, weil sie Léonie in Carcassonne unbeaufsichtigt gelassen hatte.

»Mein Bruder hat dir doch keine Anweisung gegeben, mir nicht von der Seite zu weichen, oder?«, entgegnete sie sogleich.

Pascal musste zugeben, dass er keine solche Anweisung erhalten hatte.

»Also bitte. Der Pfad durch den Wald ist mir bekannt«, sagte sie bestimmt. »Wie du weißt, hat Marieta uns durch das hintere Tor zur Domaine de la Cade geführt, daher gehe ich den Weg nicht zum ersten Mal. Es ist so ein schöner Tag, vielleicht der letzte Sonnentag in diesem Jahr, und ich bin sicher, meinem Bruder ist es nur lieb, wenn ich die gute Luft auskoste.«

Pascal rührte sich nicht.

»Das wäre alles«, sagte Léonie schärfer, als sie beabsichtigt hatte.

Er starrte sie noch einen Moment länger an, mit einer unergründlichen Miene in seinem breiten Gesicht, bis er plötzlich grinste.

»Wie Sie wünschen, Madomaisèla Léonie«, sagte er mit seiner bedächtigen ruhigen Stimme, »aber Sie werden sich gegenüber Sénher Anatole verantworten, nicht ich.«

»Ich werde ihm sagen, ich habe darauf bestanden, dass du mich allein gehen lässt, ja.«

»Und mit Ihrer Erlaubnis werde ich Marieta bitten, das Tor aufzuschließen und Ihnen auf halber Strecke entgegenzukommen. Damit Sie sich nicht doch verlaufen.«

Léonie fühlte sich beschämt, sowohl durch Pascals Gutmütigkeit angesichts ihrer Gereiztheit als auch durch seine Sorge um ihr Wohlergehen. Denn trotz ihres beherzten Auftretens machte ihr die Vorstellung, den ganzen Weg allein durch den Wald zu gehen, in Wahrheit ein wenig Angst.

»Danke, Pascal«, sagte sie besänftigt. »Ich verspreche, ich werde mich sputen. Meine Tante und mein Bruder werden gar nichts merken.«

Er nickte, dann machte er mit den Paketen im Arm kehrt und ging davon.

Léonie sah ihm nach.

Als er um die Ecke bog, fiel ihr etwas auf. Sie sah jemanden in einem blauen Umhang, der in die Gasse sprang, die zur Kirche führte, als wollte er nicht gesehen werden. Léonie runzelte die Stirn, dachte dann aber nicht weiter darüber nach, sondern wandte sich um und ging zurück Richtung Fluss.

Vorsichtshalber beschloss sie, falls Pascal auf die Idee kam, ihr zu folgen, über die Straße, an der Monsieur Baillards Häuschen lag, zum Postamt zu gehen.

Sie lächelte einigen Bekannten von Isolde zu, blieb aber bei niemandem auf einen kurzen Plausch stehen. Binnen Minuten hatte sie ihr Ziel erreicht, und zu ihrer großen Verblüffung waren die blauen Fensterläden des kleinen Hauses geöffnet.

Léonie blieb stehen. Isolde war sicher gewesen, dass Monsieur Baillard Rennes-les-Bains für längere Zeit verlassen hatte. Zumindest bis zum Sankt-Martins-Tag, das hatte man ihr zumindest gesagt. War das Haus in der Zwischenzeit an jemand anderen vermietet worden? Oder war er vorzeitig zurückgekehrt?

Léonie schaute die Rue de l'Hermite hinunter, die weiter unten auf die Straße mündete, an der das Postamt lag. Der Gedanke, dass dort möglicherweise ein Brief auf sie wartete, versetzte sie in fieberhafte Aufregung. Seit Tagen hatte sie kaum an etwas anderes denken können. Doch nach dieser Phase freudiger Erwartung überkam sie nun plötzlich die Angst, ihre Hoffnungen könnten enttäuscht werden. Dass es vielleicht gar keine Nachricht von Monsieur Constant gab.

Und sie hatte Monsieur Baillards Abwesenheit nun schon seit Wochen bedauert. Wenn sie vorbeiging, ohne bei ihm anzuklopfen, und später feststellte, dass sie die Gelegenheit, die Bekanntschaft mit ihm zu erneuern, verpasst hatte, würde sie sich das nie verzeihen.

Falls es einen Brief gibt, dann liegt er auch in zehn Minuten noch dort.

Léonie ging zur Tür und klopfte.

Einen Augenblick lang geschah nichts. Sie schob das Ohr näher an das gestrichene Holz und hörte kaum wahrnehmbare Schritte auf einem Fliesenboden.

»*Oc?*«, ertönte die Stimme eines Kindes.

Sie trat einen Schritt zurück, als die Tür aufging, und auf einmal war es ihr unangenehm, dass sie so unangekündigt hier auftauchte. Ein kleiner dunkelhaariger Junge, dessen Augen die Farbe von Brombeeren hatten, blickte zu ihr hoch.

»Ist Monsieur Baillard zu Hause?«, fragte sie. »Ich bin Léonie Vernier. Madame Lascombes Nichte. Von der Domaine de la Cade.«

»Erwartet er Sie?«

»Nein. Ich kam zufällig vorbei und habe mir erlaubt, unangemeldet anzuklopfen. Falls ich ungelegen …«

»*Que ès?*«

Der Junge drehte sich um. Beim Klang von Monsieur Baillards Stimme lächelte Léonie vor Freude. Ermutigt rief sie: »Ich bin's, Léonie Vernier, Monsieur Baillard.«

Augenblicke später erschien die unverkennbare Gestalt im weißen Anzug, an die sie sich so lebhaft von dem Diner her erinnerte, am Ende des Flurs. Selbst im Halbdunkel der engen Diele konnte Léonie sehen, dass er lächelte.

»Madomaisèla Léonie«, sagte er. »Was für ein unerwartetes Vergnügen.«

»Ich habe einige Erledigungen für meine Tante gemacht – sie war nicht ganz wohlauf –, und Pascal ist schon zurückgefahren. Ich hatte geglaubt, Sie wären zurzeit nicht in Rennes-les-Bains, aber als ich die offenen Fensterläden sah, da …«

Sie merkte, dass sie ins Plappern geraten war, und verstummte.

»Ich bin entzückt, Sie zu sehen«, sagte Baillard. »Bitte, kommen Sie doch herein.«

Léonie zögerte. Er war zwar ein Mann von ehrenwertem Ruf, ein Bekannter von Tante Isolde und gerngesehener Gast auf der Domaine de la Cade, aber dennoch war ihr bewusst, dass es für eine junge Frau als unschicklich angesehen werden könnte, allein das Haus eines Herrn zu betreten.

Aber es sieht doch keiner.

»Danke«, sagte sie. »Das ist sehr liebenswürdig.«

Sie trat über die Schwelle.

Kapitel 71

∞

Léonie folgte Monsieur Baillard den Flur entlang und betrat ein freundliches Zimmer im rückwärtigen Teil des kleinen Hauses. Ein einziges großes Fenster nahm eine gesamte Wand ein.

»Oh«, rief sie. »Dieser Blick ist ja genauso vollkommen wie ein Bild.«

»Das ist wahr«, sagte er lächelnd. »Ich kann mich glücklich schätzen.«

Er läutete eine kleine silberne Glocke, die auf einem niedrigen Beistelltisch neben dem Ohrensessel stand, in dem er offenbar gelesen hatte, gleich vor dem großen gemauerten Kamin. Derselbe Junge erschien. Léonie schaute sich unauffällig im Zimmer um. Es war ein schlichter und einfacher Raum mit einer bunten Ansammlung von Stühlen und einem Salontisch hinter dem Sofa. Bis zum Bersten gefüllte Bücherregale bedeckten die Wand gegenüber dem Kamin.

»Bitte sehr«, sagte er. »Nehmen Sie doch Platz. Was gibt es Neues, Madomaisèla Léonie? Ich hoffe, in der Domaine de la Cade ist alles wohlauf? Sie sagten, Ihre Tante war indisponiert. Nichts Ernstes, hoffe ich?«

Léonie nahm ihren Hut ab, zog die Handschuhe aus und setzte sich dann ihm gegenüber.

»Es geht ihr schon viel besser. Wir wurden letzte Woche von dem schlechten Wetter überrascht, und meine Tante hat sich verkühlt. Der Arzt musste kommen, doch das Schlimmste ist überstanden, und sie erholt sich mit jedem Tag.«

»Ihr Zustand hängt in der Schwebe«, sagte er, »und es ist noch sehr früh. Aber alles wird gut werden.«
Léonie fand seinen Kommentar unverständlich und sah ihn verwundert an, doch in dem Moment kam der Junge mit einem Messingtablett herein, auf dem zwei verzierte Kelchgläser und ein Silberkrug standen, der fast so aussah wie eine Kaffeekanne, aber ein wirbelndes Rautenmuster hatte, und sie vergaß die Frage, die ihr auf der Zunge lag.
»Er kommt aus dem Heiligen Land«, erklärte ihr Gastgeber. »Ein Geschenk, das mir ein alter Freund vor vielen vielen Jahren gemacht hat.«
Der Diener reichte ihr ein Glas, das mit einer zähen roten Flüssigkeit gefüllt war.
»Was ist das, Monsieur Baillard?«
»Ein Kirschlikör hier aus der Gegend, Guignolet. Ich muss gestehen, ich bin ihm sehr zugetan. Er schmeckt besonders gut zu diesen Pfefferkeksen.« Er nickte, und der Junge hielt Léonie den Teller hin. »Die sind eine Spezialität hier, und man bekommt sie überall, aber ich finde, die hier von den Frères Marcel sind die besten, die ich je gekostet habe.«
»Ich habe selbst auch welche gekauft«, erwiderte Léonie. Sie trank einen Schluck Guignolet und musste sofort husten. Er war süß und schmeckte intensiv nach Wildkirschen, war aber ausgesprochen stark.
»Sie sind früher zurück, als wir dachten«, sagte sie. »Nach dem, was meine Tante gesagt hat, bin ich davon ausgegangen, Sie würden mindestens bis November verreist sein, vielleicht sogar bis Weihnachten.«
»Meine Angelegenheiten konnten schneller geregelt werden, als ich erwartet hatte, also bin ich zurückgekommen. Man hört Geschichten aus der Stadt. Ich hatte das Gefühl, hier von größerem Nutzen sein zu können.«
Nutzen? Léonie fand die Wortwahl seltsam, sagte aber nichts dazu.
»Wo waren Sie denn, Monsieur?«
»Zu Besuch bei alten Freunden«, sagte er leise. »Außerdem habe

ich ein Haus oben in den Bergen. In einem winzigen Dorf namens Los Seres, nicht allzu weit von der alten Festung Montségur. Ich wollte sicherstellen, dass alles bereit ist, falls ich mich in absehbarer Zukunft dorthin begeben muss.«

Léonie runzelte die Stirn. »Ist das denn wahrscheinlich, Monsieur? Ich hatte den Eindruck, Sie hätten sich hier in der Stadt eine Bleibe gesucht, um den strengen Wintern in den Bergen zu entgehen.«

Seine Augen blitzten. »Ich habe schon viele Winter in den Bergen überstanden, Madomaisèla«, sagte er sanft. »Manche waren hart, andere weniger.« Er schwieg einen Moment und schien seinen Gedanken nachzuhängen. »Doch nun zu Ihnen«, sagte er schließlich, als hätte er sich mit einem Ruck zurück in die Gegenwart geholt. »Wie haben Sie die vergangenen Wochen verbracht? Haben Sie seit unserer letzten Begegnung noch weitere Abenteuer erlebt?«

Sie hielt seinem Blick stand. »Ich bin nicht wieder zur Grabkapelle gegangen, Monsieur Baillard«, sagte sie, »falls Sie das meinen.«

Er lächelte. »Das meinte ich allerdings.«

»Obwohl das Thema Tarot mich zugegebenermaßen nach wie vor interessiert.« Sie musterte seine Miene, doch sein verwittertes Gesicht gab nichts preis. »Ich habe außerdem begonnen, eine Bilderfolge zu malen.« Sie stockte kurz. »Nachbildungen der Darstellungen an den Wänden.«

»Tatsächlich?«

»Es sind Studien, würde ich sagen. Nein, eigentlich sind es eher Kopien.«

Er beugte sich in seinem Sessel vor. »Und Sie haben sie alle gemalt?«

»Nun ja, nein«, antwortete sie, obgleich sie die Frage eigenartig fand. »Bloß die am Anfang. Die sogenannten großen Arkana, und selbst von ihnen nicht alle. Einige behagen mir nicht. Zum Beispiel Le Diable.«

»Und La Tour?«

Ihre grünen Augen wurden schmaler. »Ja. Auch der Turm. Woher …«

»Wann haben Sie begonnen, die Bilder zu malen, Madomaisèla?«

»Am Nachmittag vor dem Diner. Ich wollte mich nur irgendwie beschäftigen, um die Wartezeit zu überbrücken. Und dann merkte ich, dass ich ohne den geringsten bewussten Vorsatz mich selbst in das Bild hineingemalt hatte, Monsieur Baillard. Danach empfand ich den Drang, damit weiterzumachen.«

»Darf ich fragen, in welches der Bilder?«

»La Force.« Sie hielt inne, und ein Schaudern durchlief sie, als sie an die komplizierten Gefühle dachte, die sie in diesem Moment erfasst hatten. »Das Gesicht war mein Gesicht. Was meinen Sie, wie kommt das?«

»Die nächstliegende Erklärung wäre die, dass Sie in sich selbst die Eigenschaft der Kraft sehen.«

Léonie wartete, wollte mehr hören, begriff dann aber, dass Monsieur Baillard zu dem Thema alles gesagt hatte, was er sagen wollte.

»Ich gebe zu, ich interessiere mich zunehmend für meinen Onkel und für die Erlebnisse, die er in seinem Text *Les Tarots* schildert«, fuhr Léonie fort. »Sie müssen sich nicht genötigt fühlen, mir zu antworten, Monsieur Baillard, doch ich habe mich gefragt, ob Sie meinen Onkel zum Zeitpunkt der in seinem Büchlein beschriebenen Ereignisse bereits kannten.« Sie studierte sein Gesicht, suchte nach Zeichen der Ermutigung oder des Missfallens ob ihrer Frage, doch seine Mimik blieb unergründlich. »Mir ist klar geworden, dass die … Situation genau in den Zeitraum fällt, nachdem meine Mutter die Domaine de la Cade verlassen hatte und bevor mein Onkel und meine Tante heirateten.« Sie zögerte. »Ich stelle mir vor, und das meine ich keineswegs respektlos, dass mein Onkel vom Charakter her ein Einzelgänger war, der nicht unbedingt die Gesellschaft anderer Menschen suchte.«

Wieder hielt sie inne, um Monsieur Baillard die Gelegenheit zu geben, etwas zu erwidern. Doch er saß einfach nur ruhig da, die blaugeäderten Hände im Schoß, und schien sich mit Zuhören begnügen zu wollen.

»Aus Bemerkungen meiner Tante Isolde«, fuhr Léonie fort, »gewann ich den Eindruck, dass Sie dabei behilflich waren, meinen Onkel und Abbé Saunière miteinander bekannt zu machen, nachdem er als Pfarrer von Rennes-le-Château eingesetzt worden war. Sie deutete überdies an, ebenso wie Sie, es habe irgendwelche Widrigkeiten gegeben, Gerüchte, Vorfälle, die im Zusammenhang mit der Grabkapelle standen und die das Eingreifen eines Geistlichen erforderlich machten.«

»Ah.« Audric Baillard presste die Fingerspitzen aufeinander.

Sie holte tief Luft. »Ich habe … Hat Abbé Sauniére für meinen Onkel einen Exorzismus vorgenommen, war es das? Hat ein derartiges … Ereignis in der Grabkapelle stattgefunden?«

Diesmal wartete Léonie ab, nachdem sie die Frage gestellt hatte. Sie ließ die Überredungskunst der Stille wirken. Endlos lange, so schien es ihr zumindest, war nur das Ticken der Uhr zu hören. Aus einem Zimmer auf der anderen Seite des Flurs hörte sie das Klappern von Geschirr und das unverkennbare Kratzen eines groben Besens über die Holzdielen.

»Um den Ort vom Bösen zu befreien«, sagte sie schließlich. »War es so? Das ein oder andere Mal habe ich es erahnt. Aber jetzt ist mir klar, dass meine Mutter die Anwesenheit des Bösen gespürt haben muss, Monsieur, als sie noch ein Mädchen war. Sie hat die Domaine verlassen, sobald sie konnte.«

Kapitel 72

∞

Es gibt Tarots«, sagte Baillard schließlich, »bei denen die Teufelskarte nach dem Kopf von Baphomet gestaltet ist, dem Götzen, den die Armen Ritter Christi vom Tempel Salomos angeblich anbeteten, wie man ihnen fälschlicherweise vorwarf.«

Léonie nickte, obwohl ihr nicht klar war, inwiefern diese Abschweifung von Bedeutung sein sollte.

»Angeblich befand sich nicht weit von hier, in Bézu, ein Altarplatz der Templer«, sprach er weiter. »Dergleichen gab es natürlich nicht. Was historische Fakten angeht, herrscht im kollektiven Gedächtnis Verwirrung, und es werden die Albigenser und die Templer miteinander verwechselt. Wahr ist, dass sie zur gleichen Zeit auf Erden wandelten, doch es gab kaum Berührungspunkte zwischen den beiden. Es war ein zufälliges zeitliches Zusammentreffen, keine Überlappung.«

»Aber was hat das mit der Domaine de la Cade zu tun, Monsieur Baillard?«

Er lächelte. »Bei Ihrem Besuch haben Sie doch gewiss die Asmodeus-Statue bemerkt, *è?* Die die Last des Taufbeckens trägt?«

»Ja.«

»Asmodeus, auch bekannt als Asmodis oder Aschmodai, ist höchstwahrscheinlich abgeleitet von Aeshma-Daeva, einer alten persischen Bezeichnung für Dämon des Zorns. Asmodeus taucht in dem deuterokanonischen Buch Tobit ebenso auf wie im Testament Salomons, einem apokryphen Text des Alten Testaments. Dabei handelt es sich um ein Werk, das angeblich von Salomon verfasst wurde und ihm zugeschrieben wird, wobei dies aber wohl kaum der historischen Wahrheit entspricht.«

Léonie nickte erneut, obwohl ihre Kenntnis des Alten Testaments recht beschränkt war. Weder sie noch Anatole waren zur Sonntagsschule gegangen oder hatten ihren Katechismus gelernt. Religiöser Aberglaube, so behauptete ihre Mutter, vertrug sich schlecht mit moderner Vernunft. Auch wenn Marguerite in Fragen von Sitte und Anstand eher traditionell dachte, war sie doch eine vehemente Gegnerin der Kirche. Jetzt fragte Léonie sich zum ersten Mal, ob diese heftige Ablehnung seitens ihrer Mutter vielleicht auf die Atmosphäre der Domaine de la Cade zurückzuführen war, in der sie ihre Kindheit verbracht hatte, und sie nahm sich vor, sie bei nächster Gelegenheit zu fragen.

Monsieur Baillards ruhige Stimme holte sie aus ihren Überlegungen.

»Die Geschichte erzählt, wie König Salomon Asmodeus anruft, damit er ihm beim Bau des Tempels hilft – des großen Tempels. Asmodeus, ein Dämon, der vor allem mit Begierde in Verbindung gebracht wird, erscheint tatsächlich, doch seine Anwesenheit ist beängstigend. Er prophezeit, dass Salomons Königreich eines Tages geteilt werden wird.«

Baillard stand auf und ging zu dem Bücherregal, wo er ein kleines, in braunes Leder gebundenes Buch herausnahm. Er blätterte die hauchdünnen Seiten um, bis seine zarten Finger die gesuchte Passage gefunden hatten.

»Hier steht: ›Mein Sternbild ist wie ein Tier, das in seiner Höhle Zuflucht sucht, sprach der Dämon. Daher erbitte nicht so viel von mir, Salomon, denn dein Reich wird geteilt werden. Dein Ruhm ist vergänglich. Du kannst uns eine kurze Weile quälen, doch dann werden wir wieder unter die Menschen gehen, und sie werden uns als Götter anbeten, weil die Menschen nicht um den Namen der Engel wissen, die über uns herrschen.‹« Er schloss das Buch und blickte auf. »Testament Salomons, Kapitel fünf, Verse vier und fünf.«

Léonie wusste nicht, was sie erwidern sollte, also schwieg sie.

»Wie ich vorhin gesagt habe, ist Asmodeus ein Dämon, der mit fleischlicher Begierde in Verbindung gebracht wird«, erklärte Baillard weiter. »Er ist vor allem der Feind der Frischverheirateten. Im apokryphen Buch Tobit peinigt er eine Frau namens Sarah, indem er nacheinander ihre sieben Ehemänner tötet, noch ehe die Ehe vollzogen werden kann. Dem achten Ehemann rät der Erzengel Raphael, Herz und Leber eines Fisches auf rotglühende Kohlen zu legen. Der Qualm und der üble Gestank stoßen Asmodeus ab und bringen ihn dazu, nach Ägypten zu fliehen, wo Raphael ihn in Fesseln legt.«

Léonie fröstelte, weniger wegen seiner Worte, sondern wegen der jähen Erinnerung an den schwachen, aber widerwärtigen Gestank, der ihr in der Grabkapelle in die Nase gestiegen war. Ein unerklärlicher Geruch nach Feuchtigkeit, Rauch und Meer.

»Diese Gleichnisse kommen uns recht archaisch vor, nicht wahr?«, sagte ihr Gastgeber. »Sie sollen eine höhere Wahrheit vermitteln, doch oft genug verschleiern sie diese nur noch mehr.« Er klopfte mit seinen langen dünnen Fingern auf den Ledereinband. »In dem Buch Salomons heißt es auch, dass Asmodeus es verabscheut, in der Nähe von Wasser zu sein.«

Léonie setzte sich aufrechter hin. »Vielleicht hat man ihm deshalb das Weihwasserbecken auf die Schultern gesetzt. Könnte das sein, Monsieur Baillard?«

»Möglich«, pflichtete er bei. »Asmodeus taucht auch noch in anderen Werken mit religiösen Erläuterungen auf. Im Talmud beispielsweise entspricht er Aschmodai, einer weit weniger bösartigen Gestalt als der Asmodeus im Buch Tobit, obwohl er Salomons Frauen und Bathseba begehrt. Später dann, in der zweiten Hälfte des fünfzehnten Jahrhunderts, taucht Asmodai als Dämon der Fleischeslust im *Malleus Maleficarum* auf, dem Hexenhammer, einem, wie ich finde, grob vereinfachenden Katalog der Dämonen und ihrer bösen Werke. Ihrem Bruder könnte dieses Buch als Sammler durchaus bekannt sein.«

Léonie zuckte die Achseln. »Durchaus möglich, ja.«

»Es gibt auch einige, die glauben, verschiedene Teufel entwickeln zu verschiedenen Jahreszeiten unterschiedliche Kräfte.«

»Und wann soll Asmodeus am mächtigsten sein?«
»Im Monat November.«
»November«, wiederholte sie. Sie überlegte einen Moment. »Aber was hat das zu bedeuten, Monsieur Baillard, diese Verbindung von abergläubischen Vorstellungen und Mutmaßungen – die Karten, die Grabkapelle, ein wasserscheuer Dämon, der die Ehe hasst?«
Er stellte das Buch zurück ins Regal und ging zum Fenster, wo er mit dem Rücken zu ihr stehen blieb und die Hände auf die Fensterbank stützte.
»Monsieur Baillard?«
Er wandte sich um. Für einen kurzen Moment warf die rötliche Sonne, die durch das große Fenster fiel, einen lichten Heiligenschein um ihn, und Léonie hatte den Eindruck, als stünde einer dieser alttestamentarischen Propheten vor ihr, wie man sie aus Ölgemälden kannte.
Dann trat er wieder in die Mitte des Raumes, und die Illusion war entschwunden.
»Es bedeutet, Madomaisèla, dass wir, wenn dörflicher Aberglaube von einem Dämon spricht, der diese Täler und Wälder durchstreift, wenn die Zeit aus den Fugen gerät, das alles nicht bloß als haltlose Geschichten abtun sollten. Es gibt gewisse Orte, und die Domaine de la Cade ist einer davon, an denen ältere Kräfte wirksam sind.«
Er schwieg kurz. Dann: »Andererseits gibt es Menschen, die sich dafür entscheiden, eine derartige Kreatur zu erwecken, mit derlei Geistern zu kommunizieren, weil sie nicht begreifen, dass das Böse nicht beherrscht werden kann.«
Sie glaubte es nicht, und doch tat ihr Herz im selben Moment einen kleinen Satz.
»Und das hat mein Onkel getan, Monsieur Baillard? Wollen Sie mir wirklich sagen, mein Onkel hat durch die Wirkkraft der Karten und den Geist des Ortes den Teufel Asmodeus herbeigerufen? Um dann zu erleben, dass er ihn nicht beherrschen konnte? Soll das heißen, dass all diese Geschichten von einer Bestie tatsächlich wahr sind? Dass mein Onkel zumindest moralisch für die Toten im Tal verantwortlich war? Und es auch wusste?«

Audric Baillard erwiderte ihren Blick. »Er wusste es.«
»Und deshalb war er gezwungen, die Dienste von Abbé Saunière zu erbitten«, sprach sie weiter, »um das Ungeheuer zu bannen, das er befreit hatte?« Sie stockte. »Wusste Tante Isolde davon?«
»Das alles geschah, bevor sie herkam. Sie wusste nichts davon.«
Léonie stand auf und ging zum Fenster. »Ich glaube das nicht«, sagte sie schroff. »Was für Geschichten. Teufel, Dämonen. Solche Märchen haben keinen Platz mehr in der modernen Welt.« Ihre Stimme erstarb, als sie an die Tragik des Ganzen dachte. »Diese Kinder«, flüsterte sie. Sie begann, auf und ab zu schreiten, auf Dielenbrettern, die protestierend knarrten und ächzten. »Ich glaube es nicht«, wiederholte sie, doch jetzt war ihre Stimme unsicher geworden.
»Blut lockt Blut an«, sagte Baillard leise. »Es gibt Dinge, die das Böse anziehen. Orte, Gegenstände, Personen können durch die Kraft ihres bösen Willens böse Umstände heraufbeschwören, Missetaten, Sünden.«
Léonie blieb stehen, während ihre Gedanken andere Bahnen einschlugen. Sie sah ihren sanften Gastgeber an und warf sich dann wieder in ihren Sessel.
»Mal angenommen, ich könnte dergleichen ernsthaft glauben, was ist dann mit den Tarotkarten, Monsieur Baillard? Wenn ich Sie richtig verstanden habe, sagen Sie, die Karten können Gutes oder Übles bewirken, je nachdem, wie sie eingesetzt werden.«
»Das ist richtig. Bedenken Sie, dass ein Schwert entweder ein Werkzeug des Guten oder des Bösen sein kann. Die Hand, die es führt, entscheidet darüber, nicht der Stahl selbst.«
Léonie nickte. »Woher stammen die Karten? Wer hat sie zuerst gemalt und zu welchem Zweck? Als ich die Worte meines Onkels zum ersten Mal las, habe ich sie so verstanden, dass die Gemälde auf der Wand der Grabkapelle irgendwie herabsteigen und sich auf die Karten aufdrücken könnten.«
Audric Baillard lächelte. »Wenn dem so wäre, Madomaisèla Léonie, gäbe es nur acht Karten, es gibt aber einen vollen Satz.«
Ihr Herz sank. »Ja, Sie haben recht. Das hatte ich nicht bedacht.«

»Das heißt jedoch nicht«, sagte er, »dass Ihr Gedanke nicht doch ein Körnchen Wahrheit birgt.«

»Dann erklären Sie mir doch, Monsieur Baillard, warum gerade diese acht Darstellungen?« Ihre grünen Augen blitzten, als ihr ein neuer Gedanke kam. »Könnte es sein, dass die Bilder, die noch immer an der Wand zu sehen sind, genau die Bilder sind, die mein Onkel beschworen hat? Dass in einer anderen Situation, bei einer anderen Kontaktaufnahme zwischen den Welten, andere Tableaus, Bilder von anderen Karten an den Wänden zu sehen wären?« Sie dachte kurz nach. »Von Gemälden vielleicht?«

Audric Baillard gestattete seinen Lippen ein feines Lächeln. »Die unbedeutenderen Karten, einfache Spielkarten, wenn Sie so wollen, entstammen jener unglückseligen Zeit, als wieder einmal Menschen, die durch ihren Glauben dazu getrieben wurden, zu morden und zu unterdrücken und die Ketzerei auszurotten, die Welt in Blut tauchten.«

»Die Albigenser?«, fragte Léonie, die sich an Gespräche zwischen Anatole und Isolde über die tragische Geschichte des Languedoc im 13. Jahrhundert erinnerte.

Er schüttelte resigniert den Kopf. »Ah, wenn die Menschen ihre Lektionen doch nur so schnell lernen würden, Madomaisèla. Aber leider tun sie es nicht.«

Seine Stimme klang schwer, und Léonie hatte das Gefühl, als läge hinter seinen Worten eine Weisheit, die die Jahrhunderte überspannte. Sie, die sich nie auch nur im Geringsten für die Geschehnisse der Vergangenheit interessiert hatte, merkte auf einmal, dass sie begreifen wollte, wie ein Ereignis zum nächsten geführt hatte.

»Ich spreche nicht von den Albigensern, Madomaisèla Léonie, sondern von den späteren Glaubenskriegen im sechzehnten Jahrhundert, von den Auseinandersetzungen zwischen dem katholischen Haus Guise und denjenigen, die wir der Einfachheit halber als das hugenottische Haus Bourbon bezeichnen wollen.« Er hob beide Hände und ließ sie wieder sinken. »Vielleicht wird es ja immer so sein und bleiben, dass die Forderungen des Glaubens im Nu und unentwirrbar mit Forderungen nach Landbesitz und Herrschaft verknüpft werden.«

»Und aus dieser Zeit stammen die Karten?«, fragte Léonie nach.

»Die ursprünglichen sechsundfünfzig Karten sollten lediglich zur Kurzweil an langen Winterabenden dienen und standen stark in der Tradition des italienischen Spiels Tarocchi. Hundert Jahre vor der Zeit, von der ich jetzt rede, hatte der italienische Adel derlei Zeitvertreib hoffähig gemacht. Als die Republik entstand, wurden die Hofkarten durch Maître und Maîtresse, Fils und Fille ersetzt, wie Sie gesehen haben.«

»La Fille d'Epées«, sagte sie und hatte wieder das Gemälde an der Kapellenwand vor Augen. »Durch wen?«

»Das ist nicht ganz klar. Ungefähr zur selben Zeit, genauer gesagt am Vorabend der Revolution, wurde jedenfalls in Frankreich das harmlose Tarotspiel in etwas anderes verwandelt. In ein Wahrsagesystem, eine Möglichkeit, das Sichtbare und Bekannte mit dem Unsichtbaren und Unbekannten zu verbinden.«

»Waren die Karten da schon in der Domaine de la Cade?«

»Die sechsundfünfzig Karten waren im Besitz des Hauses, wenn Sie so wollen, weniger im Besitz der Menschen, die darin lebten. Der uralte Geist des Ortes entfaltete seine Wirkung auf die Karten. Die Legenden und Sagen verliehen den Karten tiefere Bedeutung und Kraft. Verstehen Sie? Die Karten warteten auf jemanden, der die Sequenz vervollständigen würde.«

»Und das war mein Onkel«, sagte sie, eine Feststellung, keine Frage.

Baillard nickte. »Lascombe las die Bücher, die von den Kartenlegern in Paris veröffentlicht wurden – die alten Worte von Antoine Court de Gébelin, die neueren Schriften von Eliphas Lévi und Romain Merlin –, und ließ sich von ihnen verführen. Er fügte dem Kartensatz, den er geerbt hatte, die zweiundzwanzig großen Arkana hinzu – die von den grundlegenden Veränderungen im Leben künden und von dem, was jenseits davon liegt – und brachte diejenigen, die er beschwören wollte, an der Wand der Grabkapelle an.«

»Mein Onkel hat die zweiundzwanzig zusätzlichen Karten gemalt?«

»Ja.« Er zögerte kurz. »Madomaisèla Léonie, glauben Sie wirklich, dass durch die Wirkkraft der Tarotkarten – am gegebenen Ort und unter den Bedingungen, die derlei Dinge erst möglich machen – Dämonen und Geister herbeigerufen werden können?«

»Ich sollte es nicht glauben, Monsieur Baillard, und doch merke ich, dass ich es glaube.« Sie überlegte einen Moment. »Allerdings verstehe ich nicht, wie es kommt, dass die Karten Macht über Geister haben.«

»Aber nein«, sagte Baillard geschwind. »Das war genau der Fehler, den Ihr Onkel machte. Die Karten können die Geister herbeirufen, ja, aber sie können sie niemals beherrschen. In den Bildern sind alle Möglichkeiten enthalten – jede Charaktereigenschaft, alles menschliche Begehren, Gutes und Böses, all unsere langen und einander berührenden Geschichten –, aber wenn sie freigesetzt werden, nehmen sie ein eigenes Leben an.«

Léonie runzelte die Stirn. »Ich verstehe nicht.«

»Die Tableaus an den Wänden sind die Abdrücke der letzten Karten, die an diesem Ort beschworen wurden. Aber wenn man durch einen Pinselstrich die Merkmale auf einer oder mehreren Karten verändern würde, dann nähmen sie auch andere Eigenschaften an. Die Karten können unterschiedliche Geschichten erzählen«, erklärte er.

»Trifft das auch zu, wenn die Karten irgendwo anders sind?«, wollte Léonie wissen. »Oder nur auf der Domaine de la Cade, in der Kapelle?«

»Es ist die einzigartige Verbindung von Bild und Klang und dem Geist des Ortes, Madomaisèla. Dieses einen Ortes«, antwortete er. »Und gleichzeitig wirkt sich der Ort auf die Karten aus. So könnte es beispielsweise sein, dass La Force nun eigens zu Ihnen gehört. Aufgrund Ihres künstlerischen Geschicks.«

Léonie sah ihn an. »Aber ich habe die eigentlichen Karten gar nicht gesehen. Außerdem habe ich gar keine Karten gemalt, nur Nachbildungen dessen, was ich an den Wänden gesehen habe, und zwar auf ganz normales Papier.«

Er bedachte sie mit einem bedächtigen Lächeln. »Die Dinge sind nicht unverrückbar, Madomaisèla. Und außerdem haben Sie ja nicht nur sich selbst in die Karten gemalt, nicht wahr? Sie haben auch Ihren Bruder und Ihre Tante in die Bilder gemalt.«
Sie wurde rot. »Das sind bloß kleine Bildchen zur Erinnerung an unseren Aufenthalt hier.«
»Vielleicht.« Er neigte seinen Kopf. »Durch solche Bilder werden Ihre Geschichten länger leben, als Sie sie erzählen können.«
»Sie machen mir Angst, Monsieur«, sagte sie scharf.
»Das ist nicht meine Absicht.«
Léonie zögerte, bevor sie die Frage stellte, die ihr auf der Zunge lag, seit sie zum ersten Mal von den Tarotkarten gehört hatte. »Gibt es den Kartensatz noch?«
Er fixierte sie mit seinen klugen Augen. »Es gibt ihn noch«, sagte er schließlich.
»Innerhalb des Hauses?«, fragte sie rasch nach.
»Abbé Saunière hat Ihren Onkel angefleht, die Karten zu vernichten, sie zu verbrennen, damit nie wieder jemand in Versuchung käme, sie zu benutzen. Und die Grabkapelle gleich dazu.« Baillard schüttelte den Kopf. »Doch Jules Lascombe war Gelehrter und Wissenschaftler. Etwas von so uralter Herkunft hätte er ebenso wenig zerstören können, wie der Abbé seinem Gott abschwören könnte.«
»Dann sind die Karten irgendwo auf dem Anwesen versteckt, ja? In der Grabkapelle sind sie jedenfalls nicht.«
»Sie sind in Sicherheit«, sagte er. »Dort verborgen, wo der Fluss versiegt, an einem Ort, wo einst die alten Könige bestattet wurden.«
»Aber wenn dem so ist, dann …«
Audric Baillard hob einen Finger an die Lippen. »Ich habe Ihnen das alles erzählt, um Ihre Wissbegierde zu stillen, Madomaisèla Léonie, nicht um Ihre Neugier anzustacheln. Ich verstehe, dass Sie in diese Geschichte hineingezogen wurden, dass Sie den Wunsch haben, mehr über Ihre Familie zu erfahren und über die Ereignisse, die deren Leben geprägt haben. Aber ich wiederhole meine Warnung: Die

Suche nach den Karten wird nichts Gutes bewirken, vor allem in einer Zeit wie dieser, wo die Dinge so in der Schwebe sind.«

»Einer Zeit wie dieser? Wie meinen Sie das, Monsieur Baillard? Weil der November naht?«

Doch der Ausdruck, der sich über sein Gesicht gelegt hatte, machte deutlich, dass er nichts mehr dazu sagen würde. Léonie wippte mit dem Fuß. Es brannten ihr noch so viele Fragen auf der Seele. Sie holte Luft, doch noch ehe sie ein Wort aussprechen konnte, sagte er: »Es ist genug.«

Durchs offene Fenster war zu hören, wie die Glocke der kleinen Kirche Saint-Celse et Saint-Nazaire zwölf Uhr schlug. Ein dünner, einsamer Ton, der das Ende des Morgens verkündete.

Der Klang riss Léonie in die Gegenwart zurück. Sie hatte ihr eigentliches Vorhaben völlig vergessen. Sie sprang auf.

»Ich bitte um Verzeihung, Monsieur Baillard, ich habe Ihre Zeit über Gebühr beansprucht.« Hastig streifte sie sich die Handschuhe über. »Und dabei ganz vergessen, dass ich noch etwas Dringendes erledigen muss. Das Postamt … Wenn ich mich beeile, kann ich vielleicht noch …«

Léonie griff nach ihrem Hut und eilte zur Tür. Audric Baillard erhob sich langsam, eine elegante, zeitlose Gestalt.

»Wenn Sie erlauben, Monsieur, besuche ich Sie gern wieder?«

»Selbstverständlich, Madomaisèla. Es wäre mir ein großes Vergnügen.«

Léonie winkte schnell, dann ging sie aus dem Zimmer, hastete den Flur hinunter und durch die Haustür hinaus auf die Straße, während Audric Baillard allein und tief in Gedanken versunken zurückblieb. Der Junge trat aus dem Schatten und schloss die Tür hinter ihr.

Baillard setzte sich wieder in seinen Sessel.

»Si es atal es atal«, murmelte er in der alten Sprache. Es kommt, wie es kommen wird. »Doch für dieses Kind wünschte ich, es wäre nicht so.«

Kapitel 73

∞

Léonie rannte durch die Rue de l'Hermite, wobei sie gleichzeitig versuchte, die Knöpfe an ihren Handschuhen zu schließen. Sie bog scharf nach rechts und lief weiter zum Postamt.

Die hölzerne Doppeltür war geschlossen und verriegelt. Léonie hämmerte mit der Faust dagegen und rief: »*S'il vous plaît?*« Es war erst drei Minuten nach zwölf. Bestimmt war noch jemand da. »Ist da jemand? Es ist wirklich wichtig!«

Sie lauschte vergeblich. Wieder klopfte und rief sie, aber es kam niemand. Eine übellaunige Frau mit zwei dünnen grauen Zöpfen lehnte sich aus dem Fenster gegenüber und schrie, sie sollte mit der Klopferei aufhören.

Léonie entschuldigte sich und begriff, wie dumm es von ihr war, sich derart auffällig zu benehmen. Falls ein Brief von Monsieur Constant auf sie wartete, dann würde er sich noch eine Weile länger gedulden müssen. Sie konnte unmöglich in Rennes-les-Bains bleiben, bis das Postamt am Nachmittag wieder aufmachte. Sie würde einfach ein anderes Mal wiederkommen müssen.

Ihre Gefühle waren widersprüchlich.

Einerseits war sie wütend auf sich selbst, weil sie ausgerechnet das nicht erledigt hatte, weshalb sie überhaupt hergekommen war. Andererseits hatte sie das Gefühl, als wäre ihr noch eine Galgenfrist gewährt worden.

Zumindest weiß ich jetzt nicht, dass Monsieur Constant nicht *geschrieben hat.*

Diese konfuse Logik heiterte sie irgendwie auf.

Léonie ging zum Fluss hinunter. Linker Hand sah sie Patienten des Thermalbades in dem dampfenden eisenhaltigen Wasser der *bains forts* sitzen. Hinter ihnen stand eine Reihe Krankenschwestern in weißen Trachten, die breiten Flügelhauben wie große Möwen auf dem Kopf, und wartete geduldig darauf, dass ihre Schützlinge wieder aus dem Becken stiegen.

Sie ging auf die andere Seite und fand problemlos den Pfad, über den Marieta sie geführt hatte. Der Wald hatte sich stark verändert. Entweder weil der Herbst bereits fortgeschritten war oder aber durch die heftigen Unwetter in den Bergen waren einige Bäume jetzt nackt und kahl. Der Boden unter Léonies Füßen war mit Laub bedeckt, golden, weinrot und kupferfarben. Sie blieb einen Moment stehen und dachte an die Aquarellskizzen, an denen sie arbeitete. Das Bild von Le Mat kam ihr in den Sinn, und sie überlegte, die Hintergrundfarben vielleicht zu überarbeiten und den Herbsttönen des Waldes anzupassen.

Sie ging weiter den Hang hinauf, eingehüllt in den grünen Mantel des immergrünen Waldes. Zweige, lose Äste sowie Steine, die aus der Böschung zu beiden Seiten gefallen waren, knackten und knirschten unter ihren Schritten. Kiefernzapfen und die glänzenden braunen Früchte der Rosskastanienbäume lagen auf dem Boden. Für einen kurzen Moment empfand sie jähes Heimweh. Sie dachte an ihre Mutter und daran, wie sie mit ihr und Anatole jedes Jahr im Oktober zum Kastaniensammeln in den Parc Monceau gegangen war. Sie rieb die Fingerspitzen aneinander, erinnerte sich an das Gefühl und den Geschmack des Herbstes in ihrer Kindheit.

Rennes-les-Bains war aus ihrem Blickfeld verschwunden. Léonie beschleunigte ihren Schritt ein wenig. Der Ort lag, wie sie wusste, zwar noch immer in Rufweite, doch zugleich hatte sie auf einmal das Gefühl, weit weg von jeder menschlichen Behausung zu sein.

Sie zuckte zusammen, als ein Vogel aufflog und seine Flügel kräftig in der Luft schlugen. Dann sah sie, dass es nur eine kleine Holztaube war, und lachte nervös. In der Ferne hörte sie Schüsse von Jagdflinten, und sie fragte sich, ob Charles Denarnauds Hand eine davon hielt.

Léonie marschierte zügig weiter, und schon bald hatte sie das Anwesen erreicht. Als das rückwärtige Tor der Domaine de la Cade in Sicht kam, verspürte sie eine Welle der Erleichterung. Sie eilte darauf zu und erwartete jeden Moment, dass das Hausmädchen mit dem Schlüssel in der Hand auftauchte.

»Marieta?«

Nur der Klang ihrer eigenen Stimme hallte zu ihr zurück. Die Art der Stille verriet Léonie, dass niemand da war. Sie runzelte die Stirn. Es wäre ungewöhnlich, wenn Pascal nicht Wort gehalten hätte. Und auch wenn Marieta schon einmal etwas vergaß, war auf sie in der Regel doch Verlass.

Oder vielleicht war sie schon hier gewesen und wollte nicht länger warten?

Léonie rüttelte am Tor, doch es war verschlossen. Zorn stieg in ihr auf, und dann Enttäuschung, während sie dastand, die Hände in den Hüften, und überlegte, was sie tun sollte.

Sie hatte keine Lust, um das ganze Anwesen herum zum Haupttor zu gehen. Der Vormittag in der Stadt und der anstrengende Fußmarsch den Berg hinauf hatten sie erschöpft.

Es muss noch eine andere Möglichkeit geben, aufs Grundstück zu gelangen.

Léonie konnte sich nicht vorstellen, dass die wenigen Bediensteten, die Isolde für die Außenanlagen hatte, ein so großes Anwesen stets in makellosem Zustand halten konnten. Sie war schlank. Wenn sie nur gründlich genug suchte, würde sie bestimmt eine Öffnung im Zaun entdecken, durch die sie hindurchschlüpfen konnte. Und wenn sie erst auf dem Gelände war, musste sie nur noch einen Pfad finden, der ihr vertraut war.

Sie schaute nach links und rechts, suchte nach einem Anhaltspunkt, welche Richtung die erfolgversprechendste war. Schließlich dachte sie sich, dass die am weitesten vom Haus entfernt liegenden Bereiche des Anwesens wohl am ehesten vernachlässigt wurden. Sie wandte sich nach Osten. Schlimmstenfalls würde sie einfach der Umzäunung bis zum Haupttor folgen.

Sie ging mit forschen Schritten los, spähte immer wieder durch die

Hecke, bog Gestrüpp beiseite und mied die tückischen Ranken der Brombeersträucher, hielt Ausschau nach einem Loch im Gitterzaun. Der Abschnitt in der Nähe des Tors war sicher, doch wie sie noch von ihrer Ankunft auf der Domaine de la Cade in Erinnerung hatte, nahm die Atmosphäre von Verfall und Vernachlässigung zu, je weiter sie ging.

Schon nach gut fünf Minuten entdeckte sie eine Lücke im Zaun. Sie nahm den Hut ab, bückte sich, atmete tief durch und schob sich mit einem Gefühl der Erleichterung durch die schmale Öffnung. Als sie hindurch war, zupfte sie Dornen und Blättchen von ihrer Jacke, wischte den Schmutz vom Saum ihrer Röcke und machte sich dann frischen Mutes wieder auf den Weg, zuversichtlich, dass es nicht mehr weit bis zum Haus sein konnte.

Das Gelände war hier unwegsamer, das Blätterdach dunkler und beklemmender. Es dauerte nicht lange, bis Léonie erkannte, dass sie sich auf der anderen Seite des Buchenwaldes befand und dass ihr Weg sie, wenn sie nicht aufpasste, an der Grabkapelle vorbeiführen würde. Sie zog die Stirn kraus. Gab es eine andere Möglichkeit?

Sie sah einen Wirrwarr von kleinen Trampelpfaden, keinen deutlich ausgetretenen Weg. Alle Lichtungen und Wäldchen sahen irgendwie gleich aus. Léonie konnte sich nur an der Sonne orientieren, die hoch über dem Blätterbaldachin schien, jedoch hier unten tief im Schatten nur unzuverlässige Hilfe bot. Aber, so sagte sie sich, wenn sie einfach immer geradeaus ging, würde sie schon bald auf die Rasenflächen und zum Haus gelangen. Sie musste einfach darauf hoffen, nicht auf die Grabkapelle zu treffen.

Sie ging quer am Hang entlang, auf einem undeutlichen Pfad, der zu einer kleinen Lichtung führte. Plötzlich sah sie durch eine Lücke in den Bäumen das Waldstück auf dem gegenüberliegenden Ufer der Aude, in dem die Gruppe von steinernen Megalithen stand, die Pascal ihr einmal gezeigt hatte. Und dann erkannte sie mit einem kleinen Schreck, dass sämtliche Orte mit diabolischen Namen von hier aus, in der Nähe der Domaine de la Cade, zu sehen waren: der Teufelssessel, der Étang du Diable und der Gehörnte Berg. Sie suchte den Horizont ab. Da war er. Der Punkt, an dem die

Flüsse Blanque und Sals zusammenflossen, ein Ort, den die Einheimischen *le bénitier* nannten, Weihwasserbecken.

Léonie zwang sich, die sich aufdrängende Erinnerung an den verdrehten Körper des Dämons und seine bösartigen blauen Augen zu unterdrücken. Sie eilte mit großen Schritten weiter, über den unebenen Boden, redete sich ein, wie lächerlich es war, sich von einer Statue aus der Fassung bringen zu lassen, von einem Bild in einem Buch.

Der Hang stieg jetzt steil an. Die Beschaffenheit des Bodens unter ihren Schuhen veränderte sich, und bald darauf ging sie nicht mehr über Farnkraut und Kiefernzapfen, sondern über nackte Erde, die von Büschen und Bäumen gesäumt wurde, aber selbst kahl war. Es war, als hätte man einen braunen Papierstreifen im rechten Winkel aus der grünen Landschaft gerissen.

Léonie blieb stehen und schaute geradeaus. Vor ihr erhob sich eine steile Wand, die ihr wie eine Barriere den Weg versperrte. Direkt über ihrem Kopf war eine natürliche Plattform, fast wie eine Brücke, die über das Stück Land ragte, auf dem sie stand. Und auf einmal erkannte Léonie, dass sie in einem trockenen Flussbett stand. Einst hatte ein reißender Sturzbach, der von den alten keltischen Quellen weiter oben in den Bergen herabrauschte, diese tiefe Senke in den Hang gegraben.

Monsieur Baillards Worte fielen ihr ein.

Dort verborgen, wo der Fluss versiegt, an einem Ort, wo einst die alten Könige bestattet wurden.

Léonie ließ die Augen schweifen, suchte nach irgendetwas Ungewöhnlichem, betrachtete die Form des Bodens, die Bäume, das Unterholz. Ihr Blick blieb an einer leichten Vertiefung im Untergrund hängen. Daneben war ein flacher grauer Stein, halb versteckt unter den verschlungenen Ästen und Wurzeln eines wilden Wacholderbuschs.

Sie ging hinüber und hockte sich hin. Sie streckte den Arm aus, zog das verhedderte Unterholz hervor und spähte in den feuchten grünen Hohlraum bei den Wurzeln. Jetzt konnte sie erkennen, dass dort ein Ring aus Steinen lag, acht insgesamt. Sie schob die Hände

durch die Äste, wobei sie sich die Spitzen ihrer Handschuhe mit grünem Dreck und Schlamm besudelte, und versuchte, nachzusehen, ob unter den Steinen etwas versteckt lag.
Der größte ließ sich schnell anheben. Léonie wippte zurück auf die Fersen und legte sich den Stein auf den Schoß. Auf der Oberfläche war eine Zeichnung mit Teer oder schwarzer Farbe, ein fünfzackiger Stern in einem Kreis.
Jetzt brannte sie darauf, herauszufinden, ob sie tatsächlich per Zufall auf das Versteck mit den Tarotkarten gestoßen war, und sie legte den Stein beiseite. Mit einem Stück Holz grub sie um den Rand der anderen herum, schob die gelockerte Erde weg. Sie sah ein Stück dicken Stoff unter dem Dreck und erkannte, dass es von den Steinen festgehalten wurde.
Sie grub weiter, benutzte das Stück Holz wie eine Schaufel, kratzte an den Steinen entlang, bis sie den Stoff schließlich wegzerren konnte. Darunter tat sich ein kleines Loch auf. Aufgeregt stieß sie hinein, versuchte herauszulösen, was darin vergraben war, fegte Erde, Würmer und schwarze Käfer weg, bis sie auf etwas Festes stieß.
Kurz darauf kam eine schlichte Holzkiste mit Metallgriffen an beiden Seiten zum Vorschein. Léonie packte die Griffe mit ihren schmutzigen Handschuhen und zog. Der Boden sträubte sich, loszulassen, doch Léonie zog und zerrte, bis er schließlich mit einem nassen, schmatzenden Laut seinen Schatz hergab.
Heftig schnaufend schleifte Léonie die Kiste aus der Vertiefung zu einer trockenen Stelle und stellte sie auf das Stoffstück. Sie opferte ihre Handschuhe, um die Oberfläche sauber zu wischen, dann hob sie langsam den Holzdeckel an. Im Innern der Truhe war ein weiteres Behältnis, eine Metallschatulle, wie die, in der M'man ihre größten Kostbarkeiten aufbewahrte.
Sie nahm die Schatulle heraus, klappte die Kiste zu und stellte das Metallbehältnis auf den Deckel. Es war mit einem winzigen Vorhängeschloss versehen, das zu Léonies Verwunderung offen war. Behutsam hob sie den Deckel an, Zentimeter für Zentimeter. Er knarrte, gab aber leicht nach.

Das Licht unter den Bäumen war schwach, und das, was in der Schatulle lag, war dunkel. Doch schließlich meinte sie, ein Päckchen zu erkennen, etwas, das in dunkles Tuch eingeschlagen war und bei dem es sich von der Größe und Form her durchaus um die Karten handeln konnte. Nachdem sie sich die feuchten Hände an ihren sauberen, trockenen Unterröcken abgewischt hatte, schlug sie die Ecken des Tuchs zurück.
Sie blickte auf die Rückseite einer Spielkarte, größer als diejenigen, die sie sonst kannte, bemalt mit einem satten Waldgrün und verziert mit wirbelnden Mustern aus filigranen silbernen und goldenen Linien.
Léonie hielt inne und nahm ihren Mut zusammen. Sie atmete einmal tief durch, zählte im Kopf bis drei und drehte die oberste Karte um.
Das seltsame Bild eines dunklen Mannes in einer langen roten, mit Quasten besetzten Robe starrte zu ihr herauf. Er saß auf einem Thron auf einem steinernen Turm, und die Berge im Hintergrund schienen ihr irgendwie vertraut. Sie las die Beschriftung am unteren Rand: Le Roi des Pentacles.
Bei genauerem Hinsehen kam ihr der König irgendwie bekannt vor. Dann wusste sie, wieso. Das Bild stellte den Geistlichen dar, der gerufen worden war, um den Dämon der Grabkapelle zu bannen, und der ihren Onkel angefleht hatte, die Tarotkarten zu vernichten. Bérenger Saunière.
Hier hatte sie den Beweis, dass ihr Onkel seinen Rat missachtet hatte, genau wie Monsieur Baillard es ihr kaum eine halbe Stunde zuvor erzählt hatte.
»Madomaisèla. Madomaisèla Léonie?«
Erschrocken fuhr Léonie herum, als sie ihren Namen hörte.
»Madomaisèla?«
Es waren Pascal und Marieta. Offenbar hatten die beiden sich auf die Suche nach ihr gemacht, weil sie längst hätte zu Hause sein müssen. Rasch wickelte sie die Karten wieder in das Tuch. Sie hätte sie gern mitgenommen, aber sie hatte keine Möglichkeit, sie irgendwo am Körper zu verstecken.

Mit großem Widerwillen, aber es sollte ja schließlich niemand wissen, was sie gefunden hatte, legte sie die Karten in die Schatulle, stellte die Schatulle wieder in die Kiste, die sie zurück in das Loch schob.

Dann richtete sie sich auf und begann, mit ihren ohnehin schon verdreckten Schuhen Erde darüber zu häufen. Als sie fast fertig war, warf sie auch noch ihre verschmutzten Handschuhe auf den Boden und deckte auch diese zu.

Sie musste darauf vertrauen, dass wohl niemand ausgerechnet jetzt die Karten finden würde, nachdem sie so lange unentdeckt geblieben waren, und nahm sich vor, im Schutz der Dunkelheit zurückzukommen, um die Karten zu holen.

»Madomaisèla Léonie?«

Sie hörte die Panik in Marietas Stimme.

Léonie machte kehrt, kletterte auf die Plattform und eilte den Waldpfad zurück in die Richtung, aus der sie gekommen war, auf die Stimmen der Dienstboten zu. Sie bog von dem Pfad ab und lief in den Wald hinein, um ihnen keinen Hinweis zu liefern, wo sie hergekommen war. Schließlich, als sie glaubte, genug Abstand zwischen sich und den Schatz gebracht zu haben, blieb sie stehen, verschnaufte und rief dann: »Ich bin hier. Marieta! Pascal! Hier bin ich!«

Augenblicke später tauchten ihre besorgten Gesichter zwischen den Bäumen auf. Angesichts von Léonies Kleidung blieb Marieta wie angewurzelt stehen, unfähig, ihre Überraschung und ihren Schreck zu verbergen.

»Ich habe meine Handschuhe verloren.« Die spontane Lüge ging Léonie leicht über die Lippen. »Ich musste zurück und sie suchen.«

Marieta betrachtete sie prüfend. »Und haben Sie sie gefunden, Madomaisèla?«, fragte sie.

»Leider nein.«

»Ihre Kleidung.«

Léonie sah an sich herab auf ihre schlammigen Schuhe, die schmutzigen Unterkleider und Röcke, an denen Erde und Flechten klebten.

»Ich bin gestrauchelt und auf dem feuchten Boden ausgerutscht, mehr nicht.«
Sie sah Marieta an, dass sie an der Erklärung zweifelte, doch das Mädchen hielt klugerweise den Mund. Schweigend gingen sie zum Haus zurück.

Kapitel 74

∞

Léonie blieb kaum noch Zeit, sich die schmutzigen Fingernägel zu bürsten und sich frische Sachen anzuziehen, bevor die Glocke zum Mittagessen läutete.

Isolde aß mit ihnen im Speisezimmer. Sie war ganz begeistert von den Dingen, die Léonie für sie in der Stadt besorgt hatte, und schaffte es, ein bisschen Suppe zu essen. Als sie fertig waren, bat sie Léonie, ihr Gesellschaft zu leisten. Léonie kam der Bitte gern nach, doch während sie plauderten und Karten spielten, war sie in Gedanken woanders. Sie schmiedete Pläne, wie sie in den Wald zurückkehren könnte, um die Karten zu holen. Und wie sie einen weiteren Ausflug nach Rennes-les-Bains arrangieren könnte.

Der Rest des Tages verging friedlich. Gegen Abend bewölkte sich der Himmel, und es gab einige Regenschauer unten im Tal und über der Stadt, doch die Domaine de la Cade bekam wenig davon mit.

Am folgenden Morgen schlief Léonie länger als sonst.

Als sie auf den Flur trat, sah sie Marieta, die gerade das Körbchen mit der Post durch die Halle in den Speisesaal trug.

Sie hatte keinerlei Grund zu der Annahme, dass Monsieur Constant ihre Adresse irgendwie herausgefunden haben könnte und ihr direkt geschrieben hatte. Im Grunde fürchtete sie das Gegenteil – dass er sie völlig vergessen hatte. Aber da Léonie in einem unaufhörlichen Nebel aus Sehnsucht und romantischen Vorstellungen lebte, malte sie sich rasch irgendwelche verdrießlichen und misslichen Umstände aus.

Obwohl also gar nicht die Hoffnung bestand, dass ein Brief aus Car-

cassonne für sie eingetroffen war, stürmte sie dennoch mit dem Vorsatz die Treppe hinunter, Marieta abzufangen. Sie fürchtete – und hoffte doch zugleich –, das Wappen zu sehen, das sie von Victor Constants Visitenkarte her kannte und sich eingeprägt hatte.
Sie drückte ein Auge an den Spalt zwischen Tür und Rahmen, und im selben Moment öffnete Marieta die Tür von innen und kam mit dem leeren Tablett heraus.
Beide kreischten vor Schreck auf.
»Madomaisèla!«
Léonie schloss die Tür, damit Anatole nicht auf sie aufmerksam wurde. »Du hast bestimmt nicht gesehen, ob irgendwelche Briefe aus Carcassonne dabei waren, nicht wahr, Marieta?«, fragte sie.
Das Hausmädchen sah sie fragend an. »Ist mir nicht aufgefallen, Madomaisèla.«
»Bist du sicher?«
Jetzt blickte Marieta sichtlich verwirrt. »Es sind nur die üblichen Zirkulare gekommen, ein Brief aus Paris für Senhér Anatole und je ein Brief für Ihren Bruder und Madama von unten aus der Stadt.«
Léonie seufzte erleichtert und ein klein wenig enttäuscht auf.
»Einladungen, nehme ich an«, fügte Marieta hinzu. »Ganz edle Umschläge, in einer sehr eleganten Schrift adressiert. Ein prächtiges Familienwappen war auch drauf. Pascal hat gesagt, ein Bote hat sie gebracht. Ein komischer Bursche in einem alten Umhang.«
Léonie horchte auf. »Welche Farbe hatte der Umhang?«
Marieta schaute sie verwundert an. »Das weiß ich nun wirklich nicht, Madomaisèla. Hat Pascal nicht gesagt. Wenn Sie mich jetzt entschuldigen würden …«
»Natürlich.« Léonie machte einen Schritt rückwärts. »Ja, natürlich.« Sie zögerte einen Moment auf der Türschwelle und konnte sich selbst nicht erklären, warum der Gedanke an die Gesellschaft ihres Bruders sie auf einmal so nervös machte. Es war doch nur ihr schlechtes Gewissen, das sie vermuten ließ, diese Briefe könnten irgendetwas mit ihr zu tun haben. Weiser Rat, das wusste sie, aber trotzdem war ihr unbehaglich zumute.
Sie drehte sich um und sprang leichtfüßig die Treppe hinauf.

Kapitel 75

∞

Anatole saß am Frühstückstisch und starrte ausdruckslos auf den Brief.

Seine Hand zitterte, als er sich eine dritte Zigarette an der Glut der zweiten anzündete. Die Luft in dem geschlossenen Raum war verqualmt. Auf dem Tisch lagen drei Umschläge. Einer – ungeöffnet – war in Paris abgestempelt worden. Die anderen beiden trugen ein Wappen im Prägedruck, wie die, die im Schaufenster des Graveurs Stern ausgestellt waren. Ein Bogen Briefpapier mit demselben aristokratischen Familienemblem lag auf dem leeren Teller vor ihm.

In Wahrheit hatte Anatole gewusst, dass so ein Brief ihn eines Tages erreichen würde. Ganz gleich, wie sehr er versucht hatte, Isolde zu beruhigen, seit dem Überfall in der Passage des Panoramas im September hatte er damit gerechnet. Die höhnische Mitteilung, die sie vor einer Woche in dem Hotel in Carcassonne erreicht hatte, war lediglich die Bestätigung dafür gewesen, dass Constant ihr Manöver durchschaut und, schlimmer noch, dass er sie aufgespürt hatte.

Anatole hatte zwar stets versucht, Isoldes Ängste zu beschwichtigen, doch alles, was sie ihm über Constant erzählt hatte, steigerte seine Bedenken, wozu dieser Mann fähig sein mochte. Das Muster von Constants Krankheit und die Art der Krankheit, seine Neurosen und Wahnvorstellungen, sein unbeherrschtes Temperament, all das kündete von einem Mann, der alles tun würde, um sich an der Frau zu rächen, von der er sich betrogen fühlte.

Wieder blickte Anatole auf den förmlichen Brief in seiner Hand, der ausnehmend beleidigend und zugleich vollkommen höflich und korrekt war. Victor Constant forderte ihn für morgen, Samstag, den 31. Oktober, bei Einbruch der Dämmerung zum Duell. Constant hatte entschieden, dass sie mit Pistolen kämpfen sollten. Er überließ es Vernier, einen geeigneten Austragungsort auf dem Boden der Domaine de la Cade vorzuschlagen – privater Grund und Boden, so dass ihr illegaler Zweikampf ohne unerwünschte Beobachter stattfinden konnte.

Er schloss mit der Mitteilung, dass er im Hôtel de la Reine in Rennes-les-Bains wohne und von Vernier die Antwort erwarte, dass er ein Ehrenmann sei und die Herausforderung annehme.

Nicht zum ersten Mal bedauerte Anatole den Impuls, der seiner Hand auf dem Cimetière de Montmartre Einhalt geboten hatte. Er hatte Constants Anwesenheit auf dem Friedhof gespürt, und es hatte ihn seine ganze Selbstbeherrschung gekostet, sich nicht umzudrehen und ihn gleich dort zu erschießen, kaltblütig, ungeachtet der Folgen. Heute Morgen dann, beim Öffnen des Briefes, war sein erster Gedanke gewesen, hinunter in die Stadt zu fahren und Constant in seiner Höhle gegenüberzutreten.

Aber mit einer solchen unbeherrschten Reaktion wäre das Ganze nicht beendet.

Anatole blieb stumm im Speisezimmer sitzen. Seine Zigarette brannte herab, und er zündete eine weitere an, von der er aber, lethargisch, wie er war, nicht einen Zug nahm.

Er würde für das Duell einen Sekundanten brauchen, und natürlich müsste er jemanden von hier nehmen. Vielleicht könnte er Charles Denarnaud bitten. Der hatte zumindest den Vorteil, ein Mann von Welt zu sein. Anatole hoffte außerdem, Gabignaud überreden zu können, in seiner Eigenschaft als Arzt dabei zu sein. Er war zwar sicher, dass der junge Doktor sich zunächst sträuben würde, aber letztendlich würde er ihm die Bitte wohl kaum abschlagen. Aufgrund von Isoldes Zustand musste Anatole Gabignaud in die Beziehung zwischen Isolde und ihm einweihen. Daher ging er davon aus, dass der Arzt ja sagen würde, wenn nicht ihm, dann doch Isolde zuliebe.

Er versuchte, sich die Möglichkeit eines zufriedenstellenden Ausgangs einzureden. Constant verwundet, gezwungen, ihm die Hand zu schütteln und die Fehde für beendet zu erklären. Aber es gelang ihm einfach nicht. Selbst wenn er als Sieger hervorgehen würde, war noch lange nicht garantiert, dass Constant sich an die Regeln des Duells halten würde.

Selbstverständlich blieb ihm nichts anderes übrig, als die Herausforderung anzunehmen. Er war ein Ehrenmann, selbst wenn seine Handlungsweisen im Laufe des vergangenen Jahres alles andere als ehrenhaft gewesen waren. Wenn er nicht gegen Constant antrat, würde sich nie etwas ändern. Isolde würde unter einem unerträglichen Druck leben und stets damit rechnen, dass Constant wieder zuschlug. Wie sie alle. Die Rachsucht dieses Mannes wollte einfach nicht nachlassen, was sein Brief bewies. Anatole wusste, falls er sich ihm jetzt nicht stellte, würde Constants Feldzug gegen sie – gegen alle, die ihnen nahestanden – nur noch unerbittlicher werden.

In den vergangenen Tagen hatte Anatole die Bediensteten munkeln hören, es würden unten in der Stadt Gerüchte über die Domaine de la Cade kursieren. Verstörende Geschichten, die Bestie, die zur Zeit von Jules Lascombe die Gegend so furchtbar heimgesucht hatte, sei zurückgekehrt. Es hatte Anatole nicht einleuchten wollen, dass solcher Klatsch wieder auflebte, und er war geneigt gewesen, die Sache nicht ernst zu nehmen. Jetzt jedoch vermutete er Constants Hand hinter den boshaften Gerüchten.

Er knüllte das Blatt fest in der Faust zusammen. Er würde sein Kind nicht in dem Wissen aufwachsen lassen, dass sein Vater ein Feigling war. Er musste die Herausforderung annehmen. Er musste schießen, um zu siegen.

Um zu töten.

Anatole trommelte mit den Fingern auf dem Tisch. Es mangelte ihm nicht an Mut. Aber er war weiß Gott kein sicherer Schütze. Er wusste geschickt mit Degen und Florett umzugehen, jedoch nicht mit Pistolen.

Anatole schob den Gedanken beiseite. Darum würde er sich zu gegebener Zeit zusammen mit Pascal und vielleicht mit Hilfe von Charles Denarnaud kümmern. Im Moment standen dringendere

Entscheidungen an, nicht zuletzt die Frage, ob er sich seiner Frau anvertrauen sollte oder nicht.

Anatole drückte eine weitere Zigarette aus. Könnte Isolde irgendwie von selbst von dem Duell erfahren? Eine derartige Nachricht könnte einen Rückfall bewirken und die Gesundheit des ungeborenen Kindes gefährden. Nein, er konnte es ihr nicht sagen. Er würde Marieta bitten, ihr nichts von der morgendlichen Post zu erzählen.

Er schob den in Constants Handschrift an Isolde adressierten Brief, ein Spiegelbild seines eigenen Briefes, in die Brusttasche seines Gehrocks. Er würde die Situation zwar wohl nicht lange vor ihr verbergen können, aber er wollte ihren Seelenfrieden wenigstens ein paar Stunden länger bewahren.

Er wünschte, er könnte Isolde fortschicken. Er lächelte resigniert, wohl wissend, dass er sie niemals ohne angemessene Erklärung würde überreden können, die Domaine de la Cade zu verlassen. Und da er ihr genau das nicht bieten konnte, war es sinnlos, den Gedanken weiterzuverfolgen.

Weniger einfach war die Entscheidung, ob er Léonie ins Vertrauen ziehen sollte oder nicht.

Anatole hatte inzwischen eingesehen, dass Isolde recht hatte. Er behandelte seine Schwester oft noch wie das kleine Mädchen von früher, nicht wie die junge Frau, zu der sie geworden war. Noch immer fand er sie impulsiv und mitunter kindisch, unfähig oder unwillig, ihr Temperament zu zügeln oder ihre Zunge zu hüten. Andererseits war ihre Zuneigung zu Isolde unübersehbar, und sie hatte sich fürsorglich um ihre Tante gekümmert, seit sie aus Carcassonne zurückgekommen waren.

Anatole hatte vorgehabt, schon letztes Wochenende mit Léonie zu reden. Er hatte ihr reinen Wein einschenken, ihr alles beichten wollen, seit wann er mit Isolde liiert war und in welcher Situation sie sich jetzt befanden.

Aufgrund von Isoldes angegriffener Gesundheit hatte er sein Vorhaben verschoben, doch jetzt, nach Erhalt der Duellforderung, war das Gespräch mit Léonie dringender denn je. Anatole klopfte mit den Fingerspitzen auf den Tisch. Er beschloss, ihr noch heute Morgen seine Heirat zu gestehen. Je nachdem, wie Léonie die Sache aufnahm, würde er ihr von der Duellforderung erzählen oder nicht, ganz wie es ihm angemessen erschien.

Er stand auf, nahm alle Briefe mit und ging durch das Speisezimmer in die Halle, wo er die Glocke läutete.

Marieta erschien.

»Würdest du Mademoiselle Léonie bitte ausrichten, sie möge heute Mittag zu mir in die Bibliothek kommen? Ich möchte unter vier Augen mit ihr reden, sie sollte die Verabredung also für sich behalten. Bitte, Marieta, mach ihr klar, wie wichtig das ist. Außerdem besteht keine Notwendigkeit, Madame Isolde gegenüber den Erhalt der Briefe von heute Morgen zu erwähnen.«

Marieta blickte verwundert, hinterfragte seine Anweisungen aber nicht.

»Wo ist Pascal?«

Zu seiner Überraschung wurde das Hausmädchen rot. »In der Küche, glaube ich, Sénher.«

»Sag ihm, ich erwarte ihn in zehn Minuten hinter dem Haus«, befahl er.

Anatole ging auf sein Zimmer, um sich wetterfeste Kleidung anzuziehen. Er schrieb eine knappe und förmliche Antwort an Constant, löschte die Tinte ab und versiegelte den Umschlag, um den Inhalt vor neugierigen Augen zu schützen. Pascal konnte die Antwort am Nachmittag überbringen. Jetzt hatte er nur noch den einen Gedanken: Er durfte seinen Widersacher auf keinen Fall verfehlen, für Isolde und für ihr gemeinsames Kind.

Der Brief aus Paris verblieb ungeöffnet in seiner Westentasche.

Léonie ging ruhelos in ihrem Zimmer auf und ab und grübelte darüber nach, warum Anatole sie am Mittag unter vier Augen sprechen wollte. Ob er ihre List durchschaut hatte? Oder war ihm zu Ohren gekommen, dass sie Pascal weggeschickt hatte und allein aus der Stadt zurückgekehrt war?

Sie hörte Stimmen unter ihrem offenen Fenster und ging nachsehen. Weit hinausgelehnt, die Hände auf den Steinsims gestützt, konnte sie beobachten, wie Anatole zusammen mit Pascal, der mit beiden Händen eine längliche Holzkiste trug, über den Rasen ging. Die Kiste sah aus wie ein Pistolenkoffer. Léonie hatte solche Waffen noch nirgends im Haus gesehen, aber vermutlich hatte ihr Onkel welche besessen.

Vielleicht gehen sie zur Jagd?

Sie runzelte die Stirn, als ihr klar wurde, dass dem wohl nicht so war. Anatole war nicht für die Jagd gekleidet. Außerdem hatten die beiden keine Schrotflinten dabei. Nur Pistolen.

Furcht packte sie plötzlich, eine Furcht, die umso stärker war, als sie sie nicht benennen konnte. Sie griff nach Hut und Jacke, schob die Füße hastig in ihre robusten Schuhe und wollte Anatole folgen.

Dann verharrte sie.

Zu oft schon hatte Anatole ihr vorgeworfen, sie würde handeln, ohne zu denken. Es war wider ihre Natur, tatenlos abzuwarten, aber was würde es nützen, ihm zu folgen? Falls er etwas völlig Harmloses vorhatte, würde es ihn ganz sicher ärgern, wenn sie ihm nachlief wie ein Hündchen. Er konnte nicht lange fortbleiben wollen, da er sich für die Mittagsstunde mit ihr verabredet hatte.

Sie schaute zur Uhr auf dem Kaminsims. Noch zwei Stunden.

Sie warf den Hut aufs Bett und streifte die Schuhe ab, dann sah sie sich im Zimmer um. Sie sollte lieber bleiben, wo sie war, und die Zeit bis zum Treffen mit ihrem Bruder irgendwie sinnvoll gestalten.

Léonie betrachtete ihre Malutensilien. Sie zögerte, dann ging sie zum Schreibtisch und begann, ihre Pinsel und das Zeichenpapier auszubreiten. Die Gelegenheit war ideal, um weiter an ihrer Serie von Illustrationen zu arbeiten. Es fehlten nur noch drei.

Sie holte Wasser, tauchte den Pinsel ein und fing an, mit schwarzer Tusche die Konturen des sechsten von den acht Bildern an der Wand der Grabkapelle zu skizzieren.

Karte XVI: La Tour.

Kapitel 76

∞

Im Privatsalon des Hôtel de la Reine in Rennes-les-Bains saßen zwei Männer vor einem Kaminfeuer, das entzündet worden war, um die morgendliche Kühle zu vertreiben. Zwei Diener, einer aus Paris, der andere aus Carcassonne, standen in respektvollem Abstand. Von Zeit zu Zeit, wenn sie glaubten, ihre Herren bemerkten es nicht, musterten sie einander argwöhnisch.

»Sie meinen, er wird Sie in dieser Angelegenheit um Ihre Dienste bitten?«

Charles Denarnaud, das Gesicht noch immer gerötet von der Menge vorzüglichen Cognacs, den er am Vorabend zum Diner getrunken hatte, zog tief an seiner Zigarre, paffte so lange, bis die würzigen, teuren Tabakblätter glühten. In seinem fleckigen Gesicht lag ein selbstgefälliger Ausdruck. Er legte den Kopf zurück und blies einen weißen Rauchkringel zur Decke.

»Und Sie wollen wirklich keine, Constant?«

Victor Constant hob eine Hand, deren entzündete Haut unter einem Handschuh versteckt war. Er fühlte sich heute Morgen unwohl. Die Anspannung, dass seine Jagd sich dem Ende zuneigte, spielte seinen Nerven übel mit.

»Sie meinen wirklich, dass Vernier sich an Sie wendet?«, fragte er erneut.

Denarnaud hörte den harten Klang in Constants Stimme und setzte sich aufrecht hin. »Ich glaube nicht, dass ich den Mann falsch einschätze«, sagte er rasch, weil er merkte, dass er sein Gegenüber gereizt hatte. »Vernier hat nur wenige Bekannte in Rennes-les-

Bains, und darunter ist außer mir ganz bestimmt keiner, mit dem er auf so vertrautem Fuße steht, dass er ihn in einer derartigen Angelegenheit um Hilfe bitten würde. Ich bin sicher, dass er bei mir vorstellig werden wird. Die Zeit reicht nicht, um jemanden von weiter auswärts herkommen zu lassen.«

»Richtig«, sagte Constant trocken.

»Ich vermute, er wird Gabignaud, einen ortsansässigen Mediziner, bitten, als Arzt anwesend zu sein.«

Constant nickte. Er wandte sich an den Diener, der der Tür am nächsten stand.

»Die Briefe wurden heute Morgen überbracht?«

»Ja, Monsieur.«

»Und von den Herrschaften im Haus hat dich keiner gesehen?«

Er schüttelte den Kopf. »Ich habe sie einem Dienstboten übergeben, der sie zusammen mit der Morgenpost überbringen sollte.«

Constant überlegte kurz. »Und es weiß niemand, dass du hinter den Geschichten steckst, die jetzt überall kursieren?«

Er schüttelte den Kopf. »Ich habe lediglich bei Leuten, die am ehesten dazu neigen, Gerüchte zu verbreiten, die eine oder andere Bemerkung fallenlassen, dass die Bestie, die einst von Jules Lascombe geweckt wurde, wieder gesichtet worden ist. Bosheit und Aberglaube haben ein Übriges getan. Die heftigen Unwetter gelten als ausreichender Beweis dafür, dass die Dinge aus dem Lot sind.«

»Ausgezeichnet.« Constant winkte ihn fort. »Kehre zur Domaine de la Cade zurück und beobachte, was Vernier macht. Erstatte mir am Abend Bericht.«

»Sehr wohl, Monsieur.«

Er ging rückwärts zur Tür, zog dabei seinen blauen napoleonischen Umhang von der Rückenlehne eines Sessels und schlüpfte hinaus auf die wolkenverhangene Straße.

Sobald Constant das Schließen der Tür vernahm, stand er auf.

»Ich möchte diese Angelegenheit schnell erledigen, Denarnaud, und das möglichst diskret. Ist das klar?«

Denarnaud, den das abrupte Ende des Gesprächs überraschte, stand schwerfällig auf.

»Natürlich, Monsieur. Es ist alles vorbereitet.«
Constant schnippte mit den Fingern. Sein Diener trat vor, einen Geldbeutel in der Hand. Beim Anblick der Blasen werfenden Haut des Mannes wich Denarnaud unwillkürlich zurück.
»Das ist die Hälfte Ihres vereinbarten Lohns«, sagte Constant und gab ihm das Geld. »Der Rest folgt, wenn die Sache zu meiner Zufriedenheit erledigt ist. Verstanden?«
Denarnauds gierige Hände schlossen sich um den Beutel.
»Sie werden bestätigen, dass ich keine weitere Waffe bei mir trage«, sagte Constant mit kalter, harter Stimme. »Damit das klar ist.«
»Wir werden ein Paar Duellpistolen benutzen, Monsieur, jede mit nur einem einzigen Schuss. Sollten Sie irgendwelche anderen Utensilien bei sich führen, so werde ich die übersehen.« Er lächelte einnehmend. »Obwohl ich mir nicht vorstellen kann, Monsieur, dass ein Mann wie Sie sein Ziel nicht gleich beim ersten Versuch trifft.«
Constant quittierte die devote Schmeichelei mit einem verächtlichen Blick.
»Ich treffe immer«, sagte er.

Kapitel 77

∞

Zur Hölle damit!«, schrie Anatole und stampfte mit dem Stiefelabsatz auf den Boden.

Pascal trottete zu dem notdürftigen Schießstand hinüber, den er auf der von wilden Wacholderbüschen umringten Waldlichtung aufgebaut hatte. Er stellte die Flaschen abermals in einer Reihe auf, kehrte dann zu Anatole zurück und lud die Pistole für ihn.

Von den sechs Schüssen hatten zwei ihr Ziel weit verfehlt, einer hatte den Stamm einer Buche getroffen und zwei das Holzgestell, so dass drei Flaschen durch die Erschütterung runtergefallen waren. Nur eine Kugel war ein Treffer gewesen, auch wenn sie nur ganz knapp den Boden der dicken Glasflasche gestreift hatte.

»Versuchen Sie's noch mal, Sénher«, sagte Pascal ruhig. »Halten Sie die Augen ganz ruhig.«

»Mach ich ja«, knurrte Anatole wütend.

»Heben Sie den Blick zum Ziel und senken Sie ihn dann wieder. Stellen Sie sich die Kugel vor, wie sie durch den Lauf fliegt.« Pascal trat beiseite. »Ruhig, Sénher. Zielen Sie. Nicht zu hastig.«

Anatole hob den Arm. Diesmal stellte er sich vor, dass er statt der Flasche, die einmal Bier enthalten hatte, Victor Constants Gesicht vor sich sah.

»Jetzt«, sagte Pascal leise. »Ganz ruhig, ganz ruhig. Feuer.«

Anatole traf sie genau in der Mitte. Die Flasche zerplatzte, versprühte einen Schauer aus Glassplittern wie ein billiger Feuerwerkskörper. Der Knall hallte von den Baumstämmen wider, und verschreckte Vögel flatterten aus ihren Nestern auf.

Ein Rauchwölkchen stieg aus dem Pistolenlauf. Anatole pustete über die Mündung und wandte sich dann mit einem zufriedenen Glimmen in den Augen Pascal zu.

»Guter Schuss«, sagte der Diener, dessen breites, teilnahmsloses Gesicht endlich einmal seine Gefühle widerspiegelte. »Und … wann ist die Konfrontation?«

Das Lächeln auf Anatoles Gesicht erstarb. »Morgen bei Sonnenuntergang.«

Zweige knackten unter Pascals Schritten, als er über die Lichtung ging und die verbliebenen Flaschen erneut aufstellte. »Sollen wir sehen, ob Sie ein zweites Mal treffen, Sénher?«

»Gebe Gott, dass ich es nur einmal muss«, sagte Anatole halblaut zu sich selbst.

Doch er erlaubte Pascal, die Pistole so lange neu zu laden, bis auch die letzte Flasche getroffen war und der Geruch von Schießpulver und schalem Bier in der Luft über der Waldlichtung hing.

Kapitel 78

∞

Um fünf Minuten vor zwölf verließ Léonie ihr Zimmer, ging den Flur entlang und die Haupttreppe hinunter. Sie wirkte gefasst und beherrscht, doch ihr Herz schlug wie die Blechtrommel eines Zinnsoldaten.

Als sie die Halle durchquerte, kam es ihr so vor, als klängen ihre Absätze bedrohlich laut durch das stille Haus. Sie schaute nach unten auf ihre Hände und sah, dass sie grüne und schwarze Farbspritzer auf den Fingernägeln hatte. Im Verlauf des bangen Morgens hatte sie das Bild von La Tour entworfen, doch sie war nicht zufrieden damit. So zart sie auch die Blätter an den Bäumen getüpfelt oder den Himmel koloriert hatte, irgendetwas Beunruhigendes und Düsteres kam mit jedem Pinselstrich zum Vorschein.

Sie ging an den Glasvitrinen vorbei auf die Bibliothekstür zu, ohne die Medaillen, Kuriositäten und Erinnerungsstücke richtig zur Kenntnis zu nehmen, so sehr war sie in Gedanken bei dem bevorstehenden Gespräch.

Auf der Schwelle zögerte sie. Dann reckte sie das Kinn in die Höhe, hob die Hand und klopfte resoluter an die Tür, als ihr zumute war.

»Herein.«

Beim Klang von Anatoles Stimme öffnete Léonie die Tür und trat ein.

»Du wolltest mich sprechen?«, sagte sie und fühlte sich, als wäre sie vor eine Richterbank gerufen worden und nicht zu ihrem geliebten Bruder.

»Ja«, sagte er und lächelte ihr zu. Der Ausdruck in seinem Gesicht und der Blick in seinen braunen Augen erleichterten sie, doch sie merkte, dass auch er nervös war. »Komm, Léonie. Setz dich.«

»Du machst mir Angst, Anatole«, sagte sie leise. »Du wirkst so ernst.«

Er legte eine Hand auf ihre Schulter und dirigierte sie zu einem Stuhl mit Gobelinpolster. »Es geht um eine ernsthafte Angelegenheit, über die ich mit dir reden möchte.«

Er rückte den Stuhl für sie zurecht, ging ein Stück weg und wandte sich, die Hände auf dem Rücken, zu ihr um. Léonie bemerkte, dass er etwas zwischen den Fingern hielt. Einen Umschlag.

»Was hast du da?«, fragte sie und zuckte innerlich bei dem Gedanken zusammen, dass ihre schlimmsten Befürchtungen wahr werden könnten. Was, wenn Monsieur Constant tatsächlich durch irgendwelche geschickten Bemühungen ihre Adresse herausgefunden und direkt an sie geschrieben hatte? »Ist das ein Brief von M'man? Aus Paris?«

Ein seltsamer Ausdruck huschte über Anatoles Gesicht, als wäre ihm etwas, das er vergessen hatte, gerade wieder eingefallen, doch er war ebenso schnell wieder verschwunden, wie er gekommen war.

»Nein. Oder ja, es ist ein Brief, aber es ist einer, den ich selbst geschrieben habe. An dich.«

In ihrer Brust keimte die leise Hoffnung, dass doch noch alles gut werden würde. »An mich?«

Anatole strich sich mit der Hand über das Haar und seufzte. »Ich befinde mich in einer misslichen Lage«, sagte er leise. »Es gibt da … Dinge, über die wir reden müssen, aber jetzt, wo der Moment gekommen ist, stelle ich fest, dass ich in deiner Gegenwart kleinlaut bin und nicht die passenden Worte finde.«

Léonie lachte. »Das kann ich mir nicht vorstellen«, sagte sie. »Du hast doch wohl keinen Grund, dich mir gegenüber zu schämen, oder?«

Sie hatte das im Scherz gesagt, doch Anatoles düstere Miene ließ ihr Lächeln gefrieren. Sie sprang vom Stuhl auf und lief zu ihm.

»Was hast du denn nur?«, wollte sie wissen. »Geht es um M'man? Oder Isolde?«

Anatole blickte nach unten auf den Brief in seinen Händen. »Ich habe mir die Freiheit erlaubt, das Geständnis zu Papier zu bringen«, sagte er.

»Geständnis?«

»Aus dem Brief wirst du Dinge erfahren, die ich ... die *wir* dir schon längst hätten mitteilen sollen. Isolde hätte das auch, doch ich wollte noch warten.«

»Anatole!«, rief sie und schüttelte seinen Arm. »Raus mit der Sprache.«

»Es ist besser, du liest ihn ungestört«, sagte er. »Es hat sich eine neue, noch weit ernstere Situation ergeben, die meine sofortige Aufmerksamkeit verlangt. Und deine Hilfe.«

Er zog seinen Arm aus Léonies kleiner Hand und hielt ihr den Brief hin.

»Ich hoffe, du kannst mir verzeihen«, sagte er mit brechender Stimme. »Ich werde draußen warten.«

Dann schritt er ohne ein weiteres Wort zur Tür, riss sie auf und war fort.

Die Tür fiel scheppernd zu. Dann kehrte schlagartig Stille ein.

Völlig verwirrt von dem, was gerade geschehen war, und bekümmert über Anatoles offensichtliche Seelenpein, starrte Léonie auf den Umschlag. Ihr Name stand darauf, mit schwarzer Tinte in Anatoles eleganter, schnörkeliger Schrift.

Sie zögerte noch einen Moment aus Angst vor dem Inhalt, dann riss sie ihn auf.

Ma chère petite Léonie –

Schon immer hast Du mir vorgeworfen, ich würde Dich wie ein Kind behandeln. Selbst als Du noch Schleifen im Haar trugst und kurze Röcke und ich mich mit meinem Unterricht herumschlug. Diesmal jedoch ist der Vorwurf gerechtfertigt. Denn morgen Abend bei Sonnenuntergang werde ich auf einer Lichtung im Buchenwald dem Mann entgegentreten, der nichts unversucht gelassen hat, um uns zugrunde zu richten.

Falls es nicht zu meinen Gunsten ausgeht, möchte ich Dich nicht ohne die Antworten auf all die Fragen zurücklassen, die Du mir gewiss stellen würdest. Ganz gleich, wie das Duell ausgeht, ich möchte, dass Du die ganze Wahrheit erfährst.
Ich liebe Isolde aus ganzem Herzen.
Sie war es, an deren Grab Du im März standest. Dabei handelte es sich um ihren – unseren – verzweifelten Versuch, den gewalttätigen Absichten eines Mannes zu entkommen, mit dem sie eine kurze, unbedachte Liaison hatte. Ihren Tod und ihre Beerdigung vorzutäuschen erschien uns die einzige Möglichkeit, um sie von dem Schatten zu befreien, der auf ihr lastete.

Léonie streckte den Arm aus und tastete nach der Rückenlehne des Stuhls. Vorsichtig setzte sie sich.

Zugegeben, ich hatte erwartet, dass Du unsere Täuschung durchschaust. Während jener schwierigen Monate im Frühjahr und Frühsommer, als die Attacken der Zeitungen gegen mich noch anhielten, rechnete ich jeden Moment damit, Du würdest mir die Maske herunterreißen und mich bloßstellen, doch ich spielte meine Rolle zu gut. Du, die Du so lauteren Herzens und Sinnes bist, wieso hättest Du argwöhnen sollen, dass mein verkniffener Mund und meine verhärmten Augen nicht die Folgen eines ausschweifenden Lebenswandels, sondern des Kummers waren?
Isolde wollte Dich niemals täuschen, das sollst Du wissen. Von dem Moment an, als wir auf der Domaine de la Cade eintrafen und sie Dich kennenlernte, war sie voller Vertrauen, dass Deine Liebe zu mir – eine Liebe, die, so ihre Hoffnung, sich im Laufe der Zeit auch auf sie ausdehnen würde, wie bei einer Schwester – Dir die Kraft geben würde, moralische Bedenken beiseitezuschieben und uns bei unserer Täuschung zu unterstützen. Ich war anderer Ansicht.
Ich war ein Narr.

Während ich hier sitze und dies schreibe, am Vortag meines möglicherweise letzten Tages auf dieser Erde, gestehe ich, dass mein größter Fehler moralische Feigheit war. Ein Fehler von vielen.

Aber diese letzten Wochen mit Dir und Isolde in der friedlichen Umgebung der Domaine de la Cade waren wunderbar.

Da ist noch etwas. Eine letzte Täuschung, für die Du, so bete ich, in Deinem Herzen, wenn auch keine Vergebung, so doch Verständnis finden mögest. Während Du in Carcassonne arglos die Straßen erkundetest, haben Isolde und ich geheiratet. Sie ist jetzt Madame Vernier, Deine Schwester, Dir durch Recht und Gesetz ebenso verbunden wie durch Zuneigung.

Außerdem werde ich Vater.

Doch noch am Tag unseres größten Glücks erfuhren wir, dass er uns gefunden hatte. Das ist der wahre Grund für unsere überstürzte Abreise. Und es ist auch die Erklärung für Isoldes Zusammenbruch und ihre Zerbrechlichkeit. Ihre Gesundheit würde keine weitere Nervenbelastung verkraften, so viel steht fest. Die Angelegenheit muss ein Ende haben.

Nachdem er herausgefunden hat, dass die Beerdigung vorgetäuscht war, hat er uns irgendwie zuerst in Carcassonne und nun auch in Rennes-les-Bains aufgespürt. Deshalb habe ich seine Herausforderung angenommen. Es ist die einzige Möglichkeit, die Sache endgültig zu beenden.

Morgen Abend werde ich mich ihm stellen. Ich bitte um Deine Unterstützung, petite, *wie ich das schon vor vielen Monaten hätte tun sollen. Ich bedarf dringend Deiner Hilfe, damit meine geliebte Isolde nichts von dem Duell erfährt. Sollte ich nicht zurückkehren, so empfehle ich Dir die Sicherheit meiner Frau und meines Kindes an. Der Besitz des Hauses ist gesichert.*

Dein Dich zärtlich liebender Bruder

A–

Léonies Hände fielen ihr in den Schoß. Die ersten Tränen, die sie mühsam zurückgehalten hatte, rannen lautlos über ihre Wangen. Sie weinte vor Trauer, sie weinte wegen der Täuschungen und Missverständnisse, die sie entzweit hatten. Sie weinte – um Isolde, weil sie und Anatole sie hintergangen hatten, weil auch sie, Léonie, die beiden hintergangen hatte –, bis all ihre Gefühle aufgebraucht waren.

Dann setzte ihr Denken wieder ein. Mit einem Mal begriff sie, warum Anatole heute Morgen so ungewöhnlich früh das Haus verlassen hatte.

Schon bald könnte er tot sein.

Sie stürzte zum Fenster und riss es weit auf. Nach dem strahlenden Morgen war der Himmel nun bewölkt. Unter den wirkungslosen Strahlen einer schwachen Sonne war alles still und kühl. Herbstnebel trieb über Rasen und Gärten, hüllte die Welt in trügerische Ruhe.

Morgen bei Sonnenuntergang.

Sie starrte ihr Spiegelbild in dem hohen Fenster der Bibliothek an und dachte, wie unwirklich es doch war, dass sie noch immer dieselbe zu sein schien und doch so völlig verändert war. Augen, Nase, Kinn, Mund, alles noch genau so wie noch wenige Minuten zuvor.

Léonie fröstelte. Morgen war der Vorabend von Allerheiligen, Toussaint. Eine Nacht von erschreckender Schönheit, in der der Schleier zwischen Gut und Böse besonders dünn war. Es war eine Zeit, in der sich solche Geschehnisse ereignen konnten. Ja, eine Zeit für Dämonen und böse Taten.

Das Duell durfte nicht stattfinden. Es lag an ihr, es zu verhindern. Einer so grauenhaften Farce musste Einhalt geboten werden. Doch noch während ihr diese Gedanken durch den Kopf jagten, wusste Léonie, wie sinnlos sie waren. Sie würde Anatole nicht von seinem Vorsatz abbringen können.

»Er darf sein Ziel nicht verfehlen«, murmelte sie atemlos. Jetzt war sie bereit, ihn zu sehen, und sie ging zur Tür und zog sie auf.

Ihr Bruder stand draußen in einer Wolke von Zigarettenqualm, das

Gesicht gezeichnet von der Qual des Wartens, während sie seinen Brief gelesen hatte.

»Ach, Anatole«, sagte sie und schlang die Arme um ihn.

Seine Augen füllten sich mit Tränen. »Verzeih mir«, flüsterte er und ließ sich von ihr festhalten. »Es tut mir so furchtbar leid. Kannst du mir verzeihen, *petite*?«

Kapitel 79

∞

Léonie und Anatole wichen einander fast den ganzen restlichen Tag nicht mehr von der Seite. Isolde hatte sich am Nachmittag etwas hingelegt, wodurch sie Zeit hatten, in Ruhe miteinander zu reden. Da Anatole von schlimmen Vorahnungen und dem verzweifelten Gefühl, es hätte sich alles gegen ihn verschworen, arg niedergedrückt wurde, kam Léonie sich fast vor wie eine große Schwester.

Sie schwankte hin und her zwischen dem Zorn darüber, so hintergangen worden zu sein, noch dazu über so viele Monate hinweg, und dem Verständnis für die Liebe, die er offensichtlich für Isolde empfand und die ihn bewogen hatte, alles in seiner Macht Stehende zu tun, um sie zu schützen.

»Wusste M'man von dem Schwindel?«, fragte sie jedes Mal, wenn sie wieder von der Erinnerung eingeholt wurde, wie sie auf dem Cimetière de Montmartre neben einem leeren Sarg stand. »War ich als Einzige nicht eingeweiht?«

»Ich habe mich ihr nicht anvertraut«, antwortete er. »Aber ich glaube, sie hat durchschaut, dass mehr dahintersteckte.«

»Kein Tod«, sagte sie leise. »Und das Hospital? War sie schwanger?«

»Nein. Eine Lüge mehr, um unser Täuschungsmanöver glaubhaft zu machen.«

Nur in den stillen Augenblicken, wenn Anatole sie mal für kurze Zeit allein ließ, gab Léonie sich der bangen Frage hin, was der kommende Tag bringen mochte. Er wollte ihr nicht viel über seinen

Feind verraten, nur, dass er Isolde während der kurzen Liaison großen Schmerz zugefügt hatte. Der Mann war Pariser, gestand er, und es war ihm offenkundig gelungen, die für ihn gelegte falsche Fährte zu durchschauen und sie bis in den Midi zu verfolgen. Allerdings konnte Anatole sich nicht erklären, wie er von Carcassonne auf Rennes-les-Bains gekommen war. Und er weigerte sich strikt, auch nur seinen Namen auszusprechen.

Léonie lauschte, von welcher Besessenheit und Rachsucht der Feind ihres Bruders und ihrer Tante getrieben wurde – die Angriffe auf ihren Bruder in Zeitungskolumnen, der Überfall auf ihn in der Passage des Panoramas, die Anstrengungen, die der Mann auf sich nahm, um Isolde und Anatole zugrunde zu richten –, und hörte echte Angst in der Stimme ihres Bruders heraus.

Sie sprachen nicht über den Ausgang des Duells, falls Anatole sein Ziel verfehlen sollte. Auf Drängen ihres Bruders gab Léonie ihm ihr Wort, Isolde umgehend im Schutz der Dunkelheit von der Domaine de la Cade wegzubringen, sollte er scheitern und nicht mehr in der Lage sein, sie alle zu schützen.

»Dann ist er also kein Ehrenmann?«, fragte sie. »Du glaubst, er wird sich nicht an die Regeln des Duells halten?«

»Genau das ist meine Befürchtung«, antwortete er ernst. »Sollte die Sache morgen schlecht für mich ausgehen, möchte ich nicht, dass Isolde hier ist, wenn er sie suchen kommt.«

»Das klingt, als wäre er ein Teufel.«

»Und ich ein Narr«, sagte Anatole leise, »weil ich geglaubt habe, es könnte irgendwie anders enden als so.«

Später am Abend, nachdem Isolde sich für die Nacht zurückgezogen hatte, saßen Léonie und Anatole zusammen im Salon und legten sich eine Strategie für den folgenden Tag zurecht.

Es behagte ihr nicht, bei einer Täuschung mitzumachen – zumal sie selbst Opfer einer solchen geworden war –, doch sie sah ein, dass Isolde in ihrem Zustand nicht erfahren durfte, was geschehen würde. Anatole bat sie, seine Frau irgendwie zu beschäftigen, damit er zur vereinbarten Stunde unbemerkt mit Pascal das Haus verlassen konnte. Er hatte Charles Denarnaud eine Nachricht geschickt mit der Bitte, sein Sekundant zu sein, was dieser unverzüglich zugesagt hatte. Dr. Gabignaud hatte sich widerwillig bereit erklärt, für den Fall des Falles medizinischen Beistand zu leisten.

Obwohl Léonie mit einem Nicken ihr scheinbares Einverständnis signalisierte, hatte sie keineswegs die Absicht, Anatoles Wünsche zu befolgen. Sie konnte unmöglich tatenlos im Salon sitzen und zusehen, wie die Zeiger auf der Uhr langsam vorrückten, wohl wissend, welchen Kampf ihr Bruder zur selben Zeit ausfocht. Ihr war klar, dass sie die Verantwortung für Isolde zwischen Dämmerung und Einbruch der Nacht jemand anderem übergeben musste, obwohl sie noch keinerlei Ahnung hatte, wie sie das bewerkstelligen sollte.

Doch sie ließ sich ihre geplante Unfolgsamkeit weder in Worten noch in Taten anmerken. Und Anatole wurde von seiner fieberhaften Planung so sehr in Anspruch genommen, dass er gar nicht auf den Gedanken kam, ihre Zustimmung in Zweifel zu ziehen.

Als auch er sich für die Nacht zurückzog und den Salon mit einer einzelnen Kerze in der Hand verließ, um für den Weg ins Bett Licht zu haben, blieb Léonie noch eine Weile sitzen und überlegte, wie sich vielleicht doch noch alles zum Guten wenden ließe.

Sie würde stark sein. Sie würde sich nicht von ihren Ängsten überwältigen lassen. Alles würde gut ausgehen. Anatole würde seinen Feind verwunden oder töten. Sie weigerte sich, eine andere Möglichkeit auch nur in Erwägung zu ziehen.

Doch während die nächtlichen Stunden verstrichen, war ihr schmerzlich bewusst, dass Wünschen allein nichts ausrichten konnte.

Kapitel 80

∞

Samstag, 31. Oktober

Der Tag vor Allerheiligen zog in einer kühlen rosafarbenen Dämmerung herauf.

Léonie hatte kaum geschlafen und spürte das Gewicht der verstreichenden Zeit schwer auf sich lasten. Nach dem Frühstück, bei dem weder sie noch Anatole viel Appetit gezeigt hatten, verbrachte er den Morgen allein mit Isolde.

Léonie saß in der Bibliothek und hörte sie lachen, flüstern, Pläne schmieden. Isoldes Freude über die Gesellschaft ihres Bruders machte Léonie umso schmerzlicher bewusst, wie schnell ihr dieses Glück geraubt werden könnte.

Als sie sich auf einen Kaffee im Morgenzimmer zu ihnen gesellte, hob Anatole den Kopf und schaute sie einen Moment lang offen an. Seine Not, die Angst, der Kummer in seinen Augen waren so groß, dass sie wegschauen musste, weil sie fürchtete, ihr Gesichtsausdruck könnte ihn verraten.

Nach dem Mittagessen spielten sie Karten und lasen einander Geschichten vor, um so Isoldes Nachmittagsruhe hinauszuzögern, wie Léonie und Anatole es geplant hatten. So war es bereits vier Uhr, als Isolde ihre Absicht kundtat, sich bis zum Abendessen auf ihr Zimmer zurückzuziehen. Anatole kehrte etwa eine Viertelstunde später zurück, mit tiefen Kummerfalten im Gesicht.

»Sie schläft«, sagte er.

Sie schauten beide hinaus in den apricotfarbenen Himmel, wo das letzte Sonnenlicht hell hinter den Wolken hervorschien. Jetzt verließen Léonie doch die Kräfte. »Es ist noch nicht zu spät«, schluchzte sie. »Du kannst es noch absagen.« Sie umklammerte seine Hand. »Ich flehe dich an, Anatole, tu es nicht.«

Er legte die Arme um sie und zog sie an sich, umhüllte sie mit seinem vertrauten Duft nach Sandelholz und Haaröl.

»Es gibt jetzt kein Zurück mehr, das weißt du, *petite*«, sagte er leise. »Es würde sonst nie aufhören. Außerdem soll mein Sohn nicht in dem Glauben aufwachsen, sein Vater sei ein Feigling.«

»Oder deine Tochter«, sagte sie.

Anatole lächelte. »Oder meine Tochter.« Er drückte sie noch fester. »Und meine mutige und standhafte kleine Schwester soll das natürlich auch nicht von mir denken.«

Als das Geräusch von Schritten auf dem Fliesenboden erklang, wandten sie sich beide um.

Pascal stand mit Anatoles Wintermantel über dem Arm unten vor der Treppe. Seine Miene verriet, wie sehr er sich wünschte, mit alldem nichts zu tun zu haben.

»Es ist Zeit, Sénher«, sagte er.

Léonie ließ ihren Bruder nicht los. »Bitte, Anatole. Bitte, geh nicht. Pascal, lass ihn nicht gehen.«

Unter Pascals mitleidigem Blick löste Anatole sachte ihre Finger von seinem Ärmel.

»Kümmere dich um Isolde«, flüsterte er. »Meine Isolde. Ich habe in meinem Ankleidezimmer einen Brief hinterlegt, für den Fall …« Er sprach es nicht aus. »Es darf ihr an nichts fehlen. Weder ihr noch dem Kind. Sorge für die beiden.«

Stumm vor Verzweiflung sah Léonie zu, wie Pascal ihm in den Mantel half, dann gingen die beiden Männer mit raschen Schritten zur Tür. Auf der Schwelle drehte Anatole sich noch einmal um. Er hob die Hände an die Lippen.

»Ich liebe dich, *petite*.«

Feuchte Abendluft strömte in die Halle, dann fiel die Tür bebend hinter ihnen ins Schloss, und sie waren fort. Léonie lauschte auf das dumpfe Knirschen ihrer Stiefel auf dem Kies, bis das Geräusch verklang.

Dann brach die ungeheuerliche Wahrheit über sie herein. Sie sank

auf die unterste Stufe, legte den Kopf auf die Arme und schluchzte.
Aus dem Schatten unterhalb der Treppe kam Marieta geschlichen. Das Mädchen zögerte, warf dann alle Bedenken über Bord und setzte sich neben Léonie, um ihr einen Arm um die Schultern zu legen.
»Alles wird gut, Madomaisèla«, murmelte sie. »Pascal wird nicht zulassen, dass dem Herrn etwas geschieht.«
Ein klagender Schrei des Entsetzens und der Hoffnungslosigkeit brach zwischen Léonies Lippen hervor, wie das Heulen eines in der Falle gefangenen wilden Tieres. Dann dachte sie an ihr Versprechen, Isolde nicht zu wecken, und verstummte unter Tränen.
Ihr Weinkrampf legte sich. Sie fühlte sich benommen und seltsam taub. Sie hatte das Gefühl, als steckte etwas in ihrer Kehle fest. Sie rieb sich fest mit dem Ärmelaufschlag über die Augen.
»Schläft meine …« Sie stockte, weil ihr klar wurde, dass sie nicht mehr wusste, wie sie Isolde bezeichnen sollte. »Schläft meine Tante noch?«, fragte sie.
Marieta stand auf und strich sich die Schürze glatt. Der Ausdruck auf ihrem Gesicht ließ erkennen, dass Pascal sie eingeweiht hatte.
»Möchten Sie, dass ich nachsehe, ob Madama aufgewacht ist?«
Léonie schüttelte den Kopf. »Nein, stör sie nicht.«
»Kann ich Ihnen etwas bringen? Vielleicht einen Kräutertee?«
Auch Léonie erhob sich. »Nein, ich fühle mich schon wieder besser.« Sie brachte ein Lächeln zustande. »Du hast bestimmt alle Hände voll zu tun. Außerdem wird mein Bruder eine Stärkung benötigen, wenn er zurückkommt. Da soll er nicht warten müssen.«
Für einen Moment trafen sich die Blicke der beiden jungen Frauen.
»Sehr wohl, Madomaisèla«, sagte Marieta schließlich. »Ich sorge dafür, dass in der Küche dann alles bereit ist.«
Léonie blieb in der Halle und lauschte auf die Geräusche im Haus, um sicherzugehen, dass niemand mitbekommen würde, was sie als Nächstes vorhatte. Als alles ganz ruhig geworden war, sprang sie mit einer Hand auf dem Mahagonigeländer hastig die Treppe hinauf und wollte dann leise über den Flur zu ihrem Zimmer huschen.

Zu ihrem Erstaunen hörte sie Geräusche aus Anatoles Zimmer. Sie erstarrte, wollte ihren Ohren nicht trauen, da sie doch eine halbe Stunde zuvor gesehen hatte, wie er mit Pascal das Haus verließ.
Sie wollte schon weitergehen, als die Tür aufgerissen wurde und Isolde ihr beinahe in die Arme fiel. Ihr blondes Haar hing lose herab, und ihr Unterhemd stand am Hals offen. Sie wirkte völlig verstört, als wäre sie von einem Dämon oder Gespenst aus dem Schlaf gerissen worden. Notgedrungen fiel Léonie die hässliche rote Narbe an ihrem Hals auf, und sie wandte den Blick ab. Sie war so erschrocken, ihre elegante, stets gelassene und selbstbeherrschte Tante derart hysterisch zu sehen, dass ihre Stimme schneidender klang als beabsichtigt.
»Isolde! Was haben Sie denn? Was ist geschehen?«
Isolde warf den Kopf hin und her wie in heftigem Widerspruch und schwenkte ein Blatt Papier in der Hand.
»Er ist fort! Um zu kämpfen!«, schrie sie. »Wir müssen das verhindern.«
Léonie wurde kalt ums Herz, denn sie begriff, dass Isolde vorzeitig den Brief gefunden hatte, den Anatole in seinem Ankleidezimmer für sie hinterlegt hatte.
»Ich konnte nicht schlafen, da bin ich ihn suchen gegangen. Stattdessen fand ich das hier.« Isolde hielt unvermittelt inne und sah Léonie in die Augen. »Sie wussten es«, sagte sie leise, mit einer Stimme, die plötzlich ganz ruhig klang.
Für einen flüchtigen Moment vergaß Léonie, dass Anatole jetzt in diesem Augenblick durch den Wald ging, um sich zu duellieren. Sie versuchte zu lächeln, während sie den Arm ausstreckte und Isoldes Hand ergriff.
»Ich weiß von den Maßnahmen, die ihr beide ergriffen habt. Von der Heirat«, sagte sie sanft. »Ich wünschte, ich hätte dabei sein können.«
»Léonie, ich wollte ...« Isolde stockte. »Ich wollte es Ihnen sagen.«
Léonie schloss sie in die Arme. Schlagartig hatten sie die Rollen getauscht.
»Und dass Anatole Vater wird?«, fragte Isolde fast im Flüsterton.

»Auch das«, sagte Léonie. »Es ist eine wundervolle Neuigkeit.«
Isolde löste sich von ihr. »Aber wussten Sie auch von dem Duell?«
Léonie zögerte. Sie wollte der Frage schon ausweichen, doch dann hielt sie inne. Es hatte genug Unehrlichkeit zwischen ihnen gegeben. Zu viele zerstörerische Lügen.
»Ja«, gestand sie. »Der Brief wurde gestern per Boten überbracht. Denarnaud und Gabignaud begleiten Anatole.«
Isolde erbleichte. »Per Boten, sagen Sie«, flüsterte sie. »Dann ist er also hier. Sogar hier.«
»Anatole wird sein Ziel nicht verfehlen«, sagte Léonie mit einer Überzeugung, die sie selbst nicht empfand.
Isolde hob den Kopf und nahm die Schultern zurück. »Ich muss zu ihm.«
Der unvermittelte Stimmungswechsel verblüffte Léonie so, dass sie nach Worten suchte.
»Das geht nicht«, widersprach sie.
Isolde überhörte den Einwand. »Wo soll der Kampf stattfinden?«
»Isolde, Sie sind unpässlich. Es wäre töricht, ihm zu folgen.«
»Wo?«, fragte sie.
Léonie seufzte. »Eine Lichtung im Buchenwald. Wo genau, weiß ich nicht.«
»Wo die wilden Wacholderbüsche wachsen. Da gibt es eine Lichtung, wo mein erster Mann manchmal Schießübungen gemacht hat.«
»Mag sein. Mehr hat er nicht gesagt.«
»Ich muss mich anziehen«, sagte Isolde und löste sich aus Léonies Griff.
Léonie blieb nichts anderes übrig, als ihr zu folgen. »Aber selbst wenn wir sofort aufbrechen und die richtige Stelle finden, Anatole hat das Haus vor über einer halben Stunde mit Pascal verlassen.«
»Wenn wir sofort gehen, können wir es vielleicht noch verhindern.«
Isolde verlor keine Zeit mit ihrem Korsett, sondern streifte ihr graues Promenadenkleid und eine wetterfeste Jacke über, schob die eleganten Füße in Stiefel und fädelte die Schnürsenkel wahllos mit

fliegenden Fingern in Haken und Ösen. Dann lief sie Richtung Treppe, Léonie hinterdrein.
»Wird sein Kontrahent das Ergebnis akzeptieren?«, fragte Léonie unvermittelt, in der Hoffnung auf eine andere Antwort als die, die Anatole ihr zuvor gegeben hatte.
Isolde blieb stehen und blickte mit verzweifelten grauen Augen zu ihr hoch.
»Er ist … er ist kein Ehrenmann.«
Léonie packte ihre Hand, um sie zu trösten, aber ebenso sehr, um sich selbst zu beruhigen, als ihr eine andere Frage in den Sinn kam.
»Wann soll das Kind kommen?«
Für einen Moment wurden Isoldes Augen weich. »Wenn alles gutgeht, im Juni. Ein Sommerkind.«
Als sie durch die Halle eilten, kam es Léonie so vor, als hätte die Welt eine grellere Farbe angenommen. Ehemals vertraute, liebgewonnene Dinge – das polierte Holz von Tisch und Türen, das Pianoforte und die gepolsterte Klavierbank, in die Léonie das Notenblatt aus der Grabkapelle gelegt hatte –, alles schien sich von ihnen abgewandt zu haben. Kalte, tote Objekte.
Léonie nahm die schweren Gartenumhänge von den Haken gleich neben dem Eingang, reichte Isolde einen und warf sich selbst den anderen über, dann zog sie die Tür auf. Kühle Luft strich ihr um die Beine wie eine Katze, wickelte sich um die Strümpfe, die Knöchel. Sie nahm die brennende Lampe vom Ständer.
»Um welche Zeit soll das Duell stattfinden?«, fragte Isolde mit leiser Stimme.
»In der Abenddämmerung«, erwiderte Léonie. »Sechs Uhr.«
Sie schauten zum Himmel hinauf, der sich tiefblau und immer dunkler werdend über ihnen wölbte.
»Wenn wir noch rechtzeitig dort sein wollen«, sagte Léonie, »müssen wir uns beeilen. Los jetzt, schnell.«

Kapitel 81

∞

Ich liebe dich, *petite*«, murmelte Anatole noch einmal leise vor sich hin, als die Haustür sich zitternd hinter ihnen schloss.
Er und Pascal, der eine Laterne in die Höhe hielt, gingen schweigend zum Ende der Einfahrt, wo Denarnauds Kutsche auf sie wartete.
Anatole nickte Gabignaud zu, dessen Gesichtsausdruck verriet, wie ungern er an diesem Geschehen teilhatte. Charles Denarnaud drückte Anatoles Hand.
»Der Duellant und der Doktor nach hinten«, verkündete Denarnaud, seine Stimme klar in der kalten Abendluft. »Ihr Diener und ich sitzen vorne.«
Das Verdeck war geschlossen. Gabignaud und Anatole stiegen ein. Denarnaud und Pascal, dem diese Begleitung offensichtlich unangenehm war, setzten sich gegenüber und balancierten den langen hölzernen Pistolenkoffer gemeinsam auf dem Schoß.
»Kennen Sie den vereinbarten Ort, Denarnaud?«, fragte Anatole. »Die Lichtung in dem Buchenwald östlich des Hauses?«
Denarnaud lehnte sich nach draußen und gab die entsprechende Anweisung. Anatole hörte, wie der Kutscher die Zügel schnalzen ließ, und das Gig rollte an. Das Klirren von Zuggeschirr und Zaumzeug hallte laut durch die stille Luft.
Denarnaud war der Einzige, dem nach Reden zumute war. Die meisten Geschichten, die er zum Besten gab, handelten von Duellen, an denen er beteiligt gewesen war. Bei allen war es knapp ausgegangen, aber immer zum Vorteil seines Duellanten. Anatole

war klar, dass er ihn beruhigen wollte, aber er wünschte trotzdem, er würde den Mund halten.
Er saß kerzengerade da, schaute hinaus auf das schon fast winterliche Land und dachte, dass er diese Welt vielleicht zum letzten Mal sah.
Die lange Baumallee der Einfahrt war mit Rauhreif bedeckt. Das schwere Klappern der Pferdehufe auf dem harten Boden hallte durch den Park. Der sich verdunkelnde blaue Himmel über ihnen schien wie ein Spiegel zu glänzen, während ein bleicher Mond in weißer Pracht aufging.
»Das hier sind meine eigenen Pistolen«, erklärte Denarnaud. »Ich habe sie selbst geladen. Der Koffer ist versiegelt. Sie werden auslosen, ob wir diese hier benutzen oder die Waffen Ihres Gegners.«
»Das weiß ich«, knurrte Anatole, doch dann bedauerte er seinen barschen Ton, und er fügte hinzu: »Ich bitte um Verzeihung, Denarnaud. Meine Nerven sind angespannt. Ich bin Ihnen überaus dankbar für Ihre Sorgfalt.«
»Es schadet nichts, die Regeln noch einmal zu rekapitulieren«, sagte Denarnaud mit lauterer Stimme, als in der engen Kutsche und angesichts der Situation erforderlich gewesen wäre. Anatole begriff, dass Denarnaud trotz seines poltrigen Auftretens nervös war. »Man will schließlich keine Missverständnisse. Könnte ja sein, dass solche Angelegenheiten in Paris anders ausgetragen werden.«
»Ich denke nicht.«
»Haben Sie geübt, Vernier?«
Anatole nickte. »Mit den Pistolen, die im Haus waren.«
»Sind Sie damit zurechtgekommen? Mit dem Visier?«
»Ich wünschte, ich hätte mehr Zeit gehabt«, sagte er.
Anatole versuchte, das Bild seiner liebsten Isolde heraufzubeschwören, wie sie schlafend im Bett lag, die Haare auf dem Kissen ausgebreitet, ihre schlanken weißen Arme. Er dachte an Léonies strahlende, fragende grüne Augen. Und an das Gesicht des ungeborenen Kindes. Versuchte, ihre geliebten Gesichtszüge festzuhalten.

Ich tue das für sie beide.
Aber die Welt war zusammengeschrumpft auf diese klappernde Kutsche, den Holzkoffer auf Denarnauds Schoß, das schnelle, nervöse Atmen von Gabignaud neben ihm.
Anatole spürte, wie der *fiacre* erneut nach links abbog. Der Boden unter den Rädern wurde holpriger. Plötzlich schlug Denarnaud auf die Seitenwand der Kutsche und rief dem Fahrer zu, er solle einen kleinen Waldweg nach rechts nehmen.
Das Gig bog auf den unbefestigten Weg ein, rollte zwischen Bäumen hindurch und erreichte schließlich die Lichtung. Auf der gegenüberliegenden Seite stand eine weitere Kutsche. Obwohl er wusste, was ihn erwartete, durchfuhr Anatole doch ein Schock, als er das Wappen von Victor Constant, Comte de Tourmaline, sah, Gold auf Schwarz. Zwei rotbraune Pferde mit Federschmuck und Scheuklappen stampften auf dem harten, kalten Boden mit den Hufen. Neben ihnen stand eine Gruppe Männer.
Denarnaud stieg als Erster aus, Gabignaud folgte, dann Pascal mit dem Pistolenkoffer. Schließlich kam Anatole aus der Kutsche. Selbst auf diese Entfernung und obwohl die Männer gegenüber alle schwarz gekleidet waren, erkannte er Constant. Mit einem angewiderten Schauder sah er außerdem das rotentzündete, von Pocken entstellte Gesicht eines der Männer, die ihn am Morgen nach dem Tumult in der Oper in der Passage des Panoramas überfallen hatten. Neben ihm, kleiner und ärmlicher wirkend, stand ein heruntergekommen aussehender Soldat in einem alten napoleonischen Umhang. Auch der kam ihm irgendwie bekannt vor.
Anatole holte tief Luft. Seine Gedanken hatten sich zwar von dem Moment an, da er Isolde kennen- und lieben lernte, unaufhörlich mit Victor Constant beschäftigt, aber seit ihrer einzigen Auseinandersetzung im Januar war er ihm nicht mehr begegnet.
Er war selbst über die Wut verblüfft, die auf einmal durch seinen Körper rauschte. Er ballte die Hände zu Fäusten. Er brauchte einen kühlen Kopf, kein impulsives Verlangen nach Rache. Doch plötzlich schien ihm die Lichtung zu klein, und es war, als umringten ihn die glatten Stämme der Buchen immer enger.

Er stolperte über eine freiliegende Wurzel und wäre fast gestürzt.
»Ruhig Blut, Vernier«, murmelte Gabignaud.
Anatole sammelte seine Gedanken und beobachtete, wie Denarnaud zu Constant und seinen Leuten ging. Pascal folgte ihm und trug den Pistolenkoffer in beiden Armen wie einen Kindersarg.
Die Sekundanten begrüßten einander förmlich, verneigten sich kurz und knapp und gingen dann auf die Lichtung. Anatole spürte Constants kalte Augen auf sich, die ihn bohrend, stechend wie ein Pfeil fixierten. Ihm fiel außerdem auf, dass der Mann krank aussah.
Als die Männer die Mitte der Lichtung erreicht hatten, unweit der Stelle, wo Pascal am Vortag den notdürftigen Schießstand aufgebaut hatte, begannen sie, den Abstand abzuschreiten, aus dem die beiden Duellanten aufeinander schießen würden. Pascal und Constants Diener trieben zwei Gehstöcke in die Erde, um die Positionen zu markieren.
»Wie halten Sie sich?«, fragt Gabignaud halblaut. »Soll ich Ihnen etwas …«
»Nein«, sagte Anatole rasch. »Ich brauche nichts.«
Denarnaud kam zurück. »Ich bedaure, aber wir haben den Münzwurf um die Pistolen verloren.« Er schlug Anatole auf die Schultern. »Das macht keinen Unterschied, ganz bestimmt nicht. Die sichere Hand zählt, nicht der Pistolenlauf.«
Anatole fühlte sich wie ein Schlafwandler. Alles um ihn herum schien gedämpft, als ob es jemand anderem passieren würde. Er wusste, er sollte beunruhigt sein, weil er die Pistolen seines Widersachers benutzen musste, aber er war innerlich taub.
Die beiden Gruppen bewegten sich aufeinander zu.
Denarnaud zog Anatole den Mantel aus. Constants Sekundant tat das Gleiche bei ihm. Anatole beobachtete, wie Denarnaud demonstrativ Constants Rocktaschen abklopfte, seine Westentaschen, um sich zu vergewissern, dass er keine anderen Waffen am Körper trug, kein Notizbuch, keine dicken Papiere, die als Schutz dienen könnten.
Denarnaud nickte. »Alles korrekt.«

Anatole hob die Arme, während Constants Mann mit den Händen über seinen Körper fuhr, um auch ihn auf versteckte Vorsichtsmaßnahmen hin abzusuchen. Er spürte, wie ihm die Uhr aus der Tasche gezogen und von der Kette gelöst wurde.
»Neue Uhr, Monsieur? Sogar mit Monogramm. Hübsche Arbeit.«
Er erkannte die heisere Stimme wieder. Es war derselbe Mann, der ihm bei dem Überfall in Paris die Taschenuhr seines Vaters gestohlen hatte. Er ballte die Fäuste, um sich davon abzuhalten, den Mann auf der Stelle niederzuschlagen.
»Lass die Finger davon«, knurrte er drohend.
Der Mann blickte zu seinem Herrn hinüber, zuckte dann die Achseln und wandte sich ab.
Anatole merkte, dass Denarnaud ihn am Ellbogen fasste und zu einem der beiden Gehstöcke führte. »Vernier, das ist Ihre Position.«
Ich darf ihn nicht verfehlen.
Man reichte ihm eine Pistole. Sie war kalt und schwer in seiner Hand. Eine viel schönere Waffe als die seines Onkels. Der lange Lauf schimmerte, und Constants goldenes Monogramm war in den Griff eingeprägt.
Anatole hatte das Gefühl, als schaue er aus großer Höhe auf sich selbst hinunter. Er konnte einen Mann sehen, der ihm sehr ähnelte, das gleiche rabenschwarze Haar, der gleiche Schnurrbart, das Gesicht blass und die Nase von der Kälte gerötet.
Ihm gegenüber, in etlichen Schritten Entfernung, konnte er den Mann sehen, der ganz so aussah wie der Mann, der ihn von Paris bis in den Midi verfolgt hatte.
Jetzt ertönte eine Stimme wie aus der Ferne. Unvermittelt, widersinnig schnell, sollte die Sache ein Ende haben.
»Sind Sie bereit, Messieurs?«
Anatole nickte. Constant nickte.
»Jeder hat einen Schuss.«
Anatole hob den Arm. Constant ebenfalls.
Dann wieder dieselbe Stimme. »Feuer.«
Anatole nahm nichts mehr wahr, sah nichts, hörte nichts, roch

nichts. Er erlebte ein völliges Fehlen jeglicher Empfindung. Er meinte, nichts getan zu haben, und doch reagierten die Muskeln in seinem Arm, sein Finger betätigte den Abzug, und es ertönte ein Klacken, als der gespannte Hahn nach vorne schnellte. Er sah das Pulver in der Pfanne aufflammen und eine Rauchwolke in die Luft steigen. Zwei Schüsse hallten über die Lichtung. Die Vögel flatterten aus den Wipfeln der umstehenden Bäume auf, schlugen panisch mit den Flügeln, um wegzukommen.

Alle Luft wich aus Anatoles Lunge. Die Beine knickten unter ihm weg. Er fiel, schlug mit den Knien auf dem Boden auf, dachte an Isolde und Léonie, und dann breitete sich Wärme über seine Brust aus, wie die wohltuende Entspannung eines heißen Bades, die über seinen kalten Körper strömte.

»Ist er getroffen?« Gabignauds Stimme, vielleicht. Oder auch nicht.

Um ihn herum sammelten sich dunkle Gestalten, die er nicht mehr als Gabignaud oder Denarnaud erkennen konnte, nur noch als einen Wald aus schwarzen und graugestreiften Hosenbeinen, Hände in dicken Fellhandschuhen, schwere Stiefel. Dann hörte er etwas. Ein wilder Schrei, sein Name, der entsetzt und verzweifelt durch die kalte Luft drang.

Anatole sank seitlich zu Boden. Er bildete sich ein, Isoldes Stimme zu hören, die ihn rief. Doch fast im selben Moment begriff er, dass auch die anderen das Rufen hören konnten. Die Menge um ihn herum teilte sich und trat so weit zurück, dass er sie unter den Bäumen hervor auf ihn zulaufen sehen konnte, dicht gefolgt von Léonie.

»Nein. Anatole, nein!«, schrie Isolde. »Nein!«

Im selben Moment nahm er etwas anderes wahr, ganz am Rande seines Gesichtsfeldes. Sein Blick verdunkelte sich. Er versuchte, sich aufzusetzen, doch ein stechender Schmerz in seiner Seite, wie der Stoß eines Messers, ließ ihn aufkeuchen. Er streckte die Hand aus, hatte aber keine Kraft und merkte, wie er wieder zurückfiel.

Nun verlangsamte sich alle Bewegung. Anatole begriff, was geschehen würde. Zuerst wollten seine Augen es nicht glauben.

Denarnaud hatte doch sichergestellt, dass die Regeln des Duells eingehalten wurden. Nur ein Schuss, ein einziger Schuss. Und dennoch sah er, wie Constant die Duellpistole zu Boden fallen ließ, in seine Jacke griff und eine zweite Waffe hervorzog, so klein, dass der Lauf zwischen Zeige- und Mittelfinger passte. Sein Arm schwang im Bogen aufwärts und nach rechts und feuerte.

Eine zweite Pistole, nicht nur eine, wie vereinbart.

Anatole schrie, fand endlich seine Stimme wieder. Aber es war zu spät.

Ihr Körper stockte in der Bewegung, schien einen Augenblick in der Luft zu schweben und wurde dann durch die Wucht der Kugel nach hinten geschleudert. Ihre Augen weiteten sich, zuerst vor Verblüffung, dann Schock, dann Schmerz. Er sah sie niederstürzen. Sie fiel zu Boden.

Anatole spürte, wie sich ein Schrei aus seiner Brust riss. Um ihn herum brach Chaos aus, Rufen und Brüllen und heilloses Durcheinander. Und mittendrin meinte er, obwohl das nicht sein konnte, jemanden lachen zu hören. Seine Sehkraft schwand, Schwarz verdrängte Weiß, saugte die Farbe aus der Welt.

Das Lachen war das Letzte, was er hörte, ehe die Dunkelheit ihn umfing.

Kapitel 82

∞

Ein Aufheulen zerriss die Luft. Léonie hörte es, merkte aber zuerst nicht, dass es aus ihrem eigenen Mund drang.

Für einen Moment blieb sie wie angewurzelt stehen, unfähig, zu glauben, was ihre Augen sahen. Sie stellte sich vor, ein Bühnenbild zu sehen, auf dem die Lichtung und die einzelnen Personen mit Pinsel und Farbe oder durch den Verschluss einer Linse für alle Zeit festgehalten wurden.

Leblos, reglos, eine Ansichtskarte, nicht echte Menschen aus Fleisch und Blut.

Dann kehrte die Welt ruckartig zurück. Während Léonie in die Dunkelheit starrte, hinterließ die Wahrheit einen blutigen Händedruck in ihrem Kopf.

Isolde ausgestreckt auf der kalten Erde, das graue Kleid rot gefärbt.

Anatole, der mühsam versuchte, einen Arm zu heben, das Gesicht schmerzverzerrt, ehe er wieder zu Boden sank. Gabignaud auf Knien neben ihm.

Am schockierendsten das Gesicht des Mörders. Der Mann, den Isolde so gefürchtet und Anatole so verabscheut hatte, deutlich sichtbar.

Léonie durchlief es eiskalt, allen Mutes beraubt.

»Nein«, flüsterte sie.

Schuld, schneidend wie gesprungenes Glas, bohrte sich ohne Gegenwehr durch sie. Scham, dann Wut folgten gleich darauf, rauschten durch sie hindurch wie ein Fluss, der seine Deiche sprengt. Nur wenige Schritte von ihr entfernt stand der Mann, der sich in ihren geheimsten Gedanken eingenistet hatte, von dem sie seit Carcassonne geträumt hatte. Victor Constant.

Anatoles Mörder. Isoldes Peiniger.

Hatte sie selbst ihn hierhergeführt?

Léonie hob die Lampe höher, bis sie deutlich das Wappen auf der Seitenwand der Kutsche sehen konnte, die ein wenig abseitsstand, obwohl sie keine Bestätigung mehr brauchte, dass er es wirklich war.

Ein jäher und wilder und allumfassender Zorn überfiel sie. Ohne an ihre eigene Sicherheit zu denken, rannte sie aus dem Schatten der Bäume auf die Lichtung, stürmte auf die Gruppe von Männern zu, die Anatole und Gabignaud umringten.

Der Doktor war wie gelähmt, völlig handlungsunfähig vor Entsetzen über das Geschehene. Er taumelte hoch und wäre fast ausgeglitten. Fassungslos schaute er zu Victor Constant und seinen Männern hinüber, dann starrte er voller Verwirrung Charles Denarnaud an, der die Waffen geprüft und die Duellbedingungen für erfüllt erklärt hatte.

Léonie erreichte zuerst Isolde. Sie warf sich neben ihr auf den Boden und hob ihren Umhang an. Auf der linken Seite des Kleides war der blassgraue Stoff dunkelrot getränkt, eine obszöne Treibhausblüte. Léonie zog ihre Handschuhe aus, schob Isoldes Ärmelaufschlag hoch und tastete nach einem Puls. Er war schwach, aber spürbar. Ein Hauch Leben war noch in ihr. Rasch fuhr sie mit den Händen über Isoldes ausgestreckten Körper und erkannte, dass die Kugel sie am Arm getroffen hatte. Falls sie nicht zu viel Blut verlor, würde sie überleben.

»Dr. Gabignaud, *vite*«, schrie sie. »*Aidez-la*. Pascal!«

Ihre Gedanken sprangen zu Anatole. In dem Dämmerlicht war ein schwacher weißer Atemhauch über Mund und Nase ihres Bruders zu erkennen und gab ihr Hoffnung, dass auch er nicht tödlich verwundet war.

Sie stand auf und machte einen Schritt auf ihn zu.

»Ich wäre Ihnen verbunden, wenn Sie bleiben, wo Sie sind, Mademoiselle Vernier. Und Sie auch, Gabignaud.«

Beim Klang von Constants Stimme erstarrte sie. Erst jetzt nahm sie wahr, dass er noch immer seine Waffe erhoben hatte, den Finger am Abzug, bereit, abzudrücken, und dass es keine Duellpistole war. Vielmehr erkannte sie *Le Protector*, eine Schusswaffe, die eigens für Hosentaschen oder Damentäschchen entworfen worden war. Ihre Mutter besaß so eine.

Er hatte noch mehrere Schüsse.

Léonie war angewidert von sich selbst, von den zarten Koseworten, die er ihr in ihrer Vorstellung ins Ohr geflüstert hatte. Davon, wie sie seine Aufmerksamkeit förmlich ermuntert hatte – ohne Sittsamkeit oder Sorge um ihren guten Ruf.

Und ich habe ihn zu den beiden geführt.

Sie zwang sich, die Nerven zu behalten. Sie hob das Kinn und sah ihm direkt in die Augen.

»Monsieur Constant«, sagte sie, sein Name wie Gift auf ihrer Zunge.

»Mademoiselle Vernier«, erwiderte er, die Waffe noch immer auf Gabignaud und Pascal gerichtet. »Was für ein unerwartetes Vergnügen. Ich hätte nicht gedacht, dass Vernier Ihnen eine so hässliche Szene zumutet.«

Ihre Augen huschten zu der Stelle, wo Anatole auf dem Boden lag, dann wieder zu Constant.

»Ich bin aus freien Stücken hier«, sagte sie.

Constant machte eine ruckartige Bewegung mit dem Kopf. Sein Diener trat vor, gefolgt von dem dreckigen Soldaten, in dem Léonie dieselbe Kreatur erkannte, die ihr mit unverschämtem Blick gefolgt war, als sie die mittelalterliche Cité von Carcassonne betreten hatte. Voller Verzweiflung begriff sie Constants perfide durchdachten Plan.

Die beiden Männer packten Gabignaud und rissen ihm die Arme auf den Rücken, wobei seine Lampe zu Boden fiel. Léonie hörte das Glas zerspringen, und die Flamme erlosch mit einem Zischen im feuchten Laub. Dann, noch ehe sie begriff, was geschah, zog der größere der beiden Männer eine Pistole unter seinem Mantel hervor, hielt sie Gabignaud an die Stirn und drückte ab.

Die Wucht des Schusses hob Gabignaud regelrecht in die Luft. Sein Hinterkopf zerplatzte, und Blut und Knochensplitter regneten auf seine beiden Henker herab. Er sackte zu Boden, der Körper bebte und zuckte kurz, blieb dann still liegen.

Wie schnell es geht, einen Menschen zu töten, Seele und Körper auseinanderzureißen.

Der Gedanke war so schnell wieder verschwunden, wie er gekommen war. Léonie schlug die Hände vors Gesicht, merkte, wie ihr Galle in den Mund stieg, beugte sich vor und übergab sich.

Aus den Augenwinkeln sah sie Pascal einen kleinen Schritt rückwärts machen, dann noch einen. Sie konnte sich nicht vorstellen, dass er fliehen wollte – sie hatte noch nie an seiner Treue und Ergebenheit gezweifelt –, aber was mochte er sonst vorhaben?

Dann fing er ihren Blick auf und schaute nach unten, um ihr seine Absicht zu signalisieren.

Léonie richtete sich auf und fixierte Charles Denarnaud. »Monsieur«, sagte sie laut, und prompt richteten alle Augen sich auf sie, »ich stelle erstaunt fest, dass Sie mit diesem Mann gemeinsame Sache machen. Sie werden sich verantworten müssen, wenn Ihr doppeltes Spiel bekannt wird.«

Er blickte herablassend. »Durch wen denn, Mademoiselle Vernier? Wir sind hier ganz unter uns.«

»Halten Sie den Mund«, befahl Constant.

»Ist Ihnen Ihre Schwester, Ihre Familie wirklich so gleichgültig«, sagte Léonie herausfordernd, »dass Sie eine solche Schande über sie bringen?«

Denarnaud klopfte auf seine Tasche. »Geld spricht eine deutlichere Sprache.«

»Denarnaud, *ça suffit!*«

Als Leonie erneut zu Constant hinüberblickte, fiel ihr zum ersten Mal auf, wie ihm der Kopf zitterte, als hätte er Schwierigkeiten, seine Bewegungen zu kontrollieren.

Doch dann sah sie Anatoles Fuß auf dem Boden zucken.

Lebte er noch? War das möglich? Erleichterung stieg in ihr auf und wurde sogleich von nackter Angst verdrängt. Falls er wirklich noch am Leben war, würde er das nur so lange bleiben, wie Constant ihn für tot hielt.

Inzwischen war es richtig dunkel geworden. Die Lampe des Arztes war zwar erloschen, doch die übrigen Laternen warfen ungleichmäßige gelbe Lichtkreise auf den Boden.

Léonie zwang sich, einen Schritt auf den Mann zuzugehen, den lieben zu können sie geglaubt hatte.

»Ist es das wert, Monsieur? Sich selbst der Verdammnis auszuliefern? Und aus welchem Grund? Eifersucht? Rache? Denn Ehre kann es gewiss nicht sein.« Sie machte einen weiteren Schritt, diesmal ein wenig seitlich, um Pascal hoffentlich Deckung zu geben. »Lassen Sie mich meinen Bruder versorgen. Und Isolde.«

Jetzt war sie nah genug, um die Verachtung in Constants Gesicht zu erkennen. Sie konnte nicht glauben, seine Züge je für distinguiert und nobel gehalten zu haben. Seine Niedertracht schien so offensichtlich, sein Mund grausam und seine Pupillen bloße Nadelköpfe in den verbitterten Augen. Er ekelte sie an.

»Es steht Ihnen wohl kaum zu, Befehle zu erteilen, Mademoiselle Vernier.« Er wandte den Kopf in die Richtung, wo Isolde eingehüllt in ihren Umhang lag. »Und die Hure. Ein einziger Schuss war zu gut für sie. Ich hätte mir gewünscht, dass sie so leidet, wie sie mich hat leiden lassen.«

Léonie sah ihm offen in die blauen Augen. »Sie ist jetzt unerreichbar für Sie«, log sie, ohne zu zögern.

»Sie werden mir verzeihen, Mademoiselle Vernier, wenn ich mich da nicht auf Ihr Wort verlasse. Außerdem sehe ich nicht eine Träne auf Ihren Wangen.« Er blickte kurz zu Gabignauds Leichnam hinüber. »Sie haben starke Nerven, aber für so hartherzig halte ich Sie nicht.«

Er hielt kurz inne, als bereite er sich darauf vor, ihr den Gnadenstoß zu geben.

Léonie spürte, wie sich ihr ganzer Körper anspannte, auf den Schuss wartete, der jeden Augenblick kommen musste. Sie wusste, dass Pascal fast so weit war, und es kostete sie ihre ganze Willenskraft, nicht in seine Richtung zu schauen.

»Tatsächlich«, sagte Constant, »erinnert mich Ihr Charakter sehr an Ihre Mutter.«

Alles verharrte, als hielte die Welt den Atem an. Weiße Wolken, Kälte in der Abendluft, das Flüstern des Windes in den kahlen Zweigen der Bäume, das Rascheln der Wacholderbüsche. Endlich fand Léonie die Sprache wieder.

»Was wollen Sie damit sagen?«, fragte sie. Jedes Wort schien wie Blei in die kalte Luft zu fallen.

Sie konnte seine Genugtuung spüren. Sie wehte von ihm herüber wie der Gestank von einer Gerberei, beißend, ätzend.

»Wissen Sie noch immer nicht, was Ihrer Mutter zugestoßen ist?«

»Was soll das heißen?«

»Die Sache war in Paris in aller Munde«, sagte Constant. »Wie ich hörte, einer der schlimmsten Morde, mit denen sich die prosaischen Gendarmenköpfe des achten Arrondissements je befassen mussten.«

Léonie fuhr zurück, als hätte er sie geohrfeigt. »Sie ist tot?«

Ihre Zähne begannen zu klappern. Die Häme seines Schweigens verriet ihr, dass er die Wahrheit gesagt hatte, doch ihr Verstand weigerte sich, es zu akzeptieren. Denn sonst würde sie taumeln und zusammenbrechen. Und die ganze Zeit über wurden Isolde und Anatole schwächer und schwächer.

»Ich glaube Ihnen nicht«, brachte sie schließlich heraus.

»O doch, das tun Sie, Mademoiselle Vernier. Ich sehe es in Ihrem Gesicht.« Er ließ den Arm sinken, hielt die Waffe einen Moment auf den Boden gerichtet. Sie machte einen Schritt rückwärts. Sie spürte, dass Denarnaud hinter ihr näher kam, ihr den Weg versperrte. Vor ihr kam Constant jetzt mit raschen Schritten auf sie zu. Dann sah sie aus den Augenwinkeln, wie Pascal in die Hocke ging und die unbenutzten Pistolen aus dem Koffer riss, den sie vom Haus mitgebracht hatten.

»*Attention!*«, rief er ihr zu.

Léonie reagierte instinktiv und warf sich im selben Moment zu Boden, als auch schon der Schuss krachte.

Denarnaud fiel, in den Rücken getroffen.
Constant schoss sofort zurück, verfehlte sein Ziel aber in der Dunkelheit. Léonie konnte hören, wie Pascal durchs Unterholz lief, und begriff, dass er versuchte, hinter Constant zu gelangen.
Constant bellte einen Befehl, und der alte Soldat kam auf Léonie zu, die noch immer am Boden lag. Der andere Mann lief zum Rand der Lichtung, suchte nach Pascal, feuerte wahllos.
»Hier ist er!«, rief er seinem Herrn zu.
Constant schoss erneut. Wieder ging der Schuss daneben.
Plötzlich erbebte der Boden vom Klang laufender Füße. Léonie hob den Kopf in die Richtung des Geräuschs und hörte Rufe.
»*Arèst!*«
Sie erkannte Marietas Stimme, die durch die Dunkelheit gellte, und vernahm auch noch andere. Sie kniff die Augen zusammen und sah nun den Schein vieler Laternen, die näher kamen, größer wurden, durch die Dunkelheit tanzten. Dann stürmte Emile, der Sohn des Gärtners, von der anderen Seite auf die Lichtung. Er hielt eine lodernde Fackel in der einen Hand und einen Knüppel in der anderen.
Léonie sah, wie Constant die Lage abschätzte. Er schoss auf den Jungen, doch der war schneller und duckte sich hinter eine Buche. Constants Gesicht war zu einer Fratze verzerrt, als er die Waffe herumschwenkte und zwei Kugeln in Anatoles Oberkörper jagte.
Léonie schrie auf. »Nein!«, kreischte sie und kroch verzweifelt auf allen vieren zu der Stelle hinüber, wo ihr Bruder lag. »Nein!«
Die Dienstboten, mit Marieta insgesamt acht, stürmten vor.
Constant zögerte nicht länger. Er warf seinen Mantel über die Schulter und eilte über die Lichtung in den Schatten zu seiner Kutsche, die abfahrbereit auf ihn wartete.
»Keine Zeugen«, sagte er knapp.
Wortlos drehte sich sein Diener um und schoss dem alten Soldaten eine Kugel in den Kopf. Einen Moment lang war das Gesicht des Sterbenden in einem Ausdruck der Verwunderung erstarrt. Dann knickten seine Knie ein, und er fiel nach vorne.
Pascal trat aus dem Schatten und feuerte die zweite Pistole ab.

Léonie sah Constant stolpern, seine Beine gaben fast unter ihm nach, doch dann ging er humpelnd weiter und erreichte die Kutsche. Über den Tumult und das Chaos hinweg hörte sie, wie der Verschlag zuknallte, das Rasseln des Pferdegeschirrs und das Klappern der Lampen, als die Kutsche bergauf im Wald verschwand, in Richtung rückwärtiges Tor.

Marieta war bereits an Isoldes Seite. Léonie spürte, wie Pascal zu ihr gelaufen kam und neben ihr auf die Knie sank. Ein Schluchzen entrang sich ihr. Sie rappelte sich auf und stolperte die letzten paar Meter zu ihrem Bruder hinüber.

»Anatole?«, flüsterte sie. Sie legte den Arm um seine breiten Schultern, schüttelte ihn, versuchte, ihn zu wecken. »Anatole, bitte.«

Die Stille schien noch tiefer zu werden.

Léonie packte den festen Stoff von Anatoles Jacke und drehte ihren Bruder herum. Sie schnappte nach Luft. So viel Blut, große Lachen auf dem Boden, wo er gelegen hatte, die Löcher in seinem Körper, wo die Kugeln eingedrungen waren. Sie wiegte seinen Kopf in ihren Armen und strich ihm das Haar aus dem Gesicht. Seine braunen Augen standen weit offen, doch das Leben darin war erloschen.

Kapitel 83

∞

Nach Constants Flucht leerte sich die Lichtung schnell.

Mit Pascals Hilfe führte Marieta die halb ohnmächtige Isolde zu Denarnauds Kutsche, um sie zurück zum Haus zu fahren. Die Wunde an ihrem Arm war zwar nicht lebensbedrohlich, aber sie hatte viel Blut verloren. Léonie sprach sie an, doch Isolde antwortete nicht. Sie ließ sich wegführen, schien aber niemanden wahrzunehmen, nichts zu erkennen. Sie war noch in der Welt, aber zugleich aus ihr entrückt.

Léonie fror und zitterte, ihre Haare und ihre Kleidung waren durchtränkt mit dem Geruch von Blut und Schießpulver und feuchter Erde, doch sie weigerte sich, von Anatoles Seite zu weichen. Der Gärtnerjunge und einige Stallknechte bauten eine Trage aus ihren Jacken und den Holzgriffen der Waffen, mit denen sie Constant und seine Männer vertrieben hatten. Ihre Fackeln loderten hell in der kalten schwarzen Luft, als sie Anatoles Leichnam auf den Schultern zurück zum Anwesen trugen. Léonie folgte ihnen, eine einsame Trauernde bei einem unangekündigten Leichenzug.

Hinter ihnen wurde Dr. Gabignaud weggetragen. Die Leichen des alten Soldaten und des Verräters Denarnaud würden später mit dem Einspänner abgeholt werden.

Als Léonie das Haus erreichte, hatte sich die Nachricht von der Tragödie, die die Domaine de la Cade heimgesucht hatte, bereits herumgesprochen. Pascal hatte einen Boten nach Rennes-le-Château entsandt, der Bérenger Saunière von der Katastrophe unter-

richten und ihn um sein Kommen bitten sollte. Marieta hatte jemanden nach Rennes-les-Bains geschickt, um die Frau aus dem Ort zu holen, die sich darauf verstand, Sterbenden in ihren letzten Stunden beizustehen und Tote aufzubahren.
Madame Saint-Loup traf in Begleitung eines kleinen Jungen ein, der eine Baumwolltasche trug, die doppelt so groß war wie er selbst. Als Léonie zur Besinnung kam und die Frau fragte, wie viel ihre Dienste kosteten, erwiderte die, dass ihr Nachbar, Monsieur Baillard, sie bereits bezahlt habe. Seine mitfühlende Freundlichkeit trieb Léonie Tränen in die brennenden Augen.
Die Leichname wurden in das Speisezimmer getragen. In stummer Fassungslosigkeit sah Léonie zu, wie Madame Saint-Loup eine Porzellanschale mit Wasser aus einer Glasflasche füllte, die sie mitgebracht hatte.
»Heiliges Wasser, Madomaisèla«, murmelte sie als Antwort auf Léonies unausgesprochene Frage. Sie tauchte einen Buchsbaumzweig hinein, entzündete zwei parfümierte Kerzen, eine für jeden, und begann, die Totengebete zu sprechen. Der Junge neigte den Kopf.
»*Peyre Sant*, Heiliger Vater, nimm Deinen Diener …«
Als die Worte über sie hinwegspülten, eine Mischung aus alten und neuen Traditionen, empfand Léonie nichts. Es gab keinen Augenblick der Gnade, die sich von oben herabsenkte, kein Gefühl des Friedens bei Anatoles Hinscheiden, kein Licht, das ihre Seele erhellte und sie in eine göttliche Gemeinschaft einschloss. In den Gaben der alten Frau war kein Trost zu finden, keine Poesie, nur ein unermesslicher und unsäglicher Verlust.
Madame Saint-Loup verstummte. Dann bedeutete sie dem Jungen, ihr aus ihrer Tasche eine große Schere zu reichen, und begann, Anatoles blutgetränkte Kleidung aufzuschneiden. Die Arbeit war mühsam und schwierig, da der Stoff nass und mit Erde und an den ausgefransten Wunden verklebt war.
»Madomaisèla?«
Sie überreichte Léonie zwei Umschläge aus Anatoles Brusttasche. Der eine Brief war von Constant, wie an dem glänzenden Papier

und dem schwarzen Wappen zu erkennen war. Der zweite war in Paris abgestempelt und ungeöffnet. Beide hatten einen rostroten Rand, als wäre eine Bordüre auf das dicke Papier gemalt worden.
Léonie öffnete den zweiten Brief.
Es war ein förmliches und offizielles Schreiben von der Gendarmerie des 8. Arrondissements, das Anatole von der Ermordung ihrer Mutter am Abend des 20. September in Kenntnis setzte. Ein Tatverdächtiger war bislang nicht ermittelt worden. Der Brief trug die Unterschrift eines gewissen Inspektors Thouron und hatte Anatole erst nach Weiterleitung über etliche Adressen in Rennes-les-Bains erreicht.
Der Inspektor bat Anatole, sich baldmöglichst bei der Gendarmerie zu melden.
Léonie knüllte das Blatt in ihrer kalten Hand zusammen. Sie hatte die grausamen Worte, die Constant ihr auf der Lichtung entgegengeschleudert hatte, nicht eine Sekunde lang bezweifelt, doch erst jetzt, wo sie die offiziellen Worte schwarz auf weiß vor sich sah, wurde ihr die Wahrheit erst richtig bewusst. Ihre Mutter war tot. Und das schon seit über einem Monat.
Der Gedanke, dass ihre Mutter ohne die letzte Ehre einer Trauerfeier bestattet worden war, zerriss Léonie fast das gequälte Herz. Ohne Anatole lag es nun an ihr, sich um solche Dinge zu kümmern. Wer hätte es sonst tun sollen?
Madame Saint-Loup begann, den Leichnam zu reinigen, und wischte Anatoles Gesicht und Hände ab, mit einer Sanftheit, die Léonie zutiefst anrührte. Schließlich zog sie etliche Leinentücher heraus, alle schon vergilbt und kreuz und quer mit schwarzen Nähten in Schlaufenstich überzogen, als wären sie schon oft benutzt worden.
Léonie ertrug es nicht länger, zuzusehen.
»Ruft mich, wenn Abbé Saunière eintrifft«, sagte sie, ging aus dem Zimmer und überließ die Frau ihrer traurigen Arbeit, Anatole in sein Leichentuch einzunähen.
Langsam, als wären ihre Beine mit Blei beschwert, stieg Léonie die Treppe hinauf und begab sich in Isoldes Zimmer. Marieta war an

der Seite ihrer Herrin. Ein Arzt, den Léonie noch nie gesehen hatte, war aus dem Dorf gekommen. Er trug einen schwarzen Zylinder und einen schlichten Spitzkragen und hatte eine matronenhafte Krankenschwester in gestärkter Schürze bei sich. Sie gehörten zum Personal des Thermalbades und waren ebenfalls von Monsieur Baillard geschickt worden.

Als Léonie hereinkam, verabreichte der Arzt gerade ein Sedativum. Die Schwester hatte Isoldes Ärmel aufgerollt, und er stach die Nadel der dicken silbernen Spritze in ihren dünnen Arm.

»Wie geht es ihr?«, fragte Léonie leise Marieta.

Das Hausmädchen schüttelte kurz den Kopf. »Sie kämpft darum, bei uns zu bleiben, Madomaisèla.«

Léonie trat näher ans Bett. Selbst für ihr ungeübtes Auge war klar, dass Isolde zwischen Leben und Tod schwebte. Ein heftiges, verzehrendes Fieber hatte sie gepackt. Léonie setzte sich und nahm ihre Hand. Da das Laken unter Isolde schweißnass war, wurde es gewechselt. Die Krankenschwester legte ihr feuchte Leinenstreifen auf die glühende Stirn, die ihrer Haut stets nur für kurze Zeit Kühlung brachten.

Als die Arznei des Doktors Wirkung zeigte, wurde die Hitze zu Kälte, und Isoldes Körper schlotterte so heftig unter der Decke, als wäre sie vom Veitstanz befallen.

Léonies fieberhafte Erinnerungsbilder an das Grauen, das sie erlebt hatte, wurden durch ihre Sorge um Isoldes Leben im Zaum gehalten. Ebenso wie die Schwere des Verlustes, die sie zu überwältigen drohte, wenn sie zu sehr darüber nachdachte. Ihre Mutter, tot. Anatole, tot. Isoldes Leben und das ihres ungeborenen Kindes auf Messers Schneide.

Der Mond ging am Himmel auf. Die Nacht vor Allerheiligen.

Kurz nachdem die Uhr elf geschlagen hatte, klopfte es an der Tür, und Pascal erschien.

»Madomaisèla Léonie«, sagte er mit gedämpfter Stimme. »Unten sind … Männer, die Sie sprechen möchten.«

»Der Pfarrer? Ist Abbé Saunière gekommen?«, fragte sie.

Er schüttelte den Kopf. »Monsieur Baillard«, antwortete er. »Und die Polizei.«
Sie verabschiedete sich von dem Doktor, versprach Marieta, wiederzukommen, sobald sie konnte, ging aus dem Zimmer und folgte Pascal rasch den Flur entlang.
Oben an der Treppe blieb sie stehen und schaute hinunter auf die Ansammlung von schwarzen Zylinderhüten und Mänteln in der Halle. Zwei Männer trugen die Uniform der Pariser Gendarmerie, zwei weitere waren offenbar Polizisten in Zivil, der ältere der beiden von der Kleidung her eine ärmliche Provinzversion seines Kollegen aus der Großstadt. Und in dem Wald aus dunkler, gedeckter Kleidung eine schlanke Gestalt im hellen Anzug.
»Monsieur Baillard«, rief sie, eilte die Treppe hinunter und nahm seine Hände. »Ich bin so froh, dass Sie hier sind.« Sie sah ihn an. »Anatole …«
Ihre Stimme versagte. Sie war unfähig, die Worte auszusprechen.
Baillard nickte. »Ich bin gekommen, um Ihnen mein Beileid auszusprechen«, sagte er förmlich, dann sprach er leiser, damit seine Begleiter ihn nicht hören konnten. »Und Madama Vernier? Wie steht es um sie?«
»Schlecht. Ihre Gemütsverfassung macht dem Arzt derzeit mehr Sorgen als die Folgen ihrer Verletzung. Natürlich muss unbedingt verhindert werden, dass sich ihr Blut infiziert, doch die Kugel hat den Arm zum Glück nur an der Innenseite gestreift.« Léonie hielt jäh inne, denn erst jetzt wurde ihr klar, was Monsieur Baillard soeben gesagt hatte. »Sie wussten von der Heirat?«, flüsterte sie. »Aber ich hatte keine … Wie …«
Baillard legte einen Finger an die Lippen. »Dieses Gespräch sollten wir nicht jetzt und nicht in dieser Gesellschaft führen.« Er lächelte ihr zu und sprach dann wieder lauter. »Der Zufall wollte es, Madomaisèla Léonie, dass diese Herren und ich zur selben Zeit zur Domaine de la Cade fuhren.«
Der jüngere der beiden Polizisten in Zivil nahm seinen Hut ab und trat vor. Er hatte tiefdunkle Ringe unter den Augen, als hätte er seit Tagen nicht mehr geschlafen.

»Inspecteur Thouron«, sagte er und streckte die Hand aus. »Vom Kommissariat des 8. Pariser Arrondissements. Mein Beileid, Mademoiselle Vernier. Und ich bedaure, dass ich zudem eine traurige Nachricht bringe. Und schlimmer noch, es ist eine alte Nachricht. Wir haben seit Wochen versucht, Ihren Bruder ausfindig zu machen, um ihm mitzuteilen – genauer gesagt, auch Ihnen –, dass …«

Léonie zog den Brief aus ihrer Tasche. »Quälen Sie sich nicht, Monsieur l'Inspecteur«, sagte sie dumpf. »Ich weiß, dass meine Mutter tot ist. Dieses Schreiben ist gestern eingetroffen, wenn auch nach etlichen Umwegen. Und heute Abend hat Vic…«

Sie brach ab, weil sie seinen Namen nicht aussprechen wollte.

Thourons Augen wurden schmal. »Sie und Ihr verstorbener Bruder waren überaus schwer zu finden«, sagte er.

Léonie bemerkte die Aufgewecktheit und Intelligenz hinter seinem unordentlichen Äußeren und den erschöpften Gesichtszügen.

»Und angesichts der … Tragödie des heutigen Abends stelle ich mir die Frage, ob die Ereignisse in Paris vor einem Monat und das, was sich heute Abend hier zugetragen hat, nicht irgendwie zusammenhängen.«

Léonie warf Monsieur Baillard einen Blick zu, dann sah sie den älteren Mann an, der neben Inspektor Thouron stand. Sein Haar war grau meliert, und er hatte die kräftigen, dunklen Gesichtszüge, die typisch für den Midi waren.

»Monsieur l'Inspecteur, Sie haben mir Ihren Kollegen noch nicht vorgestellt«, sagte sie in der Hoffnung, ein offizielles Verhör noch ein wenig hinauszuzögern.

»Ich bitte um Verzeihung«, sagte er. »Das ist Inspecteur Bouchou von der Gendarmerie in Carcassonne. Bouchou war mir bei der Suche nach Ihnen behilflich.«

Léonie blickte von einem zum anderen. »Eins verstehe ich nicht, Inspecteur Thouron. Sie haben einen Brief aus Paris geschickt und sind trotzdem persönlich gekommen? Und heute Abend sind Sie hier. Was hat es damit auf sich?«

Die Männer wechselten einen Blick.

»Messieurs, ich würde vorschlagen«, sagte Monsieur Baillard leise, aber mit einer Autorität in der Stimme, die keinen Widerspruch duldete, »dass wir dieses Gespräch in einer etwas vertraulicheren Umgebung fortführen.«
Léonie spürte die Berührung von Baillards Fingern auf ihrem Arm und merkte, dass eine Entscheidung von ihr erwartet wurde.
»Im Salon ist ein Kaminfeuer«, sagte sie.

Die kleine Gruppe durchquerte die schachbrettgemusterte Halle, und Léonie stieß die Tür auf.
Die Erinnerung an Anatole war hier im Salon so stark, dass sie kurz ins Taumeln geriet. Vor ihrem inneren Auge sah sie ihn vor dem Kamin stehen, das Haar schimmernd, die Rockschöße hochhaltend, damit die Hitze der Flammen ihm den Rücken wärmte. Oder am Abend des Diners, wie er am Fenster stand, eine Zigarette zwischen die Finger geklemmt, im Gespräch mit Dr. Gabignaud. Oder wie er sich über den Kartentisch mit dem grünen Bezug beugte und zusah, während sie und Isolde *vingt-et-un* spielten. Es schien, als hätte er sich in die Atmosphäre des Raumes eingeschrieben, obgleich Léonie das erst in diesem Augenblick bewusst wurde.
Es blieb Monsieur Baillard überlassen, den Polizisten einen Platz anzubieten und Léonie zu einer Ecke der Chaiselongue zu führen, wo sie sich wie im Halbschlaf hinsetzte. Er stellte sich hinter sie.
Thouron erklärte den mutmaßlichen Ablauf der Ereignisse am Abend des 20. September, als ihre Mutter ermordet wurde, die Entdeckung der Leiche und die kleinen Fortschritte bei den Ermittlungen, die sie schließlich nach Carcassonne und von dort nach Rennes-les-Bains geführt hatten.
Léonie hörte die Worte, als kämen sie von weit weg. Sie drangen nicht in ihr Bewusstsein. Obwohl Thouron von ihrer Mutter sprach – und sie hatte ihre Mutter geliebt –, hatte der Verlust von Anatole eine Steinmauer um ihr Herz errichtet, die keine andere Gefühlsregung hineinließ. Sie würde noch Zeit genug finden für die Trauer um Marguerite. Und auch um den freundlichen und

ehrenhaften Doktor. Doch vorläufig war in ihren Gedanken nur Raum für Anatole – und für das Versprechen, das sie ihrem Bruder gegeben hatte, seine Frau und sein Kind zu schützen.
Thouron kam allmählich zum Ende. »Und dann gab der Concierge zu, dass er Geld dafür bekommen hatte, alle eintreffende Korrespondenz weiterzuleiten. Das Hausmädchen der Debussys bestätigte außerdem, den Mann in den Tagen vor und nach dem … Vorfall gesehen zu haben, wie er in der Rue de Berlin herumlungerte.«
Thouron hielt inne. »Fürwahr, ohne den Brief, den Ihr verstorbener Bruder an Ihre Mutter geschrieben hatte, hätten wir Sie vermutlich bis heute noch nicht gefunden.«
»Konnte der Mann identifiziert werden?«, fragte Baillard.
»Wir haben nur Beschreibungen. Ein bedauernswert aussehendes Individuum. Seine Gesichtshaut ist rot und entzündet, er hat kaum Haare auf dem Kopf, und sein Schädel ist mit Blasen bedeckt.«
Léonie zuckte zusammen. Drei Augenpaare sahen sie an.
»Kennen Sie ihn, Mademoiselle Vernier?«, fragte Thouron.
Das Bild, wie der Mann die Mündung seiner Pistole an Dr. Gabignauds Stirn legt und abdrückt. Die Gischt aus Knochen und Blut, die auf den Waldboden spritzt.
Sie holte tief Luft. »Er ist Victor Constants Diener«, sagte sie.
Thouron sah zu Bouchou hinüber. »Der Comte de Tourmaline?«
»Verzeihung?«
»Er ist ein und derselbe, Constant, Tourmaline. Er benutzt verschiedene Namen, wie die Umstände und seine jeweilige Begleitung es gerade erfordern.«
»Er hat mir seine Karte gegeben«, sagte sie mit hohler Stimme. »Victor Constant.«
Sie spürte Audric Baillards Hand beruhigend auf ihrer Schulter. »Wird der Comte de Tourmaline in dieser Angelegenheit verdächtigt, Inspecteur Thouron?«, erkundigte er sich.
Der Polizist zögerte kurz und kam dann offenbar zu dem Schluss, dass Verschwiegenheit keinen Vorteil bringen würde, denn er nickte. »Und wie wir herausgefunden haben, ist er einige Tage nach Monsieur Vernier ebenfalls von Paris in den Süden gereist.«

Léonie hörte gar nicht hin. Sie musste daran denken, wie ihr Herz einen Sprung getan hatte, als Victor Constant ihre Hand ergriff. Wie sie seine Karte versteckt und Anatole angelogen hatte. Wie sie sich den Mann tagsüber als ihren Verehrer vorgestellt und ihn nachts in ihre Träume gelassen hatte.

Sie hatte ihn zu den beiden geführt. Wegen ihr lag Anatole jetzt auf der Totenbahre.

»Léonie«, sagte Baillard behutsam. »War Constant der Mann, vor dem Madama Vernier geflohen ist? Mit dem sich Sénher Anatole heute Abend duelliert hat?«

Léonie zwang sich zu antworten. »Ja, das war er«, sagte sie tonlos.

Baillard ging durch den Raum zu dem kleinen runden Tisch mit den Getränken, goss für Léonie einen Cognac ein und kam dann zurück.

»Wenn ich Ihre Gesichter sehe, Messieurs«, sagte er, als er ihr das Glas in die kalten Finger schob, »vermute ich, dass auch Sie den Mann kennen.«

»Allerdings«, bestätigte Thouron. »Sein Name tauchte immer wieder im Zuge der Ermittlungen auf, doch die Beweise haben nie ausgereicht, um ihn mit dem Verbrechen in Verbindung zu bringen. Er scheint einen Rachefeldzug gegen Monsieur Vernier geführt zu haben, schlau und durchtrieben, bis er in den letzten Wochen unvorsichtiger wurde.«

»Oder arroganter«, warf Bouchou ein. »Es gab einen Vorfall in einem … einem Etablissement im Viertel Barbès in Carcassonne, dabei wurde eine junge Frau schlimm entstellt.«

»Wir glauben, sein immer riskanteres Verhalten ist zum Teil auch auf das aggressive Fortschreiten seiner … Krankheit zurückzuführen. Sie greift allmählich sein Gehirn an.« Thouron sprach nicht weiter, sondern formte lautlos mit den Lippen das Wort, damit Léonie es nicht hörte. »Syphilis.«

Baillard kam um die Chaiselongue herum und setzte sich neben Léonie.

»Erzählen Sie Inspecteur Thouron, was Sie wissen«, sagte er und nahm ihre Hand.

Léonie hob das Glas an die Lippen und trank einen Schluck. Der Alkohol brannte ihr in der Kehle, aber er vertrieb auch den säuerlichen Geschmack in ihrem Mund.
Warum jetzt noch etwas verheimlichen?
Sie begann zu reden, verschwieg nichts, erzählte in allen Einzelheiten, was geschehen war – von der Beerdigung auf dem Montmartre und dem Überfall in der Passage des Panoramas bis hin zu dem Moment, wo sie und ihr geliebter Anatole auf dem Place du Pérou aus dem *courrier publique* gestiegen waren, und den blutigen Ereignissen dieses Abends im Wald der Domaine de la Cade.
März, September, Oktober.

Im ersten Stock wurde Isolde noch immer von dem Nervenfieber geschüttelt, das sie in dem Augenblick erfasst hatte, als sie Anatole fallen sah.
Bilder, Gedanken trieben ihr durch den Kopf und verschwanden wieder. Ihre halb geöffneten Augen flackerten. Einen flüchtigen, frohen Moment lang glaubte sie, in Anatoles Armen zu liegen und das sanfte Licht der Kerzen zu sehen, das sich in seinen braunen Augen spiegelte, doch dann verblasste die Vision. Die Haut löste sich von seinem Gesicht und offenbarte den Schädel darunter, hinterließ einen Totenkopf aus Knochen und Zähnen und schwarzen Löchern, wo einst die Augen gewesen waren.
Und unaufhörlich drangen flüsternde Stimmen, Constants boshafter, silbriger Tonfall in ihr überhitztes Gehirn. Sie spürte, wie sie sich auf dem Kissen hin und her warf, versuchte, den Klang aus dem Kopf zu bekommen, doch die Kakophonie wurde nur noch lauter. Was war die Stimme, was das Echo?
Sie träumte, sie sah ihren Sohn, der um den Vater weinte, den er nie gekannt hatte, wie durch eine Glasscheibe von Anatole getrennt.
Sie rief nach ihnen beiden, doch kein Laut drang über ihre Lippen, und sie hörten sie nicht. Als sie nach ihnen greifen wollte, zerbarst das Glas in Myriaden von Splitter, und sie berührte nur noch Haut, so kalt und unnachgiebig wie Marmor. Nur Statuen.

Erinnerungen, Träume, Vorahnungen. Ein Geist, haltlos aus seiner Verankerung gerissen.

Als die Uhr auf Mitternacht vorrückte, die Geisterstunde, pfiff und heulte der Wind los und rüttelte an den hölzernen Fensterläden des Hauses.
Eine ruhelose Nacht. Keine Nacht, um draußen zu sein.

Zehnter Teil
Der See

Oktober 2007

Kapitel 84

Mittwoch, 31. Oktober 2007

Als Meredith erneut erwachte, war Hal fort.

Sie legte die Hand auf die leere Stelle im Bett, wo er neben ihr geschlafen hatte. Das Laken war kalt, doch das Kissen duftete schwach nach ihm, und auch die Mulde, wo sein Kopf gelegen hatte, war noch zu sehen.

Die Fensterläden waren geschlossen, und der Raum lag in Dunkelheit. Meredith schaute auf den Wecker. Acht Uhr. Sie vermutete, dass Hal nicht von den Zimmermädchen gesehen werden wollte und in sein eigenes Zimmer zurückgekehrt war. Sie legte eine Hand an die Wange, als bewahre ihre Haut die Erinnerung daran, wo seine Lippen sie zum Abschied geküsst hatten, selbst wenn sie es nicht mehr wusste.

Eine Weile blieb sie im warmen Bett liegen, dachte an Hal, dachte daran, wie es sich angefühlt hatte, ihn neben sich zu spüren, in sich zu spüren, an die Gefühle, die sie letzte Nacht einfach hatte aus sich herausströmen lassen. Von Hal glitten ihre Gedanken zu Léonie, dem Mädchen mit dem kupferroten Haar, ihrer anderen nächtlichen Gefährtin.

Ich kann nicht schlafen.

Meredith erinnerte sich an die Worte aus ihrem Traum, gehört, obwohl nicht gesprochen. An das Gefühl des Mitleids, der Ruhelosigkeit, an die Tatsache, dass Léonie irgendetwas von ihr wollte.

Meredith schlüpfte aus dem Bett. Sie zog sich ein Paar dicke Socken an, um die Füße warm zu halten. Hal hatte seinen Pullover vergessen, der noch immer auf dem Stuhl lag, wo er ihn letzte

Nacht achtlos hingeworfen hatte. Sie drückte ihn sich ans Gesicht, atmete seinen Duft ein. Dann zog sie ihn an, viel zu groß und schlabberig, und stieg in eine Jogginghose.

Sie betrachtete das Porträt. Die Sepiafotografie des Soldaten, Urgroßvater Vernier, klemmte in einer Ecke des Rahmens, wo sie sie gestern hingesteckt hatte. Meredith spürte eine verlockende Vielfalt an Möglichkeiten. Die konfusen Gedanken, die sich in ihrem Kopf angehäuft hatten, waren im Verlauf der Nacht zur Ruhe gekommen.

Der naheliegende erste Schritt war, herauszufinden, ob Anatole Vernier verheiratet gewesen war, obwohl das leichter gesagt als getan war. Zudem musste sie herausfinden, in welchem Verhältnis er und Léonie zu Isolde Lascombe standen. Hatten sie 1891, also zu der Zeit, als die Aufnahme gemacht wurde, in dem Haus gelebt, oder waren sie in jenem Herbst nur zu Besuch gewesen? Wie sie bei ihrer detektivischen Online-Recherche am Vortag wieder einmal gemerkt hatte, tauchten ganz normale Leute nicht einfach so im Internet auf. Da galt es Genealogie-Webseiten zu durchforsten, da waren Namen und Daten, Geburts- und Sterbeorte erforderlich, um auch nur den Hauch einer Chance zu haben, an die gewünschten Informationen heranzukommen.

Sie startete ihren Computer und loggte sich ins Internet ein. Enttäuscht, aber eigentlich nicht überrascht, stellte sie fest, dass von Mary nichts Neues gekommen war. Sie schrieb eine weitere Mail nach Chapel Hill, in der sie Mary haarklein schilderte, was in den letzten vierundzwanzig Stunden passiert war, und sie bat, noch ein paar Dinge zu überprüfen. Nur Hal ließ sie unerwähnt. Und Léonie. Sie wollte Mary nicht unnötig beunruhigen. Sie verabschiedete sich mit dem Versprechen, bald wieder etwas von sich hören zu lassen, und klickte auf SENDEN.

Meredith fror ein wenig, und da sie plötzlich Durst hatte, ging sie ins Bad und füllte den Wasserkocher. Während sie darauf wartete, dass das Wasser heiß wurde, glitt ihr Blick über die Rücken der Bücher auf dem Regalbrett über dem Schreibtisch. Ein Titel machte sie neugierig: *Diables et Esprits Maléfiques et Fantômes de la*

Montagne. Sie nahm es heraus und öffnete es. Wie der Rückseite des Titelblattes zu entnehmen war, handelte es sich um die Neuausgabe eines früheren Buches von einem einheimischen Autor namens Audric S. Baillard, der in dem Pyrenäendorf Los Seres gelebt hatte und 2005 verstorben war. Das Erscheinungsjahr der Erstausgabe war nicht angegeben, aber es war offensichtlich ein heimatgeschichtliches Grundlagenwerk. Laut den Rezensionen hinten auf dem Buchdeckel galt das Buch als der maßgebliche Text über Sagen und Mythen in diesem Teil der Pyrenäen.
Meredith überflog das Inhaltsverzeichnis; das Buch war in Geschichten über die verschiedenen Regionen unterteilt – Couiza, Coustaussa, Durban, Espéraza, Fa, Limoux, Rennes-les-Bains, Rennes-le-Château, Quillan. Das Kapitel über Rennes-les-Bains begann mit einem Schwarz-Weiß-Foto vom Place des Deux Rennes, aufgenommen um 1900, als er noch den Namen Place du Pérou trug. Meredith lächelte. Alles kam ihr so vertraut vor. Sie konnte sogar exakt die Stelle erkennen, an der ihr Vorfahre gestanden hatte, unter den weiten Ästen der Platanen.
Der Wasserkocher begann zu pfeifen und schaltete sich aus. Sie schüttete ein Päckchen Kakaopulver in eine Tasse, goss heißes Wasser auf, rührte zwei Zuckerwürfel ein, und machte es sich dann mit Getränk und Buch in dem Sessel am Fenster gemütlich.
Die Geschichten in der Sammlung ähnelten sich von Ort zu Ort – Mythen von Dämonen und Teufeln, Generationen oder gar Jahrhunderte alt, die mündliche Überlieferungen zu natürlichen Erscheinungen in Bezug setzten: der Teufelssessel, der Gehörnte Berg, der Teufelssee, alles Namen, denen sie schon auf der Landkarte begegnet war.
Sie blätterte erneut zurück zum Titelblatt und sah noch einmal nach, ob sie nicht doch irgendwo einen Hinweis fand, wann das Buch erstmals erschienen war. Nein, es gab keine Angaben dazu. Ihr fiel auf, dass die letzte Geschichte aus den frühen Jahren des 20. Jahrhunderts stammte, aber da der Verfasser erst vor zwei Jahren gestorben war, hatte er die Geschichten vermutlich in jüngerer Zeit zusammengetragen.

Baillards Stil war klar und knapp und lieferte sachliche Informationen mit einem Minimum an Ausschmückungen. Aufgeregt entdeckte Meredith einen ganzen Abschnitt über die Domaine de la Cade. Während der Religionskriege von 1562 bis 1568, einer Abfolge von Auseinandersetzungen zwischen Katholiken und Hugenotten, war der Besitz in die Hände der Familie Lascombe gelangt. Alte Familiendynastien waren untergegangen und von *parvenus* verdrängt worden, die entweder für ihre Treue zum katholischen Haus Guise belohnt wurden oder für die zum calvinistischen Haus Bourbon.

Sie las rasch weiter. Jules Lascombe hatte den Besitz 1865 nach dem Tod seines Vaters Guy Lascombe geerbt. 1885 hatte er Isolde Labourde geehelicht und war 1891 kinderlos gestorben. Sie lächelte, weil damit ein weiteres Puzzleteilchen seinen Platz fand, und schaute zu der alterslosen Isolde hinter dem Glas des Fotorahmens hinüber, Jules' Witwe. Dann fiel ihr ein, dass sie Isoldes Namen auf dem Familiengrab der Lascombe-Bousquets nicht gesehen hatte. Meredith fragte sich, warum.

Noch etwas, was ich überprüfen muss.

Sie senkte den Blick wieder auf die Seite. Baillard ging nun auf die Legenden ein, die mit der Domaine verbunden waren. Viele Jahre lang hatte es Gerüchte um eine entsetzliche und räuberische wilde Bestie gegeben, die das Land um Rennes-les-Bains in Angst und Schrecken versetzte, Kinder und Landarbeiter auf abgelegenen Höfen überfiel. Die Erkennungszeichen der Angriffe waren Krallenspuren, drei breite Kratzer durchs Gesicht. Ungewöhnliche Spuren.

Wieder hielt Meredith inne, weil sie an die Verletzungen denken musste, die Hals Vater erlitten hatte, als er in seinem Wagen unten im Fluss lag. Und an die entstellte Marienstatue auf dem westgotischen Pfeiler im Zugang zur Kirche von Rennes-le-Château. Gleich darauf kehrte ein Erinnerungsfetzen aus ihrem Alptraum zurück – das Bild eines Wandteppichs an einer schwach erhellten Treppe. Das Gefühl, gehetzt zu werden, Krallen und schwarzes Fell, die ihre Haut berührten, über ihre Hände glitten.

Un, deux, trois, loup.
Und zurück zum Friedhof von Rennes-les-Bains, wo ihr einer der Namen auf der Gedächtnistafel für die Toten des Ersten Weltkrieges aufgefallen war: Saint-Loup.
Zufall?
Meredith reckte die Arme über den Kopf, versuchte die Kälte abzuschütteln, die frühmorgendliche Steifheit und die Erinnerungen an die Nacht, dann las sie weiter. Zwischen 1870 und 1885 waren viele Menschen gestorben und verschwunden. Danach folgte eine relativ ruhige Phase, bis zum Herbst des Jahres 1891, als wiederum hartnäckige Gerüchte auftauchten und der Glaube um sich griff, in einer westgotischen Grabkapelle auf dem Grundstück der Domaine de la Cade hause eine schauerliche Kreatur, ein Dämon, nach volkstümlicher Überlieferung. In den sechs folgenden Jahren kam es immer wieder zu Todesfällen – unerklärlichen Angriffen –, die im Jahre 1897 abrupt aufhörten. Der Autor sagte es zwar nicht ausdrücklich, stellte aber implizit das Ende der Schreckensphase mit einem Brand in Zusammenhang, bei dem Teile des Hauses und die Grabkapelle zerstört wurden.
Meredith klappte das Buch zu und rollte sich im Sessel zusammen. Sie nippte an ihrem Kakao, während sie versuchte, ihre Gedanken zu ordnen, bis sie schließlich dahinterkam, was ihr keine Ruhe ließ. Es war doch eigenartig, dass in einem Buch, das sich mit mündlichen Überlieferungen und Legenden dieser Gegend befasste, Tarotkarten mit keinem Wort erwähnt wurden. Audric Baillard musste während seiner Recherchen von den Karten gehört haben. Sie waren nicht nur von der Landschaft hier inspiriert und von der Familie Bousquet gedruckt worden, sondern fielen auch exakt in die Zeitspanne, die er in seinem Buch behandelte.
Eine bewusste Auslassung?
Und auf einmal spürte sie es wieder. Eine Kälte, eine Verdichtung der Luft, die zuvor nicht da gewesen war. Die Empfindung, dass jemand da war, nicht weit entfernt, nicht im Zimmer, aber ganz nah. Flüchtig, bloß ein Schatten.
Léonie?

Meredith stand auf, wurde zum Fenster hingezogen. Sie löste den langen Metallriegel, zog die beiden hohen Flügel auf und stieß die Fensterläden nach außen, so dass sie gegen die Mauer schlugen. Die Luft war kalt auf ihrer Haut und ließ ihre Augen tränen. Die Baumwipfel schwankten, rauschten und seufzten, während der Wind sich um die mächtigen Stämme wand, durch den Wirrwarr aus Laub und Ästen. Die Luft war ruhelos, brachte die Erinnerung an den Widerhall von Musik mit sich. Notenklänge, die im Wind trieben. Die ureigene Melodie des Ortes.

Als Meredith den Blick über den Park unterhalb von ihr schweifen ließ, bemerkte sie aus den Augenwinkeln eine Bewegung. Sie schaute hin und sah eine schlanke anmutige Gestalt in einem langen Umhang, eine Kapuze über dem Kopf, aus dem Windschatten des Gebäudes treten.

Es kam ihr so vor, als werde der Wind kräftiger, denn jetzt fegte er durch den Rundbogen, der in die hohe Buchsbaumhecke geschnitten war, hinaus auf die wilden Wiesen und das hohe Gras dahinter. Trotz der Entfernung konnte sie die weißen Schaumkronen auf dem See ausmachen, das bis ans Ufer und auf den Rasen schwappende Wasser.

Die Silhouette, die Kontur, die Gestalt hielt sich im Schatten, mied das blasse Licht der aufgehenden Sonne, das immer wieder durch die am rosa Himmel dahinjagenden Wolkenmassen drang. Sie schien über das feuchte Gras zu gleiten, auf dem ein hauchdünner Tauglanz lag. Meredith sog den Duft der Erde ein, es roch nach Herbst, nach nasser Erde, nach verbrannten Stoppeln, nach Feuer. Nach Knochen.

Sie beobachtete in gebannter Stille, wie die Gestalt, *wie Léonie*, da war sich Meredith sicher, auf die andere Seite des Sees ging. Für einen Moment blieb sie auf einer kleinen Landzunge stehen, die sich übers Wasser erhob. Merediths Blickfeld schien sich genau auf sie einzugrenzen, holte sie unerklärlich dicht heran, wie in einer Nahaufnahme. Sie stellte sich vor, wie die Kapuze nach hinten rutschte und das Gesicht der jungen Frau enthüllte. Es war blass und vollkommen symmetrisch, mit grünen Augen, die einst so klar geleuchtet hatten wie Smaragde. Schatten ohne Farbe. Die volle Lockenpracht fiel, durchscheinend im Morgenlicht, wie Spiralen aus gehämmertem Kupfer über die schmalen Schultern ihres roten Kleides bis hinunter zur schlanken Taille. Gestalt ohne Form. Sie schien Merediths Blick mit ihren Augen festzuhalten und ihre eigenen Hoffnungen und Ängste und Vorstellungen darin widerzuspiegeln.

Dann glitt sie davon, verschwand im Wald.

»Léonie?«, flüsterte Meredith in die Stille hinein.

Sie blieb noch eine Weile länger am Fenster stehen, starrte auf die Stelle am anderen Ufer des Sees, wo die Gestalt gestanden hatte. Die Luft dort war ruhig. Nichts regte sich im Schatten.

Schließlich wich sie zurück und schloss das Fenster.

Noch vor wenigen Tagen oder gar Stunden wäre sie zutiefst verstört gewesen. Hätte das Schlimmste befürchtet. Hätte in den Spiegel geschaut und Jeanettes Gesicht darin gesehen.

Jetzt nicht mehr.

Meredith konnte es sich selbst nicht erklären, aber alles hatte sich geändert. Sie fühlte sich innerlich vollkommen klar. Es ging ihr gut. Sie hatte keine Angst. Sie war nicht dabei, verrückt zu werden. Die Erscheinungen, die Gesichter, waren eine Sequenz, wie ein Musikstück. Unter der Brücke in Rennes-les-Bains – Wasser. Auf der Straße nach Sougraigne – Erde. Hier im Hotel, vor allem in diesem besonderen Raum, war die Präsenz am stärksten – Luft.

Schwerter, im Tarot die Farbe der Luft, standen für Intelligenz und Intellekt. Kelche, die Farbe, die mit Wasser in Verbindung stand, repräsentierten die Emotionen. Münzen, die Farbe der Erde, der materiellen Wirklichkeit, des Reichtums. Von den vier Farben fehlte nur noch das Feuer. Die Stäbe, die Farbe des Feuers, der Energie, des Konflikts.

Die Geschichte ist in den Karten.

Vielleicht war das Quartett aber auch in der Vergangenheit vollendet worden und nicht in der Gegenwart. Mit dem Feuer, das vor über hundert Jahren einen Großteil der Domaine de la Cade zerstört hatte?

Meredith wandte sich wieder den Tarotkarten zu, die Laura ihr geschenkt hatte, drehte wie schon am Vorabend jede Karte einzeln um und starrte auf die Bilder, als könnte sie sie zwingen, ihre Geheimnisse preiszugeben. Sie legte sie langsam nebeneinander auf den Tisch und ließ dabei ihren Gedanken bewusst freien Lauf. Sie dachte daran, worüber sie und Hal auf der Fahrt nach Rennes-le-Château gesprochen hatten, dass die Westgoten ihre Könige und Edelleute zusammen mit ihren Schätzen nicht auf Friedhöfen, sondern in versteckten Gräbern bestatteten. Geheimkammern unter Flüssen, deren Lauf umgeleitet wurde, bis das Grab ausgehoben und die Totenkammer vorbereitet war.

Falls die Originalkarten den Brand überstanden hatten und irgendwo auf dem Grund und Boden der Domaine de la Cade verborgen lagen, waren sie dann sicherer als ein altes Westgotengrab? Laut Baillards Buch stammte die Grabkapelle selbst aus derselben Epoche. Falls es hier auf dem Gelände einen Fluss gab, wäre er das perfekte Versteck. Für alle Augen sichtbar und doch völlig unzugänglich.

Draußen brach das Sonnenlicht endlich doch noch durch die Wolken.

Meredith gähnte. Ihr war leicht schwindlig von zu wenig Schlaf, aber das Adrenalin pumpte durch ihren Körper. Sie schaute auf die Uhr. Hal hatte gesagt, Dr. O'Donnell käme um zehn Uhr, also erst in über einer Stunde.

Mehr als genug Zeit für ihr Vorhaben.

Hal stand in seinem Zimmer im Personalflügel und dachte an Meredith.

Nachdem er sie nach ihrem Alptraum so weit beruhigt hatte, dass sie wieder einschlafen konnte, war er selbst hellwach gewesen. Er wollte sie nicht wecken, indem er das Licht einschaltete, und so hatte er schließlich beschlossen, nach draußen zu schleichen und in sein eigenes Zimmer zu gehen, um vor dem Treffen mit Shelagh O'Donnell noch einmal die entsprechenden Unterlagen durchzusehen. Er wollte gut vorbereitet sein.

Er schaute auf die Uhr. Neun. Noch eine Stunde warten, bis er Meredith wiedersah.
Seine Fenster im oberen Stockwerk gingen nach Süden und Osten und boten eine unverstellte Sicht auf die Rasenflächen und den See hinterm Haus sowie seitlich auf die Küche und den Servicebereich. Er sah einen der Angestellten, wie er einen schwarzen Müllsack in den Container warf. Ein anderer stand dabei, die Arme gegen die Kälte verschränkt, und rauchte eine Zigarette. Sein Atem stieg in weißen Wölkchen in die klare Morgenluft.
Hal setzte sich aufs Fensterbrett, stand wieder auf und ging durchs Zimmer, um sich ein Glas Wasser zu holen, überlegte es sich dann jedoch anders. Er war zu nervös, um still zu sitzen. Er wusste, er sollte sich keine zu großen Hoffnungen machen, dass Dr. O'Donnell ihm Antworten auf all seine Fragen geben könnte. Aber er wurde einfach das Gefühl nicht los, dass sie ihm zumindest einige neue Informationen über die Nacht, in der sein Dad gestorben war, liefern würde. Vielleicht erinnerte sie sich an irgendetwas, was die Polizei veranlassen würde, die Möglichkeit eines Verbrechens zumindest in Erwägung zu ziehen und nicht länger bloß von einem Verkehrsunfall auszugehen.
Er fuhr sich mit den Fingern durchs Haar.
Wieder sprangen seine Gedanken zurück zu Meredith. Er lächelte. Wenn das alles hier vorbei war, vielleicht hätte sie dann nichts dagegen, wenn er sie in den USA besuchen würde. Kopfschüttelnd rief er sich selbst zur Vernunft. Es war lächerlich, nach nur zwei Tagen schon in diese Richtung zu denken, aber er war seiner Sache sicher. Schon lange hatte er nicht mehr so stark für eine Frau empfunden. Noch nie.
Und was sollte ihn denn aufhalten? Kein Job, eine leere Wohnung in London. Er konnte genauso gut in Amerika leben wie sonst wo. Er konnte tun und lassen, was er wollte. Geld wäre kein Problem. Sein Onkel würde ihn auszahlen, das wusste er.
Falls Meredith ihn überhaupt dorthaben wollte.
Hal trat wieder an das hohe Fenster und beobachtete das Hotelleben, das sich unten leise abspielte. Er hob die Arme über den Kopf

und gähnte. Ein Wagen kam langsam die Einfahrt heraufgerollt. Er sah zu, wie eine große dünne Frau mit kurzem schwarzem Haar ausstieg und unsicher die Vordertreppe hinaufging.
Kurz darauf klingelte das Telefon neben seinem Bett. Es war Eloise vom Empfang, die ihm sagte, dass sein Gast eingetroffen sei.
»Was? Sie ist fast eine Stunde zu früh.«
»Soll ich sie bitten zu warten?«, fragte Eloise.
Hal zögerte kurz. »Nein, ist schon gut. Ich komme sofort.«
Er nahm sein Jackett von der Stuhllehne und hastete die zwei engen Dienstbotenaufgänge hinunter. Unten angekommen, blieb er stehen, um das Jackett anzuziehen und noch rasch vom Personaltelefon aus einen Anruf zu tätigen.

Meredith zog ein langärmeliges T-Shirt und Hals hellbraunen Pullover über die Bluejeans, schob die Füße in ihre Stiefel und nahm sich ihre Jeansjacke, einen Schal und ein Paar Wollhandschuhe, weil es draußen noch recht frisch sein musste. Sie hatte schon die Türklinke in der Hand, als ihr Telefon läutete.
Sie sprang hinüber und griff zum Hörer. »Na, du?«, sagte sie, und warme Freude durchströmte sie beim Klang von Hals Stimme.
Aber seine Antwort war knapp und sachlich. »Sie ist da.«

Kapitel 85

»Wer? Léonie?«, stammelte Meredith, deren Gehirn im ersten Moment einen Aussetzer hatte.

»Wer? Nein, Dr. O'Donnell. Sie ist schon da. Ich bin jetzt unten an der Rezeption. Kannst du runterkommen?«

Meredith schaute kurz zum Fenster; ihr Erkundungsgang zum See musste wohl noch eine Weile warten.

»Klar«, seufzte sie. »In fünf Minuten.«

Sie zog die Doppelschichten Kleidung aus, ersetzte Hals Pullover durch einen roten mit Rundhalsausschnitt von ihr selbst, fuhr sich mit der Bürste durchs Haar und verließ das Zimmer. Als sie oben an der Treppe war, blieb sie stehen und blickte in die im Schachbrettmuster geflieste Halle hinunter. Sie sah Hal im Gespräch mit einer großen dunkelhaarigen Frau, die ihr irgendwie bekannt vorkam. Sie brauchte einen Moment, dann fiel es ihr wieder ein. Auf dem Place des Deux Rennes am Abend ihrer Ankunft hatte die Frau an einer Mauer gelehnt und geraucht.

»Was sagt man dazu«, murmelte sie leise vor sich hin.

Hals Gesicht hellte sich auf, als sie dazukam.

»Hi«, sagte sie und küsste ihn rasch auf die Wange, bevor sie Dr. O'Donnell die Hand reichte. »Ich bin Meredith. Tut mir leid, dass Sie warten mussten.«

Die Augen der Frau wurden schmal. Offensichtlich überlegte sie, wo sie Meredith schon einmal begegnet war.

»Wir haben am Abend der Beerdigung kurz miteinander gesprochen«, half Meredith ihr auf die Sprünge. »Vor der Pizzeria auf dem Platz.«

»Tatsächlich?« Dann entspannte sich ihr Gesicht. »Ach ja, stimmt.«
»Wir wär's mit einem Kaffee in der Bar?«, schlug Hal vor und ging voran. »Da können wir uns in Ruhe unterhalten.«
Meredith und Dr. O'Donnell folgten ihm, und Meredith stellte der etwas älteren Frau einige höflich interessierte Fragen, um das Eis zu brechen. Wie lange sie schon in Rennes-les-Bains wohnte, welche Verbindungen sie zu der Gegend hatte, was sie beruflich machte. Das Übliche.
Shelagh O'Donnell antwortete bereitwillig, aber bei allem, was sie sagte, war eine nervöse Spannung spürbar. Sie war sehr dünn. Ihre Augen waren ständig in Bewegung, und immer wieder rieb sie Fingerspitzen aneinander. Meredith schätzte sie auf höchstens Anfang dreißig, doch die vielen Falten im Gesicht ließen sie älter erscheinen. Irgendwie konnte Meredith verstehen, dass die Polizei ihre nächtlichen Beobachtungen nicht ernst genommen hatte.
Sie nahmen denselben Tisch in der Ecke, an dem sie am Abend zuvor mit Hals Onkel gesessen hatten. Tagsüber herrschte hier eine ganz andere Atmosphäre. Es fiel schwer, die Erinnerung an Wein und Cocktails vom Vorabend heraufzubeschwören, denn es roch nach Bienenwachspolitur und frischen Blumen auf der Theke, und ein ganzer Stapel Kisten wartete darauf, ausgepackt zu werden.
»*Merci*«, sagte Hal, als die Kellnerin ihnen das Tablett mit Kaffee brachte.
Während er ihnen eingoss, entstand eine Pause. Dr. O'Donnell trank ihren Kaffee schwarz. Als sie den Zucker umrührte, bemerkte Meredith die wulstigen roten Narben, die ihr schon beim ersten Mal aufgefallen waren, und sie fragte sich, wie die wohl entstanden sein mochten.
»Bevor wir anfangen«, sagte Hal, »möchte ich Ihnen zunächst danken, dass Sie sich bereit erklärt haben, mit mir zu reden.«
Meredith war erleichtert, dass er ruhig, gefasst und vernünftig klang.
»Ich hab Ihren Vater gekannt. Er war ein guter Mensch, ein

Freund. Aber, ehrlich gesagt, viel kann ich Ihnen wirklich nicht erzählen.«

»Ich verstehe«, antwortete Hal, »aber lassen Sie es uns auf einen Versuch ankommen. Ich weiß, der Unfall liegt über einen Monat zurück, dennoch gibt es ein paar Aspekte bei den Ermittlungen, die mir keine Ruhe lassen. Ich hatte gehofft, Sie könnten mir ein wenig mehr über die fragliche Nacht erzählen. Wenn ich mich recht erinnere, haben Sie bei der Polizei ausgesagt, Sie meinten, etwas gehört zu haben.«

Shelaghs Augen huschten zu Meredith, dann zu Hal, dann wieder weg. »Behaupten die noch immer, Seymour wäre von der Straße abgekommen, weil er getrunken hatte?«

»Genau das fällt mir ja so schwer zu glauben. Ich kann mir einfach nicht vorstellen, dass Dad das gemacht hätte.«

Shelagh zupfte an einem losen Faden an ihrer Hose. Meredith sah ihr an, wie nervös sie war.

»Wie haben Sie Hals Vater kennengelernt?«, fragte sie, um sie ein wenig lockerer zu machen.

Hal schien von der Unterbrechung überrascht, doch Meredith schüttelte kaum merklich den Kopf, damit er sie weitermachen ließ.

Ein Lächeln verwandelte Dr. O'Donnells Gesicht, und für einen kurzen Moment konnte Meredith sehen, wie attraktiv die Frau wäre, wenn ihr das Leben nicht so übel mitgespielt hätte.

»An dem Abend auf dem Platz haben Sie mich gefragt, was *bien-aimé* heißt.«

»Stimmt.«

»Tja, genau das war Seymour. Ein Mensch, der von allen gemocht wurde. Und alle respektierten ihn, selbst wenn sie ihn kaum kannten. Er war immer zuvorkommend, höflich zu Kellnern und Verkäufern, behandelte alle mit Respekt, anders als …« Sie sprach den Satz nicht zu Ende. Meredith und Hal wechselten einen Blick und dachten beide dasselbe – dass Shelagh Seymour mit Julian Lawrence verglich. »Er war natürlich nicht oft hier«, fuhr sie rasch fort, »aber ich habe ihn kennengelernt, als …«

Sie stockte und nestelte an einem Knopf an ihrer Jacke.

»Ja?«, sagte Meredith aufmunternd. »Sie haben ihn kennengelernt, als …?«

Shelagh seufzte. »Vor zwei Jahren habe ich eine ziemlich schwierige Zeit durchgemacht. Ich habe nicht weit von hier, in den Sabarthès-Bergen, bei einer archäologischen Ausgrabung mitgearbeitet und bin da in etwas hineingezogen worden. Habe einige schlechte Entscheidungen getroffen.« Sie stockte. »Um es kurz zu machen, seitdem ist mein Leben nicht einfach. Ich bin gesundheitlich angegriffen und kann immer nur ein paar Stunden die Woche arbeiten, als Gutachterin in den *ateliers* in Couiza.« Wieder hielt sie inne. »Ich bin vor gut achtzehn Monaten hierher nach Rennes-les-Bains gezogen. Ich habe eine Freundin, Alice, die mit Mann und Tochter in einem Dorf nicht weit von hier lebt, in Los Seres, daher war es für mich naheliegend, hierherzukommen.«

Meredith erkannte den Namen. »Los Seres, da kam doch auch der Autor Audric Baillard her, nicht wahr?«

Hal zog die Stirn kraus.

»Ich habe heute Morgen in einem Buch von ihm gelesen. Oben in meinem Zimmer. War bestimmt eins von den *vide-grenier*-Schnäppchen deines Dads.«

Jetzt lächelte er, offensichtlich erfreut, dass sie sich daran erinnerte.

»Ja richtig«, sagte Shelagh. »Meine Freundin Alice kannte ihn gut.« Ihre Augen wurden dunkler. »Ich habe ihn auch kennengelernt.«

Meredith las in Hals Gesicht, dass ihn dieses Gespräch an etwas erinnert hatte, aber er sagte nichts.

»Die Sache ist die, ich hatte ziemlich große Probleme. Trank zu viel.« Shelagh sah Hal an. »Ich bin Ihrem Dad in einer Bar begegnet. Genauer gesagt, in Couiza. Ich war müde, hatte wahrscheinlich schon ein Glas zu viel. Wir kamen ins Gespräch. Er war freundlich und ein wenig besorgt um mich. Bestand darauf, mich zurück nach Rennes-les-Bains zu fahren. Ohne jeden Hintergedanken. Am nächsten Morgen stand er bei mir vor der Tür und hat mich zurück nach Couiza gefahren, um mein Auto abzuholen.« Sie schwieg kurz. »Er hat nie wieder davon gesprochen, doch von da an hat er immer bei mir vorbeigeschaut, wenn er aus England herkam.«

Hal nickte. »Sie glauben also nicht, dass er sich ans Steuer gesetzt hätte, wenn er nicht in der Verfassung gewesen wäre, zu fahren?«

Shelagh zuckte die Achseln. »Hundertprozentig sicher bin ich mir natürlich nicht, aber nein, eigentlich kann ich es mir nicht vorstellen.«

Meredith fand beide ein bisschen naiv. Es gab viele Leute, die das eine sagten und das andere taten, aber Shelaghs offensichtliche Bewunderung für Hals Vater war dennoch beeindruckend.

»Die Polizei hat Hal erzählt, dass Sie meinten, den Unfall gehört zu haben, aber erst am nächsten Morgen erkannten, dass wirklich etwas passiert war«, sagte sie behutsam. »Stimmt das?«

Shelagh hob mit zittriger Hand ihre Kaffeetasse an den Mund, trank einen Schluck und stellte sie mit einem Klappern zurück auf die Untertasse.

»Ehrlich gesagt, ich weiß nicht, was ich gehört habe. Und ob es überhaupt etwas damit zu tun hatte.«

»Erzählen Sie einfach.«

»Ich habe eindeutig etwas gehört, nicht das übliche Quietschen von Bremsen oder Reifen, wenn einer zu schnell in die Kurve fährt, eher ein Rumpeln, würde ich sagen.« Sie überlegte kurz. »Ich hatte gerade John Martyn aufgelegt, *Solid Air*. Ziemlich softe Musik, aber trotzdem hätte ich das Geräusch draußen nicht gehört, wenn es nicht genau zwischen zwei Songs gewesen wäre.«

»Um wie viel Uhr war das?«

»Gegen eins, so um den Dreh. Ich bin aufgestanden und ans Fenster gegangen, konnte aber nichts sehen. Es war völlig dunkel draußen und völlig still. Ich habe dann einfach angenommen, ein Auto wäre vorbeigefahren. Erst als ich am nächsten Morgen Polizei und Krankenwagen unten am Fluss gesehen habe, habe ich mich gewundert.«

Hals Gesicht verriet, dass ihm nicht klar war, worauf Shelagh hinauswollte. Ganz anders Meredith.

»Moment mal«, sagte sie. »Damit ich das richtig verstehe. Sie sagen, Sie haben rausgeschaut, aber keine Scheinwerfer gesehen. Korrekt?«

Shelagh nickte.

»Und das haben Sie auch der Polizei erzählt?«

Hal sah von einer zur anderen. »Ich verstehe nicht, was daran so wichtig ist.«

»Vielleicht gar nichts«, sagte Meredith schnell. »Aber es ist eigenartig. Selbst wenn dein Vater zu viel getrunken hatte – was ich nicht gesagt haben will –, wäre er dann wirklich ohne Licht gefahren?«

Hal runzelte die Stirn. »Aber wenn der Wagen die Böschung runter ins Wasser gestürzt ist, sind die Scheinwerfer doch bestimmt kaputtgegangen.«

»Möglich, aber du hast vorher gesagt, der Wagen war nicht besonders stark beschädigt.« Sie argumentierte weiter. »Und, Hal, die Polizei hat gesagt, Shelagh hätte Bremsenquietschen und so weiter gehört, richtig?«

Er nickte.

»Nur, dass wir gerade von Shelagh erfahren haben, dass sie genau das nicht gehört hat.«

»Mir ist noch immer nicht klar …«

»Zwei Dinge. Erstens, wieso ist der Polizeibericht nicht richtig? Zweitens – und ich räume ein, das ist spekulativ –, wenn dein Vater tatsächlich die Gewalt über den Wagen verloren hat und die Böschung hinuntergestürzt ist, dann hätte es weit mehr Lärm gegeben, und es wäre irgendwas zu sehen gewesen. Ich glaube nämlich nicht, dass alle Lichter komplett ausgegangen wären.«

Hals Miene veränderte sich. »Willst du damit andeuten, der Wagen könnte die Böschung runtergeschoben worden sein? Dass er gar nicht gefahren wurde?«

»Das wäre eine Erklärung«, sagte Meredith.

Einen Moment lang starrten sie einander an, mit vertauschten Rollen. Hal skeptisch, Meredith mit wachsender Überzeugung.

»Da ist noch etwas«, warf Shelagh ein.

Die beiden, die für einen Augenblick vergessen hatten, dass sie nicht allein waren, wandten sich ihr zu.
»Als ich schlafen ging, etwa eine Viertelstunde später, habe ich ein anderes Auto auf der Straße gehört. Und wegen der Sache zuvor habe ich noch mal rausgeschaut.«
»Und?«, fragte Hal.
»Es war ein blauer Peugeot, der Richtung Sougraigne fuhr. Mir ist erst am Morgen bewusst geworden, dass das nach dem Unfall war, also etwa gegen halb zwei. Wenn der Wagen aus der Stadt kam, hätte der Fahrer den Wagen unten im Fluss auf jeden Fall sehen müssen. Wieso hat er dann aber nicht die Polizei verständigt?«
Meredith und Hal sahen sich an und dachten beide an den Wagen, der hinter dem Hotel auf dem Personalparkplatz stand.
»Konnten Sie denn wirklich genau sehen, dass es ein blauer Peugeot war?«, fragte Hal mit bemüht ruhiger Stimme. »Es war doch dunkel.«
Shelagh errötete. »Es war genau dasselbe Fabrikat und Modell wie mein Auto. Fährt hier in der Gegend doch fast jeder«, sagte sie trotzig. »Außerdem ist vor meinem Schlafzimmerfenster eine Straßenlaterne.«
»Was hat die Polizei gesagt, als Sie ihnen das erzählt haben?«
»Die hielten das nicht für wichtig.« Sie sah zur Tür. »Tut mir leid, aber ich muss los.«
Sie stand auf. Meredith und Hal ebenfalls.
»Hören Sie«, sagte er und schob die Hände in die Taschen. »Ich weiß, es ist eine Zumutung, aber könnte ich Sie vielleicht doch irgendwie dazu überreden, mit mir auf das Polizeirevier in Couiza zu kommen? Damit Sie denen erzählen können, was Sie uns gerade erzählt haben.«
Shelagh schüttelte den Kopf. »Eher nicht«, sagte sie. »Ich habe meine Aussage ja schon gemacht.«
»Ich weiß. Aber wenn wir zusammen hingehen …«, beharrte er. »Ich habe den Unfallbericht gelesen, und das, was Sie mir erzählt haben, steht nicht in der Akte.« Er fuhr sich mit den Fingern durch sein volles Haar. »Ich würde Sie hinfahren.« Seine blauen Augen

blickten sie beschwörend an. »Ich möchte der Sache auf den Grund gehen. Für meinen Dad.«
Der gequälte Ausdruck auf Shelaghs Gesicht verriet Meredith, wie schwer ihr die Entscheidung fiel. Ganz offensichtlich wollte sie nichts mit der Polizei zu tun haben. Aber ihre Zuneigung zu Hals Vater gewann die Oberhand. Sie nickte knapp.
Hal seufzte erleichtert auf. »Danke«, sagte er. »Vielen, vielen Dank. Ich hole Sie ab, sagen wir um zwölf. Dann müssen Sie sich nicht hetzen. Ist Ihnen das recht?«
Shelagh nickte. »Ich muss heute Morgen ein paar dringende Sachen erledigen. Deshalb bin ich auch früher gekommen. Aber um elf müsste ich wieder zu Hause sein.«
»Prima. Wo genau kann ich Sie abholen?«
Shelagh nannte ihm ihre Adresse. Sie verabschiedeten sich mit einem Händedruck, alle ein wenig verlegen angesichts der Umstände, und gingen dann zurück in die Lobby. Meredith begab sich wieder auf ihr Zimmer, und Hal brachte Dr. O'Donnell noch zu ihrem Wagen.
Keiner von ihnen hörte das Geräusch einer anderen Tür – der Tür, die von der Bar in die dahinterliegenden Büroräume führte –, die leise ins Schloss fiel.

Kapitel 86

Julian Lawrence atmete keuchend. Das Blut pochte ihm in den Schläfen. Er stürmte in sein Arbeitszimmer und knallte die Tür so fest zu, dass die Scheiben in den Bücherschränken durch die Erschütterung klirrten.

Er kramte in seiner Jacketttasche nach Zigaretten und Feuerzeug. Weil seine Hand so stark zitterte, gelang es ihm erst nach mehreren Versuchen, sich eine Zigarette anzuzünden. Der Kommissar hatte erwähnt, dass sich eine Zeugin gemeldet hatte, eine Engländerin namens Shelagh O'Donnell, dass sie aber nichts von Bedeutung gesehen hatte. Der Name war ihm bekannt vorgekommen, aber er hatte sich nichts dabei gedacht. Da die Polizei die Frau offensichtlich nicht ernst nahm, war es ihm unwichtig erschienen. Sie hatten ihm gesagt, sie sei eine *ivrogne*, eine Trinkerin.

Selbst als sie heute Morgen ins Hotel kam, hatte er immer noch nicht zwei und zwei zusammengezählt. Absurderweise hatte er sich nur deshalb in das Büro hinter der Bar geschlichen, um dem Gespräch zwischen ihr, Hal und Meredith Martin zu lauschen, weil er sie von einem der Antiquitätenhäuser in Couiza her wiedererkannt hatte. Daraufhin hatte er irrigerweise angenommen, Ms. Martin hätte sie hergebeten, um mit ihr über das Bousquet-Tarot zu sprechen.

Nun jedoch wusste er, woher er den Namen O'Donnell kannte. Im Juli 2005 hatte es auf einer archäologischen Grabungsstätte in den Sabarthès-Bergen einen Zwischenfall gegeben. Julian konnte sich nicht an die genauen Einzelheiten erinnern, aber mehrere Personen waren dabei ums Leben gekommen, darunter auch ein bekannter einheimischer Autor, dessen Name ihm entfallen war. War auch nicht so wichtig.

Wichtig war nur, dass sie sein Auto gesehen hatte. Natürlich ließ es sich unmöglich nachweisen, dass es sein Wagen gewesen war und nicht eines der vielen identischen Fahrzeuge, aber ihre Aussage könnte das Zünglein an der Waage sein. Bislang hatte die Polizei O'Donnell nicht ernst genommen, aber wenn Hal keine Ruhe gab, könnte sich das ändern.

Er glaubte nicht, dass O'Donnell den Peugeot bereits mit der Domaine de la Cade in Verbindung gebracht hatte, sonst wäre sie wohl kaum heute Morgen hergekommen. Aber er durfte nicht riskieren, dass es so weit kam.

Er musste etwas unternehmen. Wieder einmal stand er unter Zugzwang, genau wie bei seinem Bruder. Julian sah zu dem Gemälde über seinem Schreibtisch hoch: das alte Tarotsymbol, das unendlich viele Möglichkeiten bot, während er selbst sich immer mehr in die Enge getrieben fühlte.

Auf dem Regal darunter lagen die Gegenstände, die bei seinen Ausgrabungen auf dem Anwesen gefunden worden waren. Er hatte nur allmählich akzeptiert, dass von der zerstörten Grabkapelle nicht mehr übrig war als bloß ein paar alte Steine, sonst nichts. Aber immerhin hatte er ein paar wenige Stücke zutage gefördert. Eine beschädigte, aber edle Taschenuhr mit den Initialen AV und ein silbernes Medaillon mit zwei Miniaturen darin, beides aus den Gräbern entnommen, die er am See entdeckt hatte.

Das war es schließlich, was ihm am Herzen lag, die Vergangenheit. Er wollte die Karten finden. Nicht die Probleme der Gegenwart lösen.

Julian ging zu dem Flaschenständer auf dem Sideboard und goss sich einen Brandy ein, um seine Nerven zu beruhigen. Er kippte ihn in einem Zug hinunter, dann schaute er auf die Uhr.

Viertel nach zehn.

Er schob sich ein Pfefferminz in den Mund, griff nach seinen Autoschlüsseln und verließ das Zimmer.

Kapitel 87

Als Meredith wieder herunterkam, telefonierte Hal gerade. Er versuchte, einen Termin bei der Polizei in Couiza zu bekommen, ehe er losfuhr, um Dr. O'Donnell wie vereinbart abzuholen. Sie küsste ihn auf die Wange. Er hob eine Hand, signalisierte wortlos, dass er sich später melden würde, und konzentrierte sich dann wieder auf sein Telefonat. Meredith fragte die nette Dame an der Rezeption, ob sie sich irgendwo eine Schaufel borgen könnte. Eloise schien keineswegs verwundert über diese seltsame Bitte, sondern schlug lediglich vor, sie solle sich an den Gärtner wenden, der jetzt irgendwo im Park arbeiten müsste.

»Vielen Dank. Ich werde ihn fragen«, sagte Meredith, wickelte sich den Schal fester um den Hals und ging durch die Glastür auf die Terrasse. Der frühmorgendliche Nebel hatte sich fast aufgelöst, doch noch immer glitzerte silbriger Tau auf dem Gras. Alles war in rotgoldenes Licht getaucht, und darüber spannte sich ein kühler Himmel, an dem rosa und weiße Wolken trieben.

Schon jetzt lag der würzige Geruch der Allerheiligenfeuer in der Luft. Meredith sog ihn ein, und die herbstlichen Aromen versetzten sie zurück in ihre Kindheit. Sie und Mary, wie sie eifrig Gesichter in Kürbisse schnitzten, um Laternen daraus zu machen. Wie sie ihr Halloween-Kostüm anzog. Meistens gingen sie und ihre Freundinnen als Gespenster verkleidet, ein weißes Laken mit zwei Augenlöchern und einem gruseligen, mit schwarzem Filzstift aufgemalten Mund.

Während sie leichtfüßig die Stufen zu dem Kiesweg hinunterlief, fragte sie sich, was Mary jetzt wohl gerade tat. Dann rief sie sich zur Vernunft. Zu Hause war es ja erst Viertel nach fünf. Mary schlief bestimmt noch. Vielleicht würde sie sie später anrufen und ihr ein schönes Halloween wünschen.

Der Gärtner war nirgends zu sehen, aber seine Schubkarre stand da. Meredith schaute sich um, ob er nicht doch irgendwo in der Nähe war, doch vergeblich. Nach kurzem Zögern nahm sie eine kleine Schaufel, die oben auf dem Laub lag, steckte sie in die Tasche und marschierte über den Rasen Richtung See. Sie würde sie so bald wie möglich zurückbringen.

Es war merkwürdig, aber sie hatte das Gefühl, den Schritten der Gestalt zu folgen, die sie früher am Morgen gesehen hatte.

Wirklich gesehen? Oder bloß in meiner Phantasie?

Unwillkürlich drehte sie sich wiederholt zum Hotel um, blieb einmal sogar stehen und suchte nach ihrem Fenster, um einzuschätzen, ob es aus der Entfernung überhaupt möglich war, das zu sehen, was sie meinte, gesehen zu haben.

Als sie um die linke Seite des Sees herumging, merkte sie, dass der Boden anstieg. Sie ging einen grasbewachsenen Hang zu einer kleinen Landzunge hinauf, die sich genau gegenüber dem Hotel über das Wasser erhob. Es kam ihr verrückt vor, aber sie war überzeugt, dass die Gestalt genau hier gestanden hatte.

In meiner Phantasie.

Auf einer Steinbank in Form eines Halbmondes glitzerte Tau. Meredith wischte ihn mit ihren Handschuhen ab und setzte sich. Wie immer, wenn sie in der Nähe von Wasser war, musste sie an Jeannette denken und daran, wie sie ihrem Leben ein Ende gesetzt hatte. Sie war in den Lake Michigan gegangen, die Taschen mit Steinen beschwert. Genau wie Virginia Woolf, wie Meredith Jahre später auf der Highschool gelernt hatte, obwohl sie nicht glaubte, dass ihrer Mutter das bewusst gewesen war.

Doch während Meredith dasaß und über den See blickte, stellte sie erstaunt fest, wie friedvoll sie sich fühlte. Sie dachte an ihre leibliche Mutter, aber ohne die üblichen Schuldgefühle. Kein laut pochendes Herz, keine jähe Scham, keine Reue. Der Ort hier war zum Nachdenken wie geschaffen, ruhig und ungestört. Das Krächzen

der Krähen in den Bäumen, das schrillere Zwitschern der Drosseln in der dichten hohen Buchsbaumhecke hinter ihr, durch die Wasserfläche vom Haus getrennt, und doch deutlich zu sehen.
Sie blieb noch eine Weile sitzen, raffte sich dann auf und ging weiter. Zwei Stunden zuvor war sie frustriert gewesen, weil sie nicht hatte losziehen können, um sich auf die Suche nach der Ruine der Grabkapelle zu machen. So wie Shelagh O'Donnell sich im Hotel verhalten hatte, würde Hal mit Sicherheit alle Hände voll zu tun haben und nicht vor ein Uhr zurück sein.
Sie holte ihr Handy hervor, vergewisserte sich, dass sie Empfang hatte, und steckte es wieder ein. Er konnte sie erreichen, falls er sich bei ihr melden wollte.
Vorsichtig, um auf dem nassen Gras nicht auszurutschen, ging sie den Hang hinunter, bis sie auf ebenem Boden dicht am Ufer war, und schaute sich um. In einer Richtung führte ein Weg um den See und zurück zum Haus, in der anderen ein weniger benutzter Pfad in den Buchenwald.
Meredith wandte sich nach links. Minuten später war sie schon tief zwischen den Bäumen und ging über sonnengesprenkelten Boden. Sie gelangte zu einer Stelle, wo sich etliche Wege kreuzten, die alle ziemlich gleich aussahen. Manche führten bergauf, andere schienen sich hinunter ins Tal zu schlängeln. Sie hatte vor, die Ruine der westgotischen Grabkapelle zu finden und von dort aus nach den Tarotkarten zu suchen. Sie mussten sehr gut versteckt sein, sonst wären sie schon vor Jahren gefunden worden, aber Meredith fiel kein besserer Ausgangspunkt für die Suche ein.
Sie entschied sich für einen Pfad, der auf eine kleine Lichtung führte. Nach wenigen Minuten fiel der Hang steil ab. Der Boden unter ihren Füßen veränderte sich. Sie spannte die Beinmuskulatur an, bewegte sich langsam über schlüpfrige Steine und Schotter, rutschte immer wieder ab, brachte Kiefernzapfen und lose Zweige ins Rollen, bis sie schließlich auf einer Art natürlicher Plattform stand, fast wie eine Brücke. Und unterhalb davon erstreckte sich im rechten Winkel ein Streifen braune Erde durch die grüne Waldlandschaft.
Durch eine Lücke zwischen den Bäumen konnte Meredith auf dem

Berg gegenüber eine Ansammlung von steinernen Megalithen sehen, grau zwischen dem Waldgrün, möglicherweise dieselben, die Hal ihr auf dem Weg nach Rennes-le-Château gezeigt hatte. Plötzlich sträubten sich ihr die Haare im Nacken.

Von hier aus, so begriff sie, waren so ziemlich alle natürlichen Orientierungspunkte zu sehen, die Hal erwähnt hatte – der Fauteuil du Diable, das *bénitier*, der Etang du Diable. Und damit nicht genug, auch sämtliche Plätze, die für die Karten als Hintergrund gedient hatten, waren sichtbar.

Die Grabkapelle stammte aus der Zeit der Westgoten. Daher konnte es durchaus noch andere westgotische Grabstätten im näheren Umkreis geben. Meredith ließ den Blick schweifen. Für ihre unkundigen Augen sah das da unten ganz nach einem trockenen Flussbett aus.

Ihre Aufregung mühsam bezähmend, hielt sie Ausschau nach einem Weg, der hinunterführte. Nichts. Sie zögerte, ging in die Hocke, drehte sich um und schob vorsichtig die Beine über die Kante. Ihre Füße ertasteten keinen Halt, und für einen Moment hing sie hilflos an den Ellbogen in der Luft. Dann ließ sie los, fiel eine Schrecksekunde lang, bis sie auf dem Boden landete.

Sie federte den Aufprall in den Knien ab, richtete sich dann auf und ging weiter hinunter. Es sah aus wie ein trockenes Flussbett, in dem sich ein wenig Feuchtigkeit vom Herbstregen gesammelt hatte. Meredith musste aufpassen, nicht über lose Steine zu stolpern oder auf einer Schicht aus nassem Erdreich auszugleiten, während sie den Blick auf der Suche nach irgendetwas Ungewöhnlichem schweifen ließ.

Zuerst schien sich im Unterholz, das dicht wuchernd und triefnass vom Tau war, nirgends eine Lücke aufzutun. Dann, ein Stück weiter, kurz bevor sich das Flussbett erneut steil absenkte, wie eine Kinderrutsche auf einem Rummelplatz, bemerkte Meredith eine leichte Vertiefung. Als sie näher kam, konnte sie einen flachen grauen Stein erkennen, der unter den verschlungenen Wurzeln eines breiten Wacholderbusches mit seinen spitzen grünen Nadeln und dunkelroten Beeren hervorlugte. Die Vertiefung war nicht groß genug für ein Grab, doch der Stein sah nicht so aus, als läge er zufällig dort.

Meredith holte ihr Handy hervor und machte ein paar Fotos. Sie steckte das Handy wieder ein und begann, an dem verästelten Unterholz zu zerren. Die dünnen Zweige waren stark und biegsam, doch es gelang ihr, sie weit genug auseinanderzuziehen, um in den feuchten grünen Hohlraum um die Wurzeln zu spähen.

Ein Adrenalinstoß durchfuhr sie. Da war ein Ring aus insgesamt acht Steinen. Das Muster kam ihr irgendwie bekannt vor. Sie kniff die Augen zusammen und überlegte. Plötzlich fiel es ihr wieder ein: Die Anordnung der Steine erinnerte an den Sternenkranz auf dem Haupt von La Force. Und nun, da sie hier stand, konnte sie sehen, dass die Landschaft genau hier an dieser Stelle in Farbe und Schattierung deutliche Ähnlichkeit hatte mit der, die auf der Karte dargestellt war.

Mit wachsender Anspannung schob Meredith die Hände in den Hohlraum und spürte, wie sich die Fingerspitzen ihrer billigen Wollhandschuhe mit Schlamm vollsogen, als sie den größten der Steine wegzog. Sie wischte die Oberfläche sauber und stieß einen Seufzer der Genugtuung aus. Mit schwarzer Farbe oder Teer war dort ein fünfzackiger Stern in einem Kreis aufgemalt.

Das Symbol für die Tarotfarbe der Münzen. Die Schatzfarbe.

Sie machte zwei weitere Fotos, dann schob sie den Stein beiseite. Sie nahm die Schaufel aus der Tasche und begann zu graben, kratzte über Steine und Scherben von ungebrannten Tonziegeln. Sie zog eines der größeren Stücke heraus und untersuchte es. Es sah aus wie eine Dachpfanne, obwohl sie sich fragte, wieso dergleichen hier draußen in der Erde steckte, so weit weg vom Haus.

Dann stieß die Metallspitze der Schaufel auf etwas Größeres. Da Meredith nichts beschädigen wollte, legte sie die Schaufel hin und machte mit bloßen Händen weiter, wühlte in der Erde zwischen Würmern und schwarzen Käfern, streifte schließlich die Handschuhe ab und tastete blind mit nackten Fingern.

Schließlich konnte sie ein Stück schweren Stoff fühlen, ein Wachstuch. Sie schob den Kopf unter die Zweige, um besser sehen zu können, und schlug die Ecken des Stoffs zurück, unter dem ein wunderschön lackierter Deckel einer kleinen Kiste mit kunstvollen

Perlmuttintarsien auftauchte. Es sah aus wie eine Schmuckschatulle oder ein Handarbeitskasten, hübsch und offensichtlich kostbar. Obendrauf waren zwei Initialen in matt angelaufenem Messing.

LV.

Meredith lächelte. Léonie Vernier. Ganz bestimmt.

Sie wollte den Deckel öffnen, doch dann zögerte sie. Was, wenn die Karten darin waren? Was würde das bedeuten? Wollte sie sie überhaupt sehen?

Plötzlich spürte sie die Einsamkeit auf sich lasten. Die Geräusche des Waldes, die ihr so freundlich, so beruhigend erschienen waren, wirkten auf einmal erdrückend, bedrohlich. Sie zog ihr Handy aus der Tasche und sah nach, wie spät es war. Vielleicht sollte sie Hal anrufen? Der Wunsch, eine menschliche Stimme zu hören – seine Stimme –, durchzuckte sie. Dann überlegte sie es sich anders. Wenn er gerade mitten in der Besprechung mit der Polizei war, würde er nicht gestört werden wollen. Nach kurzem Zögern schickte sie ihm eine SMS, bereute es aber sofort wieder. Ersatzhandlung. Und sie wollte nun wirklich nicht abhängig wirken.

Meredith schaute wieder auf die Kiste vor ihr.

Die Geschichte ist in den Karten.

Sie wischte sich erneut die Handflächen an der Jeans ab, die von der Anstrengung und Aufregung ganz verschwitzt waren. Dann endlich klappte sie langsam den Deckel auf. Die Kiste war voll mit Garnrollen, Bändern und Fingerhüten. In der wattierten Unterseite des Deckels steckten Näh- und Stecknadeln. Mit schmutzigen Fingern, ganz gefühllos von der Kälte und dem Graben, nahm Meredith ein paar Garnrollen heraus, tastete zwischen Filz- und Stoffstücken herum, so wie zuvor durch Erde und Dreck.

Und da waren sie. Sie sah die oberste Karte mit demselben grünen Rücken, das zarte Muster aus filigranen goldenen und silbernen Verästelungen, obgleich die Farbe blasser war und offensichtlich von Hand aufgetragen, nicht von einer Maschine. Sie fuhr mit den Fingern über die Oberfläche. Auch die Textur war anders, rauh, nicht glatt. Eher wie Pergament, keine moderne Kunststoffbeschichtung.

Meredith zwang sich, bis drei zu zählen, dann nahm sie ihren ganzen Mut zusammen und drehte die oberste Karte um.
Ihr eigenes Gesicht blickte zu ihr hoch. Karte XI. La Justice.
Während sie auf das handgemalte Bild starrte, nahm sie erneut das Flüstern in ihrem Kopf wahr. Nicht wie die Stimmen, die ihre Mutter gequält hatten, sondern sanft und leise, die Stimme aus ihrem Traum, in der Luft schwebend, zwischen den Zweigen und Stämmen der Herbstbäume hin und her gleitend.
Hier, an diesem Ort, schreitet die Zeit hin zur Ewigkeit.
Meredith stand auf. Am vernünftigsten wäre es, die Karten zu nehmen und zum Hotel zurückzukehren. Sie in ihrem behaglichen Zimmer gründlich zu studieren, mit all ihren Notizen, mit dem Internetzugang, mit den modernen Karten zum Vergleich.
Nur dass sie jetzt wieder Léonies Stimme hörte. Von einem Moment zum anderen schien die ganze Welt auf diesen einen Ort zusammengeschrumpft zu sein. Der Geruch der Erde in ihrer Nase, der Kies und Schmutz unter ihren Fingernägeln, die Feuchtigkeit, die aus dem Boden in ihre Knochen drang.
Nur dass das hier nicht der Ort ist.
Nur dass irgendetwas sie tiefer in den Wald hineinrief. Der Wind wurde lauter, stärker und trug noch etwas anderes mit sich als bloß die Geräusche des Waldes. Musik, gehört und doch nicht gehört. Sie vernahm eine schwache Melodie im Rascheln des Laubes, im Klappern der kahlen Buchenäste ein Stück weiter entfernt.
Einzelne Noten, eine klagende Melodie in Moll und unaufhörlich die Worte in ihrem Kopf, die sie weiter zu der verfallenen Grabkapelle führten.
Aïci lo tems s'en, va res l'Eternitat.

Julian Lawrence schloss seinen Wagen nicht ab, als er ihn auf dem Parkplatz am Rand von Rennes-les-Bains stehenließ und eilig zum Place des Deux Rennes ging. Er überquerte ihn diagonal und verschwand in der kleinen Seitenstraße, wo Dr. O'Donnell wohnte.
Er lockerte den Krawattenknoten am Hals. Unter den Achseln hatte er Schweißflecke. Je mehr er über seine Situation nachge-

dacht hatte, desto größer wurden seine Befürchtungen. Er wollte bloß die Karten finden. Alles, was das verhinderte oder hinauszögerte, war unerträglich. Kein Risiko.
Er hatte sich nicht überlegt, was er sagen würde. Er wusste nur, dass er nicht zulassen durfte, dass sie mit Hal zur Polizei fuhr.
Dann bog er um die Ecke und sah sie im Schneidersitz auf der niedrigen Mauer sitzen, die die Terrasse ihres Hauses von dem menschenleeren Fußweg trennte, der am Fluss entlangführte. Sie rauchte, strich sich mit einer Hand durchs Haar und telefonierte mit dem Handy.
Was erzählte sie da?
Julian blieb stehen, weil ihm auf einmal schwindlig wurde. Jetzt konnte er ihre Stimme hören, einen schnarrenden Akzent, lauter dünne Vokale, das einseitige Gespräch gedämpft vom Rauschen des Blutes in seinem Kopf.
Er trat einen Schritt näher, lauschte. Dr. O'Donnell beugte sich mit einer ruckartigen Bewegung vor und drückte die Zigarette in einem silbernen Aschenbecher aus. Ein paar Worte waren klar verständlich.
»Das mit dem Wagen muss ich regeln.«
Julian streckte eine Hand aus, um sich an der Mauer abzustützen. Sein Mund fühlte sich trocken an, wie ausgedörrt. Er brauchte einen Drink, um den unangenehmen, säuerlichen Geschmack loszuwerden. Er sah sich um, konnte nicht mehr klar denken. Da lag ein Knüppel auf dem Boden, ragte ein Stück aus der Hecke. Er hob ihn auf. Sie redete noch immer, ohne Unterlass, erzählte Lügen. Wieso hörte sie nicht auf zu reden?
Julian hob den Knüppel und schlug ihr damit auf den Kopf.
Shelagh O'Donnell schrie erschrocken auf, also schlug er noch einmal zu, damit sie still war. Sie kippte zur Seite auf die Steinplatten. Dann Stille.
Julian ließ die Waffe fallen. Einen Moment lang blieb er stocksteif stehen, entsetzt, fassungslos. Dann schob er den Knüppel mit dem Fuß wieder unter die Hecke und lief davon.

Elfter Teil
Die Grabkapelle

November 1891–Oktober 1897

Kapitel 88

∞

Domaine de la Cade,
Sonntag, 1. November 1891

Anatole wurde auf der Domaine de la Cade bestattet. Man entschied sich für die kleine Landzunge mit Blick über das Tal am gegenüberliegenden Ufer des Sees, im grünen Schatten, direkt neben der halbmondförmigen Steinbank, auf der Isolde so gern saß. Abbé Saunière leitete die schlichte Zeremonie. Léonie – am Arm von Audric Baillard –, Maître Fromilhague und Madame Bousquet waren die einzigen Trauergäste.

Isolde blieb unter ständiger Beobachtung in ihrem Zimmer, ahnte nicht einmal, dass die Beerdigung stattfand. Eingeschlossen in ihrer stillen Zwischenwelt, merkte sie nicht, wie schnell oder wie langsam die Zeit verging, ob die Zeit gar stehengeblieben oder ob jegliches Erleben im Schlag einer einzigen Minute enthalten war. Ihr Sein war auf die vier Wände ihres Kopfes zusammengeschrumpft. Sie wusste von hell und dunkel, dass manchmal das Fieber in ihr brannte und manchmal die Kälte an ihr zog, aber auch, dass sie irgendwo zwischen zwei Welten gefangen war, eingehüllt in einen Schleier, den sie nicht beiseiteschieben konnte.

Einen Tag später erwies dieselbe Gruppe Dr. Gabignaud auf dem Friedhof der Pfarrkirche von Rennes-les-Bains die letzte Ehre. Diesmal wurde die Trauergemeinde von den Menschen aus der Stadt verstärkt, die den jungen Mann gekannt und bewundert hatten. Dr. Courrent hielt eine Ansprache und lobte Gabignauds Fleiß, seine Passion und sein Pflichtgefühl.

Léonie, die wie betäubt war von Trauer und der Last der Verantwortung, die so unvermittelt auf ihre jungen Schultern gelegt worden war, zog sich nach den Beisetzungen auf die Domaine de la Cade zurück und ging kaum noch nach draußen. Der Haushalt verfiel in einen freudlosen Trott, die nicht enden wollenden Tage gingen unterschiedslos ineinander über.

In dem kahlen Buchenwald fiel der erste Schnee, überzog Rasen und Park mit Weiß. Der See fror zu und lag wie ein eisiger Spiegel unter düsteren Wolken.

Ein neuer junger Arzt, Gabignauds Nachfolger als Assistent von Dr. Courrent, kam täglich von der Stadt herauf, um nach Isolde zu sehen.

»Heute Abend ist Madame Verniers Puls sehr schnell«, sagte er ernst, während er seine Gerätschaften in die schwarze Ledertasche packte und das Stethoskop vom Hals zog. »Ihre tiefe Trauer in Verbindung mit ihrer stark angegriffenen körperlichen Verfassung, tja, ich fürchte, wenn nicht bald eine Besserung eintritt, wird sie nicht mehr gesund.«

Im Dezember verschlechterte sich das Wetter. Tosende Stürme zogen von Norden heran, und Hagel und Eisregen griffen in Wellen Dach und Fenster des Hauses an.

Das Tal der Aude war in Trübsal erstarrt. Wer keine Bleibe hatte, fand, so er denn Glück hatte, bei Nachbarn Unterschlupf. Die Flüsse froren zu. Wege wurden unpassierbar. Es gab keine Nahrung, weder für Mensch noch für Tier. Die helle Glocke des Mesners schallte über die Felder, wenn Christus durchs Land getragen wurde, um die Lippen eines weiteren sterbenden Sünders zu segnen, über tückische, schneebedeckte Pfade. Es war, als würde alles Leben allmählich aufhören zu existieren. Kein Licht, keine Wärme mehr, nur noch erloschene Kerzen.

In der Pfarrkirche von Rennes-les-Bains zelebrierte Curé Boudet Messen für die Toten, und die Glocke ließ ihren trauervollen Abschiedston erklingen. In Coustaussa öffnete Curé Gélis seine Pforten und ließ die Obdachlosen im Chorraum auf den kalten Fliesen lagern. In Rennes-le-Château hielt Abbé Saunière Predigten über das Böse, das durchs Land strich, und beschwor seine Gemeinde, das Heil in den Armen der einzig wahren Kirche zu suchen.

Auf der Domaine de la Cade waren die Dienstboten zwar aufgewühlt von den Ereignissen und ihrer eigenen Rolle dabei, aber sie blieben standhaft. Angesichts von Isoldes anhaltender Erkrankung akzeptierten sie Léonie als Hausherrin. Doch Marieta machte sich Sorgen, weil der Kummer Léonie Appetit und Schlaf raubte und sie schon ganz mager und blass geworden war. Ihre grünen Augen hatten allen Glanz verloren. Doch sie blieb tapfer. Sie erinnerte sich an das Versprechen, das sie Anatole gegeben hatte, Isolde und ihr Kind zu beschützen, und sie war fest entschlossen, sein Andenken in Ehren zu halten.

Victor Constant wurde der Mord an Marguerite Vernier in Paris zur Last gelegt, der Mord an Anatole Vernier in Rennes-les-Bains und der versuchte Mord an Isolde Vernier, verwitwete Lascombe. Außerdem war gegen ihn ein Verfahren wegen eines Angriffs auf eine Prostituierte in Carcassonne anhängig.

Man ging davon aus – und das ohne weitere Ermittlungen –, dass Dr. Gabignaud, Charles Denarnaud und ein dritter Komplize in dieser unglückseligen Angelegenheit auf Geheiß von Victor Constant getötet worden waren, auch wenn er nicht selbst den Finger am Abzug gehabt hatte.

Die Stadt nahm die Nachricht von Anatoles und Isoldes heimlicher Vermählung zwar ablehnend auf, aber eher deshalb, weil sie diesen Schritt so überstürzt vollzogen hatten, weniger weil er der Neffe ihres ersten Gatten war. Doch alles in allem, so schien es, würde man sich schon irgendwann mit den neuen Verhältnissen auf der Domaine de la Cade abfinden.

Der Stapel Brennholz an der Küchenmauer schwand dahin. Nur wenig deutete darauf hin, dass Isolde ihre Geistesverfassung wiedergewinnen würde, obgleich das Kind in ihr wuchs und gedieh. In ihrem Zimmer im ersten Stock der Domaine de la Cade knackte und knisterte Tag und Nacht ein kräftiges Feuer im Kamin. Die wenigen Stunden Sonnenlicht konnten die Luft kaum erwärmen, ehe die Dunkelheit sich wieder über das Land senkte.

Isolde war noch immer von Trauer überwältigt und verharrte auf der Schwelle zwischen der Welt, aus der sie sich zeitweilig verabschiedet hatte, und dem unbekannten jenseitigen Land. Die Stimmen, die stets bei ihr waren, raunten ihr zu, dass sie nur weiterschreiten müsse, um zu denjenigen zu gelangen, die sie liebte und die auf sonnenbeschienenen Lichtungen ihrer harrten. Anatole würde dort sein, in sanftes, einladendes Licht getaucht. Es gab nichts zu fürchten. In Augenblicken, in denen sie so etwas wie Gnade empfand, sehnte sie sich danach, zu sterben. Bei ihm zu sein. Doch der Geist seines Kindes, das geboren werden wollte, war zu stark.

An einem trüben und lautlosen Nachmittag, der sich in nichts von den Tagen unterschied, die ihm vorausgegangen waren oder die ihm folgen sollten, spürte Isolde das Gefühl in ihre zarten Glieder zurückkehren. Zuerst in ihre Finger. So schleichend, dass es leicht mit etwas anderem zu verwechseln gewesen wäre. Eine unwillkürliche Reaktion, nichts Zielgerichtetes. Ein Kitzeln in den Fingerspitzen und unter ihren mandelförmigen Nägeln. Dann ein Zucken der bleichen Füße unter der Decke. Dann ein Prickeln auf der Haut im Nacken.

Sie bewegte die Hand, und die Hand öffnete sich.

Isolde hörte ein Geräusch. Diesmal nicht das unaufhörliche Flüstern, das stets bei ihr war, sondern das normale, alltägliche Geräusch eines Stuhlbeins, das über den Boden schleifte. Zum ersten Mal seit Monaten war es nicht durch Licht oder Zeit verzerrt, verstärkt oder gedämpft, sondern es klopfte unverfälscht an ihr Bewusstsein.

Sie spürte, wie sich jemand über sie beugte, warmer Atem auf ihrem Gesicht.

»Madama?«

Sie gestattete ihren Augen, sich flatternd zu öffnen. Sie hörte jemanden nach Luft schnappen, dann rasche Schritte und eine Tür, die aufgerissen wurde, laute Stimmen auf dem Flur, Klangspiralen, die sich von unten aus der Halle hochwanden, an Intensität gewannen, an Gewissheit gewannen.

»Madomaisèla Léonie! Madama s'éveille!«

Isolde blinzelte ins Licht. Noch mehr Geräusche, dann die Berührung kalter Finger, die ihre Hand ergriffen. Langsam drehte sie den Kopf zur Seite und sah das fürsorgliche junge Gesicht ihrer Nichte, das zu ihr herabblickte.

»Léonie?«

Sie spürte, wie ihre Hand gedrückt wurde. »Ich bin da.«

»Léonie …« Isoldes Stimme versagte. »Anatole, er …«

Isoldes Genesung verlief langsam. Sie kam wieder auf die Beine, aß mechanisch, schlief, doch ihr Körper erholte sich schlecht, und das Licht in ihren grauen Augen war verschwunden. Die Trauer hatte sie von sich selbst entfremdet. Alles, was sie dachte und sah, fühlte und roch, brachte quälend schmerzliche Saiten der Erinnerung zum Klingen.

Abends saß sie meist mit Léonie im Salon und sprach über Anatole, die schlanken weißen Finger auf den schwellenden Leib gelegt. Léonie lauschte, während Isolde die ganze Geschichte ihrer Liebe erzählte, vom Augenblick ihrer ersten Begegnung an, über die Entscheidung, das Glück beim Schopf zu packen, und die Inszenierung auf dem Cimetière de Montmartre, bis hin zu der kurzlebigen Wonne ihrer heimlichen Heirat in Carcassonne am Vorabend des großen Sturms.

Doch ganz gleich, wie oft Isolde die Geschichte erzählte, der Schluss blieb immer gleich. Eine einmalige märchenhafte Liebe, die um ihr glückliches Ende betrogen worden war.

Der Winter ging endlich doch noch vorüber. Der Schnee schmolz, obwohl auch im Februar noch immer scharfer Frost den Morgen mit blendendem Weiß überzog.

Auf der Domaine de la Cade blieben Léonie und Isolde in ihrem Kummer verbunden, betrachteten trauernd die Schatten auf dem Rasen. Sie bekamen kaum Besuch, abgesehen von Audric Baillard und Madame Bousquet, die sich als großherzige Freundin und fürsorgliche Nachbarin erwies, obwohl sie durch Jules Lascombes Heirat den Besitz verloren hatte.

Wenn Monsieur Baillard seine Aufwartung machte, brachte er manchmal Neuigkeiten von der Fahndung nach Victor Constant, der in der Nacht des 31. Oktober im Schutze der Dunkelheit aus dem Hôtel de la Reine in Rennes-les-Bains geflohen war und seitdem wie vom Erdboden verschluckt war.

Die Polizei hatte in verschiedenen Kurorten und Pflegehäusern, die auf die Behandlung von Männern in seinem Zustand spezialisiert waren, vergeblich nach ihm gesucht. Der Staat hatte die Beschlagnahmung seines beträchtlichen Vermögens eingeleitet. Auf seinen Kopf war eine Belohnung ausgesetzt. Aber trotz allem gab es nicht einen Hinweis, niemanden, der ihn gesehen haben wollte.

Am 25. März, unglücklicherweise just der Jahrestag von Isoldes falscher Beerdigung auf dem Cimetière de Montmartre, erhielt Léonie einen offiziellen Brief von Inspektor Thouron. Wie er ihr mitteilte, ging man inzwischen davon aus, dass Constant außer Landes geflohen sei, vielleicht über die Grenze nach Andorra oder Spanien. Daher würde die Fahndung nach ihm eingeschränkt. Sie könne aber versichert sein, dass den Flüchtigen, sollte er je nach Frankreich zurückkehren, die Guillotine erwarte. Madame und Mademoiselle Vernier hätten also durch Constant nichts mehr zu befürchten.

Ende März, als sie aufgrund des garstigen Wetters schon seit Tagen das Haus nicht verlassen hatten, griff Léonie endlich zu Stift und Papier, um an Anatoles früheren Freund und Nachbarn Achille Debussy zu schreiben. Sie wusste, dass er sich inzwischen Claude Debussy nannte, konnte sich aber nicht überwinden, ihn so anzusprechen.

Die Korrespondenz füllte ein wenig die Leere in ihrem eingeschränkten Dasein aus und, was für ihr gebrochenes Herz noch wichtiger war, sie half ihr, Anatole nahezubleiben. Achille schilderte ihr das turbulente Leben auf den Straßen und Boulevards, die sie und Anatole einmal ihr Zuhause genannt hatten, erzählte den neuesten Klatsch und Tratsch, wer mit wem zerstritten war, berichtete von den kleinlichen Rivalitäten an der Académie, von gefragten oder in Ungnade gefallenen Schriftstellern, von streit-

süchtigen Künstlern und erfolglosen Komponisten, von Skandalen und Affären.
Léonie interessierte sich nicht für diese Welt, die ihr jetzt so fern, so verschlossen war, aber die Briefe weckten Erinnerungen an Gespräche mit Anatole. Früher war er manchmal, wenn er nach einem Abend mit Achille im Le Chat Noir heimgekehrt war, noch spät in ihr Zimmer gekommen und hatte sich in den alten Sessel am Fuße ihres Bettes fallen lassen, während sie, die Decke bis zum Kinn hochgezogen, seinen Geschichten gelauscht hatte. Debussy schrieb viel über sich selbst, füllte Seite um Seite mit seiner krakeligen Schrift. Léonie störte das nicht. Es lenkte sie von ihren eigenen Sorgen ab. Sie lächelte, wenn er erzählte, dass er mit seinen atheistischen Freunden am Sonntagmorgen in der Kirche Saint-Gervais gewesen war, um sich die gregorianischen Gesänge anzuhören, und sie sich trotzig mit dem Rücken zum Altar gesetzt hatten, was nicht nur eine Beleidigung für die versammelte Gemeinde war, sondern auch für den Geistlichen, der die Messe las.
Léonie konnte Isolde nicht allein lassen, und selbst wenn sie die Freiheit zu reisen gehabt hätte, wäre der Gedanke, nach Paris zurückzukehren, zu schmerzlich gewesen. Auf ihre Bitte hin suchten Achille und Gaby Dupont regelmäßig den Cimetière de Passy im 16. Arrondissement auf, um Blumen auf das Grab von Marguerite Vernier zu legen. Die Grabstätte, für die Georges Du Pont in einer letzten großherzigen Geste bezahlt hatte, lag nicht weit von der des Malers Edouard Manet, wie Achille schrieb. Ein friedvoller, schattiger Ort. Léonie dachte, ihre Mutter wäre froh, in solcher Gesellschaft zu liegen.
Das Wetter schlug um, als der April kam, einmarschierte wie ein General auf dem Schlachtfeld. Aggressiv, laut, streitsüchtig. Stürmische Scharen von Wolken jagten über die Berggipfel dahin. Die Tage wurden allmählich länger, begannen morgens ein wenig heller. Marieta holte ihr Nähzeug hervor. Sie nähte große Falten in Isoldes *chemises* und ließ die Abnäher aus den Röcken, um sie an ihre veränderte Figur anzupassen.
Lila, weiße und rosa Wildblumen schoben zaghafte Triebe durch

die verkrustete Erde, reckten die Gesichter ins Licht. Die vereinzelten Farbtupfen, wie von einem Malerpinsel heruntergetropft, wurden kräftiger und zahlreicher und leuchteten im Grün der Rabatten und Pfade.

Der Mai kam vorsichtig auf Zehenspitzen, ließ die Verheißung langer Sommertage und von Sonnenlicht gesprenkelter stiller Wasser erahnen. Léonie begab sich öfter nach Rennes-les-Bains, wo sie durch die Straßen schlenderte, Monsieur Baillard besuchte oder nachmittags mit Madame Bousquet im Salon des Hôtel de la Reine Tee trank. Vor den bescheidenen Stadthäusern sangen die Kanarienvögel in Käfigen, die nun nach draußen gehängt worden waren. Die Zitronen- und Orangenbäume blühten, erfüllten die Luft mit ihrem aromatischen Duft. Frisches Obst wurde über die Berge aus Spanien gebracht und an jeder Straßenecke auf Holzkarren feilgeboten.

Plötzlich lag die Domaine de la Cade wieder in voller Pracht unter einem endlosen blauen Himmel. Die leuchtende Junisonne beschien die schimmernden weißen Gipfel der Pyrenäen. Endlich war der Sommer gekommen.

Aus Paris schrieb Achille, dass Maître Maeterlinck die Erlaubnis erteilt hatte, sein neues Schauspiel, *Pelléas et Mélisande*, zu vertonen. Außerdem schickte er ihr ein Exemplar von Zolas *La Débâcle*, das vor dem Hintergrund des Krieges zwischen Frankreich und Preußen im Sommer 1870 spielte. Er fügte ein paar persönliche Zeilen bei, in denen es hieß, dass Anatole sich gewiss ebenso dafür interessiert hätte wie er, da sie beide Söhne verurteilter Kommunarden waren. Léonie tat sich schwer mit dem Roman, war aber dankbar für die Empfindung, die Achille veranlasst hatte, ihr ein so aufmerksames Geschenk zu machen.

Sie erlaubte es ihren Gedanken nicht, zu den Tarotkarten zurückzukehren. Sie waren zu eng mit den grässlichen Ereignissen des Abends vor Allerheiligen verbunden, und auch wenn sie Abbé Saunière nicht dazu bringen konnte, ihr von den Dingen zu erzählen, die er im Dienst ihres Onkels gesehen oder getan hatte, so wollte ihr doch Monsieur Baillards Warnung nicht aus dem Kopf,

dass der Dämon Asmodeus in unruhigen Zeiten die Täler durchstreifte. Sie war zwar selbst kein abergläubischer Mensch, so redete sie sich zumindest ein, aber sie wollte auch kein Wiederaufleben solcher Schrecken riskieren.
Sie packte ihre unvollständige Reihe von Zeichnungen beiseite. Sie waren eine zu schmerzliche Erinnerung an ihren Bruder und ihre Mutter. Le Diable und La Tour blieben unvollendet. Und Léonie kehrte auch nicht auf die von wilden Wacholderbüschen umringte Lichtung zurück. Sie lag so nah an der Stelle, wo das Duell stattgefunden hatte, wo Anatole gestorben war, dass es ihr das Herz brechen würde, auch nur in Erwägung zu ziehen, wieder dorthin zu gehen.

Isoldes Wehen setzten früh am Morgen des 24. Juni ein. Es war ein Freitag und der Festtag des heiligen Johannes des Täufers.
Monsieur Baillard ließ über sein geheimes Netzwerk von Freunden und Kameraden eine *sage-femme* aus seinem Heimatdorf Los Seres kommen, die rechtzeitig zur Geburt eintraf.
Gegen Mittag stand Isolde kurz vor der Niederkunft. Léonie kühlte ihr die Stirn mit feuchten Lappen und öffnete die Fenster, um frische Luft und den Duft von Wacholder und Geißblatt aus dem Garten in den Raum zu lassen. Marieta betupfte ihr die Lippen mit einem Schwamm, der mit süßem Weißwein und Honig getränkt war.
Am späten Nachmittag war Isolde ohne Komplikationen von einem Jungen entbunden worden, der nicht nur kerngesund, sondern auch mit einem überaus lautstarken Organ ausgestattet war.
Léonie hoffte, dass die Geburt Isoldes vollständige Genesung bewirken würde. Dass sie bald weniger apathisch, weniger hinfällig, weniger losgelöst von der Welt um sie herum sein würde. Mit der Liebe zu dem Kind, Anatoles Kind, so erwartete Léonie – ja, alle im Haushalt –, würde Isolde wieder einen Sinn im Leben sehen.
Doch etwa drei Tage nach der Geburt legte sich ein schwarzer Schatten über Isolde. Sie erkundigte sich nach der Gesundheit und dem Wohlergehen ihres Sohnes, hatte aber größte Mühe, nicht

wieder in den unerreichbaren Starrezustand zu fallen, der sie unmittelbar nach Anatoles Ermordung überkommen hatte. Ihr kleiner Sohn, der seinem Vater wie aus dem Gesicht geschnitten war, erinnerte sie nur daran, was sie verloren hatte, anstatt ihr einen Grund zum Weiterleben zu geben.

Die Dienste einer Amme wurden benötigt.

Der Sommer schritt voran, ohne dass sich Isoldes Zustand besserte. Sie war freundlich, erfüllte ihre Pflicht gegenüber ihrem Sohn, wenn sie darum gebeten wurde, lebte aber ansonsten in ihrer eigenen Welt, unaufhörlich gepeinigt von den Stimmen in ihrem Kopf.

Während Isolde distanziert war, schloss Léonie ihren Neffen vorbehaltlos ins Herz. Louis-Anatole hatte ein sonniges Gemüt, Anatoles schwarzes Haar und lange Wimpern, die die von seiner Mutter geerbten verblüffend grauen Augen umrahmten. In der Freude über die Gesellschaft des Kindes vergaß Léonie mitunter für mehrere Stunden die Tragödie, die über sie alle gekommen war.

In den unerträglich heißen Wochen im Juli und August erwachte Léonie manchmal morgens mit einem Gefühl der Hoffnung und spürte nach dem Aufstehen eine Leichtigkeit in ihren Schritten, bis die Erinnerung zurückkehrte und sich der Schatten wieder über sie senkte. Aber ihre Liebe und die Entschlossenheit, Anatoles Sohn vor jedwedem Schaden zu bewahren, halfen ihr, wieder Mut zu fassen.

Kapitel 89

∞

Der Herbst 1892 ging in den Winter über, der Frühling 1893 kam, und noch immer fehlte von Constant jede Spur. Léonie erlaubte sich die Hoffnung, dass er tot war, obwohl sie froh gewesen wäre, dafür eine Bestätigung zu bekommen.

Wie im Vorjahr war auch der August des Jahres 1893 heiß und trocken wie die afrikanischen Wüsten. Auf die Dürre folgte eine sintflutartige Überschwemmung im ganzen Languedoc, die in der Ebene große Landmassen wegspülte und längst vergessene Höhlen und *cachettes* unter dem Schlamm freilegte.

Achille Debussy schrieb weiterhin regelmäßig. Im Dezember schickte er Weihnachtsgrüße und berichtete Léonie, dass die Société Nationale de Musique eine Aufführung seines *L'Après-Midi d'un Faune* angesetzt habe, einer neuen Komposition, die den Auftakt einer Reihe von drei Orchesterwerken bildete. Während sie seine naturalistische Beschreibung des Fauns auf der Waldlichtung las, musste Léonie an die Lichtung denken, auf der sie zwei Jahre zuvor die Karten gefunden hatte. Für einen Moment war sie versucht, noch einmal zu der Stelle zu gehen und nachzuschauen, ob das Tarot noch immer dort war.

Sie tat es nicht.

Ihr Leben fand nicht mehr auf den Boulevards und Avenuen von Paris statt, sondern wurde weiterhin von dem Buchenwald im Osten, der langen Einfahrt im Norden und den Rasenflächen im Süden begrenzt. Kraft gaben ihr allein die Liebe eines kleinen Jungen und ihre Zuneigung zu der schönen, aber leidenden Frau, für die zu sorgen sie versprochen hatte.

Louis-Anatole war bei allen in der Stadt ebenso beliebt wie bei den Bediensteten, die ihn *pichon* nannten, Kleiner. Er war lausbübisch, aber immer bezaubernd. Er war voller Fragen, eher wie seine Tante denn wie sein toter Vater, konnte aber auch zuhören. Als er größer wurde, machten er und Léonie lange Spaziergänge auf der Domaine de la Cade. Oder Pascal nahm ihn mit zum Angeln und brachte ihm im See das Schwimmen bei. Wenn Marieta Himbeersoufflés oder Schokoladenpudding gekocht hatte, erlaubte sie ihm manchmal, die Rührschüssel auszukratzen und den Holzlöffel abzulecken. Oder sie band ihm von einem der Hausmädchen eine frische weiße Schürze um, die ihm bis zu den Knöcheln hing, ließ ihn auf den alten dreibeinigen Hocker steigen, der ganz nah an den Küchentisch herangeschoben worden war, und zeigte ihm, dicht hinter ihm stehend, damit er nicht herunterfiel, wie man den Brotteig knetete.

Wenn Léonie ihn nach Rennes-les-Bains mitnahm, war es seine größte Freude, in das Straßencafé zu gehen, das Anatole so geliebt hatte. Mit seinen langen Locken, dem weißen Rüschenhemd und der Kniebundhose aus nussbraunem Samt ließ er dann die Beine von dem hohen Holzstuhl baumeln. Er trank Kirschsaft oder frisch gepressten Apfelsaft und aß Mohrenköpfe.

An seinem dritten Geburtstag schenkte Madame Bousquet Louis-Anatole eine Angelrute aus Bambus. Weihnachten desselben Jahres schickte Maître Fromilhague eine Kiste mit Zinnsoldaten herauf und ließ Léonie seine besten Weihnachtsgrüße bestellen.

Der Kleine war auch regelmäßiger Gast bei Audric Baillard, der ihm Geschichten aus dem Mittelalter erzählte, von ruhmreichen *chevaliers*, die für die Unabhängigkeit des Midi gegen die Eroberer aus dem Norden gekämpft hatten.

Doch anstatt den Jungen mit der Nase in die Seiten muffiger Geschichtsbücher zu stoßen, die in der Bibliothek der Domaine de la Cade Staub ansetzten, erweckte Monsieur Baillard die Vergangenheit zum Leben.

Am liebsten hörte Louis-Anatole die Geschichte von der Belagerung Carcassonnes im Jahr 1209 und von den tapferen Männern,

Frauen und sogar Kindern, manche kaum älter als er, die in die versteckten Dörfer des Haute Vallée geflohen waren.

Zu seinem vierten Geburtstag schenkte Audric Baillard ihm die verkleinerte Nachbildung eines mittelalterlichen Schlachtschwertes, in dessen Heft seine Initialen eingraviert waren. Mit Hilfe von einem der zahllosen Vettern Pascals kaufte Léonie ihm in Quillan ein kleines fuchsfarbenes Pony, mit dicker weißer Mähne und buschigem Schweif und einem weißen Fleck auf der Nase. Von da an war Louis-Anatole für die Dauer des heißen Sommers ein *chevalier,* stritt gegen die Franzosen oder triumphierte im ritterlichen Zweikampf, wenn er die Blechdosen von dem Holzzaun schlug, den Pascal extra für diesen Zweck auf dem Rasen hinter dem Haus gebaut hatte. Léonie schaute oft vom Salonfenster aus zu und erinnerte sich daran, wie sie als kleines Mädchen immer zugesehen hatte, wenn Anatole im Parc Monceau herumtollte, Verstecken spielte oder auf Bäume kletterte, und dabei ein ganz ähnliches Gefühl von Bewunderung und Neid empfunden hatte.

Louis-Anatole ließ außerdem eine ausgeprägte musikalische Begabung erkennen, als zahlte sich nun beim Sohn das Geld aus, das für den Klavierunterricht des jungen Anatole vergeudet worden war. Léonie engagierte einen Klavierlehrer aus Limoux. Einmal pro Woche kam der Professor mit seinem weißen Halstuch, einem steifen Kragen und dem ungepflegten Bart im Einspänner die Einfahrt heraufgerumpelt und traktierte Louis-Anatole mit Fünffingerübungen und Tonleitern. Jede Woche bedrängte er Léonie beim Abschied, sie solle den Jungen mit vollen Wassergläsern auf den Handrücken üben lassen, um seinen Anschlag zu verbessern. Léonie und Louis-Anatole nickten stets ergeben, und die nächsten paar Tage versuchten sie es auch wirklich. Doch dann schwappte das Wasser über, auf Louis-Anatoles samtene Reithose oder den weiten Saum von Léonies Kleid, und dann prusteten sie beide los vor Lachen und fingen stattdessen an, ausgelassene Duette zu klimpern.

Wenn er allein war, schlich der Junge oft zum Flügel und experimentierte herum. Dann stand Léonie unbemerkt oben an der

Treppe und lauschte den sanften, eingängigen Melodien, die der Kleine unter seinen Fingern hervorzauberte. Ganz gleich, wie er anfing, irgendwann fand er meist doch seinen Weg in die Tonart a-Moll. Und dann dachte Léonie an das Notenblatt, das sie vor so langer Zeit aus der Grabkapelle gestohlen hatte und das noch immer in der Klavierbank versteckt lag. Sie überlegte, ob sie es ihm zeigen sollte. Doch die Furcht vor der Macht der Musik und ihrer möglichen Wirkung auf die Domaine de la Cade hielt sie stets davon ab.

Während all dieser Zeit lebte Isolde in einer Dämmerwelt, glitt durch die Räume und Gänge des Hauses wie ein Gespenst. Sie sprach wenig, war freundlich zu ihrem Sohn und bei den Dienstboten überaus beliebt. Nur wenn sie in Léonies smaragdgrüne Augen sah, blitzte tiefer in ihr etwas auf. Dann loderten für einen kurzen Moment Trauer und Erinnerung in ihrem Blick, ehe der dunkle Vorhang sich wieder über sie senkte.

Manche Tage waren besser als andere. Mitunter tauchte Isolde aus ihrem Schatten auf, als träte die Sonne hinter Wolken hervor. Doch dann setzten die Stimmen erneut ein, und sie presste die Hände auf die Ohren und weinte, und Marieta führte sie sachte zurück in die Abgeschiedenheit ihres Zimmers, bis wieder bessere Zeiten kamen. Die Phasen des Friedens wurden kürzer. Die Dunkelheit um sie wurde tiefer. Nie war Anatole ihren Gedanken fern. Louis-Anatole nahm seine Mutter so, wie sie war – schließlich hatte er sie nie anders erlebt.

Alles in allem war es nicht das Leben, das Léonie sich vorgestellt hatte. Sie hätte sich Liebe gewünscht, die Chance, mehr von der Welt zu sehen, sie selbst sein zu können. Doch sie liebte ihren Neffen und bedauerte Isolde, und da sie das Versprechen, das sie Anatole gegeben hatte, unter keinen Umständen brechen wollte, erfüllte sie unbeirrt ihre Pflicht.

Ein rotbunter Herbst nach dem anderen ging in kalte weiße Winter über, in denen hoher Schnee auf dem Grab von Marguerite Vernier in Paris lag. Auf so manchen Frühling folgten flammende Himmel und versengtes Land, und die Dornenbüsche wuchsen im-

mer dichter um Anatoles bescheidenes Grab über dem See der Domaine de la Cade.
Erde, Wind, Wasser und Feuer, das unveränderliche Muster der Natur.

Ihr beschauliches Dasein sollte nicht viel länger währen. Zwischen Weihnachten und dem Neujahrstag 1897 gab es eine Reihe von Anzeichen – böse Omen, sogar Warnungen –, dass etwas nicht stimmte.
In Quillan stürzte ein Schornsteinfegerjunge vom Dach und brach sich das Genick. In Espéraza kamen bei einem Brand in der Hutfabrik vier spanische Arbeiterinnen ums Leben. In dem *atelier* der Familie Bousquet geriet ein Lehrling in die heiße Druckerpresse und verlor vier Finger der rechten Hand.
Für Léonie wurde die allgemeine Beunruhigung greifbar, als Monsieur Baillard kam und ihr die traurige Mitteilung überbrachte, dass er Rennes-les-Bains verlassen müsse. Es war die Zeit der Winterjahrmärkte – am 19. Januar in Brenac, am 20. in Campagne-sur-Aude und am 22. in Belvianes. Er wollte diese abgelegenen Dörfer besuchen und dann noch höher in die Berge. Mit sorgenvollen Augen erklärte er, er habe Verpflichtungen, die älter und bindender seien als seine inoffizielle Vormundschaft von Louise-Anatole und die er nicht länger aufschieben könne. Léonie bedauerte seine Entscheidung, hütete sich aber, sie in Frage zu stellen. Er gab ihr sein Wort, spätestens zu Sankt Martin im November zurück zu sein, wenn die Pacht fällig wurde.
Sie war bestürzt, dass er so viele Monate fortbleiben würde, aber wie sie schon vor langer Zeit erkannt hatte, ließ Monsieur Baillard sich nie von einer einmal getroffenen Entscheidung abbringen.
Seine bevorstehende Abreise – und der unerklärte Grund dafür – riefen Léonie erneut in Erinnerung, wie wenig sie doch über ihren Freund und Beschützer wusste. Nicht einmal sein genaues Alter war ihr bekannt, auch wenn Louis-Anatole erklärt hatte, bei den vielen Geschichten, die Monsieur Baillard zu erzählen hatte, müsse er mindestens siebenhundert Jahre alt sein.

Wenige Tage nachdem Audric Baillard sich verabschiedet hatte, kam es in Rennes-le-Château zum Skandal. Die von Abbé Saunière begonnene Restaurierung der Kirche war nahezu abgeschlossen. In den ersten kalten Monaten des Jahres 1897 wurden die Bildhauerarbeiten geliefert, die in Toulouse bestellt worden waren. Darunter befand sich auch ein *bénitier* – ein Weihwasserbecken –, das auf den Schultern eines gekrümmten Dämons ruhte. Ablehnende Stimmen wurden laut, denn viele waren der Ansicht, diese und viele andere Statuen gehörten nicht in ein Gotteshaus. In der Mairie und beim Bischof gingen Protestschreiben ein, manche davon anonym, mit der Forderung, Saunière zur Rechenschaft zu ziehen. Außerdem sollte dem Pfarrer untersagt werden, weiter auf dem Friedhof zu graben.
Léonie hatte nichts von diesen nächtlichen Ausgrabungen gewusst, auch nicht, dass Saunière angeblich in den Stunden zwischen Abend- und Morgendämmerung in den Bergen der Umgebung nach einem Schatz suchte, so wurde zumindest gemunkelt. Sie hörte weder auf das Gerede, noch beteiligte sie sich an der wachsenden Flut von Beschwerden gegen einen Geistlichen, den sie für einen ergebenen Diener seiner Gemeinde gehalten hatte. Aber ihr war unbehaglich zumute, weil einige der Statuen eine genaue Nachbildung von denjenigen in der Grabkapelle waren. Es war, als führe irgendwer Abbé Saunières Hand und versuche zugleich, die Menschen gegen ihn aufzubringen.
Léonie wusste, dass er die Statuen zu Lebzeiten ihres Onkels gesehen hatte. Und sie verstand nicht, warum er sich rund zwölf Jahre später dazu veranlasst sah, diese Bilder kopieren zu lassen. In Abwesenheit ihres Freundes und Mentors Audric Baillard hatte sie niemanden, mit dem sie über ihre Befürchtungen hätte reden können.
Der Unmut breitete sich bis ins Tal hinunter nach Rennes-les-Bains aus.
Plötzlich flüsterten Stimmen, der Schrecken, der die Stadt Jahre zuvor heimgesucht hatte, sei zurückgekehrt. Es gab Gerüchte von unterirdischen Geheimgängen zwischen Rennes-le-Château und

Rennes-les-Bains, von Grabkammern aus der Zeit der Westgoten. Immer lauter wurden die Behauptungen, die Domaine de la Cade böte wieder einmal einer wilden Bestie Unterschlupf. Hunde, Ziegen, sogar Ochsen wurden gerissen, von Wölfen oder Bergkatzen, die offenbar weder Fallen fürchteten noch die Gewehre der Jäger. Es war eine übernatürliche Kreatur, so munkelte man, keine, die den normalen Gesetzen der Natur gehorchte.
Obwohl Pascal und Marieta sich größte Mühe gaben, damit das Geschwätz nicht an Léonies Ohren drang, blieben ihr einige besonders bösartige Geschichten doch nicht verborgen. Die Kampagne verlief schleichend, die Vorwürfe wurden nie laut ausgesprochen, daher konnte Léonie der wachsenden Flut von Beschuldigungen gegen die Domaine de la Cade und ihre Bewohner nichts entgegensetzen.
Es war nicht festzustellen, woher die heimtückischen Gerüchte kamen, nur dass sie immer mehr um sich griffen. Als der Winter verging und ein nasskalter Frühling ins Land zog, häuften sich die Berichte von unnatürlichen Vorgängen auf der Domaine de la Cade. Es waren Geister und Dämonen gesichtet worden, so sagte man, selbst von satanischen Ritualen, die nächtens in der Grabkapelle stattfanden, war die Rede. Die dunklen Tage von Jules Lascombes Zeit als Herr des Hauses kehrten zurück. Die Verbitterten und die Neider verwiesen auf die Ereignisse am Vorabend von Allerheiligen 1891 und behaupteten, das Land sei ruhelos, verlange Sühne für die Sünden der Vergangenheit.
Alte Zaubersprüche, halb vergessene Worte in der traditionellen Sprache wurden in Felsen am Straßenrand gekratzt, um die Dämonen abzuwehren, die nun, wie schon früher, durchs Tal strichen. Pentagramme in schwarzem Teer wurden auf Wegsteine gepinselt. Blumen und Bänder wurden als Votivgaben an alten Schreinen hinterlassen.
Eines Nachmittags, als Léonie mit Louis-Anatole an dessen Lieblingsplatz unter den Platanen auf dem Place du Pérou saß, drang plötzlich ein leise gezischelter Satz an ihr Ohr.
»*Lou Diable se ris.*«

Sobald sie zurück auf der Domaine de la Cade waren, fragte sie Marieta, was die Worte bedeuteten.

»Der Teufel lacht«, übersetzte das Hausmädchen widerstrebend.

Hätte Léonie nicht genau gewusst, dass dergleichen unmöglich war, hätte sie Victor Constant hinter den Gerüchten und dem Geschwätz vermutet. Sie schalt sich selbst für derlei Gedanken.

Constant war tot. Davon ging die Polizei aus. Er musste tot sein. Warum hätte er sie sonst fast fünf Jahre in Ruhe lassen sollen, nur um jetzt zurückzukehren?

Kapitel 90

∞

Carcassonne

Als die Julihitze die grünen Weiden zwischen Rennes-le-Château und Rennes-les-Bains braun gefärbt hatte, konnte Léonie es nicht länger ertragen, so auf dem Anwesen eingesperrt zu sein. Sie brauchte eine Abwechslung.

Die Geschichten um die Domaine de la Cade waren inzwischen in aller Munde. Als sie das letzte Mal mit Louis-Anatole unten in Rennes-les-Bains gewesen war, hatte sie die Atmosphäre dort als so unangenehm erlebt, dass sie beschlossen hatte, dem Ort auf absehbare Zeit fernzubleiben. Schweigen oder argwöhnische Blicke, wo man sie früher freundlich gegrüßt und angelächelt hatte. Sie wollte vor allen Dingen Louis-Anatole solchen Widerwärtigkeiten nicht ausgesetzt sehen.

Léonie nahm die *fête nationale* zum Anlass für eine kurze Reise. Um den Jahrestag des Sturms auf die Bastille vor über einhundert Jahren zu feiern, sollte am 14. Juli in der mittelalterlichen Zitadelle von Carcassonne ein Feuerwerk stattfinden. Seit jenem kurzen und schmerzlichen Aufenthalt mit Anatole und Isolde hatte Léonie keinen Fuß mehr in die Stadt gesetzt, doch ihrem Neffen zuliebe – es sollte eine nachträgliche Überraschung zu seinem fünften Geburtstag werden – schob sie ihre Bedenken beiseite.

Sie war entschlossen, Isolde zum Mitkommen zu überreden. In letzter Zeit war es um den nervlichen Zustand ihrer Tante noch schlechter bestellt. Sie fühlte sich verfolgt, glaubte, vom anderen Ufer des Sees aus beobachtet zu werden, vermutete Gesichter im Wasser. Sie sah Rauch im Wald, selbst wenn nirgendwo ein Feuer

brannte. Léonie wollte sie nicht für so viele Tage allein zurücklassen, auch nicht in Marietas erfahrener Obhut.
»Bitte, Isolde«, flüsterte sie und streichelte ihre Hand. »Es würde Ihnen guttun, einmal eine Weile fort zu sein. Die Sonne im Gesicht zu spüren.« Sie drückte ihre Finger. »Es würde mir viel bedeuten. Und Louis-Anatole auch. Das wäre das schönste Geburtstagsgeschenk, das Sie ihm machen könnten. Kommen Sie doch mit, bitte.«
Isolde sah sie mit ihren tiefgründigen grauen Augen an, die wirkten, als läge große Weisheit in ihnen und als sähen sie gleichzeitig nichts.
»Wenn Sie es wünschen«, sagte sie mit ihrer silbrigen Stimme, »werde ich mitkommen.«
Vor lauter Verblüffung schlang Léonie die Arme um Isolde, was diese erschreckte. Sie konnte spüren, wie mager Isolde unter der Kleidung und dem Korsett war, aber dachte nicht weiter darüber nach. Sie hätte niemals geglaubt, dass sie zustimmen würde, und war außer sich vor Freude. Vielleicht war es ein Zeichen dafür, dass ihre Tante endlich bereit war, in die Zukunft zu blicken, anfangen würde, ihren wunderbaren Sohn kennenzulernen.

Es war eine kleine Reisegruppe, die mit dem Zug Richtung Carcassonne aufbrach.
Marieta kümmerte sich um ihre Herrin. Es blieb Pascal überlassen, Louis-Anatole mit Soldatengeschichten zu unterhalten, den derzeitigen Großtaten der französischen Armee in Westafrika, in Dahomey und der Côte d'Ivoire. Pascal erzählte mit solchem Eifer von Wüsten und donnernden Wasserfällen und einer vergessenen Welt, verborgen auf einer geheimnisvollen Hochebene, dass Léonie der Verdacht beschlich, er könnte seine Schilderungen eher aus den Schriften von Monsieur Jules Verne entliehen haben als aus den Seiten der Zeitungen. Louis-Anatole wiederum unterhielt das Abteil mit Monsieur Baillards Erzählungen von den Rittern des Mittelalters. Die beiden erlebten daher eine zutiefst befriedigende und überaus blutrünstige Reise.

Sie kamen am 14. Juli gegen Mittag an und suchten sich Unterkünfte in der unteren Bastide, nahe der Kathedrale Saint-Michel und weit weg von dem Hotel, in dem Isolde, Léonie und Anatole sechs Jahre zuvor abgestiegen waren. Léonie verbrachte den Nachmittag damit, ihrem begeisterten und staunenden Neffen die Sehenswürdigkeiten zu zeigen, und erlaubte ihm, zu viel Eiscreme zu essen.

Gegen fünf Uhr kehrten sie in ihre Unterkunft zurück, um sich auszuruhen. Léonie ging zu Isolde, die auf einer Chaiselongue am Fenster lag und über die Gärten des Boulevard Barbès blickte. Ihr wurde schwer ums Herz, als ihr klar wurde, dass Isolde nicht vorhatte, sich mit ihnen gemeinsam das Feuerwerk anzusehen.

Léonie sagte nichts und hoffte, sich zu täuschen, doch als es Zeit wurde, sich für das abendliche *spectacle* hinauszubegeben, beteuerte Isolde, sie fühle sich dem Menschengedränge nicht gewachsen. Louis-Anatole war nicht enttäuscht, weil er in Wahrheit gar nicht damit gerechnet hatte, dass seine Mutter sie begleiten würde. Doch Léonie erlaubte sich einen ungewöhnlichen Anflug von Gereiztheit, weil Isolde sich selbst zu diesem besonderen Anlass nicht ihrem Sohn zuliebe aufraffen konnte.

Léonie und Louis-Anatole brachen mit Pascal zusammen auf und überließen es Marieta, sich um ihre Herrin zu kümmern. Das *spectacle* war von Monsieur Sabatier, einem örtlichen Fabrikanten, geplant und finanziert worden. Der Mann hatte den Aperitif L'Or-Kina erfunden sowie den Likör Micheline, der als »La Reine des Liqueurs« galt. Das Feuerwerk war ein Experiment, doch sollte es erfolgreich ausfallen, so das Versprechen, würde es im Jahr darauf größer und besser werden. Sabatier war allgegenwärtig, auf den Flugzetteln, die Louis-Anatole als Andenken an ihren Ausflug in seinen kleinen Händen sammelte, und auf den Plakaten, mit denen die Hauswände beklebt waren.

Als das Tageslicht allmählich schwand, versammelten sich mehr und mehr Menschen am rechten Ufer der Aude, im Quartier Trivalle, und starrten zu den restaurierten Brustwehren der Cité hinauf. Kinder, Gärtner und Dienstmädchen aus den großen Häusern,

Verkäuferinnen und Stiefelputzer, alle eilten zur Kirche Saint-Gimer, wo Léonie damals mit Victor Constant Schutz gesucht hatte. Sie wollte nicht daran denken.

Am linken Ufer drängten sich die Menschen dicht an dicht vor dem Hôpital des Malades. Kinder balancierten auf der Mauer neben der Chapelle de Saint-Vincent-de-Paul. In der Bastide strömten sie an der Porte des Jacobins und am gesamten Flussufer zusammen. Keiner wusste, was sie zu erwarten hatten.

»Rauf mit dir, *pichon*«, sagte Pascal und setzte sich den Jungen mit Schwung auf die Schultern.

Léonie, Pascal und Louis-Anatole fanden einen Platz auf der Pont Vieux und quetschten sich in eine der spitzen *becs* – der Nischen –, die über das Wasser ragten. Léonie flüsterte Louis-Anatole ins Ohr, als vertraute sie ihm ein großes Geheimnis an, dass angeblich selbst der Bischof von Carcassonne aus seinem Palast gekommen sei, um diese große Feier der Republik mit eigenen Augen mitzuerleben.

Als es richtig dunkel wurde, kamen die Leute vom Essen aus den umliegenden Restaurants und ließen die Menschenmassen auf der alten Brücke weiter anschwellen. Es wurde drückend eng. Léonie sah zu ihrem Neffen hoch, voller Sorge, weil er es nicht gewohnt war, so spät noch draußen zu sein, und weil der Lärm und der Schießpulvergeruch ihn verstören könnten. Zu ihrer Erleichterung jedoch bemerkte sie denselben wachen und konzentrierten Ausdruck auf Louis-Anatoles Gesicht, wie sie ihn früher auf Achilles Gesicht gesehen hatte, wenn er an seinem Klavier saß und komponierte.

Mit einem Lächeln stellte Léonie fest, dass sie mehr und mehr in der Lage war, sich an ihren Erinnerungen zu erfreuen, ohne von Trauer übermannt zu werden.

In dem Augenblick begann das *embrassement de la Cité*. Die mittelalterlichen Mauern wurden in ein wütendes Tosen aus orangegelben und roten Flammen, Funken und vielfarbigem Rauch gehüllt. Raketen jagten hinauf in den Nachthimmel und explodierten.

Wolken aus beißendem Qualm wälzten sich den Berg hinunter und über den Fluss und brannten den Zuschauern in den Augen, doch das prächtige Schauspiel entschädigte sie überreich für diese Unannehmlichkeit. Der nachtblaue Himmel färbte sich lila und glitzerte bald darauf grün und weiß und rot, während die Zitadelle in Flammen und Tosen und strahlendes Licht gehüllt wurde.
Léonie spürte Louis-Anatoles kleine heiße Hand auf ihre Schulter gleiten. Sie bedeckte sie mit ihrer eigenen. Vielleicht war das hier ein Neuanfang? Vielleicht würde der Kummer, der ihr Leben nun schon so lange, zu lange beherrschte, endlich seinen Klammergriff lösen und ihr Gedanken an eine hellere Zukunft erlauben.
»*A l'avenir*«, sagte sie halblaut, in Erinnerung an Anatole.
Sein Sohn hörte sie. »*A l'avenir*, Tante Léonie«, erwiderte er. Er überlegte kurz und fragte dann: »Wenn ich brav bin, können wir dann nächstes Jahr wieder herkommen?«

Als das Feuerwerk zu Ende war und die Menge sich zerstreute, trug Pascal den schläfrigen Jungen zurück zum Gasthaus.
Léonie brachte ihn ins Bett. Mit dem Versprechen, bald wieder so etwas Schönes zu unternehmen, gab sie ihm einen Gutenachtkuss und ging aus dem Zimmer, in dem sie wie immer eine Kerze brennen ließ, um die Gespenster und bösen Geister und Ungeheuer der Nacht fernzuhalten. Sie war hundemüde, erschöpft von den Aufregungen des Tages und von ihren Empfindungen. Gedanken an ihren Bruder – und ihre Schuldgefühle, weil sie daran beteiligt gewesen war, Victor Constant zu ihm zu führen – hatten den ganzen Tag an ihr genagt.
Weil sie sichergehen wollte, dass sie auch wirklich schlafen konnte, mischte sich Léonie einen Schlummertrunk, sah zu, wie das weiße Pulver sich in einem Glas warmem Cognac auflöste. Sie leerte es Schluck für Schluck, schlüpfte dann unter die Decke und sank in einen tiefen und traumlosen Schlaf.

Eine diesige Dämmerung kroch über das Wasser der Aude, als das blasse Morgenlicht der Welt wieder Gestalt gab.

Die Flussufer, die Bürgersteige und das Kopfsteinpflaster der Bastide waren mit Handzetteln und Papier übersät. Die abgebrochene Spitze eines Gehstocks aus Buchsbaumholz, ein paar Notenblätter, über die zahllose Füße getrampelt waren, eine herrenlose Mütze. Und überall die Werbezettel von Monsieur Sabatier.

Das Wasser der Aude war spiegelglatt und bewegte sich kaum in der morgendlichen Stille.

Der alte Bootsmann Baptistin Cros – den in Carcassonne alle nur Tistou nannten – steuerte seinen schweren Flachkahn über den ruhigen Fluss in Richtung Barrage du Païchérou, das Stauwehr. So weit flussaufwärts waren kaum noch Spuren des Festes zum Nationalfeiertag zu sehen. Keine leeren Hülsen, keine Luftschlangen oder Werbezettel, und es hing kein Geruch nach Schießpulver oder versengtem Papier mehr in der Luft. Sein ruhiger Blick glitt über den rötlichen Lichtschein, der im Norden über der Montagne Noire schimmerte, während der Himmel von Schwarz in Blau und schließlich in morgendliches Weiß überging.

Tistous Stakstange verfing sich an irgendetwas im Wasser. Er drehte sich um, wobei er mit geübter Leichtigkeit das Gleichgewicht hielt, und sah nach, was es sein mochte.

Es war eine Leiche.

Langsam wendete der alte Flussschiffer seinen Kahn. Das Wasser leckte bis dicht unter den Holzrand des Bootes, schwappte aber nicht über. Er verharrte einen Moment. Die Drähte über seinem Kopf, die eine Seite des Flusses mit der anderen verbanden, schienen in der weichen Morgenluft zu singen, obwohl kein Lüftchen wehte.

Tistou hielt den Kahn an, indem er die Stakstange tief in den schlammigen Flussgrund rammte, dann kniete er sich hin und spähte ins Wasser. Unter der grünen Oberfläche konnte er verschwommen die Umrisse eines Frauenkörpers erkennen. Sie trieb auf der Seite, mit dem Gesicht nach unten. Tistou war froh. Die glasigen toten Augen von Ertrunkenen waren ebenso schwer zu vergessen wie die blaugeränderten Lippen und der verwunderte Ausdruck, der in die talggelbe Haut eingeätzt war. Noch nicht lan-

ge im Wasser, dachte Tistou. Ihr Körper hatte noch keine Zeit gehabt, sich zu verändern.
Die Frau sah seltsam friedlich aus, und ihr langes blondes Haar wehte im Wasser hin und her, hin und her, wie Seegras. Tistous schwerfällige Gedanken waren ganz gebannt von dieser Bewegung. Ihr Rücken war gebogen; Arme und Beine hingen anmutig herab bis unter die Röcke, als wäre sie irgendwie mit dem Flussbett verhaftet.
Schon wieder ein Selbstmord, dachte er.
Tistou spannte die Beine an und beugte sich vor, stemmte die Knie gegen die Ducht. Er griff über die Bordwand und packte das graue Morgenkleid der Frau. Der Stoff war nass und vom Fluss verschlammt, doch Tistou spürte die gute Qualität. Er zog. Der Kahn geriet gefährlich in Schräglage, aber der alte Schiffer hatte Erfahrung damit und wusste, wo der Schwerpunkt lag. Er holte tief Luft, fasste den Kragen des Frauenkleides, um besser zupacken zu können, und zog dann erneut.
»*Un, deux, trois, allez*«, sagte er laut, und der Körper glitt über die Seitenwand und schlug klatschend wie ein Fisch im Netz auf den feuchten Boden des Kahns.
Tistou wischte sich mit seinem Taschentuch über die Stirn und rückte die Mütze, ohne die man ihn niemals sah, hinten auf dem Schädel zurecht. Ohne nachzudenken, wanderte seine Hand zur Brust, und er bekreuzigte sich. Es war ein Reflex, kein Glaubensakt.
Er drehte die Leiche auf den Rücken. Eine Frau, nicht mehr ganz in der Blüte der Jugend, aber noch immer schön. Ihre grauen Augen waren geöffnet, und ihr Haar hatte sich im Wasser gelöst. Eine Dame aus besseren Kreisen, keine Frage. Ihre weißen Hände sahen zart aus, nicht wie die einer Frau, die ihren Lebensunterhalt verdienen musste.
Tistou war der Sohn eines Stoffhändlers und einer Näherin, daher wusste er, was gute ägyptische Baumwolle war. Er fand das eingenähte Zeichen des Schneiders – aus Paris – noch immer lesbar im Kragen. Sie trug ein silbernes Medaillon um den Hals, massiv,

nicht bloß versilbert, und darin waren zwei Miniaturen, die eine das Bildnis von der Dame selbst, die andere das von einem jungen, dunkelhaarigen Mann. Tistou ließ es, wo es war. Er war ein ehrlicher Mann – keiner von diesen Aasgeiern, die an den Wehren mitten in der Stadt arbeiteten und Wasserleichen immer erst filzten, bevor sie sie der Obrigkeit übergaben –, aber er wusste gerne, wer die Menschen waren, die er dem Wasser wieder abgerungen hatte.

Isolde wurde rasch identifiziert. Léonie hatte sie bei Tagesanbruch als vermisst gemeldet, gleich nachdem Marieta aufgewacht war und festgestellt hatte, dass ihre Herrin verschwunden war.

Sie waren gezwungen, ein paar Tage in der Stadt zu bleiben, bis alle Formalitäten erledigt und die notwendigen Papiere unterzeichnet waren, aber es gab keinen Zweifel am Urteil des Magistrats: Selbstmord im Zustand geistiger Verwirrung.

Es war ein trüber, bewölkter und stiller Julitag, als Léonie Isolde zum letzten Mal zurück auf die Domaine de la Cade brachte. Da sie die Todsünde begangen hatte, ihrem Leben selbst ein Ende zu setzen, erlaubte die Kirche nicht, Isolde in geweihter Erde zu begraben. Außerdem war für Léonie die Vorstellung unerträglich, sie in der Familiengruft der Lascombes zu bestatten.

Stattdessen bat sie Curé Gélis aus Coustaussa, dem Dorf mit der Burgruine auf halber Strecke zwischen Couiza und Rennes-les-Bains, eine private Gedenkfeier auf dem Boden der Domaine de la Cade abzuhalten. Sie hätte eigentlich lieber Abbé Saunière angesprochen, aber unter den gegebenen Umständen – er war noch immer Zielscheibe scharfer Kritik – hielt sie es für unklug, ihn in einen weiteren Skandal zu verwickeln.

In der Abenddämmerung des 20. Juli 1897 bestatteten sie Isolde neben Anatole auf dem friedlichen Fleckchen Erde der Landzunge, die sich über den See erhob. Auf einem neuen schlichten Grabstein, der flach in den grasbewachsenen Boden eingelassen wurde, waren ihre Namen und Lebensdaten verewigt.

Während Léonie den gemurmelten Gebeten lauschte und fest

Louis-Anatoles Hand hielt, dachte sie daran zurück, wie sie Isolde sechs Jahre zuvor in Paris schon einmal auf einem Friedhof die letzte Ehre erwiesen hatte. Die Erinnerung überfiel sie so unvermittelt und heftig, dass ihr der Atem stockte: wie sie selbst in dem alten Salon in der Rue de Berlin mit gefalteten Händen an einem geschlossenen Sarg stand, während ein vergessenes Palmenblatt in der Glasschale auf der Anrichte trieb. Das süßliche Aroma von Ritual und Tod, das in jeden Winkel der Wohnung gedrungen war, Weihrauchduft und Kerzen, um den widerwärtigen Leichengeruch zu überdecken. Nur dass es gar keine Leiche gegeben hatte. Und ein Stock tiefer Achille, der ohne Unterlass sein Klavier bearbeitete, schwarze und weiße Noten, die durch die Bodendielen nach oben drangen, bis Léonie meinte, sein Geklimper würde sie in den Wahnsinn treiben.

Als sie jetzt den dumpfen Aufprall der Erde auf dem Holzdeckel des Sarges hörte, war ihr einziger Trost, dass Anatole dieser Tag erspart geblieben war.

Als ob er ihre Stimmung spüren könnte, griff Louis-Anatole nach oben und schob seinen kleinen Arm um ihre Taille.

»Keine Sorge, Tante Léonie. Ich pass auf dich auf.«

Kapitel 91

∞

Der Privatsalon im ersten Stock eines Hotels auf der spanischen Seite der Pyrenäen war mit dem beißenden Qualm türkischer Zigaretten erfüllt, die der derzeitige Gast seit seiner Ankunft vor einigen Wochen rauchte.

Es war ein warmer Augusttag, doch er war mit einem dicken grauen Mantel und weichen Kalbslederhandschuhen fast winterlich gekleidet. Sein Körper war ausgezehrt, und das unaufhörliche leichte Wackeln seines Kopfes wirkte, als verneinte er eine Frage, die sonst niemand hören konnte. Mit zitternder Hand führte er ein Glas dunkles Bier an den Mund. Er trank behutsam durch Lippen, die in den Mundwinkeln mit schorfigen Eiterbläschen bedeckt waren. Doch trotz seiner verhärmten Erscheinung lag ein herrischer Blick in seinen Augen, der die Seelen der Betrachteten durchbohrte wie ein scharfes Stilett.

Er hielt sein Glas hoch.

Sein Diener trat mit einer Flasche Starkbier vor und füllte das Glas seines Herrn. Für einen Moment gaben sie ein groteskes Bild ab, der entstellte Kranke und sein grauhaariger Diener, dessen Kopfhaut mit Blasen überzogen und blutig gekratzt war.

»Was gibt es für Neuigkeiten?«

»Man sagt, sie ist ertrunken. Ins Wasser gegangen«, erwiderte der Diener.

»Und die andere?«

»Kümmert sich um das Kind.«

Constant antwortete nicht. Die Jahre des Exils und das unerbittliche Fortschreiten der Krankheit hatten ihn geschwächt. Sein Körper war hinfällig geworden. Er konnte nicht mehr gut gehen. Aber das alles schien seinen Verstand nur noch weiter geschärft zu haben. Vor sechs Jahren war er gezwungen gewesen, schneller zu handeln, als ihm lieb war. Dadurch war ihm das Vergnügen geraubt worden, seine Rache zu genießen. Sein Vorhaben, die Schwester zu vernichten, hätte nur Sinn gehabt, wenn er Vernier damit hätte quälen können, daher bedeutete es ihm wenig. Doch der rasche und schmerzlose Tod, den er Vernier bereitet hatte, enttäuschte ihn bis heute, und nun sah es so aus, als wäre er auch noch um Isolde betrogen worden.

Aufgrund seiner überstürzten Flucht über die Grenze nach Spanien hatte Constant erst rund zwölf Monate nach den Ereignissen des 31. Oktober 1891 erfahren, dass die Hure nicht nur seine Kugel überlebt, sondern auch noch einen Sohn geboren hatte. Wieder war sie ihm entkommen, und das ließ ihm keine Ruhe.

Nur der brennende Wunsch, seine Rache zu vollenden, hatte ihn die letzten sechs Jahre geduldig warten lassen. Die Versuche, sein Vermögen zu beschlagnahmen, hätten ihn fast ruiniert. Seinen Anwälten war es nur unter Aufbietung all ihrer Tricks und Kniffe gelungen, seinen Reichtum zu bewahren und seinen Aufenthaltsort geheim zu halten.

Constant war gezwungen gewesen, vorsichtig und besonnen zu handeln, im Exil jenseits der Grenze zu bleiben, bis Gras über die Sache gewachsen war. Dann endlich, im letzten Winter, war Inspektor Thouron befördert und mit der Aufgabe betraut worden, die Ermittlungen im Fall des verurteilten Armeeoffiziers Dreyfus wiederaufzunehmen, der die Pariser Polizei so beschäftigte. Noch wichtiger für Constants verzehrendes Verlangen, sich an Isolde zu rächen, war die Nachricht, dass Inspektor Bouchou von der Gendarmerie in Carcassonne vier Wochen zuvor in den Ruhestand gegangen war.

Endlich war für Constant der Weg frei, in aller Heimlichkeit nach Frankreich zurückzukehren.

Im Frühjahr hatte er seinen Diener vorausgeschickt, um die nötige

Vorarbeit zu leisten. Es war leicht gewesen, mit anonymen Briefen an Stadtverwaltung und kirchliche Würdenträger eine Verleumdungskampagne gegen Abbé Saunière zu entfachen, den Geistlichen, der besonders eng mit der Domaine de la Cade und den Geschehnissen verbunden war, von denen Constant wusste, dass sie sich zu Jules Lascombes Zeit ereignet hatten. Constant hatte die Gerüchte von einem Teufel gehört, einem Dämon, der in der Vergangenheit losgelassen worden war und das Land heimgesucht hatte.

Seine gedungenen Helfer hatten die neuen Gerüchte von einer Bestie verbreitet, die durch die Bergtäler streifte und Vieh riss. Sein Diener reiste von Dorf zu Dorf, stachelte die Menschen auf und erzählte ihnen, in der Grabkapelle auf dem Gelände der Domaine de la Cade würden erneut okkultistische Dinge geschehen. Er begann bei den Gefährdeten und Schutzlosen, den barfüßigen Bettlern, die im Freien schliefen oder unter den Karren der Fuhrleute Schutz suchten, bei den Winterhirten in ihrer Abgeschiedenheit auf den Bergen, bei denjenigen, die im Gefolge der Assisengerichte von Ort zu Ort zogen. Er träufelte Constants Gift in die Ohren der Stoffhändler und Glaser, der Stiefelputzer aus den feinen Häusern, der Aufwartefrauen und Küchenmägde.

Die Dörfler waren abergläubisch und leicht zu täuschen. Brauchtum, Mythen und die Geschichte schienen seine Lügen zu bestätigen. Hier und da eine getuschelte Bemerkung, dass die Kratzspuren nicht von Tierklauen stammten. Dass des Nachts seltsames Heulen zu hören war, ein fauliger Gestank zu riechen. Alles Hinweise darauf, dass irgendein übernatürlicher Dämon gekommen war, um Vergeltung für die widernatürlichen Umstände auf der Domaine de la Cade zu üben – eine Tante, die sich mit dem Neffen ihres Mannes verehelicht hatte.

Und jetzt waren alle drei tot.

Mit unsichtbaren Fäden spann er sein Netz um die Domaine de la Cade.

Und wenn so manche Vorfälle auch gar nicht auf das Konto seines Dieners gingen, so schrieb Constant sie der üblichen Jammerei

über die Angriffslust der Bergkatzen oder Wölfe zu, die sich auf den höhergelegenen Weiden und Gipfeln ihre Beute suchten.
Jetzt, nach Bouchous Pensionierung, war es an der Zeit, zu handeln. Er hatte schon zu lange gewartet, und deshalb hatte er seine Chance verspielt, Isolde angemessen zu bestrafen. Außerdem ging es mit ihm zu Ende, trotz der zahllosen Arzneien und Behandlungen, trotz Quecksilber, Wasserkur und Laudanum. Constant wusste, dass ihm nicht mehr viel Zeit blieb, bis auch sein Gehirn befallen werden würde. Er erkannte die Anzeichen, konnte sich inzwischen ebenso gut diagnostizieren wie all diese Quacksalber. Das Einzige, was er jetzt noch fürchtete, war das kurze letzte Aufflammen der Klarsicht, ehe die Schatten sich endgültig über ihn herabsenkten.
Constant hatte vor, Anfang September die Grenze zu überqueren und nach Rennes-les-Bains zurückzukehren. Vernier war tot. Isolde war tot. Aber da war immer noch der Junge.
Aus seiner Westentasche zog er die Uhr, die er Vernier vor fast sechs Jahren in der Passage des Panoramas hatte abnehmen lassen. Während die spanischen Schatten länger wurden, drehte und wendete er sie in seinen syphilitischen Händen und dachte an Isolde.

Kapitel 92

∞

Am 20. September, dem Jahrestag des Mordes an Marguerite Vernier, wurde wieder ein Kind vermisst. Das erste seit über einem Monat. Das Mädchen war zuletzt flussabwärts von Sougraigne am Ufer gesehen worden, gefunden wurde es dann unweit der Fontaine des Amoureux, das Gesicht grässlich von Klauen entstellt, klaffende rote Rissspuren in Wangen und Stirn. Anders als die vergessenen Kinder, die Mittellosen, war die Kleine das geliebte Kind einer Großfamilie mit Verwandten in vielen Dörfern entlang der Aude und der Sals.

Zwei Tage später verschwanden zwei Jungen aus dem Wald am Lac de Barrenc, dem Bergsee, in dem angeblich der Teufel hauste. Ihre Leichname wurden eine Woche später entdeckt, doch da sie schon stark verwest waren, konnte erst bei einer genaueren Untersuchung festgestellt werden, dass auch sie von irgendeinem Tier angefallen und zerfetzt worden waren.

Léonie versuchte, nicht auf die Übereinstimmung der Daten zu achten. Obwohl kaum Hoffnung bestand, die Kinder unversehrt wiederzufinden, bot sie an, sämtliche Bediensteten der Domaine de la Cade für die Suche zur Verfügung zu stellen. Die Hilfe wurde abgelehnt. Louis-Anatole zuliebe blieb sie äußerlich ruhig, doch allmählich fand sie sich mit dem Gedanken ab, dass sie die Domaine de la Cade würden verlassen müssen, bis der Sturm sich gelegt hatte.

Maître Fromilhague und Madame Bousquet beteuerten, all diese Vorfälle seien doch ganz offensichtlich das Werk wilder Hunde oder Wölfe, die aus den Bergen herabgekommen waren. Solange es hell war, konnte auch Léonie die Gerüchte von einem Dämon oder einem übernatürlichen Wesen aus ihren Gedanken verdrängen. Doch sobald es dämmerte, dachte sie voller Unruhe an die Geschichte der Grabkapelle und an die Tarotkarten, die in der Erde der Domaine de la Cade ruhten.

Die Stimmung in der Stadt wurde zunehmend bedrohlich und richtete sich immer stärker gegen sie. Die Domaine wurde Ziel mutwilliger Zerstörungen.

Als Léonie eines Nachmittags von einem Spaziergang im Wald zurückkehrte, sah sie einige Dienstboten vor der Tür zu einem der Nebengebäude stehen.

Neugierig beschleunigte sie ihren Schritt.

»Was ist denn?«, fragte sie.

Pascal wirbelte herum, Entsetzen in den Augen, und versperrte ihr mit seiner breiten, wuchtigen Gestalt die Sicht.

»Nichts, Madama.«

Léonie schaute in sein Gesicht, sah dann den Gärtner und seinen Sohn Emile an. Sie trat einen Schritt näher.

»Pascal?«

»Bitte, Madama, das ist kein Anblick für Sie.«

Léonie sah ihn durchdringend an. »Unsinn«, sagte sie leichthin. »Ich bin kein Kind mehr. Was auch immer du da versteckst, so schlimm kann es doch wohl nicht sein.«

Noch immer rührte Pascal sich nicht vom Fleck. Hin- und hergerissen zwischen Neugier und Gereiztheit ob seiner übertriebenen Fürsorge, berührte Léonie ihn mit ihren behandschuhten Fingern am Arm.

»Wenn ich bitten darf.«

Alle Augen ruhten auf Pascal, der noch einen Moment standhaft blieb und dann langsam beiseitetrat, damit Léonie sehen konnte, was er unbedingt vor ihr verbergen wollte.

Der gehäutete und mehrere Tage alte Kadaver eines Kaninchens war mit einem dicken Nagel an der Tür aufgespießt worden. Ein Fliegenschwarm umschwirrte wütend ein grobes Kreuz, das mit

Blut auf das Holz geschmiert worden war. Darunter stand mit Teer geschrieben: PAR CE SIGNE TU LE VAINCRAS.

Léonie riss die Hände vor den Mund, von dem Gestank und der Abscheulichkeit des Anblicks wurde ihr übel. Dennoch wahrte sie die Fassung. »Pascal, lass das entfernen«, sagte sie. »Und ich wäre euch dankbar, wenn ihr kein Wort darüber verlieren würdet.« Sie sah ihre Leute an, die um sie herumstanden und in deren abergläubischen Augen sie ihre eigene Furcht gespiegelt sah. »Euch allen.«

Dennoch ließ Léonie sich nicht in ihrem Entschluss beirren. Sie würde sich nicht von der Domaine de la Cade vertreiben lassen, jedenfalls nicht bevor Monsieur Baillard zurückkehrte. Er hatte gesagt, er würde bis zum Sankt-Martins-Tag zurück sein. Sie hatte über sein Häuschen in der Rue de l'Hermite Briefe an ihn gesandt, in letzter Zeit immer häufiger, wusste aber nicht, ob sie ihn auf seinen Reisen erreicht hatten.

Die Lage verschlechterte sich. Ein weiteres Kind verschwand. Am 22. Oktober, ein Datum, in dem Léonie den Jahrestag von Anatoles und Isoldes heimlicher Vermählung erkannte, wurde die Tochter eines Anwalts und seiner Frau, ein hübsches Kind mit weißen Schleifen und Rüschenkleidchen, vom Place du Pérou entführt. Ein Aufschrei der Empörung hallte durch den Ort.

Ein unglücklicher Zufall wollte es, dass Léonie gerade in Rennes-les-Bains war, als die zerfetzte und grausam zugerichtete Leiche des Kindes entdeckt wurde, und zwar auf dem Fauteuil du Diable, dem Teufelssessel, in den Bergen nicht weit von der Domaine de la Cade. Zwischen den blutigen Fingern der Kinderhand steckte ein wilder Wacholderzweig.

Léonie wurde kalt ums Herz, als sie das hörte, denn ihr wurde schlagartig klar, dass diese Botschaft ihr galt. Der Holzkarren kam die Gran'Rue heruntergerumpelt, gefolgt von einem zusammengewürfelten Trauerzug aus Dorfbewohnern. Erwachsene Männer, abgehärtet von der Mühsal ihres alltäglichen Lebens, weinten ungeniert.

Niemand sprach ein Wort. Dann erblickte eine rotgesichtige Frau, deren verbitterter Mund wutverzerrt war, Léonie und zeigte auf sie. Léonie verspürte ein ängstliches Frösteln, als sich die anklagenden Augen der Stadt auf sie richteten.

»Wir sollten gehen, Madama«, flüsterte Marieta und zog sie eilig davon.

Entschlossen, sich ihre Furcht nicht anmerken zu lassen, hielt Léonie den Kopf hoch aufgerichtet, als sie sich abwandte und zu ihrer wartenden Kutsche schritt. Das Murren wurde lauter. Worte wurden gerufen, unflätige hässliche Beleidigungen, die sie trafen wie Schläge.

»*Pas luènh*«, drängte Marieta und nahm ihren Arm.

Zwei Tage später wurde ein in Öl und Gänsefett getränkter brennender Stofffetzen durch ein Fenster in der Bibliothek geworfen, das einen Spalt offen stand. Der Anschlag wurde entdeckt, ehe größerer Schaden entstehen konnte, doch von da an waren alle im Haus noch ängstlicher, noch wachsamer und unglücklicher.

Léonies Freunde und Verbündete in der Stadt – und Pascal und Marieta ebenso – taten ihr Bestes, um die Beschuldigungen, das Anwesen biete einer Bestie Unterschlupf, zu entkräften, doch die Menschen in der Stadt waren von ihrer voreingenommenen Meinung nicht abzubringen. Für sie stand zweifellos fest, dass der alte Teufel der Berge zurückgekehrt sei, um sein Recht zu fordern, so wie schon zu Lebzeiten von Jules Lascombe.

Kein Rauch ohne Feuer.

Léonie wollte sich am liebsten nicht eingestehen, dass Victor Constant bei der nicht enden wollenden Hetze gegen die Domaine de la Cade seine Hand im Spiel hatte, hegte aber tief im Innern keinen Zweifel daran, dass er Vorbereitungen traf, erneut zuzuschlagen. Sie versuchte, die Gendarmerie zu überzeugen, flehte in der Mairie, bat Maître Fromilhague, sich für sie zu verwenden, doch vergeblich. Die Domaine war auf sich allein gestellt.

Nach drei Tagen Regen mussten auf dem Anwesen eine Reihe von Feuern gelöscht werden. Brandstiftung. Der ausgeweidete Kadaver eines Hundes wurde im Schutz der Dunkelheit auf die Vordertreppe gelegt, woraufhin eines der jungen Dienstmädchen in Ohn-

macht fiel. Es trafen anonyme Briefe ein, voller obszöner und eindeutiger Beschreibungen, wie Anatoles und Isoldes inzestuöse Beziehung Schrecken über das Tal gebracht habe.
Léonie stand allein mit ihren Ängsten und Befürchtungen, und sie begriff, dass genau das Constants Trachten war, nämlich in der Stadt einen wütenden Hass gegen sie aufzustacheln. Sie begriff außerdem, obwohl sie es niemals aussprach, nicht einmal, wenn sie in der Dunkelheit der Nacht allein war, dass es niemals enden würde. Denn Victor Constant war wahrhaft besessen. Falls er sich in der Nähe von Rennes-les-Bains befand – und genau das war ihre Befürchtung –, dann hatte er unweigerlich von Isoldes Tod erfahren. Entscheidend war nun, Louis-Anatole in Sicherheit zu bringen. Sie würde mitnehmen, was sie konnte, in der Hoffnung, bald wieder zurückkehren zu können. Die Domaine de la Cade war Louis-Anatoles Zuhause. Sie würde nicht zulassen, dass Constant ihn um sein Geburtsrecht brachte.
Doch der Plan war in Gedanken leichter durchzuführen als in Taten.
In Wahrheit wusste Léonie nämlich nicht, wo sie hinsollten. Die Wohnung in Paris war längst aufgegeben worden, seit General Du Pont die Rechnungen nicht mehr bezahlt hatte. Ihr zurückgezogenes Leben auf der Domaine de la Cade hatte dazu geführt, dass sie, abgesehen von Audric Baillard, Madame Bousquet und Maître Fromilhague, kaum Freunde besaß. Achille war zu weit weg und hatte außerdem genug eigene Sorgen. Und Victor Constant hatte Léonie alle nahen Angehörigen genommen.
Aber ihr blieb keine andere Wahl.
Sie zog nur Pascal und Marieta ins Vertrauen und begann, ihre Abreise vorzubereiten.
Sie war sicher, dass Constant am Vorabend von Allerheiligen zum letzten Schlag gegen sie ausholen würde. Das war der Jahrestag von Anatoles Tod – und da Constant besessen war, was ein solches Datum betraf, würde er sicherlich auch dieses Mal darauf achten. Außerdem war der 31. Oktober 1890, wie Isolde einmal in einem klaren Augenblick erwähnt hatte, der Tag, an dem sie Constant er-

öffnet hatte, dass ihre kurzlebige Affäre ein Ende haben musste. Damit hatte alles angefangen.
Léonie war daher entschlossen, am Veille de Toussaint fort zu sein, falls er tatsächlich an dem Tag käme.

Der Morgen des 31. Oktober war frisch und kühl, und Léonie zog Hut und Mantel an, um sich doch noch einmal auf den Weg zu der Lichtung mit den Wacholderbüschen zu machen. Sie wollte die Tarotkarten nicht dort zurücklassen, auch wenn die Wahrscheinlichkeit äußerst gering war, dass Constant in dem großen Wald zufällig auf sie stoßen würde. Da Monsieur Baillard noch immer fort war, wollte sie sie bis zu ihrer und Louis-Anatoles Rückkehr in die Obhut von Madame Bousquet geben.
Sie wollte gerade durch die Tür auf die Terrasse treten, als Marieta nach ihr rief. Verdutzt ging sie in die Halle zurück.
»Ich bin hier. Was ist denn?«
»Ein Brief, Madama«, sagte Marieta und reichte ihr einen Umschlag.
Léonie runzelte die Stirn. Nach den Ereignissen der letzten Monate reagierte sie auf alles, was irgendwie ungewöhnlich war, mit Argwohn. Sie schaute auf die Handschrift, erkannte sie aber nicht.
»Wer hat den Brief gebracht?«
»Ein Junge, aus Coustaussa.«
Verwundert öffnete Léonie den Umschlag. Das Schreiben kam von dem älteren Pfarrer der Gemeinde, Antoine Gélis, der sie dringend bat, ihn noch am selben Nachmittag aufzusuchen. Da er als ein ziemlicher Einsiedler galt – Léonie war ihm in sechs Jahren nur zweimal begegnet, einmal in Begleitung von Henri Boudet in Rennes-les-Bains aus Anlass von Louis-Anatoles Taufe und einmal auf Isoldes Beerdigung –, konnte sie sich diese Einladung kaum erklären.
»Möchten Sie Antwort schicken, Madama?«, fragte Marieta.
Léonie blickte auf. »Ist der Bote noch da?«
»Ja.«

»Hol ihn bitte her.«

Ein kleiner magerer Junge in nussbrauner Hose, kragenlosem Hemd und rotem Halstuch, seine Mütze verkrampft in den Händen haltend, wurde in die Halle geholt. Er sah aus, als fürchtete er sich zu Tode.

»Du brauchst keine Angst zu haben«, sagte Léonie beruhigend. »Du hast nichts Unrechtes getan. Ich möchte dich nur fragen, ob Curé Gélis dir den Brief selbst übergeben hat.«

Er schüttelte den Kopf.

Léonie lächelte. »Nun, kannst du mir denn vielleicht sagen, wer dir den Brief gegeben hat?«

Marieta schob den Jungen ein Stück vor. »Die Herrin hat dich was gefragt.«

Nach und nach, wobei Marietas scharfzüngige Einwürfe eher hinderlich als dienlich waren, gelang es Léonie, der Sache auf den Grund zu gehen. Alfred, so hieß der Junge, war bei seiner Großmutter in Coustaussa zu Besuch. Er hatte gerade in dem verfallenen *château-fort* gespielt, als ein Mann aus dem Pfarrhaus trat und ihm einen Sou dafür bot, eine dringende Nachricht zur Domaine de la Cade zu bringen.

»Curé Gélis hat eine Nichte, die ihn versorgt, Madama Léonie«, sagte Marieta. »Die Mahlzeiten zubereitet. Ihm die Wäsche macht.«

»War der Mann ein Dienstbote?«

Alfred zuckte die Achseln.

Léonie sah ein, dass aus dem Jungen nicht mehr herauszubringen war, und entließ ihn.

»Werden Sie hinfahren, Madama?«, fragte Marieta.

Léonie dachte nach. Sie hatte vor ihrer Abreise noch allerhand zu erledigen. Andererseits konnte sie sich nicht vorstellen, dass Curé Gélis eine solche Nachricht ohne guten Grund geschickt hätte. Es war eine schwierige Situation.

»Ja, das werde ich«, sagte sie nach kurzem Zögern. »Sag Pascal, er soll sofort das Gig vorfahren.«

Sie verließen die Domaine de la Cade kurz vor halb drei.
Die Luft war schwer vom Geruch der Herbstfeuer. An den Türrahmen der Häuser und Höfe, an denen sie vorbeikamen, hingen Buchsbaum- und Rosmarinzweige. An Straßenkreuzungen waren wie aus dem Nichts kleine Schreine für Allerheiligen entstanden. Papier- und Stofffetzen, mit uralten Gebeten und Beschwörungen beschrieben, lagen als Opfergaben da.
Léonie wusste, dass auf den Friedhöfen von Rennes-les-Bains und Rennes-le-Château, ja von jedem Bergdorf, bereits in schwarzen Crêpe und Schleier gehüllte Witwen auf feuchter Erde vor alten Gräbern knieten und für diejenigen, die sie geliebt hatten, um Erlösung beteten. Umso mehr in diesem Jahr, wo ein solcher Fluch auf dem Land lastete.
Pascal trieb die Pferde unerbittlich an, bis ihnen der Schweiß vom Rücken strömte und die Nüstern sich in der kalten Luft blähten. Trotzdem war es schon fast dunkel, bis die Strecke von Rennes-les-Bains nach Coustaussa hinter ihnen lag und sie die extrem steile Steigung bewältigt hatten, die von der Hauptstraße hinauf ins Dorf führte.
Léonie hörte die Glocken unten im Tal vier Uhr schlagen. Sie ließ Pascal bei der Kutsche und den Pferden und ging allein durch das menschenleere Dorf. Coustaussa war winzig, bloß eine Handvoll Häuser. Keine Bäckerei, kein Café.
Ohne Schwierigkeiten fand sie das Pfarrhaus, das unmittelbar an die Kirche grenzte. Drinnen schien sich nichts zu rühren, und sie sah auch kein Licht brennen.
Mit wachsender Beklommenheit klopfte sie an die schwere Tür. Niemand kam. Niemand öffnete. Sie pochte erneut, diesmal etwas fester.
»Curé Gélis?«
Nach einigen Augenblicken beschloss Léonie, in der Kirche nachzusehen. Sie ging um das dunkle Steingebäude herum auf die Rückseite. Alle Türen, vorne und an den Seiten, waren verriegelt. Eine schwach flackernde Öllampe hing traurig an einem verbogenen Eisenhaken.

Zunehmend ungeduldig eilte Léonie zu dem Haus auf der gegenüberliegenden Straßenseite und klopfte an. Drinnen waren schlurfende Schritte zu hören, dann schob eine alte Frau das Eisengitter zurück, das in eine Luke in der Tür eingelassen war.

»Wer ist da?«

»Guten Abend«, sagte Léonie. »Ich bin mit Curé Gélis verabredet, aber er öffnet nicht.«

Die Hausbesitzerin schwieg, starrte Léonie nur finster und argwöhnisch an. Léonie kramte in ihrer Tasche und holte einen Sou hervor, den die Frau ihr sogleich aus der Hand riss.

»*Ritou* ist nicht da«, sagte sie schließlich.

»*Ritou?*«

»Der Pfarrer. Ist nach Couiza.«

Léonie war fassungslos. »Das kann nicht sein. Ich habe vor nicht einmal zwei Stunden einen Brief von ihm erhalten, in dem er mich bittet, sofort zu ihm zu kommen.«

»Hab ihn weggehen sehen«, sagte die Frau mit sichtlicher Häme. »Hat schon wer nach ihm gefragt.«

Léonie riss die Hand hoch und hinderte die Frau daran, das Gitter zu schließen. Durch den Spalt drang nur noch ein dünner Lichtschein von innen auf die Straße.

»Wer war das?«, fragte sie. »Ein Mann?«

Schweigen. Léonie holte eine zweite Münze hervor.

»Franzose«, sagte die Alte, spie das Wort bewusst so verächtlich aus, dass es wie eine Beleidigung klang.

»Wann war das?«

»Vor Einbruch der Dämmerung. War noch hell.«

Verwirrt nahm Léonie ihre Hand weg, und sofort wurde das Gitter zugeknallt.

Sie wandte sich ab und zog zum Schutz gegen die hereinbrechende Nacht ihren Umhang enger um sich.

Sie konnte nur vermuten, dass Curé Gélis in der Zeit, die der Junge gebraucht hatte, um zu Fuß von Coustaussa zur Domaine de la Cade zu laufen, des Wartens müde geworden war und seinen eigenen Aufbruch nicht länger hatte hinauszögern können. Vielleicht weil er noch eine andere dringende Angelegenheit zu erledigen hatte?

Nach dieser vergeblichen Fahrt wollte Léonie nur noch möglichst rasch nach Hause. Sie zog Papier und Stift aus der Tasche ihres Umhangs und schrieb hastig eine Nachricht, dass sie den Curé zu ihrem Bedauern verpasst habe. Sie schob den Zettel in den kleinen Briefkasten an der Wand des Pfarrhauses und hastete zurück zur Kutsche.

Pascal trieb die Pferde auf der Rückfahrt sogar noch schneller an, doch jede Minute kam ihr vor wie eine Ewigkeit, und als endlich die Lichter der Domaine de la Cade in Sicht kamen, hätte Léonie vor Erleichterung fast aufgeschrien. Auf der gefährlich vereisten Auffahrt verlangsamte Pascal die Kutsche, und Léonie wäre am liebsten hinausgesprungen und vorgelaufen.

Als sie endlich anhielten, sprang sie sogleich mit einem Satz aus dem Gig und stürmte die Eingangstreppe hinauf, gehetzt von der namenlosen, gesichtslosen Angst, dass in ihrer Abwesenheit irgendetwas passiert sein könnte. Sie stieß die Tür auf und eilte in die Halle.

Louis-Anatole kam auf sie zugelaufen. »Er ist da«, schrie er.

Léonie gefror das Blut in den Adern.

Bitte, Gott, nein. Nicht Victor Constant.

Hinter ihr fiel die Tür krachend ins Schloss.

Kapitel 93

∞

»Bonjorn, Madomaisèla«, ertönte eine Stimme aus dem Halbdunkel.

Zuerst wollte Léonie ihren Ohren nicht trauen.

Er trat aus der Dunkelheit, um sie zu begrüßen. »Ich war zu lange fort.«

Sie sprang vor, beide Arme ausgestreckt. »Monsieur Baillard«, rief sie. »Wie schön, herzlich willkommen!«

Er lächelte zu Louis-Anatole hinüber, der neben ihm von einem Bein aufs andere hüpfte.

»Dieser junge Mann hat sich ausgezeichnet um mich gekümmert«, sagte er. »Er hat mich mit seinem Klavierspiel unterhalten.«

Ohne auf eine weitere Aufforderung zu warten, rannte Louis-Anatole über die roten und schwarzen Fliesen, sprang auf die Klavierbank und begann zu spielen.

»Hör dir das an, Tante Léonie«, rief er. »Das hab ich hier in der Bank gefunden. Und ich hab's mir ganz allein beigebracht.«

Eine eindringliche Melodie in a-Moll, leicht und sanft, bei der seine kleinen Hände Mühe hatten, die Akkorde nicht zu zerhacken. Musik, endlich gehört. Gespielt, und so schön gespielt, von Anatoles Sohn.

Grabkapelle 1891.

Léonie merkte, dass ihre Augen voller Tränen waren. Sie spürte Audric Baillards Hand auf ihrer, seine Haut, so trocken. Sie standen da und lauschten, bis der letzte Akkord verklang.

Louis-Anatole ließ die Hände in den Schoß sinken und holte tief

Luft, als lauschte er auf den Nachklang in der Stille, dann wandte er sich um und sah sie mit stolzer Miene an.
»Na bitte«, sagte er. »Ich hab geübt. Für dich, Tante Léonie.«
»Sie haben großes Talent, Sénher«, sagte Monsieur Baillard und klatschte.
Louis-Anatole strahlte vor Freude. »Wenn ich nicht Soldat werden kann, wenn ich mal groß bin, dann fahre ich nach Amerika und werde ein berühmter Pianist.«
»Beides ehrenwerte Berufe«, lachte Baillard. Dann verschwand das Lächeln aus seinem Gesicht. »Nun jedoch, mein tüchtiger junger Freund, müssen deine Tante und ich einige Dinge erörtern. Wenn du uns bitte entschuldigen würdest?«
»Aber ich …«
»Es wird nicht lange dauern, *petit*«, sagte Léonie mit Nachdruck. »Und sobald wir fertig sind, rufen wir dich.«
Louis-Anatole seufzte, dann zuckte er die Achseln, grinste und rannte, nach Marieta rufend, Richtung Küche.
Sobald er fort war, eilten Monsieur Baillard und Léonie in den Salon. Er stellte präzise und umsichtige Fragen, und Léonie schilderte ihm alles, was geschehen war, seit er Rennes-les-Bains im Januar verlassen hatte, das Tragische, das Surreale, das Unerklärliche, und sie sprach von ihrem Verdacht, dass Victor Constant zurückgekehrt sein könnte.
»Ich habe Ihnen doch von unserer Not geschrieben«, sagte sie, wobei ihre Stimme vorwurfsvoller klang, als sie beabsichtigte, »aber ich wusste ja nicht, ob Sie meine Briefe überhaupt erhalten haben.«
»Manche ja, ich vermute, andere sind verlorengegangen«, sagte er düster. »Die tragische Nachricht von Madama Isoldes Tod habe ich erst heute Nachmittag bei meiner Rückkehr erfahren. Ich war tief erschüttert.«
Léonie musterte ihn und sah, wie müde und gebrechlich er wirkte. »Es war eine Erlösung. Sie war schon so lange unglücklich«, sagte sie ruhig und presste die Hände ineinander. »Erzählen Sie mir, wo Sie waren? Ihre Gesellschaft hat mir sehr gefehlt.«

Er legte die Spitzen seiner langen schlanken Finger wie zum Gebet zusammen.
»Wäre es nicht um eine Angelegenheit gegangen, die für mich von großer persönlicher Bedeutung ist«, sagte er leise, »hätte ich Sie nicht allein gelassen. Aber ich hatte die Nachricht erhalten, dass eine Person … eine Person, auf die ich viele viele Jahre gewartet habe, zurückgekehrt sei. Aber …« Er stockte, und in seinem kurzen Schweigen hörte Léonie den rohen Schmerz hinter den schlichten Worten. »Aber sie war es nicht.«
Léonie war für einen Moment abgelenkt. Sie hatte ihn nur einmal zuvor mit solcher Zuneigung sprechen hören, doch damals hatte sie den Eindruck gewonnen, dass die junge Frau, von der er mit so großer Zärtlichkeit sprach, schon einige Jahre tot war.
»Ich glaube, ich verstehe nicht ganz, Monsieur Baillard«, sagte sie behutsam.
»Nein«, bestätigte er leise. Dann nahm sein Gesicht einen entschlossenen Ausdruck an. »Hätte ich es gewusst, hätte ich Rennes-les-Bains nicht verlassen.« Er seufzte. »Aber ich habe meine Reise immerhin dazu genutzt, einen Zufluchtsort für Sie und Louis-Anatole vorzubereiten.«
Léonies grüne Augen weiteten sich vor Erstaunen.
»Aber ich habe diese Entscheidung doch erst vor einer Woche getroffen«, wandte sie ein. »Vor nicht einmal einer Woche. Und Sie waren zehn Monate fort. Wie konnten Sie …«
Er lächelte bedächtig. »Ich hatte schon länger die Befürchtung, es könnte notwendig werden.«
»Aber wie …«
Er hob eine Hand. »Ihr Verdacht ist richtig, Madama Léonie. Victor Constant hält sich tatsächlich in der Nähe der Domaine de la Cade auf.«
Léonie erstarrte. »Falls Sie Beweise haben, müssen wir die Obrigkeit verständigen. Bislang hat man meine Sorgen nicht ernst genommen.«
»Ich habe keine Beweise, nur gesicherte Vermutungen. Doch Constant, da bin ich sicher, ist aus einem bestimmten Grund hier. Sie

müssen noch heute Abend aufbrechen. Mein Haus in den Bergen ist vorbereitet und wartet auf Sie. Ich werde Pascal den Weg beschreiben.« Er hielt inne. »Er und Marieta – die inzwischen seine Frau ist, wie ich glaube – werden Sie doch begleiten?«
Léonie nickte. »Ich habe ihnen meine Absicht anvertraut.«
»Sie können in Los Seres bleiben, solange Sie möchten. Auf jeden Fall, bis Sie gefahrlos zurückkehren können.«
»Danke, ich danke Ihnen.« Mit Tränen in den Augen sah Léonie sich im Zimmer um. »Es fällt mir schwer, dieses Haus zu verlassen«, sagte sie still. »Für meine Mutter und für Isolde war es ein Ort des Unglücks. Doch für mich ist es trotz des Leids, das ich hier erlebt habe, ein Zuhause geworden.«
Sie stockte. »Es gibt noch etwas, was ich Ihnen gestehen muss, Monsieur Baillard.«
Sein Blick wurde schärfer.
»Vor sechs Jahren gab ich Ihnen mein Wort, dass ich nicht zur Grabkapelle zurückkehren würde«, begann sie. »Und ich habe mein Versprechen gehalten. Aber was die Karten betrifft, so muss ich Ihnen sagen, dass ich, nachdem ich Sie an jenem Tag in Rennes-les-Bains besucht habe – vor dem Duell und Anatoles …«
»Ich erinnere mich«, sagte er ruhig.
»Ich bin damals durch den Wald nach Hause gegangen und zufällig auf eine Stelle gestoßen, von der ich glaubte, dort könnten die Tarotkarten versteckt sein. Ich habe nur aus Neugier nachgesehen, ob ich sie tatsächlich gefunden hatte.«
Sie sah Monsieur Baillard an und erwartete, Enttäuschung oder gar Missbilligung auf seinem Gesicht zu sehen. Zu ihrer Verblüffung lächelte er.
»Und es ist Ihnen gelungen.«
Es war eine Feststellung, keine Frage.
»Ja. Aber ich gebe Ihnen mein Wort«, fügte Léonie hastig hinzu, »dass ich mir die Karten nur kurz angesehen und sie dann wieder zurückgelegt habe.« Sie hielt inne. »Aber ich möchte sie nicht hier auf dem Grund und Boden der Domaine de la Cade lassen. Er könnte sie finden, und dann …«

Noch während sie sprach, griff Audric Baillard in die Tasche seines weißen Anzugs. Er holte ein in schwarze Seide eingeschlagenes Päckchen heraus, das ihr vertraut war, und öffnete es. Das Bild von La Force lag obenauf.

»Sie haben sie!«, rief Léonie und trat auf ihn zu. Dann bremste sie sich. »Sie wussten, dass ich dort gewesen bin?«

»Sie waren so freundlich, Ihre Handschuhe als Andenken zu hinterlassen. Wissen Sie noch?«

Léonie errötete bis in die Haarwurzeln.

Er faltete die schwarze Seide zusammen. »Ich bin hingegangen, weil ich genau wie Sie glaube, dass diese Karten nicht in den Besitz eines Mannes wie Victor Constant gelangen sollten. Und …« Er zögerte. »Und weil ich glaube, dass wir sie möglicherweise brauchen werden.«

»Sie haben mich davor gewarnt, die Macht der Karten zu nutzen«, widersprach sie.

»Es sei denn, es bleibt keine andere Wahl«, entgegnete er ruhig. »Ich fürchte, dieser Augenblick ist jetzt gekommen.«

Léonies Herz fing an zu rasen. »Lassen Sie uns aufbrechen, auf der Stelle.« Die schweren Winterunterröcke und die Strümpfe, die auf ihrer Haut kratzten, schienen ihr auf einmal schrecklich unangenehm. Die Perlmuttkämme in ihrem Haar, ein Geschenk von Isolde, schienen sich wie scharfe Zähne in ihre Kopfhaut zu graben. »Gehen wir, jetzt sofort.«

Ohne Vorwarnung überfiel sie die Erinnerung an ihre ersten glücklichen Wochen auf der Domaine de la Cade – sie und Anatole und Isolde –, ehe das Schicksal zugeschlagen hatte. Wie sie nach den hellen Lichtern von Paris in jenem längst vergangenen Herbst von 1891 vor allem die Dunkelheit gefürchtet hatte, undurchdringlich und absolut.

Il était une fois. Es war einmal.

Damals war sie fast noch ein Kind gewesen, arglos, unberührt von Dunkelheit oder Trauer. Tränen ließen ihren Blick verschwimmen, und sie schloss die Augen.

Das Geräusch überstürzter Schritte in der Halle verjagte ihre Erinnerungen. Sie sprang auf und wandte sich genau in dem Moment um, als die Salontür aufflog und Pascal in den Raum gestolpert kam.

»Madama Léonie, Sénher Baillard«, rief er. »Da kommen … Männer. Sie sind schon durchs Tor!«

Léonie lief zum Fenster. Am Horizont sah sie eine Ansammlung brennender Fackeln, die sich gold- und ockerfarben gegen den schwarzen Nachthimmel abhoben.

Dann hörte sie ganz in der Nähe Glas splittern.

Kapitel 94

∞

Louis-Anatole kam ins Zimmer gerannt, riss sich von Marieta los und sprang in Léonies Arme. Er war blass, und seine Unterlippe bebte, aber er versuchte zu lächeln.

»Wer sind die Leute?«, fragte er ängstlich.

Léonie drückte ihn eng an sich. »Das sind böse Männer, *petit*.«

Sie wandte sich wieder dem Fenster zu, legte schützend die Hand an die Scheibe und spähte hinaus. Der Mob war noch ein Stück entfernt, näherte sich aber unaufhaltsam. Jeder der Eindringlinge hielt eine lodernde Fackel in der einen Hand und in der anderen eine Waffe. Es sah aus wie eine Armee kurz vor der Schlacht. Léonie vermutete, dass sie nur noch auf Constants Signal zum Angriff warteten.

»Es sind so viele«, murmelte sie. »Wie hat er nur die ganze Stadt gegen uns aufbringen können?«

»Er hat ihren natürlichen Aberglauben ausgenutzt«, antwortete Baillard. »Ob Republikaner oder Royalisten, sie sind alle mit den Geschichten von dem Dämon aufgewachsen, der das Land heimsucht.«

»Asmodeus.«

»Verschiedene Namen in verschiedenen Zeiten, aber immer dasselbe Gesicht. Und wenn die anständigen Bürger der Stadt tagsüber vorgeben, nicht an solche Geschichten zu glauben, dann raunen ihnen doch des Nachts in der Dunkelheit ihre tieferen, älteren Seelen etwas anderes zu. Sie flüstern von übernatürlichen Wesen, die mit ihren Klauen zuschlagen und die nicht getötet werden können, von düsteren und schrecklichen Orten, wo Spinnen ihre Netze weben.«

Léonie wusste, dass er recht hatte. Eine Erinnerung durchzuckte sie, an die Nacht der Krawalle im Palais Garnier in Paris. Und dann letzte Woche, der Hass auf den Gesichtern der Menschen, die sie in Rennes-les-Bains kannte. Sie wusste, wie schnell, wie leicht eine Menge vom Blutrausch erfasst werden konnte.

»Madama?«, sagte Pascal beschwörend.

Léonie sah die züngelnden Flammen, die in die schwarze Luft leckten und ihren Lichtschein auf die feuchten Blätter der hohen Kastanienbäume warfen, die die Einfahrt säumten. Sie riss den Vorhang zu und trat vom Fenster weg.

»Meinen Bruder und Isolde bis ins Grab zu verfolgen, selbst das scheint nicht genug«, murmelte sie. Sie schaute nach unten auf Louis-Anatoles schwarzgelockten Kopf, der sich an sie schmiegte, und hoffte, dass er sie nicht verstanden hatte.

»Können wir nicht mit ihnen reden?«, fragte der Junge. »Ihnen sagen, dass sie uns nichts tun sollen?«

»Die Zeit zu reden ist vorüber, mein Freund«, entgegnete Baillard. »Es kommt immer der Moment, in dem der Wunsch zu handeln, wie unbegründet auch immer, stärker ist als der Wunsch zuzuhören.«

»Müssen wir jetzt kämpfen?«

Baillard lächelte. »Ein guter Soldat weiß, wann er sich dem Feind stellen und wann er sich zurückziehen muss. Heute Nacht werden wir nicht kämpfen.«

Louis-Anatole nickte.

»Gibt es noch Hoffnung?«, flüsterte Léonie.

»Es gibt immer Hoffnung«, sagte er leise. Dann verhärtete sich seine Miene. Er sah Pascal an. »Ist das Gig bereit?«

Pascal nickte. »Es wartet in der Lichtung bei der Grabkapelle. Das müsste weit genug entfernt sein, um den Augen des Mobs zu entgehen. Ich hoffe, ich kann uns unbemerkt von hier wegbringen.«

»*Ben, ben*. Gut. Wir gehen hinten raus und querfeldein in den Wald. Beten wir, dass ihr erstes Ziel das Haus ist.«

»Was ist mit den Dienstboten?«, fragte Léonie. »Auch sie müssen sich retten.«

Eine tiefe Röte stieg in Pascals breites, ehrliches Gesicht. »Das werden sie nicht«, sagte er. »Sie wollen das Haus verteidigen.«

»Ich möchte nicht, dass unseretwegen jemand zu Schaden kommt, Pascal«, sagte Léonie sofort.

»Ich will es ihnen sagen, Madama, aber ich glaube nicht, dass sie ihren Entschluss ändern werden.«

Léonie sah, dass seine Augen feucht waren.

»Danke«, sagte sie leise.

»Pascal, wir passen auf deine Marieta auf, bis wir zu dir stoßen.«

»*Oc*, Sénher Baillard.«

Er gab seiner Frau noch rasch einen Kuss und verließ den Raum.

Einen Augenblick lang sagte niemand etwas. Dann wurde ihnen wieder die Dringlichkeit der Situation bewusst, und ein Ruck durchzuckte alle.

»Léonie, nehmen Sie nur das Nötigste mit. Marieta, hol Madama Léonies Handkoffer und ihre Pelze. Es wird eine lange und kalte Fahrt.«

»Marieta, mein Koffer ist bereits gepackt, und darin ist eine kleine Mappe mit Bildern, etwa so groß, in meinem Handarbeitskasten.« Léonie umriss mit den Händen die Form eines Büchleins. »Nimm den Handarbeitskasten an dich und gib gut acht darauf. Aber bring mir die Mappe, ja?«

Marieta nickte und eilte hinaus in die Halle.

Léonie wartete, bis sie fort war, dann wandte sie sich wieder Monsieur Baillard zu. »Das hier ist nicht Ihr Kampf, Audric«, sagte sie.

»Sajhë«, sagte er sanft. »Meine Freunde nennen mich Sajhë.«

Sie lächelte, fühlte sich durch sein unerwartetes Vertrauen geehrt. »Nun gut, Sajhë. Vor vielen Jahren haben Sie mir einmal gesagt, nicht die Toten, sondern die Lebenden bedürften meiner Dienste am dringendsten. Erinnern Sie sich?« Sie sah zu dem kleinen Jungen hinunter. »Es geht jetzt nur noch um ihn. Wenn Sie ihn zu sich nehmen, dann werde ich wenigstens wissen, dass ich meine Pflicht erfüllt habe.«

Er lächelte. »Liebe – wahre Liebe – dauert fort, Léonie. Ihr Bruder, Isolde, Ihre Mutter, sie wussten das. Sie haben sie nicht verloren.«
Léonie dachte an die Worte, die Isolde auf der Steinbank zu ihr gesagt hatte, als sie am Tag nach dem ersten großen Diner auf der Domaine de la Cade dort saßen. Sie hatte von ihrer Liebe zu Anatole gesprochen, auch wenn Léonie das damals noch nicht wusste. Eine so starke Liebe, dass Isoldes Leben ohne sie unerträglich geworden war. Sie hätte sich auch für sich selbst eine solche Liebe gewünscht.
»Bitte, geben Sie mir Ihr Wort, dass Sie Louis-Anatole nach Los Seres mitnehmen werden.« Sie stockte. »Außerdem könnte ich es mir nie verzeihen, wenn Ihnen etwas zustoßen würde.«
Er schüttelte den Kopf. »Meine Zeit ist noch nicht gekommen, Léonie. Es gibt noch vieles für mich zu tun, bevor ich diese Reise antreten darf.«
Ihr Blick huschte zu dem vertrauten gelben Tuch, ein seidenes Rechteck aus Farbe, das über den Rand seiner Brusttasche hervorlugte.
Marieta erschien wieder in der Tür, Louis-Anatoles Winterkleidung auf dem Arm.
»Hier«, sagte sie. »Schnell jetzt.«
Der Junge ging gehorsam zu ihr hinüber und ließ sich von ihr ankleiden. Dann stürmte er plötzlich los und rannte hinaus in die Halle.
»Louis-Anatole!«, schrie Léonie ihm nach.
»Ich muss noch was holen«, rief er und kam kurz darauf mit dem Notenblatt in der Hand zurück. »Wo wir hinfahren, brauchen wir doch auch Musik«, sagte er mit einem Blick in die besorgten Gesichter der Erwachsenen. »Wirklich, das brauchen wir!«
Léonie kniete sich vor ihm hin. »Du hast völlig recht, *petit*.«
»Obwohl«, sagte er zögernd. »Ich weiß gar nicht, wo wir hinfahren.«
Vor dem Haus ertönte ein Schrei. Der Aufruf zum Kampf.
Léonie stand rasch auf und spürte die kleine Hand ihres Neffen in ihre gleiten.

Getrieben von Furcht, der Dunkelheit und dem Schrecken all der Dinge, die zu dieser Stunde am Allerheiligenabend vor sich gingen, begannen die mit Feuer, Keulen und Jagdgewehren bewaffneten Männer ihren Angriff auf das Haus.

»Und so beginnt es«, sagte Baillard. »*Courage*, Léonie.«

Ihre Blicke trafen sich. Langsam, als widerstrebte es ihm selbst jetzt noch, übergab er ihr die Tarotkarten.

»Sie erinnern sich an die Schrift Ihres Onkels?«

»Vollkommen.«

Er lächelte schwach. »Obwohl Sie das Buch in die Bibliothek zurückgebracht haben und mich glauben ließen, dass Sie es nie wieder zur Hand genommen haben?«, sagte er mit leichtem Tadel.

Léonie errötete. »Mag sein, dass ich mich das ein oder andere Mal wieder mit seinem Inhalt vertraut gemacht habe.«

»Vielleicht ist das ein glücklicher Umstand. Die Alten sind nicht immer klug.« Er schwieg kurz und sagte dann: »Aber Sie wissen, dass Ihr Schicksal unentrinnbar damit verwoben ist? Falls Sie sich entscheiden, den Karten, die Sie gemalt haben, Leben einzuhauchen, falls Sie den Dämon herbeirufen, dann wird er auch Sie holen, das wissen Sie?«

Angst glitzerte in ihren grünen Augen. »Ich weiß es.«

»Nun denn.«

»Aber ich verstehe nicht, wieso der Dämon Asmodeus nicht auch meinen Onkel geholt hat.«

Baillard zuckte die Achseln. »Böses zieht Böses an«, sagte er. »Ihr Onkel wollte sein Leben nicht verwirken und hat gegen den Dämon gekämpft. Doch er war danach für sein Leben gezeichnet.«

»Aber was, wenn ich nicht …«

»Genug jetzt«, sagte er mit fester Stimme. »Ich glaube, im entscheidenden Moment wird es Ihnen klar werden.«

Léonie nahm das schwarze Seidenpäckchen und schob es tief in die weite Tasche ihres Umhangs, dann ging sie rasch zum Kaminsims und nahm eine Schachtel Streichhölzer, die auf einer Ecke der Marmoreinfassung lag.

Sie drehte sich zu Baillard um, ging auf die Zehenspitzen und küsste ihn auf die Stirn. »Danke, Sajhë«, flüsterte sie. »Für die Karten. Für alles.«

Die Halle war dunkel, als Léonie, Audric Baillard, Louis-Anatole und Marieta aus dem Salon traten.

In jeder Ecke, jeder Nische sah und hörte Léonie hektisches Treiben. Emile, der Sohn des Gärtners, inzwischen ein kräftiger großer Mann, stattete die Hausdiener mit sämtlichen Waffen aus, die er finden konnte. Eine alte Muskete, ein Entermesser aus den Glasvitrinen, Knüppel. Das Hofgesinde war mit Jagdgewehren, Harken, Spaten und Hacken bewaffnet.

Léonie spürte, wie entsetzt Louis-Anatole war, dass die vertrauten Menschen des Alltags plötzlich so verändert aussahen. Er hielt sich krampfhaft an ihrer Hand fest.

Sie blieb stehen und ließ ihre Stimme hell und klar ertönen.

»Ich möchte das Leben von keinem von euch aufs Spiel setzen«, sagte sie. »Ihr seid treu und tapfer – ich weiß, mein verstorbener Bruder und Madama Isolde würden das ebenso sehen, wären sie jetzt Zeugen des Geschehens –, aber diesen Kampf können wir nicht gewinnen.« Sie sah sich in der Halle um, blickte in vertraute und weniger vertraute Gesichter. »Bitte, ich flehe euch an, flieht, solange ihr noch die Chance dazu habt. Geht zurück zu euren Familien und Kindern.«

Niemand rührte sich. Das Glas der gerahmten Schwarz-Weiß-Fotografie, die über dem Flügel hing, schimmerte, und Léonies Blick fiel darauf. Sie zögerte. Die Erinnerung an einen längst vergangenen sonnigen Nachmittag auf dem Place du Pérou: Anatole sitzend, Isolde und sie selbst hinter ihm stehend, alle drei froh, in der Gesellschaft der anderen zu sein. Für einen Moment war sie versucht, die Aufnahme mitzunehmen. Doch die Anweisung, das Gepäck auf das Nötigste zu beschränken, hinderte sie daran. Die Fotografie blieb, wo sie immer gewesen war, als bewachte sie das Haus und seine Bewohner.

Sie sah ein, dass sie nichts mehr tun konnte, und schlüpfte mit Louis-Anatole durch die verglaste Metalltür auf die Terrasse. Baillard und Marieta folgten. Da erklang aus der versammelten Schar hinter ihr eine Stimme:

»Viel Glück, Madama Léonie. Und dir auch, *pichon*. Wir werden hier sein, wenn Sie zurückkommen.«

»*Et à vous aussi*«, antwortete der Kleine mit kindlicher Stimme.

Draußen war es kalt. Der Frost biss ihnen scharf in Wangen und Ohren. Léonie zog die Kapuze über den Kopf. Auf der anderen Seite des Hauses konnten sie den Mob hören, immer noch ein Stück entfernt, doch der Lärm erfüllte sie alle mit Furcht.

»Wo gehen wir denn hin, Tante Léonie?«, flüsterte Louis-Anatole.

Léonie hörte die Angst in seiner Stimme. »Wir gehen durch den Wald zu Pascal, der mit dem Gig auf uns wartet«, erklärte sie.

»Warum wartet er da?«

»Weil wir nicht wollen, dass uns irgendwer sieht oder hört«, sagte sie rasch. »Und dann fahren wir, ohne dass uns jemand bemerkt, zu Monsieur Baillards Haus in den Bergen.«

»Ist das weit?«

»Ja.«

Der Junge schwieg einen Moment. »Wann kommen wir denn wieder?«, fragte er.

Léonie biss sich auf die Lippen. »Stell dir vor, wir würden *cache-cache* spielen. Bloß ein Spiel.« Sie legte die Finger an die Lippen. »Aber jetzt müssen wir uns sputen, Louis-Anatole. Und leise sein, ganz, ganz leise.«

»Und ganz tapfer.«

Léonies Finger schlossen sich um die Tarotkarten in ihrer Tasche. »O ja«, murmelte sie. »Und tapfer.«

Kapitel 95

Mettez le feu!«
Auf Constants Befehl stieß der Mob unten am See Fackeln in die Buchsbaumhecke. Es dauerte nicht lange, und die Hecke fing Feuer, zuerst das Laub, dann die Äste, krachend und funkensprühend wie das Feuerwerk auf den Mauern von La Cité. Die Flammen leckten und loderten und fraßen sich fest.
Dann ertönte die kalte Stimme erneut. »*A l'attaque!*«
Die Männer stürmten über den Rasen, um das Wasser herum, zertrampelten die Beete. Sie sprangen die Stufen zur Terrasse hinauf, stießen die Ziertöpfe um.
Constant hinkte in einigem Abstand hinterdrein, eine Zigarette in der Hand und schwer auf seinen Stock gestützt, als folge er einer Parade auf den Champs-Élysées.
Um vier Uhr am Nachmittag – als er sicher sein konnte, dass Léonie Vernier bereits auf dem Weg nach Coustaussa war – hatte Constant noch ein weiteres grausam getötetes Kind nach Hause bringen lassen, um die Eltern zu quälen. Sein Diener hatte die entstellte Leiche auf einem Ochsenkarren zum Place du Pérou gefahren, wo er schon auf ihn wartete. Es hatte nur wenig Anstrengung gekostet, selbst mit seinen ausgezehrten Kräften, die Aufmerksamkeit der Menge auf sich zu ziehen. Derart grässliche Verletzungen konnten nicht von einem Tier stammen, sondern nur von etwas Unnatürlichem. Von einem Wesen, das auf der Domaine de la Cade versteckt wurde. Einem Teufel, einem Dämon.
Zur selben Zeit war ein Stallbursche von der Domaine in Rennes-

les-Bains gewesen. Die noch kleine Menschenmenge hatte sich den Jungen vorgeknöpft und von ihm wissen wollen, wie das Wesen gebändigt und wo es gehalten werde. Der Arme konnte zwar durch nichts dazu gebracht werden, diese absurden Zaubergeschichten zu bestätigen, doch das stachelte die Menge nur noch mehr an.

Von Constant selbst war dann der Vorschlag gekommen, sie sollten das Haus anzünden, um der Sache auf den Grund zu gehen. Fast augenblicklich hatte der Gedanke um sich gegriffen und war zu ihrem eigenen geworden. Und nur wenig später ließ Constant sich von ihnen überreden, den Angriff auf die Domaine de la Cade anzuführen.

Constant blieb unten an der Terrasse stehen, von dem Fußmarsch erschöpft. Er sah zu, wie sich der Mob verteilte und zur Seite hin und weiter nach vorne stürmte. Sie liefen die steinerne Terrassentreppe hinauf.

Die gestreifte Markise, die sich über die gesamte Länge der Terrasse erstreckte, ging als Erstes in Flammen auf, nachdem ein Junge am Efeu hochgeklettert war und seine brennende Fackel an einem Ende in die Falten des Stoffes gerammt hatte. Obgleich das Material feucht von der Oktoberluft war, entzündete es sich binnen Sekunden, und die Fackel fiel durch das Brandloch auf die Terrasse. Der Geruch von Öl und Segeltuch und Feuer erfüllte die Nachtluft in einer erstickenden schwarzen Rauchwolke.

Irgendwer schrie über das Chaos hinweg: »*Les diaboliques!*«

Der Anblick der Flammen schien den Zorn der Dörfler noch weiter zu entfachen. Das erste Fenster wurde eingetreten, Glas zersplitterte unter der Stahlkappe eines Stiefels. Eine Scherbe blieb in der dicken Winterhose des Mannes stecken, und er trat sie weg. Weitere Fenster folgten. Ein kostbarer Raum nach dem anderen wurde zur Beute der tobenden Menschen, die ihre Fackeln ins Innere warfen, um die Vorhänge anzuzünden.

Drei andere hoben eine große Steinurne hoch und setzten sie an der Tür als Rammbock ein. Metall verbog sich, und Glas zerbarst, als der Rahmen nachgab. Das Trio ließ die Urne fallen, und der

Mob strömte in die Halle und die Bibliothek. Mit öl- und teergetränkten Lumpen setzten sie die Mahagoniregale in Brand. Ein Buch nach dem anderen ging in Flammen auf, das trockene Papier und die alten Ledereinbände brannten lichterloh. Knisternd und züngelnd hüpften die Flammen von einem Regal zum nächsten.
Die Eindringlinge rissen die Vorhänge herunter. Noch mehr Fensterscheiben zersprangen, von der wachsenden Hitze und verbogenem Metall oder unter der Wucht geworfener Stühle. Mit vor Wut und Neid verzerrten Gesichtern stürzten sie den Tisch um, an dem Léonie gesessen hatte, als sie zum ersten Mal *Les Tarots* las. Unter Aufbietung all ihrer Kräfte rissen sie die Trittleiter aus der Messingschiene an der Wand. Flammen leckten an den Rändern der Teppiche, die gleich darauf aufloderten.
Der Mob stürmte in die Halle mit dem Schachbrettmuster. Constant folgte ihnen langsam mit seinen ungelenken Schritten.
Am Fuße der Treppe trafen die Angreifer auf die Verteidiger des Hauses.
Die Dienstboten waren zahlenmäßig stark unterlegen, aber sie kämpften tapfer. Auch sie hatten unter den Verleumdungen, den Gerüchten, der üblen Nachrede gelitten, und sie verteidigten ihre Ehre ebenso wie den Ruf der Domaine de la Cade.
Der wuchtige Schlag eines jungen Hausdieners streifte einen Mann, der auf ihn zugestürmt kam, am Kopf, Blut quoll hervor, und der überraschte Dorfbewohner taumelte zurück.
Sie alle kannten einander. Waren zusammen aufgewachsen, waren Verwandte, Freunde, Nachbarn, und doch bekämpften sie sich jetzt wie Feinde. Emile wurde durch den heftigen Tritt einer stählernen Stiefelkappe von einem Mann zu Fall gebracht, der ihn einst auf den Schultern zur Schule getragen hatte.
Das Gebrüll schwoll an.
Die Gärtner und Landarbeiter feuerten mit ihren Jagdflinten in die Menge, trafen einen Mann am Arm, einen anderen ins Bein. Blut spritzte aus klaffender Haut, Arme schnellten hoch, um Schläge abzuwehren. Die Überzahl war zu groß, und die Verteidiger wurden überwältigt. Der alte Gärtner fiel zuerst, hörte Knochen in sei-

nem Bein brechen, als ein Fuß darauf stampfte. Emile hielt sich noch etwas länger, bis ihn schließlich zwei Männer packten und ein dritter ihm wieder und wieder die Faust ins Gesicht schlug, bis er zusammenbrach. Männer, mit deren Söhnen Emile einst gespielt hatte. Sie hoben ihn hoch und schleuderten ihn über das Geländer. Für den Bruchteil einer Sekunde schien er in der Luft zu schweben, dann stürzte er kopfüber in die Tiefe und blieb mit unnatürlich verdrehten Armen und Beinen am Fuß der Treppe liegen. Nur ein dünner Blutfaden lief ihm aus dem Mundwinkel, aber seine Augen waren tot.

Marietas Cousin Antoine, ein einfältiger Junge, aber doch klarsichtig genug, um richtig und falsch unterscheiden zu können, sah einen Mann, den er kannte, einen Gürtel in der Hand. Es war der Vater eines der getöteten Kinder. Sein Gesicht war eine Grimasse aus Verbitterung und Trauer.

Ohne richtig zu begreifen, was er tat, und ohne zu überlegen, hechtete Antoine vor, schlang die Arme um den Hals des Mannes und versuchte, ihn zu Boden zu reißen. Antoine war schwer, und er war stark, aber er verstand nichts vom Kämpfen. Sekunden später landete er auf dem Rücken. Er riss die Arme hoch, doch er war zu langsam.

Der Gürtel traf ihn ins Gesicht, und der Metalldorn der Schnalle bohrte sich in sein Auge. Antoines Welt wurde rot.

Constant stand wartend unten an der Treppe, eine Hand erhoben, um sein Gesicht gegen die Hitze und den Rauch zu schützen, während sein Mann quer durch die Halle gelaufen kam, um ihm Meldung zu machen.

»Sie sind nicht da«, keuchte er. »Ich habe alles abgesucht. Anscheinend sind sie vor einer Viertelstunde mit einem alten Mann und der Haushälterin verschwunden.«

»Zu Fuß?«

Er nickte. »Das hier hab ich gefunden, Monsieur. Im Salon.«

Victor Constant streckte seine zittrige Hand aus. Es war eine Tarotkarte, das Bild eines grotesken Teufels, zu dessen Füßen zwei

Liebende angekettet waren. Constant blinzelte, der Rauch trübte seine Sicht. Während er auf die Karte schaute, schien es, als bewege sich der Dämon, als zucke er wie unter einer Last. Die Liebenden ähnelten immer mehr Vernier und Isolde.

Er rieb sich mit seinen behandschuhten Fingern über die brennenden Augen, dann kam ihm ein Gedanke.

»Wenn du Gélis erledigt hast, lass die Tarotkarte bei der Leiche liegen. Das macht alles auf jeden Fall noch verworrener. Ganz Coustaussa weiß, dass die junge Vernier da war.«

Der Diener nickte. »Und Sie, Monsieur?«

»Hilf mir bis zur Kutsche. Ein Kind, eine Frau und ein alter Mann? Die können noch nicht weit sein. Ich glaube sogar, dass sie sich irgendwo hier in der Nähe verstecken. Das Gelände ist unwegsam und dicht bewaldet. Es kommt nur ein Ort in Frage, wo sie sein könnten.«

»Und die da?« Der Diener deutete mit einer ruckartigen Kopfbewegung auf den Mob.

Der Lärm und das Schreien wuchsen zu einem Crescendo an, während der Kampf seinen Höhepunkt erreichte. Bald würde die Plünderung beginnen. Selbst wenn der Junge heute Nacht entkam, er würde nichts mehr haben, wohin er zurückkehren könnte. Er wäre mittellos.

»Lass sie machen«, sagte Constant.

Kapitel 96

∞

Das Gehen gestaltete sich nur noch mühsam, sobald sie im Wald waren. Louis-Anatole war ein kräftiger Junge, und Monsieur Baillard bewegte sich trotz seines Alters mit erstaunlicher Gewandtheit, dennoch kamen sie nur langsam voran. Sie hatten eine Lampe dabei, entzündeten sie jedoch nicht, aus Angst, entdeckt zu werden.

Léonies Füße fanden den Weg zur Grabkapelle, den sie so lange gemieden hatte, wie von allein. Während sie den steilen Hang hinaufstapfte, strich ihr langer schwarzer Umhang durch welkes Herbstlaub, das feucht den Boden bedeckte. Sie dachte an all die Spaziergänge, die sie auf dem Anwesen gemacht hatte – die freie Stelle im Wald mit den wilden Wacholderbüschen, die Lichtung, auf der Anatole gestorben war; das Grab ihres Bruders und Isoldes, Seite an Seite auf der Landzunge am hinteren Seeufer –, und ihr Herz weinte bei dem Gedanken, dass sie vielleicht nichts davon je wiedersehen sollte. So lange hatte sie sich durch ihr eingeschränktes Leben wie eingesperrt gefühlt, doch jetzt, wo die Zeit des Abschieds gekommen war, wollte sie nicht fort. Die Felsen, die Berge, die Wälder, die schattigen Pfade, all das schien so untrennbar mit ihrer Person verbunden zu sein, als ob es ihr unter die Haut genäht worden wäre.

»Sind wir bald da, Tante Léonie?«, fragte Louise-Anatole kläglich, als sie etwa eine Viertelstunde unterwegs waren. »Meine Stiefel drücken.«

»Gleich«, sagte sie und fasste seine Hand fester. »Pass auf, dass du nicht ausrutschst.«

»Weißt du«, sagte er mit einer Stimme, die seine Worte Lügen strafte, »ich habe überhaupt keine Angst vor Spinnen.«
Sie kamen auf die Lichtung und verlangsamten ihren Schritt. Die Allee von Eiben, an die Léonie sich von ihrem ersten Besuch her erinnerte, wirkte nach all der Zeit noch knorriger und das Blätterdach noch undurchlässiger.
Pascal wartete wie vereinbart. Die schwachen Lampen auf beiden Seiten des Gigs flackerten in der kalten Luft, und die Pferde stampften mit den Eisenhufen auf dem harten Boden.
»Wo sind wir, Tante Léonie?«, wollte Louis-Anatole wissen, und seine Neugier verdrängte für einen Moment die Angst. »Sind wir immer noch auf unserem Besitz?«
»Ja. Das ist die alte Grabstätte.«
»Wo Leute beerdigt werden?«
»Manchmal.«
»Wieso sind Papa und M'man nicht hier beerdigt?«
Sie zögerte. »Weil sie lieber draußen sein wollten, unter Bäumen und Blumen. Deshalb liegen sie zusammen am See.«
Louis-Anatole zog die Stirn kraus. »Damit sie die Vögel hören können?«
Léonie lächelte. »Genau.«
»Bist du deshalb noch nie mit mir hier gewesen?«, sagte er und bewegte sich auf die Tür zu. »Weil da drin Geister sind?«
Léonie streckte die Hand aus und hielt ihn fest. »Wir haben keine Zeit, Louis-Anatole.«
Er machte ein trauriges Gesicht. »Darf ich nicht hinein?«
»Jetzt nicht.«
»Gibt es da Spinnen?«
»Vielleicht, aber du hast ja keine Angst vor Spinnen, deshalb würde dir das nichts ausmachen.«
Er nickte, aber er war recht blass geworden. »Wir kommen ein anderes Mal wieder. Wenn es hell ist.«
»Das ist eine ausgezeichnete Idee«, sagte sie.
Sie spürte Monsieur Baillards Hand auf ihrem Arm.
»Wir dürfen keine Zeit mehr verlieren«, sagte Pascal. »Wir müs-

sen möglichst weit weg sein, wenn Constant klar wird, dass wir nicht im Haus sind.« Er bückte sich, hob Louis-Anatole auf und setzte ihn in die Kutsche. »So, *pichon*, hast du Lust auf ein mitternächtliches Abenteuer?«

Louis-Anatole nickte.

»Es ist ein weiter Weg.«

»Weiter als zum Lac de Barrenc?«

»Ja, sogar noch weiter«, antwortete Pascal.

»Das macht mir nichts aus«, sagte Louis-Anatole. »Marieta spielt doch mit mir, oder?«

»Natürlich.«

»Und Tante Léonie wird mir Geschichten erzählen.«

Die Erwachsenen wechselten sorgenvolle Blicke. Wortlos stiegen Monsieur Baillard und Marieta in das Gig, während Pascal sich auf den Kutschbock setzte.

»Komm doch, Tante Léonie«, sagte Louis-Anatole.

Léonie schloss den Verschlag mit einem lauten Klacken. »Passt gut auf ihn auf.«

»Sie müssen das nicht tun«, sagte Baillard hastig. »Constant ist ein kranker Mann. Es ist möglich, dass die Zeit und der natürliche Lauf der Dinge diesen Rachefeldzug beenden, und zwar bald. Wenn Sie warten, könnte das alles von allein enden.«

»Es wäre möglich, ja«, stieß sie heftig hervor. »Aber das Risiko kann ich nicht eingehen. Es könnte noch drei Jahre dauern, fünf, sogar zehn. Louis-Anatole soll nicht unter so einem Schatten aufwachsen, immer in Angst, immer auf der Hut vor der Dunkelheit. In dem Gefühl, dass da draußen jemand ist und darauf lauert, ihm Schaden zuzufügen.«

Eine Erinnerung an Anatole, wie er in ihrer alten Wohnung in der Rue de Berlin am Fenster stand und nach unten auf die Straße starrte.

Eine andere, an Isoldes gehetztes Gesicht, das stets in die Ferne blickte, in den kleinsten Dingen Gefahr witterte.

»Nein«, sagte sie noch entschlossener. »Ich werde dafür sorgen, dass Louis-Anatole nicht so leben muss.« Sie lächelte. »Es muss ein

Ende haben. Jetzt, heute Nacht, hier.« Sie holte tief Luft. »Und Sie selbst glauben das auch, Sajhë.«
Für einen Moment trafen sich ihre Blicke im flackernden Schein der Lampen. Dann nickte er.
»Ich werde die Karten an ihren angestammten Ort zurückbringen«, sagte er leise, »wenn der Junge in Sicherheit ist und mir keine Augen folgen. Sie können sich auf mich verlassen.«
»Tante Léonie?«, sagte Louise-Anatole erneut, diesmal ein wenig ängstlich.
»*Petit*, ich habe hier noch etwas zu erledigen«, sagte sie mit bemüht ruhiger Stimme. »Deshalb kann ich jetzt nicht mit euch kommen. Pascal und Marieta und Monsieur Baillard werden gut auf dich aufpassen.«
Sein kleines Gesicht wurde weinerlich, und er streckte die Arme nach ihr aus, begriff instinktiv, dass dieser Abschied mehr war als nur vorübergehend.
»Nein!«, schrie er. »Ich will nicht fort von dir, Tante Léonie. Ich lass dich nicht allein.«
Er warf sich quer über den Sitz und schlang die Arme um Léonies Hals. Sie küsste ihn und streichelte sein Haar, dann löste sie sich entschlossen von ihm.
»Nein!«, schluchzte der Kleine und wollte sie festhalten.
»Sei lieb zu Marieta«, sagte sie mit bebender Stimme. »Und pass gut auf Monsieur Baillard und Pascal auf.«
Sie trat zurück und schlug mit der Hand auf die Seitenwand der Kutsche. »Fahrt«, schrie sie. »Fahrt los.«
Pascal ließ die Peitsche knallen, und das Gig fuhr mit einem Ruck an. Léonie versuchte, die Ohren gegen Louis-Anatoles Stimme zu verschließen, die tränenerstickt nach ihr rief und immer leiser wurde, je weiter sie sich entfernten.
Als sie das Rattern der Räder auf dem harten, frostigen Boden nicht länger hören konnte, wandte sie sich um und ging zur Tür der alten Steinkapelle. Blind vor Tränen umfasste sie den Eisengriff. Sie zögerte, drehte sich halb nach hinten und schaute über ihre Schulter. In der Ferne leuchtete und flackerte ein heller orange-

roter Schein, erfüllt von Funken und Rauch, der grau in den Nachthimmel quoll.

Das Haus brannte.

Das genügte, um ihren Entschluss zu bestätigen. Sie drehte den Griff, stieß die Tür auf und trat über die Schwelle in die Grabkapelle.

Kapitel 97

∞

Kalte, modrige Luft schlug ihr entgegen.

Léonie wartete, bis sich ihre Augen allmählich an die Dunkelheit gewöhnt hatten. Sie zog eine Streichholzschachtel aus der Tasche, öffnete das Glastürchen der Lampe und hielt die Flamme an den Docht, bis er Feuer fing.

Die blauen Augen von Asmodeus richteten sich auf sie. Léonie trat weiter in den Mittelgang. Die Bilder an den Wänden schienen zu schwingen, zu schwanken und sich auf sie zuzubewegen, während sie langsam auf den Altar zuschritt. Körniger Staub auf den Bodenplatten knirschte in der Stille der Grabstätte laut unter ihren Stiefelsohlen.

Sie wusste nicht, was sie zuerst tun sollte. Die eine Hand schlüpfte zu den Karten in ihrer Tasche. In der anderen hielt sie die Ledermappe mit den gefalteten Blättern, die Gemälde, an denen sie sich versucht hatte – von ihr selbst, von Anatole, von Isolde – und von denen sie sich nicht hatte trennen wollen.

Sie hatte Monsieur Baillard endlich gestanden, dass sie, nachdem sie die Karten mit eigenen Augen gesehen hatte, mehrfach zu dem Buch ihres Onkels zurückgekehrt war und sich den handgeschriebenen Text eingeprägt hatte, bis sie ihn Wort für Wort auswendig konnte. Aber dennoch blieb ein Rest Zweifel an Monsieur Baillards Erklärung, das in den Karten gebannte muntere Leben und die vom Wind getragene Musik könnten zusammenwirken, um die Geister zu beschwören, die diese uralten Orte bewohnten.

War das wirklich möglich?

Wie Léonie es verstanden hatte, waren es nicht die Karten allein, nicht die Musik und auch nicht nur der Ort, sondern das Zusammenspiel dieser drei Dinge innerhalb der Mauern der Grabkirche. Und falls die Mythen tatsächlich der Wahrheit entsprachen, dann, so wusste sie selbst trotz all ihrer Zweifel, würde es keinen Weg zurück geben. Die Geister würden sie holen. Sie hatten es bereits einmal versucht – vergeblich –, doch heute Nacht würde sie sich ihnen willentlich hingeben, falls sie auch Constant holen würden.

Und Louis-Anatole wird in Sicherheit sein.

Plötzlich ließ ein Schaben, ein Kratzen sie zusammenfahren. Sie schaute sich um, suchte nach der Ursache des Geräuschs, und merkte dann mit einem Seufzer der Erleichterung, dass es nur die kahlen Zweige der Bäume draußen waren, die gegen das Fenster schlugen.

Léonie stellte die Lampe auf den Boden, entzündete ein zweites Streichholz, dann noch etliche mehr, und hielt sie an die alten Talgkerzen, die in den eisernen Wandhaltern befestigt waren. Erste Fetttropfen glitten an den starren Dochten herab und wurden auf dem kalten Eisen wieder hart, doch eine Kerze nach der anderen flammte auf, bis schließlich die Grabkapelle in gelbem, zuckendem Licht lag.

Léonie ging weiter, wobei sie das Gefühl hatte, als würden die acht Standbilder in der Apsis jede ihrer Bewegungen beobachten. Sie trat zu der Stelle vor dem Altar, wo Jules Lascombe vor über einer Generation den Namen der Domaine auf den Steinboden geschrieben hatte. C-A-D-E.

Ohne zu wissen, ob sie das Richtige tat oder nicht, nahm sie die Tarotkarten aus der Tasche, wickelte sie aus und legte den ganzen Stapel in die Mitte des Quadrats. Die Worte ihres toten Onkels hallten ihr durch den Kopf. Neben die Karten plazierte sie die Ledermappe, löste die Verschlussbänder, nahm die Gemälde aber nicht heraus.

Durch deren Macht ich in eine andere Dimension gelangen würde.

Léonie hob den Kopf. Ein Moment der Ruhe trat ein. Sie konnte den Wind draußen durch die Bäume rauschen hören. Noch immer stieg der Rauch ruhig von den Kerzen auf, aber sie meinte, schwache Musik zu vernehmen, hauchzarte Noten, ein fast unhörbares helles Pfeifen des Windes, der durch die Äste der Buchen und die Allee von Eiben strich. Und dann drang er ein, schlüpfte unter der Tür hindurch, durch die Ritze zwischen dem Blei und den Glasscheiben der Fenster.

Ein Rauschen lag in der Luft, und ich hatte das Gefühl, nicht mehr allein zu sein.

Léonie lächelte, als ihr die Worte einfielen, die ihr Onkel geschrieben hatte. Sie fürchtete sich nicht mehr, sie war neugierig. Und als sie zu der achteckigen Apsis hinaufblickte, hatte sie für einen flüchtigen Moment den Eindruck, dass sich das Gesicht von La Force bewegte. Ein kaum wahrnehmbares Lächeln zeigte sich auf dem gemalten Gesicht. Und einen kurzen Augenblick lang sah das Mädchen genauso aus wie sie – hatte die Gesichtszüge angenommen, die sie in ihre eigenen Versionen der Tarotbilder hineingemalt hatte. Das gleiche kupferrote Haar, die gleichen grünen Augen, der gleiche offene Blick.

Mein Selbst und andere Formen meines Selbst, vergangene und zukünftige, waren gleichermaßen gegenwärtig.

Nun nahm Léonie um sich herum Bewegung wahr. Geister, oder die Karten, die zum Leben erwacht waren, sie wusste es nicht. Die Liebenden nahmen unter ihren hoffnungsvollen und bereitwilligen Augen eindeutig die geliebten Züge von Anatole und Isolde an. Ganz kurz meinte Léonie, Louis-Anatoles Gesicht in dem Bild von La Justice durchschimmern zu sehen. Der Junge, den sie kannte, umfangen von den Umrissen dieser Frau auf der Karte, die da mit ihrer Waage und einem Notenkranz um den Saum ihres wallenden Kleides saß. Dann sah sie aus den Augenwinkeln und nur für eine Sekunde, wie sich die Gesichtszüge von Audric Baillard – Sajhë – auf das junge Antlitz von Le Pagad legten.

Léonie blieb völlig regungslos stehen, ließ die Musik über sich hinwegrauschen. Es war, als bewegten sich die Gesichter, die Gewänder und Landschaften, als schwankten und flimmerten sie wie

Sterne, als kreisten sie in der silbrigen Luft, auf der Bahn des unsichtbaren Stroms der Musik. Sie verlor jegliches Gefühl ihrer selbst. Ausdehnung, Raum, Zeit, Masse, alles verlor sich in Bedeutungslosigkeit.
Die Vibrationen, das Rascheln in der Luft, die Geister, so vermutete sie, streiften ihre Schultern und ihren Hals, hauchten über ihre Stirn, umringten sie sanft, freundlich, aber ohne sie je zu berühren. Ein lautloses Chaos baute sich auf, eine Kakophonie aus stummem Flüstern und Seufzen.
Léonie streckte die Arme vor sich aus. Sie fühlte sich schwerelos, durchscheinend, als schwebte sie in Wasser, obgleich ihr Kleid sie noch immer rot umhüllte, der Umhang schwarz um die Schultern hing. Sie warteten darauf, dass sie sich zu ihnen gesellte. Sie drehte die ausgestreckten Hände nach oben und sah ganz deutlich das Unendlichkeitssymbol auf der hellen Haut ihrer Handflächen erscheinen. Wie eine liegende Acht.
»Aïci lo tems s'en, va res l'Eternitat.«
Die Worte drangen ihr silbern über die Lippen. Jetzt, nachdem sie so lange gewartet hatte, war ihre Bedeutung unmissverständlich.
Hier, an diesem Ort, schreitet die Zeit hin zur Ewigkeit.
Léonie lächelte, und mit dem Gedanken an Louis-Anatole hinter ihr und an ihre Mutter, ihren Bruder und ihre Tante vor ihr – trat sie ins Licht.

Das Gerumpel über den holprigen Boden hatte ihm große Unannehmlichkeiten bereitet, und einige entzündete Stellen an Händen und Rücken waren dadurch aufgeplatzt. Er spürte den Eiter in die Verbände sickern.
Constant stieg aus der Kutsche.
Er bohrte seinen Gehstock in den Boden. Bis vor kurzem mussten hier zwei Pferde gestanden haben. Die Spuren der Räder deuteten auf eine einzige Kutsche hin und schienen nicht zur Grabkapelle zu führen, sondern sich eher davon zu entfernen.
»Warte hier«, befahl er.
Constant spürte einen eigenartig kräftigen Wind, der zwischen

den engstehenden Stämmen der Eibenallee hindurchpfiff, die zur Tür der Grabstätte führte. Zum Schutz gegen die wirbelnde Luft zog er mit der freien Hand seinen Mantel fester um den Hals. Er schnupperte. Er konnte zwar kaum noch riechen, aber er nahm schwach einen unangenehmen Geruch wahr, eine seltsame Mischung aus Weihrauch und einem üblen Gestank wie von Seetang, der am Strand verfault.

Obwohl seine Augen vor Kälte tränten, sah er, dass im Innern Licht brannte. Der Gedanke, dass der Junge sich dort versteckt haben könnte, trieb ihn voran. Er ging los, ohne auf das Rauschen in der Luft zu achten, beinahe wie Wasser, und auch nicht auf das Pfeifen, wie Wind, der an Telegrafendrähten entlangjagt, oder das Vibrieren, wie von Eisenschienen, wenn ein Zug naht.

Es war fast wie Musik.

Er würde sich nicht ablenken lassen, ganz gleich welche Tricks Léonie Vernier anwenden würde, ob mit Licht oder Rauch oder Geräuschen.

Constant gelangte zu der schweren Tür und drückte die Klinke. Zuerst ließ sie sich nicht bewegen. Er vermutete, dass sie verriegelt oder mit Möbeln verbarrikadiert war. Trotzdem versuchte er es erneut. Diesmal öffnete sie sich unversehens. Constant hätte fast das Gleichgewicht verloren und stolperte in die Grabkapelle hinein.

Es sah sie sofort. Sie stand mit dem Rücken zu ihm vor einem kleinen Altar in einer achteckigen Apsis. Und sie machte keinerlei Anstalten, sich zu verbergen. Von dem Jungen war nichts zu sehen.

Mit vorgerecktem Kinn, die Augen hin und her huschend, ging Constant den Mittelgang entlang, wobei sein Stock auf die Steinplatten schlug und seine Füße ungelenk von einem Schritt in den nächsten fielen. Gleich neben der Tür befand sich ein leerer Sockel mit löchriger Oberfläche, als wäre eine Statue gewaltsam heruntergerissen worden. Auf dem Weg zum Altar sah er Heiligenfiguren aus Gips über den schlichten Reihen leerer Kirchenbänke ringsum an den Wänden stehen.

»Mademoiselle Vernier«, sagte er schneidend, irritiert von ihrer Unaufmerksamkeit.

Noch immer bewegte sie sich nicht. Ja, sie schien seine Anwesenheit gar nicht wahrzunehmen.
Constant blieb stehen und sah nach unten auf den Steinboden vor dem Altar, wo ein Stapel Karten verteilt lag. »Was sollen diese Albernheiten?«, fragte er und trat in das Quadrat.
Jetzt wandte Léonie sich um und sah ihn an. Die Kapuze glitt von ihrem Gesicht. Constant riss seine von der Krankheit gezeichneten Hände hoch, um sich gegen das Licht zu schützen. Das Lächeln erstarb auf seinen Lippen. Er verstand das nicht. Er konnte die Gesichtszüge der jungen Frau sehen, denselben unverwandten Blick, das Haar, das jetzt offen herabfiel wie auf der Fotografie, die er aus der Rue de Berlin gestohlen hatte, aber sie war in etwas anderes verwandelt worden.
Während er dastand, gebannt und geblendet, begann sie sich zu verändern. Die Knochen, die Sehnen, der Schädel unter der Haut, all das schien unter dem Gesicht hervorzutreten.
Constant schrie auf.
Irgendetwas stürzte sich auf ihn, und die Stille, die er nicht als Stille erkannt hatte, zerbrach in einer Kakophonie aus Schreien und Heulen. Er presste die Hände auf die Ohren, damit die Wesen nicht in seinen Kopf drangen, doch seine Finger wurden von Klauen und Krallen weggerissen, ohne eine Spur auf ihm zu hinterlassen.
Es schien, als wären die gemalten Gestalten von der Wand herabgestiegen, jede einzelne verwandelt in eine dunklere Version ihres schöneren Selbst. Fingernägel wurden zu Krallen, Finger zu Klauen, Augen zu Feuer und Eis. Constant senkte den Kopf auf die Brust und ließ seinen Stock fallen, während er die Arme zum Schutz vors Gesicht hob. Er stürzte auf die Knie und schnappte nach Luft, weil sein Herz aus dem Rhythmus geriet. Er versuchte, sich vorwärtszubewegen, hinaus aus dem Quadrat auf dem Boden, doch eine unsichtbare Kraft drängte ihn wie ein mächtiger Wind wieder zurück. Das Heulen, das Vibrieren der Musik wurde lauter. Es schien von außen wie von innen zu kommen, hallte in seinem Kopf wider. Zerriss seinen Verstand.

»Nein!«, schrie er.
Doch die Stimmen wurden stärker und eindringlicher. Verständnislos blickte er suchend zu Léonie. Er konnte sie nicht mehr sehen. Das Licht war zu grell, und die Luft drum herum schimmerte wie weißglühender Rauch.
Dann ertönte hinter ihm oder eher unter der Oberfläche seiner Haut ein anderes Geräusch. Ein Kratzen, als schabten die Klauen eines wilden Tieres an seinen Knochen entlang. Er zuckte und bäumte sich auf, stieß ein qualvolles Brüllen aus und fiel dann in einem Luftstoß zu Boden.
Und plötzlich hockte ein Dämon auf seiner Brust, nach Fisch und Pech stinkend, hager und gekrümmt, mit roter ledriger Haut, einer gehörnten Stirn und seltsamen blauen Augen. Der Dämon, von dem er wusste, dass er nicht existieren konnte. Dass er nicht existierte. Und doch starrte das Gesicht von Asmodeus auf ihn herab.
»Nein!« Sein Mund öffnete sich zu einem letzten heulenden Schrei, ehe der Teufel ihn holte.
Sogleich war die Luft in der Grabkapelle von Stille erfüllt. Das Flüstern und Seufzen der Geister wurde schwächer, bis schließlich kein Laut mehr zu hören war. Die Karten lagen verstreut auf dem Boden. Die Gesichter an den Wänden wurden wieder flach und zweidimensional, doch ihre Mienen und Haltungen hatten sich kaum merklich verändert. Jedes trug jetzt eine unverkennbare Ähnlichkeit mit den Menschen, die auf der Domaine de la Cade gelebt hatten – und dort gestorben waren. Wie Léonies Gemälde.

Draußen auf der Lichtung hatte Constants Diener sich zum Schutz vor dem Wind, dem Rauch und dem Licht hingekauert. Er hatte seinen Herrn schreien hören, einmal, dann noch einmal. Bei dem unmenschlichen Klang war er vor Angst wie erstarrt gewesen.
Erst jetzt, als alles wieder still war und das Licht in der Grabkapelle sich beruhigt hatte, brachte er den Mut auf, sein Versteck zu verlassen. Langsam näherte er sich der schweren Tür und sah, dass sie einen Spalt offen stand. Seine zögernde Hand spürte keinen Widerstand.

»Monsieur?«

Er trat ein. »Monsieur?«, rief er erneut.

Ein Luftzug, wie ein Ausatmen, trieb in einem einzigen, kalten Hauch den Rauch aus der Kapelle, und der Raum bot sich seinem Blick im Licht einer einzigen Lampe dar.

Sofort erblickte er den Körper seines Herrn. Er lag mit dem Gesicht nach unten vor dem Altar auf dem Boden, ein Packen Spielkarten um ihn herum verteilt. Der Diener eilte zu ihm und drehte die magere Gestalt seines Herrn auf den Rücken, dann sprang er zurück. Quer über Constants Gesicht verliefen drei tiefrot klaffende Wunden, wie grausame Verletzungen durch ein wildes Tier.

Wie von Krallen. Wie die Wunden, die er den von ihnen getöteten Kindern zugefügt hatte.

Der Mann bekreuzigte sich unwillkürlich und beugte sich vor, um seinem Herrn die vor Entsetzen weit aufgerissenen Augen zu schließen. Doch seine Hand verharrte in der Luft, als er die rechteckige Karte sah, die auf Constants Brust lag, über dem Herzen. Le Diable.

War sie die ganze Zeit da gewesen?

Verwundert schob der Diener seine Hand in die Tasche, in die er, das hätte er schwören können, die Karte gesteckt hatte, nachdem sein Herr ihn angewiesen hatte, sie zu der Leiche von Curé Gélis in Coustaussa zu legen. Die Tasche war leer.

Hatte er die Karte verloren? Welche andere Erklärung konnte es sonst geben?

Dann ein kurzer Augenblick des Erkennens, bevor der Diener von der Leiche seines Herrn zurücktaumelte, sich umwandte und den Mittelgang hinunterrannte, vorbei an den ausdruckslosen Augen der Heiligenfiguren, hinaus aus der Grabkapelle und weg von dem verzerrten Gesicht auf der Karte.

Unten im Tal läutete die Glocke Mitternacht.

Zwölfter Teil
Die Ruine

Oktober 2007

Kapitel 98

Domaine de la Cade,
Mittwoch, 31. Oktober 2007

»Dr. O'Donnell!«, rief Hal erneut.

Es war zehn nach zwölf. Seit über fünfzehn Minuten wartete er nun schon vor Shelagh O'Donnells Haus. Er hatte vergeblich an die Tür geklopft. Nach einem kurzen Spaziergang war er zurückgekommen und hatte es erneut versucht. Und noch immer nichts.

Hal war sicher, dass es das richtige Haus war – er hatte die Adresse zweimal überprüft –, und er glaubte nicht, dass Dr. O'Donnell ihre Verabredung vergessen hatte. Er versuchte, positiv zu denken, doch das fiel ihm von Minute zu Minute schwerer. Wo steckte sie nur? Heute Morgen war viel Verkehr auf den Straßen, vielleicht war sie aufgehalten worden? Oder vielleicht stand sie unter der Dusche und hatte ihn nicht gehört?

Im schlimmsten Fall – und das erschien ihm jetzt am wahrscheinlichsten – hatte Shelagh O'Donnell es sich anders überlegt und wollte nicht mehr mit ihm zur Polizei kommen. Ihre Abneigung gegen die Obrigkeit war offensichtlich, und Hal konnte sich gut vorstellen, dass sie ihr bisschen Mut verloren hatte, sobald er und Meredith nicht mehr da waren, um ihr gut zuzureden.

Er fuhr sich mit den Fingern durchs Haar, trat einen Schritt zurück und schaute zu den geschlossenen Fensterläden hinauf. Das Haus stand in einer hübschen Straße nahe der Sals, mit Blick auf den Fluss, und war auf einer Seite durch einen Zaun vom Bürgersteig abgeschirmt. Ihm kam die Idee, dass er von hinten vielleicht einen

Blick in den Garten werfen konnte. Er ging bis ans Ende der Häuserreihe und gelangte von dort auf die Rückseite, wo ein Weg an den Gärten entlangführte. Von hinten war schwer zu sagen, welches Haus welches war, aber er orientierte sich an der Farbe des Anstrichs, bis er ziemlich sicher war, das von Shelagh O'Donnell gefunden zu haben.

Im rechten Winkel zur Hecke des Fußwegs verlief ein niedriges Mäuerchen. Hal ging näher heran, um auf die Terrasse zu schauen. Hoffnung keimte in ihm auf. Er meinte, dort jemanden zu sehen.

»Dr. O'Donnell? Ich bin's, Hal Lawrence.«

Keine Antwort.

»Dr. O'Donnell? Es ist Viertel nach zwölf.«

Sie schien mit dem Gesicht nach unten auf der kleinen Terrasse direkt am Haus zu liegen. Es war ein geschütztes Fleckchen, und für Ende Oktober war die Luft noch erstaunlich warm, aber es war kaum Wetter zum Sonnenbaden. Vielleicht las sie ein Buch, das konnte er nicht erkennen. Aber was immer sie auch tat, dachte er verärgert, sie hatte offenbar beschlossen, ihn nicht zu beachten – so zu tun, als wäre er gar nicht da. Seine Sicht wurde von zwei vernachlässigten Pflanzkübeln beeinträchtigt.

»Dr. O'Donnell?«

Das Handy in seiner Tasche vibrierte. Geistesabwesend nahm er es heraus und las die Textnachricht.

»Hab sie gefunden. Jetzt Grabkapelle. xx.«

Hal starrte verständnislos auf das Display, dann sprang sein Gehirn wieder an, und er musste schmunzeln, als ihm der Sinn von Merediths Nachricht klar wurde.

»Wenigstens eine hat einen produktiven Vormittag«, murmelte er und richtete seine Aufmerksamkeit dann wieder auf Shelagh O'Donnell. So schnell würde er nicht aufgeben. Nach der ganzen Mühe, den Kommissar zu überreden, dass er sich heute Mittag Zeit für sie nahm, konnte er nicht zulassen, dass Shelagh sich drückte.

»Dr. O'Donnell!«, rief er noch einmal. »Ich weiß, dass Sie da sind.«

Allmählich fing er an, sich Sorgen zu machen. Selbst wenn sie ihre Meinung geändert hatte, war es doch seltsam, dass sie überhaupt nicht reagierte. Laut genug war er auf alle Fälle gewesen. Er zögerte kurz, dann hievte er sich hoch und kletterte über die Mauer. Ein dicker Knüppel lag auf der Terrasse, halb in die Hecke hineingeschoben. Hal hob ihn auf und sah Flecken am oberen Ende.
Blut, erkannte er.
Er lief über die Terrasse zu der reglos am Boden liegenden Shelagh O'Donnell. Er sah gleich, dass sie am Kopf verletzt war, von mehreren Schlägen. Er tastete nach ihrem Puls. Gott sei Dank, sie lebte noch, aber sie brauchte sofort einen Arzt.
Hal zog sein Handy aus der Tasche und wählte mit zitternden Fingern den Notruf.
»Beeilung«, schrie er, nachdem er die Adresse schon dreimal durchgegeben hatte. »Ja, sie atmet noch! Aber sie braucht schnellstens Hilfe, dringend!«
Hal legte auf. Da es besser war, die Verletzte nicht zu bewegen, stürzte er ins Haus, griff sich eine Decke von der Sofalehne und eilte zurück nach draußen, um sie behutsam über Shelagh zu breiten, damit sie warm blieb. Dann ging er zurück ins Haus und durch die Vordertür hinaus auf die Straße. Er hatte ein schlechtes Gewissen, weil er nicht bei ihr blieb, bis der Krankenwagen kam. Aber er musste zurück zur Domaine de la Cade.
Er hämmerte an die Tür nebenan. Als die Nachbarin aufmachte, berichtete er der verschreckten Frau, was passiert war, und bat sie, bei Dr. O'Donnell zu warten, bis Hilfe eintraf, dann lief er zu seinem Auto, noch bevor sie Gelegenheit hatte, einen Einwand zu erheben.
Er ließ den Motor an und trat das Gaspedal durch. Es gab nur einen Menschen, der das hier zu verantworten hatte. Er musste zurück zur Domaine de la Cade. Er musste Meredith finden.

Julian Lawrence knallte die Autotür zu und stürmte die Vordertreppe hinauf ins Hotel.
Er hätte nicht die Nerven verlieren sollen.

Schweißperlen rannen ihm übers Gesicht und durchnässten seinen Hemdkragen, als er durch die Halle stolperte. Er musste in sein Arbeitszimmer und sich beruhigen. Dann würde er sich überlegen, was zu tun war.

»Monsieur? Monsieur Lawrence?«

Er fuhr herum und sah mit leicht verschwommenem Blick, dass die Empfangsdame ihm winkte.

»Monsieur Lawrence«, setzte Eloise an, hielt dann aber inne. »Ist Ihnen nicht gut?«

»Doch, alles bestens«, zischte er. »Was ist denn?«

Sie zuckte zusammen. »Ihr Neffe hat mich gebeten, Ihnen das zu geben.«

Julian war mit drei Schritten an der Rezeption und riss Eloise das Blatt Papier aus der ausgestreckten Hand. Es war eine Nachricht von Hal, knapp und sachlich, dass er sich um zwei Uhr mit ihm treffen wolle.

Julian knüllte das Blatt in seiner Faust zusammen. »Wann hat er das hier abgegeben?«

»Gegen halb elf, Monsieur, kurz nachdem Sie weggefahren sind.«

»Ist mein Neffe jetzt im Hotel?«

»Ich glaube, er ist kurz vor zwölf nach Rennes-les-Bains gefahren, um die Dame abzuholen, die ihn heute Morgen hier aufgesucht hat. Soweit ich weiß, ist er noch nicht wieder zurück.«

»War die junge Amerikanerin bei ihm?«

»Nein. Sie ist in den Park gegangen«, antwortete sie und schaute zur Terrassentür hinüber.

»Wie lang ist das her?«

»Mindestens eine Stunde, Monsieur.«

»Hat sie gesagt, was sie vorhat? Wo sie hinwill? Haben Sie irgendwas zwischen ihr und meinem Neffen mitbekommen, Eloise? Irgendwas?«

Ihre Augen verrieten, wie sehr sein Verhalten sie beunruhigte, aber sie antwortete gelassen.

»Nein, Monsieur, obwohl …«

»Was?«

»Bevor sie in den Park ging, hat sie gefragt, ob sie sich eine Schaufel ausborgen könnte.«

Julian fuhr auf. »Eine Schaufel?«

Eloise wich erschrocken zurück, als Julian mit beiden Händen auf die Theke schlug, wo sie zwei feuchte Abdrücke hinterließen. Ms. Martin hätte wohl kaum nach einer Schaufel gefragt, wenn sie nicht vorhätte zu graben. Und sie hatte abgewartet, bis sie sicher sein konnte, dass er nicht mehr im Hotel war.

»Die Karten«, murmelte er. »Sie weiß, wo sie sind.«

»Was haben Sie denn, Monsieur?«, fragte Eloise nervös. »Sie …«

Julian antwortet nicht, sondern machte auf dem Absatz kehrt, durchquerte die Halle und stieß die Tür zur Terrasse so heftig auf, dass sie hinten gegen die Wand knallte.

»Was soll ich Ihrem Neffen ausrichten, wenn er zurückkommt?«, rief Eloise ihm nach.

Durch das kleine Fenster hinten in der Rezeption beobachtete sie, wie er mit großen Schritten davoneilte. Nicht hinunter zum See, wie zuvor Madame Martin, sondern in Richtung Wald.

Kapitel 99

Genau vor ihr war eine Allee von Eiben und der Nachhall eines alten Pfades. Er schien nirgendwohin zu führen, doch als Meredith genauer hinschaute, erkannte sie die Umrisse von Grundmauern und ein paar auseinandergebrochene Steine auf dem Boden. Hier hatte einmal ein Bauwerk gestanden.

Hier ist es.

Sie trug die Kiste mit den Tarotkarten langsam zu der Stelle, wo einst die Grabkapelle gestanden hatte. Das Gras unter ihren Füßen war feucht, als hätte es kürzlich geregnet. Sie spürte die Verlassenheit und Abgeschiedenheit des Ortes durch die Sohlen ihrer schlammverkrusteten Stiefel.

Meredith kämpfte ihre Enttäuschung nieder. Ein paar Steinblöcke, Überreste der Außenmauer, ansonsten bloß Leere. Gras, so weit das Auge reichte.

Schau genauer hin.

Meredith ließ den Blick schweifen. Jetzt fiel ihr auf, dass der Boden nicht gänzlich flach war, und mit ein wenig Phantasie konnte sie den Grundriss der Grabkapelle nachvollziehen. Eine Fläche von etwa sechs Metern Länge und drei Metern Breite, wie ein versunkener Garten. Sie umklammerte die Griffe der Kiste ein wenig fester und trat nach vorne. Erst dabei merkte Meredith, dass sie ihren Fuß angehoben hatte.

Wie ein Schritt über eine Schwelle.

Sogleich schien sich das Licht zu verändern. Dichter zu werden, undurchlässig. Das Tosen des Windes in ihren Ohren wurde lauter, wie eine immer wieder anklingende helle Note oder das Summen von Telefondrähten im Luftzug. Und sie nahm ganz schwach Weihrauchduft wahr, den schweren Geruch von feuchtem Stein und längst verklungenem Gebet, der in der Luft hing.

Sie stellte das Kästchen ab, richtete sich dann auf und sah sich um. Irgendeine Laune der Natur ließ sanften Dunst vom feuchten Boden aufsteigen. Dann begannen kleine Lichtpunkte aufzuleuchten, einer nach dem anderen, die in der Luft um die Ruine schwebten, als zünde eine unsichtbare Hand winzige Kerzen an. Als ein Lichtschein mit dem nächsten verschmolz, bildeten sich allmählich die Mauern der verschwundenen Grabkapelle heraus. Durch einen dünnen Wolkenschleier hindurch meinte Meredith die Umrisse von Buchstaben auf dem Boden zu erkennen – C-A-D-E. Sie trat weiter vor, und auf einmal fühlte sich auch die Fläche unter ihren Stiefeln anders an. Keine Erde oder Gras mehr, sondern harte, kalte Steinplatten.

Meredith kniete sich hin, ohne die Nässe zu bemerken, die an den Knien durch ihre Jeans drang. Sie nahm die Karten heraus und schloss den Deckel. Zum Schutz der Karten zog sie die Jacke aus und legte sie mit der Innenseite nach oben über die Handarbeitskiste. Sie mischte die Karten, wie Laura es ihr in Paris gezeigt hatte, und teilte sie dann mit der linken Hand in drei gleiche Stapel auf. Sie fügte sie wieder zusammen – Mitte, oben, unten – und legte das ganzen Päckchen mit dem Rücken nach oben auf ihren improvisierten Tisch.

Ich kann nicht schlafen.

Meredith konnte unmöglich auf eigene Faust versuchen, die Karten zu legen. Jedes Mal, wenn sie sich ihre Notizen dazu durchlas, fand sie die Deutungen noch verwirrender als zuvor. Sie hatte bloß vor, einige Karten umzudrehen – vielleicht acht, angesichts der Bedeutung, die die Musik an diesem Ort hatte –, bis sich irgendein Muster ergab.

Bis, wie Léonie versprochen hatte, die Karten die Geschichte erzählten.

Sie nahm die erste Karte und lächelte, als sie die vertrauten Gesichtszüge von La Justice sah. Trotz des Mischens und Aufteilens der Karten war es genau dieselbe, die zuoberst gelegen hatte, als sie das Päckchen aus dem Versteck in dem trockenen Wasserlauf geholt hatte.

Die zweite Karte war La Tour, eine Karte des Zwiespalts und der Gefahr. Sie legte sie neben die erste und zog die nächste. Die klaren blauen Augen von Le Pagad schauten zu ihr hoch, eine Hand zum Himmel weisend, die andere zur Erde, das Unendlichkeitssymbol über seinem Kopf. Er war eine etwas bedrohliche Gestalt, weder eindeutig gut noch eindeutig schlecht. Während sie ihn betrachtete, hatte Meredith immer stärker den Eindruck, das Gesicht zu kennen, obwohl sie noch nicht wusste, woher.

Die vierte Karte brachte ihr Lächeln zurück: Le Mat. Anatole Vernier in seinem weißen Anzug, mit Strohhut und Gehstock in der Hand, wie ihn vermutlich seine Schwester gemalt hatte. La Prêtresse folgte ihm, Isolde Vernier, schön und elegant und feinsinnig. Dann Les Amoureux, Isolde und Anatole zusammen.

Die siebte Karte war Le Diable. Ihre Hand verweilte einen Moment über der Karte, während die bösartigen Züge von Asmodeus vor ihren Augen Gestalt annahmen. Der Dämon, die Personifizierung der Schrecken und beängstigenden Bergmythen, die Audric S. Baillard in seinem Buch gesammelt hatte. Geschichten des vergangenen und gegenwärtigen Bösen.

Meredith wusste nun, aus der Abfolge der Karten, die sich ergeben hatte, welche Karte die letzte sein würde. Jede einzelne der *dramatis personae* war hier, dargestellt in den von Léonie gemalten Karten, und doch so abgewandelt oder verändert, dass sie eine ganz bestimmte Geschichte erzählten.

Der Weihrauchduft in ihrer Nase und die Farben der Vergangenheit vor ihrem inneren Auge lösten bei Meredith das Gefühl aus, dass die Zeit von ihr abglitt. Im Akt des Kartenlegens verschmolz alles, was je geschehen war, und alles, was je geschehen würde, zu einer einzigen ununterbrochenen Gegenwart.

Dinge, die zwischen Vergangenheit und Gegenwart hin und her gleiten.

Sie berührte die letzte Karte mit den Fingerspitzen, und noch ehe sie sie umdrehte, spürte Meredith, wie Léonie aus dem Schatten hervortrat.

Karte VIII: La Force.

Meredith deckte sie noch nicht auf, sondern setzte sich auf den Boden, ohne die Kälte oder die Nässe zu spüren, und betrachtete die Oktave der Karten, die auf der Kiste lagen. Dann merkte sie, dass die Bilder anfingen, sich zu verändern. Ihr Blick wurde von Le Mat angezogen. Zuerst war es bloß ein kleiner Farbfleck, der zuvor nicht da gewesen war. Ein Tröpfchen Blut, kaum zu sehen, das größer wurde, sich ausbreitete, rot auf dem Weiß von Anatoles Anzug. Über seinem Herzen. Einen Moment lang schienen die gemalten Augen sie direkt anzusehen.

Meredith stockte der Atem vor Entsetzen, und doch konnte sie sich nicht losreißen, als sie begriff, dass sie sah, wie Anatole Vernier starb. Die Figur glitt langsam auf den gemalten Boden hinunter und gab den Blick auf die Berge Soularac und Bézu im Hintergrund frei.

Sie konnte kaum noch hinsehen, hatte aber andererseits das Gefühl, keine andere Wahl zu haben, doch da bemerkte sie eine Bewegung auf der danebenliegenden Karte. Meredith wandte sich La Prêtresse zu. Zunächst blickte das schöne Antlitz von Isolde Vernier ruhig von Karte II zu ihr auf. Sie stand gelassen in ihrem langen blauen Kleid da, und die weißen Handschuhe betonten ihre langen, eleganten Finger, die schlanken Arme. Dann veränderte sich das Gesicht, die Farbe wechselte von Zartrosa zu Blau. Die Augen weiteten sich, die Arme schienen über ihrem Kopf zu schweben, als würde sie schwimmen, dahintreiben.

Ertrinken.

Das Echo des Todes, den Merediths eigene Mutter gewählt hatte.

Die Karte schien dunkler zu werden, während Isoldes Röcke sich im Wasser um ihre bestrumpften Beine blähten, schimmernde Seide in der schleierhaften grünen Unterwasserwelt, schleimige Finger, die ihr die elfenbeinfarbenen Schuhe von den Füßen streiften. Isoldes Augen schlossen sich, doch in diesem letzten Moment sah

Meredith, dass der Ausdruck, der aus ihnen leuchtete, Erleichterung war, nicht Furcht, nicht die panische Angst einer Ertrinkenden. Wie war das möglich? War ihr das Leben zu einer so unerträglichen Last geworden, dass sie den Wunsch gehabt hatte, zu sterben?

Sie schaute zum Ende der Reihe, auf Le Diable, und lächelte. Die beiden zu Füßen des Dämons gefangenen Gestalten waren verschwunden. Die Ketten lagen leer vor dem Sockel. Asmodeus war allein.

Meredith atmete tief durch. Wenn die Karten die Geschichte der Ereignisse erzählen konnten, was war dann mit Léonie? Sie streckte die Hand aus, brachte es aber noch immer nicht über sich, die letzte Karte aufzudecken. Sie brannte darauf, die Wahrheit zu erfahren. Zugleich fürchtete sie sich davor, was die sich wandelnden Bilder ihr sagen würden.

Sie schob einen Fingernagel unter die Ecke der Karte, schloss die Augen, zählte bis drei und drehte sie um. Erst dann sah sie hin.

Die Vorderseite war leer.

Meredith richtete sich auf den Knien auf, traute ihren Augen nicht. Sie nahm die Karte, drehte sie auf die Rückseite und dann wieder nach vorne.

Tatsächlich, die Karte war leer, völlig weiß; nicht einmal die Grün- und Blautöne der Midi-Landschaft waren geblieben.

In dem Moment riss ein Geräusch sie aus ihren Gedanken. Ein brechender Ast, das Knirschen von Steinen, die auf dem Pfad losgetreten wurden, das jähe Aufflattern eines Vogels zwischen den Bäumen.

Meredith stand auf, warf einen Blick hinter sich, sah aber nichts.

»Hal?«

Hundert Gedanken schossen ihr durch den Kopf, und keiner davon war beruhigend. Sie schob sie beiseite. Es musste Hal sein. Sie hatte ihm mitgeteilt, wo sie hinwollte. Ansonsten wusste niemand, dass sie hier war.

»Hal? Bist du das?«

Die Schritte kamen näher. Jemand ging schnell durch den Wald, das Rascheln von aufgewirbeltem Laub, das Knacken von Zweigen unter Sohlen.

Wenn er es war, wieso antwortete er dann nicht? »Hal? Das ist nicht lustig!«

Meredith wusste nicht, was sie machen sollte. Am klügsten wäre es, wegzulaufen und nicht erst abzuwarten, bis sie sehen konnte, was die Person wollte.

Nein, nicht überreagieren, das ist am klügsten.

Sie versuchte sich einzureden, dass das bloß irgendein Hotelgast war, der wie sie im Wald spazieren ging. Trotzdem begann sie hastig, die Karten zusammenzuschieben. Dabei fiel ihr auf, dass auch die Abbildungen auf einigen anderen verschwunden waren. Die zweite Karte, die sie aufgedeckt hatte, La Tour, und Le Pagad waren jetzt weiß.

Mit vor Aufregung und Kälte unbeholfenen Fingern raffte sie die Karten zusammen. Sie hatte das Gefühl, als würde ihr eine Spinne über die nackte Haut krabbeln. Sie strich sich übers Handgelenk, doch da war nichts, obwohl sie es noch immer spürte.

Jetzt lag auch ein anderer Geruch in der Luft. Nicht mehr der Duft nach welkem Laub und feuchten Steinen oder der Weihrauchduft, den sie wenige Minuten zuvor noch zu riechen geglaubt hatte, sondern ein Gestank wie von verdorbenem Fisch oder von Brackwasser in einem stillstehenden Meeresarm. Und der Geruch von Feuer, nicht von den vertrauten Herbstfeuern unten im Dorf, sondern heiße Asche und beißender Rauch und glühender Stein.

Der Augenblick ging vorüber. Meredith blinzelte, riss sich zusammen. Dann nahm sie aus dem Augenwinkel eine Bewegung wahr. Da war irgendein Tier mit schwarzem verfilztem Fell, das sich langsam durchs Unterholz bewegte. Die Lichtung umkreiste. Meredith erstarrte. Es war ungefähr so groß wie ein Wolf oder ein Wildschwein, aber sie wusste nicht einmal, ob es in Frankreich überhaupt noch Wölfe in freier Wildbahn gab. Es schien von einem Bein aufs andere zu springen. Meredith umklammerte die Kiste. Jetzt konnte sie grotesk missgestaltete Vorderbeine erkennen und ledrige, mit Blasen überzogene Haut. Eine Sekunde lang richtete die Kreatur ihre stechend blauen Augen auf sie. Sie spürte einen heftigen Schmerz in der Brust, als hätte man sie mit einem Messer durchbohrt, dann wandte sich das Wesen ab, und der Druck auf ihrem Herzen ließ nach.

Meredith hörte ein lautes Geräusch. Sie blickte nach unten und sah, wie die Waage aus den Händen der Figur der Gerechtigkeit auf Karte XI glitt. Sie konnte das Scheppern der Messingschalen und Eisengewichte hören, die auf den Steinboden innerhalb des Gemäldes fielen.

Er will dich holen.

Die beiden Geschichten waren miteinander verschmolzen, wie Laura es vorhergesagt hatte. Vergangenheit und Gegenwart, durch die Karten vereint.

Meredith sträubten sich die Haare im Nacken, als sie erkannte, dass sie bei dem Versuch, mit forschendem Blick erkennen zu können, was sich da im Halbdunkel zwischen den Bäumen bewegte, die Bedrohung aus der anderen Richtung vergessen hatte.

Es war zu spät, um wegzulaufen.

Irgendwer – irgendwas – war bereits direkt hinter ihr.

Kapitel 100

»Her mit den Karten«, sagte er.

Der Klang seiner Stimme ließ Meredith das Herz bis zum Hals schlagen. Sie fuhr herum, die Karten fest in der Hand, und wich sogleich zurück. Julian Lawrence, der immer wie aus dem Ei gepellt ausgesehen hatte, ganz gleich, ob sie ihm in Rennes-les-Bains oder im Hotel begegnet war, bot einen fürchterlich mitgenommenen Anblick. Sein Hemd stand offen, und er schwitzte stark. In seinem Atem lag der säuerliche Geruch von Cognac.

»Da draußen ist irgendwas«, brach es aus ihr hervor, bevor sie Zeit hatte, nachzudenken. »Ein Wolf oder so, bitte glauben Sie mir. Ich hab ihn gesehen. Außerhalb der Mauern.«

Er stutzte, und seine verzweifelten Augen blickten verwirrt. »Mauern? Was für Mauern? Wovon reden Sie?«

Meredith sah sich um. Die Kerzen flackerten noch immer und warfen einen Schatten, der den Umriss der westgotischen Grabstätte formte.

»Sehen Sie die denn nicht?«, fragte sie. »Es ist so deutlich. Da, wo die Grabkapelle war, brennen Lichter.«

Ein hinterhältiges Lächeln verzog seine Lippen. »Ach so, ich verstehe«, sagte er. »Ich sehe, worauf Sie hinauswollen, aber das wird Ihnen nichts nützen. Wölfe, Bestien, Geister, alles höchst unterhaltsam, aber Sie werden mich nicht davon abhalten können, zu kriegen, was ich von Ihnen will.« Er trat einen Schritt näher. »Her mit den Karten.«

Meredith taumelte ein wenig nach hinten. Aber einen Moment

lang war sie versucht, nachzugeben. Sie befand sich auf seinem Grund und Boden und hatte ohne Genehmigung hier gegraben. Sie war im Unrecht, nicht er. Doch der Ausdruck auf seinem Gesicht ließ ihr das Blut in den Adern gefrieren. Stechende blaue Augen, geweitete Pupillen. Die Angst lief ihr kalt den Rücken hinab, als ihr klar wurde, dass sie beide hier völlig allein im Wald waren, weit weg von allem.

Sie brauchte irgendein Druckmittel. Er sah sich auf der Lichtung um, während sie ihn aufmerksam beobachtete.

»Haben Sie sie hier gefunden?«, fragte er. »Nein, ich habe hier gegraben. Hier waren sie nicht.«

Bis jetzt hatte Meredith Hals Theorie über seinen Onkel keinen Glauben geschenkt. Selbst wenn Dr. O'Donnell recht hatte und es tatsächlich Julian Lawrence' blaues Auto gewesen war, das sie gleich nach dem Unfall auf der Straße gesehen hatte, so konnte sie sich höchstens vorstellen, dass er einfach nicht angehalten hatte, um zu helfen. Aber jetzt schien das alles nicht mehr so abwegig.

Meredith machte einen Schritt rückwärts. »Hal muss jeden Moment hier sein«, sagte sie.

»Und was ändert das?«

Sie sah sich um, überlegte, ob sie entkommen könnte. Sie war viel jünger, viel fitter als er. Aber sie wollte Léonies Handarbeitskiste nicht auf dem Boden stehenlassen. Und auch wenn Julian Lawrence meinte, sie wollte ihm mit dem Gerede von Wölfen bloß Angst einjagen, so wusste sie doch, dass sie, unmittelbar bevor er aufgetaucht war, etwas gesehen hatte, irgendein Raubtier, das am Rand der Lichtung lauerte.

»Geben Sie mir die Karten, und Ihnen passiert nichts«, sagte er.

Meredith ging noch einen Schritt zurück. »Ich glaube Ihnen nicht.«

»Ich denke, es spielt keine Rolle, ob Sie mir glauben oder nicht«, sagte er, und dann, als wäre ein Schalter umgelegt worden, verlor er plötzlich die Beherrschung und schrie: »Geben Sie sie mir!«

Meredith taumelte noch weiter nach hinten, die Karten an den Körper gepresst. Dann roch sie es wieder. Stärker als zuvor, ein

ekelerregender Gestank nach verdorbenem Fisch und ein noch durchdringenderer Brandgeruch.
Doch Lawrence nahm nichts anderes mehr wahr als die Karten, die sie fest in der Hand hielt. Er kam einfach weiter auf sie zu, näher und näher, und streckte die Hand aus.
»Lass die Finger von ihr!«
Sowohl Meredith als auch Lawrence drehten sich ruckartig in die Richtung, aus der die Stimme gekommen war, während Hal schreiend aus dem Wald gerannt kam. Er stürmte geradewegs auf seinen Onkel zu.
Lawrence drehte sich um und ging in Angriffshaltung, holte weit aus und erwischte ihn mit der rechten Faust unter dem Kinn. Völlig überrumpelt stürzte Hal zu Boden, und Blut strömte ihm aus Mund und Nase.
»Hal!«
Er trat nach seinem Onkel, traf ihn seitlich am Knie. Lawrence strauchelte, fiel aber nicht. Hal versuchte aufzustehen, aber Julian, obwohl älter und deutlich schwerer, war ein erfahrener Kämpfer und hatte seine Fäuste schon häufiger gebraucht als Hal. Seine Reaktionen waren schneller. Er nahm beide Hände zu einer Doppelfaust zusammen und schlug sie mit voller Wucht in Hals Nacken.
Meredith sprang zu der Kiste, warf die Karten hinein und knallte den Deckel zu. Dann lief sie zu Hal, der bewusstlos auf dem Boden lag.
Julian hat nichts zu verlieren.
»Geben Sie mir die Karten, Ms. Martin.«
Ein heftiger Windstoß verstärkte den Brandgeruch. Diesmal roch auch Lawrence ihn. Verwirrung flammte kurz in seinen Augen auf.
»Wenn es sein muss, töte ich Sie«, sagte er in einem so beiläufigen Ton, dass die Drohung umso glaubwürdiger klang. Meredith antwortete nicht. Jetzt wurden die flackernden Kerzen, die sie in ihrer Phantasie an den Wänden der Grabkapelle gesehen hatte, zu zuckenden Flammen in Orange und Gold und Schwarz. Die Kapelle fing Feuer. Dunkler Rauch wälzte sich auf die Lichtung, umhüllte

die Steine. Meredith glaubte, das Knistern und Spritzen der Farbe auf den Heiligenfiguren zu hören, als sie in Flammen aufgingen. Das Glas in den Fenstern zerplatzte nach außen, als die Metallrahmen sich verbogen.

»Sehen Sie das denn nicht?«, schrie sie. »Sehen Sie denn nicht, was passiert?«

Plötzlich huschte Angst über Julians Gesicht, und nacktes Entsetzen spiegelte sich in seinen Augen. Meredith drehte sich um, aber sie war zu langsam, um es noch klar sehen zu können. Etwas jagte an ihr vorbei, irgendein Tier mit schwarz verfilztem Fell, eine seltsam ruckartige Bewegung, und sprang.

Julian schrie.

Meredith sah entsetzt zu, wie er zu Boden fiel und versuchte, auf allen vieren rückwärtszukrabbeln, dann seinen Rücken durchdrückte wie eine groteske Krabbe. Er warf die Arme hoch, als kämpfte er mit einem unsichtbaren Wesen, schlug ins Leere, brüllte, dass ihm irgendetwas das Gesicht zerfetze, die Augen, den Mund. Seine Hände umklammerten seinen eigenen Hals, rissen an der Haut, als wollte er sich vom Würgegriff einer Hand befreien.

Und Meredith hörte das Flüstern, eine andere Stimme, tiefer und lauter als Léonies, in ihrem Kopf widerhallen. Sie kannte die Worte nicht, verstand aber ihren Sinn.

Fujhi, poudes; Escapa, non.

Fliehen kannst du; entkommen kannst du nicht.

Sie sah, wie Julians Widerstand erlahmte und er wieder zu Boden fiel.

Sogleich senkte sich Stille über die Lichtung. Meredith schaute sich um. Sie stand auf einem unscheinbaren Flecken Gras. Keine Flammen, keine Mauern, kein Grabgeruch.

Hal bewegte sich, stützte sich auf einen Ellbogen. Er hob eine Hand ans Gesicht und betrachtete dann die Innenfläche, klebrig von Blut.

»Verdammt, was ist denn passiert?«

Meredith umarmte ihn. »Er hat dich niedergeschlagen. Du warst einen Moment weggetreten.«

Hal blinzelte, dann wandte er den Kopf zu der Stelle, wo sein Onkel lag. Seine Augen weiteten sich. »Hast du …?«

»Nein«, sagte sie rasch. »Ich hab ihn nicht angerührt. Ich weiß nicht, was passiert ist. Eben war er noch …« Sie stockte, wusste nicht, wie sie Hal auch nur annähernd beschreiben sollte, was sie gesehen hatte.

»Herzinfarkt?«

Meredith ging zu Julian hinüber und kniete sich neben ihn. Sein Gesicht war kalkweiß und um Lippen und Nase bläulich verfärbt.

»Er lebt noch«, sagte sie, zog ihr Handy heraus und warf es Hal zu. »Ruf einen Krankenwagen. Wenn der schnell genug hier ist …«

Er fing es auf, machte aber keine Anstalten, zu wählen. Sie sah den Ausdruck in seinen Augen und wusste, was er dachte.

»Nein«, sagte sie leise. »Nicht so.«

Er hielt ihrem Blick einen Moment stand, und in seinen Augen flackerte Schmerz und die Möglichkeit, sich an seinem Onkel zu rächen. Ein Magier mit der Macht über Leben und Tod.

»Ruf an, Hal.«

Noch einen kurzen Moment hing die Entscheidung in der Schwebe. Dann sah sie, wie seine Augen sich verdunkelten, und er wurde wieder er selbst. Gerechtigkeit, nicht Rache. Er wählte die Nummer.

Meredith hockte sich neben Julian, der nichts Erschreckendes mehr an sich hatte, nur noch bedauernswert wirkte. Seine Handflächen waren noch oben gekehrt. Auf jeder war ein seltsames Mal, wie eine liegende Acht. Sie legte ihm eine Hand auf die Brust, und dann merkte sie es. Er atmete nicht mehr.

Langsam richtete sie sich auf. »Hal.«

Er sah zu ihr herüber. Meredith schüttelte den Kopf. »Es ist zu spät.«

Kapitel 101

Sonntag, 11. November

Elf Tage später stand Meredith auf der Landzunge, die sich über den See erhob, und sah zu, wie ein kleiner Holzsarg in die Erde gesenkt wurde.

Es war eine kleine Trauergemeinde. Sie selbst und Hal, jetzt alleiniger Besitzer der Domaine de la Cade, sowie Shelagh O'Donnell, die noch immer von Julians Angriff auf sie gezeichnet war. Außerdem waren der hiesige Pfarrer da und ein Repräsentant der Mairie. Nach einigem Zureden hatte das Bürgermeisteramt die Zeremonie genehmigt, da die Stelle als der Ort identifiziert worden war, wo Anatole und Isolde Vernier begraben lagen. Julian Lawrence hatte zwar die Gräber geplündert, die Knochen aber nicht angetastet.

Jetzt, nach über hundert Jahren, konnte Léonie endlich neben den Leichnamen ihres geliebten Bruders und seiner Frau zur Ruhe gebettet werden.

Rührung schnürte Meredith die Kehle zu.

In den Stunden nach Julians Tod waren Léonies sterbliche Überreste in einem flachen Grab unter der Ruine der Grabkapelle gefunden worden. Es sah fast so aus, als hätte sie sich einfach hingelegt, um auszuruhen. Niemand konnte sich erklären, wieso sie nicht schon früher gefunden worden war, denn schließlich waren an der Stelle umfassende Grabungen durchgeführt worden. Ebenso unerklärlich war die Tatsache, dass ihre Knochen in all der Zeit nicht von wilden Tieren weggeschleppt worden waren.

Aber Meredith hatte am Fuß des Grabes gestanden und gesehen, dass die Farben der Erde unter Léonies schlafendem Körper, die kupferfarbenen Töne des Laubs über ihr und die verblassten Reste des Stoffs, der ihren Körper noch immer umhüllte und wärmte, zu der Illustration auf einer der Tarotkarten passten. Nicht zu dem Nachdruck, sondern zum Original. Karte VIII: La Force. Und einen Moment lang meinte Meredith, Tränenspuren auf ihren kalten Wangen zu sehen.

Erde, Luft, Feuer, Wasser.

Aufgrund der vielen Formalitäten und des endlosen Papierkriegs mit den französischen Behörden war es bislang unmöglich gewesen, herauszufinden, was genau Léonie in der Nacht des 31. Oktober 1897 zugestoßen war. Es hatte einen Brand auf der Domaine de la Cade gegeben, das war aktenkundig. Das Feuer war in der Abenddämmerung ausgebrochen und hatte einen Teil des Haupthauses zerstört. In der Bibliothek und im Arbeitszimmer hatte es am schlimmsten gewütet. Es gab zudem Belege dafür, dass es sich um Brandstiftung gehandelt hatte.

Am folgenden Morgen, an Allerheiligen, waren etliche Tote aus den schwelenden Ruinen geborgen worden, vermutlich Dienstboten, die von den Flammen eingeschlossen worden waren. Und es gab noch andere Opfer, Männer aus Rennes-les-Bains, die nicht auf dem Anwesen gearbeitet hatten.

Es war unklar, warum Léonie Vernier beschlossen hatte – oder gezwungen worden war – zurückzubleiben, während andere Bewohner der Domaine de la Cade, unter ihnen auch ihr Neffe Louis-Anatole, geflohen waren. Ebenso gab es keine Erklärung dafür, wie das Feuer sich so schnell und so weit hatte ausbreiten können, dass es auch die Grabkapelle erfasste. Der *Courrier d'Aude* und andere Lokalzeitungen erwähnten den böigen Wind in jener Nacht, aber dennoch, war es wirklich denkbar, dass der Brand die Entfernung zwischen dem Haus und der westgotischen Grabstätte im Wald überwunden hatte?

Meredith wusste, dass sie es herausfinden würde. Mit der Zeit würde sie die Puzzleteilchen zusammenfügen.

Das aufgehende Licht glänzte auf der Wasserfläche, den Bäumen und der Landschaft, die ihre Geheimnisse so lange gehütet hatte.

Ein Windhauch wisperte über die Erde, durch das Tal. Die Stimme des Geistlichen, klar und zeitlos, rief Meredith in die Gegenwart zurück.

»*In nomine Patri et Filii et Spiritus Sancti*. Im Namen des Vaters, des Sohnes und des Heiligen Geistes.«

Sie spürte, wie Hal ihre Hand nahm.

Amen. So sei es.

Der Curé, groß und gewichtig in seinem schweren schwarzen Umhang, lächelte ihr zu. Ihr fiel auf, dass seine Nasenspitze rot war und seine Augen in der kalten Luft glitzerten.

»Mademoiselle Martin, *c'est à vous alors*.«

Sie atmete einmal tief durch. Jetzt, wo der Moment gekommen war, wurde sie plötzlich unsicher. Zögerlich. Sie spürte, dass Hal sanft ihre Finger drückte und sie dann langsam losließ.

Meredith hatte Mühe, ihre Emotionen zu beherrschen, als sie an den Rand des Grabes trat. Aus ihrer Tasche nahm sie zwei Gegenstände, die in Julian Lawrence' Arbeitszimmer gefunden worden waren, ein silbernes Medaillon und eine Herrentaschenuhr. Beide trugen lediglich Initialen und ein Datum: 22. Oktober 1891, in Erinnerung an die Hochzeit von Anatole Vernier und Isolde Lascombe. Meredith verharrte kurz, dann bückte sie sich und ließ sie behutsam in die Erde fallen, wo sie hingehörten.

Sie schaute zu Hal hoch, der sie anlächelte und ganz leicht nickte. Wieder holte sie tief Luft und zog dann einen Umschlag heraus: das Notenblatt, Merediths kostbares Erbstück, das von Louis-Anatole über das Meer von Frankreich nach Amerika gebracht worden war und über die Generationen hinweg bis zu ihr.

Es war schwer, sich davon zu trennen, doch Meredith wusste, dass es zu Léonie gehörte.

Sie schaute auf die kleine Tafel aus grauem Schiefer, die in den grasbewachsenen Boden eingelassen war:

Léonie Vernier
22. August 1874–31. Oktober 1897
requiescat in pace

Meredith ließ den Umschlag los. Er drehte sich, kreiselte dann nach unten durch die kühle Luft, leuchtendes Weiß, das langsam aus ihren schwarzbehandschuhten Fingern glitt.

Lasst die Toten ruhen. Lasst die Toten schlafen.

Sie trat zurück, die Hände vor dem Körper gefaltet, den Kopf gesenkt. Einen Moment lang stand die kleine Gruppe schweigend da und erwies der Toten die letzte Ehre. Dann nickte Meredith dem Pfarrer zu.

»*Merci, Monsieur le Curé.*«

»*Je vous en prie.*«

Mit einer zeitlosen Geste schien er alle zu umschließen, die sich auf der Landzunge versammelt hatten, dann wandte er sich ab und führte den kleinen Trauerzug den Hügel hinunter und um den See. Als sie sich vom Ufer abwandten und über den Rasen schritten, auf dem Morgentau glitzerte, spiegelte sich die aufgehende Sonne wie Flammen in den Fenstern des Hauses.

Unvermittelt blieb Meredith stehen.

»Kann ich noch einen Moment allein hierbleiben?«

Hal nickte. »Ich kümmere mich darum, dass sie drinnen eine Stärkung bekommen, dann komme ich zurück.«

Sie sah ihm nach, als er weiterging, auf die Terrasse, dann drehte sie sich um und blickte über den See. Sie wollte noch einen Moment verweilen.

Meredith zog ihren Mantel enger um sich. Sie hatte kein Gefühl in Zehen und Fingern, und ihr brannten die Augen. Die Formalitäten waren abgeschlossen. Sie wollte die Domaine de la Cade nicht verlassen, aber sie wusste, dass es an der Zeit war. Am nächsten Tag um diese Zeit wäre sie auf dem Rückweg nach Paris. Und wiederum einen Tag später, am Dienstag, den 13. November, würde sie im Flugzeug sitzen, über dem Atlantik, auf dem Weg nach Hause. Dann würde sie sich überlegen müssen, wie zum Teufel es nun weitergehen sollte.

Herausfinden, ob sie und Hal eine gemeinsame Zukunft hatten.

Meredith starrte über das spiegelglatte stille Wasser zur Landzunge hinüber. Auf einmal glaubte sie, neben der alten Steinbank eine

Gestalt zu sehen, eine schimmernde, durchscheinende Silhouette in einem taillierten grün-weißen Kleid mit weitem Rock und Ärmeln. Ihr Haar fiel lose herab, leuchtendes Kupfer in den kalten Sonnenstrahlen. Die Bäume hinter ihr, silbern von Rauhreif, glänzten wie Metall.

Meredith meinte, noch einmal die Musik zu vernehmen, obgleich sie nicht sicher war, ob sie in ihrem Kopf erklang oder tief in der Erde. Wie Noten auf einem Blatt, aber in die Luft geschrieben.

Sie stand still da, wartete, schaute und wusste, dass es das letzte Mal sein würde. Auf dem Wasser glitzerte etwas auf, vielleicht eine Brechung des Lichts, und Meredith sah, wie Léonie die Hand hob. Ein schlanker Arm vor weißem Himmel. Lange Finger in schwarzen Handschuhen.

Sie dachte an die Tarotkarten. Léonies Karten, die vor über einem Jahrhundert von ihr gemalt worden waren, um ihre Geschichte zu erzählen und die der Menschen, die sie geliebt hatte. In dem Durcheinander und dem Chaos unmittelbar nach Julians Tod am Tag vor Allerheiligen – während Hal auf dem Kommissariat war und hin und her telefoniert wurde zwischen dem Krankenhaus, in dem man Shelagh behandelte, und dem Leichenschauhaus, in das Julians Leichnam gebracht worden war – hatte Meredith still und unauffällig Léonies Handarbeitskasten mit den Karten darin zu seinem alten Versteck im Wald gebracht.

Sie gehörten ebenso in die Erde wie das Klavierstück, *Grabkapelle 1891*.

Ihre Augen schauten weiter auf die Gestalt, doch das Bild wurde schwächer.

Sie geht fort.

Es war ihre Sehnsucht nach Gerechtigkeit gewesen, die Léonie hier gehalten hatte, bis ihre ganze Geschichte erzählt war. Jetzt konnte sie endlich in der stillen Erde, die sie so geliebt hatte, Ruhe finden.

Sie spürte Hal näher kommen und neben sie treten. »Wie geht's dir?«, fragte er leise.

Lasst die Toten ruhen. Lasst die Toten schlafen.

Meredith wusste, dass es ihm schwerfiel, das alles zu verstehen. In den vergangenen elf Tagen hatten sie geredet und geredet. Sie hatte ihm alles erzählt, was passiert war, bis zu dem Moment, wo er kurz nach seinem Onkel auf die Lichtung gestürmt war. Sie hatte ihm von Léonie erzählt, von ihrer Tarot-Sitzung in Paris, von der Obsession, die über einhundert Jahre zurückreichte und so viele Menschenleben gekostet hatte, von der Geschichte des Dämons und der Musik des Ortes, von ihren Gefühlen und davon, dass es sie irgendwie zur Domaine de la Cade hingezogen hatte. Mythen, Legenden, Fakten, Geschichte, alles wild ineinander verwoben.

»Alles in Ordnung?«, fragte er.

»Mir geht's gut. Es ist nur ein bisschen kalt.«

Meredith hielt die Augen unverwandt auf die Gestalt gerichtet. Das Licht veränderte sich. Selbst die Vögel hatten aufgehört zu singen.

»Eines verstehe ich immer noch nicht«, sagte Hal und schob die Hände tief in die Taschen. »Warum gerade du? Ich meine, natürlich gibt es die Verwandtschaft mit den Verniers, aber trotzdem …«

Er sprach den Satz nicht zu Ende, wusste nicht recht, worauf er hinauswollte.

»Vielleicht«, sagte sie leise, »weil ich nicht an Geister glaube.«

Jetzt nahm sie Hal nicht mehr wahr, auch nicht das kalte, blassrote Licht, das sich im Tal der Aude ausbreitete. Nur noch das Gesicht der jungen Frau auf der anderen Seite des Wassers. Ihr Geist schwand langsam in den Hintergrund der frostigen Bäume, glitt davon. Meredith starrte unverwandt auf die eine Stelle. Léonie war schon fast verschwunden. Ihre Umrisse verloren sich, vergingen, glitten davon, wie der Nachhall einer Note.

Grau, dann weiß, dann nichts.

Meredith hob die Hand, als wollte sie winken, als die schimmernde Kontur schließlich zu Leere verblasste. Langsam ließ sie den Arm wieder sinken.

Requiescat in pace.

Bis schließlich alles Stille war. Alles Raum war.

»Geht's dir wirklich gut?«, fragte Hal noch einmal. Er klang besorgt.

Sie nickte bedächtig.
Meredith blieb noch ein paar Minuten länger stehen und starrte auf die leere Stelle. Dann atmete sie tief durch und streckte die Hand nach Hal aus. Er fühlte sich warm an, aus lebendigem Fleisch und Blut.
»Lass uns reingehen«, sagte sie.
Hand in Hand drehten sie sich um und gingen über den Rasen zur Terrasse hinter dem Haus. Ihre Gedanken verliefen in ganz unterschiedlichen Bahnen. Hal dachte an Kaffee. Meredith dachte an Léonie. Und wie sehr sie ihr fehlen würde.

Coda
Drei Jahre später

Sonntag, 31. Oktober 2010

»Ladys und Gentlemen, guten Abend. Mein Name ist Mark, und es ist mir eine große Ehre, heute Abend Ms. Meredith Martin in unserer Buchhandlung begrüßen zu können.«

Nach herzlichem, wenn auch kurzem Applaus senkte sich gedämpfte Stille über den kleinen Buchladen. Hal saß in der ersten Reihe und lächelte ihr aufmunternd zu. Ganz hinten stand ihr Verleger an die Wand gelehnt und reckte einen Daumen in die Luft.

»Wie Sie alle sicherlich wissen«, fuhr der Inhaber fort, »ist Ms. Martin Autorin der gefeierten Debussy-Biographie, die letztes Jahr erschienen ist und ein begeistertes Kritikerecho fand. Was Sie aber vielleicht nicht wissen ...«

Mark war ein alter Freund von ihr, und Meredith beschlich die Angst, er würde das Publikum mit einer weit zurückreichenden Aufzählung ihrer Lebensstationen langweilen, ehe er überhaupt auf ihr Buch zu sprechen kam.

Ihre Gedanken glitten ab, bewegten sich auf vertrauten Wegen. Sie dachte an alles, was geschehen war, um sie bis zu diesem Punkt zu bringen. Drei Jahre Recherche, Auswertung, Prüfen und Gegenprüfen, um die Puzzleteile von Léonies Geschichte zusammenzufügen, während sie sich gleichzeitig damit herumschlug, ihre Debussy-Biographie rechtzeitig fertigzustellen.

Meredith fand nie heraus, ob Lilly Debussy tatsächlich in Rennes-les-Bains gewesen war, machte dafür aber eine viel spannendere Entdeckung: Die Verniers und die Debussys waren in Paris Nachbarn in der Rue de Berlin gewesen. Und als Meredith Debussys

Grab auf dem Cimetière de Passy im 16. Arrondissement besuchte, wo auch Manet und Morisot, Fauré und André Messager lagen, hatte sie in einer Ecke unter Bäumen versteckt die Grabstätte von Marguerite Vernier gefunden.
Im Jahr darauf, als sie mit Hal erneut in Paris war, hatte Meredith Blumen auf das Grab gelegt.
Im Frühjahr 2008 hatte sie die Debussy-Biographie abgeliefert. Sogleich hatte sie sich mit Feuereifer an ihre Recherchen über die Domaine de la Cade gemacht und versucht, den Weg ihrer Familie von Frankreich nach Amerika nachzuvollziehen.
Sie begann mit Léonie. Je mehr Meredith über Rennes-les-Bains und die Spekulationen um Abbé Saunière und Rennes-le-Château las, desto überzeugender erschien ihr Hals Theorie von einer bloßen Verschleierung, um von den Geschehnissen auf der Domaine de la Cade abzulenken. Sie neigte zu der Auffassung, dass es zwischen den drei Leichen, die man in den fünfziger Jahren im Garten von Abbé Saunières Haus in Rennes-le-Château gefunden hatte, und den Ereignissen des 31. Oktober 1897 auf der Domaine de la Cade irgendeinen Zusammenhang gab.
Wie Meredith vermutete, war eine der Leichen Victor Constant, der Mann, der Anatole und Marguerite Vernier ermordet hatte. Archivunterlagen belegten, dass Constant nach Spanien geflohen war und sich in mehreren Kliniken wegen Syphilis im dritten Stadium hatte behandeln lassen, aber im Herbst 1897 nach Frankreich zurückgekehrt war. Der zweite Mann könnte Constants Diener gewesen sein, der bekanntlich an der Verwüstung des Hauses durch den Mob tatkräftig beteiligt gewesen war. Der dritte Leichnam war rätselhafter. Ein missgebildetes Rückgrat, abnorm lange Arme, höchstens ein Meter zwanzig groß.
Als Meredith das las, erinnerte sie sich daran, was in der Ruine der Grabkapelle geschehen war, und sie glaubte zu verstehen, dass der Teufel sich durch seinen Diener Asmodeus geholt hatte, was ihm gehörte.
Das andere Ereignis, das Merediths Aufmerksamkeit weckte, war der Mord an Curé Antoine Gélis in Coustaussa. Auf den ersten

Blick schien sein Tod nichts mit den Vorfällen auf der Domaine de la Cade zu tun zu haben, wenn da nicht das Datum wäre. Er war zuerst mit seiner eigenen Feuerzange angegriffen worden, dann mit einer Axt, die neben dem Kamin des alten Pfarrhauses lag. Wie der *Courrier d'Aude* berichtete, wies sein Kopf vierzehn Wunden und zahlreiche Schädelfrakturen auf.

Der Mord, für den es kein Motiv zu geben schien, war ausgesprochen brutal gewesen. Alle Lokalzeitungen hatten damals darüber berichtet, ohne große Abweichungen, was die Fakten anging. Nach vollbrachter Tat hatten die Mörder die Leiche des alten Mannes regelrecht aufgebahrt und seine Hände auf der Brust gefaltet. Das Haus war durchsucht und eine Schatulle aufgebrochen worden, die aber, nach Aussage einer Nichte, die für Gélis den Haushalt geführt hatte, ohnehin leer gewesen sei. Anscheinend war nichts gestohlen worden.

Als Meredith weiter nachforschte, stieß sie jedoch auf zwei Details, die in den Zeitungsberichten eher beiläufig erwähnt wurden. Zum einen hatte am Nachmittag vor Allerheiligen eine junge Frau, deren Beschreibung auf Léonie Vernier passte, das Pfarrhaus in Coustaussa besucht. Eine handschriftliche Nachricht war gefunden worden. Zum anderen hatte man dem Toten zwischen die Finger der linken Hand eine Tarotkarte geschoben.

Karte XV: Le Diable.

Die Frage, wer Léonies Nähkästchen und die Originalkarten wieder in das Versteck in dem trockenen Wasserlauf gebracht hatte, blieb ungeklärt. In ihrem Herzen stellte Meredith sich vor, dass Louis-Anatole heimlich im Schutze der Nacht auf die Domaine de la Cade zurückgekehrt war und die Karten in Erinnerung an seine Tante dorthin zurückgebracht hatte, wo sie hingehörten. Ihr Kopf sagte ihr, dass dafür wahrscheinlich eher ein Mann namens Audric Baillard in Frage kam, dessen Rolle in der ganzen Geschichte sie noch immer nicht durchschaut hatte.

Die genealogischen Informationen waren leichter zu beschaffen gewesen. Mit Hilfe einer Angestellten im Rathaus von Rennes-les-Bains, die sich als einfallsreich und äußerst tüchtig erwies, hatte Meredith im Sommer und Frühherbst 2008 rekonstruieren können, was aus Louis-Anatole geworden war. Der Sohn von Anatole und Isolde war unter der Obhut von Audric Baillard in Los Seres aufgewachsen, einem kleinen Dorf in den Sabarthès-Bergen. Nach Léonies Tod war Louis-Anatole niemals zur Domaine de la Cade zurückgekehrt, und das Anwesen war verfallen. Meredith vermutete hinter Louis-Anatoles Vormund den Vater oder gar Großvater jenes Audric S. Baillard, der *Diables et Esprits Maléfiques et Fantômes de la Montagne* geschrieben hatte.

Louis-Anatole Vernier hatte sich zusammen mit Pascal Barthes, einem Diener der Familie, 1914 zur Armee gemeldet und war an die Front geschickt worden. Pascal wurde hoch dekoriert, fiel aber im Krieg. Louis-Anatole überlebte und ging nach der deutschen Kapitulation 1918 nach Amerika. Zuvor überschrieb er die Domaine de la Cade der mit ihm verwandten Familie Bousquet. In Amerika angekommen, spielte er zunächst Klavier auf Dampfschiffen und in Varietétheatern. Meredith fand zwar keine Belege dafür, aber ihr gefiel der Gedanke, dass er irgendwann einem anderen Varietékünstler über den Weg gelaufen sein könnte, Paul Foster Case.

Louis-Anatole ließ sich in der Nähe von Milwaukee nieder, im heutigen Mitchell Park. Das folgende Kapitel seiner Lebensgeschichte war recht leicht zu ermitteln gewesen. Er verliebte sich in eine verheiratete Frau, eine gewisse Lillian Matthews, die von ihm schwanger wurde und eine Tochter zur Welt brachte, Louisa. Kurz darauf endete die Affäre der beiden, und sie verloren sich offenbar aus den Augen. Meredith hatte keinen Hinweis auf irgendwelche Kontakte zwischen Vater und Tochter finden können, doch sie hoffte, dass Louis-Anatole die Entwicklung seiner Tochter aus der Ferne verfolgt hatte.

Louisa erbte die musikalische Begabung ihres Vaters. Sie wurde Berufspianistin und trat in den dreißiger Jahren nicht etwa auf Mississippidampfern auf, sondern in den Konzertsälen Amerikas. Nach ihrem Debütkonzert in einem kleinen Saal in Milwaukee war am Bühneneingang ein Päckchen für sie abgegeben worden. Es enthielt die Fotografie eines jungen Mannes in Uniform und ein Notenblatt mit Klaviermusik: *Grabkapelle 1891*.

Am Vorabend des Zweiten Weltkrieges verlobte sich Louisa mit einem Musikerkollegen, einem Geiger, den sie auf ihren Konzertreisen kennengelernt hatte. Jack Martin war bereits ein sehr nervöser und aufbrausender Mensch gewesen, ehe ihn seine Erfahrungen in einem burmesischen Kriegsgefangenenlager fürs Leben zeichneten. Als er nach Amerika zurückkehrte, war er drogenabhängig und litt unter Halluzinationen und Alpträumen. Er und Louisa bekamen eine Tochter, Jeanette, doch ihre Lebensumstände waren alles andere als leicht, und Meredith vermutete, dass Louisa keineswegs am Boden zerstört war, als Jack irgendwann in den fünfziger Jahren aus ihrem Leben verschwand.

Drei Jahre akribische Recherche hatten sie endlich bis in die Gegenwart geführt. Jeanette hatte die Schönheit, das Talent und den Charakter ihres Großvaters Louis-Anatole und ihrer Mutter Louisa geerbt, aber auch die Zartheit und Verletzlichkeit ihrer französischen Urgroßmutter Isolde und ihres Vaters Jack.

Meredith schaute nervös nach unten auf den Rückendeckel des Buches, das sie im Schoß hielt. Ein Abdruck der Fotografie von Léonie, Anatole und Isolde, die 1891 auf dem Platz in Rennes-les-Bains aufgenommen worden war. Ihre Familie.

Mark, der Ladeninhaber, redete immer noch. Hal fing ihren Blick auf und zog sich pantomimisch den Mund wie einen Reißverschluss zu.

Meredith schmunzelte. Hal war im Oktober 2008 in die USA gezogen, das schönste Geburtstagsgeschenk, das Meredith sich vorstellen konnte. Die juristische Seite der Dinge in Rennes-les-Bains war kompliziert gewesen. Bis zur Testamentseröffnung hatte es eine Weile gedauert, da die Ursache von Julian Lawrence' Tod nicht so ohne weiteres festzustellen war. Kein Schlaganfall, kein Herzinfarkt. Abgesehen von den unerklärlichen Malen an den Handflächen, gab es keinerlei sichtbare Verletzungen. Sein Herz hatte einfach aufgehört zu schlagen.

Hätte er überlebt, wäre er wohl kaum für den Mord an seinem

Bruder oder den Mordversuch an Shelagh O'Donnell zur Rechenschaft gezogen worden. Die Indizien sprachen zwar für seine Täterschaft, doch unter den gegebenen Umständen war die Polizei nicht zu einer Wiederaufnahme der Ermittlungen im Fall Seymour Lawrence bereit. Shelagh hatte ihren Angreifer nicht gesehen, und es gab keine Zeugen.

Es lagen hingegen eindeutige Beweise dafür vor, dass Julian Lawrence über Jahre hinweg Bilanzen gefälscht und Gewinne unterschlagen hatte, um seine Obsession zu finanzieren. Einige wertvolle archäologische Funde aus der Zeit der Westgoten wurden sichergestellt, da sie alle illegal erworben worden waren. In seinem Safe lagen Landkarten, auf denen seine Ausgrabungen auf dem Grund und Boden der Domaine de la Cade detailliert verzeichnet waren, und zahllose Hefte mit handschriftlichen Notizen über ein besonderes Tarotkartenspiel. Als Meredith im November 2007 befragt wurde, gab sie zu, einen Nachdruck dieser speziellen Karten zu besitzen, erklärte aber, dass die Originale vermutlich bei dem Brand von 1897 vernichtet worden waren.

Hal hatte die Domaine de la Cade im März 2008 verkauft. Das Hotel brachte keine Gewinne ein, nur Schulden. Er hatte seinen Frieden mit der Vergangenheit geschlossen und wollte in die Zukunft schauen. Aber er hatte Kontakt zu Shelagh O'Donnell gehalten, die jetzt in Quillan lebte, und von ihr hatten sie erfahren, dass ein englisches Paar mit zwei Kindern im Teenageralter das Haus übernommen und zu einem der führenden Familienhotels im Midi gemacht hatte.

»Und jetzt, Ladys und Gentlemen, bitte ich Sie um einen freundlichen Applaus für Ms. Meredith Martin.«

Begeistertes Klatschen füllte den Raum, was, wie Meredith argwöhnte, wohl nicht unwesentlich damit zusammenhing, dass Mark endlich ein Ende gefunden hatte.

Sie atmete tief durch, sammelte sich und stand dann auf.

»Vielen Dank für die ausführliche Einleitung, Mark«, sagte sie. »Ich freue mich wirklich, heute hier zu sein. Wie manche von Ihnen vielleicht wissen, hängt die Entstehung dieses Buches mit einer

Reise zusammen, die ich im Rahmen meiner Arbeit an der Debussy-Biographie gemacht habe. Meine Recherchen führten mich in ein entzückendes Pyrenäenstädtchen namens Rennes-les-Bains, wo ich mich veranlasst sah, Nachforschungen über meine eigene Familiengeschichte anzustellen. Das Buch, aus dem ich heute lesen werde, stellt meinen Versuch dar, die Geister der Vergangenheit zur letzten Ruhe zu betten.« Sie hielt inne. »Die Heldin meines Buches, wenn Sie so wollen, ist eine Frau namens Léonie Vernier. Ohne sie wäre ich heute nicht hier.« Sie lächelte. »Aber ich widme dieses Buch meiner Mutter, Mary. Sie ist eine wunderbare Frau, genau wie Léonie.«

Hal reichte Mary, die zwischen ihm und Bill saß, ein Taschentuch.

»Mary war es, die die Musik in mein Leben gebracht hat. Sie war es, die mich dazu ermutigte, immer weiter Fragen zu stellen und meinen Verstand niemals vor irgendwelchen unbekannten Möglichkeiten zu verschließen. Sie war es, die mich lehrte, nie aufzugeben, so schwer das auch manchmal war. Und schließlich …« – sie lächelte und nahm einen etwas leichteren Tonfall an –, »… was gerade heute Abend besondere Erwähnung verdient, war sie es, die mir gezeigt hat, wie man aus Kürbissen die schönsten Halloween-Laternen überhaupt schnitzt!«

Die Gruppe aus Familienmitgliedern und Freunden lachte.

Meredith wartete jetzt wieder aufgeregt und nervös ab, bis der Raum wieder still wurde. Sie hob das Buch und begann zu lesen.

Diese Geschichte beginnt in einer Knochenstadt. In den Gassen der Toten. Auf den stillen Boulevards, Promenaden und Sackgassen des Cimetière de Montmartre in Paris, einem Ort, bevölkert von Grabmälern und steinernen Engeln und den zaudernden Geistern derjenigen, die schon vergessen wurden, noch ehe sie in ihren Gräbern erkalteten.

Während ihre Worte über die Zuhörer hinwegschwebten und Teil der unendlich vielen Geschichten wurden, die an diesem Halloween-Abend erzählt wurden, lieferten die Geräusche des alten Gebäudes die Begleitmusik. Das Knarren von Stühlen auf dem alten Holzboden, das Gurgeln in den alten Wasserleitungen unterm Dach, das Gellen der Autohupen draußen auf der Straße, die Kaffeemaschine, die in der Ecke vor sich hin röchelte. Aus der Bar nebenan drangen Klavierklänge durch die Wand. Schwarze und weiße Noten, die sich durch die Fußleisten schlängelten, die Dielenbretter, die versteckten Hohlräume zwischen Boden und Decke.

Denn in Wahrheit beginnt diese Geschichte nicht mit den fehlenden Knochen auf einem Pariser Friedhof, sondern mit einem Kartenspiel.
Mit dem Vernier-Tarot.

Einen Moment lang herrschte Stille, dann setzte Applaus ein.
Meredith merkte, dass sie die Luft angehalten hatte, und atmete erleichtert auf. Während sie ihre Freunde betrachtete, ihre Familie, ihre Kollegen, meinte sie für den Bruchteil einer Sekunde, dort in dem dämmrigen Licht ein Mädchen mit langem kupferrotem Haar und leuchtend grünen Augen zu sehen, das ganz hinten im Raum stand und lächelte.
Meredith lächelte zurück. Aber als sie erneut hinsah, war da niemand.
Sie dachte an all die Geister, die ihr Leben berührt hatten. Marguerite Vernier auf dem Cimetière de Passy. An den Friedhof in Milwaukee, unweit der Stelle, wo sich die drei Flüsse trafen, auf dem ihr Urgroßvater Louis-Anatole – der Soldat Frankreichs und Bürger Amerikas – seine letzte Ruhe gefunden hatte. An Louisa Martin, die Pianistin, deren Asche in den Wind gestreut worden war. Aber vor allem dachte sie an Léonie, die friedlich in der Erde der Domaine de la Cade schlummerte.
Luft, Wasser, Feuer, Erde.
»Danke«, sagte Meredith«, als der Applaus sich legte. »Und vielen Dank, dass Sie alle gekommen sind.«

Erläuterungen der Autorin zum Vernier-Tarot

Das Vernier-Tarot ist ein speziell für dieses Buch entworfenes imaginäres Tarotdeck, das auf dem klassischen Rider-Waite-Tarot (1910) basiert.

Die frühesten Ursprünge des Tarot sind unter Fachleuten umstritten – Persien, China, das alte Ägypten, die Türkei und Indien, alle erheben Anspruch darauf. Es gilt jedoch als hinreichend belegt, dass die Form der Karten, die wir heute mit Tarot verbinden, Mitte des 15. Jahrhunderts in Italien entstand. Es gibt Hunderte von Tarots, und Jahr für Jahr werden es mehr. Die beliebtesten sind nach wie vor das Marseille-Tarot mit seinen typischen kräftigen gelben, blauen und roten Illustrationen und das narrative Universal-Waite-Tarot, das 1916 von dem englischen Okkultisten Arthur Edward Waite entworfen und von der amerikanischen Künstlerin Pamela Colman Smith illustriert wurde. Das Tarot, das in dem James-Bond-Film *Leben und sterben lassen* von Solitaire benutzt wird und von dem Künstler Fergus Hall gemalt wurde, orientiert sich stark am Universal-Waite-Tarot.

Wer mehr über Tarot erfahren möchte, kann sich in vielen Büchern und auf zahlreichen Webseiten darüber informieren. Eine vorzügliche allgemeine Einführung liefert Rachel Pollacks *The Complete Illustrated Guide to Tarot*, das bei Element erschienen ist (1999).

Danksagung

Ich kann mich überaus glücklich schätzen, dass mir während der Arbeit an *Die achte Karte* so viele Menschen mit Rat und Tat zur Seite standen. Eventuelle Fehler sachlicher oder interpretatorischer Art liegen selbstverständlich in meiner Verantwortung.

Mein Agent Mark Lucas ist nach wie vor nicht nur ein hervorragender Lektor und guter Freund, sondern auch der Lieferant vielfarbiger Post-it-Zettel – diesmal waren sie rot! Ich danke auch allen bei LAW für ihren engagierten Einsatz und ihre Unterstützung, besonders Alice Saunders, Lucinda Bettridge und Petra Lewis, außerdem Nicki Kennedy für ihren Enthusiasmus, Sam Edenborough und dem Team bei ILA sowie Catherine Eccles, Freundin und Mit-Carcassonnaise bei Anne Louise Fisher Associates.

Es ist ein Glücksfall für mich, dass mein Buch in England bei Orion erscheint. Angefangen hat alles mit Malcolm Edwards und der unvergleichlichen Susan Lamb. Bei der Entstehung von *Die achte Karte* haben Verleger Jon Wood (superdynamisch), Lektorin Genevieve Pegg (supereffizient und ruhig) und ihre rechte Hand Jane Selley unermüdlich dafür gesorgt, dass der gesamte Prozess von Anfang bis Ende die reinste Freude war. Zudem möchte ich den oftmals unbesungenen Heldinnen und Helden in Herstellung, Vertrieb, Marketing, Öffentlichkeitsarbeit und anderswo danken – vor allem Gaby Young, Mark Rusher, Dallas Manderson, Jo Carpenter und allen bei LBS.

In den USA geht mein Dank an George Lucas und an meine wundervolle Lektorin bei Putnam, Rachel Kahan. Bei Droemer in Deutschland danke ich Annette Weber; bei Lattès in Frankreich Phillipe Dorey und Isabelle Laffont.

Ein besonderes Dankeschön verdient der Autor und Komponist Greg Nunes, der mir bei den Fibonacci-Passagen geholfen hat.
Große Dankbarkeit empfinde ich gegenüber den Tarotkartenlegern und Tarotbegeisterten auf beiden Seiten des Atlantiks, die mich großzügig beraten haben, Vorschläge gemacht haben und mir ihre Erfahrungen geschildert haben. Erwähnen möchte ich insbesondere Sue, Louise, Estelle und Paul; Mysteries in Covent Garden; Ruby (auch bekannt als die Romanautorin Jill Dawson), die alle für Meredith die Karten gelegt haben, sowie all diejenigen, die lieber anonym bleiben möchten.
In Frankreich danke ich Martine Rouche und Claudine l'Hôte-Azema in Mirepoix; Régine Foucher in Rennes-les-Bains; Michelle und Roland Hill dafür, dass sie mir das Tagebuch gezeigt haben; Madame Breithaupt und ihrem Team in Carcassonne sowie Pierre Sanchez und Chantal Billautou für ihre praktische Hilfe in den letzten achtzehn Jahren.
Ein riesengroßes Dankeschön geht an meine Freunde, vor allem an Robert Dye, Lucinda Montefiore, Kate und Bob Hingston, Peter Clayton, Sarah Mansell, Tim Bouquet, Cath und Pat O'Hanlon, Bob und Maria Pulley, Paul Arnott, Lydia Conway, Amanda Ross, Tessa Ross, Kamila Shamsie und Rachel Holmes. Besondere Erwähnung verdient die Recherchetruppe in Rennes-les-Bains, bestehend aus Maria Rejt, Jon Evans und Richard Bridges, die alle mehr Zeit in dieser Pizzeria verbracht haben, als ihnen vielleicht lieb war!
Vor allem jedoch gilt meine Liebe und Dankbarkeit meiner Familie, insbesondere meinen großartigen Eltern Richard und Barbara Mosse und meiner Schwiegermutter Rosie Turner, die dafür sorgt, dass nichts aus dem Ruder läuft.
Unsere Tochter Martha ist immer fröhlich und begeisterungsfähig, gut gelaunt und hilfsbereit und hat nie daran gezweifelt, dass das Buch fertig wird. Felix hat über viele Monate hinweg unzählige Spaziergänge in den Sussex Downs absolviert, beim Brainstorming Ideen gesammelt, Vorschläge für den Plot gemacht, redaktionelle Einsichten und Problemlösungen angeboten – ohne sein Zutun wäre *Die achte Karte* ein ganz anderes Buch geworden.

Zum Schluss, wie immer, Greg. Seine Liebe und sein Glauben an mich, ganz zu schweigen von den vielen redaktionellen und praktischen Ratschlägen, dem Sichern von Dateien und der kulinarischen Versorgung Abend für Abend, all das war entscheidend. Wie immer.

Pas a pas … jeden Schritt des Wegs.

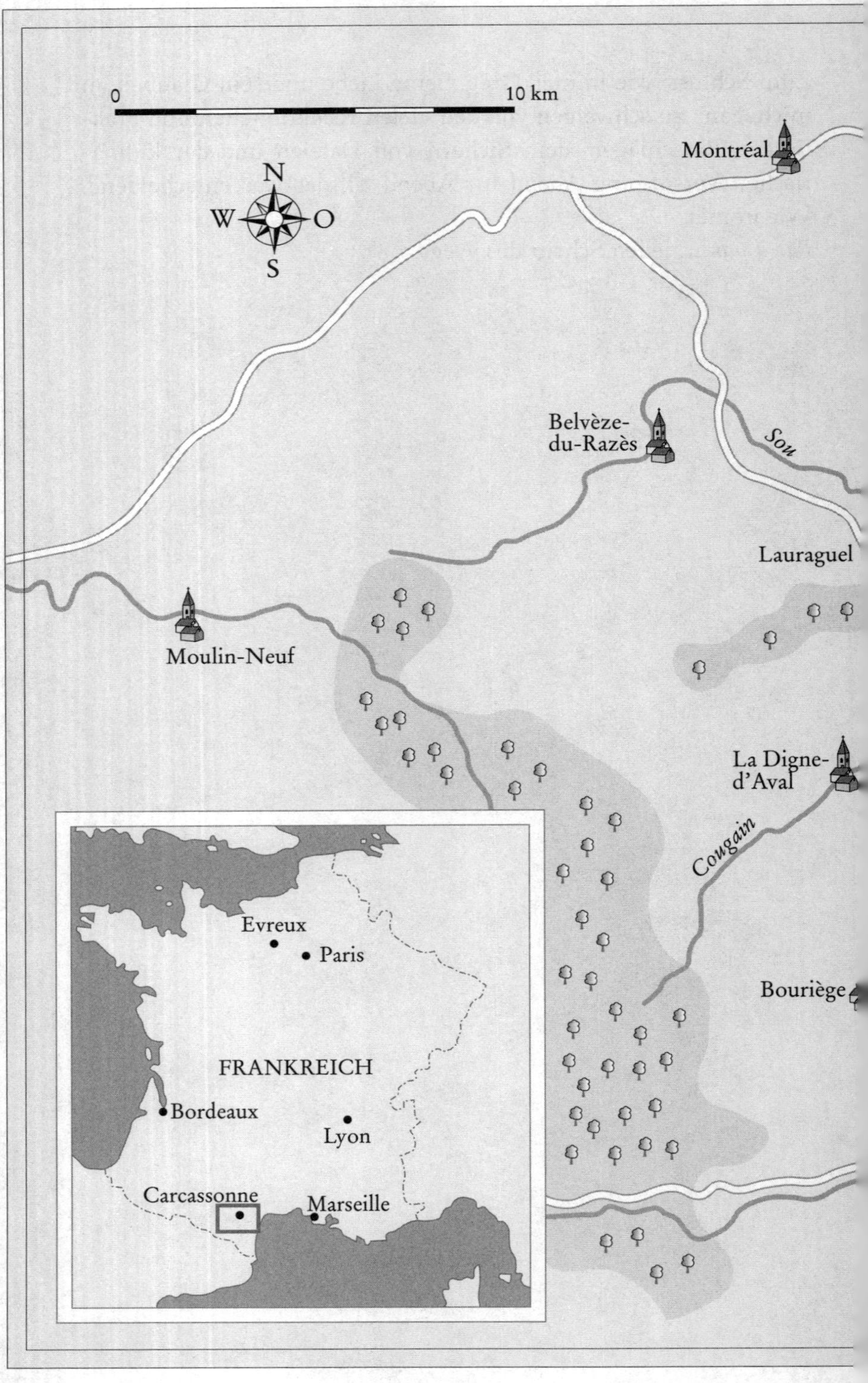

0
10 km
N
W
O
S
Montréal
Belvèze-du-Razès
Sou
Lauraguel
Moulin-Neuf
La Digne-d'Aval
Cougain
Bouriège
Evreux
Paris
FRANKREICH
Bordeaux
Lyon
Carcassonne
Marseille

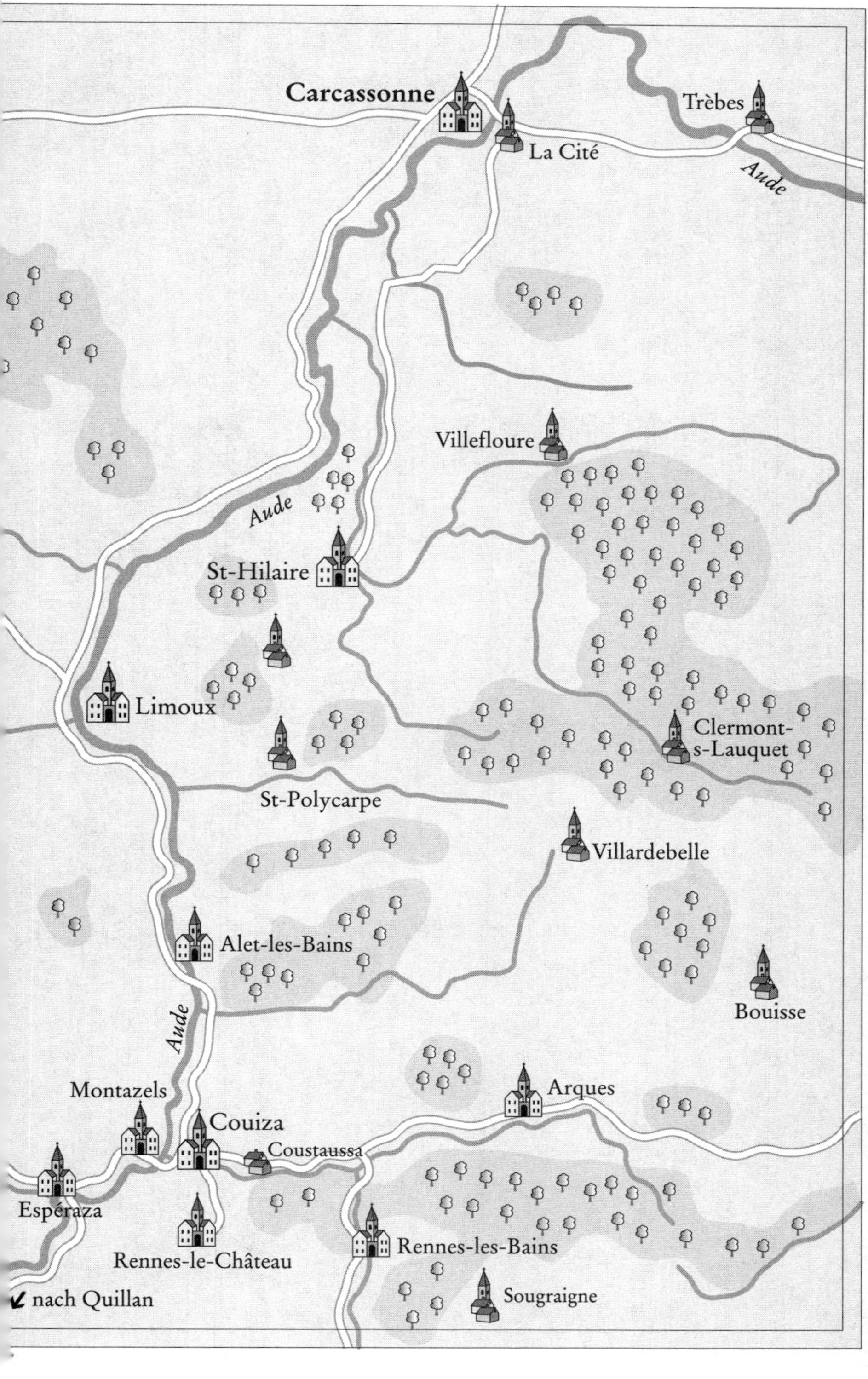
Carcassonne
Trèbes
La Cité
Aude
Villefloure
Aude
St-Hilaire
Limoux
Clermont-
s-Lauquet
St-Polycarpe
Villardebelle
Alet-les-Bains
Aude
Bouisse
Montazels
Arques
Couiza
Coustaussa
Espéraza
Rennes-les-Bains
Rennes-le-Château
Sougraigne
nach Quillan